Journal of the Institute for Chinese Classics Studies
Nanjing University

古典文獻研究

第二十五輯　下

CSSCI來源集刊

程章燦 主編　　南京大學古典文獻研究所 主辦

國家“雙一流”建設學科“南京大學中國語言文學藝術”資助項目
江蘇省2011協同創新中心“中國文學與東亞文明”資助項目

鳳凰出版社

圖書在版編目（CIP）數據

古典文獻研究. 第二十五輯. 下 / 程章燦主編. --
南京 : 鳳凰出版社, 2022.11
ISBN 978-7-5506-3821-1

Ⅰ. ①古… Ⅱ. ①程… Ⅲ. ①古文獻學－中國－叢刊
Ⅳ. ①G256.1-55

中國版本圖書館CIP數據核字(2022)第223807號

書　　名	古典文獻研究(第二十五輯下)
主　　編	程章燦
責任編輯	許　勇
裝幀設計	徐　慧
出版發行	鳳凰出版社(原江蘇古籍出版社) 發行部電話025-83223462
出版社地址	江蘇省南京市中央路165號,郵編:210009
照　　排	南京凱建文化發展有限公司
印　　刷	江蘇鳳凰數碼印務有限公司 江蘇省南京市栖霞區堯新大道399號,郵編:210038
開　　本	787毫米×1092毫米　1/16
印　　張	23.75
字　　數	489千字
版　　次	2022年11月第1版
印　　次	2022年11月第1次印刷
標準書號	ISBN 978-7-5506-3821-1
定　　價	130.00圓

(本書凡印裝錯誤可向承印廠調換,電話:025-57718474)

目　次

古典文獻研究(第二十五輯下)
Journal of the Institute for Chinese Classics Studies
Nanjing University
Volume 25, No.2 2022

清華簡《五紀》與"關聯式宇宙論"

趙　益

2021年12月,清華大學出土文獻研究與保護中心整理出所藏戰國竹簡新文本,擬題爲《五紀》①。整理者稱《五紀》"論述了一套内容複雜、邏輯嚴謹的'五紀'系統","層次豐富,意蕴浩繁,對於古代天文曆數、政治理念的研究具有重要意義,是新發現的一篇關於先秦思想文化史的重要文獻"②;特别是指出它是"一部戰國時期關於宇宙認知的'百科全書'"③,"構建了一個宏大嚴密的天人系統"④,概括評價均極確當。個人經初步研讀後認爲,清華簡《五紀》尤是一篇典型的"關聯式宇宙論"文本,對於中國早期思想史研究確有重大價值。今在清華大學出土文獻研究與保護中心諸位整理者的釋文成果和已有研究的基礎上,略申管見,求正於海内外方家。

一　"關聯式宇宙論"研究綜述

"關聯思維"以及"關聯式宇宙論"是西方中國學發展出來的一種認識理論及思考結果。儘管這一理論屬於典型的西方話語而不免帶有"西方中心主義"的色彩,但其參考價值并不因此而有所降低。這是因爲,只要我們還承認人類在文化多樣性之外畢竟擁有某種本質同一性,那麽,任何"文化他者"的比較認識,都是我們觀照自身的重要參照。

根據郝大維(David L. Hall)、安樂哲(Roger T. Ames)的總結,Cosmology來源於希臘詞kosmos,kosmos則來自表示"建立秩序"的動詞kosmeo,原謂"一個有序系統的世界或宇宙"或"有序、和諧的系統",畢達哥拉斯最早用它

---

① 清華大學出土文獻研究與保護中心編,黄德寬主編《清華大學藏戰國竹簡(拾壹)》,中西書局,2021年。

② 賈連翔《清華簡〈五紀〉中的"行象"之則與"天人"關係》、馬楠《清華簡〈五紀〉篇初識》,均載《文物》2021年第9期。

③ 程浩《清華簡〈五紀〉思想觀念發微》,《出土文獻》2021年第4期。

④ 黄德寬《清華簡〈五紀〉篇建構的天人系統》,《學術界》2022年第2期。

來指稱人類所處的有秩序的周遭環境①。歐洲近代使用這一概念分别表示對宇宙的哲學思考,以及偏重於自然科學的宇宙研究。二十世紀下半葉的文化史和人類學研究中使用此一詞彙,指代人們關於整體宇宙以及支配這一宇宙并使之和諧有序的一般規律的觀念。在早期文明研究中,cosmology 實質上是原始宗教信仰和實踐體系中的重要内容②。在這個意義上,中文一般譯作"宇宙論",間或亦有譯作"宇宙觀""宇宙學"者③。

十九世紀末,已經有一些思想家在大量人類學研究的基础上,通過文明的比較,對中國思想中的宇宙論進行了探討,如韋伯(Max Weber)就曾分析過中國獨特的"宇宙一體論"和宇宙生成論④。進入二十世紀,法國社會學派人類學的代表人物涂爾干(Émile Durkheim)、莫斯(Marcel Mauss)在其關於早期文明"分類"的研究中,以堪輿羅盤爲主要對象,對中國的陰陽五行分類系統進行了論述,認爲其特徵是空間、時間、事物和物種等錯綜紛繁的分類組成了一個混合的體系⑤。

具有里程碑意義的研究是法國漢學家葛蘭言(Marcel Granet),他在 1934 年出版的《中國的思維》一書中,在對思想的表達方式、指導原則分析的基礎上,對中國"宇宙體系"進行了深入的探討⑥。葛蘭言最爲重要的貢獻是系統地揭示了中國宇宙論是一個緊密的關聯體系(système de correspondance),以及背後存在的某種以類比爲基礎的關聯、協和的思維方式。這一思維方式被繼起的研究者李約瑟(J. Needham)稱之爲"關聯思維"(correlative thinking)。此後很多西方學者發現,正是由於這種關聯思維的作用,中國古代關於所處世界的觀念就呈現出一種迥异於希臘後來所側重的"宇宙生成論"(cosmogony)的特徵——關聯性。有一種觀點甚至認爲:中國宇宙論實際上是一種"非宇宙論"(acosmological)的,亦即不假定存在一個單一秩序的世界,而是將具體事物通過細節分析加以關聯⑦。因此,中國的宇宙論遂被某些學者加一限定詞而稱之爲"關聯式宇宙論"(correlative cosmology)⑧,意在彰顯它的

---

① 〔美〕郝大維、安樂哲《期望中國:中西哲學文化比較》,施忠連、何錫蓉等譯,學林出版社,2005 年,第 4—5 頁;《漢哲學思維的文化探源》,施忠連譯,江蘇人民出版社,1999 年,第 9 頁。

② Signe Howell, "Cosmology", in Alan Barnard and Jonathan Spencer eds, *Encyclopedia of Social and Cultural Anthropology*. Routledge, 1996, pp. 129 - 131.

③ 個人認爲,文化史、思想史意義上的 cosmology 的中文對譯,仍以"宇宙論"爲當。譯作"宇宙觀""宇宙學",容易引起歧義。

④ 〔德〕馬克斯・韋伯《儒教與道教》,王容芬譯,商務印書館,1995 年,第 251 頁。

⑤ 〔法〕愛彌爾・涂爾干、馬塞爾・莫斯《原始分類》,汲喆譯,渠東校,上海人民出版社,2005 年,第 71—85 頁。

⑥ Marcel Granet, *La pensée chinoise*, Paris: Editions Albin Michel, 1968.

⑦ 〔美〕郝大維、安樂哲《期望中國:中西哲學文化比較》,第 137—140 頁。郝大維、安樂哲另一個詳細的説明是:"用非宇宙論的這個詞,我們是指他們的多數推測不建立在所有的事物(萬物或萬有)都有一個基本起源的概念上,也不建立在這些事物建構了一個單一秩序的世界的概念之上。"(同上書第 223 頁)

⑧ 本傑明・史華兹(Benjamin I. Schwartz)認爲稱作 correlative anthropocosmology 或許更爲準確。見〔美〕史華兹《古代中國的思想世界》,程鋼譯,江蘇人民出版社,2003 年,第 363 頁。

獨特性。關聯思維和關聯式宇宙論,二者兩位一體,實爲一事。

二十世紀下半葉至今,幾乎所有關心中國思想特色的漢學家都討論過關聯思維或關聯式宇宙論,典型代表有牟復禮(Frederick W. Mote)、約翰·亨德森(John B. Henderson)、本傑明·史華兹(Benjamin I. Schwartz)、葛瑞漢(A. C. Graham)、汪德邁(Léon Vandermeersch)、郝大維和安樂哲,以及王愛和[①]、普鳴(Michael Puett)等。

總結這些漢學研究者的思考,關聯思維的外在特徵首先是分類及其原則,即對周遭事物特别是構成人類生存世界的客觀環境——"萬物"——的一種超越實用的純粹認知意義上的理性考察——種屬認識;其次是人、自然、社會三大類别及其所包含的萬事萬物種屬之間的系統的對應。關聯思維的内在假定是認爲萬物都是同屬一個有秩序的整體的,而且是同源的,因此在關聯思維作用下的關聯式宇宙論的根本内容,就是由分類構成的秩序,以及在相互對應下形成的一個終極性的、和諧的、結構性的整體[②]。

以此爲切入點,參以本土學者的實證研究,中國關聯式宇宙論的具體表現非常鮮明:

第一是以天(地)、人和倫理道德三大主要類别統率紛繁複雜的次要類屬,彼此形成對應關係。具體地説,是將人類世界的各種範疇如人的身體、行爲、道德、社會政治秩序和歷史變化,與自然世界的各類範疇包括時間、空間、天體、季節轉换及各種自然現象關聯起來[③]。其中,天、人構成了"大宇宙"和"小宇宙"[④],形成"宇宙類比"(universe-analogy);而天與政治構成了所謂"國家類比"(state-analogy),彼此相互涵融爲一[⑤]。在這樣一個龐大的和諧體系中,一切神聖的事物如日月五星等天體、時間、大地山川、神祇及英雄、國家政體、道德信條皆各有其位。

第二是以陰陽五行爲主軸。這在漢代成熟的體系化的關聯式宇宙論的相關論述中最爲明顯。陰、陽本質上是一種二元對立轉化統一觀念,五行是元素觀念、循環觀念、有序觀念的結合體;陰陽和五行的結合,使人、自然、歷史、社會在時間、空間上的循環、承遞的不同形態都統一到二元結構中。陰陽五行系統又和强調變化的《易傳》思想相結合,最終構成完美的宇宙有機體:萬事萬物

---

① 王愛和的研究主要基於前有的西方宇宙論理論,且用英文寫成,故亦歸入"漢學"範疇。

② 陶磊在杜維明相關總結的基礎上,認爲關聯性宇宙論具有"連續性""整體性""□發性"三個特徵。見其著《從巫術到數術——上古信仰的歷史嬗變》第七章《數術與關聯性思維》,山東人民出版社,2008年。案:"連續性""自發性"更多指向"宇宙生成",儘管宇宙□成論也是宇宙論的□部分,但畢竟和關聯式宇宙論所關注的重點有所不同。

③ 王愛和《中國古代宇宙觀與政治文化》,〔美〕金蕾、徐峰譯,徐峰校,上海古籍出版社,2011年,第2頁。

④ Marcel Granet, *La pensée chinoise*, Livre troisième : Le système du monde, Chapitre I-II.

⑤ 〔英〕李約瑟《中國科學技術史》第二卷《科學思想史》,何兆武等譯,科學出版社,2018年,第318—329頁。李約瑟認爲,儘管歐洲哲學也具有較爲發達的宇宙類比和國家類比思想,但中國的觀念則以"有機自然主義"的性質而與歐洲有所不同。

不僅是關聯的,而且是"感應"的——存在着"共振"(resonance)①。

第三是以數字這一結構性要素形成比配并構成整體。葛蘭言最早詳細地指出這一點,他總結了從五行到天體、空間、時間、物候、曆法、樂律、易卦等各方面的數字及其組合,并描述了它們如何關聯在一起②。由數字形成種屬比配在各種文化中都很常見。數字之所以能够作爲結構要素實現類屬的組合,現代數學已經證明這是人類認知中"强小數字定律"(The Strong Law of Small Numbers)作用的結果:根據抽屜原理,當人們將相關概念、事物一一歸類時,各類事物中相同數字的出現就是不可避免的。由於小數字的數量太少,關聯也就一望而見③。儘管如此,但像中國關聯式宇宙論這樣系統整飭的數字結構仍是極爲罕見的。數字關聯具體的實施方法有二:一是根據整數比關係關聯各種數字及其類屬,二是采取各種調和方式使諸如 4 和 5、5 和 8、12 等無法整除的數字形成比配,最終達成一個通過數字關聯的有機體。

第四是圖式化或模型化。即將所構造的秩序化的宇宙表徵爲某種圖式(schema),或縮小成爲一種模型(model)比如式盤④,前者用以推導,後者用以占卜(這裏的占卜主要是指式占,同樣也是一種理性推導方式),以進一步發現宇宙的規律,從而實現人與宇宙的終極和諧。《洪範》、《管子·幼官篇》(《管子》另有《幼官圖》)的圖式已經非常明顯,而月令系統和卦氣系統則達到了極其精密的程度。

因爲宇宙論觸及思想的本質,一旦上升到文化審視的高度,觀點不同即在所難免。在中國"關聯式宇宙論"的問題上,意見之紛紜不一,尤其明顯。簡單歸納起來,主要有三個方面的分歧:

首先是"關聯式宇宙論"的性質。葛蘭言認爲它是一種基於數字邏輯的秩序性的系統,屬於"前邏輯"範疇⑤;李約瑟認爲其類同於歐洲因果的和"法定的"或合乎規律的思維的概念結構,本質上是一種有機組織⑥;葛瑞漢明確主張關聯思維并不是低等的思維,而是屬於"原始科學"(proto-science)範疇的、和邏輯思維不同的思維方式⑦。郝大維和安樂哲則强調關聯思維主要基於類

① John B. Henderson, *The Development and Decline of Chinese Cosmology*, Columbia University Press, 1984, pp. 22-28.

② Marcel Granet, *La pensée chinoise*, Livre deuxième: Les idées directrices, Chapitre III. -Les nombres.

③ R. K. Guy, "The Strong Law of Small Numbers", *The American Mathematical Monthly*, 95:8 (1988) 697-712. 案:在數學家徹底揭示這一道理之前,列維-布留爾已經有所察覺,他發現構成不同分類的數字幾乎都比較小,不過仍未能抉發其作爲關聯要素的深層之由。

④ 關於式、式法及式圖所體現出來的關聯和圖示化内容,詳見李零《中國方術考》第二章《式與中國古代的宇宙模式》,東方出版社,2000 年。

⑤ Marcel Granet, *La pensée chinoise*, Livre troisième: Les idées directrices, Chapitre III. -Les nombres.

⑥ 〔英〕李約瑟《中國科學技術史》第二卷《科學思想史》,第 311 頁。

⑦ 〔英〕葛瑞漢《論道者》,張海晏譯,中國社會科學出版社,2013 年重印修訂版,第 359 頁。

比推理而不是邏輯推理的特質①。牟復禮同意中國宇宙論是一種整體有機、萬物關聯的宇宙論，既和古希臘的宇宙論不同，也和各種機械論的、目的論的、有神論的宇宙論迥异②。汪德邁以爲，關聯思維是一種以事物結構的平行性、相似性來解釋事物的結構性思想，按形式邏輯運行，而非西方因果性思想所依據的"本源-邏輯"；但關聯思維并不排除因果性，只是將它置於次要地位而已③。

關聯思維和關聯式宇宙論是否爲中國所獨有，以及它們是否爲中國思想的一般原則之一，是第二個争論焦點所在。葛蘭言最早主張關聯思維是中國思想的根本特色，郝大維和安樂哲認爲葛蘭言的觀點在本質上是正確的④。而葛瑞漢則認爲它并非中國所獨有，西方同樣具有這種思維，只不過是在1600年以後有了突破，"葛蘭言視爲中西思想差异的東西，如今也許可以視爲原始科學與現代科學之間的跨文化差异"⑤。亨德森也認爲，關聯思維在大多數文明的思想史上都占有突出地位，并不僅屬於中國⑥。王愛和、普鳴都同意葛瑞漢的基本觀點，關聯思維是衆多文明中曾經出現過的一種普遍的思維模式，但王愛和强調關聯式宇宙觀在不同的文化和歷史情境中有着不同的功能和内涵⑦；普鳴則着重指出關聯式宇宙論是漢代特定的、歷史性的發展，認爲葛蘭言將其視爲中國思想的一般預設是不準確的⑧。

關於關聯式宇宙論的淵源、成熟時間及發展，學者們的觀點也有不同。在某種程度上，這種不同也可以認爲是方法論差异的結果。由於中國文獻的豐富，歷史進化論、傳統文獻學方法優勢明顯。二十世紀初梁啓超即認爲"五行"之概念雖固有淵源，但五行生尅思想則始於秦漢時燕齊方士，建設於鄒衍，而提倡傳播於董仲舒、劉歆⑨。顧頡剛進一步論證後合理地證明，即使如《尚書·洪範》《荀子》等文獻中的相關記録，也是層累叠加且又爲漢人篡改的結果⑩。二十世紀以來的思想史研究，在相當程度上證明了古史辨派的結論。因此，絶大多數學者都不同意葛蘭言的觀點，而是認爲關聯式宇宙論公元前三世紀才出現，繼而成熟於西漢并進入到思想的主流⑪。

---

① 〔美〕郝大維、安樂哲《期望中國：中西哲學文化比較》，第149—150頁。

② 〔美〕牟復禮《中國思想之淵源》，王重陽譯，北京大學出版社，2016年第2版，第47—59頁。

③ 〔法〕汪德邁《中國思想的兩種理性：占卜與表意》，金絲燕譯，北京大學出版社，2017年，第78—83頁。

④ 〔美〕安樂哲《和而不同：中西哲學的會通》，温海明等譯，北京大學出版社，2009年，第211頁。

⑤ 〔英〕葛瑞漢《論道者》，第366頁。

⑥ John B. Henderson, *The Development and Decline of Chinese Cosmology*, p. 1.

⑦ 王愛和《中國古代宇宙觀與政治文化》，第3頁。

⑧ 〔美〕普鳴《成神：早期中國的宇宙論、祭祀與自我神化》，張常煊、李健芸譯，生活·讀書·新知三聯書店，2020年，第12頁。

⑨ 梁啓超《陰陽五行説之來歷》，《古史辨》第五册，上海書店據樸社1935年版影印本，1992年。

⑩ 顧頡剛《五德終始説下的政治和歷史》，《古史辨》第五册。

⑪ 參見〔英〕葛瑞漢《論道者》，第373頁；〔美〕安樂哲《和而不同：中西哲學的會通》，第211頁；〔美〕普鳴《成神：早期中國的宇宙論、祭祀與自我神化》，第30頁。

而在社會學、人類學、心理學的領域中,涂爾干、莫斯、列維-布留爾(Lévy-Brühl Lucién)、葛蘭言、恩斯特・卡西爾(Ernst Cassirer)、卡爾・荣格(Carl Jung)、列維-斯特勞斯(Claude Levi-Strauss)等衆多學者的研究,都揭示出不同的早期文化中都存在着類似的宇宙論觀念。以此揆諸漢以前的早期中國,儘管我們不能就此同意關聯思維或關聯式宇宙論是普遍存在的人类思维的一個階段或模式的觀點,但顯然不能否定關聯式宇宙論可能早具形態,并存在共時分布和歷時發展的不同。

關聯式宇宙論研究中的意見分歧,既説明其意義的重要,也反映出綜合各種觀念、采取多學科方法視角、發現更多新材料(考古發現、出土文獻)以不斷深入研究的必要性[①]。清華簡《五紀》作爲難能可貴的出土新材料,顯然可以成爲一個推進相關研究的觸發契機。

二 《五紀》中的"關聯式宇宙論"

分類是宇宙論的根本内容。"任何一種分類都比混亂優越,甚至在感官屬性水平上的分類也是通向理性秩序的第一步"[②],正是有了種屬區分,才能構建出一個有秩序的周遭世界。分類的基礎是類别的數量,有效的類别數量越多,分類系統也就越高級。清華簡《五紀》組成宇宙的類别,甚爲豐富。

從"五紀"開始,首先有"五算"("五數算")[③]、"五時"、"五度"、"五正(德)"、"五章"。然後由"數算""時""度""正""章"的進一步比配,遂包括天、地、四方(四荒、四冘、四柱、四唯[④]、四維)、四季、四極、四象以及十二支、十二成歲、二十八宿等。由於各個類别特别是最重要的"五正(德)"各具屬性,又衍生出諸如"鬼、人、地、時、天""基、起、往、來、止""目、口、耳、鼻、心""言、筮、卜、族、器""信、善、永、正、良""明、巧、美、有力、果"等次一級類别。另外,《五紀》中"人體"獨立爲一類。

以此比較《管子・幼官》的"五和、五方、五色、五聲、五數、五后、五獸、四時三十時節(每節十二日)、時政、器物(若合計《四時》《五行》,則可再加五政、五行、干支)",《月令》的主要類别"季節月次、天體(二十八宿及昏旦中星)、天干、五帝、五神、五蟲、五音十二律、紀數、五行、五味、五臭、五祀、五臟、物候、政治(儀式、器物、時政、月忌及違令灾异)",明顯可以看出,《五紀》的分類數量,已經和戰國末期的關聯式宇宙論體系大致相當。

分類系統必須具備一個最高種屬,也就是在關聯式的分類系統中必然存在一個主軸。《五紀》分類系統的主軸是"五紀",簡文起首一段"唯昔方有洪,

① 參閲王愛和《中國古代宇宙觀與政治文化》緒論部分相關論述。

② 〔法〕列維-斯特勞斯《野性的思維》,李幼蒸譯,商務印書館,1987年,第21頁。

③ 簡文第一段有云:"五紀既敷,五算聿度"(簡二),其後又稱"數算",與"時、度、正、章"并列。詳下文論述。本文所引釋文均據清華大學出土文獻研究與保護中心編,黄德寬主編《清華大學藏戰國竹簡(拾壹)》,一律使用寬式隸定。

④ 關於"四唯"與"四維"的不同,此從程浩説,見程浩《清華簡〈五紀〉思想觀念發微》。

奮溢于上，權其有中，戲其有德，以乘亂天紀，后帝、四幹、四輔，乃聳乃懼，稱攘以圖。后帝情己，修歷五紀，自日始，乃旬簡五紀。五紀既敷，五算聿度，大参建常。天地、神祇、萬貌同德，有昭明明，有洪乃彌，五紀有常”（簡一、二、三），明確地表述“五紀”即“天紀”（下文具體描述時又稱“天五紀”），是整體宇宙系統的組織綱領，亦乃宇宙和諧之道。洪水奮溢，紊亂天紀，故有后帝恢復修整之事。

簡文中“五紀”爲“日、月、星、辰、歲”，與《國語・周語下》載伶州鳩語“昔武王伐殷，歲在鶉火，月在天駟，日在析木之津，辰在斗柄，星在天黿”之“歲、月、日、辰、星”相同，而《尚書・洪範》中“五紀”則爲“歲、月、日、星辰、歷數”。《五紀》和《尚書・洪範》兩種“五紀”大同小异，和當時所謂“歲、時、日、月、星、辰”之“六物”的説法①，都是對一件事情的不同表述。《五紀》的“天五紀”和伶州鳩“五位”相似，以最重要的五種天象代表天道；而《尚書・洪範》更加强調天道規則，“歷數”實質上是歲、月、日、星、辰的運行次序，并是政治行爲不可或缺的依據。《五紀》下文亦有“日月星辰，贏絀短長，名日和辰，數以爲紀綱”（簡四三、四四），“數”實即“歷數”。至於《漢書・律曆志》“箕子言大法九章，而五紀明曆法”孟康注：“歲、月、日、星、辰，是謂五紀也。”完全混同伶州鳩説和《洪範》“五紀”，乃是後世認識。

《五紀》和《尚書・洪範》的最顯著的不同，是《五紀》將“五紀”奉爲根本，而《洪範》以“五行”爲首要範疇。這一點在很大程度上可以作爲顧頡剛五行後起説的旁證，同時也典型地反映出《五紀》的特色。“五紀”之“日、月、星、辰、歲”并非是指狹義的天文、曆法内容，而是對客觀世界的一種模式性總結。蒼穹之上，日月經行，星漢燦爛，在知識的意義上同時反映出時間、空間、氣候、物産及人類身體的種種消息，代表着最爲根本的宇宙規律。“五紀”實際上是通過一種自然世界最高種屬的建立，將周遭萬物統一爲一個完整和諧的體系。相較之下，“五行”則是對此類經驗性知識進一步加以歸納總結的抽象性知識，屬於一種更高層次的形而上建構。研究者已注意到《五紀》全文没有完整地出現過“五行”的内容，可能是戰國思想多元性的表現②，此説固是，但從“知識”和“思想”的關係來看，“五行”顯然是在諸如“五紀”一類論述基礎上的提升。當然，這種提升并不意味着從“五紀”到“五行”就是必然的單綫進化。

---

① 《左傳・昭公七年》：“晋侯謂伯瑕曰：‘吾所問日食，從矣。可常乎？’對曰：‘不可。六物不同，民心不壹，事序不類，官職不則，同始异終，胡可常也？……’公曰：‘何謂六物？’對曰：‘歲、時、日、月、星、辰是謂也。’公曰：‘多語寡人辰而莫同，何謂辰？’對曰：‘日月之會是謂辰，故以配日。’”《詩・小弁》正義：“服虔以爲：歲，星之神也，左行於地，十二歲而一周。時，四時也。日，十日也。月，十二月也。星，二十八宿也。辰，十二辰也。是爲六物也。”《漢書・律曆志》“歲術”部分“次度”一節引作“六物者，歲時(數)日月星辰也。辰者，日月之會而建所指也”（多出一“數”，錢大昕以爲衍字，應是。見中華書局標點本《漢書》校勘記）。《淮南子・地形》“照之以日月，經之以星辰，紀之以四時，要之以太歲”，亦以日、月、星、辰、四時、太歲爲六。

② 賈連翔《清華簡〈五紀〉中的“行象”之則與“天人”關係》。

《五紀》的分類框架和種屬層次,也是極爲整飭有序的。“五紀”之下有“天下之數算”“天下之時”“天下之度”“天下之正”“天下之章”五類,是僅次於“五紀”的層面,其内容分别是數字與計算(“數算”)、氣候現象(“時”)、度量衡(“度”)、道德與政治(“正”)、顔色(“章”)。此五種類屬,可以證明兩點:

第一是《五紀》的宇宙分類體系是建立在所謂“具體的科學”的理性認識之上的,也就是以對客觀世界的具體的經驗知識爲基礎構建宇宙論。就温帶文明來説,氣候及季節變换是關係到生存的外部要素,度量衡則是一個較大的農業文明社會的必需制度,而由“數”認識及測量、計算産生的數學,尤是這個社會不斷發展而帶來的知識進步。顔色本是天然的分類模型,取之以進行各種類比更是世界各文明區域共有的理性認知方式之一。

第二是《五紀》的宇宙論體系通過類比充分加入了道德和政治的内容,“禮、義、愛、仁、忠”之“五正(德)”涵括了戰國中期以降各種思想和各個學派的道德和政治範疇,《五紀》其他一系列道德和政治類屬主要都是從此衍生出來的,其中“事賤、待相如、事賓配、共友、事君父母”是道德實踐,“敬、恪、恭、嚴、畏”是道德的另一層面;“直、方、準、稱、圓裕”,是借“五度”之特性比喻“五正(德)”。值得注意的是“天、時、地、人、鬼”和“基、起、往、來、止”,前者是萬物分類;後者據整理者解釋爲“事物的不同發展階段”[1],實亦可指事物的不同狀態。兩類都用來説明“五德”的屬性:禮祀鬼(祖先),爲基始;義於人,爲起步;施愛於地,爲“去”;使民以時爲仁,爲“來”;忠於天,爲終結。另外,“五官”也由“五德”衍生。“五官”是人體的感覺和交流器官,與人的主觀活動直接相關,和道德政治相關聯同樣是一種類比思維的産物,此在《洪範》中有較多表現[2],并成爲漢代“五行”理論的重要内容之一。

更爲突出的是,《五紀》是用極其細致的關聯達成宇宙論對道德、政治的融入的。細繹簡文第一到第三段文義及五個類别關聯的邏輯結構,可以發現整理者所製表一的歸納有所不妥,因爲“一亦一,二亦二,三亦三,四亦四,五亦五,天下之數算”顯然是專指“數算”[3],“數算、時、度、正、章,唯神之尚、祇之司”以下具體的司神表述,則爲下一段内容。另外,“神之尚”和“祇之司”實爲兩種維度,不宜混同。據此,参合下文“后曰:疇列五紀,以文胥天則”一段,則表一、表三可合并作:

① 清華大學出土文獻研究與保護中心編,黄德寬主編《清華大學藏戰國竹簡(拾壹)》,第94頁。
② 馬楠《清華簡〈五紀〉篇初識》。
③ 關於“數算”的内容,詳見第三小節的論述。

一亦一	二亦二	三亦三	四亦四	五亦五	數算	天、地、大和、大緳、小和、小緳	尚
風	雨	寒	暑	大音	時	大山、大川、高大、大音、大石、稷匿	尚
直	矩	準	稱	規/圓	度	門、行、明星、顓項、司盟、司校	尚
青	白	黑	赤	黄	章	日、揚者、昭昏、大昊、司命、癸中	尚
禮	義	愛	仁	忠	正	月、婁、滕奡、少昊、司禄、大嚴	尚
日	月	門	大山	天			
揚者	婁	行	大川	地			
昭昏	滕奡	明星	高大	大和			
大昊	少昊	顓項	大音	大緳			
司命	司禄	司盟	大石	小和			
癸中	大嚴	司校	稷匿	小緳			
司	司	司	司	司			

由此可見,五組各六位共三十神分"尚""數算、時、度、正、章"之"萬物",又通過在"尚"之外另有分"司""禮、義、愛、仁、忠"之"正民之德",形成縱横二維的緊密關聯,體現出形式上的高度一致。唯其如此,"五正(德)"才能够進一步比配萬物,并成爲"唯后之臨"的結果。

先秦文獻中有不少論及道德、政治與宇宙運行的散章;月令系統從"時政"的角度突出地標揭出道德、政治必須與宇宙保持和諧的宇宙論主張。類似宇宙論與倫理道德的合流,曾被相當一部分研究者認爲是儒家在爲道德尋找合理基礎,但也有學者認爲類似論述不過是儒家對道德的溢美之詞,只有到董仲舒那裏,儒家倫理學和陰陽五行説的宇宙論思辨的結合才獲得了實質性的意義①。而處於戰國末期的《五紀》,無疑也具有自身的特色。

在《五紀》的分類系統中,特别值得的重視是引入了人體的類别,是目前所能見到的所謂"人體小宇宙"最早的具體表述之一。對此,賈連翔《清華簡〈五紀〉中的"行象"之則與"天人"關係》一文已有詳細闡論,本文不再贅述,只是强調一點:這一部分的具體内容已經完美地體現出"宇宙類比"和"國家類比";所謂"后乃數稽協德,歷歲匡天,規象依度,諦律五紀,用正下方""后事咸成,萬生行象則之",又典型地體現出這種類比的思維原則,反映出中國思想中大、小宇宙及"宇宙一人體有機體"觀念的早期淵源。

分類、比配之後就是關聯。在此方面,《五紀》主要就是以結構性的數字進行關聯的,這些數字按重要性依次主要爲 5、4、6、18、24、28、12。"四方"通過加上"中央"的調配方法使 4 與 5 實現關聯,其他則由 4 和 3 的整數比實現關聯。其中,5 最爲重要。《五紀》在主要類屬關聯完成後有文曰:"處五:日、月、

① 〔德〕羅哲海(Heiner Roetz)《軸心時期的儒家倫理》,陳咏明、瞿德瑜譯,大象出版社,2009 年,第 291—297 頁。

星、辰、歲"(簡二一),此即謂以上所有比配都最後落到"五"之位上,而"五"的本體來源就是"日、月、星、辰、歲";簡文最後又曰:"天五紀,地五常,神五時。天之五正,且蔽比治輯,五親五德,天下之算。邦經家和,衛勉六官六府、五刑五音。行之律:禮、義、愛、仁、忠,信、善、永、正、良,明、巧、美、有力、果,文、惠、武三德以敷天下"(簡一二〇),基本上將一切都歸納爲"五"。從今天的觀點看,就是最爲重要的安置類屬的衆多"抽屜"中,抽屜内的小格子的數目都是5。關於這種尚五觀念的起源,研究者有不同的意見,但可以肯定的是,它來源於某種突出的客觀事實或經驗知識如五根手指、五種感官、五大行星、五方和5的數字特性[①],而不可能來自某種形而上思考的反作用。

關於宇宙論或其他形而上論述中多用數字的現象,清人姚鼐《辨逸周書》、朱右曾《逸周書集訓校釋序》在先秦文獻中發現過類似的内容,稱之爲"以數爲紀"。當代學者趙伯雄標揭出姚、朱的發現,并對此進行了描述和分析[②],也指出了其作爲分類結構反映的實質,但并未能深探其本。

"以數爲紀"實際上有三種不同性質的内容:其一是指序數,表示依次順序,如《管子・五行》:"一者本也,二者器也,三者充也,治者四也,教者五也,守者六也,立者七也,前者八也,終者九也,十者然後具五官於六府也,五聲於六律也。"[③]《洪範》"九疇"亦屬此類;其二是指數量,如《尚書・益稷》:"予欲聞六律、五聲、八音,在治忽,以出納五言,汝聽。"[④]趙伯雄所總結的先秦文獻中"以數詞加名詞"的用法[⑤],皆爲此屬;其三纔是結構性數字[⑥],亦即分類時因爲抽屜原理而形成相同數字,進而可以據此進行比配關聯,如《五紀》中的"處五""正四"以及整數倍的遞進"紀三""方六""向七"。實際上,"以數爲紀"第三方面的内容并不表現在語詞上,而是體現在實際的關聯中。《國語・周語下》載伶州鳩之解釋"七律"——因爲"自鶉及駟七列也""南北之揆七同也"均爲七,"故以七同其數","數合神和,然後可同也"[⑦],即典型地體現出這一點。這種"强小數字定律"作用下形成的小數字的關聯性,也是造成後世所謂"神秘數字"或"數字神秘主義"的根本原因之一。

宇宙類屬各有司神是《五紀》關聯式宇宙論的另一特色。神聖力量在不同文化的宇宙論中都有存在,按照列維-斯特勞斯的觀點,這正是"野性的思維"的表現,"神聖事物由於占據着分配給它們的位置而有助於維持宇宙的秩序",

---

① 5的數字特性有很多,比如它是10之半,是所謂"天數"(10以内奇數)的中間數("天之中數五"),又是10階幻方的中央數等。

② 趙伯雄《先秦文獻中的"以數爲紀"》,《文獻》1999年第4期。

③ 黎翔鳳撰,梁運華整理《管子校注》,中華書局,2004年,第859頁。

④ 阮元校刻《十三經注疏・尚書正義》,中華書局,2009年,第298頁。

⑤ 參閱趙伯雄《先秦文獻中的"以數爲紀"》。

⑥ 葛蘭言最早明確地指出了這一點:中國古人重視的不是"數"所反映的數量和順序,而是"數"的分類功能,他們用"数"來表示某些種屬的性質,或指出一種層級化的排列(une ordonnance hiérarchique)。Marcel Granet, *La pensée chinoise*, p. 128.

⑦ 徐元誥撰,王樹民、沈長雲點校《國語集解》,中華書局,2002年,第126頁。

“如果廢除其位，哪怕只是在思想中，宇宙的整個秩序就會被摧毁”①。在中國，從“軸心時代”起早期“萬神殿”即隨着儒家思想的確立而逐漸被整飭，“月令”系統中的司神已較簡約，《淮南子》《白虎通義》大體相同。與之相反，《五紀》中的神祇則异常豐富：首先有三十神，通過不同的“尚”“司”，將“時”“度”“正”“章”“數算”五類緊密關聯起來，實施了部分的關聯功能；另有方位十八神、四維二十八神，分司上下四方、天地星辰；以上諸神又各司人體部位，按日值司。“四荒、四冘、四柱、四唯、四維”之神又爲黄帝之“四幹、四輔”②，從而使“天五紀，地五常，神五時”系統的關聯得到進一步的加强。

神祇總是與神話相關聯的，因爲神話叙事可以交待神聖的來源，樹立神祇的神聖性。《五紀》中的黄帝故事，實質上就是這樣一種神話叙事，以對“四荒、四冘、四柱、四唯、四維”進行解釋説明，也起到了將“五紀”關聯式宇宙系統合理化的功能。在這個故事中，“黄帝四面”的神話顯然已經成爲“黄帝四佐”的英雄故事③，説明它繼承了春秋以來對神話的歷史化改造；而“黄帝有子曰蚩尤”云云，又證明它保留了一些在其他文本中已經被汰除或篡改的古老的説法④。

最後，《五紀》的圖式化也非常顯著，這一點可以從整理者所列的二維表格和示意圖中明顯看出。其記叙方式和文本結構與《管子・幼官圖》非常相似，很大可能其中絶大部分内容是對一種或多種圖式或模型的説明。圖式或模型都是指示、推導工具，文字則是對推導結果的總結，在書寫載體尚不發達的“圖”“書”分離時代，文存而圖亡是正常的現象。

三 “度”及“數算”的意義

《五紀》的宇宙論體系中，“天下之度”和“天下之數算”具有非常重要的地位，都屬於“五紀”之下的第一級别類屬。簡文“一直，二矩，三準，四稱，五規，圓正達常，天下之度”，“度”爲“度量”之義，“直”“矩”“準”“稱”“規”爲測量、度量工具，合稱實即所謂“度量衡”⑤；簡文“一亦一，二亦二，三亦三，四亦四，五亦五，天下之數算”（簡四），前半句的意思不太直觀，詳下文詳論，但“數算”即今之所謂數認識和數學之計算，仍無疑問。

先秦文獻中，《管子・七法》謂“則、象、法、化、決塞、心術、計數”爲七法，

---

① 〔法〕列維-斯特劳斯《野性的思維》，第 14 頁。

② 參閲程浩《清華簡〈五紀〉思想觀念發微》。

③ 參閲清華大學出土文獻研究與保護中心編，黄德寬主編《清華大學藏戰國竹簡（拾壹）》，第 124—125 頁。

④ 參閲程浩《清華簡〈五紀〉中的黄帝故事》，《文物》2021 年第 9 期。

⑤ 具體指稱，《管子・揆度篇》稱“權、衡、規、矩、準”，《月令》稱“度量、衡石、斗甬、權概”，《淮南子・天文訓》稱“規、衡、繩、矩、權”，《時則訓》稱“六度”：“準、規、矩、權、衡、繩”，内容大同小异。其中的“規”“矩”“準”“繩”，實質上是代表着度量衡的數學基礎之一——幾何測量，如《漢書・律曆志》所曰：“規者，所以規圜器械，令得其類也。矩者，所以矩方器械，令不失其形也。規矩相須，陰陽位序，圜方乃成。準者，所以揆平取正也。繩者，上下端直，經緯四通也。”故與權、衡、度量并列。

"根天地之氣,寒暑之和,水土之性"。其中"尺寸也,繩墨也,規矩也,衡石也,斗斛也,角量也,謂之法","不明於法,而欲治民一衆,猶左書而右息之";"剛柔也,輕重也,大小也,實虛也,遠近也,多少也,謂之計數","不明於計數,而欲舉大事,猶無舟檝而欲經於水險也"①,明確將度量衡和數算并列爲政治的重要手段。至《月令》,"同度量,鈞衡石,角斗甬,正權概"僅爲春分的時令內容。其他漢代宇宙論文本中,亦僅有"規矩繩權衡"五量,缺乏"數算"一屬。直到《漢書·律曆志》,方將度量衡與數算在更高的層面上重新統一。

前文已述,一種良好的度量衡制度的建立,是較大規模農業社會賴以發展的重要前提,也因此成爲治國者的政治手段。《左傳·昭公十七年》記郯子追述其族以鳥名官之故有曰:"五雉爲五工正,利器用,正度量,夷民者也。"説明很早就有專門之官。《管子·揆度篇》以"事名二、正名五而天下治","正名五"即"權、衡、規、矩、準","人君失二五者亡其國,大夫失二五者亡其勢,民失二五者亡其家。此國之至機也,謂之國機"②。《五紀》將"規矩五度"擺在極高的地位,正是傳統的一脉相承。

度量衡的完善有賴於知識的進步,比如最根本的"長度單位"的製定需要從仿照人體器官(《五紀》對此有所反映)或其他自然物發展出更精確的標準件。社會對度量衡的强烈需求也會反過來刺激知識的發展,數學上對分數的直覺和對小數的認識以及十進制位值制的采用、四則運算和幾何測量水平的提高,均與度量衡密切相關。所以,度量衡與數學計算實質上是不能分割的,《五紀》的關聯式宇宙論將"數算"與"度"并列,即反映出這一點。

《五紀》同時非常突出"數算",這可以説是它的另一個極重要的特徵。程浩、黄德寬已經指出了這一點③,黄德寬并分别從"數算"與"五紀""五德"的關聯以及與"律曆""陰陽五行"的關係上加以論證④,除了"律曆"一端或不盡準確以外⑤,所論均是。實際上,"數算"爲"后之律"是簡文一開始就加以明確的:"后曰:日、月、星、辰、歲,唯天五紀。文后經德自此始"以下就開始論述"數算","文后乃倫歷天紀,初載于日,曰繇古之紀自一始"(簡四)爲一句,意思是:文后整理上天綱紀,從"日"開始,謂從古以來的綱紀就是從"一"開始。黄德寬

① 黎翔鳳撰,梁運華整理《管子校注》,第106—107頁。

② 黎翔鳳撰,梁運華整理《管子校注》,第1373頁。

③ 程浩《清華簡〈五紀〉思想觀念發微》;黄德寬《清華簡〈五紀〉篇建構的天人系統》。

④ 黄德寬《清華簡〈五紀〉篇建構的天人系統》。

⑤ 在這一點上,本文的觀點與程浩、黄德寬的研究有所不同。程浩認爲,《五紀》在充分重視日、月、星、辰、歲的同時,亦重視"曆數",理由是在《五紀》中,"天下之數算"地位極高(程浩《清華簡〈五紀〉思想觀念發微》)。黄德寬認爲,《五紀》推重"數算"的緣由之一,是因爲和"律曆"有密切關係(黄德寬《清華簡〈五紀〉篇建構的天人系統》)。本人認爲,《洪範》"五紀"之"曆數",與《五紀》簡四四"數以爲紀綱"之"數"相同,是指宏觀意義上的日、月、星辰、歲之運行規則,并非具體意義上的曆法。《漢書·律曆志》"箕子言大法九章,而五紀明曆法",是漢代的理解;《五紀》之"數算"實乃關涉"度量衡"之"數"與"計算",尚非"數法日月"之曆法計算,後者要到漢代方發展成熟。

認爲這既是先秦“道生一”的宇宙生成論觀念的反映,同時又指代“數”,識見獨到①。下句“一亦一,二亦二,三亦三,四亦四,五亦五,天下之數算”(簡四),“亦”字前之“一”“二”“三”“四”“五”,是對應於“五紀”的一至五,與其後“一風,二雨,三寒,四暑,五大音”和“一直,二矩,三準,四稱,五規”的一至五性質相似,表示數量有五;而“亦”後的“一”“二”“三”“四”“五”,則是構成這一類别的五個重要數字,即簡文所謂“五算”,代表“數算”。之所以數量爲 5 而且僅以 1、2、3、4、5 五個數字代表,顯然是因爲 5 是宇宙論中最重要的關聯數字,“數算”一屬必須與“時”“度”“正”“章”均爲 5。總之,《五紀》“五紀”之下第一層面的首要類屬就是“數算”,地位領先於“時”“度”“正”“章”。

中國早期數學的社會性極其明顯。較大規模的農業社會的生産、生活需要促使數認識水平很早就達到了一個較高程度,并促成了適合於計算的位值制和十進制,使乘除法,包括小數、分數在内的四則運算及幾何測量也特别發達。由此,早期中國和古希臘一樣具有“數爲萬物之原”的觀念,亦即非常重視“數”的意義和功用,特别是把各種從具體的數認識和計算中總結出來的“數”視爲天道規律的體現,賦予它們在知識體系中極高的地位②。上引《管子》以外,先秦及秦漢文獻如《墨經》、《易傳・繫辭》《説卦傳》、《吕氏春秋》、《淮南子》、《春秋繁露》、《易緯》等對此都有論述,只是較爲零散。至《漢書・律曆志》(《漢書・律曆志》的絶大部分内容,應是劉歆的論述),“數爲萬物之原”已經成爲知識體系中的核心原則。

然而,傳達“數爲萬物之原”并在關聯系統中引入“數算”的宇宙論論述却并不多見。《月令》中的“數用 x”,“數”只是“度數”亦即度量衡的進制單位,而且僅是作爲象徵存在。卦氣系統和易緯系統,主要是引入或强調易數的重要,并没有將其關聯進宇宙框架。

秦漢之時由於社會對數學計算的需要,産生了一大批算書類文獻,《周髀算經》是代表之一③。“周髀術”和“九章術”不同,前者是幾何測量,後者是應用計算。《周髀算經》借周公之口所問的“數”,實即測量幾何之學,因此其所感慨的“大哉言數”,不過是對測量幾何亦即所謂“勾股圓方”的推崇,絶非宇宙論式的思辨。

新近出土的秦簡算書《魯久次問數於陳起》是秦漢時較爲興盛的算數書論述的另外一個典型,它主要是對“數”之“類萬物之情”進行全面的概括,以實際計算爲例强調“數”之無所不用,但也涉及一些其他内容。如前半部分有曰④:

---

① 黄德寬《清華簡〈五紀〉篇建構的天人系統》。可以補充的是,《漢書・敘傳》序《律曆志》有曰“元元本本,數始於一”,即謂《律曆志》“備數”内容。“數始於一”道出“數”之元本,實即指代“數”。

② 以上參見拙撰《“先其算命”:早期中國知識系統中的“數”及其性質和意義》,待刊。

③ 關於《周髀算經》的成書時代,此從錢寶琮説定爲漢初。見錢寶琮《周髀算經考》,載《錢寶琮科學史論文選集》,科學出版社,1983 年。

④ 以下釋文均據韓巍、鄒大海整理《北大秦簡〈魯久次問數於陳起〉今譯、圖版和專家筆談》,《自然科學史研究》第 34 卷第 2 期(2015 年),第 232—266 頁。所引釋文一律使用寬式隸定。

> 久次曰:"天下之物,孰不用數?"陳起對之曰:"天下之物,無不用數者。夫天所蓋之大也,地所生之衆也,歲四時之至也,日月相代也,星辰之往與來也,五音六律生也,畢用數。子其近計之:一日之役必先知食數,一日之行必先知里數,一日之田必先知畝數,此皆數之始也。"

相比於"近計",前文論天地、四時、日月、星辰、五音六律之數,無疑就是"遠計",顯然屬於宇宙論的範疇。另外其在論述以數占病時有曰:

> ……曰:地方三重,天圜三重,故曰三方三圜,規矩水繩、五音六律六閒皆存,始諸黄帝、顓頊、堯、舜之智,循鯀、禹、皋陶、羿、筆之巧,以作命天下之灋,以立鐘之副,副黄鐘以爲十二律,以印記天下爲十二時,命曰十二字,生五音、十日、廿八日宿。道頭到足,百體各有司也,是故百體之痈,其瘳與死各有數。曰:大方大圜,命曰單薄之參;中方中圜,命曰日之七;小方小圜,命曰播之五。故曰黄鐘之副,單薄之參,日之七,播之五,命爲四卦,以卜天下。

也談到了一些大小宇宙類比、萬物類别及其相互關聯的情况,但其内容性質是在説明以數占卜之理,而不是討論"數"與宇宙的關係①。所以總體來看,《魯久次問數於陳起》將"數"進行了一定程度的形而上提升,不過重心仍然在於它的實用層面,并没有將"數"上升爲宇宙的重要組成類别。

《五紀》缺乏《周髀算經》那樣的宇宙構造學(cosmography)的具體論證,也没有《魯久次問數於陳起》那樣結合實例的詳細論述,但它把"五算"列爲"五紀"之下的首要類屬,又稱"五紀既敷,五算聿度,大參建常。天地、神祇、萬貌同德,有昭明明,有洪乃彌,五紀有常",視"算度合參"與"五紀有常"互爲因果;同時又清楚地宣稱"天下之數算,唯后之律",明顯是在宇宙論的高度上構建了"數算"的崇高意義。

正如第二小節已經有所論述的,《五紀》將"數算"(數認識和數學計算)和"度"(度量衡)并列置於極高的地位,是中國關聯式宇宙論基於"具體的科學"或"前科學"而構建的有力證明,也是關聯思維理性本質的一個重要旁證。這個事實也可以説明,關聯式宇宙論作爲一種形而上思想,總是建立在特定的客觀知識基礎之上的。

四 結 論

清華簡《五紀》并不屬於葛瑞漢所説的那種先秦文獻中"原始宇宙論的散

---

① 陳鏡文、曲安京認爲"三方三圜"彼此嵌套,是一種傳世文獻中從未見過的"蓋天説"模型(見陳鏡文、曲安京《北大秦簡〈魯久次問數於陳起〉中的宇宙模型》,《文物》2017 年第 3 期),稍有牽强。"三方三圜"固是一種宇宙結構(參閱馮時《文明以止——上古的天文、思想與制度》第六章第五節"参天兩地與奇陽偶陰",中國社會科學出版社,2018 年,第 615—624 頁),但主要是用來和"百體"類比。由規矩準繩、五音、六律六閒定天下之法"黄鐘",再由"十二律""十二時"及"五音、十日、廿八日宿",關聯"百體之痈"的瘳、死之數。大宇宙的"大方大圜""中方中圜""小方小圜"的命數各爲"三""七""五",和"十二""四"一起運用,以占卜天下疾病。

片”式的表述，而是一個相當典型的、較爲系統的關聯式宇宙論文本。這個文本的性質不能完全確定，但無論是學習性的鈔録，還是某種教訓性的史官記録，或是某位學者的專門性綜述，它都具有鮮明的特色，是戰國至秦漢時期關聯式宇宙論的歷時性、共時性的表現之一。

因爲《五紀》的時代、地域和原始狀態不能詳知，文本也并非是像先秦諸子言論那樣的富有意涵的系統論述，所以它還并不能成爲葛瑞漢“從孔子起到韓非止的哲學家思想中没有明顯的關聯思維”的反證。不過，《五紀》可以表明，“關聯式宇宙論”絶非是一蹴而就的，它經過了長期的積澱、整合、淘汰、更新，才最終在漢代蔚爲大觀，成爲系統的形而上學。

《五紀》正是在這個過程中被淘汰的文本之一，淘汰的原因是它所代表的傳統在很大程度上是非主流的，甚至是异端的。而它的宇宙論建構，不論是屬於戰國至秦漢發展過程中的一個環節，還是屬於當時存在的某個特殊的歷史傳統或地區傳統，最終都被漢代成熟的關聯式宇宙論所取代。清華簡《五紀》的出土再次證明，凡是亡佚的早期文獻，其内容無一例外的都是當時未被絶大多數人接受的，或是被吸收、超越并取代的知識或思想，它們是注定要亡佚的，只是因爲深埋地下并爲今天的我們偶然發現而幸存於世。但站在今天的立場上來説，《五紀》彌補了關聯式宇宙論文獻鏈條中缺失的一環，和其他出土文獻一樣，給予了我們審視歷史的新材料，歷史地擁有了無與倫比的價值。

【附記】本文撰寫過程中，承靳婷婷君提供重要資料，又承張博、袁元二君翻譯葛蘭言著作 *La pensée chinoise* 并指教相關問題，謹此致謝！

（作者單位：南京大學古典文獻研究所）

古典文獻研究(第二十五輯下)
Journal of the Institute for Chinese Classics Studies
Nanjing University
Volume 25, No.2 2022

清代書籍史的十一個面向

——以《清代的書籍流轉與社會文化》爲中心談文獻學的新寫法

韋胤宗

一直以來,大家普遍有一個感覺,那就是文獻學似乎處在一種"在夾縫中求生存"的境地。一方面,無論是書籍還是文獻,其本身是幾乎所有文史研究者必須時時面對的"研究材料",是研究的基礎,因此,所有研究者皆需處理與書籍、文獻相關的問題,具備一定的文獻學素養。但一般的研究者却不會止步文獻,而是要回答超越文獻的問題,遂皆有超越文獻的學術追求。長此以往,學者們都有一種印象,那就是以書籍、文獻爲研究對象的特別是文獻學,僅爲工具性的學科,極端一點的學者甚至認爲"文獻學"本身没有自己的問題意識,因此也没有獨立成科的必要。

文獻學本身的確具有一定的工具性和基礎性,這其實是文獻學家應該引以自豪的一件事,很多文獻學家常常説文獻學處在學術的上游,其中不無自嘲意味,但也在一定程度上彰示了文獻學家倔强的自信。同時,也有越來越多的文獻學人開始努力尋找文獻學所應有的"問題意識",拓展文獻學的邊界,向學術的下游發展,使得本學科不斷超越目前所處的稍顯尷尬的境地,徐雁平教授的《清代的書籍流轉與社會文化》(以下簡稱《清代的書籍》)就是此方面一個優秀的嘗試。本文就以《清代的書籍》爲中心,略談文獻學該如何書寫與解釋等問題。

一 文獻文化史

《清代的書籍》是程章燦教授主持的國家社科基金重大項目"中國古代文獻文化史"的子課題之一。"文獻文化史"這一概念出現較早,但最早對其進行較爲全面而深入地思考者,當屬趙益教授《從文獻史、書籍史到文獻文化史》一文。該文指出,文獻文化史當從西方"書籍史"中汲取方法論的啓示與研究視野的借鑒,但更應該"在借鑒西方書籍史觀照視野的過程中……充分反思研究對象——中國古代文獻、書籍——的客觀屬性",從而提出適合於中國古代書籍與文獻研究的新問題[①]。趙教授提出了幾個非常重要的觀點,一是要超越傳統的版本學、校勘學、印刷史等以文獻本身爲對象并局限於描述和研究文獻本身的研究方法,應該借鑒西方書籍史的研究方法,擴大研究的視野;二是要有中國本位的問題意識,藉由書籍與文獻來研究與觀照中國古代歷史與文化;三是要通過文獻來研究中國古代的歷史,也就是説,文獻文化史的問題意識應該落脚於回答歷史的或者文化的問題——或者起碼部分地落脚於此。

文獻文化史與傳統文獻學的區别是視野大小有别,前者想要通過描述書籍與文獻來認識歷史與文化,後者一般以文獻本身的研究爲中心,且更多地向傳統的版本目録學取法。而文獻文化史與書籍史的不同之處是所觀照的區域相异,前者關心中國問題,後者源於西方,不僅方法是西方的,其方法被拿來研究中國書籍史時,其實也未必全然回答的是中國的問題——有前輩學者曾對美國的中國研究進行過這樣的評價:美國的中國學,説到底是美國學。

文獻文化史也好,書籍史、文獻學也罷,還有"出版史""印刷史"等,造成其研究旨趣與研究方法不同的一個主要原因,在於每個領域的研究者出身稍有不同,即不同的研究者進入書籍與文獻研究領域的方式和原初設想有所不同。出版史和印刷史的研究者多數是社會史家或科技史家,他們一般將印刷術的發明與變革與其他的技術革新等量齊觀,而且多數都持有或重或輕的"技術决定論"觀念。比如美國著名學者伊麗莎白·愛森斯坦(Elizabeth Eisenstein)著有《作爲變革動因的印刷機:早期近代歐洲的傳播與文化變革》這一鴻篇巨著,認爲歐洲十五世紀中期出現的印刷術所帶來的書籍、知識生産與傳播的便利,對歐洲文藝復興、宗教改革乃至於近代革命皆産生了决定性的影響,也就是,從某個角度來講,是印刷術使得西方進入近代文明[②]。愛森斯坦本書具有非常濃重的西方中心主義的思想與技術决定論的觀念,受到各方嚴厲的批評。但此種研究路徑并非愛森斯坦獨有,而是在整個歷史學界都有重要的影響。在中國印刷史和出版史方面,最早有二十世紀初的美國學者卡特(Thomas Francis Carter),後又有錢存訓、張秀民、潘吉星等,皆較爲看重造紙、製墨、印刷術等技術革新,解决了很多書籍、文獻研究方面的問題,但這些學者本身,則是有更遠的學術追求,即回答人類文明進步的動因。

西方的書籍史研究者最初大部分是歷史學出身,因此他們關注書籍的生産、流轉與閲讀,本是爲了回答書籍如何改變社會、文化這一基本的歷史問題。比如,目前美國書史研究的執牛耳者羅伯特·達恩頓(Robert Darnton),原是法國大革命史研究的專家,他進入書籍史領域,是看到了文化與知識在法國大革命時期在塑造大衆觀念乃至於改變社會方面發揮了非常基礎的作用,達恩頓投入了巨大的精力研究了法國大革命前後的文化生産、知識流轉及其社會

① 趙益《從文獻史、書籍史到文獻文化史》,《南京大學學報》2013年第3期,第110—121頁。

② 見伊麗莎白·愛森斯坦著,何道寬譯《作爲變革動因的印刷機:早期近代歐洲的傳播與文化變革》,北京大學出版社,2010年。

影響,成爲歷史研究的一個足資借鑒的典型①。達恩頓稱"書籍史研究把史學家、文選研究專家、社會學家、圖書學專家或任何對書籍在歷史上的作用感興趣的人組織到一起","用社會史和文化史的方法研究人類如何溝通和交流",其目的是理解"人們的想法和觀念是怎樣通過印刷品得到傳播的,閲讀又是怎樣反過來影響人們的思想和行爲"②。其問題意識非常明確,即通過書籍來研究人類的交流行爲及其對於人類思想、觀念的形塑作用。達恩頓除了是一位書籍史家之外,通常還被稱爲思想文化研究的學者,是思想史和文化史領域新研究範式的建立者。這樣的由書籍而達於思想文化史的研究,從史學上來講,是一個首尾理想的研究樣態,它不僅可以提供很多方法論上的啓示,而且道出書籍與文獻研究所能解決的問題,包括史學上的、文化學上的和社會學上的多種多樣的可能性。也就是説,可以從這些思想史、文化史研究中汲取問題意識。

最早向書籍史進行借鑒的——或者説向書籍史方向靠攏的——文獻學家,是歐美的文獻學研究者,其中最著名者爲英國文獻學家麥肯錫(Donald Francis McKenzie,1931—1999)。麥肯錫生於新西蘭,早年愛好英國文學,後入英國劍橋等校學習,後來成爲牛津大學目録學與校勘學方面的教授。他曾花費巨大氣力閲讀了劍橋大學出版社的各類檔案,考辨其出版目録,考察其書籍貿易,寫下了《劍橋大學出版社 1696—1712:一個文獻學的研究》(*The Cambridge University Press 1696—1712: A Bibliographic Study*)一書;又曾編過英國劇作家威廉·康格里夫的全集(*The Complete Works of William Congreve*)并寫過一系列較爲傳統的文獻學研究著作,是一位優秀的文獻學家。進入二十世紀八十年代以後,在人類學、社會學、書籍史和新的文本批評理論的影響之下,麥肯錫嘗試向書籍史方向靠攏,他著有《文獻學與文本的社會學》(*Bibliography and the Sociology of Texts*,初版於 1989 年)一書,書中主要討論文本物質層面的要素如何影響文本的傳播和接受等内容,書中有大量内容討論書籍的各類版本之增演與遞變及其對文本意義産生的影響,從中可以看出作者具有深厚的文獻學(主要爲版本學和校勘學)修養,但作者落脚於文本的各類變形對於讀者的影響,嘗試從文本的形式中追尋各種或隱或顯的意義,這種對於意義與功能的追尋,則具有明顯的社會史、文化史的意味。這是麥肯錫有意爲之的結果。書中,麥肯錫稱自己所從事者爲新的"文獻學",稱其"是一門研究作爲一種記録方式的文本,及其生産、傳播和接受過程的學科",它"研究作家、印刷工和出版商對於文本的創作、版面設計以及傳播;研究

① 代表著作有《屠猫狂歡:法國文化史鉤沉》(吕建忠譯,商務印書館,2014 年)、《法國大革命前的暢銷禁書》(鄭國强譯,華東師範大學出版社,2012 年)、《啓蒙運動的生意》(顧杭譯,生活·讀書·新知三聯書店,2005 年)、《舊制度時期的地下文學》(劉軍譯,中國人民大學出版社,2012 年)等。關於書籍史與閲讀史,參見韋胤宗《閲讀史:材料與方法》,《史學理論研究》2018 年第 3 期,第 109—117 頁。

② 羅伯特·達恩頓著,蕭知緯譯《書籍史話》,見《拉莫萊特之吻》,華東師範大學出版社,2011 年,第 85—86 頁。

文本通過由批發商、零售商和教師組成的團體的配銷過程;研究圖書館員的收藏和分類;它們對於讀者的意義……以及讀者對於它們的富有創造力的改編"①。文獻學出身的學者所寫的"書籍史",明顯帶有濃重的文獻學意味,與文化史、社會史出身的學者有所不同,但二者都在朝着一個類似的方向挺進,且在努力彌合其間的空隙。

西方書籍史的影響很早就波及海内外對於中國古代書籍、文獻的研究,而且近三四十年間已經取得了非常突出的成績。但無論是西方的漢學家還是中國本土的學者,對於"書籍史"這一新路徑最爲敏感的,還是歷史學家以及部分文學研究者②,文獻學家則遲至近幾年才開始對其略有涉足。南京大學是中國文學、文獻學研究的重鎮,南大團隊所進行的"中國古代文獻文化史"這一重大項目,在在顯示了中國本土的文獻學家開始大規模拓展文獻學的研究視野并提出適合中國古代書籍、文獻之特徵的問題意識,這無疑代表了一個新的學術發展方向。

二 清代文獻文化史的寫法:十一個面向

趙益教授曾對中國古代"文獻文化史"(或"書籍史")的問題進行過簡要的討論,他指出,在西方印刷術的發明與普及給社會、文化帶來了翻天覆地的、革命性的變革,因此"西方的問題是——'谷騰堡革命'以後的書籍生産交流如何推動宗教改革、啓蒙運動、科學革命等并導致近代向現代社會的進步",而與之不同,"中國的問題是——文獻圖書的悠久歷史與古代社會發展和文化的傳統延續的内在關係及其内涵"③,簡言之,即書籍如何塑造中國古代社會與文化。《清代的書籍》爲"中國古代文獻文化史"之第六卷,從本書的書名即可看出其所關心的問題:本書的研究對象集中於清代書籍之流轉,而所要落脚的點則是清代的社會文化,或稱書籍與清代社會文化之間的交互關係。該書《結語》中説道:"總體來説,(清代)没有出現閲讀革命或大衆閲讀之類深刻變化,文獻與其依托的社會文化還是穩定、連續地發展。"④因此,中國書籍史的書寫,也不可能如寫西方書籍史那般波瀾壯闊。作者稱其書"有意避開驚濤駭浪式的叙述,有意追求一種較爲平穩細緻的叙寫:搜集那些散落在各處的斷片,或者從諸如日記'堆積式'的細碎記録中理出'頭緒',尋找一種可能的連貫性"⑤。本書整體上來講的確能反映此種寫法。

---

① Donald Francis McKenzie, *Bibliography and the Sociology of Texts*, Cambridge: Cambridge University Press, 1999, pp. 12 - 15.

② 比如中國書籍史研究專家或者涉足書籍史研究者之中,歐美學者如包筠雅(Cynthia J. Brokaw)、周紹明(J. P. McDermott)、周啓榮等,皆爲社會史家;美國華裔學者何予明、日本學者大木康等則本屬於文學、文化研究者;中國學者如潘光哲、張仲民、曹南屏等,則又多以思想史或文化史研究專長,也是較多出身於史學。

③ 趙益《從文獻史、書籍史到文獻文化史》,第119頁。

④⑤ 徐雁平《清代的書籍流轉與社會文化》,南京大學出版社,2021年,第638頁。

書分十一章,分别對清代的書商、清人的抄書活動、吴中文人群體的書物交流、普通文人的讀書生活、清人的讀書法、清代《説文》學興盛的書籍史背景、家集的編刻、女性的閲讀世界、清代的小説戲曲閲讀、晚清的石印出版狀況、新學書籍涌入所帶來的社會影響等十一個問題進行了細緻的鈎沉。本書并未使用綫性的寫法描繪一個大而全的"清代文獻文化面面觀",而是截取了清代文獻文化史的十一個面向,并對每個面向進行了非常全面而深入的描繪,藉以向我們展現作者所理解的有清一代各類人與書物與社會文化的交互關係,使得書寫免去乏味單調之感,不必進行人云亦云的常識性的重複,突出重點,更有新意,且饒有趣味。本書有以下幾點特别引起我的興趣,現在分别述之。

本書的第一個特點是跳出了以往文獻學聚焦於少數經典或個别大師、大家的研究框架,轉而關注更爲龐大的書籍生産、流傳與閲讀的群體,即"眼光向下",關注"群體"(或"圈子"),探討書籍與社會中下層各類民衆的日常生活①。比如,在書籍生産與文獻增衍方面,第二章寫清人的抄書活動(其第二節由楊洪升教授參與寫就),所論及者,不僅有可以入内府與四庫館抄書的上層學者,更有爲數更多的以"傭書"爲業的無名氏群體、視抄書爲日常生活一部分并將此行爲雅化的下層清貧文士群體以及通過抄書互通有無的藏書家群體。第七章探討數量龐大且未經"經典化"篩選的清代家集這一文獻形式,因文本本身性質所限,本章關注的文本背後的身影也多是普羅大衆以及各個地域的名門望族。徐教授曾編著《清代家集叙録》等書,在清代家集文獻方面有深厚的文獻積累,同時又視清代家集大量涌現爲一個文學史、社會史和文化史的現象,通過各類藏書目録、日記、家集的序跋等描述了家集編纂的過程以及背後的文化觀念、家族内外的文化交流、家族之間的文化競争等問題,此類討論皆有助於重新審視"文學"這一概念以及特定文獻在普羅大衆日常生活中的功能。

在書籍的流傳方面,第一章使用了大量筆記雜著、日記、題跋等材料,勾勒了清代書籍世界中一個極爲活躍却一直身影模糊的群體——書商,重構了清代書籍貿易的基本結構,同時以豐富的事例刻畫了清代書商的面貌。第三章則通過大量的藏書題跋、詩文等材料,描述了吴中文人學者群體的書物往來,并嘗試追溯清代中下層文人學者群體的活動軌迹與思想心態。

在書籍的閲讀方面,第四章通過兩個清代中期普通文人黄金台與管庭芬的日記,勾勒了普通讀書人眼中清代書籍的撰著、編纂、刊印、買賣、借還、贈送等情況,簡言之,即清代中期的書籍市場與中下層文人之間的"學術—人情"網絡,書中稱此爲清代的"中層書籍世界",并期望藉此窺探清代思想與學術的大致面貌,思考前輩學者所提出的"學術共同體"存在的可能性。第五章介紹了《讀書分年日程》這樣一種關於讀書法與推薦書目的著作,此類書籍一般是學界前輩爲後輩所作的學術入門指導與進階規劃,實則反映了清人觀念中年輕學子的讀書習慣、讀書方法以及他們對於學術的認識。第八章使用詩文、雜記

① 徐雁平《清代的書籍流轉與社會文化》,第6—9頁。

等零碎的材料拼出了清代一般女性的閱讀世界，作者不僅向我們呈現了書籍如何幫助閨門中的女性完成傳遞文化、培育子女等社會功能，還以大量“瑣碎的”文字向我們訴説了清代女性的那種無關治平、没有“學而優則仕”等名利牽絆的一種“自在氛圍”[①]。

無論抄書的貧士、刻書的家族還是謀利的書商，無論是中下層學者的讀書生活、還是女性的閱讀世界，作者無疑全面踐行了其“眼光向下”、關注中下層各類民衆的學術目標。其意義或許并不僅僅局限於社會之階層。作者所描畫的，是中下層民衆與書籍文獻的關係，這些過往的一般人，多數都没有可爲後人稱道的學術貢獻，因此，作者所寫的即爲書籍與一般人的日常生活。大學者——以及其他歷史中的大背影——也都有日常生活。所謂“眼光向下”，實則亦可以理解爲眼光投向知識史、思想史與學術史的下層，即書籍、文獻、知識、信息對所有人的日常生活，也就是對於“私人”的意義。在談論女性閱讀時，書中稱女性與書籍的關係“能呈現出男性書籍世界所缺少的自在氛圍”，竊以爲此論仍可商榷：男性的私人世界中或許也有一片純粹“自在氛圍”的領域，有待於我們去挖掘和欣賞。對任何一個個體都至關重要的日常生活的歷史、閑暇的歷史等，都是以往研究的空白，這個空白在新的學術方法與視野的觀照下顯現了出來，亟待我們去填補。

本書的第二個特點與貢獻是對中國古代閱讀史進行了更爲全面而深入的探索。本書的十一章中共有六章聚焦於清代的閱讀史：第三章、第五章、第八章各以一類人爲關注的對象，前文已經對其有所介紹；第六章、第九章、第十一章各以對一類文本的閱讀爲中心。第六章（本章爲吴欽根所作）討論的是清代的《説文》閱讀史，作者并未從文字學、訓詁學或者語言學的角度對清人在《説文》學上的研究進行繁瑣考證，而是搜集了大量清人的《説文》批校、題跋等材料，并結合日記、筆記以及各類《説文》學著作，考察了《説文》一書在清代知識界的流傳、閱讀、著述與注釋的增殖。作者將《説文》一書放置於當時的讀書人群體中，通過大量的材料勾勒了當時學人之間交换學術資料、交流學術心得的方法，同時指出，通過此種密切的交流，學者之間逐漸達成某種共識，獲得一種認同，使得考據學在清代形成“一種群體性事業”[②]。如作者在文中所指出，本章并非意在探索清代“《説文》學”興起的内在根源，而是要考察“它發生傳衍的外在機制，即這一龐大的知識或書籍網絡是如何在學者群中由點到面而逐漸形成與展開的”[③]，也就是説，作者要以小見大，通過討論《説文》學興盛的書籍史背景，從而爲清代考據學的發生與興盛提供另一個——或許更爲直接的——社會文化背景以及物質條件上的解釋。

第九章題爲“三教之外又多一教：清代的小説戲曲閱讀”，通過對一些藏書

---

① 徐雁平《清代的書籍流轉與社會文化》，第468頁。

② 語見艾爾曼著，趙剛譯《從理學到樸學：中華帝國晚期思想與社會變化面面觀》，江蘇人民出版社，2014年，第4頁。

③ 徐雁平《清代的書籍流轉與社會文化》，第323頁。

目録以及日記等文獻的考察,發現清代文人較喜讀《紅樓夢》以及《儒林外史》《品花寶鑑》等書,耕讀之家可能有以"講説"小説爲家族内部娱樂的風氣。作者仔細考察了清代《紅樓夢》的閲讀史,描述了小説如何進入一般文人的日常生活,并成爲影響其思想與觀念的一種文化力量。作者指出,小説戲曲"在清代的社會文化中以逼人的態勢生長,'侵入'正經書的領地……確實影響了明清人的生活方式,牽涉娱樂活動、情感世界甚至文化制度"[①],因此,小説戲曲在清代已如錢大昕所説,成爲三教之外又添加的一教,亦即小説戲曲在塑造民衆思想方面已經頗有功效。這不僅僅是一個閲讀史事件,同時也是一個思想史事件,而且已經進入對於"私人"領域中之閑暇的歷史考察,開始填補前文所指出的空白。

第十一章則將目光移入近代,討論晚清民國時期新學書籍的閲讀史。大致來講,新學書籍所承載的是紙面上與觀念上的外來文化,新學書籍的大量涌現與國人的閲讀和反應自然是一個文化接觸的問題,關涉晚清民國時期中國知識界與思想界的啓蒙、革命、救亡圖存、融入世界、萌發"現代性"等一系列重大問題,如作者在緒論中所説,近年來已有張壽安、張仲民、熊月之等一批學者作出了頗有意義的研究。本章中,作者則以晚清時人孫寶瑄的日記爲中心,描繪了孫寶瑄及同時代的一些中下層知識人在接觸新學書籍之時的閲讀心態。作者通過大量的引文與仔細的描繪,呈現了孫寶瑄在接受了西方生理醫學等書籍後所萌發的"强種"思想,通過對比西方政治理念從而對中國古代思想家的重新審視以及孫氏等人在新學與舊學的交匯中在頭腦世界中所構建的理想化的富强民主的新式國家。作者以小見大,所描繪的是大變局背景之下普通知識人的内心波瀾與思想歷程,是大歷史與小背影的互動關係。

閲讀史所要回答的問題,應該是以書籍文獻與其閲讀來研究人——人與人的關係、人所組成的社會在一定背景下的結構與特點,以及期間的物質、經濟、思想之往來。本書從對書籍流轉的描述入手,通過豐富的事例,從最落到實處的方面對歷史中的人物與事件進行了描述,并對這些事件與現象的成因、樣態等進行了簡要的解釋與分析。從閲讀史的角度來看,本書的嘗試可作爲以後學者學習的樣本。

本書的第三個特點,是宏觀描述與微觀刻畫相結合的寫法。此一點既與作者所追求的社會文化史取徑有關,又由作者文獻學的學術根基所决定。一般社會史關注的核心是歷史上的人群以及人與人之間的各類權力的、經濟的、倫理的關係等,本書從書籍之流轉切入人群之間的互動:討論了清代中下層文人之間的學術往來與社會關係,描述了書商、抄手、藏書家與學者所構建的書物交流網絡,探索了文人、女性、學生、書院、家族等個人或者群體對於書籍文獻的各類操作以及書籍文獻在他們日常生活與精神世界中的作用。這無疑是一種學術史與思想史研究的社會學路徑與眼光。

---

① 徐雁平《清代的書籍流轉與社會文化》,第 21 頁。

由於此種向下的眼光和對於一般性"群體"的關注,本書所使用的史料也與一般文獻學家有所不同。本書大量使用了日記這一個近年來學者傾力挖掘的史料,所引用的日記原文,又往往在同一章節之内將相關人員的日記前後條列對比,同時輔以書信、筆記、讀書題跋、批校、圖像等文本,用前人的文字講述過往的歷史,從微觀的視角刻畫歷史的細節。比如,第一章藉助黄丕烈的藏書題跋描述了吴門書坊的大致數量、名目以及文人學者與書估之間複雜的書物往來;第三章同樣藉助黄跋描畫了吴中文人的書物交流網絡,并以生動的事例細緻描繪了文人讀書與藏書時的心情、友朋往來與交游之具體樣貌、文人聚會之組織方式以及題咏唱和之風氣等。作者對日記的使用更是令人印象深刻,全書各章皆引有日記以爲論據,第四章、第九章、第十一章等更是幾乎全用日記所構,且作者對於書林掌故極爲熟悉,追溯了很多書籍流傳之歷史軌迹,讀來興味盎然又令人信服。微觀的刻畫需要大量的一手材料,更需要對於史實的肌理有着全面而深入的把握,是一種落到實處、回到現場的歷史敘述。

社會史家由於要描述群體現象,往往借重計量的方式,通過一定規模的數據來構建宏觀的歷史敘述。徐教授本書中有大量圖表,多是對藏書目録、傳世古籍、日記、題跋等文獻進行全面的考察,統計出某一問題的基本數據并對其進行分析,獲得對於歷史的宏觀認識,同時以大見小,將一些較爲微觀的問題置於一個廣闊的背景之下,使其歷史意義得到較爲全面的展現。比如,第二章"抄書與書籍生産及流動",使用《中國古籍善本書目》與《中國古籍總目》等存藏書目統計出了清代鈔本的數量及其分布狀況,揭表了清人好抄寫宋金元人著述的風氣。第十章"石印出版與晚清的科舉文化",對1879年到1911年《申報》中"石印"一詞出現的次數進行統計,并在表格中分年呈現,通過這一關鍵詞在不同年份被提及的頻次,説明了石印術傳入中國後三十餘年間的起落變化,讀來令人信服。

三 問題與展望

若要吹毛求疵的話,《清代的書籍》或許還可以在以下兩個方面有所完善。首先,在材料的使用方面,本書大量使用了日記這一前輩學者稍有忽視的"新"材料,這固然與作者"眼光向下",着意書寫"回到人間、回到日常生活"的歷史這一立意有關,但較多倚重一類史料,也多少與作者在結論中所希望完成的"整體史"這一夢想不盡合轍。可以看出,作者對於日記這一史料的爬梳乃至於整理皆傾注了巨大的精力,隨之而來的代價之一就是對於批校、題跋、詩文、圖像等材料的挖掘還有待深入。以批校、題跋而論,清代數量極爲巨大的批校本,其中有各式各樣學者的批校、題跋,有後代學者對於前代批校題跋文本的過録、改寫、對話等,形成了一個龐大而極有特色的文本世界,本書中對於批校文本着墨較少,其所使用的題跋也幾乎全是已經編輯出版的目録或者題跋集録,并非古籍中原生狀態的題跋,因此,在説明一些問題之時,容易錯過一些原始現場的重要信息。

其次,如前文所述,作者放棄了傳統的、綫性的、大而全的歷史叙述,而是在十一章中描繪了清代書籍史的十一個面向,這樣的寫法自有其優點,但隨之而來的問題也值得注意。總體來看,在這十一個面向之中,作者盡力從十一個角度向我們展現一個全面的、完整的清代書籍流轉與社會文化的面貌,面面相映,方見其豐富與多樣。但是這十一個面向之間似乎并無明確的邏輯關係,初看起來各個面向的選擇有一定的隨機性,也就是説,全書的十一個章節并未形成層層推進性的論述,這也許是由於作者對於"書籍史"或"文獻文化史"這一研究路徑的問題意識的思考還在探索階段,還缺少一個一以貫之的"問題"。文中許多章節都在結尾處引用西方的理論或者經典研究作品的論述,試圖形成一種簡單的對話,但多數情况下僅是找到西人理論的一個東方事例,并未形成深度的對話,未將西人的理論融入文章的論述中去,對其進行思辨、駁難或者深化,這或許也是本書問題意識還需深化的一個表現。

當然,以上兩點只是筆者一管之見,以及筆者對於這一領域研究發展的希望。無論在"中國書籍史"還是在"文獻文化史"的領域中,《清代的書籍》這部著作無疑具有開拓性的意義。——開拓性的作品未必需要寫得如何密不透風,一種開放的樣態也許更能激發一個新領域的壯大與深化。

(作者單位:武漢大學文學院)

古典文獻研究（第二十五輯下）
Journal of the Institute for Chinese Classics Studies
Nanjing University
Volume 25, No.2 2022

重繪清代文獻文化學術地圖

——讀徐雁平著《清代的書籍流轉與社會文化》

蔡燕梅

徐雁平教授著《清代的書籍流轉與社會文化》（以下簡稱《清代的書籍》）爲"中國古代文獻文化史"叢書之第六卷，着重對作爲書籍"生命過程"重要環節之一的"流轉"的研究。全書共十一章，依次爲"書估與清帝國書籍的流轉""抄書與書籍生産及流動""蕘圃藏書題識與嘉道時期蘇州書籍社會""兩位普通文人的日記及其讀書生活""《讀書分年日程》與讀書風氣""《説文》著述與測定學術風氣的指標""家集編刊與文化傳承""女性與書籍""三教之外又多一教：清代的小説戲曲閲讀""石印出版與晚清的科舉、文化"與"新學書籍的涌入與'腦界不能復閉'"。作者有意突破文獻學、出版史、印刷史、藏書史、流通史等不同專史之間的畛域，將浩如烟海的清代書籍置於廣闊的社會文化史背景下，通過對突出代表性問題作專題研究，力圖以多重視角、多種結構呈現清代文獻的豐富圖景與社會文化内涵。

清代文獻的研究，也同樣在以目録、版本、校勘、典藏爲基本架構的傳統文獻學中展開，側重文獻的文本形態、物質形態與聚散傳承，而精英化、經典化這一傳統路綫下的大判斷，尚需通過豐富的文獻來檢證、補充。同時，現代學術背景之下日趨"專門化"研究所形成的關於清代書籍/文獻文化史的知識，零碎化和片段化在所難免。究竟以何種標準取捨龐大繁富的文獻？以何種思路切入複雜的書籍/文獻的歷史？换言之，清代的書籍史/文獻文化史如何叙寫？從作爲研究對象的文獻、作爲理論體系的範式，至具體的研究方法諸方面，《清代的書籍》展現出一派新氣象，本文稱之爲"重繪清代文獻文化學術地圖"①。

---

① "文學繪圖"這一概念最早出現於羅伯特·塔利的博士論文《美國巴洛克：麥爾維爾與世界體系的文學繪圖》，繪製地圖被用以喻指文學寫作，成爲文學空間研究的核心概念，也是叙事研究的重要拓展，還被推演至研究領域，"學者們要勘測所研究的領土，確定將要繪製的學術地圖的主題和目的，并進一步决定要納入哪些元素，强化哪些，弱化哪些，并努力將不同的叙事片段編織縫合在一起，納入一個邏輯嚴密的框架，努力繪製出某種整體性，而在這共時呈現的整體性之中，亦包含學者在這個領地探險時的動態路綫"。參見方英《文學繪圖：文學空間研究與叙事學的重疊地帶》，《外國文學研究》2020年第2期。

一　清帝國書籍流轉概觀

第一章,作者試圖在南北書籍交流背景下,從宏觀層面勾勒出清帝國書籍流通的概貌。作者抉取略具國際性的兩大書籍交流區域作爲研究重點,一爲以琉璃廠爲中心的京城,一爲以蘇州爲中心的江浙地區,視域跨越南北,精到地抓住關鍵與典型。清代前中期,京城書業中心從慈仁寺向琉璃廠轉移。琉璃廠書市歷經近三百年之興衰起伏,所受關注自然更多。第一節主要考察京城書業中心轉移、書籍聚散及在此過程中書估活動的圖景。第二節則别出心裁地通過多個風雅意象來凸顯京城書肆的盛況。經作者對《古夫于亭雜録》、禹之鼎所繪王士禛《載書圖》及題詩集等文獻所作的細緻分析,王士禛慈仁寺購書行爲演化爲一種風雅意象之始末具體可見。作者還敏鋭地指出,由於自身的記録作用明顯,加之旁人有力的推揚與後人不斷的潤飾重寫,王士禛成爲文人書肆購書的典型風雅形象。作者還從《琉璃廠小志》輯録詩作中捕捉到"典春衣買書"等風雅意象,巧妙地從側面反映京城書肆書籍買賣之興盛,文人學者對書籍購求所傾注的熱情。第三節將焦點從京師轉移至江南書籍區域中心的吴門。作者據《黄丕烈書目題跋》整理出有清一代吴門書坊三十六家,與處於興盛時期的琉璃廠書肆三十一家,規模旗鼓相當;姓名記録完整的"書友"十八家,包括書估、書賈,或以書船販書,或經營固定的書坊。其中關於書估及圖書交易記録,使乾嘉道時期蘇州書坊縮影,一目了然。第四節進一步討論書估(以湖州籍爲代表)對書籍流轉所起的推動作用。作者提出一個開放的學術觀點,"書估的文化貢獻,尤其是對於活躍在環太湖地區的湖賈而言,在於促使東南地區的書籍的充分流動;同時將南方的圖書資源轉運北方,促使文化資源的均衡配置,從而在京城形成一個書籍交流中心,爲政治中心與文化中心的形成注入豐富的内涵"(第89—90頁)①,對未曾進入學術史視野的書估在書籍文化交流中的作用予以充分肯定。

至此,本章爲我們認知清帝國的書籍流動提供重要的參照。

二　清代書籍文化社會的構建

第三章從前述吴門書坊規模、書友群體性延展出對嘉道時期蘇州書籍社會的構建。乾嘉時期乃至有清一代備受矚目的藏書家黄丕烈,藏書三十餘年,爲八百多種書籍作一千餘篇題識。這不僅包含書籍版本、校勘、流轉始末等學術性信息,也留存不少有關人與書之興衰起落所引發感慨的記述。由於絶大部分題識標示撰寫年月,"亦可視爲嘉道時期一個文士三十餘年的日記"(第163頁)。除題識本身的輯佚、刊刻、點校等整理工作,相關研究覆蓋黄丕烈的生平交游,藏書的整體面貌與流傳存佚情況,及其在版本、目録、校勘領域的成

① 本文對徐雁平著《清代的書籍流轉與社會文化》(南京大學出版社,2021年)一書之徵引,僅隨文標示頁碼,以下不再出注。

就和思想等多個方面。本章最大貢獻就在於從"蕘圃藏書題識"中發掘并梳理出黄丕烈所交游的多達八十九人的文士群,并廓清其群體性與地域特徵,關聯出嘉道時期蘇州的書籍社會,還高度評價黄氏爲吴中文人雅集創造種種機緣及參與該地人文傳統營建與傳衍之作爲。作者通過切實的文獻證據,道前人所未道,對人所共知個案的研究别具匠心。

第四章切换爲階層的視角,作者采擷黄金台、管庭芬兩部普通文人的日記來構建嘉道咸三朝中下層的書籍世界。這兩部日記因記述時段跨越數十年,且關於書籍購買、閲讀、收藏、抄寫、編刊、贈送等文字記載非常豐富,是清代書籍史研究的寶貴資料。作者并不止於對該階層理想樣本的讀書生活細節進行描述,還致力於"中層讀書世界"的構建。書籍作爲禮物的饋贈,關涉私刻本的性質、功用、成本,及其商業性與非商業性出版關係和界限等書籍史研究的前沿問題。書籍作爲禮物在讀書人中本是尋常之事,但相關記録却零散少見,黄金台、管庭芬日記不僅均衡且極其詳細,特别是黄金台日記,雖非無遺漏的全實録,但作者從經眼的三十六年日記中就統計出黄金台有 840 次贈送,351 次受贈,以及單次贈送與受贈的品種、部數,作出黄氏送書可能超出 1000 種,受贈可能不低於 800 種的推測。在禮物研究的基礎上,作者重新審視清代書籍流動的兩種主要形式,即商業性的交易與作爲禮物的交换。作者還敏鋭地覺察出書籍借還記録中所包涵的"潛在規約"及其運作中的誠信,爲討論江南學術共同體産生的社會學術機制貢獻出一個重要角度,相當精妙且富有啓發性。而通過對黄金台日記中書籍價格及交易信息的細緻梳理、分析,并以歷史上最有代表性、最可感知的米價爲參照,使清代書籍市場中集部書的價格及層級漸次清晰。以下三個觀點特别值得指出。其一,名氣不高的文人作品集若進入市場,其售價或低於成本價,甚至低於兩三斤米的價格;其二,中下層文人刻印自己的文集非常困難,也是不少著述最終以稿本存世的原因之一;其三,清人刊印自己的集子并非用以出售,而多出於送禮目的。

三　書籍與讀書、學術風氣關係探析

流動的書籍與讀書、學術風氣之間究竟如何相互作用?學問、舉業之精進,皆與讀書法密切相關,因而成爲上進文人學者普遍關心的問題。第五章通過考察程端禮《讀書分年日程》在清代的流傳與接受,討論書籍與時代讀書、學術風氣之間的關係。該書自朱子讀書法轉化而來,所指定讀書範圍以四書五經爲基礎,與科舉考試相輔相成,在讀書的次第、具體方法與時間分配等方面皆有特色,其接受始終伴隨着程朱理學的傳承。作者在梳理見存版本基礎上,就同光時期該書的普及與同治中興重振文教之間的關係提出獨到的見解。"日程"指導讀書,也被用以力救舉業之弊,被書院采納并用作課表,成爲行之有效的管理條規和評價體系,對清代以來的讀書風氣影響較大。晚清時期,隨着新學書涌入,清人對"日程"的接受態度發生明顯轉變,從全盤接受到爲適應世變作出漸次調整,故而仿作不少,舊學内容與時間安排壓縮,新學書增添等,可見讀書、學術風氣對書籍的流通和文本再生產的反作用。通過詳細考察《讀書分年日程》一書的接受情況,作者深刻剖析清代的學者、書院乃至官府各自重視"日程"的立場和動機,以及該書接受方式與讀書、學術風氣之間的交互關係,使我對此問題有更多層面的認識。

第六章着眼於《説文》研究在清代的興起、展開、新變,及其與讀書、學術風氣之間的關係。《説文》研究在乾嘉以來可謂臻於極盛。據作者統計,參與其事的學者多達四百餘人,産生著述不下九百種(第 321 頁)。本章從書籍史角度,探討一個圍繞此書研究的龐大知識/書籍網絡如何在學者群中由點到面逐漸形成與展開的歷程。作者從此衆多學者群和浩繁的著作中,抓出三個關鍵個案,即《惠氏讀説文記》、道光年間山東王筠及其群體之間《説文》類書籍的往還與道咸以降《説文》課蒙類書籍的衍生與繁榮,來印證清代乾嘉考據學初興、轉折與新變的三個階段,是一次以書籍史反觀學術史的有益探索。本章通過考察《説文》及許學在清代乾嘉以來的發展脉絡揭示讀書群體以多種方式在書籍的生産、接受、閲讀與流傳諸環節所發揮的作用,而關於書籍反作用於學術風氣的論證,則體現出以書籍爲"生命體"的學術立場,深化我們對書籍流動、再生産,及其與讀書、學術風氣關係的認識。

抄寫既是書籍生産的重要方式,也促進書籍物質性與文本性的流通。明清兩代抄寫風氣盛行,清代尤爲突出,然歷來不受重視,專門研究清代抄寫的論著較少。本書第二章以"抄書與書籍生産及流通"爲題,結合多種書目對清抄本的種類與數量等信息的著録,與清代藏書家及學者題跋中大量抄本相關的信息,從宏觀層面還原清代抄本的文化生態。文中將關於抄書及抄書人分爲兩類,一是謀生職業,一是非職業,性質與文化意涵各不相同。作者發現清代社會中始終存在一個以抄書爲生的底層文人群體。本章將"抄書"放回其所關聯的作者、抄寫者、讀者、傳遞者的社會網絡及歷史語境中,探討書籍與學術風尚演變、官方意識形態及文化知識管控等社會、政治、文化諸因素之間的相互作用,并對抄書所具有的文化内涵等問題予以深刻闡發。

四　特色書籍與社會時代新論

第七章爲"家集編刊與文化傳承"。家集是指彙編的家族著述,或某一家族中某一成員的作品,或包含數代成員的作品。家集的出現,可上溯至宋代。作者搜集網羅存世可考的清代家集多達 1244 種,相較前代總數 255 種而言,可謂蔚爲大觀。作者在歷代目録中確認家集文獻漸得認可的事實。基於全面的文獻調查與深細的作品分析,本章不僅對家集編纂中所藴涵的家族、地域觀念與時間意識作詳細考察,還對家集與家譜藝文之間的關聯和界限進行嚴密的辨析。作者通過對家集總序結構、技巧運用的結構性分析,揭櫫家族間所存在的"比賽"/"比照"關係,又對地方總集與家集之間的多種關聯進行條分縷析,燭照出家族在地域文學文化傳統構建中的重要角色。家集在中國古代層級文獻中的重要位置因此而得以充分顯現。實際上本章内容僅僅是作者多年來在家集文獻與地域文化深耕中極爲有限的部分成果。作者編有《清代家集叢刊》(184種,201册)、《清代家集叢刊續編》(179種,201册),并編撰成《清代家集叙録》三大册260萬字,居功厥偉。以上成果爲清代文學與文化研究夯實文獻基礎,而作者并不止步於文獻整理,其專著《清代文學世家姻親譜系》(2010年)、《清代世家與文學傳承》(2012年),及系列論文對清代家集中蘊含的諸多問題所作深入考索,推進家族/世家文學與地域文學文化研究①。作者所整理出的清代家集兼收女性詩文110種、專收女性詩文39種,改變以往家集專收男性著述的單一格局,成就了家族文學的多樣性。本章還特别指出書香世家中女性文學也能自成一系,充分肯定女性在清代書香世家及家族網絡中所扮演的重要角色。

第八章從多個維度討論"女性與書籍"的關係。第一節以"從吕思勉的回憶看被遮蔽的女性閱讀"導入討論,將女性置於家庭環境中以顯現家庭對閱讀的培育之功,"或還是在有相當累積的書香之家"(第433頁)。第二節轉而從清代十分發達的古書題識這一男性占主導的領地中尋覓女性的印迹,儘管也出現女性的"越界"却遠不如預想。作者在閨秀集中發現更多喜愛閱讀、著述的女性,以此推測清代女性閱讀世界的構成。借由閨秀集卷首的序言、題跋等副文本信息,作者描繪出更爲清晰的女性閱讀群體樣貌,《歷代婦女著作考》所建立的女性世界由此而大爲拓展②。而《牡丹亭》的閱讀則代表詩文以外的另一方向。作者从以上多角度探索女性與書籍和閱讀活動之間的關係,顯示出書籍在女性日常生活、不朽觀念中的多種樣態,及其在文化傳承、子女培育、女性群體集結等有意義活動中的助力作用。經過作者的分析、歸納,清代女性書籍世界特徵與文化内涵得以清晰揭示。

第九章作者試圖從未經篩選與編排、保留藏書"原生態"的抄本私家藏書目録中有關小説戲曲的著録,初步勾勒出一個應該普遍存在而文獻記載不多的小説戲曲閱讀世界。小説戲曲閱讀在清代文化中以逼人的態勢生長,"侵入"正經書的領地,愈發成爲難以控制的社會文化問題。作者進一步拓展文獻範圍,從日記中發現不少關於清代小説戲曲閱讀群體、閱讀心態等方面的記

① 在家集、日記等特色文獻整理研究基礎上,作者提出"文獻集群"的學術概念及一系列方法論,對近代文學研究提供了重要啓示。參見徐雁平《"文獻集群"與近代文學研究的新拓展》,《文學遺産》2022年第3期。

② 第四章引述黄金台日記中也出現女性著述至少25種,其中5種黄金台在咸豐年間讀過。日記還留存黄金台爲不少女性著作撰序題詞的記録,也提及袁枚與陳文述這兩位浙江前輩與閨秀之間親密的文學交往以及男性支持女性讀書著述的積極意義。本書涉及的女性與書籍,多集中於嘉道以降的人物與事件,或如作者所指出女性活躍的時代在嘉道以降,且呈愈發興盛的趨勢,地域上則集中在江南。關於明清之際女性與詩畫藝術、書籍出版活動,魏愛蓮著、劉朱迪譯《十七世紀中國才女的書信世界》(《中外文學》第22卷,第6期)以康熙初年杭州的一部時人尺牘選本《尺牘新語》三編"閨閣"類作品爲綫索考察女性藉助書信建立家族間的聯係,産生書籍出版,旅行及其他與外界溝通的方式,并剖析主編等同時代男性文人對於女性文藝、著述活動的支持與不安之複雜心態,指出十七世紀的這些書信將預示着十八世紀女性聯絡網的地理因素。這也提示日記文體崛起之前,尺牘文獻作爲一種進入文獻文化史視角的可能性。

載。一般讀書人閲讀活動相關記録的缺乏,給閲讀史帶來不小的挑戰。明末白話小説讀者問題的研究情形與此十分相似。二十世紀八十年代,明末白話小説讀者問題已引起學界關注,日本學者磯部彰與大木康,以各自深耕所得特别文獻與心得,推進這一課題的進展①。儘管推論的過程十分精彩,令人嘆服,然史料所限,只能停留於以作品"正文本"及"副文本"爲主要綫索對讀者層所作的推測。而本書的作者從"原生態"目録及多位不同社會階層的清人的日記中發掘出不少關於小説戲曲閲讀相關的文字記録,使超越基於正文本與副文本的"讀者反應"這一文學批評範式成爲可能,證實錢大昕所言不虚,小説戲曲的確擁有相當廣泛的讀者層,且對社會文化影響極大。這是真正意義上以一手材料及實證方式解决書籍史/閲讀史問題的案例。

第十章主題是"石印出版與晚清的科舉、文化"。利用《申報》及相關出版史料,學界從印刷史、出版史、書籍史、社會文化史等不同角度,或關於某部石印書之個案,或就石印技術與書局乃至某一區域出版業,進行不同層面的探究。本章注重仔細辨析石印出版的階段性特徵及其與社會、文化之間的互動。石印技術在咸同之際爲慘遭兵灾的江南古籍再生發揮了重要作用。光緒十四年以前石印出版物類型豐富,經典或史料系列與科舉用書系列齊頭并進,正是石印在書籍出版中大展身手的時段。後來,石印進入科舉用書的出版市場,改變以往科舉用書的編纂觀念,編選、博采廣搜巨書取代此前講求精要、典範選本的主流。甚至,成爲考試秘笈的石印書還滲透進科舉考場,從而影響當時考試風氣,讀者對書籍的感知也因此發生變化。令人印象深刻的是,作者以姚永概《慎宜軒日記》中的相關記録復現科舉考試原生態,還辯證地析論石印技術與科舉文化之間的關係。科舉"挾帶"之風是導致石印書迅速衰落的重要原因之一(第559頁);但也有保存文獻之功,"巨書"式選本爲"海量"的附帶書院評點的課藝提供暫時的容身之處。最後,作者指出,"印刷出版或傳播技術的每一次更替都與社會文化的重要變革同步,石印出版對中國文化的影響,談不上重要,然若以百年爲衡量時段,其突出價值和意義在於承前啓後、新舊轉换之際的多重過渡"(第582頁),對中國出版史上的石印出版予以客觀定位。

第十一章仍以日記爲關鍵文獻。新學書如何帶給中國人新知,又如何影響其思想觀念?傳統學問受到何種衝擊?作者從衆多晚清知識分子中擷取孫寶瑄這一典型個案,理由在於他對西學書籍閲讀量大、範圍廣,且是在新學涌入、新詞彙引進的大潮中學會如何使用新詞彙、新概念思考的代表人物。從研究角度看,孫氏《忘山廬日記》關於西學書購讀及對本國故有文獻之取捨與反應的詳細記録,具有相當的史料價值。作者依循日記綫索,細緻地梳理出孫氏關於生育學及醫學書等西學書的購讀情况及反響。日記中還可見孫氏也從顔

① 磯部彰《明末における〈西游記〉の主体的受容層に関する研究:明代"古典的白話小説"の読者層をめぐる問題について》,《集刊東洋學》,1980年;《讀書人層の〈西游記〉受容について:明後期の諸文芸との関係をめぐって》,《富山大學人文學部紀要》,1987年;大木康《明末における白話小説の作者と読者について一磯部彰氏の所説に寄せて一》,《明代史研究》第12号,1984年。

李之學等傳統"异端"尋找精神資源的一面。新學書籍并非裝點門面,而迅速使孫氏觀念更新,知識結構更替,腦界漸開,傳統學問框架被拆解重構。作者還從同時代不同地域的幾位文人日記中發現讀書記録,在横向比較中强化孫寶瑄的典型意義。作者顯然希望更深一層地討論晚清知識分子的閱讀及其知識與觀念變遷的複雜關係,有意在尋求無限趨近原狀的複雜性,試圖重新描繪出更爲錯綜複雜的社會文化地圖。當然,涌入晚清帝國的新學書籍内容包羅萬象,而登載大量科學知識信息譯稿的報刊,也成爲擴充晚清讀者西學"知識倉庫"的重要動力[①]。讀者自身條件及外在環境各自不同,多種因素相互作用,意味着晚清西學閱讀歷史圖景的闡釋空間還十分廣闊。

餘　論

"閱讀"作爲文本、物質形式之外的三大構成要素之一,賦予書籍社會文化意涵。書籍在流通過程中與諸多外在因素交互作用,因此跨學科也就成爲書籍史、閱讀史研究的内在要求及學科發展的必然取徑。本書在多個專題研究中的有益探索,具有示範意義。實證作爲核心方法,貫穿始終。特别引起我注意的是,作者在對清代文人個人文集刻印之目的功用、難易程度,刻印成本、市場售價等問題作判斷時,皆以切實的史料記載與周密的統計結果爲根據。正因此,從緒論的大判斷,到各專題研究所得結論及論證,令人信服。

儘管中西方書籍史、閱讀史各自處理的對象有所差异,但面臨的困難却相似共通,即缺乏閱讀記録相關的一手材料。在汲取來自异域的書籍史、閱讀史理論資源,借鑒海外中國書籍史研究新成果的同時,作者找準合乎中國清代文獻史對象屬性的特色問題,如書估、學者、"中層讀書世界"的普通讀書人與書籍的互動關係,突破學科藩籬,充分開拓以往較少受重視但又十分重要的家集、日記等文獻[②],重繪出清代文獻文化的歷史圖景。這與程章燦在展望中國書籍史研究中所倡導的"書籍史的研究,應該注意從周邊看中心",重視往常不爲人看重的邊緣人物與邊緣史料的學術理念相通[③]。這也證實用日記文獻解决書籍史/閱讀史諸多問題的可能性。作者還根據多年的日記文獻研究經驗,總結出一套可操作性强且行之有效的清代日記方法論[④]。在充分肯定日記史料價值的同時,作者辯證地指出個案的典型性與掌握闡發分寸的必要性(第628頁)。如何在嚴格的批判前提下利用史料,庶幾逼近特定時段書籍世界錯

① 潘光哲將晚清西學書籍與報刊比擬爲"知識倉庫",對於晚清西學閱讀多個不同面相有所闡發。參見潘光哲《晚清士人的西學閱讀史(一八三三～一八九八)》,鳳凰出版社,2019年。

② 該叢書第一卷《中國古代文獻:歷史、社會與文化》作者趙益也曾指出:"符合中國書籍史對象屬性的問題,如文獻與思想、學術、文學、政治的關係,士人階層與文獻的主客互動,并不缺乏材料。傳統文獻校讎之學和文獻史(包括出版史、藏書史、文獻學史等)已經發掘了大量的原始證據,而尚待開拓的直接和間接材料更爲浩博。"(第26頁)

③ 程章燦《書籍史的回顧與前瞻》(代導言),《文獻》2020年第4期,第14頁。

④ 參見徐雁平《從翁心存、翁同龢日記的對讀探究日記文獻的特質》,《南京大學學報》2013年第3期,第122—128頁。

綜複雜的歷史圖景,成爲中西書籍史閱讀史研究的共同目標所在。

"辨章學術,考鏡源流"是貫穿全書的學術宗旨。在多個專題研究中,作者着力對文獻及相關問題、現象予以追源溯流,上探至宋代,下及民國初年,力圖在歷史脉絡中展示社會文化發展的延續性。不過,綜觀全書,研究對象大體集中於乾隆以降的書籍,或與各類文獻在清代達到鼎盛的時段有關,不過,誠如作者指出:"就明清兩代而言,其文獻之豐富,蘊涵問題之繁複,足以爲理解明清社會文化乃至中國傳統文化開闢一條康莊大道;在研究時,可以借鑒似曾相識的書籍史、閱讀史以及文本社會學(sociology of text),然更重要的是利用這些文獻,并結合中國人的文獻體驗,豐富、拓展、修正這些理論,并提出新的問題,創造新的方法、構建新的體系。"(第 638 頁)清代中後期尤其是嘉、道以降以日記、家集爲代表的特色文獻被極大限度地開掘,展現出各類文獻文本打開的深度及延展的廣度。而清代中後期以前的文獻,其規模、形態、生成與流轉乃至與社會文化諸要素之間相互作用的動態過程,也是題中應有之義。

本書所提出的若干概念或新觀點,富有啓發意義。例如,在通常二元對立的社會分析範式中,"中層讀書世界"的概念被用以强化明清文獻文化史的社會底蘊。如此立意宗旨,多情境、多角度思索書籍的特徵、趣味與社會文化内涵,充實和豐富了清代文獻文化史的研究。作者從人群入手界定概念,"這一階層介於精英階層和不識字的大衆之間"(第 3 頁),似稍顯寬泛。對於以黄、管二人爲代表寓居於"中層書籍世界"的讀者,作者有時用"中下層文人"(第 209、210、222、241、267、271 頁),有時用"底層文人"(第 208、249 頁)指稱,或有特别用意。進而,通過所藏所用書籍之品味層級的比較定位,作者指出,"所謂考訂家、校讎家、收藏家、賞鑒家、掠販家,其中至少前四類所關注的應是'上層書籍',見於黄丕烈的藏書題識及錢大昕日記中的書,大致應入此類。而黄金台以及管庭芬這類中下層文人所藏所用書籍,大多爲常見刻本或晚近人著述,没有珍稀之本;然繁雜豐富中自具品味,自有難得的活力,他們所寓居的或許是'中層書籍世界'。當然還有'底層書籍世界',包括日用雜書、初級詩文選本、應試書籍之類"(第 241 頁),劃分出書籍世界的等級秩序。雖如此,書籍世界秩序的複雜性及蘊含的問題尚且存在探討的空間。例如,所謂"上層書籍"其文本内容或以翻刻本等形式爲中下層讀者所閱讀;被納入"底層書籍世界"的應試書籍等不少讀物,或是所謂"中間階層"朝夕揣摩學習的對象;從第九章結論看小説戲曲的讀者層也十分廣泛等,情況複雜。而我們知道,更早以前的明中後期,在"初期大衆傳媒社會"形成的進程中,生員是一股强勢的力量,以書籍等印刷品爲信息媒介來左右江南地區的"思想傳達、輿論形成、消息傳遞"等[①]。同時期活躍的"山人",往來於城市和邊境之間,結交當時著名的文人官僚、軍人及王府貴人,周游天下,參與邊境軍事活動等,成爲重要的信息傳播

① 參見大木康著,周保雄譯《明末江南的出版文化》,上海古籍出版社,2014 年。

者,熱衷書籍編刊,還涌現出多位出版名家[①]。而從清代前期書籍的生産與流通來看,無功名的地方文人也表現出相當的熱情,康熙初年杭州文人王晫及其稍後寓居揚州徽州籍文人張潮,近年來頗引研究者矚目。黄、管所在的嘉道咸三朝及清代中期以前,具體情形如何,前後是否存在某種延續性?

有清一代文獻體量之龐大、種屬類别之繁多、情形之複雜,稍有涉足者,大抵能認識到本書所承載的工作分量及難度。從文化史的構思、布局與寫作等角度看,在探索清代文獻文化史叙寫方面,《清代的書籍》是一部相當有價值的大著作,所涉及文獻類型的廣泛及對特色文獻的開掘深度,迄今爲止,首屈一指。筆者深信這將在未來數年海内外的清代文獻文化史領域激蕩出深層次的思考與對話。

(作者單位:南京大學文學院)

① 關於明代山人研究,其代表有鈴木正《明代山人考》(《清水博士追悼記念明代史論叢》,大安,1962 年),金文京《中國近世における知識人の性格——明代の山人を手がかりとして》(《中國史學》第 7 卷,1997 年)、《明代萬曆年間の山人の活動》(《東洋史研究》61 卷 2 號,2002 年)、《晚明山人余安期的活動》(收入復旦大學文史研究院編《都市繁華——一千五百年來的東亞城市生活史》,中華書局,2010 年)、《晚明山人之活動及其來源》(《中國典籍與文化》,江蘇古籍出版社,1997 年)等系列論文,大木康《山人陳繼儒とその出版活動》(《山根教授退休記念・明代史論叢》,汲古書院,1990 年),張德建《明代山人文學研究》(湖南人民出版社,2005)等。

古典文獻研究（第二十五輯下）
Journal of the Institute for Chinese Classics Studies
Nanjing University
Volume 25, No.2 2022

對象·路徑·視角:清代文獻文化史特質追尋

劉　仁

與傳統的文獻編纂史、印刷史專注於書籍現象的描述相比,二十世紀中期興起於西方的書籍史研究範式,開始關注書籍作爲一種傳播媒介本身所具有的力量,這種力量在對文本意義産生反作用的同時,還對社會文化具有獨立於文本之外的影響力。前一研究思路較關心書籍物質載體對文本意義的影響,形成所謂的"英國傳統",而後者更關注印刷如何引發文化變革,形成所謂的"法國傳統"[①]。受上述觀照視角的啓發,具有悠久與深厚文獻傳統的中國亦吸引了衆多書籍史研究者的目光,近年來涌現出不少討論中國書籍歷史及其意義的研究成果。

毋庸諱言的是,中國的書籍史研究明顯受到西方書籍史研究模式的深刻影響,形成了重點關注商業刻書以及商業書籍對社會文化結構的影響等問題的局面。在面對中西方文獻傳統與社會結構存在着巨大差异的情况下,有學者開始思考中國書籍史與文獻史上所具有的獨特問題,"文獻文化史"的研究理路就是在這樣一種背景下提出[②]。不過,雖然中國古代社會文化與其他文

① 戴聯斌《從書籍史到閱讀史:閱讀史研究理論與方法》,新星出版社,2013年,第26頁。按:所謂"法國傳統"以法國年鑒學派的史學家費夫賀(Lucien Febvre)、馬爾坦(Henri-Jean Martin)合著《印刷書的誕生》(李鴻志譯,廣西師範大學出版社,2006年)爲發端,爲美國學者羅伯特·達恩頓(Robert Darnton)《啓蒙運動的生意——〈百科全書〉出版史(1775—1800)》(葉桐、顧杭譯,生活·讀書·新知三聯書店,2005年)所延續,并在此基礎上提出了書籍"交流圈"的研究模式(《拉莫萊特之吻:有關文化史的思考》,蕭知緯譯,華東師範大學出版社,2010年,第89—90頁)。受當時年鑒學派社會史眼光的影響,這一範式呈現出明顯的宏觀取向,關注的重點在於印刷行業與"印刷資本主義"對知識、思想及社會文化影響有着"加速"或"變壓"的作用。"英國傳統"主要源自英國的書志學傳統,是突破了書志學"作者中心論"以後得到的自然結果,相較於"法國傳統"注重社會文化的宏觀視野,"英國傳統"更加關注書籍與文本本身。以出身劍橋的學者麥肯錫所提出的"文本社會學"爲發端,屬於年鑒學派的法國學者羅杰·夏蒂埃(Roger Chartier)《書籍的秩序——14至18世紀的書寫文化與社會》(吴泓緲、張璐譯,商務印書館,2013年)主要采用這一範式作爲構建理論的基礎,强調媒介形式對文本意義的影響。

② 參見趙益《從文獻史、書籍史到文獻文化史》,《南京大學學報》2013年第3期,第110—121頁。

明相比具有明顯的延續性與穩定性,但是就其内部而言,不同時段之間的差异性與變革性也不容忽視。所以,如何在研究中體現中國的文獻文化史特點,并追尋各時段文獻情況的特質,采取相應的視角對其進行描述與闡釋,是擺在斷代"文獻文化史"書寫者面前的核心問題。在此情形下,徐雁平所著《清代的書籍流轉與社會文化》一書(以下簡稱《清代的書籍》)所展現的清代文獻文化史的生動案例,以及在發掘清代文獻文化史"特色問題"上進行的探索,無疑對後來的研究與書寫具有啓發意義,今述所見如下。

一 精英知識傳統視域中人的活動:文獻文化史書寫的對象

文獻文化史撰寫遇到的首要問題是,如何與文獻史相區别? 這一問題《清代的書籍》開宗明義地説道:"本書着重討論:文獻在流轉中如何發生作用? 哪些書在市場中、在讀者手中流轉? 爲何是這些書? 流轉的書如何影響讀者的知識結構、生活方式、情感體驗乃至牽引社會習俗、學術風氣的變動?"①這些問題落實到具體研究對象時會呈現何種結果呢?《四庫全書》與《説文解字》是文獻史的經典研究對象,《清代的書籍》中關於此二者的研究比較能够見出其研究取向與文獻史的區别。

《四庫全書》的纂修及其典藏過程是清代文獻史上的重要内容,過往研究或是關注書籍本身,或是將書籍現象置入政治史脉絡中展開書寫。而《清代的書籍》雖然也考察了貯藏《四庫全書》的文瀾閣,但却采取了不同的視角,即"從讀書人如何閲讀、抄寫這一'半開放性'的公藏入手"②,試圖從另一角度展現《四庫全書》的纂修對知識群體發生影響的具體途徑,這是文獻史研究中較少涉及的内容。與之類似,《清代的書籍》中關於《説文解字》的探討也與學術史、文獻史研究有着顯著不同,作者之"興趣所指,乃在於它生發傳衍的外在機制,即這一龐大的知識或書籍網絡是如何在學者群中由點到面而逐漸形成與展開的"③。意圖以書籍的傳抄、過録、閲讀現象"落實"知識傳播的途徑。

由此可見,作者所關注的并非"静止"的書籍文本屬性與物質屬性,而更關注書籍作爲一種媒介對知識、思想、文化等所發生的"影響",并着力展現影響發生的機制與過程。這種傾向不可避免地將研究引向對書籍活動中人的關注。那麽,在清代文獻文化中應該關注什麽人的書籍活動呢?

就《清代的書籍》來看,所涉及的對象甚爲豐富。作者自述"在本書中可見學人群體、女性作家群體、抄書人群體、一般讀書人群體、書賈群體等等","這一小群體并不一定是精英群體,很可能是中下層讀書人中志趣投合的一群"④。并總結本書"更多關注社會中下層以及日常生活","用力探求那些已

① 徐雁平《清代的書籍流轉與社會文化》,南京大學出版社,2021年,第1頁。
② 徐雁平《清代的書籍流轉與社會文化》,第7頁。
③ 徐雁平《清代的書籍流轉與社會文化》,第323頁。
④ 徐雁平《清代的書籍流轉與社會文化》,第6頁。

經融入日常生活的文獻文化活動"[①]。關注"日常生活",這當然是受新"文化史"(culture history)研究模式的影響,也是文獻文化史研究的題中應有之義。只是,需要注意的是作者所言的"眼光向下"以及所關注的"社會中下層"是有特定所指的,其内涵與文化史研究中的一般用法具有差异。

事實上,除去其中的"精英群體",作者所言的"中下層士人",甚至"抄書人群體"與"書賈群體",都與精英知識傳統有密切關係。比如:第一章考察京師書肆與"湖賈"時,基本是從精英士人的眼光出發進行的打量。書賈在與知識群體交往過程中,也往往認同士人階層的價值觀,書賈中的佼佼者如五柳居陶氏、白堤錢氏則可以視作知識群體中的一員。在第九章研究清代的小説戲曲等通俗文獻閲讀情形時,其所涉及的讀者都是精英知識傳統影響下的文人,而并非一般民衆;第十章探討石印出版這類受市場支配的典型商業出版行爲時,所關注的是石印出版中的科舉書籍與文化,其目標閲讀群體仍然是潛在的精英知識群體。可知作者所言的"中下層"并不是純粹從社會結構角度進行的階層劃分,而是以"精英知識群體"作爲參照而劃定的"中下層知識群體","眼光向下"所燭照的對象主要是受精英知識傳統所影響的人群,不是包含所有社會身份的普羅大衆。

而其所以如此,乃是從中國古代社會文化中精英知識傳統與精英文獻始終占據優勢地位這一特質出發所進行的考察。面對西方書籍史研究中豐富的商業出版材料,以往的中國古代書籍史研究者總是在羡慕的同時感到無奈。只是,"商業"與"出版"并不是書籍史研究的全部,也應當包括"非商業性"書籍活動以及"出版"之外的"書籍生命歷程"的其他環節,而這恰是知識群體活動豐富的領域。

於是,將眼光聚焦於精英知識傳統所影響的人群時,作者發現了豐富的可利用材料。作者自述在"利用材料方面略有追求:其一,整合散布在包括詩文集、筆記、書目及晚近研究成果在内各類史料中的細碎記録,梳理出脉絡并試圖勾勒稍具全景性的畫面……其二,對日記、藏書題識、序跋等'邊緣文獻'進行成規模的運用"[②]。因此,作者的研究極大地拓展了書籍史的史料範圍。特别值得一提的是作者對日記文獻的發掘利用。《清代的書籍》中利用日記之處極多,管庭芬日記與黄金台日記中豐富的書籍借閲、購買、饋贈的材料,以及作者從多種日記中勾稽出的士人群體的小説戲曲閲讀這樣極具私人意味的場景,都是傳統材料所不可能具備的。可見清人日記對於書籍史研究而言是值得開掘的寶藏,而作者對於清人日記的發掘與利用則可謂導夫先路。

總之,作者以"文化史"研究爲宗旨,結合清代文獻現象的實際情况,選取知識群體尤其是其中的中下層的日常生活作爲主要觀照對象,一方面發掘日記中的新材料,一方面重新整合與解讀詩文集、筆記、藏書題識、序跋等傳統文

① 徐雁平《清代的書籍流轉與社會文化》,第7頁。

② 徐雁平《清代的書籍流轉與社會文化》,第8頁。

獻史史料,展現了書籍的"動態化"場景。

二 文獻的"社會情緣":文獻文化史研究的路徑

如前所述,書籍史研究在發展過程中逐漸形成"英國傳統"與"法國傳統"這樣兩種不同的研究範式。而筆者認爲,在這兩種傳統之外,日本學者井上進在《中國出版文化史》[1]中還呈現了另一種研究路徑:尋找文獻現象背後的知識、思想與社會文化方面的驅動力。這一研究路徑與西方傳統的顯著區别,就在觀察文獻現象與知識、思想、社會文化關係之間的能動與被動。從上述角度看,《清代的書籍》的研究方式可以分爲兩大類型。

第一種類型旨在展現知識、思想風氣中的書籍。

第五章《〈讀書分年日程〉與讀書風氣》、第六章《〈説文〉著述與測定學術風氣的指標》均爲此類研究思路的代表。《讀書分年日程》一書,展現的是通過獲取知識實現道德完善的修養方法,這一方式導源於"朱子讀書法"。在清代前期與後期程朱理學復興的風氣中,《讀書分年日程》重新成爲可供利用的資源,因而不斷被翻刻與閲讀,士人也持續不斷地將之付諸實踐。再就《説文解字》而言,乾嘉考據學的興盛,是《説文解字》研讀風氣的起因。在這一學術風氣的帶動下,學術群體之間關於《説文解字》的閲讀、過録與借閲等日益豐富。總之,從書籍與思想之間的關係來看,這一類型所呈現的書籍刊刻、流傳、閲讀等活動實際上是知識、思想風氣影響下的産物,書籍活動是作爲知識与思想傳衍的表徵而存在。在這一意義上説,作者的思路與井上進有相通之處。

第二種類型則重點討論文獻現象對社會文化的建構作用。

本書的其餘章節多可歸入此類。其中第一章《書估與清帝國書籍的流轉》、第二章《抄書與書籍生産及流動》、第七章《家集編刊與文化傳承》、第九章《三教之外又多一教:清代的小説戲曲閲讀》、第十章《石印出版與晚清的科舉、文化》、第十一章《新學書籍的涌入與"腦界不能復閉"》皆以文獻現象爲中心展開討論。其歸宿在於揭示文獻的流轉、生産、編纂、閲讀等現象作爲一股文化力量的作用。

就書估而言,《清代的書籍》認爲:"書估的文化貢獻,尤其是對於活躍在環太湖地區的湖賈而言,在於促使東南地區的書籍的充分流動;同時將南方的圖書資源轉運北方,促使文化資源的均衡配置,從而在京城形成一個書籍交流中心,爲政治中心與文化中心的形成注入豐富的内涵。"[2]而書籍抄寫,除了作爲書籍生産方式以及謀生手段之外,對知識群體而言"既可以是閑暇時消磨時光的愛好,也可爲一種幫助記憶和理解的學習方式……中國的傳統文化也正是在此中綿延傳承"[3]。關於家集編纂,其背後的推動力是"清人自覺的歷史感

---

① 井上進著,李俄憲譯《中國出版文化史》,華中師範大學出版社,2015年。

② 徐雁平《清代的書籍流轉與社會文化》,第89—90頁。

③ 徐雁平《清代的書籍流轉與社會文化》,第161頁。

覺與文化意識",但同時家集編纂"更有對作爲精神層面的家族文學傳統的綴合、潤色、再造……進而催生出屬於某一家族的'共同意識'"[①]。關於小説戲曲的閱讀"應當充分考慮小説戲曲自明中葉以來,尤其是清代以來對社會文化日益增長的影響"[②],錢大昕所謂"三教之外又多一教"即此意。至於晚清石印技術的興起,除影響了書籍的卷帙與開本之外,對科舉考試中"懷挾之風"的加劇、淫書傳播問題的嚴重以及"敬惜字紙"傳統的毁棄等社會文化現象,亦産生了直接的影響。對孫寶瑄日記的解讀,可以看到:晚清時期國勢的衰微,促使西方科學書籍大量譯介至中國,并對當時部分精英知識分子産生了知識、思想上的巨大衝擊,促使他們在行動上作出改變。

第三章《蕘圃藏書題識與嘉道時期蘇州書籍社會》、第四章《兩位普通文人的日記及其讀書生活》、第八章《女性與書籍》,則以人爲考察的中心。如果説以文獻爲中心的研究所展現的書籍力量偏向於思想與文化,那麽以人爲中心的考察則更能展示書籍的社會屬性及其在知識群體中所發揮的作用。

蘇州是"'近三百年'中極盛的'乾嘉盛世'時期下人文自然條件最理想"[③]的地區,此一時期此一地域文人群體的活動堪爲有清一代的典型代表。無論是以黄丕烈爲中心的書籍交流、與書籍相關的雅集及繪圖紀事等風雅活動,還是管庭芬、黄金台的書籍購買、借閲、饋贈,抑或是清代女性群體的閲讀和書籍編纂活動,活動主體的名聲雖有顯隱之别,但其共同之處在於文獻與書籍對於他們而言,并不僅僅是閲讀與研究的對象,"書籍在史料和文物之外,還在社會交往中發揮'粘合'和'催化'作用"[④];對於管庭芬與黄金台等中下層士人而言"書籍不僅僅是文化、精神的載體,還是流動的社會性的載體"[⑤];對於清代衆多女性而言,書籍的閲讀或流動是幫助她們"完成文化傳遞、子女培育、女性群體集結等有意義的活動"[⑥]的助力。總之,書籍在他們的生命歷程與社會活動中具有不可替代的意義。作者通過上述案例清晰地展現了清代文獻文化史上書籍社會屬性凸顯這一重要現象。

從以上劃分,可以很明顯地見出《清代的書籍》研究範式,也就是其"文獻文化史"書寫範式,顯然更偏向於所謂的"法國傳統"。所以,作者在提出"文獻文化史要研究'動態的文獻'或者'社會情緣的文獻'"時,雖然認爲"文獻的物質形態及其所藴含的信息及意義,是重要的研究内容"[⑦],却并不將其作爲本書所關注的内容,應當不是巧合。但與西方書籍史研究所描述的書籍對社會文化的變革作用相比,作者明確意識到"清代文獻與社會……總體來説,没有

---

① 徐雁平《清代的書籍流轉與社會文化》,第428—429頁。
② 徐雁平《清代的書籍流轉與社會文化》,第530頁。
③ 徐雁平《清代的書籍流轉與社會文化》,第163頁。
④ 徐雁平《清代的書籍流轉與社會文化》,第207頁。
⑤ 徐雁平《清代的書籍流轉與社會文化》,第272頁。
⑥ 徐雁平《清代的書籍流轉與社會文化》,第468頁。
⑦ 徐雁平《清代的書籍流轉與社會文化》,第1頁。

出現閱讀革命或大衆閱讀之類的深刻變化,文獻與其依托的社會文化還是穩定、連續地發展"①,故而本書關於書籍對社會文化的建構力量的展現多集中在知識群體内部。這是《清代的書籍》在借鑒西方理論的同時,"結合中國人的文獻體驗",在"提出新問題、創造新方法、構建新體系"②上取得的成果。

三 "通中之變"的視角:文獻文化史的清代特質呈現方法

《清代的書籍》除了研究對象與研究路徑上的探索之外,在追尋文獻文化史清代"特質"上也具有自覺意識。

在緒論中,作者就明確表述了自己的立場:"考慮清代文獻文化史的進程,首先當然要注意這一時段與前一時段或者至少與宋元時期的關係,注重文獻對社會文化影響的連續性",而"在强調清代文獻文化史與前代的連續與一致的同時,自然也要追問其本身特色何在","這些問題是否凸顯'清代',而不是'宋元'以及'明代'"③。换言之,作者是在近世書籍史演變這一大背景下進行選題并展開研究的。這也使得《清代的書籍》雖然只是在圍繞有清一代進行討論,但背後却具有通觀近世的"長時段"眼光。

由於中國古代社會結構的穩定性與文化的延續性,清代作爲中國古代社會的最後一個王朝,在尋找其文獻現象獨特性時面臨着這樣的困境:書寫載體、卷册制度、印刷技術等文獻的物質載體自宋代以來已經基本定型。文獻的類型(比如叢書、類書、總集)在清代也似乎未出現新的方式。書籍的借閱、抄寫、饋贈等活動,則幾乎可以從邏輯上體認到,必然是貫穿着整個古代社會的知識活動,而并非清代所獨有。至於明中期以來興盛的商業刻書活動,在清代由於官方意識形態的影響以及知識風氣的轉移,也逐漸回到以知識群體爲主的途徑上來。可以看到,在這個時段内很難在表面上發現有异於前代的獨特文獻現象。《清代的書籍》在如何尋找"通中之變"上給予我們諸多啓示。

以書籍抄寫爲例,如上所述,這一現象自有文獻之日起,就一直延續不斷,但問題是:在雕版印刷術已經極爲普遍的清代,爲什麽還要抄書?抄書在整個清代書籍流傳的方式中又有怎樣的地位?《清代的書籍》通過對《中國古籍善本書目》中所著録抄本數量的統計,指出抄書依然是清代書籍流轉的重要方式。在書籍抄寫這一問題上,《清代的書籍》揭示了以下多種現象:貧寒文士爲獲得書籍而無力購買只得借抄,下層知識群體爲謀生而以抄書爲職業,甚至精英知識階層爲獲得珍稀秘本往往也不得不抄録。當然,以上的結論只能證明清代的書籍傳抄現象與前代有相通之處,其"特質"又何在呢?

在此基礎上,《清代的書籍》敏鋭地發現了清代的抄書活動中出現的一種新趨向:"抄書在融入讀書人的日常生活之後,發揮諸多切實功用之外,還有另

①② 徐雁平《清代的書籍流轉與社會文化》,第638頁。

③ 徐雁平《清代的書籍流轉與社會文化》,第3頁。

一種發展趨向,被賦予些許風雅内涵,漸出現象徵意義或審美意味"[①]。其中職業性的抄書往往被稱爲"耕硯田"而"出現在清代詩歌中,在回顧時被文化傳統潤澤外,也被賦予一種山林氣"[②],而貧寒文士的"'清夜抄書'似成爲與塵俗保持距離的生活方式;而'呵凍抄寫',又是文人清貧風貌的寫照"[③]。由此可見,書籍抄寫這一原本偏重實用的行爲,在知識群體自身中被客體化,一變而成爲審美觀照的對象。這確實是清代文獻文化史中極具特質的一點。

而最能體現清人將與書籍有關的活動對象化和審美化的行爲則是以書籍貿易活動入詩。如果説清代文學中的典範性人物王士禛在京師著名書肆慈仁寺"購書的日常行爲","不斷被潤飾、重寫,演變成爲一個充滿文學意味的詩意行爲"[④],尚屬於知識群體内部的典範建構行爲。"賣書船"這一純粹商業行爲的標志,也最終成爲一種意象屢屢入詩,同時還有不少長詩如翁心存《書賈行》、趙翼《贈販書施漢英》等歌咏書籍貿易行爲則非常具有典型性。由此可見,不僅僅書籍貿易活動中作爲購買者的知識群體被審美化了,作爲書籍販賣者的商賈以及商業行爲本身也成爲審美觀照的對象,審美觀照範圍確實得到了極大的拓展。

再如書籍饋贈現象,同樣是一種由來已久的現象。但是,《清代的書籍》在考察黄金台日記以後發現,黄金台"在答贈或贈送中,不少人特意送自家先輩或家中同輩的書籍"[⑤],於是進一步統計黄金台日記中單次書籍饋贈在 4 種及以上的情况之後發現,在"23 次書籍贈送中,有 20 次主要是或全部是集部"[⑥]。這確實是引人深思的現象,造成這種情况的原因是什麼呢?

這一方面與清人"自刊己作"的風氣相關。清初人周亮工即言:"古人之爲詩若文也……未嘗有自鐫其集者,自鐫其集自近人始。"[⑦]另一方面,由於社會結構的改變,清代這種發生在知識群體之間的常規性書籍饋贈行爲的性質發生了根本變化,其目的由"知識分享"變爲了純粹的社交。《清代的書籍》認識到:"至少在道咸之際刊印晚近文人的别集,尤其是自己刊印自己的集子,或父親、祖父及其他家人的集子,其主要目的不在銷售牟利,而在用作禮物。簡言之,要回到傳統的聲名觀念與人情關係情境中來理解晚近人物詩文集的刊印目的。"[⑧]這也揭示了清代知識群體中書籍饋贈活動性質的關鍵問題。

再如,家集這一文獻類型,可追溯至唐代的《竇氏聯珠集》。因此,清代的家集編纂,在表面看來,似乎也并無特殊之處。但根據作者對各朝代家集數量

① 徐雁平《清代的書籍流轉與社會文化》,第 142 頁。

② 徐雁平《清代的書籍流轉與社會文化》,第 139 頁。

③ 徐雁平《清代的書籍流轉與社會文化》,第 140 頁。

④ 徐雁平《清代的書籍流轉與社會文化》,第 44 頁。

⑤ 徐雁平《清代的書籍流轉與社會文化》,第 228 頁。

⑥ 徐雁平《清代的書籍流轉與社會文化》,第 242 頁。

⑦ 周亮工《賴古堂集》卷十四《朱静一詩序》,朱天曙編校《周亮工全集》,鳳凰出版社,2008 年,第 571—572 頁。

⑧ 徐雁平《清代的書籍流轉與社會文化》,第 267 頁。

的統計發現,至元代,家集編纂才"漸成風氣",而可考察的明代家集亦只有193種,到清代,家集總數則驟增至1244種。這種數量上的巨大變化顯然無法簡單歸因於歷史時間的遠近與技術的先進或落後,其中應當蘊含着更爲深層的原因。

作者在對清代家集進行了進一步的細緻統計之後發現,"嘉慶朝起,是家集編刊的充分發展時期。乾隆朝及以前,家集數量有限,順治朝數量寥寥,雍正朝目前未見有家集編刊"[①],家集編纂的"充分發展時期"與清代考據學興盛的軌迹重合,那麽乾嘉考據學的發展與清人"歷史感覺"的增强之間存在着正相關的關係應當是一個合理的推測。作者觀察到"清代的文獻類型,多承繼前代而來",也即清代文獻類型并未出現新的種類,但是同時發現"其中多種前代已有初步發展然未能充分拓展的文獻,至清代則蓬勃發展,其繁盛足有掩蓋前代之勢"[②],這種清代文獻在"數量"上的激增正是清人"歷史自覺"最爲直觀的表現。

與前代相比,清代的文獻現象雖然没有出現顯著的轉型,但是由於清代的思想、文化等方面的更迭,在表面的文獻現象延續之下,也必然呈現出多種形態的變异。因此,在通觀每一種文獻現象的前提下尋找"通中之變",也就成了清代文獻文化史研究的關鍵問題。而通過上述例證來看,《清代的書籍》真正深入到清代文獻文化史之中,并且將其异於宋元明的一面具體而微地展現在我們面前。在完成上述討論後,清代文獻文化史的特質實際上呼之欲出,用作者的話説,就是清人擁有更爲"自覺的歷史感覺與文化意識"[③]。這一看似尋常的結論建立在堅實考證與細緻統計的基礎上,包蘊着豐富的内涵,更具有穿透紙背的力量。

四 餘 論

與前代相比,清代存世文獻的巨大數量,使得清代文獻文化史的書寫具有更多的可能,《清代的書籍》雖然以六十餘萬字的篇幅對此進行了多維的呈現,但顯然還有廣闊的空間有待探索。

其一,從研究路徑來看,《清代的書籍》更關注文獻的"社會情緣",更接近"法國傳統",已如上述。而文獻的物質載體、文本組織形態對文本意義的影響,這類與"英國傳統"相似的研究也值得展開。比如:清代前中期集部文獻中經常出現的同時代人的評點,以及清代文獻中所留存的大量批校本手迹,都是探討上述問題的重要材料。

其二,從研究對象上來看,就時段來而言,《清代的書籍》討論清代中後期文獻現象的比重較大。清代前期的文獻文化史景象如何?與明代文獻文化史

---

① 徐雁平《清代的書籍流轉與社會文化》,第392頁。

② 徐雁平《清代的書籍流轉與社會文化》,第364頁。

③ 徐雁平《清代的書籍流轉與社會文化》,第428頁。

的關係又如何?就文獻活動的性質而言,《清代的書籍》偏重精英文獻的非商業性出版,而清代通俗書籍的商業出版活動呈現何種樣態?以上問題皆有待回答。

研究路徑的偏向緣於主觀選擇,而研究對象的偏向顯然是受制於材料局限性。一方面,這種局限恰是由清代文獻活動的歷史經驗所造成的,反映了清代文獻文化史的特質。但另一方面,追問、彌補偏向,對我們理解清代文獻文化史的"特質"以及"特質"的形成過程也極爲重要,同樣值得清代文獻文化史的研究者進一步思考。

(作者單位:南京師範大學文學院)

古典文獻研究（第二十五輯下）
Journal of the Institute for Chinese Classics Studies
Nanjing University
Volume 25, No.2 2022

清代文獻文化史的“日記之眼”*

堯育飛

將“清代文獻文化史”①視作重要問題并加以嚴肅對待,不能不考慮一個關鍵問題:清代文獻文化史與其他歷史時期的文獻文化史有何异同? 從時間軸上建立斷代分期的比較思維并不難,難題在於,如何有效介入清代的文獻與文化,如何在不斷涌現的各類文獻中建立脉絡性聯繫,從而探討清代文獻文化史的特質。二〇二一年底,徐雁平新著《清代的書籍流轉與社會文化》(以下簡稱《清代的書籍》)的出版,對這一難題進行全面探討,得出諸多頗具啓發性的結論。

《清代的書籍》共十一章,着眼於清代文獻與社會的關係,重點關注了“書籍的流動”“書商的作用”等九類特色文獻問題②。貫穿其中的是“書籍的流轉”脉絡,體現了作者對文獻流動性的高度重視,對“動態的文獻”和“有社會情緣的文獻”的深切關注③。作者認爲“文獻的流動與粘合”④是本書的特色,而其與文獻所關聯的人之種種行爲,共同建構了清代特色的文獻文化風貌。作者認爲,書籍幫助清代讀書人“建立個人感覺、家族認同或地方文化傳統”,其流轉與融入揭示了清代社會的“活力和發展空間”⑤。由此可見,作者始終保持一種“群”的思維及“眼光向下”的關切⑥。

讀罷全書,給人印象最深刻的是,本書善於從特色文獻出發,綜合諸種方法,最終呈現清代文獻文化史的基本輪廓。全書最鮮明使用的特色文獻是日記,幾乎每一章節均見日記身影。據筆者統計,全書深度利用日記四十二種,

---

* 本文爲中央高校基本科研業務費暨華中科技大學自主創新基金“清代日記序跋整理與研究”(2022WKYXZD0009)階段性成果。

① 有關“文獻文化史”的論述,詳見趙益《從文獻史、書籍史到文獻文化史》(《南京大學學報》2013年第3期)的相關論述。

②④ 徐雁平《清代的書籍流轉與社會文化》,南京大學出版社,2021年,第4頁。

③ 徐雁平《清代的書籍流轉與社會文化》,第1頁。

⑤ 徐雁平《清代的書籍流轉與社會文化》,第25頁。

⑥ 徐雁平《清代的書籍流轉與社會文化》,第6頁。

參考日記近一百種。由此可見,作者於利用日記有明確的方法自覺。首先,本書宏觀肯定日記的重要價值,指出其“所記録的書籍史料更具過程性和典型性,且能還原當時氛圍與情狀”①。其次,經由“日記之眼”,本書發現諸多“被遮蔽的”文獻世界。再次,在解讀日記的方法上,作者嫻熟運用關聯比照法,爲日記等“邊緣文獻”引入文獻文化史研究提供了指引。可以説,本書的許多新見得益於作者有效地打開了“日記之門”。

一 “邊緣文獻”與文獻文化史的日記進路

對草創時期的清代文獻文化史研究而言,側重何種文獻介入研究,不僅體現研究關切,也往往决定研究趨向。本書多次强調“眼光向下”及對普通讀書人的同情之瞭解,又於緒論中明言材料取向:一是注重整合各類細碎材料,二是對日記等“邊緣文獻”成規模的使用②。作者於《結語》中聲稱,“本書多利用日記作爲研究史料”③。爲何多用日記文獻? 作者認爲,“文獻文化史研究中使用日記這一類文獻,一方面是强調其爲自傳性文獻,另一方面看重其兼具摘録簿、雜記簿、批校的功能”④。可見,大量使用日記是作者自覺的方法實踐。具體表現爲:

首先,作者大量運用日記作分析材料。全書第二章、第四章、第九章三個章節,重點以日記爲研究材料。在其他章節,日記使用也頗爲頻繁。僅第一章《書估與清帝國的書籍流轉》中,就涉及何紹基、吴騫、鈕樹玉、焦循、葉鈞、江標等九人日記。此外,作者還利用域外漢文日記進行史料補綴。如借助朝鮮李德懋《入燕記》、朴趾源《熱河日記》、柳得恭《燕台再游録》等材料,於李文藻《琉璃廠書肆記》基礎上增補聚瀛堂等書肆資料,并考得許多書肆的經營時限。

其次,對一些類日記文獻,作者也有意作“日記化”處理,從而激發此類文獻的潛在價值。例如學界較常使用的黄丕烈《蕘圃藏書題識》,以往多從藏書及書籍傳承關係考察,而《清代的書籍》則創造性地將其視作“日記體”文獻,從而使這一書目題跋類文獻在日常生活世界中迸發新意義。本書以此爲基礎,認爲以黄丕烈爲中心,蘇州形成了一個以書籍爲中心的文人交往群⑤。

傳統書史研究利用書目題跋、文集等材料,勾勒出中國典籍文獻流變的綫索,然限於所用文獻的性質,所得結論往往是綫性而非網狀的。利用日記文獻,可深化傳統書史議題,提供豐富例證。誠如作者所言,《清代的書籍》意在“搜集那些散落在各處的斷片,或者從諸如日記‘堆積式’的細碎記録中理出‘頭緒’,尋找一種可能的連貫性”⑥。借助一種“邊緣視角”,作者試圖充分激

① 徐雁平《清代的書籍流轉與社會文化》,第208頁。
②④ 徐雁平《清代的書籍流轉與社會文化》,第8頁。
③ 徐雁平《清代的書籍流轉與社會文化》,第636頁。
⑤ 徐雁平《清代的書籍流轉與社會文化》,第169頁。
⑥ 徐雁平《清代的書籍流轉與社會文化》,第638頁。

活“累積的知識”,并在各種僞裝與修飾的文字中,尋找清代文獻文化史的脉絡。從本書關於古代刻書中的助刊行爲、清代書籍流轉中的“邊緣群體”等方面研究中對日記的運用來看,可見本書深入細部的文獻文化史進路。

日記具有深化議題及提供豐富例證的重要價值。例如,作爲清代文獻文化中流動性的重要物質證明,書畫船這一載體自傅申提出後,較受關注。但傅申所論多源自董其昌著述,實則董氏所言較爲簡略,而同一時期李日華《味水軒日記》不僅記載書畫船的交易形式,也提及書畫船貿易中的僞劣物品等,將書畫船的功能具體而微地呈現出來[①]。正是借助這些細微的文獻,《清代的書籍》一書將書畫船的交易特徵等描繪得更爲清晰。此外,針對中國傳統書籍刻印中的助刊行爲,作者利用黄金台日記所載捐資人姓名、捐資數量以及黄金台回饋書籍的記載[②]等作爲論據,略一提及,即勝從前。

并非所有日記都是拓展文獻文化史研究的重要材料,只有那些聚焦書籍等文獻的日記才具有較高價值。以《黄金台日記》爲例,作者大量利用這部日記,不僅因這部日記具有“難得的平實性與自足性”[③]特徵,更在於這一日記“記載了衆多與書籍有關的人;有詳細的借書記録;在購書、借書、贈書記録之外,還有抄録書籍的記載”[④],形成“文獻焦點”。這些“文獻焦點”型日記因“牽涉衆多的書、人、事”,可大略勾勒出“接近理想狀態的書籍社會”。而衆多“文獻焦點”型日記如錢大昕、管庭芬、黄金台等人日記,不僅是清代學術展開的寫照,也是研治清代文獻文化史的重要依據。不斷探究這類“文獻焦點”型日記,有望大幅更新學界對清代書籍社會的認識。

二　關聯比照法

對文獻文化史研究而言,作爲新材料的日記自具獨特的觀看視角,然提升日記的利用價值,尚須一些特殊方法。在這方面,《清代的書籍》嫻熟運用關聯比照的方法[⑤],爲使用日記文獻開一新境。關聯比照法主要分爲“文獻系統的建立”及“具體方法的實踐”兩部分。前者强調由日記出發構建關聯比照的文獻系統,包括日記與日記、日記材料與其他成果的互參、日記的開放性連接等問題。後者爲關聯比照法的具體實踐,包括綜合運用統計學、輯録法等文獻學手段的研究。此外,關聯比照法還作爲一種思維滲透到研究結論的闡釋中。

---

① 徐雁平《清代的書籍流轉與社會文化》,第 71 頁。

② 徐雁平《清代的書籍流轉與社會文化》,第 228 頁。

③ 徐雁平《清代的書籍流轉與社會文化》,第 209 頁。

④ 徐雁平《清代的書籍流轉與社會文化》,第 210 頁。

⑤ 徐雁平對“關聯比照”研究方法有較爲系統的思考和實踐。2013 年,他在《從翁心存、翁同龢日記的對讀探究日記文獻的特質》(《南京大學學報》2013 年第 3 期)探討文獻對讀與文獻特質的關係,指出:“每一類型文獻有其局限性,但它們彼此關聯,形成一個相互呼應、補充、修訂的文獻系統。”2014 年,他在《在文獻的比照關聯中開發史料的價值》(《中華讀書報》2014 年 11 月 12 日第 10 版)首次提出“比照關聯”的方法,認爲“没有完全自足的文本,没有面面俱到的記事,史料只有在比照關聯中才能充分顯示其價值”。

就圍繞日記建立關聯比照的文獻系統而言,《清代的書籍》在日記對讀、日記綜合研究、日記的開放性連接等方面均有探索。在日記對讀方面,作者於書籍贈還研究時,注意比照黄金台、管庭芬、李慈銘等人日記,最終認爲李慈銘日記所載書事以贈送爲主,黄金台、管庭芬等人日記所載書事則贈與受相對均衡,體現了書籍作爲禮物的"流動性"特點①。此外,利用日記材料與其他成果互參進行綜合研究,《清代的書籍》也有示例。作者利用黄金台日記分析書價,參照學界考察書籍價格的成法,同時吸納其他學科成果,如經濟史領域對清代物價的研究、文獻學領域關於雕版印刷的印數等研究成果,最終得出三條重要結論②。再次,《清代的書籍》還不斷揭示日記的開放性特點,提醒研究者重視將日記與詩文集、尺牘等文獻進行比較。這種比較不僅局限於個人的著述體系,也包括群體内部乃至更大範圍的相同或相异文獻之間的比較。如利用日記闡述黄金台每年收入情况時,作者即利用南京圖書館藏《海鹽鄉賢尺牘》佐證説明③。

在關聯比照法的具體實踐中,作者成功使用了包括輯録法、目録學、統計學等諸多手段,體現了"重返文獻學"的學術旨趣。

本書關注日記中書籍購買、借還等資料時,多用輯録法,以便將日記中相關材料涓滴不遺地次第陳列。《清代的書籍》的輯録之法多以書事爲中心進行勾稽,有時也包括關鍵字詞的提取。例如,本書研究研究黄金台贈送書籍時,運用關鍵字提取法,注意提取日記中連"拜""謁""呈"等字眼,從而揭示黄金台贈書的意圖④。這種從詞語出發的分析,把握到傳統社會中人際關係的精髓,將語氣、情感、態度等融爲一爐,爲書籍史研究着上珠圓玉潤的人倫之光。

《清代的書籍》在"重返文獻學"研究道路上,還充分運用目録學方法。例如,作者在探討管庭芬贈書等情况時,有意編訂《胡蕉窗贈送管氏書簡目》《管氏贈給胡蕉窗書簡目》《管氏贈給錢泰吉書簡目》三份書目,以見書籍轉贈的現象,并得出書籍轉贈以别集爲主的結論。《清代的書籍》在製作目録表格時,并非機械運用文獻學方法,而是在細微處暗含關聯比照思維。例如,全書製作各類書籍借還與閲讀等表格時,注意旁參其他日記,建立以書籍爲標準綫的日記對讀法則。本書附録十二《孫寶瑄所讀漢譯西學書表》中,將蔡元培、皮錫瑞、錢玄同、蔣維喬、李超瓊、吉城等六人日記中閲讀某書之材料納入,見出五人在某年某月同樣讀過此書。由此,關聯比照法的思維滲也透進了文獻統計的表格中。

此外,從統計學角度處理日記文獻,構成本書的又一方法特色。在論述嘉道時期的蘇州書籍社會時,作者從常見文獻《鈕非石日記》中統計鈕樹玉的文人交往頻次,得出與黄丕烈交往 21 次,居於首位的結論⑤。這種統計有時處

① 徐雁平《清代的書籍流轉與社會文化》,第 150 頁。
② 徐雁平《清代的書籍流轉與社會文化》,第 218 頁。
③ 徐雁平《清代的書籍流轉與社會文化》,第 217 頁。
④ 徐雁平《清代的書籍流轉與社會文化》,第 155 頁。
⑤ 徐雁平《清代的書籍流轉與社會文化》,第 168 頁。

理的文獻量并不小,如分析黄金台以書籍爲禮物時,作者統計了黄金台 36 年的日記,最終證明黄金台贈書 840 次,接受他人贈書 251 次的結論[①]。

《清代的書籍》多用關聯比照法,甚至影響到一些結論的闡釋。例如,作者討論黄金台日記中書籍的流動,即在提取、呈現該日記中書事後,對黄金台 840 次書籍贈送行爲做末端的地域分析,從而將書籍史問題擴充爲清代文學與文化的地域性問題,進而剖析古代文人交往的核心議題——師友關係。此外,作者還一并分析黄金台贈書的範圍及數量,最終得出一個有趣的結論,即以書籍爲中心的 100 多位人物,“是黄金台聲名確立後的較爲穩定的交游群體涵量”[②]。這種關聯比照性的多元分析有時可生發一些極具穿透力的論説。如本書説明“黄金台的書籍世界有其人生軌迹與江南水道的叠合”[③],就將江南的地理空間與文化空間奇妙的融合態勢渲染而出。這些結論超越了文學史和書籍史的範疇,在更大意義的江南史、區域史等領域中展示了生命力。

三 被遮蔽的文獻“微世界”

每一部日記都是獨一無二的,但并非每一部日記都有助於探索一個新的文獻“微世界”。在此,注意辨明每一部日記的體性,剖析其中最有特點的材料,十分重要。《清代的書籍》對日記特質有較充分認識。大體而言,本書注意到日記的珍稀性、隱蔽性、私密性、過程性、日常性等諸多特點,從而發現某些日記是文獻文化史研究的獨特材料,一些日記可揭示以往不曾燭照的文獻“微世界”。

在諸種文獻中,日記何以成爲獨特的一種? 作者給出的回答是:有時,在文獻文化史研究的一些議題中,所用材料非日記不可。如關於晚期中華帝國書籍借閱的時間、頻次等問題,在詩文集、年譜等文獻中難以找到相關材料,惟有黄金台等人的日記可提供佐證[④]。此外,研究不同性質書籍的借閱,如稿本、刻本在借閱中的分層等問題,均只有利用日記資料才能更好地揭示[⑤]。

由於日記具有隱蔽性與私密性的特點,故經由日記文獻管窺清代書籍世界,往往能在文獻文化史的研究中發現以往書籍史不易呈現的一面。《清代的書籍》利用日記整體揭示了一個較被人忽略的書籍世界:在考訂家、校讎家等構成的“上層書籍世界”之外,還有黄金台、管庭芬等人活動的“中層書籍世界”[⑥]。此一文獻文化新境的揭示,可開闊學者看待清代書籍的視角,即中下層文人共同構築了知識與文化的“地方感”。流動性的書籍資源不僅涵養了地方文化和學術的多樣性,也養育了這些中下層文人。此外,利用黄金台日記,作者還發現一些有趣的現象,如管庭芬等人對小説戲曲的閱讀興趣主要集中

① 徐雁平《清代的書籍流轉與社會文化》,第 220 頁。
② 徐雁平《清代的書籍流轉與社會文化》,第 224 頁。
③ 徐雁平《清代的書籍流轉與社會文化》,第 222 頁。
④ 徐雁平《清代的書籍流轉與社會文化》,第 238 頁。
⑤ 徐雁平《清代的書籍流轉與社會文化》,第 239 頁。
⑥ 徐雁平《清代的書籍流轉與社會文化》,第 241 頁。

在十九歲至三十一歲之間[①],袁枚的著作在嘉道以後仍備受讀書人關注等。

日記在記録事物發展變化方面具有天然優勢,呈現較强的過程性。這對文獻文化史研究具有重要助推作用。例如,在處理書籍製作、傳播、閱讀等問題時,日記具有較大的文獻優勢。在研究清代家集編輯傳播時,作者利用管庭芬日記處理《管氏家集》的編刊[②],依據繆荃孫日記探析繆氏《舊德集》被有意傳播的歷程[③],均得出令人耳目一新的結論。

日記文獻的過程性特點,於閱讀史研究最爲便利。至於清代小説戲曲的閱讀史研究,日記可説是根本材料。本書所涉閱讀史相關内容,即大量利用日記。如第九章第二節"看小説作爲日常生活一部分",使用了《趙鈞日記》[④]等材料。爲揭示不同群體對待小説的態度,本書則據理學家日記如李棠階日記、曾國藩日記等[⑤]考察理學群體如何看待小説。此後論及《紅樓夢》《儒林外史》之外的小説閱讀,則使用張棡《杜隱園日記》、方玉潤《星烈日記》、王詒壽《縵雅堂日記》、孫寶瑄《忘山廬日記》、楊葆光《訂頑日程》等[⑥]。衆多日記過程性的舒卷,最終産生"涌現效應",使本書得以揭示諸多"被遮蔽"的文獻世界。此外,本書還利用《江標日記》、《杜隱園日記》、宗婉《丁丑寓保日記》、李慈銘《越縵堂讀書記》、《吉城日記》、《賀葆真日記》等[⑦],探微清代家庭内部的閱讀空間及其生長情況。

日記具有日常性及記載的隨意性等特徵,對微觀及日常生活角度的研究頗有助益。本書關於清代抄書人群體的全面揭示,得益於日記使用。作者輯録葉昌熾《緣督廬日記》16 條抄書事例,還原整個抄書流程[⑧]。又輔以《皮錫瑞日記》中的 8 條資料,論述雕版刻印書籍并不能滿足書籍的多樣化需求,故抄書人也可能形成鬆散的行業群體。再由管庭芬、潘道根等人日記,揭示這群讀書人的掙扎,即個人的著述較抄書爲難,從而導致部分讀書人更熱衷於抄書。由此反映了讀書人的不朽觀念及日課思維的變化。本書對抄書群體的有意論述,是充分利用日記記載的日常性和隨意性特徵的有益探索。日記保留了歷史現場較混沌的狀態,牽涉諸多文獻的日常綫索,因而也是全面探索歷史上文獻文化世界的必要工具。

當然,在一些時候,隨意性的日記也存在"文獻焦點"。捕捉這些"文獻焦點",有利於最大程度地解析某部日記的稀缺價值。《清代的書籍》涉及黄金台日記時,作者特别拈出黄金台的購書書單及價格,得出乾嘉時期集部書籍價格的一些特點,如總集價值較高,文集越晚近則價格往往較低等[⑨],即是一例。

① 徐雁平《清代的書籍流轉與社會文化》,第 252 頁。
② 徐雁平《清代的書籍流轉與社會文化》,第 385 頁。
③ 徐雁平《清代的書籍流轉與社會文化》,第 383—384 頁。
④ 徐雁平《清代的書籍流轉與社會文化》,第 478—479 頁。
⑤ 徐雁平《清代的書籍流轉與社會文化》,第 481—485 頁。
⑥ 徐雁平《清代的書籍流轉與社會文化》,第 493—505 頁。
⑦ 徐雁平《清代的書籍流轉與社會文化》,第 506—509 頁。
⑧ 徐雁平《清代的書籍流轉與社會文化》,第 133—135 頁。
⑨ 徐雁平《清代的書籍流轉與社會文化》,第 216 頁。

日記雖是一人之史,却也是"世界史"在個體身上投射之史,因而具有極强現場感。尤其地,對思想領域的波瀾變動而言,日記提供了激蕩人心的文獻現場。針對晚清中西思潮交鋒等問題,日記爲西學書籍的闖入、拒斥、接納等提供了完整的歷程。作者發現,孫寶瑄有意爲日記,因此"日記保留了衆多'對話式'的思想交流場景"①。本書第十一章《新學書籍的涌入與"腦界不能復閉"》利用孫寶瑄、鄭孝胥、蔣維喬、劉紹寬、袁昶、江標、錢玄同等人日記,講述孫寶瑄的西學閱讀故事,并剖析其人對故國文獻如顏李之書等的取捨和反應,再現了晚清思想激蕩的曲折過程。

四 "日記之眼"與文獻文化史的新空間

日記文獻的大量披露,給清代文獻文化史研究打開了一扇"日記之門"。透過這扇門,可見傳統研究不曾燭照的所在。如果更進一步,以"日記之眼"反思日記文獻本身,則新的成果還有助於思考日記特質。

作爲一部草創之作,本書以其"日記之眼",發現許多新的研究園地,可供後來者不斷涌入。其所揭示的抄書、夜讀、女性書籍空間等文獻現象,均是耐人尋味的話題。以《抄書與書籍生産及流動》一章爲例,作者認爲"抄書全流程"尚包括校對、圈點、批注、題識、鈐印等行爲,這些繽紛的資料及書籍流轉小門類中的每一種,都是"中國書史上有光輝、自具特色的部分"②。層累性的書籍内容及物質性部分的增減,牽扯諸多故事與歷史人物,有待研究者進一步"編織"。清代文人日記常常提及半夜三更的夜讀現象,徐雁平揭示這種"沉溺性的閱讀"風氣,認爲這可能是清帝國讀書人的問題,可能是個體成長不同階段的特殊現象,也可能是時代不健康誘使所致等③。此外,本書還特别留意女性的書籍空間。在利用黄金台日記時,作者注意到該日記記載女性著述超過25種,其中5種未見於胡文楷《歷代婦女著作考》④。而男性文人在與文學女性的交往中,書籍依然是重要媒介。此外,日記也呈現了閨秀詩文進入選本的過程⑤。在第八章《女性與書籍》中,作者利用楊葆光《訂頑日程》記載父親爲女兒購買《千家詩》《女訓》等書籍⑥,意在表明,這些思想的碎片唤醒了被男性文化所壓制的女性書籍世界,那樣的書籍世界存在"自在的氛圍"⑦。

不難看出,這些新議題的顯露,得益於作者在清代文獻文化史研究中大量引入日記的視角和方法,將相關文獻作"日記化"處理,并深刻認識到日記的獨特性。作者的"日記化"視角擴大了清代某些類别文獻的使用範圍。如將藏書

① 徐雁平《清代的書籍流轉與社會文化》,第608頁。
② 徐雁平《清代的書籍流轉與社會文化》,第159頁。
③ 徐雁平《清代的書籍流轉與社會文化》,第531頁。
④ 徐雁平《清代的書籍流轉與社會文化》,第255頁。
⑤ 徐雁平《清代的書籍流轉與社會文化》,第257頁。
⑥ 徐雁平《清代的書籍流轉與社會文化》,第452頁。
⑦ 徐雁平《清代的書籍流轉與社會文化》,第468頁。

題跋文獻作"日記化"看待,不難發現以時間標記書籍及場景成爲清人對待書籍的基本態度。這種標記定格了時間、空間甚至校閲書籍的氛圍,輔以日記關於天氣陰晴的記載,好像一幀幀畫面的定格攝影,爲記憶存留提供了鮮活的場景。畢竟,日記思維滲透於清人的藏書題跋中,影響了《蕘圃藏書題識》《藏園群書經眼録》等文獻。清代一些著名校讎家如勞格、勞權兄弟的校書題識便近於日記。著名藏書家翁同書在軍旅之中校讀《韓非子》,所留題識也準確記録了時地及周遭事務,若連綴起來,實爲"軍中校書日記"[①]。凡此所體現的均是讀書人的一種占有心態,是他們珍護歷史記憶的寫照。故作者認爲,日記思維滲入與藏書題識中,"納入了日常生活瑣細,使得抄書的日課不再單調枯燥"[②]。引入日記視角,不僅激活了一些"過熟的"文獻,也帶來許多新鮮的結論。然日記的視角并非没有全然缺陷,對此作者也十分警覺。在處理管庭芬日記時,作者即認識到所論"管庭芬在書籍交流網絡處於中心位置,可能有一部分是日記視角的强化"[③]。然總體而言,本書顯示了日記視角之於激發文獻文化史新議題的驚人潛能。

從"日記之眼"出發,可以深入文獻文化史研究,也爲探討日記文體及相關特性提供有益借鑒。以黄金台日記爲例子,作者注意到黄金台日記對書籍的有意記録,認爲"關於書籍的記録,應是黄金台十分用心的'經營'"[④]。儘管由於研究的目的主要在書籍史方面,作者未深入探討書籍記録何以成爲日記中一條持續不斷的綫索,但作者顯然已注意到日記書寫有其特徵和題材偏好。日記能反映讀書人較爲隱秘的思維世界和日常生活,而嘉道以後之日記在記録日常生活各類事務時,有意標舉書籍,有意將書籍經營爲一個日記的常規記載項,令人不禁思索,何以如此?如果將日記視作日常生活的有限度地呈現,則日記中書籍(包括其製作、流通、閲讀的各個環節)記載的日趨頻密,顯示書籍在日常生活裹流布之廣,故讀書人不再將其剥離爲日常以外的特殊事物。此外,由於清代以來書籍與人情相交織,渾然融於日常生活,故書籍并非單純被閲讀和流動。如徐雁平所言,書籍在文化與精神載體之外,"還是流動的社會性的載體"[⑤]。如此一來,雖不能説一個普遍的書香社會在晚清依然形成,但在識字群體中,書籍的神聖信念及以書籍爲信仰的一種"拜書籍教"或已大致成立。這一群體的基本特徵即是"爲書籍的一生",其生活相當部分可概括爲"書裹活"。如此一來,有意經營書籍,并將這種書籍營生作爲日記重要内容不斷記載,就顯得理所當然。故日記中新涌現的"書籍叙寫"也就順理成章。

---

① 翁同書批校《韓非子》材料,最早由周勛初先生在《韓非子校注》(鳳凰出版社,2009 年)所附《瘋狂的年代,理性的思考——〈韓非子校注〉編寫始末》中揭示,後馮坤於 2017 年發表《翁同書的軍中校書日記》(《讀書》2017 年第 1 期,第 76 頁)作了進一步的介紹。

② 徐雁平《清代的書籍流轉與社會文化》,第 146 頁。

③ 徐雁平《清代的書籍流轉與社會文化》,第 266 頁。

④ 徐雁平《清代的書籍流轉與社會文化》,第 269 頁。

⑤ 徐雁平《清代的書籍流轉與社會文化》,第 272 頁。

在此,關於書籍的文化史研究,有助於啓發對日記内容和文體的生成性認識。

本書大規模運用日記進行文獻文化史研究,取得諸多成果,并不表明全書無可挑剔。事實上,由於相關日記整理的深度尚有不足,造成本書所引日記在關涉人名、地名時往往不够精確①。自然,這些方面問題的解決,有待於日記整理與研究的深化。這也表明,學術的進步往往是各領域齊頭并進,而文獻文化史研究的進步也端賴於有關學科領域的不斷發展。

此外,本書多篇論文尚以單部日記爲中心進行區域分析,或難以由個案得出總體性結論。畢竟,日記作者從自我出發的視角,天然决定了日記所載内容是以自我爲中心散發開來的。這就導致利用單一日記做文獻文化史個案研究,可能自限視角。此時,由單一日記推導的結論若“邁向整體”則可能存在偏頗。彌補單一日記在視角上的局限,恐須建立區域性或者群體性的日記文獻群加以考察,如以書院日記研究書院學生的閱讀,以學政日記研究學政赴任所携書籍及其“在地化”閱讀等②。通過建立一個“中等規模”的日記資料庫,再切入某一時段和區域的文獻文化史,結論的普適性或將大爲提高。

如上些微的瑕疵,對這部探索性的專著而言可謂無傷大雅,畢竟,其僅從“日記之眼”出發,就開拓了諸多新的研究園地,提醒研究者高度關注清代的日記文獻群。需要指出的是,本書所收文章最早撰寫時間在 2004 年,最遲則在 2019 年,十五年來學界對於日記的持續性關注,見證了日記如何成爲學界矚目的文獻。多年來,學者們已將日記作爲歷史性的證據、一種文學形式或自傳性資料加以閱讀并使用。但在清代研究尤其是文獻文化史的研究中,日記的利用并不像人們想像的那樣普遍。最近四五年間日記研究的興盛可能使人們誤以爲這是習以爲常的學術傳統。可是,只要翻開早期的著作,即便如曼素恩(Suan Mann)這樣的中國近世性别家庭研究大家,數十年來所作的十三篇論文中也極少使用日記文獻③。學術風氣的快速變化令人驚嘆,而近世研究中日記凸顯的趨勢,本書可謂全程親歷。

總的來説,本書提醒研究者睜開“日記之眼”,認真對待清代可觀的日記文獻。通讀全書,不難發現,日記文獻是傳統文獻的獨特門類,是其他類别文獻的對話者、比較者和“批判者”,是燭照其他四部門類的“靈動之眼”。在此,日記文獻不僅是文獻文化史的重要研究材料,是一個新的學術增長領域,更重要的是,它表徵了一種新的看待文獻的方式和新的研究法門。一言以蔽之,日記應當被視爲清代文獻文化史乃至整個清代研究的基礎材料和基本方法。

(作者單位:華中科技大學人文學院)

① 如在利用《緣督廬日記》時,本書所輯録的抄書人陸康伯、胡新吾等即不明所指(徐雁平《清代的書籍流轉與社會文化》,第 135 頁)。

② 王振忠《明清以來徽州日記的整理與研究》(安徽大學出版社,2020 年)是由地方視角出發對區域性日記做分析的著作,不過多從日記題材進行分析,未能深度解析區域性日記的特質并解釋其内在的關聯性。

③ 參見盧葦菁等編《蘭閨史踪:曼素恩明清與近代性别家庭研究》,復旦大學出版社,2021 年。

古典文獻研究（第二十五輯下）
Journal of the Institute for Chinese Classics Studies
Nanjing University
Volume 25, No.2 2022

清代官修《詩經傳説彙纂》編纂前後的“漢宋之争”*

于 浩

一 引 言

《詩經傳説彙纂》(以下簡稱《詩經彙纂》)是清朝康熙末年編定的四部官修經書注本(包括《周易折中》《書經傳説彙纂》《春秋傳説彙纂》)之一,始編於康熙五十四年(1715),五十六年(1717)底完稿。雍正五年(1727)刊行,八年(1730)諸經彙纂統一頒賜天下,發至各地學官,成爲科舉考試參定之本①。

包括《詩經彙纂》在内的這幾部官修經書注本,從編纂意圖上來説,是爲了超越明代永樂年間所編的《五經大全》,取代其在科舉考試中的地位。方苞《擬定纂修三禮條例札子》即明言:“明初《五經大全》,皆各主一人之説,且成於倉卒,不過取宋、元儒者一二家纂輯之書,稍摭衆説以附之;數百年來,皆以爲未盡經義,不稱《大全》之名。是以聖祖仁皇帝特命重修四經,頒布學官,昭示群士。”②從學術立場來説,各書都以朱子之説爲依歸,一如雍正《御製詩經傳説

---

* 本文爲國家社會科學基金青年項目“明末清初《詩經》注本與學術史研究”(17CZW032)階段性成果。

① 有關清代康熙時期御纂諸經之研究,有楊晋龍《從〈詩經傳説彙纂〉到〈詩義折中〉——清代兩部官訂詩經注本詮釋形式之比較》(載《王叔岷先生學術成就與薪傳論文集》,台灣大學中文系,2001年,第367—392頁)、伍純嫻《〈詩傳大全〉與〈詩經傳説彙纂〉關係探討:簡析明代〈詩經〉官學的延續與發展》(載《中山人文學報》第20期,2005年,第81—118頁)、王豐先《康熙朝御纂諸經研究》(北京大學博士論文,2009年)、盧啓聰《〈詩經傳説彙纂〉研究——以編撰背景、體式内涵與思想特質爲中心》(政治大學中國文學系碩士論文,2013年)、張宗友《“表彰聖經”、“治統所繫”:清初御定經解之經典化與學術影響》(載《古典文獻研究》第十七輯上卷,鳳凰出版社,2014年,第1—25頁)、于浩《清代官修經書注本的出版與傳播》(載《出版發行研究》2019年第11期,第102—105頁)、于浩《方玉潤〈詩經原始〉與〈欽定詩經傳説彙纂〉關係考》(載《中國典籍與文化論叢》第23輯,第113—125頁)、于浩《再造文本:清康熙〈欽定詩經傳説彙纂〉的改編與衍生》(《北京大學中國古文獻研究中心集刊》第22輯,第15—34頁)等。

② 方苞《方苞集・集外文》卷二,上海古籍出版社,2009年,第564頁。

彙纂序》所强調:"《御纂周易折中》既一以《本義》爲正,於《春秋》《詩經》,復命儒臣次第纂輯,皆以朱子之説爲宗。"[①]值得注意的是,《彙纂》"稽古"與"尊朱"并立,内容上廣采漢唐舊説,對於不同於朱子學説的其他宋儒之説,頗斟酌采録,故四庫館臣評價"於學術持其至平,於經義乃協其至當"。《詩經彙纂》用"集説"的方式,匯録兩漢至明代《詩》説以補充朱《傳》;用"附録"存録不同於朱子詩説的其他解説,以"總論"融匯各家之言[②];并以"按語"的形式别白异同、論定是非,這些按語代表的是康熙帝欽定意旨,後世學者采録或引用時,往往徑稱"御案"。

《詩經彙纂》頒賜學官後,即成爲科舉考試的官方定本。乾隆即位,極爲重視官修經書的頒行,乾隆元年、九年、十四年、十五年先後四次頒布上諭,要各省保證官修諸經注本的發行,准許坊間翻刻,以廣誦習[③]。乾隆二十年(1755)又要求"今學宫頒行《御纂四經》《欽定三禮》,博采諸儒之説,折衷至當,集古今之大成,嗣後考較經文,應遵奉聖製及傳、注者爲合旨。其有私心自用,與泥俗下,講章一無稟承者,概置不録"[④]。這樣的頒行力度與欽定的權威性,無疑擴大了《彙纂》的影響。後來的《詩經》著述不乏詳引《彙纂》之説者,如趙文哲《媕雅堂别集》、顧鎮《虞東學詩》、沈青崖《毛詩明辨録》、成僎《詩説考略》、顧棟高《毛詩類釋》、《毛詩訂詁》、汪梧鳳《詩學女爲》、顧廣譽《學詩詳説》、徐璈《詩經廣詁》等,他们對《彙纂》皆有極高評價。

但學者中也有不同的聲音,成書於乾隆十八年的張敘《詩貫》就批評道:"《彙纂》於《書》既主鄭氏,而又載孔説於後。於《詩》又主孔氏,而仍附鄭説於下,徒爾騎墻,尚未有折中。"[⑤]顯然是對《彙纂》折中衆説、持其至平的學術取向有所不滿。這種對帶有帝王意志的欽定之書的批評,頗令人意外。進一步研究發現類似的批評尚非個案,由此牽涉到官修經書注本的學術宗尚及背後學術淵源等一系列問題。

很多材料顯示,在《詩經彙纂》編纂前後,宗尚漢學的風氣逐漸興起,部分學者開始將"宋學"作爲攻擊對象,引起篤尊程朱的學者不滿,并作出回應。其中方苞的反應頗爲激烈,與後來姚鼐批評戴震似如出一轍。這一時期,"漢學"羽翼未豐,尚未形成較系統的學術理論與方法,這次争論更多是清代理學家們面對朱子被批評時的一次反擊,也可以看做是清中後期影響更爲廣泛的"漢宋之争"的預演。同時,《詩經彙纂》的編纂也受此影響,"御案"努力"折衷"朱子和漢人之説,似是面對這種狀況的平衡與彌縫。本文即

① 雍正《御製詩經傳説彙纂序》,載《欽定詩經傳説彙纂》卷首,《影印文淵閣四庫全書》第83册,台灣商務印書館,1986年,第1頁。

② 見楊晋龍《從〈詩經傳説彙纂〉到〈詩義折中〉——清代兩部官訂詩經注本詮釋形式之比較》,第371頁。

③ 素爾納《欽定學政全書》卷四,文海出版社,1968年,第113—115頁。

④ 杜受田《欽定科場條例》卷五〇,《續修四庫全書》,上海古籍出版社,1997年,第830册,第390頁。《欽定學政全書》作乾隆二十三年,第160頁。

⑤ 張敘《詩貫》卷五,《四庫全書存目叢書》,齊魯書社,1997年,第78册,第134頁。

以《詩經彙纂》編纂前後,相關學者面對朱子態度的争論爲中心,探討清代初期宗漢風氣的興起及其對官方經書注本的影響,解釋清代尊朱《詩》學逐漸衰微的原因。

二 方苞兩封書信引出的問題

方苞文集中《答劉拙修書》與《再與劉拙修書》兩篇書信,是清代學術史上非常重要的文獻,顯示了吴中宗漢復古風氣對於當時學術之影響,以及傾向宋學立場的學者對此之反應。劉拙修爲方苞好友劉岩,岩字大山,有《匪莪堂文集》存世。劉岩在康熙五十二年(1713)與方苞同受《南山集》案牽連,最後被發配新疆,康熙五十五年(1716)去世[①]。據此可知兩書當寫於康熙五十二年《南山集》案發生之前。康熙四十四年(1705)前後,方、劉二人在翰林院交往最密,兩書或即寫於這一時期。信中談到,劉岩以"馮君詩説"多駁朱子,因方苞已撰有《朱子詩義補正》,便詢問方苞對此有何意見。方苞先寫《答劉拙修書》作爲回應,意猶未盡,又寫《再與劉拙修書》,語氣更爲激烈。兩書對"馮氏詩説"大加批駁,再三重申朱子地位不容置疑。方苞信中所説的"馮君詩説",實即馮班的《鈍吟雜録》。

《答劉拙修書》中引馮氏之文有兩條[②],其一云:"馮君之言曰:'朱子説詩,只成山歌巷曲,絶不似經。'"此文見於馮班《鈍吟雜録》卷七:"朱子《詩》注全不是經,只是一部山歌曲子、俗人拙文字耳。"[③]其二云:"詩人不以比、興分章,如朱子所謂興者,皆重複無謂。"此條見於《鈍吟雜録》卷四,原文如下:

> 宋儒多不解詩,朱紫陽詩人也,然所得頗淺。比興乃詩中第一要事,二字本出大序,大序出於《毛詩》,齊、魯、韓皆無此序。朱子既不信序文,却不應取此二字;既用二字,又不應不用毛解。毛止有興也,本是意興之興,非興起之興。又比興是詩中作用,詩人不以比興分章,朱子謬甚。如朱説,則興者乃是説了又説,重複可厭。又如此解"興"字,亦鄙而拙。[④]

馮班爲明清之際著名詩人、學者、藏書家,常熟人,其父乃撰《六家詩名物疏》之馮復京,其兄馮舒,亦以藏書知名。吴中復古尊漢之風,自明代中葉以來已逐漸興盛,馮復京即是此風氣興起之助推者。錢謙益在《馮嗣宗墓誌銘》中説他"强學廣記,不屑爲章句小儒。少而業《詩》,鈎貫箋疏,嗤宋人爲固陋"[⑤]。馮班承此學風,在《鈍吟雜録》中反復表明自己尊崇漢學、批駁宋儒的態度,如:

---

① 吴楫《劉大山先生傳》,載《匪莪堂文集》卷首,《清代詩文集彙編》,上海古籍出版社,2010年,第198册,第63—64頁;又參見何冠彪《戴名世研究》,稻鄉出版社,1988年,導論注75、第20頁、下編第一章注35、第279頁。

② 方苞《方苞集·集外文》卷五,第660頁。

③ 馮班《鈍吟雜録》卷七《誡子帖》,中華書局,2013年,第114頁。

④ 馮班《鈍吟雜録》卷四《讀古淺説》,第75—76頁。

⑤ 錢謙益《牧齋初學集》卷五五,上海古籍出版社,1985年,第1378頁。

"漢儒釋經不必盡合,然斷大事、决大疑,可以立,可以權,是有用之學,去聖未遠,古人之道,其有所受之也。宋儒視漢儒如讎,是他好善不篤處。"[①]在方法論上,强調讀經當由訓詁名物入手:"余嘗讀《爾雅》,有儒者相規曰:'此等學問,支離瑣碎,不足勞心。'嗚呼! 此書乃《詩》《書》之義訓,不讀此,如何讀《詩》《書》? 此小學也。夫子曰:'多識於鳥獸草木之名。'非此書,則詩人之興,遂不可解矣。"[②]

馮班這種見解,自明中期以降,吴中地區陸續有學者提倡,萬曆間學者趙宧光曾直接提出:"上之不必援古,下之不必徇時,惟漢是從。……前乎此者莫能明,後乎此者無足寄,是以不得不折衷於漢,漢所不足,然後旁逮未晚。"[③]至清代初年,吴江朱鶴齡完成《詩經通義》,通釋《詩序》之義,對朱子之説多有質疑。康熙二十四年(1685),朱鶴齡好友陳啓源完成《毛詩稽古編》,以小學方法考證訓詁名物,發明《毛傳》之義例。這種駁正宋人詩學的風氣,漸有蔓延之勢,顯然引起方苞不安。他在給劉岩第一封回信中説:"至馮氏紕謬,本不必爲吾兄陳述;然往聞吴中人甚重其學,故因吾兄所舉,少發其誕,俾宗之者有省焉。"又在最後説:"僕平生不喜道人文字短長,以馮君所言關於經義,又爲吴中學者所宗,恐波蕩後生,故質言之。"[④]第二封信語氣更爲激烈,連顔習齋、黄梨洲二人一并斥之,認爲:"如二君者,幸而其身枯槁以死,使其學果用,則爲害於斯世斯民,豈淺小哉!"[⑤]顯示出非常决絶的態度。

方苞的反應很值得玩味,他自陳所以要反復辨明馮説爲謬,是因馮説"爲吴中學者所宗"。而劉岩拿馮班詩説出示,已説明當時宗漢風氣在翰林院發生影響。這恐怕是方苞反應激烈更爲主要的原因。其實不僅翰林院一般學者,當時翰林院掌院學士、《詩經彙纂》總裁官揆叙也深受吴中學者的影響。

揆叙是納蘭明珠次子,納蘭性德之弟,曾受學於太倉人唐孫華[⑥],其《隙光亭雜識》一書屢屢引及常熟學者顧大韶之説,認爲"最爲近理"[⑦]。他介紹顧氏之學云:"顧大韶,字仲恭,常熟人,少治詩義,專門名家,錢牧齋亟稱之。其論《詩》曰:……朱子盡掃毛、鄭,概以鄭、衛爲淫風,世儒皆知其繆。其尤踳駁者,則不取義之興也。既不取義矣,又何興乎? 又有全不會小序之意,妄自删改者……"此論與馮班如出一轍。顧大韶與馮復京是至交好友,顧大韶《詩經野語舊序》曾詳載馮復京的《詩》學觀念對顧氏兄弟之影響[⑧],據此可知顧大韶《詩》學取向與馮復京、馮班父子十分相合,同爲吴中宗漢風氣的産物。

揆叙論《詩》深受顧大韶影響,《隙光亭雜識》中一共有 46 條論及《詩經》,

① 馮班《鈍吟雜録》卷一,第 7 頁。
② 馮班《鈍吟雜録》卷四,第 70—71 頁。
③ 趙宧光《説文長箋》,《四庫全書存目叢書》經部第 195 册,第 104 頁。
④ 方苞《方苞集·集外文》卷五,第 660—661 頁。
⑤ 方苞《方苞集》卷六,第 175 頁。
⑥ 顧陳垿《唐先生孫華傳》,《碑傳集》卷五九,明文書局,1985 年,第四册,第 382 頁。
⑦ 揆叙《隙光亭雜識》,《續修四庫全書》第 1146 册,第 17、13—14 頁。
⑧ 顧大韶《炳燭齋稿》,《四庫禁毁書叢刊》集部第 104 册,北京出版社,2000 年,第 548—549 頁。

其中涉及朱子有31條,而這31條中,駁斥朱子之説多達28條。揆叙對於朱子的批評,主要集中在四個方面,一是批評其説鑿空無據,極爲疏脱,如論《裳裳者華》:"序云:'刺幽王也。古之仕者世禄,小人在位,則讒諂并進,棄賢者之類,絶功臣之世焉。'朱注此天子美諸侯之詩,蓋以答彼洛矣也,乃鑿空之説,無所依據。"(第16頁)二是指出朱子未明詩辭,誤解詩義,如:"《頍弁》,序曰:'刺幽王戾無親,不能宴樂同姓,親睦九族也。'朱注以爲燕兄弟親戚之詩。玩詩中死亡無日、無幾相見,情詞迫蹙,决非歡樂喜悦之語。而'如彼雨雪,先集惟霰',憂禍之義顯然,自當以序爲正。"(第17頁)三是指出朱注前後不一,自相矛盾,如論《小弁》詩:"朱注:'宜臼作此以自怨,序似爲太子之傅作,不知何據。'按,朱注《孟子》亦云:宜臼之傅作此詩。今注《詩》獨不主序説,蓋惡序之過,而忘其自相矛盾矣。"(第15—16頁)這是指出朱子注《四書》與《詩集傳》之説前後矛盾。揆叙還指出《詩集傳》一書中也有前後不一處:

> 《召旻》"昏椓靡共",自毛、鄭而下,皆主幽王信用人,惟《集注》不從。今按《瞻卬》"時惟婦寺"正與此篇昏椓相合,《集注》於婦寺已主奄人立説,何於此反獨不然?(第18頁)

四是批評朱子妄改經文,如:"《菀柳》'上帝甚蹈',朱注改作神,據《戰國策》以改經,恐未可訓。"(第18頁)由此可見,揆叙對於朱子的批評較爲嚴厲,并反復强調要以《詩序》爲正。雖然他亦有贊同朱子之説處,如《鄭風·有女同車》,《詩序》認爲是刺忽之詩,揆叙云:"朱子駁之,以爲未必爲忽而作,且忽之辭昏未爲不正而可刺也。其説固是。余獨怪齊女即魯桓夫人文姜,姜之醜行所不忍聞,而《序》稱其賢,豈不謬哉。"(第36頁)又《魏風·無衣》,詩序以爲"美晋武公",揆叙認爲"朱子痛辟《小序》,主刺不主美,是也"(第14頁)。是亦頗贊同朱子痛辟《小序》。但顯然,揆叙對朱子的批駁更具有學風轉向的意義。

作爲《詩經彙纂》總裁官,揆叙的部分意見,被采入到了《彙纂》之中,如《唐風·羔裘》,《隙光亭雜識》云:"《羔裘》'自我人居居''自我人究究',朱注'居居''究究'未詳。毛氏曰:'居居,懷惡不相親比之貌。究究,猶居居也。'據《爾雅》'居居、究究,惡也'。毛説蓋本此。"《詩經彙纂》此詩按語云:"案朱子以'居居''究究'之文止見《爾雅》,未敢據以解經,故云此詩不知所謂。然羔裘、豹袪,不得不指爲卿大夫之服也。詳繹'居居''究究'云者,必非頌美之詞。况《爾雅》之爲訓,興於中古,在毛、鄭之前,與其廢斯篇於不解,且姑從傳疏以求通,似亦可矣。"顯然是吸收了揆叙的意見。又如揆叙《隙光亭雜識》在《楚茨》《甫田》《大田》詩下詳考諸詩爲天子之禮,反對朱子"公卿有田禄"之説,也被《詩經彙纂》按語所接受。另如《周頌·昊天有成命》《執競》《商頌·烈祖》等詩,《彙纂》按語的意見也多同於《隙光亭雜識》。《隙光亭雜識》一書爲揆叙去世後,其子愷功所纂輯,排列較爲混亂,遺失的内容恐有不少,但從這些吉光片羽之中,不難看到《隙光亭雜識》批評朱子的傾向。

令人玩味的是,《詩經彙纂》"御案"中也有引用方苞之處。《葛覃》《騶虞》

《旄丘》《定之方中》《遵大路》《風雨》《揚之水》《候人》《思文》《雝》這十首詩的"御案"都直接抄自或改寫自方苞早年撰寫的《朱子詩義補正》。足見《詩經彙纂》在編纂過程中參考了方苞此書。兹將《朱子詩義補正》中與《詩經彙纂》有關係之内容列表如下①:

篇名	方苞《朱子詩義補正》	《欽定詩經傳説彙纂》按語
葛覃	禮經止載后夫人躬桑。觀此詩,則知凡百婦功無不親執,所以内事治而女教章也。古者夫婦之禮甚謹,婦之于夫,夫之于婦,有不自言而使人將命者,所以養廉耻、禁狎昵也。妻將生子,夫出居側室,使人日一問之。女子歸寧,使師氏告于君子。閨門之内,儼若嚴賓。所爲起教于微眇者,其意深矣。	案載於禮經者,止后夫人躬桑之文。觀此詩,則知凡百婦功無不躬親,所以女教修明,而足以化下也。古者夫婦之禮甚謹,婦之於夫,夫之於婦,有不自言而使人將命者,所以嚴内外而禁狎昵也。妻將娠,夫出居側室,使人日再問之。女子歸寧,使師氏告於君子。閨門之内,儼若賓。所爲起教於微渺者,其意深矣。
騶虞	朱子謂壹發五豝,猶言中必叠雙,似非詩人之意。蓋中或叠雙,斷無壹發而得五豕之理。况天子不合圍,諸侯不掩群,若以盡物爲心,則于禮爲過,且與頌文王澤及草木昆蟲之意相刺謬矣。	朱子謂一發五豝,猶言中必叠雙,似非詩人之意。且田獵之禮,天子不合圍,諸侯不掩群,若以盡物爲心,於禮爲過,而與嗟美文王之澤及草木昆蟲之意亦未符。
旄丘	故三章疑其無與同心者而不能來,蓋救患分灾,非一國所能獨任也。觀齊晋主盟,凡役必合諸侯可見,至于終不見恤,乃知非無同心也,非有他故也,乃衛之君臣褎如充耳焉耳。曲折以體其情,而終乃質言以責之,忠厚之至也。	故三章疑其無與同心者而不來,蓋救灾分患,非一國所能獨任。觀齊晋主盟,凡役必合諸侯可見,至于終不見恤,乃知非無與國,非有他故,乃衛之君臣褎如充耳若罔聞知也。曲折以體其情,而終乃質言以責之,尤見忠厚之意。
定之方中	獨舉其夙駕桑田一事,蓋人君能知小民之依,則所以克己厲俗,任賢修政,皆有不能自已者矣。周公戒成王,先知稼穡之艱難,蓋君心敬肆之原,百政廢興之本也。……先言樹木而後及田桑,以制疆封樹主田表道作邑之始事也,敗亡播遷,即預植良材,爲禮樂之器,秉心塞淵,即此可見。	尤以農桑爲立國之本,戎馬爲富强之資,巡行不怠,蕃育有方,使康叔開國之模復見。播遷之後,而詩人推本自塞淵中來,可見一心爲萬事根本。
遵大路	《序》以爲思君子,理亦可通。蓋托言君子將去,要于路而執其袪,謂之曰:子無我惡,故國不可以遽絶也。下章仿此。賢者不見禮于君,而浩然長往,則必惡留者之言而以爲醜。故曰無我惡,無我醜也。	案《序》:"思君子也。莊公失道,君子去之,國人思望焉。"朱子初解云:"君子去其國,國人思而望之,於其循大路而去也,攬持其袪以留之,曰:子無惡我而不留,故舊不可遽絶也。"是亦嘗從《序》義矣。

① 表中所引方苞《朱子詩義補正》分别見書第397、401、405、406—407、412、413、419、487、489頁;《詩經傳説彙纂》按語見分别書第84、128—129、161、187、244、254、256、341、704、713頁。

續表

篇名	方苞《朱子詩義補正》	《欽定詩經傳説彙纂》按語
風雨	《小序》:"世亂,而君子不改其度。"劉向、曾鞏皆承用之。蓋風雨沓至而如晦,猶世之昏亂也。鷄鳴在暗而思曙,猶君子居亂而思治也。君子不改其度,則世道可挽,故見之而心悦,如疾之去其體焉。	案《序》:"鷄鳴,思君子也。亂世則思君子不改其度焉。"……自兩漢六朝及唐宋諸儒,皆傳其説,……蓋風雨雜至而如晦,喻世之昏亂。鷄鳴在暗而思曙,喻君子居亂而思治。君子不改其度,則世道可挽,故見之而心悦,如疾之去其體焉。
揚之水(鄭風)	朱子引《戴記》以兄弟爲婚姻之稱,與終鮮文義不協。	即就婚姻詮釋兄弟,後儒謂與終鮮文義,究有未協。
候人	首章似宜作賦,蓋謂才德無以异人,只可給役事之小者,如候人之荷戈與祋是也。而彼其之子乃累累而服卿大夫之服乎,敷陳其事而直言之,無比興之義。	案《候人》首章,《毛傳》主賦,蓋言賢者之官不過候人,而不賢者佩赤芾,乃三百人,所謂遠君子而近小人也。……首章有賦與興之各别,然賦則直陳,興則婉喻耳,與作詩者之旨,皆無害也。
思文	立當如字。蓋烝民阻饑,則教化不得施,而無以立人之道。自后稷播種,民人率育,彝常之道乃得徧陳,是所以立烝民之命,而使各保其極者,皆后稷之功也。	後儒多有主是説者,蓋謂"立我烝民",立當如字。時烝民阻饑,教化不得施,無以立人之道,后稷播種,民人率育,而陳常時夏,是立我烝民,皆后稷之功也。
雝	《周禮》贊牲薦俎,職列五官,諸侯助祭,納其方物,牲非所薦也。蓋言薦此大牲之時,有群侯以相我肆祀,此皆皇考之德之大,有以安我孝子耳。	宗廟之祭,主者爲尊,故薦大牲者,歸於天子,以對祖考,而贊助之者諸侯爾,載於《周禮》,詳於《禮器》及《祭義》甚備。

由上表可知,《朱子詩義補正》論《葛覃》《騶虞》《旄丘》《風雨》《揚之水》《思文》六篇,《詩經彙纂》之按語幾乎完全相同;另四篇文字差异雖略大,但《詩經彙纂》按語之思路與結論與《朱子詩義補正》相同。《揚之水》《思文》兩篇,《詩經彙纂》按語所謂"後儒",很明顯即是方苞。這都是《詩經彙纂》在編纂過程中參考了方苞詩經學成果的明證。

方苞并未直接參與《詩經彙纂》的編撰,但他與李光地、魏廷珍、張廷玉等交往極爲密切,魏廷珍、張廷玉都擔任了《詩經彙纂》編纂中僅次於總裁官的南書房校對。張廷玉在給方苞所作的《宋元經解删要序》中説:"康熙癸巳,望溪蒙詔入南書房,與共晨夕,叩其删取大指,頗與余同志。"[①]又在《跋王箬林爲方望溪書韓子五箴》一文中説:"癸巳三月,聖祖仁皇帝召入南書房,余始熟而悉焉。……然與余交,自癸巳至今凡十有七年,常以天下之公義、古賢之大節相砥淬,而未嘗一及於私。"[②]兩文中提到的康熙癸巳,即康熙五十二年,當時方苞受《南山集》案牽連在獄,蒙李光地營救,加上玄燁對其偏愛有加,寬宥出獄,

① 張廷玉《澄懷園文存》卷七,《清代詩文集彙編》第229册,第395頁。

② 張廷玉《澄懷園文存》卷一〇,第441頁。

并以白衣身份召入南書房。正是此時張廷玉與方苞相識,并"與共晨夕"探討經義,兩年後《詩經彙纂》開始編纂,或即是張廷玉在"御案"中加入了方苞《朱子詩義補正》的意見。在《詩經彙纂》"御案"裏,代表吴中宗漢傾向的揆叙和代表程朱理學的方苞雖未直接對話,却用一種奇妙的方式表達各自的立場,是"漢學""宋學"在官修《詩經》注本中的一次暗暗較勁。

三 康熙帝"尊朱""折衷"并立的學術策略與《詩經彙纂》

一部官修《詩經》注本中何以會發生如此奇特的現象? 僅以"於學術持其至平,於經義乃協其至當"難以解釋。方苞和揆叙二人身份也值得深加考量,方苞是理學名臣,深受玄燁青睞,而揆叙不僅擔任《詩經彙纂》總裁官(另一總裁爲王鴻緒),更任翰林院的掌院學士,對翰林院有督導教育之責。二人同爲康熙朝學臣,學術立場却大相徑庭,個中緣由,當與玄燁的學術策略密切相關。

清廷建立之初,就以尊崇程朱之學爲標榜,玄燁本人提倡尤力。不僅科舉一以程朱爲標準,復編纂《朱子全書》《性理精義》等書,在經筵日講等場合反復申明對宋學之推崇。康熙五十年(1711),玄燁對臣下説:"朕御極五十年,聽政之暇,勤覽書籍,凡《四書》《五經》《通鑒》《性理》等書,俱經研究。每儒臣逐日進講,朕輒先爲講解一過。遇有一句可疑、一字未協之處,亦即與諸臣反復討論,期於義理貫通而後已。"①以身作則,以帝王之力推行宋學,且非空口泛言,而是一字一句反復討論,直至貫通義理而止。

玄燁尊崇程朱之學,有其思想統馭上的考量。一方面,玄燁更爲强調宋學的道德約束,對於宋學原本所極重視之思辨則加以抑制②。另一方面,玄燁在宣導宋學義理的同時,更强調實學和致用,這種實學致用體現爲兩點,一是玄燁要求有實際的行政能力、力求務實有爲;二是重視算學、曆法、樂律等實用和技術之學。康熙二十二年(1683),玄燁與張玉書有一段對話:

> 上問:"理學之名始於宋否?"張玉書奏曰:"天下道理,理具在人心,無事不有,宋儒講辨,更加詳密耳。"上曰:"日用常行,無非此理。自有理學名目,彼此辨論,朕見言行不符者甚多,終日講理學,而所行之事全與其言悖謬,豈可謂之理學? 若口雖不講,而行事皆與道理吻合,此即真理學也。"③

此可見玄燁批評理學家彼此辯論理學之名目,并將對辯論的批評與道德品行相結合,特强調口中不講,但行止規矩的"真理學",而這種"真理學"的評判標準,顯然只能由玄燁來定。此後玄燁常批評當時理學家言行不符之事,如康熙三十三年(1694),玄燁論道學家云:

---

① 《聖祖實録》卷二四五,《清實録》第6册,中華書局,1985年,第432頁。
② 參見張麗珠《清代新義理學——傳統與現代的交會》,里仁書局,2005年,第56—59頁。
③ 《聖祖實録》卷一一二,《清實録》第5册,第157—158頁。

道學之人果如是挾仇懷恨乎？又李光地、湯斌、熊賜履皆講道學之人，然各不相合。……道學當以忠誠爲本，豈有在人主前作一等語，退後久别作一等語者乎？今湯斌雖故，李光地、德格勒現在也。又熊賜履所著《道統》一書，王鴻緒奏請刊刻，頒行學宫，高士奇亦爲作序，乞將此書刊布。朕覽此書内過當處甚多，凡書果好雖不刊自然流布，否則雖刻何益？道學之人，又如此務虚名而事于瀆乎？今將此等處不過諭爾等聞知，朕惟以治天下國家之道存之于心，此等人議論又何足較哉。[①]

先批評李光地、湯斌、熊賜履等人各不相合。當時理學家行止固然有虧，嘗爲玄燁所鄙，然李光地、熊賜履在被批評後，仍長期受玄燁重用，可見玄燁之批評并非完全針對李光地等人的品行，其真實目的一在駕馭群臣，二在抑制理學家私心爲言。故後文中，玄燁特舉熊賜履《道統》一書，指斥其過當處甚多，是務虚名而事於瀆。二十年後，玄燁仍拿此書出來批評："又如理學之書，爲立身根本，不可不學，不可不行。……昔熊賜履自謂得道統之傳，其没未久，即有人從而議其後矣。今又有自謂得道統之傳者，彼此紛争，與市井之人何异？凡人讀書，宜身體力行，空言無益也。"[②]可見玄燁意在消弭"彼此紛争"，歸於一統，不使學者輕言道統，而將理學努力轉向"身體力行"方面。因此在康熙五十四年(1715)三月，玄燁明確要求：

又如注書一事，所繫匪輕，必深識古人之意，得其精要，乃可注解。若學力未到，妄自注輯，則意義反晦矣。朱子所著諸書，其義甚明，迄今五百餘年，人無訾議。朕每見近今人所注書，細探其旨，大約皆私意爲人。……至於《近思録》乃朱子之書，義甚明晰，何必更注。[③]

玄燁特别强調近今人注書皆"私意爲人"，并明確表明朱子之書不必注釋。一個月後又再次强調這一點："古來聖賢經傳，純粹以精，先儒論著，疏通易曉，即不立注解，其義自明。而或逞其臆見，人自爲書，家自爲説，或假以立名，或用以阿世，使聖賢精意，反因之而滋晦。其何以芟刈繁雜，倡明正學歟。"[④]很顯然，玄燁一方面要將宋學的解釋權掌握在朝廷手中，一方面也要消弭宋學中的思辨色彩，使其在自己所能控制的範圍内，不至於横生議論。而一些臣僚誤以爲康熙帝意在禁止注釋所有古書，故大學士松柱、李光地、蕭永藻、王掞等上疏請禁止注釋古書，玄燁没有同意，認爲"古書内義理甚明者，雖不必注釋，或有義理深奥，學者不易領會，將大中理敷衍詳明以解釋之，亦大有裨於學者之事，禁止可乎？"[⑤]可見他并不是要完全禁止注釋古書，其重點在於"古書内義理甚明者"不必注釋，而義理甚明者，即上文玄燁所提到之朱子之書，如《近思録》之

① 蔣良騏《東華録》卷一六，中華書局，1980年，第268—269頁。
② 《聖祖實録》卷二六六，《清實録》第6册，第613頁。
③ 《聖祖實録》卷二六二，《清實録》第6册，第585頁。
④ 《聖祖實録》卷二六三，《清實録》第6册，第586頁。
⑤ 《康熙起居注》第3册，中華書局，1984年，第2166頁。

類。值得注意的是,這些上諭發布的時間,就主要集中出現在御纂諸書編纂的時間前後。

據上文所論,玄燁從"御定"的角度,完全消弭了理學思辨進一步拓展的空間,理學家所做的工作,無非是闡述程子、朱子等聖人的精奥之義理,不需要有自己的見解和意見。而此種精奥之義理,也需要得到官方的認定,并非程朱所有的觀點都一概吸納,不符合統治之效的,自然就排除在外,玄燁嘗云:

> 程子曰:"人不學爲聖人,皆自棄也。"此語亦屬太過。堯舜之後,豈復有堯舜乎!昔人有言:孟子不足學,須學顔子。此皆務大言,不務實踐者。朕自幼喜讀《性理》,書中千言萬語,不外一敬字。人君治天下,但能居敬,終身行之,足矣。①

玄燁以堯舜之後不復有堯舜,意在强調實踐之功。故指程子所言"不學爲聖人皆自棄"一語不當,爲君之道在於主敬而已。既然玄燁以帝王身份都表示不談學聖人,則一般學者更不能談成聖之事。而成聖之道實是理學精髓,玄燁將此撤去,剩下的自然只有簡單的道德層面之"倫理"和技術層面之"實踐"而已。因此與消解理學内在思辨理路相應的,就是反復强調實踐和實學了。

玄燁曾對大學士談他讀《朱子全書》的體會:"《朱子全書》,凡天文、地理、樂律、曆數,俱非泛論,皆能確見其所以然之故。朕常細加尋繹,欲求毫厘之差,亦不可得。即如徑一圍三,畸零之數,講論已自通徹,尚有留待後人參考之語。其虚心不自是如此。黄鍾之管,朕曾試過,葭管飛灰,未經候驗,但南北地形,高下不同,一時難於定準,今如暢春園,距京城觀星臺,地形便微有不同,至於各省或同此一時,未必同此一刻矣。"②特别標舉朱子天文、地理、樂律、曆數之精妙,又親自實驗,展現出玄燁對實學、實踐之興趣。玄燁本人亦常與學臣探討天文曆法音韵等問題,曾要求魏廷珍等習樂律,又令蔣廷錫作《尚書地理今釋》,《四庫總目》評價此書"考訂精核,足證往古之訛,釋後儒之惑。至於昆侖河源之説,非惟訂漢儒之謬,并證《元史》之非,是則恭逢聖代混一輿圖,得以考見其實據,尤非前代經師輾轉耳食者比矣,《書經傳説彙纂》已備采其文"③。是得自玄燁"指授",富於考訂,且爲《書經彙纂》所采録。這都是引導學臣轉向實學之表現。玄燁晚年曾在殿試之前下詔云:"廣勵士習者,以通經爲要務,近代詮釋群經,至朱子無可議。朕潛心玩味,見其皆切於躬行日用,絶無華言浮説以汩亂乎其間。夫虚文多,則本意晦,枝辭盛,則實理微。欲使士通一經,則明一經之義,而收一經之用者,其術安在。"④一方面再次强調朱子無可議,一方面要求學子通一經,需明一經之"用"。

玄燁之强調實學,還表現在對經義的取向上,呈現出"折衷"趨勢,他説:

---

① 《聖祖實録》卷二七五,《清實録》第6册,第700頁。

② 《聖祖實録》卷二四六,《清實録》第6册,第439頁。

③ 永瑢、紀昀等《四庫全書總目》卷一二,清武英殿本,國家圖書館藏。

④ 《聖祖實録》卷二七八,《清實録》第6册,第728頁。

"儒者著書立説,薈萃群言,務期闡明大道,折衷於至當。"[①]之後令學臣編《周易折中》和三經《彙纂》,即秉持此種"折衷於至當"的標準。此標準之實質,即在精神上以程朱之學爲宗主;在經義上,則融匯漢唐宋元明諸家之説,以獲得至當之義。所謂"薈萃群言""闡明大道"是也。如康熙朝前期所編《日講詩經解義》,"凡立説一準於考亭,而旁搜義藴,兼及注疏,博綜名物,亦參《爾雅》"[②]。康熙朝晚年編《詩經彙纂》則更進一步,首列朱子《集傳》之外,"采漢唐以來諸儒講解訓釋之與傳合者存之,其義异而理長者别爲附録,折衷同异,間出己見"[③]。因此《四庫全書總目》認爲《詩經彙纂》"雖以《集傳》爲綱,而古義之不可磨滅者,必一一附録以補缺遺,於學術持其至平,於經義乃協其至當"[④],是此種經學觀念的體現。

這種學術取向也體現在《詩經彙纂》"按語"中。按語的功能,一是解釋爲何要在"附録"中存録古義,二是辨析朱子《詩》説與古義异同,很多地方還會指出孰優孰劣。按語帶有很强的欽定特徵,是康熙帝意志的直接體現。《詩經彙纂》的按語共有 109 條,其中不用朱子之説者 30 條,超過了按語的四分之一;并存兩義者 38 條。二者加起來共是 68 條。這也意味着對朱子存在疑詞的占按語六成以上[⑤]。

因此可以説,康熙時期的學術轉向超越宋學之"折衷"立場、注重實學,與玄燁本人的反復提倡和直接指導密不可分。在帝王的宣導下,翰林學臣的學術取向逐漸顯示出宗尚實學、折衷群言之趨勢。既通宋儒之學,同時又不廢古説。以參與編纂《詩經彙纂》之學臣爲例,張大受"有异才,又好學特甚,於經史百家之言,無不貫串"[⑥]。福建侯官人林佶,家富藏書,徐乾學刻《通志堂經解》、朱彝尊編選明詩,都曾借其藏書抄寫,又好金石書畫,博通子史,以"樸學"爲齋名,有《樸學齋詩文集》[⑦]。李光地弟子陳萬策(字對初)也不例外,他嘗隨梅光鼎習算學,倪濤《小學偶拈》還記載:"六書之學,古人自八歲即已教之。今白首不講,是以小學失傳,訛謬百出。往在史館,極荷陳對初先生指示,近留心稍久,錯處似少。"[⑧]可見他對於文字之學亦爲精通。

玄燁巧妙地平衡"漢學""宋學",期望於將"宋學"的解釋權收歸己有,完成治統與道統的統一。是故提倡程朱,但不允許學者有創造性的解釋,遂使理學在清代失去了進一步發揮的空間。李光地、方苞等理學名臣在解釋朱子之學時,

① 《聖祖實録》卷二六三,《清實録》第 6 册,第 586 頁。

②③ 《清朝文獻通考》卷二一三經籍考三,浙江古籍出版社,1988 年,第 6769 頁。

④ 永瑢、紀昀等《四庫全書總目》卷一五,清武英殿本,國家圖書館藏。

⑤ 根據楊晋龍《從〈詩經傳説彙纂〉到〈詩義折中〉——清代兩部官訂詩經注本詮釋形式之比較》一文之統計。

⑥ 鄭方坤《張學政大受小傳》,《碑傳集》卷四七,第 3 册,第 641 頁。

⑦ 黄錫蕃《閩中書畫録》卷一〇,《中國書畫全書》第 12 册,上海書畫出版社,1998 年,第 915 頁;《(乾隆)福州府志》卷六〇,《地方志人物傳記資料叢刊・華東卷・上編》第 75 册,北京圖書館出版社,2007 年,第 602—603 頁。

⑧ 倪濤《六藝之一録》卷二六四,《影印文淵閣四庫全書》第 835 册,第 607 頁。

無法超越玄燁所規定的範疇,而玄燁對實學的提倡,客觀上提供了“漢學”生存和發展的土壤。《詩經彙纂》中的“薈萃群言”“折衷”,就是這一發展過程的體現。

四 李光地看閲《詩經彙纂》及其影響

《詩經彙纂》於雍正五年刊行,雍正八年《書經彙纂》刻成後,三經《彙纂》連同《周易折中》一并頒賜學臣及各省學官①,故首先受到影響的即是相關的學臣和各省負責科考的官員。根據現有的著述來看,一些具有吴中學術背景的學者比較接受“御案”中的意見,如“吴中七子”之一的趙文哲,其《媕雅堂别集》卷五、卷六專論《詩》的部分,徵引《彙纂》之説就多達 40 處。《媕雅堂别集》此兩卷一共不過 62 條内容,因此絶大條目都引用到《彙纂》,加上趙氏所引各家之説也都見於《彙纂》所録,所以《媕雅堂别集》這部分内容很可能就是趙氏讀《彙纂》之筆記。趙氏大量引用《彙纂》存録的漢唐宋明各家詩説,不少地方直接引用《彙纂》“御案”,很認同御案的解釋,如論《桃夭》:“御案有云,文王之化莫先於正家,后妃之德莫盛於不妒忌。序主后妃,傳主文王,意各專重,道實相成。諒哉斯言,論定不易矣。”②又如論《周頌・噫嘻》:“御案謂,天子戒敕勸農,止及國中之鄉遂,尚不及乎畿甸,似毛義之推廣於天下爲所該者遠矣。”③這兩條,一爲折中《詩序》和朱《傳》,一則認爲毛義更長。可見《彙纂》在認同漢人詩説方面所起到的作用。

但篤尊程朱的學者則另有態度,其中李光地的看法極具代表性。李光地與康熙朝御纂諸經關係密切,他本任《周易折中》的總纂官,今天留存下來的康熙朝朱批奏摺中,即有不少康熙帝與他往返討論《周易折中》的記録。其他的三部經書《彙纂》,他雖因年邁没有直接擔任相關職務,但仍是幕後重要人物。《文貞公年譜》“康熙五十三年秋八月”條下載:“是時方承修《折中》,薈萃自漢迄明諸儒之説凡三百餘家,采擷精純,刊取領要,熔鑄百氏,陶冶千載,《易》之道於是大備。每奏進,上御經座,引儒臣論,其勤如讀《朱子全書》時。……公又頻言經學隆污,有關世運。上遂分簡大臣,修纂《詩》《書》《春秋》。”④可見李光地對於玄燁編纂此三經《彙纂》曾起到推動作用。

康熙五十四年二月,王鴻緒被任命爲《詩經彙纂》總裁,立刻就與李氏弟子楊名時、何焯、陳萬策等拜訪李光地,寫下《端午前二日同侍講楊賓實、編修何屺瞻、孝廉陳對初集安溪相國邸第》一詩,盛贊李光地“鼎鼐調元氣,菁莪育正人。千秋推相業,周召是公倫”⑤。與李光地關係密切的魏廷珍、陳萬策等也參與到《詩經彙纂》的編纂中。

---

① 素爾納《欽定學政全書》卷四,文海出版社,1968 年,第 92 頁。

② 趙文哲《媕雅堂别集》卷五,《四庫未收書輯刊》第十輯,北京出版社,1997 年,第 26 册,第 481 頁。

③ 趙文哲《媕雅堂别集》卷五,第 524 頁。

④ 李光地《榕村全書》第 10 册,福建人民出版社,2013 年,第 93—94 頁。

⑤ 王鴻緒《横雲山人集》卷二六,《清代詩文集彙編》第 168 册,第 311 頁。

更重要的是,《詩經彙纂》三經於康熙五十六年末編成後,還曾交給李光地看閲。陳萬策《詩所後序》記載,李光地在本年召還京後:"及還,則《書》《詩》《春秋》三館所修《彙纂》先後告竣,聖祖并命重加看定。"①《榕村譜録合考》也説:"時奉旨看閲諸大臣所纂《詩》《書》《春秋》三經。"②李光地看閲後的意見,今無可知,但《榕村語録》中的一段話值得注意:

> 凡修一書,必立意推戴何人做主。《詩經》自當以朱《傳》爲主,綱領内便不應入《詩傳序》。《周易折中》綱領,采《程傳序》者,不敢主程《傳》也。朱子説《易》之取象,不可盡以道理求,蓋謂隨人隨事,皆可以生解耳。雖象皆有根,根即是道理,却要知他原可以隨人隨事求之也。朱子此説畢竟是講《易》的定盤星。《尚書》注亦未有强於蔡《傳》者,但多敷衍幫襯,不能字字著實,其解"天聰明"二句云:"天之聰明,非有視聽;天之明威,非有好惡。"即以本書作證,"天視自我民視,天聽自我民聽",何以見得天無視聽?"帝乃震怒""皇天震怒",何以見得天無好惡?其説之弊,直使人把天作糊塗物事,全憑人以爲聰明好惡者。然蔡氏此等處,都似還未見到根源,所以未覺熨貼。朱子説《春秋》據事直書爲多,未必盡有褒貶。或不以爲然,不知朱子不是説全無褒貶,謂未必如今人説一字不放空,都有褒貶耳。道理却是寬寬的説好,寬些包得道理多。寧可失出不妨,若過密,萬一失入,其弊甚大。胡《傳》多不是聖人意,你看朱子傳注,文義或有未當,至人道理,一絲不錯,他人便大處錯。朱子議論人物,規陳時事,容有太剛過嚴處,要無不可見之行事者,若胡《傳》説來,一步不可行。修此三經,《詩》當全用朱《傳》,惟斟酌幾篇;《書》半用蔡《傳》;《春秋》則當不用胡傳,合者數條而已。③

細細考察這段話,似是全爲三經《彙纂》而發,很可能即爲李光地看閲後的意見。李光地似對三經《彙纂》有所不滿,比如他指出修《詩經》注本,除幾篇需斟酌外,應全用朱《傳》,這很可能是批評《詩經彙纂》時而認同《毛詩序》的做法。李光地反復重申"《詩經》自當以朱傳爲主""《詩》當全用朱傳",所謂"當"者,自是因爲有不當處。

陳萬策《詩所後序》和《榕村譜録合考》都提到,在"看定"這三部《彙纂》時,李光地特意完成了自己的詩經學著作《詩所》,這似乎也是針對《詩經彙纂》而作。陳萬策《詩所後序》裏稱:"(李光地)因以爲經學之傳,章解句釋,義理微密,必逐條討論,然後進退群言惟允。將復繹古文今字之訓,求屬辭比事之指,於《尚書》裁得七篇,而絶筆於《洪範》。三經雖欽承上命,而不克終竟大業。"從中可見李光地看閲《尚書彙纂》時,也撰寫了有關《尚書》的著作,所謂"《尚書》裁得七篇",這七篇之書,即後來被收入《四庫全書》中的《尚書解義》,所解爲

① 陳萬策《近道齋文集》,《清代詩文集彙編》第220册,第85頁。
② 李光地《榕村全書》第10册,第328頁。
③ 李光地《榕村語録》卷一,載《榕村全書》第5册,第11—12頁。

《堯典》《舜典》《大禹謨》《皋陶謨》《益稷》《禹貢》《洪範》，正符七篇之數[①]。止於《洪範》，也與陳序所説一致。《詩所》當屬同類型的著作，是李光地晚年看閱《詩經彙纂》時，在其以往所撰《詩經》文稿的基礎上，整理而成。其書旨在申發朱子《詩》學之要義，"始於夫婦之細，而察乎天地之高深，發於人情之恒，而極乎天載之微妙"(李光地《詩所序》)，仍是從理學的範疇對《詩經》加以解讀和闡釋。

對比《詩所》與《詩經彙纂》，就可以發現二者詩説取向存在較大區别。比如《衛風・木瓜》，《詩序》認爲是美齊桓公之詩，《詩經彙纂》按語認爲朱子《讀尊孟辨》嘗用《序》説，至注《詩》則改爲"疑其爲男女贈答之詩"，《彙纂》以朱子用"疑"字，不是必然之論，因此提出："毛、鄭指爲美桓者，述其所傳；朱子改爲贈答者，據文詮義，後儒獨於此詩，袒毛、鄭而與朱子相左者甚衆。今從《集傳》，亦不廢《箋》義，在讀詩者善觀而會通之可耳。"[②]這是很典型的折中的態度。李光地《詩所》則毫不猶豫地説："《序》説無據，且依朱《傳》。"[③]又如《魏風・伐檀》，《詩經彙纂》同樣認爲朱子在注《四書》時曾用《序》説，與《集傳》所説不同，因此在附録中存録鄭玄和吕祖謙之説，"以存古義之大略云"[④]。而李光地在《伐檀》下强調："朱《傳》於賢者之志，發之盡矣。"[⑤]拿《詩所》與《彙纂》對照，很容易發現李光地有些意見是針對《彙纂》而發。

陳萬策《詩所後序》裏還提供了一個重要信息，李光地看閱三經《彙纂》的工作并未完成就去世了，"不克終竟大業"，因此李光地的意見似乎并未影響到《詩經彙纂》的成書。但他的《詩所》却在門人弟子中産生很大影響，甚至有舉《詩所》來反對《詩經彙纂》的現象。如楊名時《詩經札記》、夏宗瀾《詩義記講》、徐鐸《詩經提要録》等都是本於《詩所》之作[⑥]。這些著作在解讀詩義時，還將《詩所》與《彙纂》對比，認爲《詩所》的意見爲優，如徐鐸《詩經提要録》論《鄭風・褰裳》的詩義，就説："《彙纂》并存《序》《傳》兩説，《詩所》獨從朱《傳》，今詳玩詩詞，似當以文貞公爲定論也。"[⑦]又如本文開頭提到張叙《詩貫》對《書經彙纂》與《詩經彙纂》的批評，與上引《榕村語録》所論非常一致。這都不能不説是李光地看閱《詩經彙纂》、反對《彙纂》多用《詩序》、毛鄭之説的遺響，也可以説是清代理學家對吴中漢學風氣的又一次反擊。

五　結　語

乾隆元年(1736)，因各地學子衆多，朝廷頒賜的官修經書注本已不能滿足學子之需要，弘曆特發上諭説："我皇祖聖祖仁皇帝御纂《周易折中》《尚書》

---

① 永瑢、紀昀等《四庫全書總目》卷一二。

② 王鴻緒等《詩經傳説彙纂》，第216—217頁。

③ 李光地《詩所》，載《榕村全書》第2册，第178頁。

④ 王鴻緒等《詩經傳説彙纂》，第285頁。

⑤ 李光地《詩所》，第203頁。

⑥ 永瑢、紀昀等《四庫全書總目》卷一六、卷一八。

⑦ 徐鐸《詩經提要録・褰裳》，《四庫全書存目叢書》第78册，第423頁。

《詩》《春秋》三經《彙纂》諸書,直省雖已鎸板,但士子赴司具呈俟批,已不免守候。又一人所請,止於一部,勢難鳩工刷印,是以得書者寥寥。著直省撫藩,招募坊賈,自備紙墨刷印,通行售賣,嚴禁胥吏阻抑需索。但使坊賈皆樂於刷印,則士子自易於購買,庶幾家傳户誦,足以大廣厥傳。"①之後弘曆又要求各省撫藩印刷後,再給學官每種書多發兩部,并再次鼓勵坊間翻刻。乾隆九年、十四年、十五年在上諭中繼續反復重申諸經《彙纂》之重要,乾隆十五年上諭又一次强調:"令各省布政使照御纂《折中》《傳説》諸書之例,敬謹刊刻,准人刷印。并聽坊間翻刻,以廣誦習。"②

這一時期,吴中的惠棟完成了《惠氏讀説文記》《易漢學》《九經古義》等書,對漢學的理論和方法都有系統的論述。乾隆十四年,錢大昕入紫陽書院就讀并結識惠棟,學術理念上深受惠棟影響;乾隆十九年錢大昕高中進士,被其座主錢維城譽爲"古學第一人",其後結識戴震,推揚其名,考據學遂成一股不可抑止的風潮。後來引發姚鼐與戴震、方東樹與江藩的争論,甚至上升爲桐城派與考據學之争,在清代康熙年間都能見到端倪。李光地、方苞和揆叙在這其中扮演了重要角色,揆叙的學術淵源,又是積累了一百多年的吴中宗漢風氣。"漢學"最後由另一吴中學者惠棟集其大成。分析漢人舊注,以小學治經、校經,重視目録、校勘、考證,成爲清代經學研究最重要的特徵。李光地、方苞所代表的清代理學,因自身難以走出帝王權術所限定的框架,逐漸面臨困境,這在經學詮釋上表現得尤爲明顯。清代經學在"義理"方面的新思考和新血液,則要等到晚清今文經學的興起。

學術的發展、演變和影響,是一個漫長、複雜的過程。《詩經彙纂》編纂前後所隱藏的"漢宋之争",就展現了這一過程中學者心理、學術取向等的微妙變化。《詩經彙纂》雖以朱子《集傳》爲宗,但在"御案"中却采録《詩序》、毛傳和鄭箋之説,時有對朱子的批評之語。其中不少意見,與《詩經彙纂》總裁官揆叙的《隙光亭雜識》一書對朱子的批駁相一致。揆叙論《詩》深受常熟學者顧大韶影響,顧大韶則是吴中尊崇漢學學者的代表,并與馮復京、馮班父子交往密切。在《詩經彙纂》編纂之前,方苞曾激烈批評過馮班《詩》説,表達對宗漢風氣的不滿。《詩經彙纂》的"御案"同時吸收了方苞《朱子詩義補正》一書的意見,可以説是對"漢學""宋學"的一種折衷與平衡。"折衷"并未使理學家滿意,李光地在看閲《詩經彙纂》時仍然批評其不完全尊朱,但這一意見最終没被接受。個中緣由,恐是因康熙帝的學術策略與導向所致。玄燁既尊朱子,又不允許學者私議道統,妄加闡釋,終使清代理學失去了向學理深處解釋的自由。而他對實學、樸學的引導,客觀上容許了漢學的發展和壯大。

(作者單位:南昌大學國學研究院)

① 素爾納《欽定學政全書》,文海出版社,1968年,第94頁。

② 素爾納《欽定學政全書》,第114—115頁。

古典文獻研究（第二十五輯下）
Journal of the Institute for Chinese Classics Studies
Nanjing University
Volume 25, No.2 2022

舒穆禄・多隆阿及其《毛詩多識》考析*

李貴連

滿人入關之後，由崇武而兼修文，在文學、藝術等方面皆取得不凡成就。《詩經》在經學中與文學關係最爲密切，深爲清廷推崇，也是滿人士子心儀之經典。御纂敕撰之書及宗室文人之《詩經》學著作，傾向於在《詩》學探索中涵寓弘揚詩教之政治目的。滿族學人之《詩經》學著述，既有不同於傳統解經軌轍，致力於文學闡釋之作，也有實學思想影響之下，對《詩經》名物的砥志研思。舒穆禄・多隆阿《毛詩多識》，尤爲傑出，是滿族學人辨析《詩經》名物制度的最高成就。

一　滿族學人舒穆禄・多隆阿

舒穆禄・多隆阿，恩華《八旗藝文編目》稱其"道光己酉拔貢。康熙二十六年調盛京，遂爲岫岩人。咸豐癸丑殉難平陽。世襲一等公揚古利裔孫"①。其人生於乾隆五十九年(1794)，卒於咸豐三年(1853)。《清史稿》所載之多隆阿，係呼爾拉特氏，二者并非一人②。舒穆禄氏多隆阿，係長白山陳滿洲之裔。《岫岩志略》卷八《人物志・文學》載云：

> 多隆阿，號雯溪，滿洲正白旗人，居英那河里。幼聰穎，讀書過目不忘。殫心考據之學，天文、數術、星經、地志，凡百家言，無不備覽。弱冠補博士弟子員，屢試優等，食餼。道光乙酉，選拔第一，試秋闈，薦而不售。

---

* 本文爲國家社科基金項目"清代滿人經學研究"(16BZW090)階段性成果。

① 恩華纂輯，關紀新整理點校《八旗藝文編目》，遼寧民族出版社，2006年，第2頁。

② 呼爾拉特氏多隆阿生於嘉慶二十二年(1817)，卒於同治三年(1864)。字禮堂，滿洲正白旗人，黑龍江駐防，由前鋒補驍騎校。咸豐三年(1853)，從勝保與太平軍作戰，立下赫赫戰功。此後轉戰南北，爲朝廷所倚重。除與太平軍多次交鋒之外，呼爾拉特氏多隆阿還指揮參與了鎮壓陝西回民起事等多場戰役。同治初，川人藍朝柱率軍近踞盩厔。呼爾拉特氏多隆阿於同治三年(1864)春，"親督兵力攻，城小而固，多隆阿憤甚，臨高指揮督戰，城已垂破，忽中槍，傷頭目……四月，創甚，卒於軍"(《清史稿・多隆阿傳》)。見趙爾巽等《清史稿》卷四〇九，中華書局，1998年，第3074頁。

遂絶意進取,吟咏自娱。晚年喜談青鳥(烏)術,判别諸書异同,講解入微,名理爍然,南北堪輿家無不奉爲圭臬。性清介,不趨榮勢,與人交必本至誠,素與曉楓何太守同年交厚。何守山西平陽,再三招致,因參其幕,兼教書院,生童學者争趨赴之。咸豐辛(癸)丑八月,粤匪圍平陽,時倉卒無備。額設兵已奉調四出,武弁畏縮不前,乃爲何某練鄉兵守城,號令嚴明,夙夜不懈。適賊以巨炮轟城,城破,何遇害。隆阿手一編,意氣自若,賊脅之,不爲動,亦遇害。事聞,恩賜世襲雲騎尉,子庠生裕深襲職。有女,年幾五旬,知書通《内經》,奉母以居,不適人。①

因爲舒穆禄・多隆阿與呼爾拉特・多隆阿生活年代相近,又旗屬相同,且皆與太平軍淵源甚深,所以不乏將二人混爲一談者。二人實一文一武,尤須注意。舒穆禄・多隆阿好友張玉綸有《例封文林郎乙酉科拔貢生多公墓志銘》,附録於多隆阿《慧珠閣詩鈔》,所載家世生平,更較《岫岩志略》爲詳。銘云:"公舒穆禄氏,諱多隆阿,字雯溪,先世長白人。始祖揚古利,追封武勛王,世襲一等公。太高祖麻穆嘉,以領催於康熙二十六年調盛京,遂爲岫岩人。高祖諱花色,第三子諱英保生德普公。德普公生二子,公其長也。"②揚古利父郎柱爲庫爾喀部長,率先歸附清太祖。努爾哈赤以女妻揚古利,旗制定,隸滿洲正黄旗。麻穆嘉幼丧父母,遂依同爲舒穆禄氏的大學士徐元夢爲旗,并過繼给元夢之弟莽海爲嗣,自是遂以正白旗莽海爲宗③。

多隆阿先世爲東海女真庫爾喀部族,家風經歷了由紹武到崇文的轉變。花色、英保皆棄武習文。德普爲飽學之士,敕贈文林郎。多隆阿幼秉庭訓,穎悟好學。弱齡既能記誦《易經》,稍長,即粗能解釋。多隆阿"成童以後,就學遼瀋。得見學校藏書,參以師友講論"④,學殖日益增進。年十九,補博士弟子員。道光五年(1825),舉拔萃科。學使桂香岩、彭寶臣皆器重之,"常招致署中,課其藝"⑤,但多隆阿"爲學專肆力於經,於帖括不甚措意,以是試京兆,輒薦而不售。有勸之揣摩時式者,夷然不屑也"⑥。同年何維墀曉楓出身經學世家,素雅重多隆阿,其出守平陽時,聘多隆阿爲書院山長,培育士子,爲衆人所敬服。多隆阿不僅擅長衡文,亦且能於治獄,深爲何曉楓所倚重。咸豐三年(1853)八月,太平軍圍困平陽,何曉楓謂多隆阿曰:"兄處賓師位,弟已派人護公,可急去。弟將與此城存亡矣。"⑦多隆阿笑曰:"是何言?愚與君同舉拔萃科,君王臣,愚獨非王臣乎?且愚聞,有聞友在難而赴之者,未聞有見友在難而

① 台隆阿、陳樹壎修,李翰穎纂《岫岩志略》,《遼海叢書》第二册,遼海出版社,2009年,第1046—1047頁。

② 多隆阿《慧珠閣詩鈔》,《遼海叢書》第五册,第3687頁。

③ 見莊河縣志編纂委員會辦公室編《莊河縣志》,新華出版社,1996年,第1069頁。

④ 多隆阿《易原・又序》,見《遼海叢書》第五册,第3461頁。

⑤ 遼寧省人民政府地方志辦公室整理《奉天通志》卷二百十二《人物四十・文學下》,遼寧民族出版社,2010年,第4778頁。

⑥ 多隆阿《慧珠閣詩鈔》,第3687頁。

⑦ 多隆阿《慧珠閣詩鈔》,第3688頁。

去之者。君能殉城,愚獨不能殉友乎?"①卒城破遇難。署名"刀口餘生"(即清人趙雨村)者所作《被擄紀略》記云:"(李孟群)欽差被困時,鶏毛文與勝宫保九道,相隔不遠,絶不救援。"②清軍統帥之只圖自保,更凸顯多隆阿爲友死難之情義千秋。多隆阿後歸葬遼南故里(莊河市吴爐鎮紅旗水庫卧鹿山東坡王學溝孫氏墓地中)。

多隆阿"重然諾,喜氣節,負幹略不可一世,以故所與神契者,落落可指數。讀書目數行下,有疑難必虚心質詢,得一確解,喜動眉宇,其好學蓋天性也。生平無嗜好,不溺聲色,不吸烟,不飲酒。然間與知己遇,亦或連浮大白至十數不醉。讀書外惟静坐,或間一漁釣,取適性而已"③。許文運《贈明經孫雯溪》二首之一亦曰:"向在瀋陽一面逢,知君磊落出凡踪。好書不惜揮金買,愛樹常教繞屋封。性本雲山人是鶴,文翻江海筆猶龍。何時得宿高賢榻,話到寒山報曉鐘。"④

據張玉綸《例封文林郎乙酉科拔貢生多公墓志銘》,多隆阿所著書有《易原》十五卷,《易圖説》一卷,《易蠡》十五卷,《毛詩多識》十二卷,《慧珠閣詩鈔》十八卷,《文鈔》四卷,《詩話》四卷。尤工堪輿學,所著《陽宅拾遺》四卷,《地理一隅》一卷,已刊行⑤。《易蠡》十五卷未見流傳,疑或即《易原》初稿。《文鈔》四卷,《詩話》四卷,多隆阿後人本藏有手抄本,散佚難尋。《陽宅拾遺》四卷,遼寧省圖書館藏有清咸豐二年(1852)何維墀刻本。《地理一隅》一卷,刻板已毁。今存且易尋者,爲《遼海叢書》所收之《易原》十六卷(第十六卷所載即包括《易圖説》),《毛詩多識》十二卷,《慧珠閣詩鈔》一卷。多隆阿詩作散佚較多,今已十不存一,《岫岩志略》《莊河縣志》等志書尚有零散收録。此外,莊河檔案館藏有《舒穆録氏譜書》手抄本一册。多隆阿五世孫孫慶先,還編有《高曾祖多隆阿公史料》以及《恭録高曾祖多隆阿詩》。

滿族先世女真人,自認爲是承襲中華命脉的應運之主,爲了表明能行中國之道的氣度與决心,通過推崇儒學來宣示并鞏固其正統地位。尤其是金世宗和金章宗時期,科舉盛行,名士輩出,崇儒重學蔚成世風。早在清朝入關之前,努爾哈赤、皇太極就注重崇儒興學,雖然始終保持着不可全盤照搬漢文化的警惕,但成爲"天下共主"的理想,總是激勵他們吸取中原文化的殊勝因素。儒家禮樂文明的精神内核,日益取代原始薩滿巫教,成爲滿族文化的主要祈向。定鼎北京以後,滿人更在經學領域取得了非凡成就,經學專才輩出,經學論著遞有問世。

在北京繁衍生息的滿族,具有得天獨厚的政治、經濟、文化條件,無論是

①⑤ 多隆阿《慧珠閣詩鈔》,第3688頁。

② 趙雨村《被擄紀略》,中國社會科學院近代史研究所《近代史資料》編譯室主編《太平天國資料》,知識産權出版社,2013年,第201頁。

③ 見張玉綸《例封文林郎乙酉科拔貢生多公墓志銘》,多隆阿《慧珠閣詩鈔》,第3688頁。

④ 孫慶先《居住在英納河下游的滿族舒穆録氏族譜摘記》,中國人民政治協商會議莊和縣委員會文史資料委員會編《莊河文史資料》第8輯,莊河縣電腦印刷廠,1992年,第113頁。

趨同朝廷所好,或是謀求仕進,抑或純粹爲經學義理所折服,只要心有所願,均較易找到切磋砥礪的對象。滿族學人德沛、肫圖、納蘭性德等,均有較高之經學造詣。有清一代,滿洲、蒙古、漢軍旗人派駐各地駐防,是相當普遍且持續較長時間的政治制度。各地駐防旗人具有相對優越的社會地位,不僅可以騎射軍功顯親榮身,也可通過科舉以文求仕。是故各地駐防旗人研習經學,著書立説、刊刻圖書,亦蔚成風氣。多隆阿太高祖麻穆嘉於康熙二十六年(1687)以領催之職調徙盛京,遂家於岫岩。盛京作爲清朝龍興之地,在都城定鼎北京之後,還依然在統治者心中保有留都的位置。康、雍、乾諸朝,皆"以盛京爲祖宗發祥之地,而於振興教育、培養人材尤亟亟焉。於是學校蔚興,彬彬稱盛矣"①。在多隆阿看來,也是"都京旗人皆自盛京移來,謂都京旗人爲駐防可,謂盛京旗人爲駐防則不可"②。盛京之於滿人,實有與他地不同之故園情懷。

盛京既有重於他地之政治地位,自然在文化氣息上無蒙昧枯寂之象。至乾隆中後期,盛京各類宗學、八旗官學、儒學、社學、義學、書院等人文薈萃,讀書之士"蒸蒸日盛,堪與畿甸比隆"③。多隆阿出生世家,雖然家族不可能一直鼎盛煊赫,但是文化底蘊深厚,根幹堅實,抽枝發葉,自然蓊鬱葱蘢。舒穆禄氏有漢姓爲孫,亦可見與漢族文化并不疏離。天性好學之多隆阿,培蘊於文教蔚興的遼瀋之地,絶無獨學無友之患,早年即時與諸名士以道義相切磋④。多隆阿勤於砥砺,經學、文學,皆成就斐然。在南京金山書院(即茅山書院)與符象芝同院講學。符象芝出身書香世家,庋藏甚富,性情博雅,詩賦尤工。多隆阿在盛京蓮宗寺書院任山長,與同講張玉綸爲契友⑤。张玉綸字綉江,遼陽籍,隸正白旗,道光十二年(1832)壬辰科舉人⑥。好學窮理,至老不倦,所著《毛詩古樂音》,亦刻入《遼海叢書》。爲平陽書院山長時,多隆阿與王筠爲文字之交,時常切磋學問,疑義相析。王筠不僅以治《説文》知名,且著有《毛詩重言三篇》及《毛詩雙聲叠韵説》等,對《詩經》學亦頗有研究。《毛詩多識》成書後,多隆阿曾囑王筠爲之校讀訂正。此外,多隆阿所友隋汝齡、德潤、周揚之等,或邃於史志,或深於詩書,對增進其學,顯然亦有進益之功。

道光九年(1829),清宣宗東巡祭祖,至盛京蓮宗寺書院,賜御書"遼東二士"與多隆阿及張玉綸,以示褒獎。某年九月,朝鮮文士李尚迪游學盛京,到蓮宗寺書院拜訪。多隆阿在聯詩中以才思敏捷、用語妥帖,給李氏留下深刻印

---

① 遼寧省人民政府地方志辦公室整理《奉天通志》卷一百五十《教育二·清代教育上》,第3643頁。

② 多隆阿《慧珠閣詩鈔》,第3687頁。

③ 《高宗實録》(十五)卷一一八九,《清實録》第二三册,中華書局,1985年,第896頁。

④ 遼寧省人民政府地方志辦公室整理《奉天通志》卷二百十二《人物四十·文學下》云張玉綸"與拔貢多隆阿、進士陳克讓、附生特普、杭州歲貢生符象芝諸名士以道義切磋",第4778頁。此處傳主雖爲張玉綸,但多隆阿與學人士子之砥礪亦不難體見。

⑤ 孫慶先《居住在英納河下游的滿族舒穆録氏族譜摘記》,第110頁。

⑥ 恩華纂輯,關紀新整理點校《八旗藝文編目》,第5頁。

象。以書院爲依托,多隆阿與衆學友唱酬詩歌,切磋學問,形成了學術交流互動的良好風氣。繆潤紱《夢鶴軒楳澥詩鈔・跋》中有云:"(盛京)官學接萃升書院,近一時名士。若錦縣金鑾坡、鐵嶺尚鐵峰、遼陽王義門、吉林沈香餘,咸奉爲騷壇牛耳。繼之者福介五、符壽潛、多雯溪,倡和無虚日也。"①濃鬱的文學、學術氛圍,對增益多隆阿的才情學識,開闊其眼界,起到了重要推動作用。日本學者喬川石雄編著的《滿洲文學興廢考》有云:"自乾隆《四庫全書》開館以來……法式善之掌故,多隆阿之考據,丞齡之詞,鐵保、成親王之書法爲可取。"②多隆阿之女大甲,不僅讀書有成,而且通曉醫理,善治小兒麻疹、天花。多隆阿家族葆臨、恒慶、恒齡、孫世昌等,或優於文學,或長於書畫,在遼南地區聞名遐邇。孫氏家族女性,亦皆使就學讀書,以明理開智。

中國素有耕讀傳家之傳統,進則以求仕宦,揮灑才智,退亦有持養之資、田園樂地。觀多隆阿之立身行事,庶爲典型之一。多隆阿不重帖括文字,亦不以道學自居,惟以學問孜孜以求,亦且旁及陰陽堪輿。爲人灑落不羈,又饒具幹略,與人交,惟重肝膽情義。雖或不忘其爲王臣,又城破之時催促何維墀家女眷赴死,難免讓人情緒複雜,但生死不負,慨然赴難,情誼又有過於范張鷄黍之處。納蘭性德之於吴兆騫,多隆阿之於何曉楓,一能危難相援、生館死恤,一能大厄相托、凶險相依,於學問、職事之交以外,凝結情比金堅之生交死誼。張玉綸《己卯冬雪夜懷人詩十二首》之《多雯溪》,詩前小序稱其"才氣無雙,不屑作三代下人物,其不合於流俗,有以也。獨與予一見莫逆"③。《多雯溪》詩曰:"記從見面兩心傾,此誼真堪托死生。不作尋常酬酢語,全敷心腹腎腸情。百年事業風盤鶻,一代才華浪跋鯨。懷抱不殊忘誓約,笑他車笠强要盟。"④多隆阿家族從初始庫爾喀部族衆,到後來熟諳并且致力於研究中國傳統文化,家族人才輩出,家風重學崇實,開明淳樸,此皆君子流風善政之澤被,對於家族史、文化史之考察,皆爲生動翔實之例證。

二 《詩經》名物學的悉心之作

《毛詩多識》,有題"遼陽綉江張氏玉綸著釋"⑤的宣統三年(1911)奉天作新印刷局鉛字排印本上、下卷。有民國十四年(1925)吴興劉承幹校,南林劉氏求恕齋刊《求恕齋叢書》本多隆阿《毛詩多識》上、下卷。另有《遼海叢書》所收十二卷本。《遼海叢書》刊印於1933—1936年,《續修四庫全書》即爲根據民國遼海書社印《遼海叢書》十集本影印。《遼海叢書》十二卷本者,爲據吴興劉氏

① 繆公恩《夢鶴軒楳澥詩鈔》,《遼海叢書》第五册,第3452頁。
② 轉引自孫慶先《居住在英納河下游的滿族舒穆録氏族譜摘記》,第111頁。
③ 張玉綸《夢月軒詩鈔》,《遼海叢書》第五册,第3752頁。
④ 張玉綸《夢月軒詩鈔》,第3752頁。
⑤ 題張玉綸著釋《毛詩多識》,宣統三年(1911)奉天作新印刷局鉛字排印本。

刊本、遼陽張氏排印本及遼陽袁氏藏書舊鈔本擇善而成[①]。

《毛詩多識》成書之後,付梓未果。咸豐三年(1853),多隆阿抱書以殉。所幸多隆阿囑托王筠代爲校讀訂正[②],王氏當時留有副本。王筠死後,《毛詩多識》副本歸於王筠之子王彦同(一作王彦侗)。惜乎是書後二册輾轉遺失,遂爲不全之本。肅親王豪格七世孫盛昱,淵博好古,聞此書於尹伯圜,索觀之後,囑門下士程棫林校訂。楊鍾羲爲盛昱之遠房表弟,在宣統退位之後一度生活清苦,在沈曾植的牽綫之下,爲劉承幹校勘古籍,故因緣將盛昱原藏之《毛詩多識》歸於劉承幹,劉氏將之刻入《求恕齋叢書》。比勘内容可知,《求恕齋叢書》本《毛詩多識》卷上即《遼海叢書》本之卷一至卷三,卷下即《遼海叢書》本之卷四至卷六。所以金景芳所言"惜止六卷,未爲完璧"的嘉業堂刊本,即南林劉氏求恕齋刊《毛詩多識》上、下卷。遼陽張氏排印本,分爲《毛詩多識》上、下兩册,上册爲卷一至卷六,下册爲卷七至卷十二。因題簽作上、下,故又稱上、下卷。是書誤署張氏所作者,在張玉綸自身,并無攘美多隆阿所著書之心,張氏身故之後,後人出於尊親之意,遂將多隆阿書署爲張著。遼陽袁氏者,應即袁金鎧。多隆阿所著《易原》十五卷,即爲岫岩李慶彰所鈔藏,舉以貽袁氏。《遼海叢書》所收《易原》,即據袁氏所藏本付印。袁氏留心東省文獻,所藏《毛詩多識》抄本雖頗有訛奪,但亦不無保存文獻之功。

自孔子提倡學《詩》以"多識於鳥獸草木之名"[③],博洽見聞并進而體物達情,始終是《詩經》示人之津梁。陸璣《毛詩草木鳥獸蟲魚疏》以下,研究"多識之學"者頗多,以至於日本、韓國都頗盛行。衍生而及,分門别類的《蟹譜》《花譜》《荔枝譜》《秋蟲譜》《桂海禽志》《笋譜》《菌譜》《禾譜》等,層出不窮。或關聯農事飲食,或爲娱樂性靈,或與繪畫藝術息息相關,或鈎沉文獻以究學稽古,品類不可謂不多。但是較之興觀群怨、事父事君之大,鳥獸草木之名往往被以爲餘緒而已。多隆阿則認爲,若於目前恒見之物不能實指其名,"雖無關學問之大,然亦不可謂非考據之疏"(多隆阿《毛詩多識自序》)[④]。多隆阿以探究實學,不蹈空言自期,故致力於《詩經》名物之溯源、詳述與辨析。

(一) 比興托物,求於多識

《詩經》作者,多托習見之物比興。草木、鳥獸、蟲魚之屬,源於自然,對古人而言,尤爲親近。所以常被用來比喻、起興,使得詩歌更具美感與蘊涵。在多隆阿看來,知曉《詩經》比興之由,必須明了名物之意,因爲兩者之間存在性

---

① 金景芳作於丙子(1936)初夏之跋語稱:"《毛詩多識》十二卷,清拔貢岫岩多隆阿所著也。其書舊有三本,一爲嘉業堂刊本,鐫於吴興劉氏,校讎極審,并有程棫林按語。文字亦似幾經修正者,惜止六卷,未爲完璧。一爲遼陽張氏排印本,乃張綉江之後裔所印,卷首即以綉江名署之,較刊本稍遜。一爲遼陽袁氏藏書舊鈔本,文詞煩冗,訛奪最甚。今兹所印,即據三本互校,擇善而從。前六卷以刊本爲主,後六卷以排印本爲主,其三本并誤,則檢所引原書是正之。"見多隆阿《毛詩多識》,《遼海叢書》第五册,第3683頁。

② 《求恕齋叢書》本《毛詩多識》中,程棫林按語之外,"王菉友云""王云",亦所在多有。

③ 《論語・陽貨篇第十七》,見楊伯峻譯注《論語譯注》,中華書局,2009年,第183頁。

④ 多隆阿《毛詩多識》,第3585頁。

狀、品類的關聯。比如"雎取其孝,鸤取其悌,麒麟取其仁,騶虞取其義,螽取其子之多,雉取其性之介,取雄狐以喻淫,取碩鼠以喻貪,萱草忘憂,貝母療鬱,蕳香莜艷,荼苦棠甘,蓼莪之梗爲蒿,芄蘭之葉象觿,卷耳是常思,棘心最難養"(多隆阿《毛詩多識自序》)①,諸如此類,不勝枚舉。若不加詳察,不識物形,其弊猶淺,不識物性,其弊滋深。不能知曉草木鳥獸蟲魚具體指稱,即無從領會作詩者之深意。

《詩經》所取之物,多爲觸景興懷,所睹之物大率自然習見,并非驢鼠、角端之類神异之物,出於方外。多隆阿崇重實學,自然不能滿足於"於鳥則曰鳥名,於獸則曰獸名,於草木則曰草木名"(多隆阿《毛詩多識自序》)②。多隆阿認爲,考據原貴多聞,而尤貴多見,故平素留心山川原隰之間羽毛動植,詳加體察。若是限於地域,無從親見者,則"爲備載先儒之説,不加論斷,以俟後賢折衷。其確有可據者,則爲詳細釋之。著其古號,雜以諺名,庶閲者可以因端而竟委,即流以尋源"(多隆阿《毛詩多識自序》)③。凡詩中所有鳥獸草木,《毛詩多識》所釋不啻十之七八。故洪湛侯《詩經學史》稱其書"當爲歷來考證《詩經》名物規模最大的著作"④。

名物爲比興所關,多隆阿注重追索兩者之間的關聯。比如《毛詩多識》卷三釋"莫赤匪狐,莫黑匪烏",先描述烏鴉之特徵曰:"烏大如鵲,羽毛、喙、足一色渾黑。其聲啞啞,古名鴉,今名呱,皆於其聲名之。鴉又作鵶。"⑤次引"李氏云:'鵶鳴啞啞,故謂之鵶。此鳥初生,母哺之六十日。雛長成,則反哺六十日'"⑥。又引束晢《補亡詩・南陔》:"嗷嗷林烏,受哺於子。"⑦將烏被稱爲慈烏、孝烏的原由追溯清楚。

在詳察物性的同時,多隆阿反對曲加比附。比如卷一"螽斯羽,詵詵兮",多隆阿云:"蝗生子尤多,故詩人取螽以興后妃子孫之衆。鄭氏謂蚣蝑獨不妒忌,夫一微蟲耳,詩人安能知其不妒忌乎?諸儒以后妃美德力加贊揚,如雎鳩不再匹,螽斯不妒忌,皆近杜撰,豈知經意固不若此哉。"⑧雜糅祥瑞灾异,讖緯占驗,使經學神學化的傾向,曾經是兩漢儒學系統中頗爲流行,甚至受到官方認可的闡釋思想。洪邁《容齋續筆》卷三《烏鵲鳴》記云:"世有傳《陰陽局鴉經》,謂東方朔所著,大略言凡占鳥之鳴,先數其聲,然後定其方位,假如甲日一聲,即是甲聲,第二聲爲乙聲,以十幹數之,乃辨其急緩,以定吉凶。"⑨《毛詩多識》在"弁彼鸒斯,歸飛提提"之下辨稱:

> 古有《鴉經》占吉凶。南人喜鵲惡鴉,北人喜鴉惡鵲。師曠以白項者爲不祥。蓋鸒即今之山老鴉,俗呼曰山老呱……烏、鵲兩種鳥,無日不鳴,

①②③ 多隆阿《毛詩多識》,第 3585 頁。

④ 洪湛侯編著《詩經學史》(下册),中華書局,2002 年,第 537 頁。

⑤⑥⑦ 多隆阿《毛詩多識》,第 3606 頁。

⑧ 多隆阿《毛詩多識》,第 3591 頁。

⑨ 洪邁著,穆公校點《容齋隨筆》,上海古籍出版社,2015 年,第 139 頁。

四時常有,何吉何凶,亦無取此作占驗者,《鵶經》之説不足信也。[①]

《詩經》作者,每借日常習見,與詩篇意旨有邏輯關聯之物比興,藉以發抒所思所感。其所用以比興之物,於思想蕴涵而言,有時的確具有一定的情感附加因素。後世爲使詩旨爲己所用,任意曲加比附。多隆阿反對《詩經》注疏之家及名物學著作中的牽强之論,主張尊重經文本旨。雖然其所闡釋《詩經》本旨,有時也不無值得商榷之處,但是實事求是之初心,還是值得敬慕。

(二)崇重實學,悉心考據

多隆阿之《易原》,推重漢學,偏重《易》象。《毛詩多識》之作,崇尚實學,廣徵博引,其所倚重者,亦漢唐注疏爲多。乾嘉之時宗漢之風盛行,錢大昕《臧玉林經義雜識序》即云:"詁訓必依漢儒,以其去古未遠,家法相承,七十子之大義猶有存者,异於後人之不知而作也。"[②]多隆阿在廣泛參考漢唐注疏的同時,顯然對於漢儒實事求是之學風更爲服膺。《毛詩多識》雖多引漢唐注疏,但絶非惟古是尚,而是多所辨正。多隆阿《毛詩多識再序》有云:

先儒《詩》注,今所見者,莫古於《毛傳》,《鄭箋》次之,《孔疏》又次之。鄭氏爲《傳》作《箋》,則已不能盡是夫《傳》,《孔疏》亦或非《箋》。可知古人注經,不肯隨聲附和。要之,惟求一是而。此編之所是非者,於先儒之説,不必盡同,要期不戾於經。[③]

比如《毛詩多識》卷一"關關雎鳩,在河之洲"(《周南·關雎》),關於雎鳩之釋義,多隆阿先引《毛傳》所云:"雎鳩,王雎也。鳥摯而有别。"[④]次引《鄭箋》之説:"摯之言至也,謂王雎之鳥,雌雄情意至,然而有别。"[⑤]其下多隆阿辨云:"夫摯,古通鷙。《釋文》:'摯,本亦作鷙。'此詩蓋言雎鳩爲水鳥之鷙者。解摯爲至,鄭箋偶誤也。"[⑥]

其下更徵引《爾雅》、郭璞《爾雅注》、陸璣《毛詩草木鳥獸蟲魚疏》、左丘明《春秋左氏傳》、杜預《春秋左傳集解》、李時珍《本草綱目》、許慎《説文解字》、師曠《禽經》、嚴粲《詩緝》、陸德明《經典釋文》等書,條分縷析,列雎鳩爲鷙鳥之證八。此外,又博引劉向《列女傳》,蘇轍、歐陽修、邵晋涵之言,以證成己論。

正如程棫林按語所云:"王雎,鷙鳥。乾嘉諸老,説皆如此。"[⑦]多隆阿之所以反對鄭玄釋"摯"爲"至",正是因爲"至"是鄭樵、朱熹等據以闡論雎鳩爲鳬鷖之屬的重要依據。多隆阿認爲雎鳩是鷙鳥,以聲相求,摯而有别。反對《毛傳》所言"鳩,鶻鳩也。食桑葚過,則醉而傷其性"[⑧]。在多隆阿看來,比興之用,應

① 多隆阿《毛詩多識》,第3663頁。
② 錢大昕《潛研堂文集》卷二十四,《清代詩文集彙編》第364册,第219頁。
③ 多隆阿《毛詩多識》,第3586頁。
④⑤⑥⑦ 多隆阿《毛詩多識》,第3587頁。
⑧ 鄭玄箋,孔穎達疏,朱傑人、李慧玲整理《毛詩注疏》(上),上海古籍出版社,2013年,第313頁。

該遵從物類之性,不可旁求枝節。

宋儒蔡卞《毛詩名物解》,會通物理,饒有思致,但難免瑣碎穿鑿。元許謙《詩集傳名物鈔》,考釋求有根據,但多涉詩解,又頗有自用,故難屬純正。明毛晋所注《毛詩草木鳥獸蟲魚疏廣要》,求於徵實,所引繁富,然傷於冗碎枝蔓。清代樸學盛行,考據爲多人之擅場。以《毛詩》名物而言,王夫之《詩經稗疏》、毛奇齡《續詩傳鳥名》、姚炳《詩識名解》、陳大章《詩傳名物集覽》、顧棟高《毛詩類釋》等,均爲專門成書者。諸作各有所長,亦各有所短。《續詩傳鳥名》勝在引證賅洽,然不無穿鑿杜撰。《詩識名解》推尋比興,有益經義,然闕識蟲魚,又或有弊於炫奇。《詩傳名物集覽》徵引繁富,然拘守朱熹《詩集傳》,精核又或有不足。《毛詩類釋》采録謹嚴,然又或被認爲稱舉爲多,不能自名一家[①]。《毛詩多識》在衆多《詩經》名物之作中,不可遽詡爲傲視群英。但是作爲"經學名家,則無疑也"(劉承幹《毛詩多識序》)的多隆阿,不欲踵前人簡略蹈空之病,又不以徵引冗繁而使著作傷於瑣碎餖飣。多隆阿致力於細體詳察,審慎論斷,既相符於其追求實學之心,又展現了學人的認真嚴謹。

以滿人《詩經》學而言,敕撰於康熙末年,成書於雍正初期的《欽定詩經傳説匯纂》,遵依朱熹《詩集傳》之名物釋義。尤留意徵引與朱説相諧之論,而於前人相左之説,有時不無規避。影響所及,肫圖《詩解正宗》之類,在依遵漢學與崇重朱説之間,難免調停兩可之言,不無矛盾之語。而多隆阿絶非惟官學馬首是瞻,亦步亦趨。敕撰於漢學興起大背景之下的《御纂詩義折中》,對於朱熹《詩集傳》,不復不敢逾越的肅敬態度,受實事求是學風的熏染,也能做到具體問題因事而論。但受帝王之學的熏陶,對於名物考析,究非似多隆阿般以探討學術爲主要祈向,而是注重寓以弘揚詩教之政治目的。至於蔣紹宗《讀詩知柄》,側重於《詩經》之文學闡釋;張玉綸《毛詩古樂音》,致力於探求古音以參悟先民之遺響,體會先王之治功,又皆非專論名物之書。

在獨立的學術品格之外,多隆阿還對日新其學有自覺的追求。多隆阿認爲,欲定庶物之是非,宜擴一已之聞見。以關左一隅而言,所見之物已不能畫一。其爲《詩》中所有者,"同一螽也,則有草螽、阜螽之异。同一桃也,則有夏桃、冬桃之异。同一藻也,則有馬藻、牛藻之异。同一棠也,則有赤棠、白棠之异……"(多隆阿《毛詩多識再序》)[②]中國幅員遼闊,同一物類,物性更是多有不同。多隆阿注重詳細辨析名物的區别,雖於前人舊説廣徵博引,但是認爲"以舊詁爲宗要,不若即以經文爲斷"[③],所以更注重從經文以及自身的聞見加以闡釋。比如卷一"螽斯羽,詵詵兮",《毛傳》以螽斯爲蚣蝑。《鄭箋》之釋亦同。孔疏認爲螽斯與《七月》之《斯螽》文雖顛倒,其實一也。至嚴粲《詩緝》,始

---

① 劉承幹《毛詩多識序》有云:"黄岡陳大章《詩傳名物集覽》、無錫顧棟高《毛詩類釋》亦稱翔核,然《集覽》拘守紫陽《集傳》,閡而鮮通,《類釋》多稱舉前人陳説,不能自名一家。"見多隆阿《毛詩多識》,第3586頁。

② 多隆阿《毛詩多識》,第3585頁。

③ 多隆阿《毛詩多識》,第3590頁。

謂螽斯與斯螽非一物。多隆阿沿襲嚴説,然又有所辨正:

> 斯螽股鳴,經有明文。至此經,則三章皆只言羽,未嘗言股。以螽斯爲斯螽,定非經意。經但取義於螽,以斯助句。"螽斯羽"與"麟之止",語例正同《説文》。螽、蝗互訓,嚴以爲蝗,其説甚當。惟阜螽生於山,故名阜。雖亦蝗子之類,而難冒蝗名。嚴混爲一,以釋螽斯,是則誤也。《詩》之言螽者三,《草蟲》之阜螽以阜别,《七月》之斯螽以股别,此詩之螽斯則以羽别……①

《毛詩多識》悉依本經次第,條分縷析,詳摹物性的同時,又不斷進行修訂。《毛詩多識》成書歷經十數年,關於名物的理解,也經歷了聞見增益之後的變遷。《容齋續筆》卷十五《注書難》有記:"王荆公《詩新經》,'八月剥棗'解云:'剥者,剥其皮而進之,所以養老也。'毛公本注云:'剥,擊也。'陸德明音普卜反。公皆不用。後從蔣山郊步至民家,問其翁安在?曰:'去撲棗。'始悟前非。即具奏請除去十三字,故今本無之。"②《毛詩多識》之釋義,亦有"始是終非者,亦有始非終是者,又有始是繼非而終以爲是者,又有始非繼是而終以爲非者"(多隆阿《毛詩多識再序》)③。其中不僅有多隆阿本人的精益求精,亦有與友人之間的切磋砥礪。金景芳作於丙子(1936)初夏之跋語稱云:

> 綜觀斯著,以辨鳩、鵙、螽、杞爲最精。芄蘭、桑扈、鰷鱨,一一釋以俗名,尤見博洽。惟解唐棣爲楊,荼毒之荼爲猫兒眼之類,似難徵信。至於黍稷、穈芑,則失之愈遠。要之不愧實事求是之作,治《毛詩》者不可不一讀也。④

多隆阿才氣横溢,爲人灑落不群,又最喜歡無徵不信之樸學。其《毛詩多識》,在名物學著作中,以廣徵博引,返求經義,辨析精審又自有論斷著稱。雖亦或有各尊所聞,各尊所見之處,總不妨害其爲精益求精的用心之作。

結　語

多隆阿家族原隸東海女真庫爾喀部衆,入關後實現了從樸野到文蔚的豹變。多隆阿傾慕儒家文化,篤志經學,爲滿族學人之典範。其於何曉楓的伏節死義,體現了滿漢文人之間的深厚情誼。多隆阿負幹略不可一世,却又在崇重實學的思想指引下,於《毛詩》名物殫竭心力。《毛詩多識》一書,堪稱《詩經》名物學的悉心之作。緣於對比興托物的重視,故又并非銷沉書蠹,而是旨在通過多識,體會《詩經》比興寄托之深意。《毛詩多識》之成書,伴隨着多隆阿與漢族學者的砥礪切磋。在多隆阿精益求精的探究過程中,也側面透露出滿、漢文人

① 多隆阿《毛詩多識》,第3590—3591頁。
② 洪邁著,穆公校點《容齋隨筆》,第265頁。
③ 多隆阿《毛詩多識》,第3585頁。
④ 多隆阿《毛詩多識》,第3683頁。

的學術交鋒與文化融合。滿人經學成就卓著,雖然有時掩於漢人學者的經學光華,但自是珠玉,潤澤呈輝。滿人經學不僅是經學史的重要組成部分,而且浸潤着滿族學人獨特的學養積累和文化探求,體現了滿漢學者相互砥礪的共同進益,也是觀照滿漢民族融合的重要户牖。

(作者單位:浙江越秀外國語學院)

古典文獻研究（第二十五輯下）
Journal of the Institute for Chinese Classics Studies
Nanjing University
Volume 25, No.2 2022

從徐乾學對《禮記》讀本的選刊看《通志堂經解》的編纂理念*

侯　婕

徐乾學(1631—1694)等編纂的《通志堂經解》(以下簡稱"《經解》"),收書一百四十種,凡一千八百六十卷;始刻於康熙十二年(1673),刻畢於康熙三十一年(1692)[①]。《經解》的編纂與刊刻,是清初學術文化史上的一個重要事件。《經解》既是明代中後期以降返經復古思潮與清初實學思想影響下的產物,也離不開徐乾學等一批傑出學者的不懈努力。長期以來,學界對《經解》頗多注意,相關研究集中在著作權之判定與學術價值之發揮等方面[②],而於纂修細節、理念探索方面,猶有未發之覆。《經解》於各經選刊諸書質量如何? 反映出怎樣的動機與理念? 有待進一步的探析。徐氏於禮類選刊宋衛湜《禮記集説》(下簡稱"衛氏《集説》")一百六十卷,僅此一種,已幾近《經解》收書總卷數之十分之一。本文即從徐乾學選刊《禮記》讀本的學術背景與纂修實際出發,對《經解》的編纂動機與學術理念等試加論析。

一　徐乾學對《禮記》讀本的選刊

《通志堂經解》的編纂、刊刻,對學界影響巨大,但由於體量鉅大,難免存在各種不足。葉德輝即責《經解》選目、校勘不精,謂"主裁者無卓識,而門户之見過深,凡諸家經解,非程、朱一派,則削而不録","所刻本有宋、元舊本可據,而

* 本文爲國家社會科學基金青年項目"清代《禮記》文獻研究"(21CZS006)階段性成果。

① 關於《通志堂經解》的刊刻始畢時間,參考王愛亭《〈通志堂經解〉刊刻過程考》之説(《圖書館雜志》2011 年第 1 期)。

② 就著作權而言,王愛亭認爲《經解》的實際操作者是徐乾學,納蘭性德除署名外,亦提供資金,撰寫序跋,與《經解》刊刻關係密切(參見王愛亭《昆山徐氏所刻〈通志堂經解〉版本學研究》,山東大學 2009 年博士學位論文,第 8—16 頁)。就學術價值而言,林慶彰提出《經解》一方面保存了宋、元學者經説的原本文獻,使宋學經説不至於湮没,另一方面《經解》所作序,有考鏡源流、辨章學術的作用(林慶彰《〈通志堂經解〉之編纂及其學術價值》,林慶彰、蔣秋華主編,黄智明編輯《通志堂經解研究論集》,"中研院"文哲所,2005 年,第 211—236 頁)。

全不取以校勘。觀何義門焯批閲《目録》注文,則當時之草草可知矣”[①]。對於《經解》輯刻之衛湜《禮記集説》,何焯稱:“從兩鈔本付刻,皆未盡善。伊人分校成部,大有乖誤。”[②]何、葉之評,是否中肯?需要結合徐氏選刊《禮記》讀本的背景與實績加以审視。

(一) 徐乾學選刊《禮記》讀本的背景

自經書注疏文獻彙刻於南宋之後,以漢唐古注疏爲主體的經書注疏文本在宋元時期得到大量刊行,以《禮記》爲例,就有宋紹熙三年(1192)兩浙東路茶鹽司刻八行本《禮記正義》、建安劉叔剛刻十行本《附釋音禮記注疏》等。隨着宋元儒家經典講説活動之興起,一系列講義讀本得以撰刻,如《禮記》一經,即有宋張載《禮記説》、周諝《禮記解》、馬晞孟《禮記解》、陸佃《禮記解》、方慤《禮記解義》等上百家[③]。此類《禮記》讀本大多亡佚,幸而宋儒衛湜《禮記集説》多有引據,尚存片羽。

衛湜(生卒年不詳)將漢唐以來尤其是宋代經師注解闡釋《禮記》的經説,兼及名物度數考證與性理闡釋,排纂於各經文之下,匯成《禮記集説》,凡一百六十卷,堪稱“禮家之淵海”(《四庫全書總目》)。是書於宋紹定四年(1240)由趙善湘刊刻於江東漕院,九年後又加核定,於嘉熙四年(1240)刻於新定郡齋,元代則未見翻刻。知此書因體量龐大,刊行不易。

元代通行陳澔所編之《禮記集説》。陳澔(1260—1341)在其父陳大猷傳承饒魯師門講論基礎上,續加薈萃演繹,附以己見,纂成《禮記集説》十六卷(下簡稱“陳氏《集説》”)。陳氏删節鄭注、孔疏,援引《經典釋文》《説文》《通典》諸書及程朱撰著,并宋元經説數家,“欲以坦明之説,使初學者讀之即了其義”[④]。因此書取論淺近,在元代科舉考試專主程朱理學經説的背景下,復在師門傳承與地域學派的加持下,陳氏《集説》一躍成爲元明時期科舉考試的重要教材,得到官方的認可與推廣。

明永樂年間,成祖下令胡廣等人纂修《五經大全》《四書大全》。其中《禮記集説大全》(以下簡稱“《大全》”)稱其以陳氏《集説》爲宗,兼取能够互相發明、補其未備者,除鄭、孔外凡取四十二家經説。至於取用標準,則“凡名物度數,據古注正義,道學正論,宗程子、朱子,精義詳盡,則泛取諸家,發明未備,則足以己意”[⑤]。《大全》成書倉促,在清初引起了極大的批判,如顧炎武批評此書“僅取已成之書抄謄一過”,存在着嚴重的剽竊行爲,造成儒臣爲圖功名利禄而喪失

① 葉德輝著,漆永祥點校《書林清話》卷九《納蘭成德刻〈通志堂經解〉之一》,北京聯合出版公司,2018年,第297頁。

② 翁方綱訂《通志堂經解目録》,《叢書集成初編》,中華書局,1985年,第14頁。

③ 参見王鍔《三禮研究論著提要》,甘肅教育出版社,2007年,第279—292頁。

④ 陳澔《禮記集説序》,元天曆元年(1328)建安鄭明德宅刻本,《中華再造善本》,北京圖書館出版社,2005年,卷首。

⑤ 胡廣等輯《禮記集説大全》(善本書號08770)卷首,中國國家圖書館藏明永樂十三年(1415)内府刻本,頁1A—頁5B。

學術品格的卑劣影響①。又稱官方爲一統經説,專主《大全》,廢棄古注疏及各家异説,使得經學研究由多元趨向單一,導致士子讀書治經途徑日益狹窄②。據時賢考察,《大全》實際上是以衛氏《集説》一書爲本進行删削增益而成③,僅對衛氏所引加以大幅删減,或據元儒如陳澔、吴澄等經説加以替换,鮮有發明。

相比衛湜《禮記集説》博求諸家解説,兼采并録,以供讀者折衷参正,《禮記集説大全》大肆剔除不合程朱理學之觀點,取徑較爲狹隘。相比陳澔《禮記集説》,《大全》取材諸説,不暇精擇,時有牴牾之處,雖頒於學校,但部帙龐大,一般士子無法購讀,難以流通,故而士子備考、應試仍以陳氏《集説》爲據④。

除《禮記集説大全》外,明代尚有《禮記》論著近二百種⑤,其中近半數著録於朱彝尊《經義考》中,均已云"佚"或"未見"。明人《禮記》論著中,僅就《曲禮》《檀弓》《王制》《月令》《曾子問》《文王世子》等單篇加以訓解的分篇著作即占五分之一,傳説著作流傳甚少,其中較爲著名者乃徐師曾《禮記集注》,"删改陳澔《集説》,而参以自得,多所發明"⑥,自明萬曆三年(1575)刻成後,康熙五十八年(1719)得以重印。明儒郝敬《禮記通解》於鄭注多所駁難,自萬曆四十四年刻成後,崇禎間爲其子千秋等附以《讀禮記》再度刷印。二書流通程度遠不及陳氏《集説》⑦。

同《大全》與陳氏《集説》相比,衛湜《禮記集説》的流通更爲不廣。宋紹定四年(1231)趙善湘刻本衛氏《集説》今已無傳,唯有宋嘉熙四年(1240)新定郡齋樸之叔刻本傳世。其中一部遞經項元汴、朱大韶、秦蕙田、江上鐘、郁泰峰、丁日昌等收藏,今存中國國家圖書館⑧。明末祁承㸁澹生堂曾藏有宋本,其藏

---

① 顧炎武著,黄汝成集釋,欒保群、吕宗力校點《日知録集釋》卷一八《四書五經大全》,上海古籍出版社,2006 年,第 1043 頁。

② 顧炎武撰,劉永翔校點《亭林詩文集》卷之三《與友人論易書》,上海古籍出版社,2012 年,第 94 頁。

③ 陳恒嵩《〈五經大全〉纂修研究》,花木蘭文化出版社,2009 年,第 156—170 頁。

④ 参見侯美珍《明科場由尊〈大全〉到不讀〈大全〉考》,《中國文化研究》2016 年夏之卷,第 31—35 頁。

⑤ 王鍔《三禮研究論著提要》,第 306—328 頁。

⑥ 朱彝尊撰,林慶彰、蔣秋華、楊晋龍等主編《經義考新校》卷一四五《禮記》八,上海古籍出版社,2010 年,第 2670 頁。

⑦ 陳氏《集説》版本甚多,主要可以分爲十六卷本、十卷本、三十卷本三個系統。據書目及館藏著録,陳氏《集説》現存元、明、清刻本二十餘種。參見王鍔《三禮研究論著提要》,第 295—304 頁。

⑧ 一據今國圖藏本卷 1 頁 1A、卷 5 頁 21B、卷 8 頁 17B、卷 14 頁 21B 等皆鈐有項元汴"子孫世昌"藏印,二據何焯稱:"後數年有項氏宋本,爲骨董家所得,中闕十餘卷,其板最精,且多魏鶴山序一首。屢勸東海借校,并補刻魏序,未之從也。其書今在金陵,應物色得之,真至寶也。"(見翁方綱訂《通志堂經解目録》,第 14 頁)又黄丕烈跋稱:"衛湜《禮記集説》一百六十卷,内缺十七卷。三十四卷後缺七卷,九十三後缺三卷,一百後缺七卷,俱舊時抄補。何焯《經解目録》注云'有項氏宋本,中缺十餘卷,其版最精',即此是也。"(見李致忠《宋版書叙録》,書目文獻出版社,1994 年,第 151 頁)又莫友芝云:"何義門云,徐刻此書據兩抄本,皆未盡善,顧伊人意爲改訂,大有乖誤。後有項氏宋刊本,雖缺十餘卷,其板最精,且多魏鶴山序一首,未能借校補刊,可惜也。衛氏書宋刊足本今藏上海郁泰峰家。"(見莫友芝撰,傅增湘訂補,傅熹年整理《藏園訂補郘亭知見傳本書目》卷二"《禮記集説》一百六十卷",中華書局,2009 年,第 89 頁)"此書即國初盛稱項氏宋本,通志堂刻時僅見抄本而未見此本,故多謬誤。"(見丁日昌撰,趙春晨編《丁日昌集》卷一一七《持静齋書目一》"《禮記集説》一百六十卷",上海古籍出版社,2010 年,第 1363 頁)可知何焯所謂項氏宋本,當即黄丕烈所跋,即莫友芝所謂郁泰峰藏本,即丁日昌藏本,即今中國國家圖書館藏本。

書爲避亂移至雲門山化鹿寺,爲沙門販書於外,散見書肆。康熙五年(1666)黄宗羲與吕留良入寺獲得《禮記集説》①,“途中爲書賈竊去”②。

衛湜《禮記集説》成書在先,裒輯禮説之富,却遠勝陳氏《集説》、明修《大全》,學人對其頗爲重視,但因留存甚稀,罕能觀覽。徐乾學將其刊入《通志堂經解》,居功甚偉。

(二)徐乾學選刊《禮記》讀本的實績

《通志堂經解》中,徐乾學選刊《禮記》經説讀本兩種,一是宋衛湜《禮記集説》,一是納蘭性德《陳氏禮記集説補正》(下簡稱“納蘭《補正》”)。方苞《書〈陳氏集説補正〉後》稱:“余少治《戴記》,見陳氏《集説》於《記》之本指時有未達,而反有蔽晦之者。及得昆山徐司寇所刻《集説補正》,而惑之解者過半。”③杭世駿《續禮記集説自序》亦稱:“余成童後,始從先師沈似裴先生受禮經,知有陳澔,不知有衛湜也。又十年始得交鄭太史筠谷,筠谷贈以衛氏《集説》,窮日夜觀之。采葺雖廣,大約章句、訓詁之學爲多,卓然敢與古人抗論者,惟陸農師一人而已。通籍後,與修三禮館,吏以《禮記》中《學記》《樂記》《喪大記》《玉藻》諸篇相屬。條例既定,所取資者,則衛氏之書也。”④可以看到當時士子研讀《禮記》,可資參考之書多爲陳氏《集説》,通志堂刊出衛氏《集説》、納蘭《補正》,正合時需。

據《傳是樓宋元板書目》⑤載,徐乾學藏有元板陳澔《禮記集説》,但刊刻《通志堂經解》時,并未選入。徐氏一方面大費周折,從毛氏汲古閣借得其所藏影鈔宋本衛湜《禮記集説》,命顧湄寫樣校勘,刊入《經解》;另一方面,刻意收入專門針對陳氏《集説》而著的《陳氏禮記集説補正》。可知陳氏《集説》及胡廣等《禮記集説大全》地位已大幅下降,衛氏《集説》則受到學界的重視。

1. 爲清代《禮記》注解闡釋提供讀本依據

隨着《通志堂經解》的刊行,衛湜《禮記集説》得爲學界所取資。乾隆時纂修《欽定禮記義疏》(下簡稱“《欽定義疏》”),杭世駿纂輯《續禮記集説》(下簡稱“杭氏《集説》”),均大受裨益。兹舉一例。

《檀弓》曰:“古者冠縮縫,今也衡縫。故喪冠之反吉,非古也。”鄭玄注:“解時人之惑。”孔穎達疏:“此一節論記者解時人之惑也。古者,自殷以上也。縮,直也。殷以上質,吉凶冠皆直縫。直縫者,辟積攝少,故一一前後直縫之。今,周也。衡,横也。周世文,冠多辟積,不復一一直縫,但多作攝而并横縫之。周吉冠文,故多積襵而横縫也。若喪冠質,猶疏辟而直縫。是喪冠與吉冠相反,

① 黄宗羲著,陳乃乾編《黄梨洲文集·天一閣藏書記》,中華書局,2009年,第402頁。

② 丁丙《善本書室藏書志》卷二“《禮記集説》一百六十卷”,《清人書目題跋叢刊》二,中華書局,1990年,第420頁。

③ 方苞著,劉季高校點《方苞集》卷五《書〈陳氏集説補正〉後》,上海古籍出版社,2008年,第116頁。

④ 杭世駿《續禮記集説自序》,《續禮記集説》卷首,《續修四庫全書》第101册,第1頁。

⑤ 徐乾學《傳是樓宋元板書目》(善本書號02808),中國國家圖書館藏清道光六年(1826)劉氏味經書屋鈔本,頁4B行6。

故云‘喪冠之反吉’也。而時人因謂古時亦喪冠與吉冠反,故記者釋云‘非古也’。正是周世如此耳,古則吉凶冠同從縫。”①衛氏《集説》除鄭、孔之外,引有黄氏(黄敏求)、横渠張氏(張載)、長樂陳氏(陳祥道)三家之説②。吴澄《禮記纂言》亦引據長樂陳氏、長樂黄氏二家③。陳氏《集説》僅據孔疏爲説④,胡氏《大全》亦然⑤。納蘭《補正》云:

> 此《集説》取孔疏,本亦可通。而衛氏《集説》復載陳、黄二説。長樂陳氏曰:“一幅之材,順經爲辟積則少而質,順緯爲辟積則多而文。順經爲縮縫,順緯爲横縫。古者吉凶之冠皆縮縫,今吉冠横縫,而喪冠縮縫,是喪冠與吉反矣,故記者譏之。”長樂黄氏曰:“斯蓋作記之人,指亂世之禮不本周公之制,謂古之喪冠直縫,吉冠横縫,而衰世喪冠亦皆横縫,失禮無别,故嘆之曰‘喪冠之反吉,非古’。是後之喪冠反同吉冠,爲非古。”正文患喪冠無别,注義患喪冠與吉冠异制,誤辨其旨,疑黄説爲長。⑥

納蘭以《集説》所引陳祥道、黄敏求二家之説補充陳氏《集説》爲據,認爲鄭注對經文理解有失,傾向黄氏之説。

《欽定義疏》置陳祥道於“正義”⑦,置黄敏求爲“存疑”⑧,并案曰:

> 縮縫、横縫,此泛舉冠制耳。古冠質,喪吉皆縮縫。周制文,吉冠多辟積横縫,故喪冠反吉,縮縫以别之,非古制如此也。鄭、孔之説本無弊,黄氏以此節專論喪冠,而謂反吉爲復古,似與經文語氣不合。⑨

按:據經文言之,冠,指冠梁。縮縫,謂冠梁上的皺褶縱向排列。衡縫,謂冠梁上的皺褶横向排列。喪冠之反吉,是説喪冠皺褶的排列方向與吉冠相反。據鄭注、孔疏注解,“古”指代的是殷以前,殷以前尚質,不論吉冠、喪冠,都是用縮縫,因此皺褶較少。“今”指代的是周代,周代尚文,吉冠衡縫,皺褶多;喪冠仍舊尚質,縮縫,皺褶少,二者相反,非古之制。當時人認爲殷以前的冠形制與周代一樣,喪冠皺褶的排列方向與吉冠相反。作記之人解釋,古今冠制是有區别的。黄氏理解與注疏不同,黄氏認爲古者指的是周公之古禮,喪冠直縫,吉

---

① 鄭玄注,孔穎達正義《禮記注疏》卷七《檀弓上》,阮元校刻《十三經注疏》附《校勘記》本,中華書局,1980年,第1282頁上。其中“辟積攝少”,阮元《禮記注疏校勘記》曰:“閩、監、毛本‘攝’作‘襵’,衛氏《集説》同,下‘但多作攝’同。”(第1287頁上)

② 衛湜《禮記集説》卷一六《檀弓上》,宋嘉熙四年(1240)新定郡齋刻本,《中華再造善本》,北京圖書館出版社,2003年,第18頁A—19頁A。

③ 吴澄《禮記纂言》卷一四《檀弓》,元元統二年(1334)吴尚等刻本,《中華再造善本》,北京圖書館出版社,2005年,第44頁AB。

④ 陳澔《陳氏禮記集説》卷二《檀弓上》,第9頁B。

⑤ 胡廣等輯《禮記集説大全》卷三《檀弓上》,第21頁B—22頁A。

⑥ 納蘭性德《陳氏禮記集説補正》卷四《檀弓上二》,哈佛大學漢和圖書館藏清康熙十九年(1680)《通志堂經解》本,第5頁AB。

⑦ 《欽定禮記義疏》卷一〇《檀弓上第三之二》,《景印文淵閣四庫全書》第124册,第294頁。

⑧ 《欽定禮記義疏》卷一〇《檀弓上第三之二》,第294—295頁。

⑨ 《欽定禮記義疏》卷一〇《檀弓上第三之二》,第295頁。

冠横縫。今者指的是衰世,衰世失禮,吉冠横縫,喪冠亦横縫。

納蘭《補正》認爲,與陳祥道説相比,黄敏求説爲長。《欽定義疏》對鄭注、孔疏及陳祥道之説表示認可,所謂"直詁經義,確然無疑"①乃列入"正義",但并不駁斥黄敏求之説,所謂"各持一説,義亦可通,又或已經駁論,而持此者多,未敢偏廢"②,列於"存疑"。

杭氏《集説》仿照衛氏《集説》理念、體例纂輯清人禮説,所引姚際恒論説,仿衛氏徵引胡銓《禮記傳》、方慤《解義》之例③,備録姚際恒《禮記通論》全書。姚氏於此經認爲孔疏不可通,稱:"此蓋謂古之喪冠直縫,吉冠横縫,後世喪冠亦皆横縫,是喪冠反同於吉冠,非古也。"亦引據朱軾、姜兆錫禮説,認爲殷時吉凶冠皆縮縫,周初時吉冠横縫、喪冠縮縫,周末衰世越禮,吉凶冠皆横縫。記者所譏諷的是周末吉凶冠皆横縫④。

由此例可知,自《通志堂經解》刻衛湜《禮記集説》、納蘭性德《陳氏禮記集説補正》出,學人除鄭注、孔疏外,復知陳祥道、黄敏求之説,從而爲解經讀禮提供更多之理據。

2. 爲清代《禮記》校勘刊刻提供文本依據

通志堂本衛湜《禮記集説》的刊刻,亦爲清代中後期《禮記注疏》文本的校勘刊刻提供依據。時賢曾指出通志堂本衛氏《集説》之於阮元校勘《禮記注疏》的重要參考性,但認爲此本係顧湄校改,校勘價值有一定的局限性⑤。

據阮氏《禮記注疏校勘記》之《引據各本目録》稱:"衛氏《集説》:宋衛湜《禮記集説》,通志堂刻本。其中載注疏不全,亦間有删節改次,不可盡據,惟當其未經删節改次之處,所據之本究係真宋本。"⑥知阮氏以通志堂本衛氏《集説》不盡可據,但一定程度上仍能反映宋本面貌,故多據以佐證宋本异文。兹舉數例:

(1) 七十二子之徒共撰所聞　惠棟校宋本有"子"字。此本"子"字脱,閩、監、毛本同。衛氏《集説》亦作"七十二子之徒"。⑦

(2) 晋咎犯　閩、監、毛本同,岳本同。惠棟校宋本"咎"作"舅",嘉靖本同,宋監本同。案:作"咎"者,《釋文》本也;作"舅"者,《正義》本也。今

① 《欽定周官義疏凡例》,《欽定周官義疏》卷首,《景印文淵閣四庫全書》第98册,第6頁。

② 《欽定周官義疏凡例》,《欽定周官義疏》卷首,第6頁。

③ 衛氏《集説》前列引據名氏,稱:"以上解義,唯嚴陵方氏、廬陵胡氏始末全備,餘多不過二十篇,或三數篇,或一二篇……。"(衛湜《禮記集説》卷首《集説名氏》,第9頁AB。)杭氏《集説》卷首列姚際恒等姓氏名單,稱:"已上諸家,有全書備録者,猶衛氏之於嚴陵方氏、廬陵胡氏之例也。其餘多從節取,有與先儒複者,概從删削,有别出新義者,雖稍未醇,亦存備一解。"(杭世駿《續禮記集説》卷首《姓氏》,第8頁。)

④ 杭世駿《續禮記集説》卷一二《檀弓上》,第175—176頁。

⑤ 井超《阮元校勘〈禮記注疏〉引〈禮記集説〉版本考异》,《古籍整理研究學刊》2018年第3期,第83—87頁。

⑥ 鄭玄注,孔穎達正義《禮記注疏校勘記序》,第1228頁。

⑦ 鄭玄注,孔穎達正義《禮記注疏》卷一,第1235頁中。

正義本亦作“咎”,則後人依《釋文》改之,疏中“舅”字尚仍其舊,衛氏《集説》亦作“晋舅犯”。○凡宋監本與監本同者,不載。①

(3) 宜若無禮然　惠棟校宋本同,宋監本同,岳本同,嘉靖本同,衛氏《集説》同。閩、監、毛本“然”誤“焉”。《考文》引古本、足利本亦作“然”。②

(4) 車馬而身所以尊者備矣　閩、監、毛本同,岳本同,嘉靖本同。《考文》引古本、足利本“車馬”上有“受”字,衛氏《集説》同。③

(5) 爲其失子之道　閩、監、毛本同,岳本同。衛氏《集説》無“之”字,嘉靖本同,宋監本同。④

(6) 人之性不欲見毁訾　閩、監本同,岳本、嘉靖本同,衛氏《集説》同。毛本“欲”誤“敢”。《考文》引宋板、古本、足利本亦作“欲”,《通典》六十八同。⑤

(7) 右在東　閩、監、毛本同。惠棟校宋本“東”下有“也”字,衛氏《集説》同。⑥

(8) 此一節推明飲食之法也　閩、監、毛本同。惠棟校宋本“推”作“雜”,衛氏《集説》同。⑦

(9) 惰不正之言　閩、監、毛本同,嘉靖本同。惠棟校宋本無此五字,宋監本同,衛氏《集説》同,《考文》引古本、足利本同,《通典》六十八引同。岳本有此五字而别入於《釋文》。按:《釋文》亦無此五字,當因《正義》誤入。⑧

(10) 憂亦謂親有病也　閩、監、毛本同。惠棟校宋本“病”作“疾”,衛氏《集説》同,是也。⑨

上揭第(1)例,阮校據惠棟校宋本補脱文,衛氏《集説》同。第(2)例,阮校據惠棟校宋本、宋監本⑩存异文,衛氏《集説》同。第(3)例,阮校據惠棟校宋本、宋監本、《考文》引足利本改訛字,衛氏《集説》同。第(4)例,阮校據《考文》引足利本存异文,衛氏《集説》同。第(5)例,阮校舉衛氏《集説》删衍文,宋監本同。第(6)例,阮校據《考文》引宋板、足利本改毛本誤字,衛氏《集説》同。第

① 鄭玄注,孔穎達正義《禮記注疏》卷一,第1235頁下。
② 鄭玄注,孔穎達正義《禮記注疏》卷一,第1236頁中。
③ 鄭玄注,孔穎達正義《禮記注疏》卷一,第1237頁上。
④⑤ 鄭玄注,孔穎達正義《禮記注疏》卷一,第1237頁中。
⑥ 鄭玄注,孔穎達正義《禮記注疏》卷一,第1245頁中。
⑦ 鄭玄注,孔穎達正義《禮記注疏》卷一,第1247頁上。
⑧⑨ 鄭玄注,孔穎達正義《禮記注疏》卷一,第1247頁下。
⑩ 此當爲顧之逵小讀書堆所藏宋淳熙四年(1177)撫州公使庫刻《禮記注》,阮元引據爲“宋監本”,顧廣圻、黄丕烈等皆有判定。

(7)(8)(10)例,阮校據惠棟校宋本存/改异文,衛氏《集説》同。第(9)例,阮校據惠棟校宋本、宋監本、《考文》引足利本删衍文,衛氏《集説》同。

阮氏校勘《禮記注疏》,以元十行本爲底本,校以閩、監、毛諸本,并參考惠棟校宋本、盧文弨校本、山井鼎《七經孟子考文》、浦鏜《十三經注疏正字》諸家校勘成果。其中尤以惠棟校宋本、《考文》[①]呈現宋本資料最多,難能可貴。據以上例證可知,往往有閩、監、毛諸本盡同者,通志堂本衛氏《集説》却與宋本文字相合,也就證實了阮氏所言"惟當其未經删節改次之處,所據之本究係真宋本",反映出通志堂本衛氏《集説》的版本校勘價值。徐乾學能將衛氏《集説》納入《經解》刊行,足證其編纂理念超越群儕,值得深入探析。

二 徐乾學編纂《通志堂經解》的動機與學術理念

徐乾學編纂《通志堂經解》對《禮記》讀本的選刊,不僅爲清代《禮記》注解闡釋提供讀本依據,還爲清代《禮記》校勘刊刻提供文本依據。將徐氏編纂《經解》,選刊《禮記》讀本這一工作置於明末清初復古思潮的影響與清初廟堂理學大盛的學術背景下,與明代中後期學者、清初理學大臣的經學文獻編纂活動進行比較,不難考知徐乾學的編纂動機與學術理念。以下試予發明。

(一) 徐乾學編纂《經解》的文獻基礎

徐乾學編纂《經解》受到清初文獻整理與傳承理念的啓發,同時具備更爲充分的文獻基礎。

徐乾學《新刊經解序》稱:"往秀水朱竹垞諗予:'書策莫繁伆於今日,而古籍澌替,若經解僅有存者,彌當珍惜矣。'"又稱:"今感竹垞之言,深懼所存十百之一,又復淪斁,責在後死,其可他諉!因悉予兄弟家所藏本覆加校勘,更假秀水曹秋嶽、無錫秦對岩、常熟錢遵王、毛斧季、温陵黄俞邰及竹垞家藏舊版書若鈔本,釐擇是正,總若干種,謀雕版行世。"[②]知徐氏同當時藏書大家交游密切,建立起流通古籍的强大網絡,具有編刊《通志堂經解》的文獻基礎。朱彝尊的倡議,更是促使徐氏編刊《經解》的重要因素。時賢指出:"《通志堂經解》之編撰,實起於朱彝尊之倡議與啓發。朱彝尊不僅搜羅諸書,還代爲撰寫部分序文,其對《經解》之貢獻,即此可覘。朱彝尊後來能編成《經義考》,此時助編《經解》之作爲,實已肇其端。"[③]認爲徐氏《經解》的編纂與朱氏後來撰寫《經義考》兩項經學文獻整理工作間存在相輔相成的關係。當時陸隴其所記,證實了《經解》與《經義考》的學術聯繫:"(康熙癸亥十一月二十)竹垞言:宋元諸儒經解,今無人表章,當日就湮没。"[④]"(康熙庚午八月十二)朱錫鬯來言:永樂時,胡廣等纂《大全》多襲取先儒之書,可見其爲小人。今宜將先儒原書刊行,庶天下知

① 就《禮記》而言,山井鼎《七經孟子考文》引據宋本資料一爲宋八行本《禮記正義》,一爲足利本(出於日本古寫本,參校宋本)。

② 徐乾學《新刊經解序》,《通志堂經解》卷首,清康熙十九年(1680)刊本,第1頁A—第3頁B。

③ 張宗友《朱彝尊與清初文獻傳承》,《南京大學學報》2018年第5期,第141—142頁。

④ 陸隴其《三魚堂日記》卷八《癸亥》,《續修四庫全書》第559册,第561頁。

廣等之陋。又言:欲自纂一《經籍存亡考》。又言:吴草廬《書纂言》、王次點《周禮訂義》、劉貢父《春秋意林權衡》、吕東萊《書説》皆已刻於徐健庵家。"[①]

此外,王重民[②]、陳惠美[③]等學者相繼提出《通志堂經解》的編纂還受到黄虞稷、周在浚徵刻唐宋秘本事宜的影響。黄、周二人倡議徵刻秘本書,在學界激起極大反響,曹溶《流通古書約》即提出藏書家交流互通古書之法:"主人自命門下之役,精工繕寫,較對無誤,一兩月間,各齎所鈔互换。"認爲:"此法有數善:好書不出户庭,有功於古人也,已所藏日以富也,楚南燕北皆可行也。""但節宴游玩好諸費,可以成就古人,與之續命,出未經刊布者,壽之棗梨。始小本,訖鉅編,漸次恢擴,四方必有聞風接響,以表彰散帙爲身任者。"[④]不可否認,曹氏的呼籲對當時藏書家互相借鈔流通古書有一定的促進作用。徐乾學曾向曹溶感言其"發憤購遺書,搜羅探秘笈。從人借鈔寫,甋甋日不給",又稱:"側聞曹氏倉,積書如堵立。裝以紺琉璃,重以錦綉襲。漆文既發魯,殘竹或穿汲。昔稱三十乘,較書慚搜葺。矧予保殘闕,嘗苦心力澀。願言解纓組,藤筴自負執。一窺未見書,爲解飢渴急。"[⑤]盛贊曹氏藏書之盛,并流露出望能往觀的意願。徐氏刊刻《通志堂經解》,在《序》中也提到其除利用家藏之外,多借曹氏、秦氏、毛氏、錢氏、黄氏、朱氏諸家藏書舊版及鈔本,詳加校勘厘正,方付刊刻,可謂志同道合。

除了與當時藏書大家的交往外,徐乾學本人藏書亦爲清初一大宗。黄宗羲《傳是樓藏書記》稱:"喪亂之後,藏書之家,多不能守。异日之塵封未觸,數百年之沉於瑶臺牛篋者,一時俱出,於是南北大家之藏書,盡歸先生。先生之門生故吏遍於天下,隨其所至,莫不網羅墜簡,搜抉緹帙,而先生爲之海若,作樓藏之,名曰傳是。"[⑥]即可窺見徐氏在清初藏書之盛。徐氏嘗爲常熟藏書家葉樹廉作傳,稱其"性嗜書","所好書與世异,每遇宋元抄本,收藏古帙,雖零缺單卷,必重購之,世所常行者勿貴也。其所得書,條别部居,精辨真贋,手識其所由來,識者皆以爲當",又云:"江南藏書家有金陵焦氏、虞山錢氏、四明范氏。錢氏絳雲、半野之藏甚富,惜厄于火,澹園先生之後所藏亦多散軼,惟范氏天一閣尚存。予亦有聚書之癖,半生所得,庋之一樓,曰傳是樓,然較之諸家所藏,多有目無書,殊足憾也。"[⑦]

據時賢考察,徐乾學藏書所得源流有三:一是購得李開先舊藏,二是得自季振宜舊藏,三是直接或間接得諸毛氏汲古閣藏書[⑧]。徐氏藏書,多載入《傳是樓宋元板書目》《傳是樓書目》二目,惜此二目著録簡略,未能引人注目,但仍

① 陸隴其《三魚堂日記》卷一〇《庚午》,第592—593頁。

② 參見王重民《〈千頃堂書目〉考》,《中國目録學史論叢》,中華書局,1984年,第188—190頁。

③ 參見陳惠美《徐乾學及其藏書刻書》,花木蘭文化出版社,2007年,第44頁。

④ 曹溶《流通古書約》,《叢書集成初編》,中華書局,1991年,第1—2頁。

⑤ 徐乾學《憺園文集》卷七《寄曹秋岳先生》,《續修四庫全書》第1412册,第409頁。

⑥ 黄宗羲《南雷詩文集》,《黄宗羲全集》第19册,浙江古籍出版社,2012年,第117頁。

⑦ 徐乾學《憺園文集》卷三四《葉石君傳》,第760頁。

⑧ 參見陳惠美《徐乾學及其藏書刻書》,第67—80頁。

可窺見徐氏藏書與其輯刻《通志堂經解》之關聯。徐氏《經解》輯刻各書可以確定來源的底本，據毛氏汲古閣藏本凡二十九種，李開先家舊藏十種，天一閣藏本七種，錢氏述古堂藏本四種，焦氏家藏二種，傳是樓二種，黃虞稷千頃堂一種，朱彝尊曝書亭一種，孫承澤一種，葉奕苞一種，范必英一種，顧湄一種①，其中《三禮》類可考底本凡五種，據毛氏汲古閣藏本四種，李開先家舊藏一種。今結合《傳是樓宋元板書目》《傳是樓書目》②及徐氏藏書的流傳情況，考察可知《經解》輯刻《三禮》類經籍凡十二種，徐氏多家藏其書，如表所示：

	《經解》輯刻《三禮》書	徐氏家藏	借校諸家藏書③
1	宋聶崇義《三禮圖集注》二十卷	今中國國家圖書館藏宋淳熙二年(1175)鎮江府學刻《新定三禮圖》二十卷，鈐有"徐建庵""乾學"藏印。	《通志堂經解目録》何焯曰："汲古宋本，序文稍有訛處，已經改正，書中訛錯亦多，蓋通志堂刻本不依原書款式也。"
2	宋王與之《周禮訂義》八十卷	徐乾學《憺園文集》卷十《恭進經籍疏》；張雲章《樸村文集》卷二十三《上徐總憲》。	《通志堂經解目録》何焯曰："李中麓宋本。"
3	宋林希逸《考工記解》二卷	《傳是樓書目》："《考工記解》二卷。宋林希逸。一本。"	《通志堂經解目録》何焯曰："汲古宋本。中有闕葉，應訪求補全。"
4	宋楊復《儀禮圖》十七卷	《傳是樓書目》："《儀禮圖説》十七卷。宋楊復。六本。"	
5	宋衛湜《禮記集説》一百六十卷	《傳是樓書目》："《禮記集説》一百六十卷。宋衛湜。四十一本。"	毛扆《汲古閣珍藏秘本書目》載："《禮記集説》四十二本。世無其書，止有此影抄宋本一部。今昆山所刻，借此寫樣，而新刻後半部爲顧伊人紊亂次第，幸存此本爲正。"④
6	宋葉時《禮經會元》四卷	《傳是樓書目》："《禮經會元》四卷宋葉時。二本。又一部。四本。"	
7	宋鄭伯謙《太平經國之書》十一卷	《傳是樓書目》："《太平經國之書》十一卷。鄭謙伯。二本。又一部。二本。又一部。二本。又一部。二本。又一部。四本。"⑤	

① 王愛亭《昆山徐氏所刻〈通志堂經解〉版本學研究》，第32—35頁。

② 徐乾學《傳是樓宋元板書目》《傳是樓書目》，國家圖書館藏清道光八年(1828)味經書屋鈔本。

③ 作爲對比，附録《通志堂經解目録》著録何焯對徐氏所據底本的判斷。參見翁方綱訂《通志堂經解目録》，第13—16頁。

④ 毛扆編《汲古閣珍藏秘本書目》，《叢書集成初編》，中華書局，1985年，第2頁。

⑤ 此書被誤歸爲史部余字上格二格三格故事類，誤書鄭伯謙爲"鄭謙伯"。

續表

	《經解》輯刻《三禮》書	徐氏家藏	借校諸家藏書
8	宋傅崧卿《夏小正戴氏傳》四卷	《傳是樓書目》:"《夏小正戴氏傳》四卷。宋傅崧卿。一本。"	《通志堂經解目録》何焯曰:"汲古宋人鈔本。"
9	元敖繼公《儀禮集説》十一卷	《傳是樓書目》:"《儀禮集説》十七卷。元敖繼公。十本。"	
10	元吴澄《儀禮逸經傳》二卷	《傳是樓書目》:"《儀禮逸經》。吴澄。一本。"	
11	元汪克寬《經禮補逸》九卷	《傳是樓書目》:"《禮經補逸》九卷。元汪克寬。一本。又一部。二本。又一部。一本。"	
12	清納蘭性德《禮記陳氏集説補正》三十八卷	《傳是樓書目》:"《禮記陳氏集説補正》三十八卷。七本。抄本。"	

《通志堂經解》輯刻宋聶崇義《三禮圖集注》二十卷,何焯批注稱此書底本爲汲古閣藏宋本。汲古閣所藏,實爲蒙古定宗二年(1247)析城鄭氏家塾刻本《析城鄭氏家塾重校三禮圖》二十卷,卷一至二配毛氏汲古閣影抄宋本,卷後附至道二年(996)李至《三禮圖記》及長南陽山昌元王履跋①。《藏園群書經眼録》:"第二十卷後有《三禮圖記》,李至撰,題'至道二年歲次丙申月日記',爲通志堂本所無。"②《四部叢刊》影印此本,張元濟跋曰:"首二卷,汲古閣毛氏據宋刻影寫;餘十八卷出於宋刻,而實非宋刻。"并據王國維考察,定此本爲蒙古刊本③。今中國國家圖書館藏宋淳熙二年(1175)鎮江府學刻《新定三禮圖》,徐乾學經藏④,此書未著録於《傳是樓宋元板書目》《傳是樓書目》二目,實爲徐氏校刻《三禮圖》之底本,已經時賢比勘驗證⑤。何氏所謂"汲古宋本,序文稍有訛處,已經改正,書中訛錯亦多,蓋通志堂刻本不依原書款式也"者,因未見鎮江府學刻本而誤以毛氏汲古閣所藏析城鄭氏家塾刻本爲通志堂本底本。《天禄琳瑯書目後編》卷一宋版首部著録《御題三禮圖》二十卷,一函四册,并稱"是

① 今中國國家圖書館藏蒙古定宗二年(1247)析城鄭氏家塾刻本《析城鄭氏家塾重校三禮圖》(索書號 07277)二十卷,卷一至二配清初毛氏汲古閣抄本,鈐有"汲古主人""毛晋"藏印,卷三起鈐有"毛晋"藏印,末有"毛氏子晋"藏印。

② 傅增湘《藏園群書經眼録》卷一,第1册,中華書局,2009年,第60頁。

③ 聶崇義《析城鄭氏家塾重校三禮圖》卷末張元濟跋。(《四部叢刊三編》本,商務印書館,民國二十五年(1936)。)又,華喆、李鳴飛認爲此書刊刻者當爲鄭鼎,刻於山西陽城縣析城山。(參見華喆、李鳴飛《〈析城鄭氏家塾重校三禮圖〉與鄭鼎關略考》,《文獻》2015年1月第1期,第7—14頁。)

④ 李致忠《宋版書敘録》:"此書宋刻傳本極罕,今北京圖書館所藏宋淳熙二年(1175)鎮江府學刻本,似是海内僅存的宋刻本。……此書各卷鈐有:'俞貞木'、'立盤圖書'、'滄葦'、'季印振宜'、'徐健庵''乾學'、'楊紹和曾敬觀天禄琳琅秘笈'、'彦合珍玩'、'敬心老人'、'東郡宋存書室珍藏'、'宋存書室'、'周暹'等印記,表明此書曾先後經俞貞木、季振宜、徐乾學、楊氏海源閣、周叔弢自莊嚴堪遞藏,最後歸入北京圖書館。"李致忠《宋版書敘録》,第157—159頁。

⑤ 參見喬秀岩、葉純芳《聶崇義三禮圖版本印象——紀念多一種蒙古時期山西刻本的發現》,《文獻學讀書記》,讀書・生活・新知三聯書店,2018年,第456—488頁。

書《通志堂經解》亦翻刻，此槧法紙墨鋸古，乃原刊也”[①]，卷二宋版經部又著録《三禮圖》一函四册“同首部”兩種。經時賢考察搜訪，驗此《天禄琳瑯書目後編》著録者，乃通志堂刻本兩部，存疑一部，其中現藏台北“故宮博物院”者，即剜除通志堂刻本書末陳伯廣書五行刊記末“後學成德”四字，染紙作舊，僞充宋版[②]。從側面反映出《經解》所刻《三禮圖集注》，大有“以清亂宋”之嫌，不可否認徐氏藏此宋本，略勝毛氏一籌。

《通志堂經解》輯刻《三禮》宋元書凡十一種，徐乾學皆家藏其書，或爲宋元刻本，或影鈔宋本，此外又借校毛氏汲古閣宋本、影鈔宋本。通志堂輯刻宋衛湜《禮記集説》一百六十卷，納蘭性德《禮記集説序》謂：“澔書陋略不足觀，《大全》主澔而無所闡發，又成於胡廣輩之手，其與《易》《春秋》諸經之剿襲先儒成書者等耳。正叔網羅采輯，無所不周，即他書雜録有所論及，亦摭入之，使先王立綱陳紀之道，爲經爲曲之詳，燦然明著，豈非是經之大全也歟？是書抄帙頗有缺軼，然不礙其可傳，因從東海夫子請歸，挍而授梓焉。”[③]毛扆《汲古閣珍藏秘本書目》載：“《禮記集説》四十二本。世無其書，止有此影抄宋本一部。今昆山所刻，借此寫樣，而新刻後半部爲顧伊人紊亂次第，幸存此本爲正。……昆山刻書時，下半部乃伊人校對，竟將後添者移入前去，失之矣。幸賴此本猶存衛公之舊。綿紙舊抄 二十兩。”[④]據毛氏記録，明代未見宋本衛氏《集説》，唯汲古閣藏有綿紙舊抄影抄宋本一部，徐氏輯刻《經解》即借校此本。

作爲《通志堂經解》中體量最大的一部宋人經説讀本，通志堂本衛湜《禮記集説》在清初的刊刻與流布，直接促成了《欽定禮記義疏》與杭世駿《續禮記集説》兩大清代《禮記》代表性讀本的編纂，具備素材與體例上的雙重借鑒價值，實爲清代通行百二十餘年間無可替代的重要文本，亦能爲阮氏校刻《禮記注疏》所取資。毛氏、何氏却稱通志堂本衛氏《集説》後半部爲顧湄“紊亂次第”，“大有乖誤”。今比勘宋嘉熙本、通志堂本衛氏《集説》，所謂顧氏紊亂次第處，實係衛氏增補新説之移刻。

宋紹定四年(1231)，衛湜《禮記集説》初爲趙善湘鋟刻於江東漕院，嘉熙四年(1240)再刻於新定郡齋，九年間，衛氏又搜訪新聞，遇有可采，隨筆補入，故於嘉熙四年本部分篇章卷後增補新説。黄丕烈統計：“衛正叔《禮記集説》内補遺在卷數後者，七十三卷、七十六卷、七十七卷、九十三卷、九十四卷、九十六卷、九十七卷、九十九卷。”[⑤]今中國國家圖書館藏宋嘉熙本《玉藻》(《集説》卷七三、七六、七七)、《樂記》(《集説》卷九三、九四、九六、九七、九九)卷末，即補刻有金華范氏(范鍾)、新安王氏(王炎)、金華邵氏(邵淵)、山陰陸氏(陸佃)、金

---

① 彭元瑞《天禄琳瑯書目後編》卷一，《清人書目題跋叢刊》十，中華書局，1995年，第234頁。

② 參見劉薔《天禄琳瑯知見書録》，北京大學出版社，2017年，第5—6、52—53、54頁。

③ 納蘭性德《禮記集説序》，衛湜《禮記集説》卷首，清康熙十九年(1680)《通志堂經解》本，第1頁AB。

④ 毛扆編《汲古閣珍藏秘本書目》，第2頁。

⑤ 參見李致忠《宋版書叙録》，第151頁。

華應氏（應鏞）諸家經説①。

徐乾學從汲古閣借得影抄宋本衛湜《禮記集説》，命顧湄寫樣校刻，刊入《通志堂經解》。顧氏除校勘外，又將衛湜原續在卷末的補説，移刻入相應經文引據名氏之下，如《玉藻》卷七三卷末所增補金華范氏解《玉藻》篇題之説，爲顧氏移刻至卷首"玉藻第十三"下"孔氏曰"後，又如《玉藻》卷七六卷末增補金華范氏解經之説三段，爲顧氏分别移刻至本卷相應經文之下②。顧氏此舉，意在將衛氏增補新説依其體例嵌入原書。從校刻古書的角度來看，清代刻書者最患臆改古書，凡所重刻、翻刻，以保留古書原貌爲準則，顧氏憑己意移刻，招致批駁，理宜固然。從研讀古書的角度而言，衛氏《集説》部帙極大，宋嘉熙本亦不能將所增新説嵌入舊書重刻，僅補板續頁，顧氏助徐乾學校刻此書，據影抄宋本寫樣移刻，雖有遺漏③，但一定程度上彌補了新説與舊書分離的缺陷，應予以肯定。

乾隆中期編纂《四庫全書薈要》《四庫全書》，鈔録宋元《三禮》著述凡三十種，《通志堂經解》所收十一種皆在其中。據《四庫全書薈要總目提要》著録，除稱《三禮圖》依天禄琳瑯明毛晋影宋抄本繕録④，所收《周禮訂義》《禮經會元》《太平經國之書》《考工記解》《儀禮集説》《經禮補逸》《禮記集説》，加之《四庫全書總目》所收著録爲内府藏本的納蘭性德《陳氏禮記集説補正》，實則皆據《經解》校勘繕寫，爲徐氏藏書實力另一側面反映。

（二）徐乾學編纂《經解》的學術理路

徐乾學編纂《通志堂經解》遵循學術發展的"内在理路"，是實學思潮發展之必然。

---

① 中國國家圖書館藏宋嘉熙本《禮記集説》補刻新安王氏、金華邵氏、山陰陸氏、金華應氏之説，有空闕名氏之處，哈佛藏《通志堂經解》本做墨釘，文淵閣《四庫全書》本補全姓氏。案：國圖藏宋嘉熙本《禮記集説》卷首《集説名氏》列有"山陰陸氏佃，字農師，《解》四十卷，又《新説》四卷"，"金華范氏鍾，字仲和"，"新安王氏炎，解《曲禮》上下、《王制》《月令》《文王世子》《禮運》《禮器》《郊特牲》《内則》《玉藻》《明堂位》《大傳》《中庸》《大學》《投壺》十五篇"，"金華應氏鏞，字子和，《纂義》二十卷"，"金華邵氏淵，字萬宗，解《曲禮》《王制》《樂記》《中庸》《大學》五篇"。見衛湜《禮記集説》卷首《集説名氏》，第2頁B、第3頁A、第7頁AB。

② 宋嘉熙本《禮記集説》卷七六卷末增刻金華范氏之説，《通志堂經解》本《禮記集説》將首句移刻於《玉藻》卷七六經文"君命屈狄，再命褘衣，一命襢衣，士褖衣"下。"又曰"數句移刻於經文"凡君召以三節，二節以走，一節以趨。在官不俟屨，在外不俟車"下。"又曰"數句移刻於經文"於大夫所，有公諱，無私諱。凡祭不諱，廟中不諱，教學臨文不諱"下原金華范氏曰"自'士於大夫'止'臨文不諱'，論士大夫交際與名諱之法"下。"又曰"數句移刻於經文"天子佩白玉而玄組綬，公侯佩山玄玉而朱組綬，大夫佩水蒼玉而純組綬，世子佩瑜玉而綦組綬，士佩瓀玟而緼組綬。孔子佩象環五寸而綦組綬"原金華范氏曰"自'古之君子必佩玉'止'綦組綬'，佩玉之節"下。見衛湜《禮記集説》卷七六《玉藻》，宋嘉熙四年（1240）新定郡齋刻本，第21頁B—第23頁A；清康熙十九年（1680）《通志堂經解》本，第9頁B—10頁A，第12頁AB，第14頁A，第23頁B—第24頁B。

③ 宋嘉熙本《禮記集説》卷九四《樂記》卷末增補金華邵氏之説五段，顧湄未移刻至本卷相應經文之下，或爲遺漏。見衛湜《禮記集説》卷九四《樂記》，宋嘉熙四年（1240）新定郡齋刻本，第21頁B—第22頁A。

④ 參見江慶柏《四庫全書薈要總目提要》，人民文學出版社，2009年，第176—187頁。

明代中後期以來，尤其是清初學者認爲解决當時士子學問空疏、思想禁錮之弊，當向原始經典尋求根據。第一要務就是恢復原典文本，也就是刊行漢唐諸儒的十三經古注疏；其次是全面整理原典讀本，重點是宋元諸儒的解經著作。

元明兩代，受到宋學思想影響，對漢學依據的《十三經注疏》有所忽視，加上科舉制度的作用，《四書五經》讀本成爲經學文獻研究的主體：士子讀書以其爲入門教科書，科舉考試以其爲參考標準，學者治學以其爲研究對象。除官修《五經大全》《四書大全》外，明代中後期，爲供應士子讀書需求，經學文獻在坊間得以刊刻流播，主要是程朱理學讀本的彙刻，如明嘉靖四十三年(1564)黄希憲、徐節刻《五經集注》一百十五卷[①]，崇禎十四年(1641)毛氏汲古閣輯刻《四書六經讀本》一百十一卷[②]，凡所收録皆爲官方科舉考試所主用書。

這種從官修到坊刻經解取材的單一形式，以及士子讀書趨於功利的社會風氣，在明代中後期逐漸引起了部分學者的反思。以明末復社學者張溥爲例，張氏對因明代盛行的兩種經解編纂方式(一是《五經大全》《四書大全》諸書對宋、元儒經説的排纂抄録，二是對宋、元儒經説單一化讀本的彙刻)給士子讀書帶來的思想禁錮、學風空疏等危害予以極大關注，并認爲當時社會的政治危機與此息息相關。爲此，張溥及復社成員打出“興復古學”的旗號，呼籲士人群體“尊遺經”“讀聖書”“貶俗學”，希望藉此重塑學風士氣，重振精神。

就對經學文獻的整理與改造層面，張溥主要制定了兩項規劃：一是重新編纂《五經注疏大全合纂》《四書注疏大全合纂》二書，二是計劃編纂三部經解：一是收録自周迄唐古人説經之文，名爲“古解”，盡力搜輯，不敢遺漏；二是收録宋、元諸儒經説，名爲“通解”，分析得失，有所取捨；三是收録本朝區别於俗儒的名家著作，名爲“國朝經解”，詳加尋訪，取其可傳述者加以采録[③]。張氏編纂計劃因離世而未經實施，僅留下未完成之《五經注疏大全合纂》(《周易注疏大全合纂》《詩經注疏大全合纂》《尚書注疏大全合纂》三部成書，《禮記》《春秋》

① 收録有《周易程朱傳義》二十四卷《上下篇義》一卷《周易圖説》一卷，宋程頤、朱熹撰；《上下篇義》一卷，宋程頤撰；《周易五贊》一卷《筮儀》一卷，宋朱熹撰；《書經集傳》六卷，宋蔡沈撰；《詩經集傳》八卷，宋朱熹撰；《禮記集説》三十卷，元陳澔撰；《春秋四傳》三十八卷《綱領》一卷《提要》一卷《春秋列國東坡圖説》一卷《春秋諸國興廢説》一卷《春秋二十國年表》一卷。中國古籍總目編纂委員會編《中國古籍總目・經部》，中華書局，2012年，第14頁。

② 收録《周易本義》四卷，宋朱熹撰；《書經集注》六卷，宋蔡沈撰；《詩經集注》八卷，宋朱熹撰；《禮記集説》十卷，元陳澔撰；《春秋左傳》三十卷，晋杜預注；《春秋胡傳》三十卷《綱領》一卷《春秋列國東坡圖説》一卷《春秋諸國興飛説》一卷，宋胡安國撰、宋林堯叟音注；《大學章句》一卷，宋朱熹撰；《中庸章句》一卷，宋朱熹撰；《論語集注》十卷，宋朱熹撰；《孟子集注》七卷，宋朱熹撰。《中國古籍總目・經部》，第18頁。

③ 參見張溥《七録齋詩文合集・近稿》卷二《五經注疏大全合纂序》，《續修四庫全書》第1387册，第287—288頁。

二經只見著録,標以"嗣出")[①]與《四書注疏大全合纂》。其書僅在《五經大全》《四書大全》的官方經解基礎上加以編排,雖有意拔高注疏地位,但仍未能打破《大全》鈔撮排纂的編纂形式。

明末社會動蕩,黨争禍起,但學者對明代學術之弊的反思并未停歇,并就此開展了曠日持久的"原典回歸"運動。顧炎武即對當時科舉之弊提出意見,認爲科舉考試的擬題之法,使得士子讀書專爲應考,剿襲記誦成文,廢原典而不讀,形成了學問空疏、心術敗壞的不良學風[②]。黄宗羲認爲士子受流俗影響,不深度研習學術,投機鑽營,剿取時文淺説,轉相模勒,以求功名利禄。故黄氏主張革除科舉之弊,提出要對古注疏及宋元諸儒解經之説全面學習,在此基礎上加以深發,滌除士子讀書之空疏愚弊,變化浮薄學風[③]。這些主張都深刻反映出當時學界的訴求,即迫切需要恢復元、明以來爲科舉所破壞的經典文獻原貌。

徐乾學嘗爲高密王先生所著所纂《四書纂義》《易經纂義》作序,謂:"愚嘗病永樂中之輯《大全》者,采摭未廣,宋元人經解,尚多遺漏。今又將三百年,有明一代諸儒之説,亦當節取庚續。每欲啓之主上,會諸書局,皆未竣弗果,今已歸田,子言方爲春卿,宜以斯事爲職分,乘間言之。若《纂義》一書乃他時修《大全》者之椎輪、土鼓,而先生父子亦可謂當世之儒林祭酒者也。"[④]則徐氏對明修《大全》排纂經説未備,去取不當之弊亦有深思,并欲補宋元經解,續明人經説,纂爲一編。

宋元以降,因《大學》《中庸》入《四書》,禮家編纂《禮記》讀本,往往只載《大學》《中庸》之目而不列其文,如有所載,亦棄用鄭孔注疏,專主程朱傳注。如元陳澔《禮記集説》、明胡廣等輯《禮記集説大全》即僅在《中庸》《大學》篇題下曰"朱子章句"。唯衛湜《禮記集説》,不僅引據鄭、孔、朱子,還輯録周敦頤、張載、程顥、程頤、吕大臨、謝良佐、游酢、楊時、侯仲良、尹焞等六十餘家經説。然衛氏《集説》經元代陳澔删節改造,純以程朱理學爲導向;陳氏《集説》在明代胡廣

① 朱彝尊《經義考》卷六四《易》六十三:"張氏(溥)《周易注疏大全合纂》,六十八卷,存。"卷一一七《詩》二十:"張氏(溥)《詩經注疏大全合纂》,存。"卷二五九《四書》八:"張氏(溥)《四書纂注大全》,三十七卷,存。"(朱彝尊撰,林慶彰、蔣秋華、楊晉龍等主編《經義考新校》,第4册第1188頁,第5册第2157頁,第9册第4633頁。)又徐乾學《傳是樓書目》著録:"《論語注疏大全合纂》二十卷,明張溥,六本。《孟子注疏大全合纂》十四卷,明張溥,八本。《易經注疏》:六十八卷,明張溥《易注疏大全合纂》,十二本。又一部六十七卷,明張溥《易注疏大全合纂》,十五本。又一部,十三卷,六本,抄本朱批。《書經注疏》二十卷:明張溥《書注疏大全合纂》,十本。《四書注疏大全合纂》三十七卷,明張溥,二十四本。"(參見徐乾學《傳是樓書目》,善本書號02809,中國國家圖書館藏清道光八年味經書屋鈔本,卷一第53頁B行6,第56頁A行4,第60頁A行2、5、6,卷二第4頁B行7)又《〔嘉慶〕直隸太倉州志》著録:"《周易注疏大全合纂》六十八卷張溥,下同。《尚書注疏大全合纂》。《詩經注疏大全合纂》三十四卷。《四書注疏大全合纂》。"(參見王昶等纂修《〔嘉慶〕直隸太倉州志》,《續修四庫全書》第698册,第110頁。又參見陸岩軍《張溥研究》,上海三聯書店,2016年,第300—302頁)

② 參見顧炎武著,黄汝成集釋,欒保群、吕宗力校點《日知録集釋》卷一六《三場》《擬題》,第944—946頁。

③ 黄宗羲《明夷待訪録·取士上》,《黄宗羲全集》第1册,第13頁。

④ 徐乾學《憺園文集》卷二一《四書易經纂義序》,第583—584頁。

等人的改造下，又制造出“欲道術之歸於一”的官方經解讀本《禮記集説大全》。無論是陳氏《集説》還是《大全》，在一段時期内先後成爲士子讀書所公認的“道學正論”，在當時吸引了一批堅定的擁護者，但同時又爲後人遺留下諸多待解決的學術問題。從明代中後期開始，部分傑出學者對此類讀本爲學術發展的帶來的阻力，對社會問題産生的影響，進行反思，先後嘗試改造，主要思路是向更早的漢唐古學文本、更爲全面的宋元經説讀本中去求根據。這一思路的實現，則以徐乾學編纂《通志堂經解》，於《禮記》類輯刻宋衛氏《集説》、清納蘭性德《禮記陳氏集説補正》爲一顯著標志。

宋本衛湜《禮記集説》稀見，徐氏據影宋抄本校刻，元陳澔《禮記集説》淺陋，納蘭性德《禮記陳氏集説補正》即因此而作，徐乾學取二書刊入《通志堂經解》，正是遵循學術發展的“内在理路”，也是實學思潮發展之必然。

（三）徐乾學編纂《經解》的學術追求

徐乾學編纂《通志堂經解》，具有繼承實學思想、保存經學文獻、推動經學發展的學術追求。

順、康二朝，與懷抱夷夏之辨的明遺民學者顧炎武、黄宗羲等人不同，受學於晚明諸老的熊賜履、魏裔介、湯斌、李光地等人出仕新朝，高舉“程朱理學”大旗。在理學大臣的影響下，康熙帝玄燁一方面爲便於皇族子弟學習，命傳達禮組織學者將儒家文化典籍大量翻譯爲滿文，下令恢復順治時繼承前代帝王的“經筵”“日講”制度，象徵着對儒家道統與學統的繼承；另一方面，令熊賜履、李光地等人主持編撰、刻印了大量宣揚程朱理學的教材。此外，又有康熙九年(1670)中進士，十七年(1678)舉鴻博的陸隴其，在理學大盛的環境下，極力主張廢黜王學，獨尊朱學①，認爲只有獨尊朱學，方能使學術昌明，只有朱子具備對儒家經典的絶對解釋權，凡是朱子之學以外者皆非正學，全當否决，從而維護朱學的純粹正統地位②。

就對經學文獻的整理來看，順治年間，經禮科右給事中楊雍建曾奏請，坊刻《四書諸家辯》《四書大全辯》等書板遭到焚毁；清廷敕令直省學臣校士務遵經傳，不得崇尚异説③。康熙三年(1664)，禮部又覆議從順天府府尹甘文焜之疏，印刷國子監《四書大全》《五經》等書，頒發順天府及各省布政司，以備科場

---

① 參見陸隴其《三魚堂文集》卷五《上湯潜庵先生書》，《景印文淵閣四庫全書》第1325册，第62—63頁。

② 參見陸隴其《三魚堂外集》卷四《經學》，《景印文淵閣四庫全書》第1325册，第240頁。

③ “禮科右給事中楊雍建奏言：‘六經之道炳若日星，《四書》所以發明六經，而《集注》又以發明《四書》，爲功最鉅。臣從坊刻中見有《四書諸家辯》，又有《四書大全辯》，皆以譏訕先賢、崇尚异説，獲罪名教不小。乞敕部毁板，庶先賢傳注不爲异説所奪，而學術大醇、人心可正矣。’下所司察議。”(《世宗實録》卷一二九，《清實録》第三册，中華書局，1985年，第999頁)“禮部議覆：‘禮科右給事中楊雍建疏言，濫刻《四書諸家辯》《大全辯》等書，畔道駁注，應令焚毁，并飭直省學臣校士務遵經傳，不得崇尚异説。’從之。”(《世宗實録》卷一三〇，《清實録》第三册，第1006頁)

之用[①]。魏裔介曾輯刻《四書大全纂要》,《四庫全書總目》將此書列入"四書類存目",稱:"是編以明永樂間所著《四書大全》泛濫廣博,舉業家鮮能窮其説。乃采其要領,俾簡明易誦。然《大全》龐雜萬狀,沙中金屑,本自無多。裔介所摘,又未能盡除枝蔓,獨得精華。則亦虚耗心力而已。"[②]

康熙年間御定經解,大多由熊賜履、李光地負責主持編纂,熊氏還撰有《閑道録》三卷,康熙帝命取以進呈,稱其"正大精醇","崇正辟邪極透切,有功聖道不淺"[③],後拜熊氏爲武英殿大學士,并遣其祭先師孔子。此書收入《四庫全書》子部儒家類存目,"談理學之説部,逐條講論,亦若語録之體。在近人著述中有此,似未能超出前儒。恐未能抄"[④]。李光地則撰有《大學古本説》《中庸章段》《中庸餘論》《讀論語札記》《讀孟子札記》,皆爲《四庫全書》收入,稱"大旨皆主於尋求義理,宛轉發明,不似近代講章,惟以描寫語氣,爲時文敷衍地也"[⑤]。陸隴其對朱學文獻也做了整理編訂工作,所編《三魚堂四書大全》四十卷,爲《四庫全書總目》列入"四書類存目",稱:"是編取胡廣書,除其煩複,刊其舛謬,又采《蒙引》《存疑》《淺説》諸書之要,以附益之,自較原本爲差勝。然終未能盡廓清也。"[⑥]其所撰《四書講義困勉録》雖爲《四庫全書》所收,也僅得"其羽翼朱子之功,較胡炳文諸人有過之無不及矣"[⑦]的評價,《續困勉録》却因"中多采録時文評語,似乎狹視四書矣"[⑧],僅列入存目。

梁啓超曾評價陸隴其諸人"皆尚名節,厲實行,粹然純儒,然皆硜硜自守,所學遂不克光大",而湯斌、李光地、魏裔介等輩"頗婞婀投時主好以躋通顯"[⑨]。總體來看,引導順應清初"宋學"爲主流的學術風氣、尊奉程朱理學的名臣大儒,在對經學文獻的整理與編纂方面,既無先進理念,又無有力方法,僅在明人所編《四書大全》等書上稍加發揮,又無出宋人語録之上,對於振興一朝學術,塑造一代文化氣象來説,無异於緣木求魚,徒勞無功。熊、李諸臣與康熙展開了良好的政治學術互動,并編纂、刊刻多部經學文獻讀本,從文化史角度看,反映出清王朝對中原文化的認可與繼承發展,促進了朝野上下對經學文獻的重視,但就學術發展的歷史進程而言,學術進步性難以體現。時賢已指出:"御定經解上升爲王朝經典,對程朱理學作進一步演繹的空間即大爲壓縮,從而阻礙了程朱理學的進一步發展。於是,一方面高調地推尊程朱理學,另一方

---

① "禮部議覆:'順天府府尹甘文焜,疏請印刷同子監《四書大全》《五經》等書,裝潢成帙,頒發順天府及各省布政司,以備科場之用。應如所請。'從之。"《聖祖實録》卷一一,《清實録》第四册,第177頁。

② 永瑢、紀昀《欽定四庫全書總目》卷三七《經部·四書類存目》,《景印文淵閣四庫全書》第1册,第762頁。

③ 錢儀吉纂,靳斯校點《碑傳集》卷一一《經筵講官太子太保東閣大學士兼吏部尚書熊文端公賜履年譜》,中華書局,1993年,第256頁。

④ 翁方綱撰,吴格整理《翁方綱纂四庫提要稿》,上海科學技術文獻出版社,2005年,第476頁。

⑤ 永瑢、紀昀《欽定四庫全書總目》卷三六《經部·四書類二》,第740頁。

⑥ 永瑢、紀昀《欽定四庫全書總目》卷三七《經部·四書類存目》,第762頁。

⑦ 永瑢、紀昀《欽定四庫全書總目》卷三六《經部·四書類二》,第739頁。

⑧ 永瑢、紀昀《欽定四庫全書總目》卷三七《經部·四書類存目》,第763頁。

⑨ 梁啓超撰,朱維錚導讀《清代學術概論》,上海古籍出版社,2019年,第108頁。

面却又阻礙了程朱理學的發展:這一看似矛盾實則合理的現象,就在御定經解被經典化的過程中出現了。"[①]而在此過程中,受到顧炎武、黄宗羲等明末清初學術大家的實學思想影響的一批傑出學者,以徐乾學爲代表,則擔負起傳承學術文獻的文化使命,致力於經學文獻的整理與傳播,對後世産生了深遠影響。

在清廷尊奉程朱的大環境下,徐乾學亦持尊宋立場,批判王學末流空疏之弊,其於《修史條議》即稱:"學程朱者爲切實平正,不至流弊耳。陽明之説,善學則爲江西諸儒,不善學則爲龍溪、心齋之徒,一再傳而後若羅近溪、周海門之狂禪,顔山農、何心隱之邪僻,固由弟子寖失師傳,然使程朱門人,必不至此。"[②]肯定學宗程朱的切實平正之學,對王學流派中以王畿爲代表的浙中學派,以王艮爲代表的泰州學派及其後學尤爲批判。徐氏曾在爲謝文洊《中庸切已録》作序時稱:"然所謂本原不正,工夫不切者,非必盡庸俗人也。其間每有才雋之士,不爲躬行實踐,而求之於杳冥恍忽以爲道體,不爲蕩平正直,而托之於詭譎機變以爲作用。立心之始,已异於爲已之學,其於理也,既有所蔽,而其於事也,爲謬不可勝言矣。"[③]藉由謝氏《自序》名書之意,對由理學走向心學,務虚黜實的前朝學術流弊予以斥責,這與康熙帝"以經學爲治法"(《御製日講易經解義》),以"明學術""正人心""厚風俗"(《御製日講四書解義》)的文化方略是相符合的。但徐氏個人的學術追求不局限於對清廷尊崇程朱理學文化方略的迎合,而是在黄、顧等大家的影響下,將實學思想的貫徹與對經術的繼承發展,對經史研習的重視,對原典文獻的回歸緊密相聯。

卓火傳先世以經術文辭知名於時,卓氏爲此建祠堂、藏遺書,名其堂曰傳經堂,遍求四方之士撰詩歌文辭表彰其先祖。徐乾學爲卓氏《傳經堂集》作序稱:"六經之道,無所不貫,以君子之所先務言之,忠臣以事其君,孝子以事其親,其窮天地亘古今而不可易者,固莫著於經矣。"又稱:"觀所以名其堂之意,而益求乎六經之道,雖白首不足以究其業,而於區區乞當世之一言以表章其先烈,抑亦末矣。"[④]勸導卓氏子孫表彰先烈,當先務傳承經術,繼承家學,而非沽名釣譽,捨本逐末。徐氏《經史賦并序》更言:"文章者,貫道之器,而經史者,載道之編。""經以爲經,兼綜道術,史以爲緯,雅擅事辭。"[⑤]强調研習經史的重要性。在經史研究中,更注重對經傳的鑽研,嘗言:"予嘗謂求通於後世之史志,不若讀經注疏,讀注疏,又不若潛玩經傳之本文,誠能貫通全經,而以意求之,當必有迎刃而解者。"[⑥]道德學問、事辭文章寓於經史原典,載於文獻,"漢購遺書而後,傳經始有專家。周藏柱下以還,載筆長爲要職。破冢壞壁,留竹簡之

① 張宗友《"表章聖經"、"治統所繫":清初御定經解之經典化與學術影響》,《古典文獻研究》第十七輯上卷,鳳凰出版社,2014年,第22頁。

② 徐乾學《憺園文集》卷一四《脩史條議》,第492頁。

③ 徐乾學《憺園文集》卷二一《中庸切已録序》,第584頁。

④ 徐乾學《憺園文集》卷二〇《卓氏傳經堂集序》,第564—565頁。

⑤ 徐乾學《憺園文集》卷一《經史賦并序》,第323頁。

⑥ 徐乾學《憺園文集》卷二一《春秋地名考略序》,第585頁。

遺。紳匱緘縢,極牙籤之富。允矣祖述憲章之畢備,奚啻格人元龜之是謀”①。徐氏深知,文獻傳承,回歸原典,經術文辭方得表彰。

康熙年間,徐乾學在政壇一度身居顯要,沉浮宦海數十年。康熙二十四年(1685),玄燁御試翰詹於保和殿命作經史賦等,親擢徐氏等人,均加賞賚。其《經史賦并序》言:

> 王、鄭標注,至賈、孔而扶藩。遷、固研精,迄歐陽而入室。表微扶絶,尚薄郫縣河汾。棄短録長,最善居巢夾漈。幸微言之未墜,屬往迹之具存。遭遇聖朝,濫叨館職。翱翔禮義之囿,游泳翰墨之林。循分慚惶,荷恩深重。無能發揮鴻業,潤色皇猷。愧戴憑之解經,慕吴兢之習史。敬承寵諭,群策禁廷。授簡命題,鳧藻踊躍。謹拜手稽首而爲之賦。②

學術傳承,離不開一代又一代學者對前代學説、文獻的扶微表彰。明代科舉喪禮不命題,士子棄而不讀,故注《禮》之書,多有筆削,如楊鼎熙《禮記敬業》即徑以時文之法詁經,删去《曾子問》《明堂位》《喪服小記》《喪大記》《奔喪》《問喪》《間傳》《三年問》《喪服四制》諸篇。顧炎武即謂:“又聞嘉靖以前,學臣命《禮記》題,有出《喪服》以試士子之能記否者。百年以來,《喪服》等篇皆删去不讀,今則并《檀弓》不讀矣。”③康熙十六年(1677),徐氏居喪守孝期間,采摭考證喪禮文獻,撰成《讀禮通考》百二十卷。朱彝尊爲其作序,即稱:“追宋講學日繁,而言禮者寡,於凶事少專書。朱子《家禮》盛行於民間,而世之儒者於《國恤》不復措意。其僅存可稽者,杜氏《通典》、馬氏《通考》已焉。嗚呼! 慎終追遠之義輟而不講,斯民德之日歸於薄矣。”④對徐氏編纂喪禮文獻,易風化俗的經世致用思想予以揭示。此外,自康熙十八年(1679)起充任諸館職,徐氏又奉命參與編纂《明史》《大清會典》《古文淵鑒》諸書。這一系列實績,正是其崇尚經史實學的學術追求與文獻文化傳承使命感之體現。《通志堂經解》亦是體現徐氏學術追求的文獻實績之一。

徐乾學《新刊經解序》歷數各代經解廢興,認爲唐時所撰《正義》“舉天下而宗一説,雖云薈粹諸家,而唐以前諸儒之論疏因是益以廢矣”,幸有李鼎祚《易集解》“多《正義》所未采”,“凡摭集孟喜、虞翻、荀爽而下三十家,諸儒論説藉此稍得流傳”。“蓋隋、唐以前之書,間雜讖緯,或踳駁不醇,然古時制度文物,多賴以傳,其譚理亦有精詣,洊被喪亂,得存於兵火者蓋鮮。”而永樂時詔輯《大全》更是對經説多樣性造成更嚴重的打擊,“詔旨頒行,末學後生奉爲寶書,并貞觀《義疏》不復寓目,遑及其他”。徐氏感慨云:“即更有名賢纂述流布人間,

---

① 徐乾學《憺園文集》卷一《經史賦并序》,第 323 頁。

② 徐乾學《憺園文集》卷一《經史賦并序》,第 323—324 頁。

③ 顧炎武著,黄汝成集釋,欒保群、吕宗力校點《日知録集釋》卷一六《擬題》,第 945 頁。

④ 朱彝尊撰,杜澤遜、崔曉新整理《曝書亭序跋》卷一《讀禮通考序》,上海古籍出版社,2018 年,第 30 頁。

誰復搜訪珍藏？益嘆先儒經解，至可貴重，其得傳於後，如是之難也。”[①]前朝一統經説的政策導致經説日益消亡，爲學術發展帶來的層層阻礙，而當時清廷獨尊程朱的文獻整理工作僅致力於對王學的打擊，甚至進一步導致了經學解釋權的固化，將促使經説消亡日益劇烈。徐氏深刻認識到搜輯流通名賢纂述、先儒經解的必要性與迫切性，以恢復經學解釋多元化格局爲目標，自覺擔負起傳承文獻文化的使命，大力搜集文獻藏書，在具備文獻基礎上，集衆人之力，編纂、校勘、刊刻《通志堂經解》，正是其學術追求與使命感的一大實現，亦是清初實學取向由理念轉向實踐的一大體現，正如陳康祺所云：“昆山徐健庵先生《宋元經解》之刻，實足津逮來賢，肇起熙朝樸學。”[②]

結　語

徐乾學《通志堂經解》的編纂、刊刻，對清代經學文獻的整理與研究意義重大，突出表現爲對學界對宋元經説需求的響應，恢復被“破壞”的宋元解經讀本原貌。在科舉考試崇儒學、黜古學取向的影響下，元明兩代學者對《禮記》讀本的撰作、編纂反映出明顯的時代特點：收入《四書》的《大學》《中庸》兩單篇地位遠高於《禮記》全書；《大學》《中庸》專主朱注；科舉考試不以喪禮命題；明人所撰《禮記》讀本删經頗多。陳澔《禮記集説》自其成書後即屢經翻刻，衛湜《禮記集説》則傳本絶稀，元明以來士子讀書只知有陳澔《集説》，鮮知有衛湜《集説》。在經學文獻研究領域，明代中後期以降，士子研讀《禮記》無書可讀的問題十分突出。有鑒於此，徐乾學特意選取不專主程朱經説的衛氏《集説》以及針對陳氏書而著的納蘭性德《陳氏禮記集説補正》二書刊入《經解》，眼光獨到，意義非凡。

《通志堂經解》對《禮記》讀本的刊刻傳播，反映出徐乾學的經學文獻編纂理念。有别於明季學者與清初理學諸臣的經學文獻編纂實踐，徐乾學開展的《經解》編纂刊刻工作，與其説是響應朝廷尊奉程朱理學的政治學術産物，毋寧説是當時實學思潮影響下的學術舉措。與清廷以尊宋爲導向的經學取向不同的是，徐乾學實際上懲於明季學風之空疏，有選擇、有針對性地整理、傳播宋元經説，客觀上擔負起傳承宋元經解的文化使命。就此而言，徐乾學編纂《通志堂經解》，具有繼承實學思想、保存經學文獻、推動經學發展的學術貢獻，其志意、實績與意義，均應引起重視。

（作者單位：南京師範大學文學院）

---

① 徐乾學《新刊經解序》，《通志堂經解》卷首，第 2 頁 B—第 3 頁 A。

② 陳康祺《郎潛紀聞》卷四，《續修四庫全書》第 1182 册，第 195 頁。

古典文獻研究(第二十五輯下)
Journal of the Institute for Chinese Classics Studies
Nanjing University
Volume 25, No.2 2022

皮錫瑞《經學通論》成書過程及初稿本述略*

吴仰湘

在清末新政中,因書院改制與科舉停廢,經學教育驟然陷入困境,“今學堂因功課繁多,往往偏重藝能,反輕聖教,經、史、國文,鐘點甚少,或且并無經學、國文”①。新式教育重藝輕道,已使經學課程名實難符,更有崇尚西學新知、宣揚革命排滿的激進派鄙弃經學,正如皮錫瑞所指摘:“近日邪説流行,乃謂中國欲圖富强,止應專用西學,五經四書,皆當付之一炬。辦學堂者,惑於其説,敢於輕蔑聖教,民立學堂,多無經學一門,即官立者,亦不過略存餼羊之遺。功課無多,大義茫昧,離經畔道,職此之由。”②長期從事經學教育的皮錫瑞,“思殫炳燭之明,用救燔經之禍”③,相繼撰成《經學歷史》和《經學通論》,爲新式學堂實施經學通識教育提供理想教材,并在民國以來産生廣泛影響,迄今仍爲經學入門必讀之書。

本文主要根據皮錫瑞日記和《經學通論》初稿本,對《經學通論》成書過程試作還原,對初稿本面貌及其價值略作評析,冀能有助於深化皮錫瑞晚年經學思想的研究,增加對《經學通論》及晚清經學教育的理解。

一、《經學通論》的撰、刊經過

皮錫瑞在其日記中④,詳細記載着《經學通論》各卷撰擬、添改、刊刻的情况,爲後人復原全書生産過程提供了翔實資料。兹據皮錫瑞光緒乙巳、丙午、

* 本文爲國家社科基金重大項目“皮錫瑞《經學通論》注釋與研究”(15ZDB010)的中期成果。

① 皮名振《皮鹿門年譜》,商務印書館,1939 年,第 100 頁。

② 皮名振《皮鹿門年譜》,第 101—102 頁。

③ 〔清〕皮錫瑞《經學通論・自序》,光緒丁未思賢書局刻本,第 2 頁。

④ 皮錫瑞從光緒壬辰年(1892)正月初一留存日記,直到辭世之日,16 年間從未間斷,記事翔實,史料豐富。日記原稿藏湖北省圖書館,中國國家圖書館出版社 2009 年根據縮微膠卷影印出版《師伏堂日記》6 册,2021 年又出版《湖北省圖書館藏稿本日記四種》,其中第三十七至四十三册爲皮錫瑞日記。中華書局 2015 年出版筆者所編《皮錫瑞全集》,其中第九至十一册爲《日記》整理本,2020 年又出版修訂本《皮錫瑞日記》4 册。

丁未各年日記，摘取其中緊要信息，分述如下[①]：

（一）撰作初稿

皮錫瑞在乙巳年(1905)十一月廿一日記載："連日檢書籍，《經學提綱》一書似不難成，須先閲《皇清經解》《續經解》二書，擇取摘出，加以論斷，有暇即可録出，特需鈔胥之費，而刊板費尤重。"次日又記"録《經學提綱》一條"，從此開始撰寫新書，稱作《經學提綱》。在十二月的日記中，他不斷記下"録《易》"一條或二條，初八日又專門記載："考《易》義，見阮福引《繫辭》四條，以《繫辭》爲卦辭、爻辭，後世所謂《繫辭》者乃其傳，孔門弟子所作。此説如得一真珠船，可爲子作卦辭、爻辭之證。《史記》自序引《繫辭》則《易大傳》，亦其證。"翌日又記"將《繫辭》一條録出"，此即《易經通論》第七篇。十七日皮錫瑞高興地記載："録《易》二條，駁宋人先天之説甚暢，要非予一人之私言也。"這兩條即《易經通論》第十七、十八篇。十九日又説："録《易》二條，似略備矣。"二十七日再説："録《易》二條，大約此一經略具矣。"《易經通論》至此成稿，約計 18 篇。

丙午年(1906)正月二十日，皮錫瑞明言"録《經學通論・書》一條"，已將書名定作《經學通論》，并開始撰寫第二卷。此後他多次記載"録一條"或"録二條"，至二月初八日記"録一條，《尚書》粗畢"，《書經通論》成稿，計有 18 篇。

皮錫瑞接着在二月十一日記："閲《詩古微》，頗有心得，改《史記》'周道缺'爲'商道'，未免强古人以就我。"所説見於《詩經通論》第八篇，可見他已着手編撰第三卷。他在三十日明言"録《詩》學一條，以此經尤難明也"，《詩經通論》開篇即"論《詩》比他經尤難明，其難明者有八"。三月初四日又記："録《詩》四條，解《關雎》自謂有把握矣。"《詩經通論》第三至六篇均論及《關雎》，與此相符。至四月初八日記"録《詩》一條，《詩》粗畢矣"，《詩經通論》成稿，共 25 篇左右。

《春秋通論》始作於四月十三日，十八日特記"録《春秋》二條，用《公羊》説，解以平正之詞"，顯示出對《公羊》學説的偏重。閏四月初二日又説："録《春秋論》。……《公羊》義有可疑者，如鄫季姬、單伯淫子叔姬、叔術妻嫂之類，皆不見於董子書，或後師附益之説也。"此處對《公羊傳》某些記載的疑惑，在《春秋通論》第三十八篇有所體現。至十一日"録《春秋》一道，畢"，翌日又"補《春秋》一篇"，可知《春秋通論》已成，約計有 20 篇。

皮錫瑞在閏四月廿一日記"改《詩論》一條"，緊接着説："檢《西河集》閲之，其特識真可佩，而如士昏禮之舅姑迎婦，則誠如百詩所云私造典禮矣；廟制多一遷廟，亦未是。恨古人不見我，誠然。"此處對毛奇齡禮學的批評，部分見於《三禮通論》第三十八篇，可見他又在準備編撰新的一卷。隨後在廿八日記"録《禮論》一條"，從此正式編撰《三禮通論》。皮錫瑞五月十七日還説："録《禮》二篇。覺心力不給，然此書不可不成，成此書後當静養也。"可見頗耗心力，但仍堅持撰作。至六月十八日記"論《禮》粗畢"，《三禮通論》約成 30 篇。

皮錫瑞從創擬《經學提綱》到撰成《五經通論》，前後不到八個月，可謂神

---

① 下文凡引皮錫瑞日記，隨文標出日期，不另注頁碼，以免繁瑣。

速。其實當時他還要在湖南高等學堂、湖南中路師範學堂等處授課并編寫講義,無法將全副身心用於《經學通論》。如丙午年四月初五日記載:"到師範,講二小時。歸録《詩》一條,未畢。燈下閲《羣經集》,説'頌'字極是,而以《肆夏》爲詩,似非。"九月十六、廿七日又記:"録講義二道,續《通論》二篇。""録《易》一道,二道未完。到高等,講二小時。"皮錫瑞日夜不懈、奮力撰述之勤苦情形,於此可見一斑。

(二) 添改、增補

皮錫瑞在撰寫各卷初稿時,就不斷進行修改、補充。如丙午年正月十二日記"連日在轎中看《困學紀聞》,有可入《經説》者",翌日"補入數條",《易經通論》有 4 處引述《困學紀聞》,應即此次所補,此處"經説"實即數天後定名的《經學通論》。又如七月十二日"閲宋人經解,大都得失參半,亦有可補入《通論》者。……以鄭樵説補入《通論》",此次所補可見於《書經通論》第二十九篇。

對《經學通論》初稿,皮錫瑞最重要的修改有二:一是爲各篇添加題目,二是對各卷增補篇目。前者發端於陳慶年[①],據皮錫瑞四月十一日記載:"下午善如來,取《書論》閲之,云須立題目,加圈點,分段宜短,乃便人閲。段有可分,有不可分,惟題目可立耳。"五月十五日又記:"善餘還書來,以爲宜分段目,列標題,甚是;圈點仿西河,可不必。"陳慶年所提建議中,皮錫瑞認爲"列標題"最合理,稍後即付諸行動,如五月十九日記:"録《禮》一篇。爲《易》《書論》做題目,甚不易。"廿四、廿五日又記:"爲諸論添題目,未完。""爲《詩》《書論》補題。"他在編撰《三禮通論》的同時,抽空對《易》《書》《詩》已成各篇費力補擬標題。對各卷内容的增補,則始於六月十八日,皮錫瑞當天記載:"論《禮》粗畢,補《易》二條。"完成《三禮通論》初稿後,立即補作《易經通論》二篇。此後他陸續撰文,對各卷大作增補,如八月初一日"續作《通論》一道",十月十四日"補《書》一條",廿九日"補《詩論》二道",十二月十三日"補《禮論》二道"。據日記所載,增補工作集中在六月下旬至八月上旬、九月中旬至十二月下旬,各卷新增篇目,約計《易》7 篇、《書》10 篇、《詩》13 篇、《春秋》11 篇、《三禮》20 篇,另僅載《論》《通論》而不能確知屬何經者 14 篇,共計 75 篇左右。

以上《經學通論》初撰稿及續補稿合計,約有 186 篇,與刻本 209 篇相較,僅差 23 篇。皮錫瑞日記中對《經學通論》撰作情况的記載,可謂細緻入微。

(三) 謄抄、刊刻

《經學通論》各卷陸續成稿後,皮錫瑞隨即請人謄録,爲後續刊刻作準備。他在丙午年二月十六日記"校《易》一過",二十日又記:"劉璞山來,以《易》一卷

① 陳慶年(1862—1929),字善餘,號石城鄉人、横山鄉人,隸籍江蘇丹徒,肄業南菁書院,獲學政王先謙賞識,選爲優貢生。陳慶年後來又受知於湖廣總督張之洞,長年聘任武昌兩湖書院教習,編撰《兵法史略學》等講義,1898 年撰《衛經答問》《衛教答問》,力駁"康學"。1905 年,陳慶年經湖南巡撫端方邀聘,擔任省學務處提調,并一度代理湖南高等學堂監督,在長沙定王臺主持創建中國近代第一家公共圖書館。陳慶年在湘期間,與執教湖南高等學堂的皮錫瑞頗多交誼,皮錫瑞即受其囑托,撰成膾炙人口的《經學歷史》。

付之,使人鈔。"可知《易經通論》一經初校,就交付鈔胥。他在三月廿二日再記:"校所録《經學通論》,其後半行書,更以《書論》付之,屬勿行草。"此《經學通論》實指《易經通論》,可見謄録已畢,另將《書經通論》付抄。此後類似記載不斷,如四月初三日:"唐某又録《書》義一卷來,付洋貳元,并《詩》義一卷使録之。"六月十二日:"抄字人送《春秋》一卷來,字太不工,取洋乙元去,計尚須找半元。檢存款票銀有四百五十,尚不敷也。閲所鈔一卷,伊又携《禮》一卷去。"可見除《春秋通論》未記付抄日期外,其他四卷書稿付抄、抄畢均有明確記録。

對於編撰新書,皮錫瑞起初憂心鈔録費錢,刻貲更是不菲,但成稿甫及一半,主持湖南思賢書局的王先謙即慨允刊刻。他在四月初十日記載:"葵園後至,云《經學歷史》已發刻,《經學通論》成,許并刻。四年未刻書,積貲多矣。"王先謙接下來還對《經學通論》書稿逐卷加以批閲,滿懷感激的皮錫瑞在八月廿五、廿六、廿七日連續記載:"葵園看完《易》一卷,批示送來,亦甚難得。""得葵園送來已閲《通論》一卷,批示甚細,乃致函,屬其餘詳批。""葵園送來《書論》。"九月初十、十六日又欣喜地記載:"葵園來書,極恭惟。""葵園來函極恭惟,有胸羅衆家、掌運千古之語,屬即送交手民。"王先謙甚至迫不及待,緊接着兩次登門催稿,見於皮錫瑞廿七、廿九兩天的日記:"葵園來拜,略及學務,屬將《通論》先交一、二卷。""葵園來,索刻《通論》。"此時《經學通論》尚未完全定稿,只好分卷交付思賢書局發刻。

《經學通論》各卷書稿交付刊刻、寫樣本與校樣本覆校的情況如下:

《易經》卷:皮錫瑞十月初一日函致王先謙,"將《易論》送刊",十二日即收到第一批寫樣本:"葵園送《易論》來校,無書,校十紙,考廢龜論出唐李華。"皮錫瑞覆校時,還就廢龜論的倡導者作了補充,見於刻本《易經》卷末篇。廿三日"葵園送《易論》,校一過",寫樣本至此全部覆校完畢。十二月廿九日,"葵園送來《易論》,已刊成,覆校一過,刻頗好",翌日續校,校樣本也覆校完畢。

《書經》卷:皮錫瑞十月廿四日記述"校《書論》,當繼刻",翌日又説"校《書論》一過,更加删改",可知是付刊前的校改,但此後未記何時送交王先謙發刊。十一月十五日"《書論》上卷送來,爲校一過",廿四日又"校《尚書》半卷",兩次所校應即上卷和下卷的寫樣本。皮錫瑞同樣未記刊成日期,至丁未年五月初一、初四日"覆校《詩》《書》",推知已是檢對校樣本。六月初七日"致葵園,以《詩》《書》二册呈繳",則校樣本全部覆校完畢。

《詩經》卷:皮錫瑞十一月十八日致書王先謙,"以《詩論》付之",十二月十六日"覆校《詩論》上卷",可知付刊書稿及覆校寫樣本均指上卷。十二月十七日皮錫瑞又説"以《詩論》并《春秋》送葵園",此《詩論》應指下卷書稿,但下卷寫樣本的覆校時間失載。皮錫瑞丁未年五月初一、初四日兩次覆校之《詩論》,應指校樣本,并於六月初七日與《書經》卷校樣本一起送交王先謙。

《春秋》卷:書稿於十二月十七日付刊,至翌年三月初一日"葵園送來《春秋論》,携至公所閲一過",廿三日又記"到公所,校《春秋論》一過",可見《春秋》卷的寫樣與校對費時較久。皮錫瑞八月十四日記述"葵園送來《三禮》《春秋》刊本,爲校閲之",十六日又記"校《春秋》一過",完成校樣本的覆校。

《三禮》卷:《三禮》部分成稿最晚,皮錫瑞未記付刊日期。他在丁未年四月十七日説"校《禮論》一卷",五月初一、初二日又記:"校《禮論》一卷,增數行,而二卷續處又須做數行。""增入二百餘字,使《禮》各爲卷,與諸經一律,不分上下。"應該是對寫樣本作了較大調整,將原來的上下卷合成一卷。八月十四日王先謙送來《三禮》卷刊本,皮錫瑞隨即覆校,十八日"校《通論》畢",并於當天送回。

皮錫瑞另在丁未年正月初三日"擬作《經學通論自序》",兩天之後"録出序文"。隨着《經學通論》各卷相繼刻板,九月十八日"葵園送《通論》來,屬書籤",全書告峻。十月間,皮錫瑞又兩次函致王先謙,"請催開刷《通論》"。十二月初九日,"葵園來書,寄《經學通論》一部",終於在丁未歲末問世。

综上所述,《經學通論》的成書過程可表列如下(日期均爲舊曆):

	《易經》	《書經》	《詩經》	《春秋》	《三禮》
始撰	(乙巳年)十一、廿二	(丙午年)一、廿	(丙午年)二、三十	(丙午年)四、十三	(丙午年)閏四、廿八
成稿	十二、廿九,約18篇	二、八,18篇	四、八,約25篇	閏四、十二,約20篇	六、十八,約30篇
謄抄	(丙午年)二、二十付抄,三、廿二抄畢	三、廿二付抄,四、三抄畢	四、三(上卷)付抄	六、十二抄畢	六、十二上卷付抄,八、二下卷抄畢
添補	五、十九添加題目。六月補撰2篇,九月補撰5篇。	五、十九添加題目。六至十月陸續補撰10篇左右。	五、廿五添加題目。九至十一月陸續補撰13篇左右。	添加題目時間不詳。七至十二月陸續補撰11篇左右。	添加題目時間不詳。十至十二月陸續補撰20篇左右。
刊刻	十、一送刊,廿三校寫樣本。十二、廿九刊成,三十校樣本覆校完畢。	十一、十五校上卷寫樣本,廿四校下卷寫樣本。(丁未年)六、七返回校樣本。	十一、十八送刊,十二、十六校上卷寫樣本,十七送刊下卷。(丁未年)六、七返回校樣本。	十二、十七送刊,(丁未年)三、廿三校寫樣本。八、十四刊成,十八返回校樣本。	(丁未年)五、二校寫樣本,將兩卷合成一卷。八、十四刊成,十八返回校樣本。

細檢《經學通論》編撰、刊刻的經過,還有以下兩點值得一提:

第一,皮錫瑞撰書,依次爲《易經》《書經》《詩經》《春秋》,最後爲《三禮》,刊刻也是先《易經》,次《書經》《詩經》,再《春秋》《三禮》。《經學通論》刊成後,却以《春秋》卷殿末。今《三禮》卷第五十一篇言及"《左氏》不可盡信,如'君氏卒''暨齊平''衛宣烝夷姜'之類,皆失實,説已見前",但批評《左氏》失實之説,其實在刻本最後一卷。又末篇"論《禮經》止於十七篇,并及群經當求簡明有用,不當繁雜無用",由評析歷代禮學得失,進而講論治經要旨,篇末還説:"今科學尤繁,課程太密,即上智之士,亦不能專力治經。是以大義不明,好新奇者詆毁舊學,至有燒經之説。故作《通論》,粗發大綱,俾學者有從入之途,而無多歧之患。條舉群經之旨,冀存一綫之遺,觀者當諒其苦衷,而恕其僭妄。以教初學,或有裨益。若贍學淵閩之士,固無取乎此也。"實際是爲全書所作總結。若不明瞭《三禮》卷最後殺青的事實,就會質疑《經學通論》最後兩卷倫次失序。

第二,皮錫瑞記"《詩》義一卷""《禮》一卷"付抄後,仍在續撰《詩經通論》《三禮通論》,因此當時交付謄録的書稿實是上卷。丙午年四月廿一日"校《詩論》,未畢"、閏四月初二日"下午校所録《詩論》",應指《詩經通論》下卷初稿。六月廿六日"唐姓交《禮論》一卷",正指《三禮通論》上卷,而皮錫瑞七月十四日抱怨"所鈔《三禮》不送來,可惡",八月初二日又説"抄《論》來,校一過",則指《三禮通論》下卷。至於十一月十五日説"《書論》上卷送來",十二月十六日又記"覆校《詩論》上卷",均指《書經通論》《詩經通論》的寫樣本,既明言上卷,則必有下卷。可見,《書經通論》《詩經通論》《三禮通論》從初稿到發刊,一直分作上下卷,但最終在刊刻前作了調整,一律不分卷[①]。這一重要變動,直接見於丁未年五月初二日對《三禮通論》寫樣本的處理,"使《禮》各爲卷,與諸經一律,不分上下"。在此前後,他又多次覆校《詩》《書》校樣本,直到六月初七日才返归王先谦,應該也是對原有分卷作了改动。

《經學通論》初稿本及其價值

皮錫瑞《經學通論》有一批稿本存世,記録有部分篇目的修改情況,因而彌足珍貴。對這些文稿細作研讀,并與刻本比照互參,能從文本層面進一步展現《經學通論》成書的若干細節,對於校正刻本訛誤也能有所裨益。

(一) 存世七册稿本概况

現藏湖南師範大學圖書館的《經學通論》稿本,裝訂成 5 册[②],書根標册數,内葉分欄,四周雙邊,雙魚尾,版心下端印"松雲閣"[③],所有框綫、魚尾、文字均爲紅色。半葉 9 行,墨筆行書,每行 24 至 30 字,夾注小字雙行。各册第一頁留空。正文前後篇换葉,自爲起迄,無頁碼。各册正文葉内容有异,略述於下:

第一册正文葉首行頂格寫"經學通論",第二行退格將近行底寫"善化皮錫瑞",第三行退一格寫"易",第四行頂格寫"論變易不易皆《易》之大義",爲《易經》卷第一篇。此後各篇均有標題,依次是:《易經》卷第二十五、二、四篇,《書經》卷第十二、十三篇,《春秋》卷第五十一、五十三、四十九、五十、四十八篇,《詩經》卷第三十三、三十二篇。合計 13 篇。

---

① 按,《易經通論》篇幅最少,一直未分卷,《春秋通論》篇數最多,皮錫瑞却未在日記中留下分卷的記載,他似乎是因《易》《春秋》兩經而將《書》《詩》《三禮》取消分卷,以使"諸經一律"。

② 《經學通論》稿本的著録,見常書智、李龍如主編《湖南省古籍善本書目》,嶽麓書社,1998 年,第 39 頁。《經學通論》稿本已入選國家珍貴古籍名録,參見湖南師範大學編《湖南師範大學國家珍貴古籍名録圖録》,湖南師範大學出版社,2017 年,第 18—19 頁。

③ 根據皮錫瑞日記所載,松雲閣爲長沙城内一家商號,主營紙筆文具等。

第二册正文葉首行頂格寫“經學通論”,第二行退一格寫“書”,第一、二行行綫中下端添“善化皮錫瑞”五字,第三行頂格寫“兩漢經學有今、古文之分,今古文之分以《尚書》爲最先……”,實爲《書經》卷首篇首句,但無標題,又較刻本多“今古文之分”五字。此後各篇同樣無標題,根據内容依次爲《書經》卷第二至九、十五至二十四、十一、三十三篇。合計 21 篇。

第三册正文葉首行頂格寫“經學通論”,第二行退一格寫“詩”,第三行頂格寫“《詩》爲人人童而習之之經,而《詩》比他經尤難明……”,爲《詩經》卷首篇首句,無標題。此後各篇亦無標題,根據内容依次爲《詩經》卷第二至十、十二、十四、十五篇,另有 2 篇不見於刻本,知爲定稿時删棄。合計 15 篇。

第四册正文葉首行頂格寫“經學通論”,第二行退一格寫“禮”,第三行頂格寫“三《禮》之名,起於漢末,在漢初但曰禮而已……”,第二、三行行綫頂格添標題“論漢初無三《禮》之名……”,實爲《三禮》卷首篇。此後各篇均有添加的標題,依次爲《三禮》卷第二至七、三十至三十六、九、十篇。合計 16 篇。

第五册正文葉首行頂格寫“經學通論”,第二行退格將近行底寫“善化皮錫瑞”,第三行退一格寫“春秋”,第四行頂格寫“《春秋》有大義,有微言……”,爲《春秋》卷首篇首句,無標題。此後各篇同無標題,根據内容依次爲《春秋》卷第二至七、二十二至二十四、二十七、三十至三十二篇。合計 14 篇。

湖南師範大學圖書館另藏有《師伏堂經學雜記》稿本 3 册①,書根標册數,内葉與《經學通論》稿本相同,各篇文字也自爲起迄。其中第一册收文 24 篇,主要是皮錫瑞癸卯(1903)年在湖南師範館講授“經學家法”課程所編講義原稿,另有書札、譜序、呈文;第二、三册所收各篇内容并不雜亂,實爲《經學通論》初稿,具體情況是:第二册 16 篇,均在各篇首行邊框外添加標題,依次爲《三禮》卷第十三至十六、二十五、二十一、二十二、二十四、二十六、二十七、二十三、二十、四十至四十三篇。第三册 14 篇,前 11 篇無標題,根據内容依次爲《詩經》卷第十七至二十五、三十七、三十八篇,後 3 篇有標題,依次爲《詩經》卷第二十八、三十、十三篇。

以上七册稿本中的《經學通論》,各篇標題存在顯著不同,有三類:第一類,《經學通論》稿本第二、三、五册各篇,《師伏堂經學雜記》第三册前 11 篇,均無標題;第二類,《經學通論》稿本第四册、《師伏堂經學雜記》第二册各篇,標題均爲添補;第三類,《經學通論》稿本第一册各篇、《師伏堂經學雜記》第三册後 3 篇,均原有標題。皮錫瑞自丙午年五月十九日起補擬篇題,可見現存這些文稿分屬不同時段:第一類屬較早成稿(《經學通論》稿本第三册第三至六篇均論《關雎》,《皮錫瑞日記》丙午年三月初四日記“録《詩》四條,解《關雎》自謂有把握矣”,二者相合,此 4 篇確屬第一批文稿),第二類爲稍後的修改稿(不過各篇正文的成稿時間仍同第一類),第三類最晚成稿(其中《經學通論》稿本第一册

---

① 《師伏堂經學雜記》的著録,見常書智、李龍如主編《湖南省古籍善本書目》,第 39 頁。《師伏堂經學雜記》同樣入選國家珍貴古籍名録,參見《湖南師範大學國家珍貴古籍名録圖録》,第 16—17 頁。

《春秋》卷第四十九篇“論《春秋權衡》駁《左氏》及杜解多精確”云云,皮錫瑞在丙午年八月廿七日明載“劉原父《春秋權衡》論《左氏》甚佳,録之”,此篇正屬後期補作)。後兩類文稿上,時有“夾行”“夾行小字”“另起”“從此起”“從此止”等提示抄胥的眉批,第三類 16 篇文稿中仍有 9 篇(《詩經》卷 4 篇、《春秋》卷 5 篇)出現較多的文句增删,可見均爲擬付謄抄之稿。因此,這批稿本應定作《經學通論》初稿本。此外,《經學通論》稿本第一册所收有《易》《書》《春秋》《詩》四經,篇次也雜亂無章,與皮錫瑞分經撰稿、付抄、發刻的記載完全不符。至於《師伏堂經學雜記》,不僅誤將《經學通論》30 篇專題文稿歸入“雜記”,第三册還將分屬不同時段的《詩經通論》文稿混在一起。據此可知,這七册稿本并非皮錫瑞書稿原貌,應是皮錫瑞辭世後,家人整理其遺稿,未細檢内容,匆促裝訂而成。

《經學通論》七册初稿本的基本情况,可見下表:

		《易經》	《書經》	《詩經》	《三禮》	《春秋》	合計
《經學通論》稿本	第一册	4	2	2		5	13
	第二册		21				21
	第三册			13+2			13+2
	第四册				16		16
	第五册					14	14
《師伏堂經學雜記》	第二册				16		16
	第三册			14			14
稿本篇數		4	23	29+2	32	19	107+2
日記所載篇數		25	28	38	50	31	172+14
刻本篇數		30	33	38	52	56	209

顯而易見,《經學通論》初稿本的篇數及其次序,與刻本相差較大,説明皮錫瑞後續不僅對内容作過較多增補,對篇次也作過較大調整,而現存各卷初稿篇數與皮錫瑞日記所載也有差异,説明原稿有些篇目在裝訂前已散佚。如日記所載《易經》卷文稿與現存初稿相差 20 多篇,現存 4 篇成稿時段屬第三類,則較早時段的文稿應已散佚。再如《師伏堂經學雜記》第二册所收第二十七篇論古代明堂、太學,力譽阮元學識精卓,但仍有瑕疵,“特以爲太學在城内,與《王制》不合耳”,稿本“不合”下有小字注“辨見後”,可知皮錫瑞當時另撰有一篇,專門辨析古代學制(即刻本《三禮》卷第二十八篇“論古制不明由於説者多誤,小學、大學皆不知在何處”),但現存初稿中并無此篇,無疑已在裝訂前佚失。

(二) 從初稿本看《經學通論》的修改

現存 100 多篇初稿,每篇都有文字或語句增删、變换、移動的痕迹,爲後人探究《經學通論》從初稿到定稿的變化提供了豐富細節。初稿本中的變動,大多屬即時性修改,諸如糾正失誤、潤飾文句、添加例證,少數屬後續性修改,往往對文稿作較大變動,關涉内容調整、材料增補或語意變化等。如《詩經》卷第二十篇"蓋笙詩本有聲無辭,如金奏、下管,皆樂歌而非詩"①,"聲"字原作"義",文意有誤,因此隨即旁改糾正。又如《春秋》卷第三十一篇刻本有一句:"然《左氏》記載誠善,而於《春秋》之微言大義實少發明,則陸淳《春秋纂例》嘗言之矣。"②句中"陸淳"初稿本原作"趙匡",皮錫瑞從旁作了改正,爲即時性修改,而"實少發明"四字,初稿本原作"全不相關",應是後來定稿時所改。現存初稿中,《詩經》卷變動最大,尤其《經學通論》稿本第三册第六、九、十三篇均論述如何解説《關雎》之義,與第三、四、五、七、十篇多有交叉、重複,經與刻本對照,發現第九、十三篇全部删弃,第五篇自"子曰:《關雎》樂而不淫,哀而不傷"分出(眉批"子曰以下另起一篇"),与第六篇後半部分組合爲一篇(即刻本第六篇),其前半部分也被删削。皮錫瑞曾在丙午年九月初三日記載:"得葵園書,付《詩論》來,云説《關雎》太多,又有意測,似宋人。其言甚是,當删去之。"這些文稿的删省、合并,顯然是接受王先謙批評後所爲。皮錫瑞在日記中另載修改《經學通論》某些篇目,也能在初稿本中得到印證。如四月十二日載"《列女傳》'太姒'一條可補入《詩》,記之",刻本《詩經》卷第五篇最末有夾行小注:"《列女·太姒傳》引《詩》曰'大邦有子',又曰'太姒嗣徽音',不引《關雎》,是《魯詩》不以《關雎》詩屬太姒之證。"③初稿本無此夾注,可見皮錫瑞根據日記提示,後來增添此注。又六月十五日記:"閲《雕菰樓集》,有可采者。林昌彝襲其説而没其名,可鄙。"《師伏堂經學雜記》第二册所收《三禮通論》第四十三篇初稿,引述"林昌彝曰:《周官》《儀禮》,一代之書也"長段文字,并作案語"林氏於三《禮》軒輊太過……","林昌彝"三字旁改作"焦循《禮記鄭注補疏序》",案語"林"字旁改作"焦",根據日記所載,可知皮錫瑞發現林昌彝抄襲後,即對文稿作了糾正。

經對照,《書》《詩》《春秋》《三禮》各卷多篇文稿中,均有過内容上的重大調整,往往初稿中有大段文字被删除,但主要内容尤其核心文字出現在下篇或後面某篇。以下試舉三例:

例一,《書經》卷第九篇論馬、鄭古文《尚書》説解多不可據,在"今馬、鄭注解猶存其略"下,初稿有一大段:"今考其説,多不可據。如以羲、和四子爲《周禮》六卿,不爲司天之官,而治天文與治民事之官制亂。二十二人,馬不數皋陶而數四岳,鄭不數四岳而數殳斨、伯與、朱虎、熊羆,而九官十二牧之官制亂。'若時登庸',馬云'欲用以代羲、和',遂啓孔疏求賢而薦太子之疑。'揖五瑞',馬曰'公、侯、伯、子、男所執',《白虎通》圭、璧、琮、璜、璋之義遂失。'同律',鄭以爲陰吕陽律,誤用《周禮·典同》之文。'四罪',鄭以爲'禹治水畢,乃流四

① 〔清〕皮錫瑞《經學通論·詩》,第38頁。
② 〔清〕皮錫瑞《經學通論·春秋》,第52頁。
③ 〔清〕皮錫瑞《經學通論·詩》,第8頁。

凶',未免王肅進退失據之譏。'弼成五服',馬、鄭皆曰爲方萬里,亦致王肅《書傳》無稱之誚。'于今五邦',馬、鄭不以爲遷殷後作,以爲商、亳、囂、相、耿而不數殷,與'于今五邦'之數不符。'沈潛剛克',馬曰:'沈,陰也;潛,伏也。陰伏之謀,謂賊臣亂子非一朝一夕之漸。君親無將,將而誅。'其説慘刻,非王者之道。'罪人斯得',鄭曰:'罪人,周公之屬黨與知居攝者。'王肅以爲横造,江聲謂荒誕不可從。'其在祖甲',馬、鄭皆曰武丁子帝甲也,與今文以爲太宗不同,與《國語》以帝甲爲亂君亦不合。鄭注《成王征》序,云:'此伐淮夷與踐奄,是攝政三年伐管、蔡時事。'不知踐奄在致政後,致《多士》《多方》編次皆亂。《君奭》,馬、鄭以爲周公既攝政致太平,不宜復列在臣位,故不説,似以小人之心度召公,不知是公居攝時作。此皆馬、鄭《尚書》傳、注之不可據者也。"此段不見於刻本,但其中關於"羲和四子""揖五瑞""同律""弼成五服"者見於第十二篇初稿,關於"羲和四子""若時登庸""四罪""于今五邦""罪人斯得""其在祖甲"及《成王征》《君奭》的内容,基本上移入第十三篇初稿并成爲主體内容。此爲初稿本各篇之間發生的内容調整。

例二,《春秋》卷第二十七篇初稿篇末説:"《左氏傳》創通於劉歆,昌明於杜預,二人皆不忠不孝,正孔子《春秋》所誅者。故自歆有章句,預有集解,不但《春秋》經爲所亂,即《左氏傳》亦爲所亂。歆,楚元王之後,其父向極言劉氏、王氏不并立,歆背父而助莽篡漢,劉逢禄以凡例爲歆增竄,故凡例有可疑者。預,杜恕之子,其父不附司馬氏而幽禁以死,預背父而助司馬篡魏,爲司馬懿之婿。焦循作《左傳補疏序》,謂杜預爲司馬氏飾,并爲己飾。《釋例》於弑君'稱君,君無道也'一條,亟揚其波,於鄭伯'射王中肩'之類,曲解其罪,非止諒闇短喪倡爲邪説也。"此段文字在刻本中消失,却出現在第二十八篇後半部分①。究其緣由,第二十七篇專論杜預解《左氏》"别异先儒,盡棄二《傳》"②,而第二十八篇一并批駁劉歆、杜預,此段文字與下篇主旨更合,因此整體移入,并略作改寫。此爲初稿本與刻本之間内容有所調整。

例三,《三禮》卷第四十二篇"論《王制》爲今文大宗,即《春秋》素王之制",自"鄭注皆以殷制解之,正與《春秋》變周之文、從殷之質相合"以下,初稿本寫道:"特鄭君未明言《王制》爲素王之制,故見其與《周禮》不合,故無以釋後儒之疑。自漢以後,古文盛行,今文師説中絶,説《春秋》者專據《左氏》以駁《公》《穀》,説《禮》者專據《周禮》以駁《王制》,一聞素王改制之義,皆瞋目扼臂以争之,於是六經之義不明,孔子删定六經爲後王立法之旨沈霾終古。國朝昌明漢學,漸推漸著,近人乃知《王制》一書即素王所改之制,發前人所未發。於是《禮》與《春秋》二經,始有可通之機;《王制》與《周禮》二書,亦無淆雜之患。治經者得此要訣,可以事半功倍,如昭青天而睹白日矣。竊謂治經讀注疏者,當從《禮記》始;讀《禮記注疏》者,當從《王制》始。《王制》體大物博,乃孔子所定

① 〔清〕皮錫瑞《經學通論・春秋》,第 47 頁。

② 〔清〕皮錫瑞《經學通論・春秋》,第 44 頁。

素王之制,以治後世之天下者。其法簡便,比《周禮》之繁重者爲易行。學者誠能通曉其義,仿用其法,以治今之天下,不必井田、封建,已足以甄殷陶周矣。"此段對《王制》性質的認定及與《周禮》優劣的比較,在刻本中得到强化,不僅篇幅遽增,語意也大變,對《王制》推崇更高,并借此暢發《公羊》"素王改制"之義,與皮錫瑞隨後有意改定《王制注疏》而撰作《王制箋》,在學術思想上一脉相承①。此爲初稿本與刻本之間内容不斷深化。

綜觀皮錫瑞對《經學通論》的衆多修改,從内容到形式,還有以下幾點引人矚目:

斟酌篇題:皮錫瑞在日記中特别提及補擬篇題"甚不易",現存多篇初稿即有標題改易之迹,雖僅一二字的增删、變换,却足以見出篇題頗費斟酌。如《書經》卷第十二篇標題"論古文《尚書》説誤以《周官》解唐、虞之制","誤"字屬添加,批駁之意流露無遺。又如《三禮》卷中,第二十三篇標題"論古人行禮有一定之例,拜禮分别,不厭其繁","拜禮"後改作"九拜",與篇中内容更相切合;第三十二篇標題中"不知《儀禮》十七篇乃孔子所作,不可詆毁","作"後改爲"定",一字之别,文意大异。

增加例證:皮錫瑞往往隨文增添例證,或後續補加注文。如《書經》卷第八篇論《白虎通》"多載今《尚書》説",旁添"陳壽祺曰:《白虎通義》用今文《尚書》",并眉批"夾行",是援陳壽祺以立説;《詩經》卷第三篇引述兩漢諸家言論,分析《魯詩》解《關雎》爲刺周康王詩,其中《漢書·杜欽傳》一條材料爲旁添,第二十篇論"六笙詩本不列於《詩》,故《史記》《漢書》皆云三百五篇","《漢書》皆"三字爲旁添,則屬增補證據。又如《三禮》卷第五篇論鄭玄《三禮注》"注極簡妙,并不失之於繁",皮錫瑞案語原引《檀弓》經、注文字作對比,指出"鄭注止數十字",却使當時情事歷歷如繪,稱贊"其文法如此簡妙",後來又在此例前以小字旁添一段:"《少牢饋食禮》經二千九百七十九字,注二千七百八十七字,《有司徹》經四千七百九十字,注三千四百五十六字,《學記》《樂記》二篇經六千四百九十五字,注五千五百三十二字,《祭法》《祭義》《祭統》三篇經七千四百六十字,注五千五百二十三字,皆注少於經。"增加這些數字作爲例證,言簡意賅,鄭玄注經精簡之妙更爲突顯。

明晰條理:如《書經》卷第一篇論及"今古文以《尚書》爲最糾紛難辨者",分别叙述《史記》引《書》究竟是歐陽今文抑或孔氏古文,漢代古文《尚書》有孔氏壁書、張霸百兩篇、杜林漆書本,以及歷代有關古文《尚書》的真僞之争,從初稿上可見,皮錫瑞在叙述中依次增添"此難辨者一""此難辨者二""此難辨者三",立即變得條理井然。又如第十七篇論述今文《尚書》"二十九篇篇篇有義,學者當講求大義",撮述各篇大義及其内容要點,繼以"觀此,知……"作闡述,諸如"《堯典》見爲君之義……觀此,可以知作史本紀之法

① 〔清〕皮錫瑞《經學通論·三禮》,第72—73頁。按,皮錫瑞在丁未年二月初十日記載:"閲《王制注疏》,欲改定一過,以《王制》爲孔子素王之制,可解周與夏、殷之紛,不知書能成否。"翌日又記"奮志作《王制箋》,録一紙",最後在八月間成書。

矣”“《西伯戡黎》見拒諫速亡、取以垂戒之義。觀此,知天命不足恃,而人事不可不勉矣”,極其扼要、清晰,而據初稿本,29 處“觀此,知……”全爲旁添文字,由此可見修改之效。

凸顯觀點:皮錫瑞每作評議,習慣以“案”字領起。從各册初稿本中,發現“案”前往往從旁添入“錫瑞”二字(不過偶有遺漏)。也有將“愚案”“愚謂”“竊謂”改作“錫瑞案”,或將引出評議文字的“然”“而”“不知”等改作“錫瑞案”,或徑直補入“錫瑞案”。這些細微增改,反映皮錫瑞後續修改時有意突出其一家之見。少數文稿本有“錫瑞案”,并無添改痕迹,可知此類文稿撰作時間稍晚。還有多篇初稿并無“錫瑞案”,刻本中却有此三字,應爲皮錫瑞定稿時所增。由此細節,更見《經學通論》屢經修改,决非一蹴而就。

校核引文:今人點校古籍時覆檢引文,每見文字、語意出入較大,認爲前賢引書多憑記憶。但從《經學通論》初稿本中,發現引文時有校正,推知皮錫瑞必定核過原書。如《易經》卷第 1 篇引董仲舒對策“爲政而不行,甚者必變而更化之”,“甚”字原脱,旁添;《書經》卷第十六篇引龔自珍《説中古文》“中古文之説,余所不信”,“余”原作“予”,旁改;《詩經》卷第四篇引《史記・外戚世家》“殷之興也以有娀,紂之殺也嬖妲己”,“紂”上原衍“而”,後删;《三禮》卷第四十一篇引《史記正義》“《樂記》者,公孫尼子次撰也”,“次撰”原作“所作”,旁改。此類改動極多,其實於文意無關緊要,却顯示皮錫瑞對所引原文的尊重。特别是《春秋》卷第二十三篇引《六經奥論》列舉八證力辨左氏非丘明,其中第七證提到“《左氏》序吕相絶秦、聲子説齊”,據《左傳》所載聲子史實,“齊”字應作“楚”,初稿已糾其誤,却從旁回改作“齊”,并添夾注“當作‘楚’,此誤”,如此忠實原文,可謂嚴謹之至。

(三)初稿本的校勘價值

《經學通論》在丁未年十二月印成行世,皮錫瑞先在廿七日閑中翻閲,自覺“訛字尚少”,但第二天重閲一遍,發現“尚有誤字”。事實上,全書文字訛、脱、衍、倒者較多。商務印書館 1920 年依據思賢書局刻本加以排印,略有校正,中華書局 1954 年采用商務館原紙型重印,又校改了少數訛誤。此後,潘斌、周春健和筆者的整理本也相繼作過校訂,校勘質量得以不斷提高。但因《經學通論》除思賢書局刻本外,并無他本可供參校,以往校勘主要通過覆檢引文、細審上下文及根據相應常識進行判斷,多屬他校、理校,必有局限。因此,現存 100 多篇《經學通論》初稿,無疑可爲校勘提供寶貴參校。筆者 2017 年底至 2018 年初有機會查閲全部初稿本,得以對《經學通論》重作校勘,糾正刻本訛誤 30 多處(詳見中華書局 2018 年繁體版)。通過檢對初稿本,既能對原來覆檢引文、審讀上下文時發現的訛誤加以確認,還能分辨這些訛謬是作者之失抑或手民之誤,使原先的他校、理校變成對校,更爲堅確可信。如《詩經》卷第十篇“論三家亡而毛《傳》孤行,人多信毛疑三家,魏源駁辨明快,可爲定論”,篇末案語説“三家亡，毛《傳》孤行，多信毛而疑三家”[1]，“多信毛”句無主語，可據標題補“人”字，其實此案語原爲第十二篇初稿之首句，本有“人”字，則校補更有依據[2]。再如《三禮》卷第三十五篇引《鄭志》趙商問《祭法》云“大夫立三廟，曰考廟，曰皇考廟”[3]，顯然脱漏一廟，可據《禮記正義》校補[4]，而初稿本“曰考廟”下有“曰王考廟”，可見脱誤之咎不在作者。又第四十二篇論及《王制》建國、立學、税民等制度，“鄭注皆以殷制改之，正與《春秋》變周之文、從殷之質相合”[5]，“改”字於文不通，初稿本作“解”則文從字順，可據以校正[6]，刻工或因“解”“改”二字湖南方言讀音相近而致誤。

筆者最近對初稿本細加檢核，發現刻本訛誤仍有數處漏校者，補述如下：

《書經》卷：第五篇引《後漢書·杜林傳》“雖遭難困，握持不離身”[7]，“難”字《後漢書》本作“艱”，初稿本也作“艱”，應校改。第七篇針對《漢書》所謂“遷從孔安國問故，遷書載《堯典》《禹貢》《洪範》《微子》《金縢》多古文説”，引述段玉裁之説，再作案語：“史遷從安國問故，《史記》所未載，不知班氏何據。若《史記》所引《尚書》，多同今文，不同古文。班氏所云，惟‘方六千里’同於賈、馬古文，‘思曰睿’與‘曰涕’同於馬、鄭古文。……皆不足爲《史記》用古文説之證。”[8]其中“方六千里”“思曰睿”云云，乃段玉裁爲班固所作辯護之詞，刻本作“班氏所云”，顯然有誤，初稿本實作“段氏”，當據以校正。第二十篇批評毛奇齡作《舜典補亡》：“采《史記》本紀之文列於其前，又取魏高堂隆《改朔議》引《書》‘粤若稽古帝舜曰重華，建皇授政改朔’冠於篇首，以代二十八字。朱彝尊《經義考》所説略同。不知高堂所引乃《中候·考河命》文，見《太平御覽·皇天部》引。”[9]初稿原無“朱彝尊”句，爲旁添小字，同時眉批“夾行”，則此句本爲皮錫瑞添加的夾注，刻工却誤作正文，當校正。

《詩經》卷：第三十三篇列舉刺詩，其中“《匏葉》刺幽王”句[10]，據《毛詩序》，《小雅·瓠葉》爲“大夫刺幽王”，刻本“匏”當正作“瓠”，初稿本已將“匏”字旁改作“瓠”。

《三禮》卷：第十三篇論《儀禮》不皆士禮，“若祭禮，則《少牢饋食》《有司徹》爲大夫禮；《鄉飲》《射》，士、大夫所通行；《燕禮》《大射》《聘禮》《公食大夫》，爲諸侯禮；《覲禮》，爲諸侯見天子禮，并非專爲士設”[11]，句中“《射》”上初稿本有

---

① 〔清〕皮錫瑞《經學通論·詩》，第 19 頁。
② 〔清〕皮錫瑞著，吴仰湘點校《經學通論》，中華書局，2018 年，第 171 頁。
③ 〔清〕皮錫瑞《經學通論·三禮》，第 58 頁。
④ 〔清〕皮錫瑞著，吴仰湘點校《經學通論》，第 322 頁。
⑤ 〔清〕皮錫瑞《經學通論·三禮》，第 72 頁。
⑥ 〔清〕皮錫瑞著，吴仰湘點校《經學通論》，第 339 頁。
⑦ 〔清〕皮錫瑞《經學通論·書》，第 9 頁。
⑧ 〔清〕皮錫瑞《經學通論·書》，第 13 頁。
⑨ 〔清〕皮錫瑞《經學通論·書》，第 37 頁。
⑩ 〔清〕皮錫瑞《經學通論·詩》，第 61 頁。
⑪ 〔清〕皮錫瑞《經學通論·三禮》，第 21 頁。

"鄉"字,刻本脱失,今應據補。同篇又引《士冠禮·記》"無大夫冠禮,而有其昏禮。古者五十而后爵,何大夫冠禮之有?公侯之有冠禮也,夏之末造也。天子之元子猶士,天下無生而貴者也",然後解釋:"據此,則天子之子冠,亦用士禮,其後乃别有諸侯之冠禮。"[①]從天子之子冠用士禮,到其後諸侯别有冠禮,文意明顯相隔,中間跳躍過大。今查初稿本"亦用士禮"後,另行寫"五十命爲大夫,未有大夫而未冠者。天子、諸侯未冠而立,蓋亦用士禮冠",直到行底,再另行寫"其後乃别有諸侯之冠禮",文意豁然貫通。因此,初稿本此一整行文字,疑爲抄刻者脱失,今應校注説明。第二十一篇"論宋儒掊擊鄭學實本王肅,而襲爲己説,以别异於注疏",篇末説:"宋人寡學,不盡知二家之説所自出,取王説之淺近,疑鄭義之博深;又以其時好立新説,鄭《注》立學已久,人多知之,王説時所不行,乃襲取之以爲己説。陳氏《禮書》大率如是,皆上誣前賢,下誤後學。"[②]初稿本於"陳氏《禮書》大率如是"一行有眉批"夾行小字",即改成夾注,作爲"宋人寡學"的例證,又删"皆"字,刻本均未從,今當校改。

《春秋》卷:第三十二篇論《公羊》《左氏》之争,言及鄭玄"雖先習《公羊》,而意重古學,常軒《左氏》而輕《公羊》,重其學者意有偏重,遂至《左氏》孤行"[③],其中"重其學者",初稿本作"承其學者",較刻本爲優,當作校注説明。第四十八篇論經、史分别,引劉敞之説:"經出於史,而史非經也。史可以爲經,而經非史也。譬如攻石取玉,玉之産於石必也,而石不可謂之玉;披沙取金,金之取於沙必也,而沙不可謂之金。魯國之史,賢人之記,沙之與石也;《春秋》之法,仲尼之筆,金之與玉也。金石必待揀擇追琢而後見,《春秋》亦待筆削改易而後成也。謂《春秋》之文皆舊史所記,無用仲尼者,是謂金石不待揀擇追琢而得,非其類矣。"[④]覆檢通志堂本、文淵閣四庫本《春秋權衡》原文,兩處"金石"均作"金玉",初稿本兩處同作"金玉",可知屬抄刻之誤,應加校正。

結　語

皮錫瑞身處晚清變亂之世,親歷經學教育由盛到衰的劇變,痛感"近世异説滋多,非聖無法,至欲以祖龍之一炬,施之聖經",因此趁在湖南高等學堂講授經學之機,用心編寫《經學通論》,期使新學後生"能窺治經之門徑"[⑤]。在新舊教育過渡之際迅速撰成的《經學通論》,縱論五經流變,推闡經學要義,無不深入淺出,"不難使天下生徒皆通經術"[⑥],不僅成爲新式經學教育的開創之作,而且成爲經學通識教育的經典之作,看似出乎意料。然而,通過翻閲皮錫瑞的日記,再研讀《經學通論》初稿本,深入了解《經學通論》從創始、撰寫、修改

① 〔清〕皮錫瑞《經學通論·三禮》,第21頁。
② 〔清〕皮錫瑞《經學通論·三禮》,第35—36頁。
③ 〔清〕皮錫瑞《經學通論·春秋》,第54頁。
④ 〔清〕皮錫瑞《經學通論·春秋》,第81頁。
⑤ 〔清〕皮錫瑞《經學通論·自序》,第1頁。
⑥ 〔清〕皮錫瑞著,吴仰湘點校《經學通論》,第98頁。

到謄抄、發刻、印行的完整過程,切身感受皮錫瑞的勤苦不懈、精益求精與謹嚴篤實,就會對這部看似快速編纂、實則精雕細琢的經學教科書充滿崇敬,不致信口雌黄,詆斥皮錫瑞"逞矯誣臆斷之能"①,却自蹈淺薄不經之弊。

(作者單位:湖南師範大學歷史文化學院、古籍整理與保護研究中心)

① 徐復觀《中國經學史的基礎·自序》,《徐復觀論經學史二種》,上海書店出版社,2002年,第3頁。按,對皮錫瑞《經學歷史》《經學通論》中某些公羊學主張的批評,民國年間頗不乏人,本屬近代經學今古文之争的餘波,但近年有人完全否定《經學通論》的主幹思想,實則昧於中國經學之真精神。

古典文獻研究（第二十五輯下）
Journal of the Institute for Chinese Classics Studies
Nanjing University
Volume 25, No.2 2022

俄羅斯國立圖書館藏宋刻本《三謝詩》的編刊、傳刻及利用*

丁延峰　王欣妮

“三謝”是指南北朝時三位著名文學家謝靈運、謝惠連、謝朓。東晉初，謝氏隨元帝南渡，遷居京邑建康(今南京)烏衣巷。作爲南朝四大士族著姓之一，謝氏不但在政治上頗有影響力，而且文化名人輩出，《隋書・經籍志》即著録謝安、謝道韞、謝靈運、謝莊、謝混、謝惠連等謝氏二十八家，詩文别集、總集多達五十餘種，“三謝”無疑是其中最爲奪目者。早在南朝梁時，即有大謝、小謝之稱，如鍾嶸《詩品》云：“小謝才思富捷，恨其蘭玉夙凋，故長轡未騁。《秋懷》《搗衣》之作，雖復靈運鋭思，亦何以加焉？”①“三謝”之稱始自北宋唐庚所編《三謝詩》②，自此“三謝”被定格，成爲南朝山水詩派創作成就最高的典型代表。“三謝詩”於宋後風行，至明代出現大量輯本，學界多有研討。關於《三謝詩》的版本，今俄羅斯國立圖書館藏有一部孤帙，係宋嘉泰譙令憲重修本，長期以來未引起學界注意。筆者曾於 2015 年 8 月、2016 年 8 月兩次赴莫斯科觀書，經詳盡勘對，頗有發現。兹將所得縷陳如次，以冀批評指正。

一　《三謝詩》的編刊

“三謝”詩文在北宋以前皆有單集流傳。關於《謝靈運集》，《隋書・經籍志》著録“宋臨川内史《謝靈運集》十九卷(原注：梁二十卷，録一卷)。”“《詩集》五十卷(原注：梁五十卷。又有宋侍中張敷、袁淑補《謝靈運詩集》一百卷)。”“《詩集鈔》十卷(原注：梁有《雜詩鈔》十卷，録一卷，謝靈運撰，亡)。”“《詩英》九卷(原注：梁十卷)。”另著有《回文集》十卷、《七集》十卷、《連珠集》五卷。可見

---

* 本文爲國家社科基金重大項目“存世宋刻本叙録”(20&ZD334)、山東省社會科學規劃研究項目“山東歷代私家藏書研究”(15CTQJ03)階段性成果之一。

① 〔清〕嚴可均《全梁文》卷五十五(下)《詩品》，馮瑞生校，商務印書館，1999 年，第 604 頁。

② 〔唐〕竇臮《述書賦上》云：“三謝之盛，八王之奇。”此處“三謝”指晉謝尚、謝奕、謝安兄弟三人，皆以書法知名，與本文所指“三謝”不同。

謝集唐初雖有亡佚,但大部分尚存。《舊唐書・經籍志》著録《謝靈運集》十五卷,又有《設論集》五卷、《連珠集》五卷、《策集》六卷、《晋元氏宴會游集》四卷、《詩集抄》一卷、《詩集》五十卷、《詩英》十卷、《新撰録樂府集》十卷、《回文詩集》一卷。《新唐書・藝文志》著録未見《晋元氏宴會游集》《策集》,又增加《七集》十卷。北宋書目未著録,可知北宋初已亡佚。《謝惠連集》,《隋書・經籍志》著録"宋司徒府參軍《謝惠連集》六卷(原注:梁五卷,録一卷)",《新唐書・藝文志》卷六十著録"謝惠連集五卷",可知在隋唐以前有五卷本。《崇文總目》未著録,南宋書目著録,民間當有集流傳。《謝朓集》,最早著録於《隋書・經籍志》:"齊禮部《謝朓集》十二卷,《謝朓逸集》一卷。"其後新舊《唐書》皆著録爲"《謝朓集》十卷",《崇文總目》著録爲"《謝玄暉集》十卷",南宋書目著録,可知《謝朓集》一直流傳,但卷數已少於隋唐、北宋。

(一) 編輯

三謝詩在以單集本流傳的同時,另一種流傳方式爲通過總集《文選》保存下來。除單集、總集兩種形式外,至北宋末産生另一種傳本——總集輯録本,即由唐庚自北宋刻本《文選》輯出《三謝詩》一卷。唐庚(1070—1121),字子西,眉州丹稜人。紹聖進士,善屬文,人稱"小東坡"。張商英薦其才,除提舉京畿常平。商英罷相,庚亦坐貶,安置惠州。會赦,復官承義郎,提舉上清太平宫。歸蜀,道病卒。著有《唐先生文集》二十卷、《唐子西文録》一卷等。《東都事略》及《宋史》皆有傳。關於唐庚輯録三謝詩的原委,《唐先生文集》卷九唐庚《書三謝詩後》有所交代,其内容與下述俄藏嘉泰本《三謝詩》所載蔣杲録唐庚跋悉同。又《唐子西文録》亦有《三謝詩》一條,曰:"《三謝詩》,靈運爲勝,當就《選》中寫出熟讀,自見其優劣也。"[①]據唐庚二跋可知:其一,唐庚本係據《文選》輯出;其二,入選者三人,取詩六十四篇,今本共六十六篇,謝靈運詩四十首、謝惠連詩五首、謝元暉詩二十一首,唐氏所記當疏忽誤計;其三,交代輯録原因及目的:《文選》有諸謝六人,謝莊無詩,謝瞻、謝混不工,惟此三人"漸有唐風""可以觀世變""自見其優劣也"。唐跋究竟作於何時,以上短文并未提及。據唐庚卒年,當作於宣和三年(1121)之前。《唐庚集編年校注》將此跋繫於宣和初年[②],雖無直接證據,但揆其原委,當亦可信。唐庚於宣和元年奉命赴京師(開封),并無職務,賦閑京師,寓居景德寺,期間與吕榮義、强行父交往頗多,讀書唱和,有充裕時間賞讀《文選》。再者從《文選》中輯録三謝之詩,亦需要時間,故於此時編纂《三謝詩》是有充分條件的。又,《唐子西文録》初成於宣和初年,再輯於南宋紹興八年(1138),其中亦載有唐庚《書三謝詩後》。據强行父序曰:"宣和元年,行父自錢塘罷官入京師,眉山唐先生同寓於城東景德僧舍,與同郡關注子東日從之游,實聞所未聞。退而記其論文之語,得數紙以歸。……舊所記更兵火,無復存者。子東書來,屬余追録,且欲得僕自書,云將置之隅坐,如見師

① 〔宋〕唐庚《唐子西文録》一卷,〔宋〕强行父輯,國家圖書館藏明萬曆夷門廣牘本。

② 黄鵬編著《唐庚集編年校注》,中央編譯出版社,2015年,第25頁。然云"惜《三謝詩》今已佚",則誤。

友。衰病廢忘,十不省五六,乃爲書,所記凡三十有五條。”可知强行父得到初稿是在宣和元年,日後始遭六丁之灾。紹興八年(1138),友人子東囑輯,行父憑記憶重輯爲三十五條,有關《三謝詩》的兩則分别爲第四則、第三十四則。其中第四則云“《選》中寫出熟讀”。據此可知,唐庚閲《文選》,并從中輯録《三謝詩》當在宣和元年或此前。但是否刊印,則未有交代。意者唐庚只是賞讀三謝詩,因興之所至,隨從《文選》中輯録成編,或有刊梓之意,但當時并未實施。橋川時雄跋珂羅本曰“子西原刊《三謝詩》一卷”,即唐庚刊梓乃臆測之詞,并無實據。

(二) 刊印

關於《三謝詩》的最初刻本,吴懌《宋本〈三謝詩〉考》有詳考,認爲是唐庚之子文若知江州時刊刻。江州即今江西九江,隋代先爲江州,後改九江郡,唐代改回江州,宋代置江州,治德化。《永樂大典》本《江州圖經》所載宋代江州刻書頗多,多與九江有關,或地方人物之作,如《陶淵明集》等;或曾在九江居官、流寓者之著作,如《白氏長慶集》《元次山集》等;還有地方官吏之書,如趙善瓌《自警篇》等。唐庚之子唐文若在宋孝宗年間知江州,極有可能於任内刊刻其父所輯《三謝詩》。文若(1106—1165),字立方,《宋史》《(嘉靖)九江府志》皆有傳。少英邁不群,爲文豪健,登進士第。岳珂《桯史》卷八《九江郡城》:“乾道間,蜀人唐立方文若來爲守,謂翰實屠城,而李成等寇亦嘗入郛殘其民,取陰陽家説,意劍所致,乃辟譙樓前地,築爲二城,夾樓矗其上,謂之匣樓,曰匣實藏劍。江人相勸成之,有日者過其下,曰:‘是利民而不利於守。’立方聞之,不以爲意,居一年,果卒官。”①文若在九江也有詩刻,詩題於甲申七夕,即隆興二年(1164),可知他在此前後任江州郡守,并刊刻這部《三謝詩》。無獨有偶,陸游之子知江州時,也爲其父刊刻《劍南詩稿》。② 吴氏所記,雖未有實證,但其推理不無道理。據《宋史》本傳,唐文若曾於紹興二十七年(1157)被劾狂誕,出知邵州。改饒州,移温州。知饒州期間,曾刊印父庚《唐子西文集》二十卷。《唐子西文集》在宋代多次刊印,其中第四次刊印即在饒州,即紹興二十九年(1159)唐文若饒州刻二十卷本。今存有此刻之抄本,從現存國圖所藏唐庚集宋槧之卷數爲二十卷及避諱等,與抄本均相合,復據祝尚書《宋人别集叙録》卷十四考證,當即紹興二十九年子文若權知饒州時所刊,世稱江西饒州刻本。③ 檢今存宋槧二十卷本刻工,湯斌、薛祐參與刻過宋紹興三十年(1160)饒州德興縣銀山莊溪董應夢集古堂刻本《重廣眉山三蘇先生文集》,兩本字體極似。可知唐文若在紹興二十九年於饒州確實刊印過《唐子西文集》。文若知饒州時間更長,有充足條件刊刻父著《文集》二十卷,隨後再刻僅有十八葉的父輯《三謝詩》一卷當亦順理成章。

當然,文若知江州雖不足一年即因病去世,但因刊梓《三謝詩》乃輕而易舉

① 〔宋〕岳珂《桯史》,中華書局,1981年,第86頁。

② 吴懌《宋本〈三謝詩〉考》,《文獻》2006年第3期,第63—64頁。

③ 祝尚書《宋人别集叙録》,中華書局,1999年,第670—671頁。

之事,於此刊行極有可能。《江州志・文籍》載"書板附"録有二十八種書版,其中即有《三謝詩》。蓋初刻完成後,版片保存於江州府。嘉泰間譙令憲發現其損缺,於是修補再印,其後修補版片復歸州府保存。如是饒州所刊,則需運至江州府;如是江州所刊,則徑入保存。但據《江州志》所載,則江州所刊可能性更大。又據文若知江州時間,可知刊於隆興二年(1164),故稱隆興二年唐文若江州刻本,比其知饒州時刊印《唐西子集》晚五年。

至明正德九年(1514)馬龠知德安,得其兄所藏宋刻《三謝詩》,并翻刻行世。陳金序曰:"背紙猶存宋淳熙年號。"馬龠《宋三謝詩後序》亦云:"偶獲宋《三謝詩》一帙……原本背紙尚識宋淳熙年號。"(見下)此南宋淳熙間公文紙刷印本,原刻當即唐文若隆興二年江州刊本。至淳熙時,版片尚未損壞,用淳熙公文紙再度刷印。至嘉泰四年,譙令憲知江州郡齋時版片已有缺損,於是重修再版。馬龠得公文紙本後刊於江西九江市南部的德安郡齋。從初刻至嘉泰重修,再至明正德馬龠翻刻,皆不出江西,以此可見江西人士傾慕陶謝之風尚。值得注意的是,今存馬龠本未見唐庚跋,或在淳熙時已佚去不存,而嘉泰重修本亦不見,可知唐庚跋佚去久矣。

二 俄藏宋刻本《三謝詩》的版本及重修

(一) 版本面貌

俄羅斯國立圖書館所藏宋刻本《三謝詩》一卷,索書號爲 3B2—16/114。全書一册,白紙,已裱糊,原爲蝴蝶裝,已改單葉裝訂,版心在內。間有漫漶之處,紙殘處偶有朱筆描補。凡十八葉,另有題跋及護葉四葉。無序跋目録。卷首首行低二格題"謝靈運",次行低六格題篇名"述祖德詩二首",次行正文頂格。卷末鎸題"嘉泰甲子郡守譙令憲重修",旁書"宋寧宗嘉泰四年",似蔣杲筆迹。次後第十七葉有康熙五十一年(1712)蔣杲録唐庚《書三謝詩後》,云:"江左諸謝詩文,見《文選》者六人。希逸無詩,宣遠、叔源有詩不工。今取靈運、惠連、元暉詩合六十四篇,爲《三謝詩》。是三人者,詩至元暉語益工,然蕭散自得之趣,亦復少減,漸有唐風矣。於此可以觀世變也。唐子西書。"[①]下署"康熙壬辰九月蔣杲録。"

其中補修之葉有第十四葉部分、第十七葉全部文字,其他間有補修,如首葉"資此永幽栖"五字、第二葉"首夏猶清"四字等。凡補修葉皆清晰,而原版則漫漶、斷版之處不少,如第二葉下半葉、第三葉、第六葉、第八葉中間、第九葉上半葉、第十葉上半葉、第十二葉下半葉、第十三葉上半葉等皆有斷版,另外還有多處細縫開裂,這些葉次均有不同程度的字畫脱落或漫漶模糊。嘉泰間修補葉亦有細微縫隙,疑嘉泰修版後印本。周叔弢批注《楹書隅録》云:"印不精,有

① 黄鵬《唐庚集編年校注》引録此跋,注云:"不詳作於何時何地,姑系於宣和初,唐庚在京師時。"(中央編譯出版社,2013 年,第 411 頁)

漫漶處。"[1]確如此言。

版框高寬爲20.6×27厘米。半葉十二行,每行二十二字,左右雙邊,雙魚尾。魚尾上鎸字數,下題"三謝""三謝詩""三謝寺",次下題葉次,最下題刻工。版心下端因殘損不全,刻工姓名難識,第十葉當是"黄"字。宋諱不謹,"玄""弦""泫""殷""桓"字缺末筆,第十葉上半葉第十行"桓靈今板蕩"之"桓"字缺末筆,其中遇"恒"(共出現五次)字必諱,又第十三葉下半葉"謝元暉",實爲避"玄"改爲"元"字;南宋帝諱不避,"樹""溝""講""敦""暾""廓"等不避,"構""購""慎""擴"等常用諱字皆未出現,重修部分未見避諱。

據唐庚《書三謝詩後》可知,所跋無疑就是專爲編輯《三謝詩》而作。但此宋槧《三謝詩》在流傳中,附於卷末的唐跋不幸佚去。《直齋書録解題》卷十五著録云:"《三謝詩》一卷,集謝靈運、惠連、元暉,不知何人集。《中興書目》云唐庚子西。"[2]可見陳振孫所見即爲無跋本。《文獻通考》著録同,《宋史·藝文志》著録"唐庚《三謝集》一卷",當皆無唐跋。考陳騤編撰的《中興館閣書目》成於淳熙四年(1177),而文若刊年爲隆興二年(1164),相差僅有十三年,唐跋仍存,《中興館閣書目》著録的當即有唐跋的隆興刻本。至嘉泰間或之前,則唐跋佚去。嘉泰本《三謝詩》至清初爲蔣杲所藏,蔣氏又將其補録於卷末,以還宋槧原貌。經核,嘉泰本所載唐跋與今存宋刻本《唐先生文集》卷九[3]録文一字不差,蔣氏當據此迻録。其後該跋又被宋胡仔《苕溪漁隱叢話前集·國風漢魏六朝下》、元馬端臨《文獻通考》卷二百三十《經籍考》五十七、明《永樂大典》卷八零八《宋詩話》等收録。

(二)嘉泰四年之重修

嘉泰本《三謝詩》後有重修牌記,云"嘉泰甲子郡守譙令憲重修","甲子"即嘉泰四年(1204),可知由郡守譙令憲重修、再印於是年。然"郡守"何地則并未言明。橋川時雄跋珂羅本云:"原刊于江右。""江右"指江西,具體何地并未指出,又云"惟譙令憲出處,博稽方志諸書,未詳其人"。考譙令憲(1155—1222),字景源,南宋初中期人,祖籍青州益都(今屬山東)。譙熙載次子。淳熙十一年(1184)進士,初授仙游縣尉,歷知錢塘、衡山縣。寧宗慶元五年(1199)主管官告院。嘉泰元年(1201),除司農寺主簿,遷太府寺丞,出知江州。開禧元年(1205),遷檢詳樞密院諸房文字。嘉定元年(1208),遷宗正少卿兼史職,請刊正韓侂胄當政時所修國史。嘉定八年(1215),提舉江東刑獄,又福建轉運判官兼知建寧府。有詩作,載《全宋詩》。嘉泰間(1201—1205)曾爲江州郡守,宋真德秀《西山先生真文忠公文集》卷四四《譙殿撰墓志銘》載"慶元五年,入主管官告院。遷太府丞、知江州"。知江州期間,曾刻石多方,如《王右軍十七帖》《紫極宫》等。"紫極宫"爲九江道觀,李白爲作《感秋詩》,蘇軾、黄庭堅皆有詩和

① 王紹曾、崔國光等整理訂補《訂補海源閣書目五種》,齊魯書社,2002年,第297頁。
② 〔宋〕陳振孫《直齋書録解題》,徐小蠻、顧美華點校,上海古籍出版社,2005年,第439頁。
③ 國家圖書館藏宋刻本《唐先生文集》二十卷(9637)。

之,譙令憲於嘉泰三年(1203)亦作詩和之:"余年四十九,濫分湓城竹。悠然望匡廬,秀色良可掬。遍思二先生,風流昔所獨。紫極感秋吟,北窗和月宫。藥餘還一采,契合苦負行。行年適相同,妙語難再復。嘉泰癸亥刻石。"[①]"湓城"即江州,"癸亥"即嘉泰三年,時譙令憲四十九歲,可知是年已來江州。同年曾於任上刊《松源和尚語録》并序之。至嘉泰四年,得府衙所藏壞版《三謝詩》重修後刷印。若《三謝詩》初刻本爲唐文若饒州刻本,因饒州、九江均屬江西,距離不遠,將十八塊板片運至九江并非難事;若爲江州刻本,則更便捷。又,國圖藏宋江州郡齋刻嘉泰四年(1204)嘉定十三年(1220)淳祐十年(1250)遞修本《輿地廣記》兩殘帙,其卷十九末題:"嘉泰甲子郡守譙令憲重修,淳祐庚戌郡守朱申重修。"卷二十九、三十一、三十五末題:"淳祐庚戌郡守朱申重修。"卷二十六末有三行牌記:"嘉泰甲子郡守譙令憲重修,嘉定庚辰郡守陸子虡,淳祐庚戌郡守朱申重修。"卷二十九、三十一末有"淳祐庚戌郡守朱申重修"一行等[②],可知譙令憲於嘉泰四年重修原江州郡齋刻本《輿地廣記》,并於此年再修《三謝詩》。兩本重修牌記内容全同,字迹仿佛,同時修版殆無疑問。又郡守朱申於淳祐十一年(1251)知江州時尚刻李心傳《道命録》五卷。考《江州志·文籍》"書板附"録有二十八種書版,其中即有《歐陽忞輿地廣記》《三謝詩》兩種[③]。再考《永樂大典》本《江州志》,實爲理宗末年子澄任職江州時所纂。根據記事最後年限,"大約成於寶祐至景定數年之間"[④],而宋寧宗趙擴嘉泰年號在理宗趙昀之前,則《江州志》所載《三謝詩》版片必爲嘉泰間譙令憲重修本,《輿地廣記》亦爲江州郡刻嘉泰間至淳祐十年(1250)遞修本。由上可知,譙令憲於任職江州兩年中,雅好題詩刻石、修版重印、新刻古籍等。其中《三謝詩》重修之迹,如第十七葉顯係整葉改刻。原版漫漶,筆畫較粗,而修版字迹筆畫較細,行間舒朗。從字體來看,至少有四種。首兩葉半、第九至十三、十五葉等字體粗重,歐體風格明顯,但與第十七葉的歐體風格不同的是,後者更加纖細,橫竪均匀;第三至七葉等横細竪粗一些;第十六葉字體與衆不同,顯爲單獨上版。從版面看,僅有十八葉,只需一兩名寫工即可,但字體頗雜,疑補版時當至少兩人參與寫刻,或經遞修。

九江爲文化淵藪,陶侃、陶淵明、黄庭堅、江万里等皆出於此,另有名宦如白居易、胡安國等。江州郡守素有藏書、刊書之習。《永樂大典》本《江州志》文

① 《永樂大典》卷六六九七(第3册),中華書局,1986年,第2701頁。此與《全宋詩》所載有异文。

② 傅增湘、趙萬里均定爲江州刻本,《藏園群書經眼録》卷五題"宋九江郡齋刊,嘉泰四年、淳祐十年遞修本",《中國版刻圖録》著録廬陵本時曰"另有江州刻本,郡守譙令憲、朱申重修"即指此本。

③ 《永樂大典》卷六六九七(第3册),第2696頁。

④ 黎傳記、易平《江西方志通考》(上)九江府(文籍)條"御書"下"今上作《新文弊手詔》""今上御書三清閣碑""今上《戒諭將帥敕書》"三項(黄山書社,1998年,第194頁),分别爲寶慶三年、淳祐元年、端平元年事,"今上"指宋理宗無疑。同條"誕節放生御書",記爲淳祐九年。又其餘各條稱"本朝""本朝太平興國""本朝相符""本朝嘉祐",此類甚多。據此可知,此《江州志》修於宋理宗朝,大約成於寶祐至景定數年之間。

籍門云:"有天下者,備天下之書;有一國者,備一國之書。九江爲文獻郡,經史百家,別於學官,藏於私塾。世所有者,未必無之。"[①]下列江州書籍、書目、書版目録,其中"書籍"凡一百零八種,以經史爲主;"書目"即江州應收圖書,開列書名一百六十四種,以江州地方史著作最多。"書板"即江州學官所藏書板,共二十八種,其中包括《三謝詩》在内的《自警篇》《白氏長慶集》《靖節先生集》《周子通書》《二程文集》,而《三謝詩》《輿地廣記》《東坡後集》《劍南詩稿》等宋槧本今仍存世。宋洪邁《容齋隨筆》稱:"元次山有《文編》十卷,李商隱作序,今九江所刻也。"[②]這些刊版多以本地名人或於此爲官者爲主,其中《三謝詩》雖爲唐庚所編,但其子唐文若知江州,亦與此地有關。類此者如嘉定十三年(1220)陸游長子陸子虡知江州時刊梓《劍南詩稿》。子刊父著,前後相繼。

關於俄藏本重修補刊於何地,又有不同説法。諸家多以爲宣城,《百宋一廛賦注》著録云:"卷中有嘉泰甲子郡守譙令憲重修云云,所謂宣城本者是也。"黄丕烈跋亦云:"近時大興朱竹君曾得宋刻,詫爲希有,舉以告五柳居陶君廷學曰:此宣城本也。"《郘亭知見傳本書目》卷十六上著録曰"卷中有嘉泰甲子郡守重修云云,所謂宣城者是也"。《辭海》亦云"南宋嘉泰間宣城刻"[③]。宣城,今處安徽東南部,距九江甚遠。謝朓曾知宣城,并有《之宣城郡出新林浦向板橋一首》等,後人編集,名以《謝宣城詩集》。但以上諸家并未言其所據,意者或據宋嘉定十三年(1220)洪伋宣州(宣城)郡齋重刻樓炤本《謝宣城詩集》五卷。據卷末樓炤、洪伋兩跋,可知該本先由樓炤刊於紹興間,其後宣州知州洪伋於嘉定間重刻,是謂宣州本。但考譙令憲履歷,并未至宣城任官,黄丕烈等言或爲臆想,而後人亦未再深入考證。橋川時雄斷言"非宣城本"。又,顧廣圻云廬陵,其《跋季滄葦藏輿地廣記後》云:"夫譙令憲、朱申皆自稱郡守而不署何郡,然則何郡耶?以余論之,二人皆廬陵郡守也。忞書之板何以在廬陵,以忞其郡人也。"廬陵即今吉安。首先按顧氏推理,《輿地廣記》乃歐陽忞所作,忞爲廬陵人,此書版自當廬陵人刊雕,其後廬陵郡守再刊之。這個邏輯因無確證難以成立。其次,譙令憲赴任廬陵一事亦未見載,顧氏所言誤矣。以上两種説法皆無確證,如考知譙令憲仕履行實,則不攻自破。

三 俄藏宋刻本《三謝詩》與《文選》之校勘及關係

據唐庚《書三謝詩後》可知,《三謝詩》實係從《文選》中輯出。但究竟采用何種底本,并未交待。《唐子西文録》載唐庚讀《文選》之《三謝詩》筆記一條:"謝玄暉詩云:'寒城一以眺,平楚正蒼然。'平楚,猶平野也。吕延濟乃用'翹翹錯薪,言刈其楚',謂'楚,木叢',便覺意象殊窘。凡六臣之陋,類若如此。"從此文可知,唐庚對包括吕延濟在内的六臣注相當熟悉,對三謝詩有獨到的理解,

① 《永樂大典》卷六六九七(第3册),第2694頁。

② 〔宋〕洪邁《容齋隨筆》卷十四,孔凡禮點校,中華書局,2005年,第187頁。

③ 《辭海》(文學分册),上海辭書出版社,1981年,第155頁。

而且指出吕氏及六臣釋注之陋誤。唐庚雖未指出所用爲何本,但毫無疑問唐庚讀《三謝詩》一定包括六臣的注,不然不會發出“六臣之陋”這樣頗有見地的評論。而唐庚輯録《三謝詩》當然是從讀本出,或徑從六臣注本出,或從李善注本出,或從五臣注本出。現存《文選》至少有八種宋刻本,其中刊印最早的爲北宋刻遞修本李善注本,僅存二十三卷;其他尚有宋淳熙八年(1181)尤袤池陽郡齋刻李善注本、贛州州學刻六臣注本、明州刻六家注本等。此外,朝鮮奎章閣活字印本亦非常重要。《三謝詩》保留在北宋刻殘本《文選》中的凡二十二首,保留於尤袤刻本或明州本、贛州本、奎章閣本《文選》中的凡六十六首,與嘉泰本《三謝詩》篇數正合。唐庚跋言六十四篇,蓋統計有誤。

今將嘉泰本《三謝詩》與北宋刻本、奎章閣本、尤袤本、陳八郎本四種有代表性的《文選》對校,亦見各本之優劣與源流。校勘發現:其一,嘉泰本《三謝詩》與諸本异文情况不一,如將差异較大的异體字計算在内,總計嘉泰本與北宋本《文選》异文一百一十處,與奎章閣本一百四十八處,與尤袤本二百六十六處,與陳八郎本一百一十三處。北宋本雖然最少,但因北宋本僅存二十二首,如按總數六十六首計,則异文當逾三百處,故與北宋本异文最多。其次爲尤袤本,再次爲奎章閣本,而與陳八郎本异文最少。整體上字義相同的异體字多於字義不同的异文。跨越兩宋,刊於各地,寫手書寫習慣已有很大不同,字義相同而寫法不同的异體字會有很多,亦屬正常。比較而言,字義不同的异文對於版本的學術價值判斷更有意義。據統計,嘉泰本與北宋本的這類异文六十八處,奎章閣本七十四處,尤袤本一百五十處,陳八郎本五十五處。北宋本稍多於陳八郎本,但若計其全部,當亦有二百餘處,异文最多。嘉泰本與諸本异文比例自多至少依次爲北宋本、尤袤本、奎章閣本、陳八郎本,其比例與包括异體字在内的全部統計一致。若按异文數量排比溯源,則嘉泰本《三謝詩》與陳八郎本、奎章閣本异文較少,文字更爲接近,而與北宋本、尤袤本差异較多,當非同源。故嘉泰本之底本(即南宋隆興刻本)或出於陳八郎本、奎章閣本的祖本,而非北宋監本或尤袤本的底本。張富春將嘉泰本《三謝詩》與奎章閣本《文選》、尤袤本李善注《文選》對勘,據嘉泰本與奎章閣本异文少、而與尤袤本多,判斷嘉泰本與奎章閣本爲同一系統,而與尤袤本不屬同一系統[①]。以上异文中,寫法、字義皆不同的主要體現在三點:

(一) 嘉泰本校正諸本之誤

校勘發現,諸本中北宋本《文選》訛誤最多,達十五處。因北宋本僅存二十二首,若按全部六十六首計算,則訛誤當有四十餘處。北宋刻本由國子監校梓,本不應出現如此現象,但現存的這個北宋殘本訛誤頗多確爲客觀事實。揆其原因,此殘本爲遞修本,修補甚多,校勘不審。再者,原北宋監本可能也確實存在一些問題,這也是秀州本不采用監本白文而采用孟氏本的重要原因。尤袤本訛誤亦不少,如嘉泰本《三謝詩》謝靈運《初發都一首》“永絶賞心晤”之

① 張富春《宋本〈三謝詩〉文選學價值考論》,《中州學刊》2007年第2期,第201—203頁。

“晤”，尤袤本作“悟”，尤袤本李善注曰：“言今遠游，將窮山海之迹，賞心之對，於此長乖。鄭玄《毛詩箋》曰：晤，對也。”陳八郎本“翰曰：晤，對也。言我將尋山水，窮盡其迹，與賞心之友長絶，不可復得相對而言。”故作“晤”是。謝惠連《秋懷》“皎皎天月明，奕奕河宿爛”之“奕奕”，尤袤本作“弈弈”，誤。音同義异。《玉篇》《廣韵》：“弈，博弈也。美貌也。”《説文》：“弈，圍棋也；奕，大也，行也，美容也。”王觀國《學林》卷九云：“世俗書弈、奕二字，不豫分二字之義而書之，或從廾，或從大，混而無别，則害於義矣。”①謝靈運《入華子岡是麻源第三谷一首》“銅陵映碧澗”之“澗”，尤袤本獨作“潤”，范志新《文選何焯校集證》專有考證，何校云“潤”字爲“澗”字之訛，斟證云：“尤本同。奎本以下諸六臣注本悉作‘澗’，校云：善作‘潤’。五臣正德本、陳本作‘澗’。尤氏《考异》曰：五臣‘潤’作‘澗’。孫氏《考异》曰：潘校從五臣改‘澗’。胡氏《考异》曰：‘潤’，當作‘澗’，袁本、茶陵本作‘澗’，云善作‘潤’。案：各本所見皆非也，潤字不可通，但傳寫誤。梁氏《旁證》曰：六臣本‘潤’作‘澗’是也。作‘潤’，但傳寫誤。《藝文類聚》卷六、《海録碎事》卷三下、《古今事文類聚》前集卷十四、《記纂淵海》卷十一等悉作‘澗’。謹案：五臣作‘澗’，銑注可證。何校、兩《考异》、梁氏、嘉德説皆是。李善亦作‘澗’。尤本蓋誤從明、贛二本校語。毛本則誤從尤本耳。”②從語境來看，“潤”字顯然不妥，蓋形近而誤。謝靈運《登池上樓一首》，尤袤本獨脱“衾枕昧節候，褰開暫窺臨”兩句。謝朓《酬王晋安一首》“梢梢枝早勁，塗塗露晚晞”之“晞”，尤袤本作“稀”。陳八郎本注云：“向曰：梢梢，樹枝勁彊無葉之皃。塗塗，厚也。言厚露晚乾。晞，乾也。”《詩經·秦風·蒹葭》云：“蒹葭萋萋，白露未晞。”故“晞”字是，“稀”字誤。謝朓《和伏武昌登孫權故城詩一首》“俯仰流英眄”之“眄”字，北宋本、尤袤本皆作“盼”，胡克家《文選考异》謂“盼”本作“眄”（奎章閣本），“眄”即“眄”之别體字，李善注《好色賦》即作“眄”（指唐抄《文選集注》本，非尤袤本）。《輯存》曰：“通常訛作‘盼’。李善注引《好色賦》，集注本作‘眄’，是。”“眄”，从目，丏声，本義斜視。《説文解字》：“眄，目偏合也。”《倉頡篇》：“旁視曰眄。”唐抄《集注》本曰：“《好色賦》曰：竊視流眄。”按語境，“眄”是。其中諸本不誤，而尤袤本獨誤者二十處，又與北宋本同誤者八處，合計二十八處。此外奎章閣本十五處訛誤、陳八郎本十三處訛誤。從訛誤多少來看，陳八郎本是訛誤最少的本子，其次爲奎章閣本，再次爲尤袤本，北宋本最劣。以上諸本之訛誤，皆可據嘉泰本《三謝詩》校之。當然，或言他本亦可校勘，但如以嘉泰本《三謝詩》校之，可再添一實證！同樣，諸本不誤，而《三謝詩》亦不誤，則亦可添一證據。從這個意義上，《三謝詩》可進一步發揮夯實文本基礎的作用。

（二）諸本更正嘉泰本之誤

諸本不誤，《三謝詩》獨誤者，有賴宋槧《文選》校正。謝靈運《登池上樓》有一傳世名句——“池塘生春草，園柳變鳴禽”。謝氏曾對人説“此語有神助，非

① 王觀國《學林》，中華書局，1985年，第258頁。

② 《文選何焯校集證》，河南大學出版社，2016年，第662頁。

吾語也”,可見其甚爲得意。鍾嶸《詩品》引《謝氏家録》:“康樂每對惠連,輒得佳語。後在永嘉西堂,思詩竟日不就,寤寐間忽見惠連,即成‘池塘生春草’。”然後句“變”字,獨嘉泰本《三謝詩》作“雙”,而奎章閣本、陳八郎本、尤袤本等皆作“變”。難道是北宋期間確有一個作“雙”字的版本在流行? 檢唐初歐陽詢《藝文類聚》卷二十八人部十二“游覽”類摘録謝詩,作“變”。可知唐初時流行的謝詩已作此字。南宋魏慶之《詩人玉屑》卷三引黄徹《䂬溪詩話》:“劉昭禹云:……昔人‘園柳變鳴禽’,竟不及‘池塘生春草’”。劉昭禹,字修明,桂陽人,生卒年不詳,生活在後梁太祖開平中(約 909)前後。説明在五代初時流行的與唐初相同。北宋初樂史撰《太平寰宇記》卷九十九《江南東道十一・温州》引此詩亦作“變”。北宋惠洪《冷齋夜話》卷三引舒公云:“‘池塘生春草,園柳變鳴禽’之句,謂有神助,其妙意不可以言傳。”惠洪與唐庚同齡,晚唐庚謝世七年。稍晚的葉夢得《石林詩話》亦作“變”。除宋槧《文選》外,以上亦可佐證自唐初至兩宋通行的皆爲“變”字,則嘉泰本實爲孤證,當因形近而誤。陳元勝對“雙”字進行了長篇辨賞與藝術構思分析:“詩人生病卧對一冬的‘空林’,而今不僅園柳上有鳴唱的鳥兒,而且是成雙配對地在那兒歌唱! ……况且連那鳥兒都是‘雙栖’歡唱,詩人怎能不感傷。”①殊不知“雙”字不僅在詩意理解上已不合上下意境,且在律對上與前句“生”失對,而“變”對“生”則工對。李文初曾有長篇專論討論該字優劣,駁斥陳説,從史料及版本上論證“雙”字“很可能就是一個訛字”,唯獨《三謝詩》作“雙”是個“孤證”,而“變”字則是一直以來的通行用字,并進一步從詩意語境上解讀②。再檢明正德九年馬龠刻本《三謝詩》,亦作“雙”,而後出的正德十六年胡瓊刻本發現其誤後,即改爲“變”。考馬龠本出於南宋隆興刻淳熙間印本《三謝詩》(見下),印本要早於嘉泰重修本,説明此字并非修補字,再檢嘉泰本此字,確實没有修補痕迹,可知底本南宋隆興二年刻本即作“雙”字。嘉泰本尚有不少這類形近而誤的情况,“變”與“雙”又形近,則原隆興本極有可能寫刻錯誤,重修的嘉泰本亦未改正。此類訛誤尚有不少。如嘉泰本《三謝詩》謝靈運《擬鄴中咏八首》之《徐幹》“外物始嘆畢”,其“嘆”字,諸本皆作“難”,據上下文意,是。謝靈運《九日從宋公戲馬臺集送孔令詩一首》“鳴葭戾宋宫”之“宋”字,諸本皆作“朱”,是。謝朓《和伏武昌登孫權故城詩一首》“聖期缺中壤,霸功興寓縣”之“寓”字,諸本皆作“寓”,是。謝朓《始出尚書省一首》“既通金閨籍”之“金閏”,諸本皆作“金閨”。李善注曰:“金閨,即金馬門也。謂爲尚書郎也。”《漢書》亦引此,獨《三謝詩》誤。謝朓《和王著作八山詩一首》“日隱澗凝空”之“凝”,奎章閣本、陳八郎本等皆同,惟尤袤本作“疑”。胡克家《文選考异》謂:“‘疑空’與‘如複’偶句。各本作‘凝’,但傳寫誤耳。”從上下文意來看,“凝”字當誤。經統計,嘉泰本顯誤者四十三處,多爲形近致誤,其寫刻粗疏可見一斑。

---

① 《詩品辨讀》,安徽教育出版社,1994 年,第 254—258 頁。

② 李文初《“園柳變鳴禽”的版本异文及鑒賞問題》,《漢魏六朝文學研究》,廣東人民出版社,2000 年,第 380—384 頁。

(三) 意義不同,或相近,或可兩解

由於注者使用的底本不同,注者也在尋求符合底本的解釋,雖有勝遜之別,亦可姑存一説。嘉泰本《三謝詩》謝朓《郡内高齊閑坐答吕法曹詩一首》"若遺金門步,見就此山岑"之"此"字,尤袤本作"玉",注曰:"《解嘲》曰:'歷金門,上玉堂。'《穆天子傳》曰:'癸巳,至群玉之山,容氏所守,先王之謂册府。'郭璞曰:'即《山海經》玉山,西王母所居者。'皇甫謐《釋勸》曰:'排閶闔,步玉岑。'"然陳八郎本曰:"向曰:金馬謂金馬門。言若能遺金門步,當見就我此山中也。"尤袤《李善與五臣同异》:"善注:群玉之山。五臣作此山。注:就我此山中也。"則"此""玉"皆可通,從律對上,"玉"字更适。若就詩意而言,"此"勝於"玉"。謝靈運《登池上樓》"徇禄及窮海",尤袤本、陳八郎本"及"皆作"反","及",到;"反"同"返",據上下文語境皆可通。嘉泰本謝靈運《擬魏太子鄴中集詩八首》之《王粲》"宛郢皆掃蕩"、《劉楨》"南登宛郢城","宛"字,奎章閣本、陳八郎本皆同,而北宋本、尤袤本則作"紀"。北宋本李善注引杜預《左氏傳注》曰:"楚國,今南郡江陵縣北紀南城也。"陳八郎本:"銑曰:……宛、郢,二縣名。南登者,從征劉表。"沈括《夢溪筆談》卷五《世稱善歌者曰"郢人"》云:"謝靈運《鄴中集詩》云:'南登宛郢城。'今江陵北十二里有紀南城,即古之英都也,又謂之南郢。"《古詩紀》注謂"宛"一作"紀"。若作紀郢,則指紀南城。據此可知,宛、紀當皆可通。嘉泰本謝靈運《田南樹園激流植援一首》之"援",諸本皆作"援",張銑注曰:"引流水種木爲援,如墻院也。援,衛也。"獨奎章閣本作"楥",并非無意,《爾雅·釋木》作"柜柳"。俗作"楦"。激流之中植"楥"以起緩冲作用,未嘗不可。嘉泰本謝靈運《鄰里相送方山》"指期憩甌越","指期",不日;尤袤本《文選》作"相期",明正德馬龠本同,"相期"有期待、相約之意。兩意皆可。本詩叙與建康親友惜别之情,表達"永幽栖"之意,抒發對權臣之不滿情緒。著一"憩"字,已達其意,而"不日"更進一層,故有盡快之意,自當包含"相期"。嘉泰本之意更長。《謝靈運集校注》不從"指",可商榷。"相"或爲形近而异,然亦可解。謝靈運《九日從宋公戲馬臺集送孔令詩一首》"和樂信所缺"之"信",尤袤本作"隆";謝朓《晚登三山還望京邑一首》"澄江静如練"之"静",北宋本作"净",等等,皆可雙解。

通過將嘉泰本《三謝詩》與有代表性的宋槧《文選》諸本對校,可清晰見出嘉泰本的真實文本面貌。同時,《三謝詩》作爲徑出於北宋本《文選》的選本,版本价值不可小覷。對於《文選》而言,《三謝詩》可作爲一個外在的視角,關照《文選》在宋代的校刊情况。這大概也是《文選舊注輯存》將其作爲校本的原因。就《三謝詩》而言,《文選》更爲其提供了新的研究視角。在無其他證據可徵的情况下,對校异文是理清兩個文本系統源流關係及評估其學術價值的最有效方式。首先,關於嘉泰本《三謝詩》與宋槧《文選》的源流問題,宋槧《三謝詩》與陳八郎本之五臣注本异文最少,奎章閣之六臣注本次之,這三個版本應是同一系統,《三謝詩》或出於這兩個版本的底本。由於奎章閣本使用的底本分别爲孟氏五臣注本與北監李善注本[①],故唐庚輯録《三謝詩》所用底本很可能就是訛誤最少的孟氏五臣注本,而并未使用訛誤較多的北監李善注本。這同秀州本校刊者選擇底本一致。此外,嘉泰本《三謝詩》中謝靈運詩兩首之《齋中讀書》在前,《田南樹園激流植援》在後,獨與陳八郎本同,而北宋本、奎章閣本、尤袤本等皆倒置。橋川時雄跋珂羅本曰:"《齋中讀書》詩與《南樓中望所遲客》錯置,是乃原編小失,未足爲白璧微瑕也。"此"《南樓中望所遲客》"實爲《田南樹園激流植援》,嘉泰本《三謝詩》依次爲:《南樓中望所遲客》《齋中讀書》《田南樹園激流植援》。橋川時雄指其"原編小失""白璧微瑕",實際上未知有所本也。以此爲證,唐庚輯本《三謝詩》很可能出於陳八郎本的底本,即孟氏五臣注本。唐庚是知名學者,熟讀精研《文選》,對其文本的學術判斷是準確的。其次,就《三謝詩》與宋槧《文選》的學術價值問題,客觀地講,《三謝詩》存在訛誤較多,僅次於北宋本,再就是尤袤本,訛誤最少的爲陳八郎本及奎章閣本。這樣的學術判斷,對於我們研究《三謝詩》文本源流及學術價值無疑是一個重要啓示,即如果要整理校注《三謝詩》,應以訛誤最少的陳八郎本爲底本,儘管嘉泰本爲獨立的文本,但其訛誤遠多於陳八郎本。當然,陳八郎本亦有訛誤,需要《三謝詩》校勘,因此可將其作爲校本,而未可作底本。

四 《三謝詩》宋刻本之傳刻

《文選》選取謝氏六家,説明在蕭統時代,以謝氏爲代表的文學創作具有强大的影響力。至北宋時期,唐庚將其中謝靈運、謝惠連、謝朓三家單獨拎出,命名編集,從而確立三謝在謝氏及魏晋六朝詩壇的特殊地位。從此之後,以"三謝"命名的傳本屢次翻刻,并出現多個輯本。因此,三謝詩地位在北宋的確立,唐庚的命名與輯本的實際貢獻無疑是最重要的因素。經考察,據唐庚輯《三謝詩》宋槧而出的版本多種,今存世者有明正德九年馬龠刻本(今藏國圖)、正德十六年胡瓊刻本(今藏國圖)、明嘉靖本(今藏日本東京大學東洋文化研究所)、明刻本(天一閣博物館)等,其中馬龠本之底本紙背上有"淳熙年號",説明實由淳熙間公文紙刷印而成,則其刊印至少在南宋孝宗之時或以前。

爲進一步明確明刻諸本之源流與學術價值,今將嘉泰本《三謝詩》與明正德馬龠本、胡瓊本、嘉靖本對校,而天一閣藏本因未見而未校。通過校勘發現,嘉泰本與諸明本异文最多的還是异體字。儘管明正德馬龠本源於宋隆興刻淳熙印本,嘉泰本亦源於隆興本,而將其與嘉泰本相校,仍有异文五十九處。這些异文,屬於异體字、通假字、繁簡字的較多,凡二十三個,而校正嘉泰本誤字亦有二十二個,如嘉泰本《過始寧墅一首》"山行窮登頓,小涉盡洄沿","小"字顯誤,馬龠本改爲"水",律工意通,嘉泰本乃形近而誤。嘉泰本《擬魏太子鄴中集》之《王粲》"林馬赴楚壤","林"字誤,馬龠本改爲"秣",當是。嘉泰本《七月七日夜咏牛女詩一首》"雲漢有靈恠"之"恠",馬龠本作"匹",兩字差异較大,當

① 孔令剛《奎章閣本〈文選〉研究》,河南大學出版社,2014年,第5—10頁。

是有意校改。他如籣改作蘭、宋改作朱、荅改作苔、一改作八、況改作汎、達改作遭、賊螯改作螯賊、欺改作飲、慶改作度、濁改作湄、送改作遠、滋漿改作滿葉、雙改作聳、元改作光、閩改作闉、樂改作榮、興改作异、寓改作寓、借改作惜等,説明校刊者還是下了一番校勘功夫的。有些字形差异較大,或爲有意改之,如指改作相、秀改作色等,或可雙解。通觀這些校改,有的屬於馬龠本獨有的,而大多數同尤袤本或陳八郎本,可知馬龠本亦參校過這些本子。當然,自生新誤亦有十個,多爲形近而誤,如睇誤作睎、反誤作及、精誤作情、冒誤作冒、池誤作泄、霊誤作虚、理誤作里等,可知其校勘亦有疏忽之處。

嘉泰本與明正德胡瓊本、馬龠本對校,共有八十多處异文。其中嘉泰本與胡瓊本同者十六處、异者七十三處,與馬龠本同者五十六處、异者十五處。從胡瓊本與嘉泰本有多達七十多處异文來看,胡瓊本必不出於嘉泰本。胡瓊本與馬龠本多同,不僅通假字、异體字等多同,有些較罕見字亦同,如"悄""泌""嵓""遡""巽""覩""辤""胥""荅""泒"等;甚而馬龠本字誤者,胡瓊本同誤,如葭作家、睇作睎、精作情、理作里、友作功、池作泄、籣作蘭、宋作朱、反作及、尊作導等。胡瓊本异文與馬龠本最少,异者幾乎全是形近而异,當即因校刊粗疏所致。僅有數處明顯不同,如《富春渚一首》"翻始果遠諾"改作"始果遠游諾",同尤袤本,所改當是,文字和語序與嘉泰本皆有較大差异,當據尤袤本校改。整體上胡瓊本與馬龠本文字高度一致。此外兩本避諱字出句及避諱字相同,行款亦完全相同。則胡瓊本源於馬龠本,當無疑問。前揭胡瓊本兩序源出宋本,通過以上對校,其説不可信。張原所藏所謂"古鈔本"當是一個據馬龠本而出的抄本,只是失去卷首序跋,且其因卷中有宋諱而被誤認爲據宋槧抄出,這一點應該澄清。

胡瓊本源於馬龠本,但亦有馬龠本不誤而胡瓊本獨誤者,如馬龠本《富春渚一首》"洊至宜便習"之"洊"字,胡瓊本誤作"游"。《休沐重還道中一首》"霑沐仰清徽"之"沐",胡瓊本誤作"休"。《擬魏太子鄴中詩集·王粲》"寂寥梁楝響"之"楝",胡瓊本誤作"褳"。《應瑒》"馬林預艱阻"之"馬",胡瓊本誤作"烏"。這些皆屬新生的形近而誤。馬龠本有誤,胡瓊本絶大部分仍沿其誤,雖有校改,但大部分没有改過。胡瓊本亦間有調整不妥之處,如嘉泰本第九葉下半葉第六行詩題"擬魏太子鄴中集詩一首",下爲小序,序後爲八首擬詩:魏太子、王粲、陳琳、徐幹、劉楨、應瑒、阮瑀、平原侯植。據李善注《文選》原題爲八首,與以下八首相合,故"一"乃手民之誤。馬龠本、胡瓊本"一"皆改作"八",是。馬龠本其他題同,而胡瓊本首題"擬鄴中集詩八首",脱"魏太子"三字;次行署題"魏太子",序文皆低一格,序後爲八首擬詩。胡瓊本將首篇詩作前的"魏太子"移至序前,且序文皆低一格,意指序文爲魏太子所作,非也,而首篇詩作又不署詩題,脱誤。嘉泰本、馬龠本則序前不署、首篇詩前署"魏太子",序文皆頂格,眉目清楚,而胡瓊本這個調整顯然欠妥。當然,亦有可能馬龠本不誤,而源自馬龠本的"古鈔本"有誤,遂致胡瓊本出現异文或訛誤。將胡瓊本對校嘉泰本,確可改正嘉泰本一些訛誤,但并非胡瓊本之功,實際上是馬龠本早已改過。整體來看,胡瓊本又下馬龠本一等。

明嘉靖本比较忠實於嘉泰本。嘉靖本在與嘉泰本、馬龠本、胡瓊本的對勘中,同嘉泰本者三十二處、同馬龠本者十一處、同胡瓊本者十二處,同胡瓊本者大部分同馬龠本,可知與嘉泰本相同者最多,當然嘉泰本誤者,嘉靖本亦沿襲未改。就异文而言,與以上三本有六十二處,其中與嘉泰本二十九處,與馬龠本四十七處,與胡瓊本四十八處,可知與嘉泰本异文最少。故從异文之同异數量對比,皆與嘉泰本最爲接近。嘉靖本與嘉泰本异文中含義相同的异體字最多。當然,嘉靖本爲殘本,如全校,异文可能更多,但與各本异文或同文比例當不變。又,避諱字亦同,如嘉泰本第四葉上半葉《廬陵王墓下一首》第六行"神期恒若存"、第九行"通蔽玄相妨"兩句中,"恒""玄"字皆缺末筆,第七葉下半葉《道路憶山中一首》第六行"恒苦夏日短"、第八葉上半葉第八行"恒充俄頃用"之"恒"皆缺末筆,嘉靖本亦缺。對嘉泰本一些訛誤,亦偶有改正,如詩題"擬魏太子鄴中集詩一首",其下本有八首,此題"一首"者顯誤,嘉靖本發現其誤,於是改作"八首"。但整體上校改不多。當然亦未参校《文選》及類書等。嘉靖本與嘉泰本同者最多、异者最少,且避諱相同,這些都説明嘉靖本翻刻嘉泰本當無疑問。

天一閣藏本因無法閱覽而未能校勘,其詳情未知。從行款來看,馬龠本、胡瓊本及嘉靖本并未按照原宋本款式,行數縮爲十行,行字除天一閣藏本外,其餘三本全爲二十字。每行二十字正好每行五言四句,非常適合閱讀斷句。就以上三部而言,從源流來看,明正德馬龠刻本源於南宋隆興刻淳熙間印本,底本比嘉泰本早,可一窺隆興本面目,非常難得。正德胡瓊本源於馬龠本,明嘉靖本源於嘉泰本。從校勘質量上,馬龠刻本最佳,其次爲嘉靖本,可惜殘缺不全,惟謝靈運詩全録,再次爲胡瓊本。各本在校刊時又多參考尤袤本或其他本《文選》,故對底本有不同程度的校正,但亦各有訛誤。同嘉泰本一樣,淳熙印本爲源頭之本,非常重要,惜今已不存。而由此産生的諸多後世傳本在傳播三謝詩上發揮了重要作用,進一步鞏固三謝的詩學地位。

五 影響、利用及價值

三謝詩的命名、編輯成册及宋刻本的刊印,對傳播三謝詩産生重要影響。唐庚首次以"三謝"命名,是對"三謝"文學創作成就及風格的肯定。這從中外學者數百年來的論述即可看出。文政七年(1824)日本學者松崎復云:"唐宋詩人每云'陶謝',又云'三謝'。世疑'三謝'之爲誰誰久矣。物色半世,得之《唐庚語録》。"[①]橋川時雄曰:"三謝之名,則創於子西矣。"[②]自唐庚後,"三謝"之名屢次出現,并成爲一個流傳廣泛的固定名詞。談六朝之詩,必言"三謝"。南宋劉克莊云:"詩至三謝,如玉人之攻玉,錦工之織錦,極天下之工巧組麗,而去建

---

① 《三謝詩》一卷,日本九州大學藏日本文政七年(1824)玉山堂山城屋刻本,第28頁。

② 橋川時雄《宋嘉泰重修三謝詩書後》,《三謝詩》卷末,1934年珂羅本,第4頁。

安、黄初遠矣。”[①]雖批評三謝詩遠離現實，但另一方面也承認其詩歌“工巧組麗”。元陳繹曾《詩譜》云：“（郭璞）構思險怪而造語精圓，三謝皆出於此。”[②]至明代，流行更廣。明宋濂《答章秀才論詩書》云：“元嘉以還，三謝、顔、鮑爲之首。三謝亦本子建而雜参於郭景純……”[③]明謝榛云：“詩至三謝，乃有唐調。”[④]明王世貞云：“三謝固自琢磨而得，然琢磨之極，妙亦自然。”[⑤]清李懷民輯評《重訂中晚唐詩主客圖》之張籍《江南春》云：“此景到處有之，何必是江南？曰：只如此便寫得江南春出。此可爲知者道。讀三謝詩，當明此例，以下皆可類推矣。”[⑥]這些詩論對三謝詩特點、創作成就、形成淵源及對後世影響等方面進行評價概括。諸家引用唐庚《書三謝詩後》者亦多，如南宋何汶《竹莊詩話》卷四《六代下・三謝》、元馬端臨《馬端臨詩話》第一七五《謝宣城詩集》條、清吴淇《選詩定論》卷十四（清康熙刻本）等。有的重輯本雖不用唐輯本，但收録唐庚跋，即充分説明唐庚命名及輯本的影響與作用。如果説唐庚命名標志着“三謝詩”概念形成的話，那麽唐庚輯本、隆興刻嘉泰重修本則使“三謝詩”的傳播有了具體憑藉。正是在這一背景下，嘉泰本肇始出現，其他輯本亦陸續産生，與嘉泰本一起形成衆星拱月的局面，“三謝詩”的詩學地位從理論到實踐愈加得到鞏固。可以想象，如果没有宋刻本，就不可能有以後諸多的重輯本、翻刻本，三謝詩的詩學地位恐怕難以確立、鞏固下來。

（一）重輯本

《三謝詩》除唐庚輯本及直接源於嘉泰本的傳刻本以外，尚有另外兩個輯本系統，一是中國明代重輯本，二是日本文政時代重輯本。本來已有唐庚單輯本，爲何再重新輯録？其原因蓋有三點：一是唐庚輯本因僅從《文選》輯出，來源單一，且只收詩不收文，收録不全。其後，學者又發現很多唐庚輯本未收的詩作。二是有訛誤，一方面底本《文選》有訛誤，另一方面嘉泰本又有新生訛誤。三是唐庚輯本雖有嘉泰本傳世，但在明代流傳不廣。鑒於唐輯本之不足及傳播有限，再加“三謝”之名聲遠揚，故重輯乃爲必然。

各家輯録時，主要以《文選》爲基礎，又通過三謝單集諸本、類書、總集等，采源廣泛，有的亦收文，更爲齊備。輯録方式均爲三謝各自獨立成集，有的匯爲總集。由於各自所存數量差异較大，故卷數多寡不一。如明遼藩朱宠瀼梅南書屋刻本《三謝詩》八卷，包括《謝靈運》二卷、《謝惠連》一卷、《謝玄暉》五卷。又有明嘉靖刻本《三謝詩》七卷本，包括《謝康樂集》一卷、《謝惠連集》一卷、《謝宣城集》五卷，今存多部。兩部明輯本在收録詩篇數量上皆遠逾嘉泰本。日本

① 王大鵬、張寶坤等《中國歷代詩話選》第2册，岳麓書社，1985年，第874頁。

② 〔元〕陳繹曾《詩譜・郭璞》，〔清〕何文焕、丁福保編《歷代詩話統編》（貳），北京圖書館出版社，2003年，第772頁。

③ 《歷代名人書牘精華》，經緯書局，1934年，第256頁。

④ 〔明〕謝榛《四溟詩話》，《歷代詩話續編》，中華書局，1983年，第1139頁。

⑤ 〔明〕王世貞《藝苑卮言》，陸潔棟、周明初批注，鳳凰出版社，2009年，第11頁。

⑥ 陳伯海編《唐詩彙評》（中），浙江教育出版社，1995年，第1910頁。

最早刊印《三謝詩》在文政七年(1824),由松崎復校輯,玉山堂山城屋印行。卷首有唐庚語録兩條,卷末有明復跋,可知其底本取自宋尤袤刻本李善注《文選》,與嘉泰本并無關係。但其迻録唐庚跋,亦從《文選》采録,且篇數與唐庚本完全相同,顯然也是深受唐庚輯本、甚而嘉泰本的影響。其目的均爲傳播三謝詩,實屬難得。

自唐庚確立"三謝"之名以來,清代又出現"陶謝""曹陶謝"之名,於是"陶謝"合輯本、"曹陶謝"合輯本應運而生。如清乾隆二十九年(1735)姚培謙輯刻《陶謝詩集》十三卷本(陶彭澤詩四卷、謝康樂詩三卷、謝法曹詩二卷、謝宣城詩四卷)、乾隆三十二年清妙軒刻《陶謝四家詩集》本等,清康熙刻本《曹陶謝三家詩》十一卷(清卓爾勘編:曹植詩二卷總評一卷、陶淵明詩四卷總評一卷、謝靈運詩二卷總評一卷),録詩大多出自明代單集本或總集本。這説明三謝詩在各種組合中都扮演極爲重要的角色,從朝代、詩風上進一步確立其重要地位。

(二)嘉泰本在現當代的學術利用及價值

宋刻本《三謝詩》在流傳過程中,於明代至少有四次重刻,近代至今亦有四次影印、翻刻。這些後出本或直接或間接以宋刻本爲底本,對於傳播《三謝詩》發揮了重要作用。1933年,日本學者橋川時雄到大連滿鐵圖書館目驗嘉泰本,并托徐森玉於故宫博物院圖書館以珂羅版印行,末附胡玉縉手寫題識及橋川時雄長篇跋文。珂羅本流傳極少,意者當時印數不多,主要以贈送爲主。橋川時雄以珂羅版印行,蓋因此書僅十八葉,製作成本小,更易操作,而其他五種則没有這樣的幸運。經與嘉泰本對校,因珂羅本刷印出來的皆爲黑白色,故原本模糊之處用朱筆描畫之筆迹、朱文印章等,皆以淺墨色呈現,不能原色復現;原本漫漶模糊之處,珂羅本更加嚴重,有的已不能識别;有框内印色較淺的印章,珂羅本更淺,有的已難以識别。嘉泰本已經過裝裱加襯紙,原本原書爲白紙,但顔色泛黄,襯紙爲白紙,兩紙有清晰的邊界區分,但珂羅本爲黑白色,兩紙已經無邊界區分,而上古影印珂羅本更無任何邊界之分。如謝靈運詩卷首襯紙上鈐有兩方海源閣楊氏之印"楊氏伯子""楊保彝印",如果目驗原書,即可知曉裝裱必在楊氏得書之前。但如目驗珂羅本及上古本,由於襯紙與原書已難以分辨,則無法判斷究竟何時裝裱。可見,珂羅本比較接近嘉泰本,但仍無法全部再現嘉泰本原貌。

橋川最早印行海源閣散出之書,非常難得,如無此善舉,就很難見到"下真迹一等"的宋版《三謝詩》。時至今日,珂羅本已很難覓到。1985年上海古籍出版社又以珂羅本毛樣影印出版,并成爲通行本。遺憾的是,上古本不僅與原珂羅本有差异,與嘉泰本差异更大。一是上古本卷中字迹與珂羅本及原嘉泰本多有不同。嘉泰本有不少字漫漶不清甚至缺筆劃、完字,亦有不少斷版。上古本對漫漶模糊之字,進行填補勾描,有些字描改得甚爲清晰。因此,表面上看,影印出版的效果要好看一些,然實已失真。例如第三葉上下兩半葉都有明顯的斷版現象,上古本儘管墨色較淺,但與原本較大斷版空隙相比,已經看不出原書斷版。又如第三葉上半葉末行"密竹使徑迷,來人忘新術","徑""人"均不清晰,但上古本兩字與原本相較,已經鈎畫得很清楚,與原字筆畫亦完全不同。《文選舊注輯存》甚至將後一字識作"又"。第四葉下半葉"聖靈昔迴春","春"模糊不清,徑描爲"眷","迴"亦爲描改之字,與原字筆畫不同。這種情況不少。描改之字頗多,顯然影印之前已作不少處理。二是嘉泰本原刻與補版的文字及着墨等涇渭分明,橋川時雄跋珂羅本曰:"今諦觀是書,可推知宋代官守有雕版修版之責,而重修之迹,歷歷可見。有補刻數字者,如第一葉'資此永幽栖'句,第二葉'首夏猶清和'之'首夏'二字。又原版多損,仍據原校者,略居其半,然模糊損闕處,後人輒用紅筆填寫,其字不知出自誰手。有改刻全頁者,如第十七葉是也。"但上古本描改後,這種區别已不明顯。三是嘉泰本有些漫漶之字,已經朱筆描改填補,這些改補皆是,於釋讀頗爲便利。珂羅本因均爲黑白色而未能顯示,而上古本更未見任何痕迹。四是印章處理上,如首尾兩葉,共有七方藏印因印色較淺而不能顯示,即正文卷首葉"宋本"朱文長方印、"思適齋"白文長方印、"楊以增印"白文方印、"至堂"朱文方印以及"謝印□□"白文方水印,卷末葉題記左下"包印承咸"白文方印、"士禮居藏"白文方印。珂羅本印章皆爲黑白色,上古本皆爲朱紅色,顯然爲描紅,然與嘉泰本相較,已經失真:不僅印色不同,上古本爲大紅,色澤鮮艷亮麗,而嘉泰本印色較暗淡,且在筆畫的粗細、長短上亦稍有不同。顯然,上古本已經失去珂羅本原貌,更非嘉泰本真面。其後,常熟虞麓山房據上古本影印,以故紙老墨(油烟)印製十部,古色古香,頗有古舊神韵。2015 年揚州古椿閣文化傳播有限公司據上古本影印出版,宣紙六開,共印二百部,收入《古椿閣風華珍叢之四》中。上古本傳播之廣可見一斑。但其存在的諸多問題仍不能忽視:妄補缺字或漫漶之字,形成無謂的异文,造成閱讀障礙;原版與補版差异的消除,使之失去探究版刻變化的依據;朱筆改補的失去,亦於釋讀不便;失去藏印,難以理清遞藏源流。總之,上古本已經遠離嘉泰本原貌,但人們不明真相,仍一再影印,非常遺憾。

1996 年,中國書店據珂羅本重刻印行,2007 年、2012 年又兩度刷印出版。原書所鈐印章、卷末黄丕烈跋、珂羅本末附胡玉縉、橋川兩跋皆未附刻。由於是重新翻刻,字形上極力追摹,但細校發現,仍與原本相差不少。原珂羅本漫漶斷版之缺陷,重刊後補足完整,模糊之字,均甚清晰。讓人詫异的是,珂羅本模糊之字,重刻本刊字間有與原珂羅本不同或存疑者,如原本似"峭",重刊作"明";原本似"人",刊作"又";原本似作"況",刊作"沅"等,均不似重刊之字。如果再與嘉泰本原字仔細對校,則不似更甚。有的則屬於重刊獨有的异文,如尤袤本謝靈運《初發石首城一首》"懷賢亦凄其","凄"字,奎章閣本、陳八郎本均同尤袤本,嘉泰本此字漫漶,識别困難,似作"凄"字,上古本描改作"凄",當參考過奎章閣本或其他本,而中國書店本徑作"傳",誤。《文選舊注輯存》亦引證此條。意者此字未參考其他版本,將誤識徑刊,頗爲武斷。有的則以空格代之,如尤袤本謝靈運《道路憶山中一首》"斷絶雖殊念"之"絶",嘉泰本漫漶,中國書店本空格,奎章閣本、陳八郎本皆作"絶",《輯存》則未出校。嘉泰本大部分的漫漶難識之處,如果不借助他本是無法識出的。但中國書店本凡模糊之字均清晰可識,如第八葉、第九葉上半葉等。這些清晰之字大多同《文選》,可知中國書店本參校過《文選》。此外原本上模糊之處,間有用朱筆填寫者,中國書店本均未見。驗其原本,可知後出諸本丢失不少信息,存在誤識誤改現象,確實没有做到依樣複製,與上古本相較,又遠不如上古本逼真珂羅本。綜合而論,還是珂羅本最逼真原本,次之爲上古本,而中國書店本較嘉泰本最遠。

在現當代學者對《三謝詩》的利用中,就單集而言,利用情况不一。如顧紹柏《謝靈運集校注》以上古本《三謝詩》爲校本。黄節《謝康樂詩注》、曹融南《謝宣城集校注》、陳冠球《謝宣城全集》等皆未用《三謝詩》本校勘。顧美華《宋刻三謝詩讀後記》曾以嘉泰本《三謝詩》校以南宋紹興刻本《文選》、清胡克家刻本《文選》,共出校四十條,發現"嘉泰本與胡刻不同處,和紹興本大多相同","和胡刻《文選》中的三謝詩對校,兩本不同處尚達一百五十多個,皆《考异》所無"。所謂"紹興本"即宋紹興二十八年(1158)明州刻遞修本六家注《文選》,"胡刻"即清嘉慶間胡克家翻刻南宋尤袤刊本。由於所采僅有兩本,且非尤袤原刻本,明州本亦是遞修本,亦即參校本并非代表性版本;再者校勘不全;同時該文并未進一步展开,只能説是初步研究,故諸版本源流、關係、優劣等問題没有得到解决。《文選舊注輯存》爲首部彙集舊注及校勘的集大成之作,係首次系統利用《三謝詩》校勘《文選》諸本,非常難得,值得關注。《輯存》之"正文及李善注以中國國家圖書館藏宋淳熙八年池陽郡齋刻本爲底本",其《編纂説明》中并未提及嘉泰本《三謝詩》,但文中案語列"宋刻《三謝詩》"[①]爲校本,共徵引出校二百五十二條。至此,《三謝詩》的校勘價值得以較充分展現出來。但《輯存》亦存在一些問題:

首先所用版本問題。經核對,《輯存》所用實爲 1996 年中國書店重刻橋川時雄珂羅本。下列所舉可以證之:如尤袤本謝靈運《七里瀨一首》"徒旅苦奔峭"之"峭"字,《輯存》曰:"峭,宋刻《三謝詩》作'明'。"經核,嘉泰本此字模糊,疑似"峭",奎章閣本《文選》、陳八郎本《文選》、明正德九年馬龠刻本《三謝詩》、明嘉靖本《三謝詩》等均作"峭",上古本爲描畫之字。馬龠刻本《三謝詩》出於宋淳熙印本,説明原宋隆興刻本確實爲"峭"。而獨有中國書店本作"明",《輯存》據中國書店本顯而易見。據語境,"明"字顯誤。中國書店重刊時,對模糊難識之字,識出新字,但經仔細辨認,似不合原字,進而造成獨有的新异文。遺憾的是,這些新异文并不符合語境,均爲訛誤。而《輯存》收録其中,作爲校勘异文,無疑增加了不必要的校勘内容。其次失校問題。儘管《輯存》校勘甚細,仍失校多處。如尤袤本謝靈運《七里瀨一首》"興世可同調"之"世",嘉泰本作"代",《輯存》未校出。尤袤本謝靈運《登江中孤嶼一首》,嘉泰本"登"作"發";同詩"亂流趨正絶",《輯存》曰"宋刻《三謝詩》也作'乱流趨孤嶼'",其中"乱"字,嘉泰本作"亂",《輯存》均失校。尤袤本謝靈運《樂府詩一首曾吟行》"肆呈窈窕容"之"容",嘉泰本作"客",《輯存》失校。尤袤本謝朓《京路夜發一首》"晨

---

① 《文選舊注輯存》第 7 册,"宋刻"之"宋"字,誤作"吊",鳳凰出版社,2017 年,第 4174 頁。

元復泱漭"之"元"字,嘉泰本及奎章閣本皆作"光",《輯存》失校。尤袤本謝朓《鼓吹曲一首》"叠鼓送華輈"之"送華",嘉泰本及奎章閣本皆作"逸華",《輯存》失校。據統計,這類失校有四十餘處。再次誤校問題。如尤袤本謝靈運《南樓中望所遲客一首》"即事怨睽携"之"携"字,《輯存》曰"宋刻《三謝詩》、朝鮮正德本、奎章閣本作'擕'",誤。經核,嘉泰本作"擕",奎章閣本作"携"。據《輯存》卷首《編纂説明》,這樣的形近异體字出校。尤袤本謝靈運《發江中孤嶼一首》"亂流趨孤嶼"之"亂"字,《輯存》曰:"陳八郎本、朝鮮正德本、奎章閣本、宋刻《三謝詩》也作'乱流趨孤嶼'。"經核,嘉泰本、奎章閣本、陳八郎本等"乱"皆作"亂"。其他諸本誤校亦有一些,如嘉泰本《三謝詩》謝朓《和伏武昌登孫權故城詩一首》"俯仰流英盻"之"盻"字,諸本不一,《輯存》曰:"北宋本、尤袤本作'盼',誤。另外,兩本并脱'流'字,奎章閣本有'流'字。"按上下語境,此"兩本"顯然指北宋本、尤袤本,但檢兩本均有"流"字。事實上,《輯存》校勘已至精審,對《三謝詩》的利用亦已完善,存在一些瑕疵亦屬正常。

北宋唐庚所輯《三謝詩》當從北宋平昌孟氏五臣注本或秀州本六臣注《文選》别裁而出,由唐庚之子文若於孝宗隆興間知江州時所刊。南宋嘉泰間譙令憲知江州時修版再印,即今傳俄藏宋槧本。如果説唐庚命名與輯本奠定了三謝在中國詩歌發展史上的地位,那麼宋刻本則從實際推廣傳播的意義上,發揮了舉足輕重的作用。《三謝詩》在明代多有傳刻,其中明正德九年馬龠刻本最佳,其底本爲隆興間唐文若刊淳熙間公文紙印本,比嘉泰本更接近原刻,惜今已不存。自明代起,有多家輯録三謝詩,域外亦有輯録之本。後出重輯本表面上看與唐庚輯本或嘉泰本没有關係,但實際上是唐庚"三謝"之名及宋刻本的刊梓與傳播産生了重要的推動作用。三謝之詩以單集本、合輯本、總集本等多種輯本形式傳播,而嘉泰本《三謝詩》作爲現存的宋槧孤帙,是最重要的傳播文本,其文獻價值毋庸置疑。首先,嘉泰本作爲《三謝詩》的源頭之本,在傳播三謝詩上,其他諸本無可替代。其次,嘉泰本儘管訛誤不少,仍可校正諸本《文選》與《三謝詩》傳刻本、單集本、總集本及現當代的整理校注本等。再次,《三謝詩》作爲早期的版本,在協助厘清《文選》及其他單集本等源流關係上,具有重要作用。由於嘉泰本遠藏异域,當代學者在利用嘉泰本《三謝詩》上存在不足,現當代校注本中均未使用原嘉泰本校勘,所用皆爲翻刻本或影印本,從而衍生出一些异文或訛誤。此部俄藏嘉泰本亟應引起研究者的重視與利用。

(作者單位:聊城大學運河學研究院、圖書館)

古典文獻研究（第二十五輯下）
Journal of the Institute for Chinese Classics Studies
Nanjing University
Volume 25, No.2 2022

北朝詩人輯補

胡大雷　毋軍保

“五胡十六國”時期的代國，爲鮮卑人拓跋什翼犍建立的政權，是北魏的前身，公元 376 年被苻堅所滅。386 年，在賀蘭部等部族的支持下，拓跋珪在牛川(今内蒙古錫拉木林河、呼和浩特市東南)宣布復國，改稱魏王。398 年 6 月，正式定國號爲“魏”，史稱“北魏”，439 年，滅北凉，北魏最終統一北方，視自己是繼承了西晋的中華王朝正統。534 年，北魏分裂爲東魏與西魏。東魏武定八年(550)，高洋廢孝静帝，代東魏自立，北齊建立。西魏恭帝三年(557)，恭帝禪位於宇文覺，北周建立。577 年，北周攻滅北齊，統一北方。581 年，楊堅受禪代周稱帝，改國號爲隋。隋文帝於 589 年南下滅陳朝，統一中國，結束了自西晋末年以來長達近 300 年的分裂局面。北魏、東魏北齊、西魏北周至隋統一全國前，又統稱爲北朝。

繼馮惟訥所輯《詩紀》、丁福保所輯《全漢三國晋南北朝詩》，今人逯欽立輯《先秦漢魏晋南北朝詩》，北朝時期詩作基本上“搜括靡遺”。《先秦漢魏晋南北朝詩》以詩立人，有作品的詩人榜上有名，但作品不存的詩人則榜上無名，今搜索史料，搜羅作品不存的詩人，録其創作詩歌作品的經歷於後，以顯“北朝”詩人的全貌。

一　北魏詩人輯補

逯欽立輯《先秦漢魏晋南北朝詩》所録北魏詩人有：韓延之、宗欽、段承根、游雅、北魏孝文帝元宏、高允、劉昶、王肅、彭城王元勰、李謐、鄭道昭、陽固、北魏孝明帝元詡、北魏孝莊帝元子攸、北魏節閔帝元恭、崔鴻、馮元興、蕭綜、崔巨倫、董紹、盧元明、李騫、祖瑩、鹿悆、李諧、常景、褚緭、温子昇、胡叟、濟陰王元暉業、中山王元熙、高孝緯、王容、王德、周南、祖叔辨、袁曜、張斐裳、宋道璵、文明太后馮氏、謝氏、陳留長公主。以下輯補：

[北魏]崔宏(？—418)，字玄伯，清河郡東武城(今河北省故城縣)人。北魏開國功臣。

始(崔)玄伯因苻堅亂,欲避地江南,於泰山爲張願所獲。本圖不遂,乃作詩以自傷,而不行於時,蓋懼罪也。及(崔)浩誅,中書侍郎高允受敕收浩家,始見此詩。允知其意,允孫綽録於允集。(《魏書》卷二十四)①

[北魏]刁雍(390—484),字淑和,渤海郡饒安(今河北鹽山縣)人。由劉宋入後秦,後秦滅亡,歸順北魏,曾任使持節、鎮東將軍等職。

(刁)雍性寬柔,好尚文典,手不釋書。明敏多智,凡所爲詩、賦、論、頌并諸雜文百有餘篇。(《北史》卷二十六)②

[北魏]趙逸(? —?),字思群,天水人。先在後秦,後入夏,拜著作郎,入北魏,拜寧朔將軍、赤城鎮將。

神䴥三年(430)三月上巳,帝幸白虎殿,命百僚賦詩,(趙)逸製《詩序》,時稱爲善。……凡所著述,詩、賦、銘、頌五十餘篇。(《魏書》卷五十二)③

[北魏]張湛(? —?),字子然,一字仲玄,敦煌人。先仕北凉沮渠蒙遜爲黄門侍郎、兵部尚書。入魏,封南浦男,受崔浩賞識。

(張)湛至京師,家貧不粒,操尚無虧,(崔)浩常給其衣食。每歲贈浩詩、頌,浩常報答。及浩被誅,湛懼,悉燒之。(《魏書》五十二)④

(張)湛至京師,家貧不立,操尚無虧。浩常給其衣食,薦爲中書侍郎,湛知浩必敗,固辭。每贈浩詩、頌,多箴規之言。浩亦欽敬其志,每常報答,極推崇之美。浩誅,湛懼,悉燒之,閉門却掃,慶吊皆絶,以壽終。(《北史》卷三十四)⑤

[北魏]太武帝拓跋燾(408—452),字佛狸伐,代郡平城(今山西大同市)人。鮮卑族,北魏泰常八年(423)登基,改元始光,爲太武帝,廟號世祖。

(神䴥三年正月)癸卯,行幸廣寧,臨温泉,作《温泉之歌》。(《魏書》卷四上,又見《北史》卷二)⑥

[北魏]程駿(414—485),字驎駒,廣平曲安(今河北省邯鄲市邱縣)人。任著作郎、高密太守等職。

沙門法秀謀反伏誅。(程)駿表曰:"臣聞《詩》之作也,蓋以言志。邇之事父,遠之事君,關諸風俗,靡不備焉。上可以頌美聖德,下可以申厚風化,言之者無罪,聞之者足以誡。此古人用詩之本意。……謹竭老鈍之

① 〔北齊〕魏收《魏書》,中華書局,1974 年,第 624 頁。
② 〔唐〕李延壽《北史》,中華書局,1974 年,第 948 頁。
③ 〔北齊〕魏收《魏書》,第 1145 頁。
④ 〔北齊〕魏收《魏書》,第 1154 頁。
⑤ 〔北齊〕李延壽《北史》,第 1265 頁。
⑥ 〔北齊〕魏收《魏書》,第 75 頁。〔唐〕李延壽《北史》,第 45 頁,爲"作《温泉歌》"。

思,上《慶國頌》十六章,并序巡狩、甘雨之德焉。”其頌曰(略)。文明太后令曰:“省詩表,聞之。歌頌宗祖之功德可爾,當世之言,何其過也。所箴下章,戢之不忘。”①(《魏書》卷六十)②

[北魏]李彪(444—501),字道固,頓丘衛國(今河南清豐縣)人。北魏大臣,曾出使南齊。崔浩、高允著述國書,李彪與秘書令高佑奏從司馬遷、班固體,創爲紀、傳、表、志之目。

[北魏]郭祚(449—515),字季佑,太原晋陽(今山西太原市)人。北魏重臣。

[北魏]崔光(450—522),字長仁,本名孝伯,孝文帝賜名光,清河(今山東夏津縣)人。曾任黄門侍郎、侍中。

[北魏]劉芳(453—513),字伯文,彭城(今江蘇徐州市)人。北魏大臣,著名文學家、禮儀學家。

[北魏]甄琛(? —524),字思伯,中山無極(今河北無極縣)人。北魏大臣,官至吏部尚書,出爲征北將軍、定州刺史等。有《磔四聲》。

[北魏]邢巒(464—514),字洪賓,河間郡鄚縣(今河北任丘市)人。北魏名臣。

宣武踐祚。(李)彪自托於王肅,又與郭祚、崔光、劉芳、甄琛、邢巒等詩、書往來,迭相稱重。(《北史》卷四十)③

(李)彪在秘書歲餘,史業竟未及就,然區分書體,皆彪之功。述《春秋》三《傳》,合成十卷。其所著詩、頌、賦、誄、章、奏、雜筆百餘篇,别有集。(《魏書》卷六十二,又見《北史》卷四十)④

(崔光)尋以本官兼侍中、使持節,爲陝西大使,巡方省察,所經述叙古事,因而賦詩三十八篇。(《魏書》卷六十七,又見《北史》卷四十四)⑤

(崔光)太和中,依宫、商、角、徵、羽本音而爲《五韵詩》,以贈李彪,彪爲《十二次詩》以報光。光又爲《百三郡國詩》以答之,國别爲卷,爲百三卷焉。……凡所爲詩、賦、銘、贊、咏、頌、表、啓數百篇,五十餘卷,别有集。(《魏書》卷六十七,又見《北史》卷四十四)⑥

[北魏]元禧(? —501),字思永,小字永壽。北魏宗室大臣,曾被封爲咸陽郡王。景明二年(501),陰謀舉兵對抗外戚專政,事泄被殺。

(元)禧將還州,高祖親餞之,賦詩叙意,加禧都督冀、相、兖、東兖、南

① 程駿自稱此《慶國頌》爲依《詩》而作;文明太后亦稱《慶國頌》爲詩,所謂“省詩表”。
② 〔北齊〕魏收《魏書》,第1347—1349頁。
③ 〔唐〕李延壽《北史》,第1462頁。
④ 〔北齊〕魏收《魏書》,第1398頁。〔唐〕李延壽《北史》,第1465頁。
⑤ 〔北齊〕魏收《魏書》,第1487頁。〔唐〕李延壽《北史》,第1615頁。
⑥ 〔北齊〕魏收《魏書》,第1499頁。〔唐〕李延壽《北史》,第1622頁。

豫、東荆六州諸軍事。(《魏書》卷二十一上)①

[北魏]元丕(422—503),原名拓跋丕,代郡平城(今山西大同市)人。太武帝時擢拜羽林中郎,賜爵興平子。獻文帝時遷侍中。平定丞相乙渾謀反,遷尚書令。孝文帝時封東陽王,拜侍中、司徒公,尋遷太尉、録尚書事。受馮太后優崇。

及高祖還代,(元)丕請作歌,詔許之。歌訖,高祖曰:"公傾朕還車,故親歌述志。今經構既有次第,故暫還舊京,願後時亦同兹適。"(《魏書》卷十四,又見《北史》卷十五)②

[北魏]元愉(488—508),字宣德,河南洛陽人。南北朝時期北魏宗室大臣。

[元]愉好文章,頗著詩、賦。時引才人宋世景、李神俊、祖瑩、邢晏、王遵業、張始均等共申宴喜,招四方儒學賓客嚴懷真等數十人,館而禮之。(《魏書》卷二十二,又見《北史》卷十九)③

[北魏]裴祐(? —?),河東聞喜(今聞喜西南)人。好學,便弓馬,官至平西將軍、京兆内史。

(裴祐)從容風雅,好爲詩咏,常與朝廷名賢泛舟洛水,以詩酒自娱。(《魏書》卷七十一,又見《北史》卷四十五)④

[北魏]李平(? —516),字曇定,黎陽郡頓丘(今河南浚縣)人。北魏時期大臣。

(李)平自在度支,至於端副,夙夜在公,孜孜匪懈,凡處機密十有餘年,有獻替之稱。所製詩、賦、箴、誄、咏、頌,别有集録。(《魏書》卷六十五,又見《北史》卷四十三)⑤

[北魏]封偉伯(490? —525),字君良,北魏渤海蓨人。弱冠除太學博士,爲清河王元懌參軍事。

(封)偉伯撰《封氏本録》六卷,并詩、賦、碑、誄、雜文數十篇。(《魏書》卷三十二)⑥

[北魏]崔休(472—523),字惠盛,清河東武城(今河北省故城縣)人。

(北魏高祖)即命黄門侍郎崔光、郭祚、通直郎邢巒、崔休等賦詩言志。

① 〔北齊〕魏收《魏書》,第534頁。
② 〔北齊〕魏收《魏書》,第359頁。〔唐〕李延壽《北史》,第554頁。
③ 〔北齊〕魏收《魏書》,第590頁。〔唐〕李延壽《北史》,第715頁。
④ 〔北齊〕魏收《魏書》,第1579頁。〔唐〕李延壽《北史》,第1653頁。
⑤ 〔北齊〕魏收《魏書》,第1454頁。〔唐〕李延壽《北史》,第1603頁,作"所製文筆别有集録"。
⑥ 〔北齊〕魏收《魏書》,第767頁。

(《魏書》卷十九中,又見《北史》卷十八)①

[北魏]元澄(467—520),原名拓跋澄,字道鎮,代郡平城(今山西大同市)人,鮮卑族。北魏宗室重臣。

高祖曰:“行禮已畢,欲令宗室各言其志,可率賦詩。”特令(元)澄爲七言連韵,與高祖往復賭賽,遂至極歡,際夜乃罷。(《魏書》卷十九中,又見《北史》卷十八)②

高祖至北邙,遂幸洪池,命(元)澄侍昇龍舟,因賦詩以序懷。(《魏書》卷十九中)③

[北魏]游肇(452—520),字伯始,廣平郡任縣(今河北任縣)人。北魏大臣。

(游)肇外寛柔,内剛直,耽好經傳,手不釋書。善《周易》《毛詩》,尤精《三禮》。爲《易集解》,撰《冠婚儀》《白珪論》,詩、賦、表、啓凡七十五篇。(《北史》卷三十四)④

[北魏]酈道元(? —527),字善長,範陽涿州(今河北涿州市)人。青州刺史酈範之子。北魏時歷任禦史中尉、北中郎將、拜關右慰勞大使。幼時隨父訪求水道,博覽奇書,游歷秦嶺、淮河以北和長城以南的廣大地區,考察河道溝渠,撰有《水經注》四十卷。

[北魏]郭金,酈道元舊好,生平不詳。

[北魏]紫惠,酈道元舊好,生平不詳。

余生長東齊,極游(陽水)其下,於中闊絶,乃積綿載。後因王事,復出海岱。郭金、紫惠同石井,賦詩言意。彌日嬉娱,尤慰羈心,但恨此水時有通塞耳。(《水經注》卷二十六)⑤

[北魏]成霄(? —?),字景鸞,上穀居庸(今屬北京市)人。任治書侍禦史。霄,《北史》作“宵”。

[北魏]姜質(? —?),河東(今山西西南部)人,生平不詳。

(成霄)亦學涉,好爲文咏,但詞彩不倫,率多鄙俗。與河東姜質等朋游相好,詩、賦間起。知音之士,共所嗤笑;閭巷淺識,頌諷成群,乃至大行於世。(《魏書》卷七十九,又見《北史》卷四十六)⑥

---

① 〔北齊〕魏收《魏書》,第468頁。〔唐〕李延壽《北史》,第657頁。

② 〔北齊〕魏收《魏書》,第464頁。〔唐〕李延壽《北史》,第655頁。

③ 〔北齊〕魏收《魏書》,第465頁。

④ 〔唐〕李延壽《北史》,第1254頁。

⑤ 〔北魏〕酈道元著,陳橋驛校證《水經注校證》,中華書局,2007年,第624頁。原注:“《注疏》本在此下疏云:‘(郭)守敬按:郭金、紫惠當是二人,而有訛文。郭金疑即下文郭欽,“紫”疑本作“柴”。’”

⑥ 〔北齊〕魏收《魏書》,第1775頁。〔唐〕李延壽《北史》,第1701頁。

[北魏]王遵業(? —528),祖籍太原晋陽(今太原市南)。北魏孝昌元年(525)轉任司徒左長史,黄門郎,負責監典修儀注。

[北魏]王延業(? —?),祖籍太原晋陽(今太原市南)。爲著作佐郎,監典校書。

及(崔)光爲肅宗講《孝經》,(王)遵業預講,(王)延業録義,并應詔作《釋奠侍宴詩》。時人語曰:"英英濟濟,王家兄弟。"(《魏書》卷三十八)①

[北魏]沙門寶公(? —?),生平不詳。

(白馬寺)有沙門寶公者,不知何處人也。形貌醜陋,心機通達,過去未來,預睹三世。發言似讖,不可解,事過之後,始驗其實。……造《十二辰歌》,終其言也。(《洛陽伽藍記》卷四)②

[北魏]崔氏(? —?),光禄大夫崔巨倫姊,博陵安平(今河北定州)人。
[北魏]李翼(? —?),崔巨倫姑之子,趙郡平棘(今河北趙縣)人。

初,(崔)巨倫有姊,明惠有才行,因患眇一目,内外親類莫有求者,其家議欲下嫁之。巨倫姑趙國李叔胤之妻,高明慈篤,聞而悲感曰:"吾兄盛德,不幸早世,豈令此女屈事卑族!"乃爲子(李)翼納之,時人嘆其義。崔氏與翼書詩數十首,辭理可觀。(《魏書》卷五十六)③

[北魏]崔光韶(? —?),清河東武城(今河北故城縣)人。廷尉卿,兼秘書郎,掌校華林禦書。

(崔光韶)入爲司空從事中郎,以母老解官歸養,賦詩展意,朝士屬和者數十人。(《魏書》卷六十六,又見《北史》卷四十四)④

[北魏]元延明(484—530),河南洛陽人,鮮卑族,北魏宗室大臣。

(元延明)所著詩、賦、贊、頌、銘、誄三百餘篇。(《魏書》卷二十,又見《北史》卷十九)⑤

[北魏]陸恭之(? —537),字季順,有操尚,征南將軍、東荆州刺史。

(陸)恭之所著文章、詩、賦凡千餘篇。(《魏書》卷四十,又見《北史》卷二十八)⑥

[北魏]裴敬憲(501—533),字孝虞,河東聞喜人,學博才清,爲太學博士。

(裴敬憲)工隸草,解音律,五言之作,獨擅於時。名聲甚重,後進共宗

① 〔北齊〕魏收《魏書》,第879頁。
② 〔北齊〕楊衒之著,范祥雍校注《洛陽伽藍記校注》,上海古籍出版社,1978年,第197頁。
③ 〔北齊〕魏收《魏書》,第1252頁。
④ 〔北齊〕魏收《魏書》,第1482頁。〔唐〕李延壽《北史》,第1636頁。
⑤ 〔北齊〕魏收《魏書》,第530頁。〔唐〕李延壽《北史》,第688頁。
⑥ 〔北齊〕魏收《魏書》,第907頁。〔唐〕李延壽《北史》,第1011頁。

慕之。中山王將之部,朝賢送於河梁,賦詩言别,皆以敬憲爲最。其文不能贍逸,而有清麗之美。(《魏書》卷八十五,又見《北史》卷三十八)①

[北魏]劉廞(483—534),字景興,彭城(今江蘇徐州)人。歷尚書郎、中書侍郎等職,多與顯貴權要子侄交游。

高肇之盛及清河王懌爲宰輔,(劉)廞皆與其子侄交游往來。靈太后臨朝,又與太后兄弟往還相好,太后令(劉)廞以詩、賦授弟元吉。(《魏書》卷五十五,又見《北史》卷四十二)②

[北魏]高和仁(? —?),字德舒,渤海(今河北省景縣)人。北魏員外散騎侍郎,領殿中禦史。

(高和仁)少清簡,有文才,曾爲五言詩贈太尉屬盧仲宣,仲宣甚嘆重之。常有高尚之志。(《魏書》卷四十八)③

[北魏]王由(? —?),字茂道,京兆霸城(今陝西臨潼)人。好學,有文才,善草隸、摹畫佛像,歷給事中、尚書郎、東萊太守。

於時元明友人王由居潁川,忽夢由携酒就之言别,賦詩爲贈。及明,憶其詩十字云:"自兹一去後,市朝不復游。"元明嘆曰:"由性不狎俗,旅寄人間,乃今有夢,又復如此,必有他故。"經三日,果聞由爲亂兵所害。尋其亡日,乃是得夢之夜。(《魏書》卷四十七,又見《北史》卷三十)④

[北魏]王夷(? —?),字景預。

(王夷)有文才,少工詩咏,知名於世。未官而卒。(《魏書》卷九十三)⑤

二　東魏北齊詩人輯補

逯欽立輯《先秦漢魏晋南北朝詩》所録北齊詩人:斛律豐樂、高昂、蕭祇、蕭放、陸法和、盧詢祖、裴讓之、裴訥之、邢邵、鄭公超、楊訓、袁奭、荀仲舉、魏收、劉逖、祖珽、安德王高延宗、蕭慤、蕭轂、馬元熙、陽休之、顔之推、趙儒宗、甄彬、楊子華、馮淑妃、崔氏、惠化尼。以下輯補:

[東魏]崔叔仁(? —540?),清河東武城(今河北故城縣)人。性輕俠,重衿期。仕魏爲潁州刺史。以貪污,爲禦史中丞高仲密劾,賜死於宅。

(崔叔仁)興和(539—542)中,賜死於宅。臨刑,賦詩與諸弟訣别而不

① 〔北齊〕魏收《魏書》,第1870—1871頁。〔唐〕李延壽《北史》,第1375頁。
② 〔北齊〕魏收《魏書》,第1227頁。〔唐〕李延壽《北史》,第1550頁。
③ 〔北齊〕魏收《魏書》,第1092頁。
④ 〔北齊〕魏收《魏書》,第1060頁。〔唐〕李延壽《北史》,第1083頁。
⑤ 〔北齊〕魏收《魏書》,第1996頁。

及其兄（崔㥄），以其不甚管救故也。（《魏書》卷六十九，又見《北史》卷二十四）①

[北齊]陽俊之（？—？），陽休之弟，右北平無終（今天津薊縣）人。兼通直常侍，嘗待詔文林館。

（陽俊之）當文襄時，多作六言歌辭，淫蕩而拙，世俗流傳，名爲《陽五伴侶》，寫而賣之，在市不絶。俊之嘗過市，取而改之，言其字誤。賣書者曰："陽五，古之賢人，作此《伴侶》，君何所知，輕敢議論！"俊之大喜。後待詔文林館，自言："有文集十卷，家兄亦不知吾是才士也。"（《北史》卷四十七）②

[北齊]李元忠（485—545），趙郡柏（今河北邢臺隆堯縣）人。擅長方技，任中書令、驃騎將軍、太常卿等職。

會齊神武東出，（李）元忠便乘露車載素箏濁酒以奉迎。神武聞其酒客，未即見之。元忠下車獨坐，酌酒擘脯食之，謂門者曰："本言公招延俊傑，今聞國士到門，不能吐哺輟洗，其人可知。還吾刺，勿復通也。"門者以告，神武遽見之。引入，觴再行，元忠車上取箏鼓之，長歌慷慨。歌闋。謂神武曰："天下形勢可見，明公猶欲事爾朱乎？"神武曰："富貴皆由他，安敢不盡節。"（《北史》卷三十三）③

[北齊]李渾（？—？），字季初，趙郡平棘（今河北趙縣）人。天保初，除太子少保。

[北齊]王元景（？—？），才名之士，曾任散騎常侍、秘書監等職。

[北齊]魏季景（？—？），北魏孝莊帝時，爲中書侍郎，除定州大中正。

（裴伯茂）卒後，殯於家園，友人常景、李渾、王元景、盧元明、魏季景、李騫等十許人於墓傍置酒設祭，哀哭涕泣，一飲一酹曰："裴中書魂而有靈，知吾曹也。"乃各賦詩一篇。（《魏書》卷八十五，又見《北史》卷三十八）④

[北齊]陸卬（503？—555？），字雲駒，善屬文，代（今山西大同）人。爲邢邵所賞。

自梁、魏通和，歲有交聘，（陸）卬每兼官燕接。在帝席賦詩，卬必先成，雖未能盡工，以敏速見美。……齊之郊廟諸歌，多卬所制。（《北齊書》卷三十五，又見《北史》卷二十八）⑤

---

① 〔北齊〕魏收《魏書》，第1527頁。〔唐〕李延壽《北史》，第878頁。

② 〔唐〕李延壽《北史》，第1728—1729頁。

③ 〔唐〕李延壽《北史》，第1202—1203頁。

④ 〔北齊〕魏收《魏書》，第1873頁。〔唐〕李延壽《北史》，第1381—1382頁。

⑤ 〔唐〕李百藥《北齊書》，中華書局，1972年，第469—470頁。〔唐〕李延壽《北史》，第1017—1018頁。

[北齊]皇甫亮(? —?),字君翼,安定朝那(今寧夏固原東南)人。卒於鄴,贈驃騎大將軍、安州刺史。

(皇甫亮)至鄴,無復宦情,遂入白鹿山,恣泉石之賞,縱酒賦詩,超然自樂。(《北史》卷三十八)①

[北齊]崔仲文(497—556),北齊清河東武城(今河北故城縣)人。北齊文宣帝天保初,拜散騎常侍、光禄大夫。

天保初,(崔)悛爲侍中,(崔)仲文爲銀青光禄大夫,同日受拜,時云"兩鳳連飛"。嘗被敕召,宿酲未解。文宣怒,將罰之。試使爲觀射詩十韵,操筆立成,乃原之。(《北史》卷二十四)②

[北齊]張宴之(? —?),《北史》爲張晏之,字熙德,清河東武城(今河北故城縣)人。賜爵武城子。累遷尚書二千石郎中。

天保(550—559)初,文宣爲高陽王納(張)宴之女爲妃,令赴晋陽成禮。宴之後園陪宴,坐客皆賦詩。宴之詩云:"天下有道,主明臣直,雖休勿休,永貽世則。"文宣笑曰:"得卿箴諷,深以慰懷。"(《北齊書》卷三十五,又見《北史》卷四十三)③

[北齊]崔達拏(? —?),生平不詳。

(崔)暹子達拏幼而聰敏,年十餘,已作五言詩。時梁國通和,聘使在館,暹持達拏數首詩示諸朝士有才學者,又欲示梁客。餘人畏暹,皆隨宜應對,(陽)休之獨正言:"郎子聰明,方成偉器。但小兒文藻,恐未可以示遠人。"(《北史》卷四十七)④

[北齊]楊昱(478—531),字元晷,弘農華陰(今陝西華陰市)人。楊愔從父兄,北魏大臣。

(楊)昱嘗與十餘人賦詩,(楊)愔一覽便誦,無所遺失。(《北齊書》卷三十四,又見《北史》卷四十一)⑤

[北齊]宋游道(? —?),廣平(今屬河北邯鄲)人,其先自敦煌來。其叔父被奴誣以叛逆,游道誘奴令返,爲叔父雪冤而殺奴,後除司州中從事。

時將還鄴,會霖雨,行旅擁於河橋。(宋)游道於幕下朝夕宴歌,行者曰:"何時節,作此聲也,固大癡。"游道應曰:"何時節而不作此聲也,亦大癡。"(《北齊書》卷四十七)⑥

① 〔唐〕李延壽《北史》,第1394頁。

② 〔唐〕李延壽《北史》,第877頁。

③ 〔唐〕李百藥《北齊書》,第469頁。〔唐〕李延壽《北史》,第1578頁。

④ 〔唐〕李延壽《北史》,第1727頁。

⑤ 〔唐〕李百藥《北齊書》,第454頁。〔唐〕李延壽《北史》,第1500頁。

⑥ 〔唐〕李百藥《北齊書》,第653頁。

[北齊]爾朱文略(? —?),北秀容(山西朔州市)人。聰明俊爽,多所通習,恃神武帝親寵,多所陵忽。

(爾朱)文略彈琵琶,吹横笛,謡咏,倦極便卧唱挽歌。(《北齊書》卷四十八)①

[北齊]崔㥄(494—554),字長孺,清河武城(今河北故城縣)人。北齊大臣,有文學,偉風貌,寡言辭。曾任徐州刺史。

[北齊]崔瞻(519—572),或作崔贍,字彦通,清河武城(今河北故城縣)人。除衛尉少卿,尋兼散騎常侍,聘陳;天統末,加驃騎大將軍,就拜銀青光禄大夫。

魏孝静帝以人日登雲龍門,其父(崔)㥄侍宴,又敕(崔)瞻令近御坐,亦有應詔詩,問邢邵等曰:"此詩何如其父?"咸云:"㥄博雅弘麗,瞻氣調清新,并詩人之冠。"宴罷,共嗟賞之,咸云:"今日之宴,并爲崔瞻父子。"(《北齊書》卷二十三,又見《北史》卷二十四)②

[北齊]楊愔(511—560),字遵彦,小字秦王,弘農華陰(今陝西華陰市)人。北齊宰相。

(楊)愔所著詩、賦、表、奏、書、論甚多,誅後散失,門生鳩集所得者萬餘言。(《北齊書》卷三十四,又見《北史》卷四十一)③

[北齊]高緯(556—577),字仁綱,渤海蓨縣(今河北景縣)人。北齊後主(565—576年在位),有名的昏君。

後主皇后胡氏,隴東王長仁女也。……太后大怒,唤后出,立剃其髮,送令還家。帝思之,每致詩以通意。(《北史》卷十四)④

十二年(577),周滅齊,以後主歸長安,封温公。爲詩曰:"龍樓絶行迹,鳳闕永無因。獨知明月夜,遥想鄴城人。"⑤(《五代新説》,《説郛》本)

[北齊]鄭元禮(? —?)字文規,滎陽開封(今開封)人。終於始州别駕。

崔昂妻,即(鄭)元禮之姊也,魏收又昂之妹夫。昂嘗持(鄭)元禮數篇詩示盧思道,乃謂思道云:"看元禮比來詩咏,亦當不减魏收?"答云:"未覺元禮賢於魏收,但知妹夫疏於婦弟。"(《北齊書》卷二十九,又見《北史》卷三十五)⑥

[北齊]李概(? —?),字季節,趙郡柏(今河北邢臺隆堯縣)人。爲高澄大

① 〔唐〕李百藥《北齊書》,第667頁。

② 〔唐〕李百藥《北齊書》,第336頁。〔唐〕李延壽《北史》,第875頁。

③ 〔唐〕李百藥《北齊書》,第460頁。〔唐〕李延壽《北史》,第1507頁。

④ 〔唐〕李延壽《北史》,第524頁。

⑤ 此詩逯欽立輯《先秦漢魏晋南北朝詩》失録,陳尚君《〈五代新説〉中的先唐遺詩》(《鐵道師范學院學報》1994年第3期)有録。

⑥ 〔唐〕李百藥《北齊書》,第398頁。〔唐〕李延壽《北史》,第1307頁。

將軍府行參軍、太子舍人、并州功曹參軍,著有《音譜》。

(李概)後爲太子舍人,爲副使聘於江南。江南多以僧寺停客,出入常袒露。還,坐事解。後卒於并州功曹參軍。撰《戰國春秋》及《音譜》并行於世。又自簡詩、賦二十四首,謂之《達生丈人集》。(《北史》卷三十三)①

[北齊]張子信(? —?),河内(今沁陽)人。性清净,頗涉文學。少以醫術知名,恒隱於白鹿山。

[北齊]崔季舒(? —573),字叔正,博陵安平(今河北安平縣)人。北齊時官至鴻臚卿。

(張子信)時游京邑,甚爲魏收、崔季舒等所禮,有贈答子信詩數篇。(《北齊書》卷四十九)②

[北齊]尹孝逸(? —?),名琳,字孝逸,歷城參軍,其他生平不詳。

歷城房家園,齊博陵君豹之山池。……孝逸常欲還鄴,詞人餞宿於此。逸爲詩曰:"風淪歷城水,月倚華山樹。"時人以此兩句,比謝靈運"池塘"十字焉。(段成式《酉陽雜俎·語資》)③

[北齊]盧懷仁(? —575?),字子友,范陽涿人。生年不詳。

(盧)懷仁涉學有文辭,情性恬靖,常蕭然有閑放之致。歷太尉記室、弘農郡守,不之任,卜居陳留界。所著詩、賦、銘、頌二萬餘言,又撰《中表實録》二十卷。(《北齊書》卷四十二,又見《北史》卷三十)④

[北齊]馬子結(? —?)其先扶風人,世居凉土。由開府行參軍提升爲南陽王管記,隨從高緯到定州。與馬子廉、馬子尚兄弟三人都喜愛文學,時人謂之北齊"三馬"。

[北齊]馬子廉(? —?)其先扶風人,世居凉土。

[北齊]馬子尚(? —?)其先扶風人,世居凉土。

馬子結者,其先扶風人也。世居凉土,太和中入洛。父祖俱清官。子結兄弟三人,皆涉文學。陽休之牧西兖,子廉、子尚、子結與諸朝士各有詩言贈,陽總爲一篇酬答,即詩云"三馬俱白眉"者也。(《北齊書》卷四十四,又見《北史》卷八十一)⑤

三 西魏北周詩人輯補

逯欽立輯《先秦漢魏晋南北朝詩》所録北周詩人:周明帝宇文毓、李昶、高

① 〔唐〕李延壽《北史》,第 1212 頁。

② 〔唐〕李百藥《北齊書》,第 680 頁。

③ 許逸民《酉陽雜俎校箋》,中華書局,2015 年,第 884 頁。

④ 〔唐〕李百藥《北齊書》,第 556 頁。〔唐〕李延壽《北史》,第 1075 頁。

⑤ 〔唐〕李百藥《北齊書》,第 596—597 頁。〔唐〕李延壽《北史》,第 2718 頁。

琳、宗懍、宗羈、蕭撝、王褒、楊文佑、周宣帝宇文贇、趙王宇文招、滕王宇文逌、王晞、庾信、孟康、徐謙。以下輯補:

[北周]盧柔(? —?),字子剛。性聰敏,好學,未弱冠,解屬文,學業優深,文藻華贍,而口吃不能持論。

孝閔帝踐阼,拜小内史,遷内史大夫,進位開府。卒於位。所作詩、頌、碑、銘、檄、表、啓,行於世者數十篇。(《周書》卷三十二,又見《北史》卷三十)①

[北周]韋夐(502—578),字敬遠,京兆杜陵(今陝西西安市)人。北魏到北周時期名士。

明帝即位,禮敬逾厚。乃爲詩以貽之(韋夐)曰:"六爻貞遁世,三辰光少微。潁陽讓逾遠,滄州去不歸。香動秋蘭佩,風飄蓮葉衣。坐石窺仙洞,乘槎下釣磯。嶺松千仞直,岩泉百丈飛。聊登平樂觀,遠望首陽薇。詎能同四隱,來參餘萬機。"(韋)夐答帝詩,願時朝謁。帝大悦,敕有司日給河東酒一斗,號之曰"逍遥公"。(《周書》卷三十一,又見《北史》卷六十四)②

[北周]曲嚴(? —?),韋孝寬參軍,其他生平不詳。

(韋)孝寬參軍曲嚴頗知卜筮,謂孝寬曰:"來年,東朝必大相殺戮。"孝寬因令嚴作謡歌曰:"百升飛上天,明月照長安。"百升,斛也。又言:"高山不摧自崩,槲樹不扶自竪。"令諜人多齎此文,遺之於鄴。祖孝徵既聞,更潤色之。(斛律)明月竟以此誅。(《周書》卷三十一)③

[北周]申徽(? —571?),字世儀,凉州(今甘肅武威)人。官至侍中、驃騎大將軍、開府儀同三司。

(申徽)及代還,人吏送者數十里不絶。徽自以無德於人,慨然懷愧,因賦詩題於清水亭。長幼聞之,競來就讀,遞相謂曰:"此是申使君手迹。"并寫誦之。(《周書》卷三十二,又見《北史》卷六十九)④

[北周]于宣敏(? —?),字仲達,河南洛陽人。

(于)宣敏字仲達,少沉密,有才思。年十一,詣周趙王招,王命之賦詩。宣敏爲詩,甚有幽貞之志。王大奇之,坐客莫不嗟賞。(《隋書》卷三十九,又見《北史》卷二十三)⑤

[北周]衛元嵩(? —?),生平不詳。

---

① 〔唐〕令狐德棻等《周書》,中華書局,1971年,第563頁。〔唐〕李延壽《北史》,第1089頁。

② 〔唐〕令狐德棻等《周書》,第545頁。〔唐〕李延壽《北史》,第2269頁。

③ 〔唐〕令狐德棻等《周書》,第540頁。

④ 〔唐〕令狐德棻等《周書》,第557頁。〔唐〕李延壽《北史》,第2391頁。

⑤ 〔唐〕魏徵《隋書》,中華書局,1973年,第1147頁。〔唐〕李延壽《北史》,第860頁。

又有蜀郡衛元嵩者,亦好言將來之事,蓋江左寶誌之流。天和中,著詩預論周、隋廢興及皇家受命,并有徵驗。(《周書》卷四十七,又見《北史》卷八十九)①

四 隋代詩人輯補

逯欽立輯《先秦漢魏晋南北朝詩》所録隋詩人:隋文帝楊堅、盧思道、孫萬壽、李德林、柳莊、明克讓、明餘慶、魏澹、辛德源、李孝貞、元行恭、蕭岑、王通、劉臻、史萬歲、何妥、尹式、隋煬帝楊廣、姚察、楊素、賀若弼、薛道衡、柳䛒、牛弘、蕭琮、袁慶、王眘、徐儀、岑德潤、崔仲方、于仲文、王胄、諸葛穎、虞綽、許善心、庾自直、李密、虞世基、杜公瞻、王衡、薛德音、越王楊侗、虞世南、蔡允恭、孔德紹、劉斌、李巨仁、弘執恭、卞斌、王由禮、魯範、殷英童、胡師耽、陳政、周若水、薛昉、劉端、段君彦、張文恭、吕讓、沈君道、魯本、劉夢予、陸季覽、馬敞、王謨、乙支文德、大義公主、丁六娘、李月素、羅愛愛、秦玉鸞、蘇蟬翼、張碧蘭、侯夫人,以及僧法宣、釋惠净、釋智炫、惠曉、釋玄逵、釋靈裕、釋智命、釋智才、曇延、沸大、釋惠輪、釋慧英。以下輯補:

[隋]李士謙(523—588),字子約,趙郡平棘(今河北趙縣)人。魏時爲廣平王參軍,隋時不仕。

(李)士謙平生喜爲咏懷詩,輒毁棄其本,不以示人。(《隋書》卷七十七,又見《北史》卷三十三)②

[隋]常得志(? —?),京兆(今西安)人。一作德志,爲秦王楊俊記室。

京兆常得志,博學善屬文,官至秦王記室。及王薨,過故宫,爲五言詩,辭理悲壯,甚爲時人所重。(《隋書》卷七十六,又見《北史》卷八十三)③

[隋]薛孺(? —?),薛道衡族弟,河東汾陰(今山西萬榮)人。開皇中,爲侍禦史、揚州總管司功參軍。

(薛)孺清貞孤介,不交流俗,涉歷經史,有才思,雖不爲大文,所有詩咏,詞致清遠。(《隋書》卷五十七,又見《北史》卷三十六)④

[隋]僧琨,釋亡名弟子。

(僧琨)性沉審,善音調,爲隋二十五衆讀經法主。搜括群籍,采摭賢聖所撰諸論,集爲一部,稱曰《論場》,有三十卷。披卷一閲,俱覽百家,亦新學之宗匠者矣。後於曲池造静覺寺,每臨水映竹,體物賦詩,頗有篇什

① 〔唐〕令狐德棻等《周書》,第851頁。〔唐〕李延壽《北史》,第2947頁。
② 〔唐〕魏徵《隋書》,第1754頁。〔唐〕李延壽《北史》,第1234頁。
③ 〔唐〕魏徵《隋書》,第1748頁。〔唐〕李延壽《北史》,第2816頁。
④ 〔唐〕魏徵《隋書》,第1413頁。〔唐〕李延壽《北史》,第1340頁。

云。(《續高僧傳》卷七《周渭濱沙門釋亡名傳八(僧琨)》)①

[隋]釋道莊(?—?),揚州建業(今南京)人。由陳入隋。

帝昔處蕃,致書禮問,詩論嘉篇,每令和繼,詞采豐逸,屢動人心。(《續高僧傳》卷九《隋東都内慧日道場釋道莊傳》)②

[隋]釋法論(?—?),姓孟氏,南郡人。

(隋文)帝美其清悟,爲設浄饌於大寶殿,論即在坐上詩,叙談帝德、宫觀,宏麗今古,高祖重加嘆賞。(《續高僧傳》卷九《隋東都内慧日道場釋法論傳》)③

[隋]周羅睺(541—604),字公布,九江尋陽人。仕梁督湘州諸軍事,還拜散騎常侍。入隋,行絳、晋、吕三州諸軍事。

江州司馬吴世興密奏羅睺甚得人心,擁衆嶺表,意在難測,陳主惑焉。蕭摩訶、魯廣達等保明之。外有知者,或勸其反,羅睺拒絶之。軍還,除太子左衛率,信任逾重,時參宴席。陳主曰:"周左率武將,詩每前成,文士何爲後也?"都官尚書孔範對曰:"周羅睺執筆製詩,還如上馬入陣,不在人後。"自是益見親禮。(《隋書》卷六十五)④

[隋]鮑宏(?—?),郯郡(今山東郯城)人。梁亡歸周,後被授予均州刺史,有文集十卷,流行於世。

(鮑)宏七歲而孤,爲兄泉之所愛育。年十二,能屬文,嘗和湘東王繹詩,繹嗟賞不已,引爲中記室,遷鎮南府諮議、尚書水部郎,轉通直散騎侍郎。江陵既平,歸於周。(《隋書》卷六十六)⑤

[隋]王劭(?—?),字君懋,太原晋陽(今山西太原)人。歷史學家。

(王)劭復回互其字,作詩二百八十篇奏之。上以爲誠,賜帛千匹。劭於是采民間歌謡,引圖書讖緯,依約符命,捃摭佛經,撰爲《皇隋靈感志》,合三十卷,奏之。上令宣示天下。劭集諸州朝集使,洗手焚香,閉目而讀之,曲折其聲,有如歌咏。經涉旬朔,遍而後罷。上益喜,賞賜優洽。(《隋書》卷六十九)⑥

[隋]杜正藏(?—?),字爲善,其先本京兆(今西安)人,家於鄴。尤好學,善屬文。弱冠舉秀才,授純州行參軍,歷下邑正。

---

① 〔唐〕道宣《續高僧傳》,中華書局,2014年,第244頁。
② 〔唐〕道宣《續高僧傳》,第328頁。
③ 〔唐〕道宣《續高僧傳》,第329頁。
④ 〔唐〕魏徵《隋書》,第1524頁。雖此"執筆製詩"爲周羅睺在南朝陳時事,證其爲能詩之人。
⑤ 〔唐〕魏徵《隋書》,第1547頁。此雖在南朝時事,證其爲能詩之人。
⑥ 〔唐〕魏徵《隋書》,第1608頁。

(杜)正藏,字爲善,尤好學,善屬文。弱冠舉秀才,授純州行參軍,歷下邑正。大業中,學業該通,應詔舉秀才,兄弟三人俱以文章一時詣闕,論者榮之。著碑、誄、銘、頌、詩、賦百餘篇。(《隋書》卷七十六)①

[隋]釋真觀(? —?),俗姓范,字聖達,吴郡錢塘(今浙江杭州)人。陳時住泉亭光顯寺,入隋,住靈隱山天竺寺。

(釋真)觀以才學之富……著諸導文二十餘卷,詩、賦、碑集三十餘卷。近世竊用其言衆矣。(《續高僧傳》卷三十一《隋杭州靈隱山天竺寺釋真觀傳》)②

[隋]釋靖嵩(537—614),俗姓張,涿郡固安人。

加以性愛文藻,時摛詩、頌,重複嘉尚林泉,每登踐陟,子史篆隸,模楷於今,世論劇談,頗有承緒。(《續高僧傳》卷十《隋彭城崇聖道場釋靖嵩傳》)③

上述諸人,典籍明載其有詩歌創作活動并有詩歌作品,故録出以顯北朝詩人之全貌。

(作者單位:廣西師範大學)

① 〔唐〕魏徵《隋書》,第1748頁。
② 〔唐〕道宣《續高僧傳》,第1251頁。
③ 〔唐〕道宣《續高僧傳》,第339頁。

古典文獻研究(第二十五輯下)
Journal of the Institute for Chinese Classics Studies
Nanjing University
Volume 25, No.2 2022

謝莊文學創作新論*

赫兆豐

本文討論謝莊創作生涯的分期問題,以及謝莊詩文的用典特點。謝莊字希逸,生於宋武帝永初二年(421),卒於宋明帝泰始二年(466),歷仕文帝、孝武帝、前廢帝、明帝四朝,是南朝著名文學家、陳郡謝氏在劉宋中後期的代表人物。《宋書》卷八五、《南史》卷二〇有傳。

謝莊在宋齊梁三朝都詩名頗著。范曄、裴子野、王儉、蕭子顯、王融等人均對謝莊贊譽有加。鍾嶸《詩品》將謝莊列在下品,又在《詩品序》中云:"顔延、謝莊,尤爲繁密,於時化之。"[①]雖有批評之意,但當時能"化之",依然説明謝莊詩風影響之大,不應只從負面作用來評價。學界對謝莊的關注,以曹道衡最早。二十世紀八十年代,曹道衡全面論述了謝莊雜言詩的來源和對南北朝後期抒情小賦、初唐歌行甚至後來俗文學的影響,謝莊詩文中的對句及駢體特色,《月賦》所體現出的文風轉變,謝莊的聲律知識對永明詩人的影響等重要問題,在當時看來頗具開創性,很多結論至今仍被廣泛引用[②]。其後,王運熙從賦、詩、文三個方面,對謝莊的文學成就做了全面分析,并提出研究謝莊這樣的次要作家,很有必要[③]。這是對曹道衡有關謝莊研究的有益補充。此後研究謝莊的單篇論文、碩士學位論文的數量雖有所增長,但同質化傾向明顯,結論幾乎不出曹、王兩位先生的範圍,無非是在舉例和論證方面有所補益。只有孫明君和李曉紅的兩篇論文很富新意和啓發[④]。前者通過細緻的文本分析,指出謝莊

---

* 本文爲國家社科基金後期資助項目"宋孝武時代與南朝文學新變研究"(19FZWB087)階段性成果。

① 〔梁〕鍾嶸《詩品集注》,曹旭集注,上海古籍出版社,1994年,第180頁。

② 參看曹道衡《略論南北朝文學的評價問題》,《文學遺産》1980年第2期;《關於魏晋南北朝的駢文和散文》,《文學評論叢刊》第7輯,1980年;《論鮑照詩歌的幾個問題》,《社會科學戰綫》1981年第2期;《從〈雪賦〉〈月賦〉看南朝文風之流變》,《文學遺産》1985年第2期。

③ 參看王運熙《謝莊作品簡論》,《南陽師範學院學報》2002年第3期。

④ 參看孫明君《謝莊〈與江夏王義恭箋〉釋證》,《北京大學學報》2012年第5期;李曉紅《"以數立言"與九言詩之興——謝莊〈宋明堂歌〉文體新變考論》,《中山大學學報》2012年第4期。

"順人而不失己"的處世態度,"表明了高門士族精英對孝武帝政治的清醒認識和理性抗争";後者闡發了謝莊《宋明堂歌》在文體學方面的創新和影響。綜合目前的研究現狀,筆者在此無意重複上述問題,而是擬從以下三個方面嘗試對謝莊的文學創作做一些新的探索。

一 謝莊的生平經歷與其作品類型、風格之間的關係

王運熙在《謝莊作品簡論》中,根據謝莊的隨侍應詔詩將他定位爲"劉宋前期宫廷文學代表",與顔延之和齊梁時代的任昉、王融的身份相似。孫明君也認爲謝莊是"劉宋宫廷的文壇領袖"①。同時許多學者又指出謝莊在《月賦》《北宅秘園》《懷園引》等個别作品中,也會抒寫一些較爲鮮活的内容,并難得地流露出自己的真實情感。然而遺憾的是,目前這兩種評價謝莊文學創作特點的視角,很多時候都處於一種平行不相交的狀態。其原因就在於對謝莊詩文作品的繫年研究相對欠缺。

謝莊現存詩 28 首,賦 4 篇,文 30 篇,共計 62 篇(部分爲殘篇)。其中筆者通過文獻考證可以確定具體或大致創作時間的,計有 49 篇②,比例高達近八成。這爲我們將謝莊一生的事迹與其創作生涯進行關聯、對比,提供了可能性。通過對比可以較爲明顯地看出,劉宋朝的政局變化以及不同君主的個性,對謝莊的創作心態産生了直接影響。

謝莊的創作生涯大致可以大明元年(457)爲界,分爲前後兩個階段。前期作品個人色彩較鮮明,且反映出謝莊對政治持一種較爲積極的參與態度。大明元年之後,隨着政治局勢以及同孝武帝君臣關係的變化,謝莊逐漸與政治拉開距離,作品變爲幾乎清一色的奉詔應制之作,個人色彩也被典重、單調、板滯的文辭所掩蓋。

目前謝莊詩文中可考的創作時間最早的作品,是寫於約元嘉二十年(443)的《游豫章西山觀洪崖井》。此時謝莊爲廬陵王劉紹南中郎諮議參軍,隨劉紹出鎮江州。這也是謝莊第一次以諸侯王府佐的身份外任。這首詩的結構、寫法與謝靈運的山水詩十分相似,或是有意模擬。"林遠炎天隔,山深白日虧。游陰騰鵠嶺,飛清起鳳池。隱曖松霞被,容與澗烟移"六句寫洪崖的幽深景色,全用對偶。"遠""隔""深""虧"四字刻畫洪崖遠離塵囂,"被""移"二字寫山上烟霞和澗底霧氣,輕靈幽遠,均頗見鍛字煉句之功。此詩可算是南朝山水詩中較爲優秀的作品,王夫之、陳祚明均有很高的評價③。至於開頭和結尾所表現出的歸隱之趣,應該理解爲對大謝的模仿,而不是一個二十出頭、剛剛踏入仕途的士族子弟的真實心態。二十二年,謝莊隨劉紹由江州入朝,途中創作了

① 孫明君《"風流領袖"謝莊》,《古典文學知識》2015 年第 4 期。

② 筆者另有《謝莊文學創作繫年考》,《古籍整理研究學刊》(未刊稿)。

③ 《古詩評選》卷五:"净極矣!俗目但侈其琢,必欲知此,試於一結求之。"見〔清〕王夫之評選《古詩評選》,張國星校點,文化藝術出版社,1997 年,第 231 頁。《采菽堂古詩選》卷一六:"其體閑静,其姿秀濯。"見〔清〕陳祚明評選《采菽堂古詩選》,李金松點校,上海古籍出版社,2008 年,第 516 頁。

《自尋陽至都集道里名爲詩》。就現存文獻看,集地名成詩,以這一首爲最早。此詩雖是游戲之作,有逞才之嫌,但出語自然,并無堆砌的痕迹,且有一定詩意,反映了謝莊當時較爲輕鬆的創作心態。元嘉二十七年,謝莊在襄陽懷念建康故園,作《懷園引》。這是謝莊四首雜體詩中成就最高的一首。開頭以鴻雁離開故國、遠赴他鄉起興,接着重點描寫作者來到楚地後看到的初春花草叢生、生機繁榮的景象。但眼前的美景没能撫慰作者的心靈,反倒勾起他對時光易逝、青春難再的傷感,手法類似王粲《登樓賦》。全詩借景抒情,感情真摯,是難得的能够表現謝莊内心感情的一篇作品。或許是因爲寫於楚地,整首詩在三、五、七言中還雜用了楚辭體的句式,表現了謝莊在文體形式上的創新。當然,謝莊在元嘉時期也有奉詔應制之作,如寫於元嘉二十六年的《侍宴蒜山》和寫於元嘉二十九年的《赤鸚鵡賦》。但前者在描寫車駕出游的盛景時,仍有"烟竟山郊遠,霧罷江天分"這樣不遜大謝的名句;後者在極貌寫物方面更接近《月賦》的手法,而不像作於大明五年的《舞馬賦》那樣,描寫、用典均稍顯浮泛而空洞,純爲稱頌功業之作。

謝莊在元嘉時期的這種比較個性化的創作風貌,首先得益於宋文帝愛好文義的個性和他對待文士時比較寬容的態度。文帝曾自稱"少覽篇籍,頗愛文義,游玄翫采,未能息卷"①,《宋書・文帝紀》載其"博涉經史"②,劉勰在《文心雕龍・時序》中也承認"文帝彬雅"③。這些都體現了文帝氣質上士族化、名士化的特點④。這種性格使文帝在位時,對文采出衆者,特别是出身士族的文士格外看重,頗能寬容優待。其次,謝莊父謝弘微身居要職,是元嘉初年深受文帝倚重的大臣。這兩個因素某種程度上都爲謝莊提供了一個相對寬鬆的政治環境。最後,謝莊於元嘉十七年(440)出仕。這一年文帝清除彭城王劉義康集團,謝莊未受牽連。此後一直到文帝去世前,謝莊所任之職都是文帝皇子的府佐,并未進入政治核心。元嘉二十九年巫蠱事件後,文帝有心另立太子,謝莊也没有捲入其中。可以説謝莊在文帝朝并没有親身經歷過殘酷的權力鬥争,更没有感受過皇權和權力鬥争加之於身的切實威脅,對於政治的殘酷性以及皇權與士族的複雜關係也没有深入的理解,因此,也就不會在文學創作中刻意隱藏自己的一些真實情感。

元嘉三十年,元凶弑父,劉駿興義軍攻入建康後即位,是爲孝武帝。劉宋王朝在經歷了一段短暫的動蕩後,正式進入轉折期。然而當時之人并没有這種後視的歷史視角,而是將劉駿討逆、穩定局勢看作劉宋王室的中興。鮑照獻上《中興歌》十首(中有"中興太平運,化清四海樂"之語),韓蘭英獻上《中興賦》,便是這種心態在文學創作中的映射。謝莊也不例外。他在《與世祖啓事》

---

① 〔梁〕沈約《宋書》卷九五《索虜傳》,中華書局,1973年,第2341頁。

② 《宋書》卷五,第71頁。

③ 周勛初《文心雕龍解析》,鳳凰出版社,2015年,第696頁。

④ 參看王永平《劉宋文帝一門文化素養之提升及其表現考論》,《黑龍江社會科學》2008年第4期。

中熱烈贊頌劉駿討逆的忠義之舉:"殿下文明在嶽,神武居陝,肅將乾威,龔行天罰,滌社稷之仇,雪華夷之耻,使弛墜之構,更獲締造,垢辱之甿,復得明目"①,恐怕不能簡單看作套話,應該是有真實情感在其中的。

自元嘉三十年四月孝武帝即位,至孝建元年(454)十月,在這一年半的時間裏,謝莊連續奏上了《索虜互市議》《請弘風則表》《上搜才表》。这三篇文章與外交、法律、經濟、人才選舉等國政息息相關。儘管其中難免有一些可能不切實際的書生之見,但謝莊的舉動畢竟表現出他想要積極融入新政權、在孝武帝手下施展才幹的姿態。直至孝建元年十月,謝莊向孝武帝奏上《讓吏部尚書表》,又作《與大司馬江夏王義恭箋》,態度堅定且不失委婉地表達了自己辭官的意願。從對孝武帝政權抱有希望、主動投身政治,到此時開始與權力核心拉開距離,謝莊的轉變源於對孝武帝中央權力構架的不滿,也是出於在孝武帝獨裁統治下保全自身的需要。

謝莊的舉動在孝武帝看來,無疑是觸犯了自己的威嚴。君臣雖然表面上没有發生激烈衝突,但二人的關係已經漸行漸遠。孝建三年,謝莊因辭疾過多而被免職。次年,孝武帝改元大明。"大明"者,有光明鴻業之意,是孝武帝對自己治下王朝的美好期許,表達了孝武帝在前人基礎上開創屬於自己的盛世的雄心壯志。此後,特别是大明二年(458)孝武帝在中央權力結構中完全捨棄世家大族之後②,謝莊之於孝武帝政權的地位已不再重要,劉駿對他的職位安排也不再做過多的考慮。謝莊的官職頻繁在文官、武官、京官、外官之間變動,且無規律可循,便是一個表現。同時,隨着國内局勢和與北魏關係的逐漸穩定,劉駿也不斷强化獨裁高壓統治,嚴厲打壓觸犯自己的諸侯王和大臣,許多人因此喪命。前者如雍州刺史武昌王渾"與左右人作文檄,自號楚王,號年爲永光元年,備置百官"③,孝建二年八月,孝武帝廢劉渾爲庶人,又派戴明寶逼令其自殺;大明三年四月,南兖州刺史竟陵王劉誕據廣陵反叛,孝武帝派兵討平,并以屠城和貶劉誕爲留氏的方式發泄心中的憤怒;大明五年四月,雍州刺史海陵王休茂反,叛亂平定後被誅。後者如"屢經狂逆"④的王僧達,於大明二年被賜死;孝武帝的親信顔竣因居功自傲,於大明三年被殺;周朗因批評皇室、露才揚己,於大明四年被殺;沈懷文因屢次直諫忤旨,於大明六年被賜死。孝武帝還經常"狎侮群臣,隨其狀貌,各有比類,多鬚者謂之羊。顔師伯缺齒,號之曰齴。劉秀之儉吝,呼爲老慳。黄門侍郎宗靈秀體肥,拜起不便,每至集會,多所賜與,欲其瞻謝傾踣,以爲歡笑。……又寵一昆侖奴子,名白主。常在左右,令以杖擊群臣,自柳元景以下,皆罹其毒。"⑤《宋書·柳元景傳》又記載:

---

① 《宋書》卷八五,第 2168 頁。

② 參看拙文《大明二年的轉折——劉宋孝武帝朝初期政治平衡的構建、瓦解與寒人上位》,《中南大學學報》2020 年第 5 期。

③ 《宋書》卷七九《武昌王渾傳》,第 2042 頁。

④ 《宋書》卷七五《王僧達傳》,第 1958 頁。

⑤ 《宋書》卷七六《王玄謨傳》,第 1975 頁。

"世祖崩,義恭、元景等并相謂曰:'今日始免横死。'"①孝武帝給臣屬施加的心理壓力之沉重,由此可見一斑。

我們不知道謝莊是否也曾受到過孝武帝的"狎侮"或敲打,但從他勸誡沈懷文"卿每與人异,亦何可久"②的言語還是可以隱約看出,"險虐滅道"③"嚴暴异常"④的孝武帝,以及他所營造的嚴酷的政治環境,使謝莊深刻意識到謹言慎行、和光同塵、不露鋒芒的重要性。這種處世心態也必然會反映在他的文學創作中。

孝建大明年間是謝莊創作最集中的時期。以《讓吏部尚書表》和《與大司馬江夏王義恭箋》爲標志,謝莊開始主動遠離權力漩渦,甚至萌生退意。大明元年以後,謝莊作品中創作時間可考者有 35 篇,其中只有《改定刑獄表》延續了謝莊在劉駿剛即位時對現實政治問題的關注態度,《昨還帖》因是私人書信,故内容及語言風格均很生活化,其餘所有作品無一例外都是禮儀性文本和章表公文。

禮儀性文本按照使用場合大致可分爲兩類。第一類是爲稱頌孝武帝的文治武功而作,有《爲八座江夏王請封禪表》《瑞雪咏》《侍東耕》《江都平解嚴》《上封禪儀注奏》《又》《和元日雪花應詔》《宋明堂歌九首》《宋世祖廟歌二首》《舞馬賦》。第二類是哀誄之辭,有《黄門侍郎劉琨之誄》《司空何尚之墓銘》《皇太子妃哀策文》《宣貴妃謚册文》《孝武宣貴妃誄》《宋孝武帝哀策文》《豫章長公主墓志銘》。這兩類作品又多是創作於奉詔應制的場合。章表公文有《爲北中郎謝兼司徒章》《太子元服上至尊表》《太子元服上太后表》《爲北中郎將拜司徒章》《宋明帝即位詔》《讓中書令表》《爲朝士與袁顗書》。雖然從形式和文學技巧上看,這些詩文中也有一些優秀之作,如《孝武宣貴妃誄》被《文選》收録,《宋明堂歌九首》在詩歌體式方面有創新,《爲朝士與袁顗書》幾乎通篇對仗却無板滯之病,氣脉流暢,但不可否認的是,大多數作品都存在結構、語句相似,甚至典故都重複出現的弊病,華麗典雅的文辭背後也很難觸摸到謝莊本人的真實情感。這些禮儀性文本和公文也因此而長期被學者所詬病。其實,只要將這些作品的創作時間和謝莊當時身處的政治背景關聯在一起,便可以獲得一種"了解之同情"的新視角。《宋書·劉義慶傳附鮑照傳》記載了這樣一則材料:"上好爲文章,自謂物莫能及,照悟其旨,爲文多鄙言累句,當時咸謂照才盡,實不然也。"⑤謝莊在大明元年之後,於詩文作品中不再表露自己的心迹,恐怕和鮑照的出發點是一般無二的,即通過文字的僞裝,避免與皇權發生衝突,以達到自保。

需要特别説明的是,《宋書·謝莊傳》記載謝莊"所著文章四百餘首"⑥,是

①④ 《宋書》卷七七《柳元景傳》,第 1990 頁。
② 《宋書》卷八二《沈懷文傳》,第 2105 頁。
③ 《宋書》卷七《前廢帝紀》,第 147 頁。
⑤ 《宋書》卷五一,第 1480 頁。
⑥ 《宋書》卷八五,第 2177 頁。

現存數量的七八倍之多,可見其作品散佚程度之重,加之一些保存在類書中的作品只是殘章,無法考證創作時間。從這個角度來説,上文僅就創作時間較爲明確的 49 篇加以分析,難免有以偏概全之嫌。但筆者以爲謝莊集目前所呈現出的文本狀態十分特殊,即内容、情感較豐富、真實的作品群與禮儀類、公文類作品群非常集中地分布在謝莊創作生涯的前後兩個階段,幾乎没有例外。從概率學上説,如果是正常的文獻散佚,是不應該出現這樣一種分布狀態的。最有可能的一個解釋就是,謝莊原本的創作確實存在上述很明顯的前後分期,即便作品經過了大量的散佚,存世文本仍然能够將這個特征凸顯出來。

二 謝莊詩文中的典故使用特點

鍾嶸在《詩品序》中説:"顔延、謝莊,尤爲繁密,於時化之。故大明、泰始中,文章殆同書抄。近任昉、王元長等,詞不貴奇,競須新事。爾來作者,寖以成俗。遂乃句無虚語,語無虚字,拘攣補納,蠹文已甚。"[①]長期以來,有關謝莊的文學史叙事,幾乎都是將這段話與謝莊的奉詔應制之作結合在一起,來論證他喜用典故的繁密詩風改變了當時的風氣,進而影響到齊梁詩人在詩歌中競相使用新典的寫作風格。雖然這個結論總體上没有什麽問題,却在某種程度上掩蓋了謝莊使用典故時的多樣化手法,進而影響到如何評價謝莊在元嘉體向永明體過渡過程中的地位問題。

不可否認,鍾嶸的評價確實指出了謝莊詩歌中的弊病,而且不僅是詩歌,謝莊的不少文章也存在用典繁密的問題。有時不僅是正常表情達意時典故數量密集,甚至還出現不需用典的地方用了典,或爲追求對仗而用多個典故表達同一個意思的現象,反而造成了文句晦澀。如《宋孝武帝哀策文》開頭"樞電皇根,月瑶國緒,胤裔丹陵,蟬聯華渚"四句,連續用了黄帝、顓頊、堯、少昊四位上古帝王出生時异象的典故,以烘托孝武帝降世的不凡;《宋孝武宣貴妃誄》一連用"律谷罷煖,龍鄉輟曉,照車去魏,連城辭趙"四個典故,形容宣貴妃去世,又用"敬勤顯陽,肅恭崇憲"形容殷貴妃對孝武帝的母親路太后的尊重,均是"繁密"的表現。

爲了追求典雅精工而大量用典,這種創作手法與謝莊衆多"爲文造情"的奉詔應制之作相結合,便造成了一些典故和句法重複使用,甚至形成公式化的問題。如《上封禪儀注奏》中有"山輿佇衡,雲鶼竦翼,海鰈泳流,江茅吐蔭"四句,後三句典出《史記·封禪書》:"江淮之間,一茅三脊,所以爲藉也。東海致比目之魚,西海致比翼之鳥。"[②]《史記集解》引韋昭:"各有一目,不比不行,其名曰鰈。各有一翼,不比不飛,其名曰鶼鶼。"[③]同樣的典故還出現在《舞馬賦》"鄗上之瑞彰,江間之禎闡",及《爲八座江夏王請封禪表》"靈茅已茂"中。又如

① 《詩品集注》,第 180—181 頁。
② 〔漢〕司馬遷《史記》卷二八,中華書局,1982 年,第 1361 頁。
③ 《史記》卷二八,第 1363 頁。

《孝武宣貴妃誄》“處麗絺綌”句和《豫章長公主墓誌銘》“婉娩絺綌”句，均用《詩・周南・葛覃》“是刈是濩，爲絺爲綌，服之無斁”[①]之典。

除了表面的數量密集外，謝莊的用典手法實際上還存在着追求生新的傾向，往往通過改造、壓縮典故表達，以達到文句陌生化的效果。如《舞馬賦》中有“五王晦其術，十氏懵其玄”兩句。前句用“王良五星”典。《晉書・天文志上》：“王良五星，在奎北，居河中，天子奉車御官也。其四星曰天駟，旁一星曰王良，亦曰天馬。其星動，爲策馬，車騎滿野。”[②]後句用《吕氏春秋》典。《吕氏春秋・恃君覽》記載了古代十個擅長相馬的人：“古之善相馬者，寒風是相口齒，麻朝相頰，子女厲相目，衛忌相髭，許鄙相尻，投伐褐相胸脅，管青相膹肳，陳悲相股脚，秦牙相前，贊君相後。凡此十人者，皆天下之良工也。”[③]原本這兩個典故的來源文本都比較長，謝莊壓縮爲“五王”“十氏”兩個詞後確實便於對仗。但如果説將《吕氏春秋・恃君覽》所載的十位相馬高手簡稱爲“十氏”，尚屬合理的話，那麽將“王良五星”倒裝後簡化爲“五王”則顯得生硬晦澀，增加了典故的陌生度，容易讓讀者以爲是五個王姓之人或五位王侯。又如《上搜才表》中有“七隩才之所集”一句。其中的“七隩”本是“七澤”，是古時對楚地諸湖泊的泛稱。司馬相如《子虛賦》有“臣聞楚有七澤，嘗見其一，未睹其餘也”[④]。顔延之《始安郡還都與張湘江登巴陵城樓作》有“三湘淪洞庭，七澤藹荆牧”[⑤]。聯繫《上搜才表》的内容，實際是在暗用《左傳・襄公二十六年》“雖楚有材”[⑥]的典故。但謝莊爲求新奇，用“隩”字替换了“澤”，也增加了理解的難度。再如《瑞雪咏》中“冪遥途而界遠綺”一句，“遠綺”出自《古詩十九首》“客從遠方來，遺我一端綺”[⑦]。但以“遠綺”指代遠人，這種用法此前未見，當是謝莊的新創。這種制造新奇字眼的套路，在同時代的顔延之、江淹等人的筆下，也比較普遍。

與用典求新相對應，謝莊在鍛詞煉字方面也不願蹈襲陳詞，存在刻意雕琢、甚至不惜生撰硬造，反而使文句不通的情況。如《烝齋應詔》“西郊減湮湊，東溟起昭晋”兩句中，“湮湊”指代沉雲，“昭晋”指代旭日，體現了用字造詞避陳翻新的傾向。《宋孝武帝哀策文》“顧璧羽之容裔”中的“璧羽”代指輼輬車。《宋書・禮志五》：“漢制，大行載輼輬車，四輪。其飾如金根，加施組連璧，交絡，四角金龍首銜璧，垂五采，析羽流蘇。”[⑧]謝莊從中析出“璧羽”二字，割裂成文，造成了生硬艱澀的語感。再如《司空何尚之墓銘》有“調於飪歸”一句。飪

① 〔漢〕鄭玄箋，〔唐〕孔穎達疏《毛詩正義》卷一，《十三經注疏》，中華書局影印阮元校刻本，1980年，第276頁。

② 〔唐〕房玄齡等《晉書》卷一一，中華書局，1974年，第296頁。

③ 〔戰國〕吕不韋《吕氏春秋新校釋》卷二〇，陳奇猷校釋，上海古籍出版社，2002年，第1423頁。

④ 〔梁〕蕭統編，〔唐〕李善注《文選》卷七，中華書局，1977年，第119頁。

⑤ 《文選》卷二七，第383頁。

⑥ 〔晉〕杜預集解，〔唐〕孔穎達疏《春秋左傳正義》卷三七，《十三經注疏》，中華書局影印阮元校刻本，1980年，第1991頁。

⑦ 《文選》卷二九，第412頁。

⑧ 《宋書》卷一八，第501頁。

指烹飪,引申爲治理;歸指要旨,引申爲朝政。"飪歸"在此處意同"飪鼎"。《晉書·劉寔傳》:"聖詔殷勤,必使寔正位上台,光飪鼎實。"①《魏書·咸陽王禧傳》:"元弟禧雖在事不長,而戚連皇極,且長兼太尉,以和飪鼎。"②但將"飪鼎"改爲"飪歸",同樣增加了詞彙的陌生感。謝莊的詩文錘煉字詞、標新立异還有一個表現,即他經常刻意選擇一個字相對生僻的義項,以增加文句的生澀程度。如《月賦》"斜漢左界"一句,"界"意爲"垂",出自《爾雅·釋詁下》;《孝武宣貴妃誄》"曉蓋俄金","俄"意爲"傾",出自《詩·小雅·賓之初筵》"側弁之俄"一句的鄭玄箋;《司空何尚之墓銘》"處華民瞻,出光帝難","難"讀作"戁",意爲恭敬,與上句"民瞻"相對。

當然,謝莊也有一些通篇用典較少,風格平易流麗的詩作,如《七夕夜咏牛女應制》《侍宴蒜山》《游豫章西山觀洪崖井》,前輩學者多已注意到,此不贅述。同時,謝莊雕琢字句也并非没有成功的例子。《黄門侍郎劉琨之誄》開頭云"秋風散兮凉葉稀"。謝莊運用通感的手法,將衰颯蕭索的心理感受賦予散落的秋葉。"凉"字既指物候變换帶來的體感之凉,也可用來渲染故人逝去之後引起的凄凉之情。且"凉葉"一詞淺易通俗,一望便知其意。後江淹《雜體詩三十首·謝光禄郊游》有"凉葉照沙嶼,秋榮冒水潯"兩句。雖然在現存謝莊集中,"凉葉"一詞僅此一見,但江淹在模擬謝莊詩風時選擇了這一意象,説明在江淹看來,"凉葉"憑藉着言淺意深的優點,已成爲謝莊創造出來的優秀意象,代表着謝莊鍛詞煉字的水平。事實上,在後世的詩詞中,"凉葉"也屢見不鮮。如韋應物《秋夜》"蕭條凉葉下,寂寞清砧哀";白居易《早秋獨夜》"井梧凉葉動,臨杵秋聲發";晏幾道《蝶戀花》"分鈿擘釵凉葉下";賀鑄《菩薩蠻》"厭厭别酒商歌送,蕭蕭凉葉秋聲動"等。這些語例都説明謝莊創造的"凉葉"一詞在後世有較高的認可度。

謝莊用典繁密、無論是改造典故還是雕琢字詞均追求生新效果的寫作風格,在當時并不是孤例。在《詩品序》中與謝莊一起被批評的顔延之自不必言,謝靈運雖有清新自然之句,但就總體創作數量而言,更多的還是精工密麗、甚至句法生硬艱澀之作,難逃"典正可采,酷不入情"③之評。鮑照的山水登覽之作蹈襲大謝,同樣凝重典雅。至於謝靈運"白雲抱幽石,緑篠媚清漣","曉霜楓葉丹,夕曛嵐氣陰"等詩句中的動詞、形容詞堪稱詩眼;鮑照詩"字字鍊,步步留,以澀爲厚,無一步滑","於去陳言之法尤嚴,只是一熟字不用"④;《蕪城賦》"飢鷹厲吻,寒鴟嚇鶵。伏虣藏虎,乳血飱膚",大膽選取凶惡猙獰的物象,輔以冷峭奇崛的字眼來表現滿目瘡痍之狀,這些都體現了極貌寫物、窮態極妍的追求。因此,上文所述謝莊的寫作特點其實反映的是當時劉宋文壇的主流風貌。

---

① 《晉書》卷四一,第1197頁。
② 〔北齊〕魏收《魏書》卷二一上,中華書局,1974年,第536頁。
③ 〔梁〕蕭子顯《南齊書》卷五二《文學傳論》,中華書局,1972年,第908頁。
④ 〔清〕方東樹《昭昧詹言》卷六,汪紹楹校點,人民文學出版社,1961年,第165頁。

這種風貌用劉勰的話概括描述,就是"宋初訛而新"①,"儷采百字之偶,争價一句之奇,情必極貌以寫物,辭必窮力而追新"②;用沈德潛的評語,就是"詩至於宋,性情漸隱,聲色大開,詩運一轉關也"③。這種"好奇"的寫法流波所及,到了齊梁兩代仍有很大的影響力。劉勰在《文心雕龍・定勢》中説:"自近代辭人,率好詭巧,原其爲體,訛勢所變,厭黷舊式,故穿鑿取新;察其訛意,似難而實無他術也,反正而已。故文反正爲乏,辭反正爲奇。效奇之法,必顛倒文字,上字而抑下,中辭而出外,回互不常,則新色耳。……然密會者以意新得巧,苟异者以失體成怪。"④又在《通變》篇云:"今才穎之士,刻意學文,多略漢篇,師範宋集。"⑤可見齊梁文壇追摹以元嘉三大家爲代表的劉宋作家的趨勢。任昉"晚節轉好著詩,欲以傾沈,用事過多",雖然"屬辭不得流便",但"自爾都下士子慕之"⑥,便是明證。

三　從謝莊改造詩歌語言看大明泰始詩風的過渡性

堆砌典故、造語力避陳熟的文風雖然在南朝流行甚廣,但其弊端也是非常明顯的,故而對這一文風的批判和反思也屢見不鮮。其中最具代表性的,恐怕要數沈約的"三易説"。《顔氏家訓・文章篇》記載:"沈隱侯曰:'文章當從三易:易見事,一也;易識字,二也;易讀誦,三也。'"⑦以永明體的出現爲代表,齊梁文人對平易和諧文風的追求,正是出於對劉宋以來生拘奇詭風格的革新。但是需要强調的是,這種平易和諧是建立在慘淡經營基礎上的,亦即不管是聲律還是字詞都并非不加修飾,對於用典也不是片面否定,而是在精雕細琢之後,盡量不露痕迹地呈現出平易自然的效果。

按照曹道衡、沈玉成在《南北朝文學史》中的觀點,"文學語言的風格從元嘉到永明的轉變,通過兩個方向而殊途同歸。一方面是通過精雕細刻而達到了和諧平易,……另一方面是南朝民歌進入上層,文士們爲它的明麗天然所吸引,競加仿作。"⑧後一方面可以追溯到劉宋中後期的"鮑休美文"及劉駿、劉鑠等皇室成員所創作的擬樂府,前一方面則在謝靈運的詩中時有所見。難易兩種文風在元嘉詩人身上共存,這種看似矛盾的現象并非不可理解,它實際上反映了文學語言進化的過渡階段。鮑照和劉宋皇室對樂府民歌的愛好,與他們原本的階層出身相對低微有密切關係。《詩品》評價鮑照"頗傷清雅之調"⑨,

① 《文心雕龍解析》,第 503 頁。
② 《文心雕龍解析》,第 117 頁。
③ 〔清〕沈德潛《説詩晬語》卷上,霍松林校注,人民文學出版社,1979 年,第 203 頁。
④ 《文心雕龍解析》,第 517 頁。
⑤ 《文心雕龍解析》,第 503 頁。
⑥ 〔唐〕李延壽《南史》卷五九《任昉傳》,中華書局,1975 年,第 1455 頁。
⑦ 王利器《顔氏家訓集解》(增補本)卷四,中華書局,2013 年,第 329 頁。
⑧ 曹道衡、沈玉成《南北朝文學史》,中國社會科學出版社,2007 年,第 13 頁。
⑨ 《詩品集注》,第 290 頁。

有趣的是,在評價謝莊時則説“希逸詩,氣候清雅”[①]。這在某種程度上,是將鮑照和謝莊兩位最能代表大明泰始詩風的文學家[②],放在了對立的位置上。考慮到謝靈運在陳郡謝氏文學家族中的地位,以及門閥大族對傳承家風的重視,可以推測謝莊的語言風格應該受到了謝靈運的影響。“清雅”意即清新典雅。這意味着在謝莊的作品中,典故的使用并不只是給他帶來了“殆同書抄”的批評,其實也創造出了成功之作。而且不同於鮑照從樂府民歌中汲取養分,謝莊主要在吸收典籍養分的基礎上,通過提高用典透明度的方法來降低詩歌語言的難度,以達到清新的效果。

首先,用典的透明度可以從語言學的角度來理解。詞語是由語素構成的,典故也不例外。每一個語素都是最小的音義結合體。語素意義的組合并不一定等同於詞語的意義。如果從構詞語素的意義,能够基本得出典故的大致意義,則可以説這個典故在語意上是比較透明的。這樣的典故用在詩歌中,自然也不會造成意脉的滯澀不通。謝莊《北宅秘園》堪稱典型。全詩如下:“夕天霽晚氣,輕霞澄暮陰。微風清幽幌,餘日照青林。收光漸牕歇,窮園自荒深。緑池翻素景,秋槐響寒音。伊人儻同愛,弦酒共栖尋。”王夫之《古詩評選》高度稱贊此詩:“物無遁情,字無虚設。兩間之固有者,自然之華,因流動生變而成其綺麗。心目之所及,文情赴之;貌其本榮如所存而顯之,即以華奕照耀,動人無際矣。”[③]評語中的“自然”“流動”“綺麗”“動人”,説明在王夫之看來,這首詩無論在表情達意還是寫景狀物方面,都實現了流轉動人的藝術效果。但如果仔細分析詩句,可以發現這首詩的用典密度其實并不算低。更有趣的是,因爲詩中寫景的篇幅較多,且寫景又是謝氏家族最擅長的題材,故而謝莊在詩中多處化用了家族前輩的寫景句子。首句“夕天霽晚氣”化用謝瞻《答靈運》“夕霽風氣凉”。第二句“輕霞澄暮陰”化用謝瞻《九日從宋公戲馬臺集送孔令詩》“輕霞冠秋日”,和謝靈運《永初三年七月十六日之郡初發都》“秋岸澄夕陰”。第三句“微風清幽幌”,與謝靈運《日出東南隅行》“晨風拂檐幌”意境相似。第八句“秋槐響寒音”化用謝惠連《擣衣》“秋風落庭槐”。第十句“弦酒共栖尋”中的“栖尋”意同“栖息”,表達的情感和志趣與謝靈運《道路憶山中》“追尋栖息時,偃卧任縱誕”相同。至於詩中“青林”“收光”“素景”“寒音”“伊人”等詞語,雖然也可以在前代詩句中找到用例,但與其將它們當作典故,或許不如當作“習語”——即“一個脱離了原始語境、自由浮動的句子,可以被應用於任何適當的情境”[④]——更合適。但不管是確切的句典還是習語,讀者通過組成這些詞組和

① 《詩品集注》,第409頁。

② 謝靈運在元嘉十年就早早離世。顔延之卒於孝建三年,他的創作生涯主要集中在元嘉年間。鮑照一直生活到了泰始二年。同年,謝莊去世。鮑照在元嘉三大家中,代表的更多的是在元嘉詩風基礎上的新變,將他作爲大明泰始詩風的代表人物恐怕更合理。

③ 《古詩評選》卷五,第231頁。

④ 田曉菲《樓上女:〈古詩十九首〉與隱/顯詩學》,《影子與水文:秋水堂自選集》,南京大學出版社,2019年,第47頁。

短句的每一個語素的意義,基本是可以推測出整體意義的。也就是説,即便讀者不知道這些詞句與前代文學作品的關聯,但僅憑字面意思也不會太影響對詩作整體畫面和情感表達的理解。從這個意義上説,詩中的典故,對讀者而言是比較透明的。

其次,用典的透明度還可以從引書是否常見的角度來理解。這實際上反映的是作者與讀者的文化對應關係[①]。同一個典故,對於不同時代、不同階層的讀者而言,理解的難易程度是不同的。因此,引經據典,并不一定意味着晦澀難懂。謝莊詩文的閱讀對象肯定是以士族階層爲主。東晋以來的門閥大族十分重視對家族子弟的文化教育,這一點已不用贅述。即便是起自寒微的劉宋皇室和以軍功起家的武力强宗,在劉宋中後期也開始出現轉换門風的士族化傾向。一些地位更低的寒人也有機會憑藉知識獲得君主的賞識[②]。據田曉菲的研究,"在魏晋時代,一個士人的基本書單應該包括五經、諸子、史傳",到了劉宋時代,又出現了編纂文學總集的熱潮[③]。在這樣的前提下,分析謝莊用典的難易,就有必要引入常見書這個參考系。一個典故也許對於現代讀者而言是僻典,但對於南朝的士族來説,可能只是來自常見書籍中的一個普通典故而已。《宋書》本傳記載謝莊用《史記》中"杜郵之賜"的典故應對孝武帝,以及孝武帝用《後漢書・郅惲傳》的典故質問謝莊兩件事,都發生在日常口頭對話的場景中,更是反映了士族對典故内容以及用典技巧的熟稔程度。清人翁方綱爲黄庭堅用典做辯護,在《跋山谷手録雜事墨迹》中説:"鄱陽許尹《序》曰:'其用事深密,雜以儒、佛、虞初、稗官之説,隽永鴻寶之書,牢籠漁獵,取諸左右,後生晚學,此秘未睹。夫古事非出僻書,掌録亦非難事,何秘之有乎?'吾乃嘆此言之深中後人錮疾,而積學之非易也"[④],也是這個道理。

以謝莊創作的《宋明堂歌九首》爲例。這一組詩用於明堂祭祀,場合莊重,要求文辭雅正,大量用典便成了必然的手段。這一組詩也十分符合"殆同書鈔"的評價。但如果仔細追溯典故出處,可以發現謝莊引用的書目,按照後世的四部分類體系,經部主要有《周易》《詩經》《周禮》《禮記》《左傳》《春秋繁露》《孝經》《論語》《白虎通》;史部主要有《史記》《漢書》《晋書》《逸周書》《戰國策》;子部主要有《管子》《韓非子》《吕氏春秋》《淮南子》《老子》《莊子》《抱朴子》。這些書對 4—5 世紀的文人來説基本都屬於常見典籍。《宋明堂歌》中化用的集部篇目主要有《九歌》、張衡《二京賦》、左思《三都賦》、司馬相如《封禪文》、揚雄《河東賦》《劇秦美新》、陸機《贈尚書郎顧彦先二首》、謝靈運《山居賦》。這些作

① 葛兆光《論典故》,《漢字的魔方:中國古典詩歌語言學札記》,復旦大學出版社,2016 年,第 119 頁。

② 參看拙文《知識下移與六朝才女書寫標準的演變》,《文學遺産》2021 年第 5 期。

③ 田曉菲《陶淵明的書架和蕭綱的醫學眼光:中古的閱讀與閱讀中古》,《影子與水文:秋水堂自選集》,第 74、81 頁。

④ 〔清〕翁方綱《復初齋文集》卷二九,《清代詩文集彙編》第 382 册,上海古籍出版社,2010 年,第 296 頁。

品全部被史傳和《文選》收録,説明這些篇目都是長期以來得到文人普遍認可的經典之作。既是經典,也就意味着文人對它們的熟悉度應該很高。因此,雖然這一組詩表面來看幾乎達到了句句有典的密度,但實際上對當時的文士,或者説謝莊創作時潛意識裏預設的閲讀對象來説,這些典故很可能只是常典,并不會提升他們理解的難度。從這個意義層面來説,謝莊的用典對當時的讀者而言,也是比較透明的。《宋世祖廟歌二首》《喜雨》等詩歌中的典故,也可以作如是觀。不僅是詩歌,在謝莊的文章中同樣可以找到例證。如《宋明帝即位詔》,除結尾“可大赦天下,改景和元年爲泰始元年”以下爲散體,之前的 92 句全部對仗且大量用典,但其中的典故基本不出《尚書》《詩經》《史記》《漢書》《三國志》等常見經書史傳。

南朝特别是永明之後駢文中隸事之風越來越盛,這種趨勢在謝莊的一些文章如《上搜才表》《索虜互市議》中已有顯現。然而不管是詩歌還是駢文,需要明確的是用典繁密和用典的透明度其實是兩個問題。前者討論的是用典的密度,進而牽涉到人工與自然之争;後者討論的是用典效果的問題。這兩個問題相互關聯但又各有側重。在謝莊筆下的某些作品中,二者可以實現比較完美的融合,取得既典雅莊重又不妨礙表情達意的效果;在另一些作品中,又不可避免地滑向生硬晦澀、雕琢造作的歧路。這對於謝莊這樣一個在歷來的文學史叙事中都被定義爲次要作家的文人來説,是再正常不過的。身處大明泰始時代,以顔謝爲代表的典麗精緻的元嘉詩風的慣性,和大明以來,“聲伎所尚,多鄭衛淫俗,雅樂正聲,鮮有好者”[①]的新潮的雙重裹挾,在抒情文人、貴族子弟、宫廷文人等多重身份和不同創作場合間的來回摇擺,都會促使謝莊的文學創作呈現出既“氣候清雅”又“殆同書抄”的狀態。也正是這種面貌,使謝莊和鮑照、湯惠休、江淹等人一起代表了從元嘉體向永明體過渡的趨勢。當然,如果拋棄文學史叙述常有的後視視角的話,謝莊提高用典透明度未必一定是向着革新語言風格的方向努力,因爲造成這種結果的原因着實不止一個。但提高用典透明度所帶來的效果,確實與後來沈約的“三易説”不謀而合。如果説鮑照代表的是寒門文人通過吸收樂府民歌的養分,從外部改造元嘉文風的話,某種程度,謝莊則是在顔謝所代表的士族文學基礎上,通過吸取典籍的養分,從内部探尋改良語言的可能性。當然,兩種方法都各有偏頗。要將二者完美結合在一起,則要等到比謝莊年幼二十餘歲的族弟謝朓登上文壇了。

(作者單位:南京大學古典文獻研究所)

① 《南齊書》卷四六《蕭惠基傳》,第 811 頁。

古典文獻研究（第二十五輯下）
Journal of the Institute for Chinese Classics Studies
Nanjing University
Volume 25, No.2 2022

唐玄宗朝新科進士曲江沉舟事發覆

夏　婧

“三月三日天氣新，長安水邊多麗人”（杜甫《麗人行》）、“及第新春選勝游，杏園初宴曲江頭”（劉滄《及第後宴曲江》），春日的曲江，上巳祓禊的士女、恣意宴賞的新榜進士川流涌動，妝點着唐王朝的繁華景象，也將作爲自然景觀的曲江聚結爲一處更具文化意味的空間，被不斷地描摹書寫。呈現在唐人筆下的衆多曲江記憶中，玄宗年間士子泛舟而引發的一次規模不小的覆溺事件，意外地投射下極歡而悲的陰影，在諸多唐人小説中均見重述演繹，分别爲張鷟《朝野僉載》、戴孚《廣异記》、吕道生《定命録》及李伉《獨异志》[①]，形成了一組彼此映照而又有异别的複調文本。爲便討論，俱引如下：

《朝野僉載》：開元五年春，司天奏：“玄象有眚見，其灾甚重。”玄宗震驚，問曰：“何祥？”對曰：“當有名士三十人同日冤死，今新及第進士正應其數。”其年及第李蒙者，貴主家婿，上不言其事，密戒主曰：“每有大游宴，汝愛婿可閉留其家。”主居昭國里，時大合樂，音曲遠暢，曲江漲水，聯舟數艘，進士畢集。蒙聞，乃逾垣奔走，群衆愜望。才登舟，移就水中，畫舸平沉，聲妓、篙工不知紀極，三十進士無一生者。[②]

《廣异記》：隴西李捎雲，范陽盧若虛女婿也。性誕率輕肆，好縱酒聚飲。其妻一夜夢捕捎雲等輩十數人，雜以娼妓，悉被髮肉袒，以長索繫之，連驅而去，號泣顧其妻别。驚覺，泪沾枕席，因爲説之。而捎雲亦夢之，正相符會，因大畏惡。遂棄斷葷血，持《金剛經》，數請僧齋，三年無他。後以夢滋不驗，稍自縱怠。因會中友人逼以酒炙，捎雲素無檢，遂縱酒肉如初。明年上巳，與李蒙、裴士南、梁褒等十餘人，泛舟曲江中。盛選長安名倡，大縱歌妓。酒正酣，舟覆，盡皆溺死。[③]

---

① 《獨异志》作者姓名傳寫不一，或作李亢、李冗、李元等，此據李劍國《唐五代志怪傳奇叙録（增訂本）》考訂（中華書局，2017年，第1058—1059頁）。

② 〔唐〕張鷟撰，趙守儼點校《朝野僉載》卷一，中華書局，1979年，第13—14頁。

③ 〔宋〕李昉等編《太平廣記》卷二七九引《廣异記》，中華書局，1961年，第2218—2219頁。

《定命録》:車三者,華陰人,善卜相。進士李蒙宏詞及第,入京注官。至華陰,縣官令車三見,誑云李益。車云:"初不見公食禄。"諸公云:"應緣不道實姓名,所以不中。此是李蒙,宏詞及第,欲注官去,看得何官。"車云:"公意欲作何官?"蒙云:"愛華陰縣。"車云:"得此官在,但見公無此禄,奈何。"衆皆不信。及至京,果注華陰縣尉授官。相賀於曲江,舟上宴會,諸公令蒙作序。日晚序成,史翽先起,於蒙手取序看,裴士南等十餘人又争起看序。其船偏,遂覆没。李蒙、士南等并被没溺而死。①

《獨异志》:開元五年春,司天奏:"玄象有謫見,其灾甚重。"玄宗震驚,問曰:"何祥?"對曰:"當有名士三十人同日冤死,今新及第進士正應其數。"其年及第李蒙者,貴主家婿。上不言其事,密戒主曰:"每有大游宴,汝愛婿可閉留其家。"主居昭國里,時大合樂,音曲遠暢,曲江漲水,聯舟數艘,進士畢集。蒙聞之,乃逾垣奔走,群衆悵望。才登舟,移就水中,畫舸平沉,聲妓、篙工不知紀極,三十進士無一生者。②

《朝野僉載》與《獨异志》文本内容高度相似,出處存疑,詳見後文考辨。其餘三家雖各有表述側重,但均提及士子李蒙與朋輩覆舟曲江、不幸遇難。其中《獨异志》因標有明確時間信息"開元五年春",成爲以往研究推證相關人物科考繫年的重要依據,并因此牽涉唐代博學宏詞科目選設置時間、有無博學宏詞制科等一系列問題。被隱約忽略的前提則是,此類小説家言本身是否可靠并未得到充分檢證,受限於史料,或表現爲全盤采信,或一概斥之無稽。隨着罹難者李蒙及其家族成員墓誌的陸續發現,勾稽關聯人物的行迹綫索,有助於重新梳理舊有考訂得失,對時人筆述的虛實也可再作探究。

一 李蒙科舉行歷再探

覆舟故事核心人物李蒙之名,傳世文獻及李氏近屬墓誌皆作"蒙"。因其本人誌石漫漶嚴重,對應字形左側似存點畫,故以往録文疑受"諱□字子泉"影響,釋認作"濛"③。如視其名取自《周易》,則《蒙》卦"《彖》曰山下出泉,蒙"④,與表字"子泉"更相契合。且石刻題寫名諱有偏右書寫習慣,疑似筆畫部分或係石花。除引述他人觀點,本文統稱其名作"李蒙"。

李蒙(715—744)係隋申國公李穆後裔,隴西成紀人。祖李問政(652—720),歷任吏部郎中、和州刺史、鄭州别駕等職。父李韶,開元八年時任新安主簿,以丁父憂去職,後仕至城門郎。叔父四人,其中李符彩(685—742)歷任汝

① 《太平廣記》卷二一六引《定命録》,第1655頁。

② 《太平廣記》卷一六三引《獨异志》,按"蒙聞之"原作"蒙間",今據明鈔本异文改,第1184頁。

③ 吴鋼主編《全唐文補遺·千唐誌齋新藏專輯》,三秦出版社,2006年,第192頁。

④ 〔魏〕王弼注,〔唐〕孔穎達正義《周易正義》卷一,〔清〕阮元校刻《十三經注疏》本,中華書局,2009年,第36頁。按李蒙堂弟、叔父李符彩之子名"比",亦有可能取自卦名。

州龍興縣尉、益州郫縣主簿、右金吾衛胄曹參軍①。母崔氏(695—745),涿郡人,除李蒙外,育有三女,分適崔涉、鄭咸、王端②。

李蒙的科考經歷是以往研究關注重心。徐松《登科記考》認爲李蒙今存作品之一《耤田賦》係先天二年(713)進士試題,故繫於該年及第;又綜合《獨异志》《定命録》《廣异記》記載,繫於開元五年(717)博學宏詞制科③。王勛成對傳世文獻所見李蒙資料搜討最爲充分,在系統考察唐代科目選始置沿革的基礎上,主張小説家言不可信,開元五年無宏詞制科④。孟二冬將李蒙移改入開元五年進士登第之餘,又據李符彩墓誌,以"李□(名未詳,李符彩長兄之子)"列於天寶元年(742)進士⑤。張忱石較早注意到李濛本人墓誌,將之列入年份待考制科⑥。韓震軍參據李符彩、李韶妻崔氏及李濛墓誌,辨明石刻所見李符彩之侄、崔氏之子李蒙與李濛(字子泉)應即一人,但與傳世文獻所載李蒙是否對應,未能決疑⑦。

李符彩開元二十九年十二月卒、天寶元年七月葬,誌云:"有侄曰蒙,髫年秀發。公每撫之流涕,曰:'祖德不墜,非爾而誰。見爾成名,吾死無恨。'故遠邇稱其慈也。及公既殁,二生明而蒙以秀才上第",則李蒙以進士及第應在天寶元年。李蒙卒於天寶三載閏二月,誌文稱"詔天官舉博學宏詞……權授華陰尉";其母崔氏因獨子猝然離世,傷悼不已,於天寶三載十二月辭謝,誌稱"一男蒙……始登秀士甲科,又擢宏詞舉首……命不與,擬華陰尉而殁"。進士及第如循資參加吏部常銓授職,需依例守選。李蒙以前進士出身提前參赴博學宏詞科目選應在天寶二年冬集⑧,三載初由吏部注擬官職,遞送門下省過官審

① 參李問政(中國文物研究所、千唐誌齋博物館編《新中國出土墓誌·河南[叁]千唐誌齋[壹]》,文物出版社,2008年,第102頁)、李符彩(河南省文物研究所、河南省洛陽地區文管處編《千唐誌齋藏誌》,文物出版社,1984年,第802頁)、李蒙(《新中國出土墓誌·河南[叁]千唐誌齋[壹]》,第149頁)墓誌。

② 崔氏墓誌刊趙君平、趙文成編《河洛墓刻拾零》,北京圖書館出版社,2007年,第354頁。

③ 〔清〕徐松撰,趙守儼點校《登科記考》卷五,中華書局,1984年,第167、188頁。按陳尚君《登科記考正補》已指出《耤田賦》并非先天年間考題,該篇作品可能與省試無關(原刊《唐代文學研究》第4輯,收入《陳尚君自選集》,廣西師範大學出版社,2000年,第222頁)。

④ 王勛成《唐代銓選與文學》第八章《科目選》,中華書局,2001年,第281—285頁。陳鐵民《唐代無所謂博學宏詞制科辨》也初步討論了相關小説文本,認爲事出虛構(《中國典籍與文化》2011年第4期,第149—151頁)。金瀅坤《士林華選:唐代博學宏詞科研究》在松本明《唐代宏詞拔萃兩科科第表》基礎上再作增删,剔除了李蒙宏詞科出身(《歷史研究》2018年第1期,第55頁)。

⑤ 孟二冬《登科記考補正》卷五,北京燕山出版社,2003年,第219、345頁。

⑥ 張忱石《唐代登科人名録拾遺》,《文史》2008年第3輯,第143頁。王洪軍《登科記考再補正》(廣西師範大學出版社,2010年,第93—94頁)、許友根《〈登科記考補正〉考補》(南京大學出版社,2011年,第160頁)均據李濛墓誌云"弱冠,□名□□□□□□□登科,會□□之□後,争與論交",認爲李氏弱冠之年即登科,故推考爲開元二十二年進士。按墓誌此處文句闕損較多,上述考訂證據欠充分。

⑦ 韓震軍《唐人登科名録考辨——兼及〈登科記考〉的補遺問題》,《古籍研究》第60卷,安徽大學出版社,2014年,第116—117頁。

⑧ 李蒙天寶元年應爲叔父李符彩服制一年,無法參加當年科目選。

核。按銓選流程的一般時限,可能尚待授予正式官告[①]。

除前人重點關注徵引的及第信息,李蒙墓誌云:"詔天官舉博學宏詞……權授華陰尉,秩惟再命……人榮勝事,春與良辰,賀錢合乎□□,命曰□舟之會。乘興教檝,誰問衣袽,淪逸氣於□前,喪□文□□□。悲夫! 時天寶三載二月戊戌[②],春秋卅。"誌石雖有殘泐,"舉博學宏詞""權授華陰尉"與《定命録》等所叙李蒙經歷適可參證。"衣袽"語出《周易・既濟》"六四,繻有衣袽,終日戒",注云"繻,宜曰濡。衣袽所以塞舟漏也"[③],參以"□舟之會",當婉指李蒙因舟覆而歿,可確證誌主與傳世記載之李蒙實即一人。

李蒙墓誌撰者僅存"右□衛兵曹參軍□端",結合文稱"親忝維私,義敦久要,竭菲才叙事"、李蒙母崔氏誌"三女并閨門之秀,長適崔涉、次鄭咸、次王端"以及李符彩墓誌署"右驍衛兵曹參軍王端撰",可知撰者亦即李蒙姊妹夫婿王端,以近屬撰述,所記信實。王端爲當時名士,事具權德輿《唐故尚書工部員外郎贈禮部尚書王公神道碑銘》《唐故尚書工部員外郎贈禮部尚書王公改葬墓誌銘》[④]。王端開元二十一年進士及第,後再登宏詞,授崇文館校書郎,改右驍衛兵曹參軍[⑤]。王氏早年與顔真卿、柳芳、陸據、殷寅、閻伯璵、源衍等相交莫逆,與趙驊、蕭穎士等可能也有交誼[⑥]。李蒙以姻親之故,很可能濡染於這一文士群體。

李蒙墓誌書丹者姓名難辨,作"河南府壽安縣尉■書"。其人或爲蕭昕,"開元丨九年,首舉博學宏辭,授陽武縣主簿。天寶初,復舉宏辭,授壽安尉"[⑦]。蕭昕開元二十六年十一月撰邢巨墓誌,署"前鄭州陽武縣主簿",時已任滿解職;天寶元年正月撰蔡鄭客墓誌,作"鄭州陽武縣主簿",結銜雖未書"前"字,應仍指前官[⑧]。蕭、李二人今存作品有同題同韵《上林白鹿賦(以君德

---

① 〔宋〕王溥撰《唐會要》卷七五:"開元二十年正月二十二日,吏部尚書裴光庭奏:'文武選人,承前三月三十日始畢,比團甲已至夏末。自今已後,并正月三十日内團甲、二月内畢。'至二十一年六月二十八日,蕭嵩奏:'吏部選人,請准舊例,至三月三十日團甲畢。'"(上海古籍出版社,2006 年,第 1605 頁)〔宋〕王溥撰《五代會要》卷二一顯德五年(958)閏七月規定"凖格,銓司逐年二月二十五日送門下省畢,三月十五日過官畢,三月三十日進黄,移省畢"(上海古籍出版社,1978 年,第 348 頁)。

② "時天寶三載二月戊戌",按是年二月無戊戌,戊戌爲閏二月初四。

③ 《周易正義》卷六,《十三經注疏》本,第 149 頁。

④ 〔唐〕權德輿撰,郭廣偉校點《權德輿詩文集》卷一七、卷二四,上海古籍出版社,2008 年,第 276—278、358—360 頁。

⑤ 王端開元二十四年三月撰裴曠墓誌(齊運通、楊建鋒編《洛陽新獲墓誌二〇一五》,中華書局,2017 年,第 189 頁)、二十六年二月撰崔茂宗妻賈氏墓誌(趙君平、趙文成編《秦晋豫新出墓誌蒐佚》,國家圖書館出版社,2012 年,第 587 頁)、同年又撰《大唐易州鐵像碑頌》(《北京圖書館藏中國歷代石刻拓本匯編》第 24 册,中州古籍出版社,1989 年,第 85 頁),皆署"崇文館校書郎",至遲於天寶元年初改官右驍衛兵曹參軍。

⑥ 王端行歷及交游可參高慎濤《洛陽出土盛唐文士陸據墓誌考釋》(《古籍整理研究學刊》2014 年第 5 期,第 31—35 頁)、張丹陽《新出墓誌解崔令欽生平之疑》(原刊《光明日報》2018 年 11 月 19 日,增補爲《崔令欽生平與家世補考》,收入《唐代教坊考論》附録,中國社會科學出版社,2020 年,第 372—386 頁)。

⑦ 〔後晋〕劉昫等撰《舊唐書》卷一四六《蕭昕傳》,中華書局,1975 年,第 3961 頁。

⑧ 《河洛墓刻拾零》,第 309、331 頁。

至天珍物充囿爲韵)》(《文苑英華》卷八九)。《魏書·靈徵志》稱白鹿"王者惠及下則至"[①],唐代列屬上瑞之一,通常由禮部員外郎年終彙總表聞、有司告廟、百僚詣闕奉賀[②]。李蒙賦云"且夫勁角昭勇,縞色呈鮮,應皇家之盛德,當聖運之承天"、蕭氏賦"嘉貞祥之肸蠁,知君德之屆天",均呈現出圍繞題旨的頌德歌功意味。以兩人共同行歷推測,或即天寶二年冬集同應宏詞選所試賦題。此類舉選命題往往取自當朝帝王經歷,如玄宗開元二十五年進士試《花萼樓賦》、代宗時獨孤授應宏詞科《放馴象賦》、文宗時李肱省試《霓裳羽衣曲》詩等。《上林白鹿賦》本事或與玄宗朝傳聞事迹有關:

> 玄宗狩於咸陽,獲一大鹿,稍异常者。庖人方饌。(張)果見之曰:"此仙鹿也,已滿千歲。昔漢武元狩五年,臣曾侍從,畋於上林,時生獲此鹿,既而放之。"玄宗曰:"鹿多矣,時遷代變,豈不爲獵者所獲乎?"果曰:"武帝捨鹿之時,以銅牌誌于左角下。"遂命驗之,果獲銅牌二寸許,但文字凋暗耳。玄宗又謂果曰:"元狩是何甲子,至此凡幾年矣?"果曰:"是歲癸亥,武帝始開昆明池;今甲戌歲,八百五十二年矣。"[③]

"甲戌歲"爲開元二十二年,其年二月張果徵授銀青光禄大夫,號通玄先生[④]。故事雖意在彰顯張果通曉前事的神异,但漢武帝於上林苑開鑿昆明池,擒而縱放之鹿由唐玄宗再獲於皇家苑囿,其間隱含的帝王盛業相繼、瑞應薦至,或因此成爲官方試賦的命題來源。

李蒙當日頗有聲名,誌稱其"才爲時傑,聲滿國朝""□之□俊,争與論交""有文德□□尤盛而絶",未必全屬諛辭。今存作品除《上林白鹿賦》,尚有《娥女泉賦并序》(《文苑英華》卷三六)、《耤田賦》(《文苑英華》卷七〇)、《南有嘉魚賦》(《文苑英華》卷一四〇)三篇。《娥女泉賦》序曰"泉在寧陽城南二里,古老傳稱"云云,所經寧陽城即兖州龔丘,可能爲游歷途中撰作。《南有嘉魚賦(以樂得賢者次用爲韵)》,有開元間楊諫同題同韵作品。《耤田賦》云"洎正月之吉日,將有事乎昊天,列千官於近甸,屯萬騎於遐阡",或以開元二十三年正月玄宗親耕籍田爲背景[⑤]。由各篇撰作時間推考,李蒙大抵在冠歲前後初露頭角,馳走舉場數年,至天寶初及第,次年赴試吏部宏詞。吏部科目選提供了較常調

① 〔北齊〕魏收《魏書》卷一一二下《靈徵志》,中華書局,1974年,第2930頁。

② 〔唐〕李林甫等撰,陳仲夫點校《唐六典》卷四,中華書局,1992年,第115頁。〔宋〕王欽若等編《册府元龜》卷二四《帝王部·符瑞》記有玄宗時期數次白鹿瑞應,如"(開元)二十三年二月丁未,綿州白鹿見";"(天寶)四載八月戊子,有班鹿産白鹿于苑中,獻之,請宣付史館。上曰:'宫苑之内,屢薦嘉祥,今又縞質霜毛,變林虞之獸族,殊姿馴性,實雲駕之龍媒,允謂休徵,用爲慰也。所請者依'",中華書局,1960年,第261、263頁。

③ 《太平廣記》卷三〇節引《宣室志》,第194頁;又同書卷四四三引《宣室志》較詳,第3623—3624頁。

④ 《舊唐書》卷八《玄宗紀上》,第200頁。

⑤ 《舊唐書》卷八《玄宗紀上》,第202頁。

更爲迅捷優渥的入仕晋升渠道,但取録更嚴,通常以三員爲限[①]。李蒙誌云:"超□□□□□多□握靈虵而集者如林,唯公與(大)[太]平尉李季□□□超□□□日優寵"[②],意指身懷藝能參選者雖衆,惟李蒙與另一前資官特受賞睞,脱穎而出。天寶元年知貢舉者爲禮部侍郎韋陟,随即權知吏部侍郎,以取士惜才、掌選公允享有時譽[③]。李蒙在昔日座主手下又取得宏詞舉首,或多或少也屬機緣相凑。吏部注官擬授的華陰尉爲從九品上望縣尉,雖稍遜於"進士擢第,畿尉釋褐"(徐鉉《送張佖郭賁二先輩序》),可能因李蒙年資尚淺,未經歷練,但及第後隔年即獲命秩,較常調十載始得一官[④],整體而言仍屬優授,自然令人稱羡。李蒙年方而立,又具文名,如再任轉爲赤畿尉、監察御史等職,頗有望步入唐人理想的仕宦雋途。

孰料變生莫測。錢起《經李蒙潁陽舊居》詩云:"同心而早世,天道亦何論。獨有山陽宅,平生永不諼。青溪引白鳥,流涕吊芳蓀。蔓草入空室,叢篁深毁垣。舊游還在眼,神理更忘言。唯見東山月,人亡不去門。"[⑤]據篇題内容,係憑吊故舊。參以李蒙母崔氏誌云"頃年已來,於潁陽郭村卜居",可知錢詩所悼者即李蒙[⑥]。李蒙因泛舟曲江慶賀宏詞登科、如願授官,却意外遇難,自然加深了時人"命不與""天道亦何論"的嘆惋。

二　曲江覆舟事件原委與同舟諸人命運

確定了李蒙遇難的曲江覆舟事故發生於天寶三載初,另一篇唐人作品的

---

① 王勛成《唐代銓選與文學》第八章《科目選》,第290—293頁。王勛成據開元二十二年登宏詞科的李琚墓誌云"朝廷命天官舉博學宏詞……中俊者六人",認爲吏部科目選設置初期可能尚未有嚴格録取員額限制。李琚墓誌拓片涉及數詞部分漫漶難辨(陳長安主編《隋唐五代墓誌匯編·洛陽卷》第十一册,天津古籍出版社,1991年,第100頁),如據李蒙誌文,天寶初取録已大致以三人爲限。

② 此太平尉疑爲李季卿(709—767),生卒年據獨孤及《唐故正議大夫右散騎常侍贈禮部尚書李公墓誌銘》推考。《舊唐書》卷九九《李季卿傳》云"弱冠舉明經,頗工文詞。應制舉,登博學宏詞科,再遷京兆府鄠縣尉"(第3102頁),約開元二十年左右及第、釋褐,太平尉或即起家授官。天寶初李季卿應爲長兄曜卿服制(《拪先塋記》"天寶改元,我之伯也卒"),後以宏詞選再遷鄠縣尉。天寶十三載二月李季卿撰常無求墓誌,已署"長安縣丞"(趙文成、趙君平編《秦晋豫新出墓誌蒐佚續編》,國家圖書館出版社,2015年,第812頁)。

③ 〔宋〕李昉編《文苑英華》卷三八七孫逖《授韋陟達奚珣等吏部侍郎禮部侍郎制》,中華書局,1966年,第1975頁;《舊唐書》卷九二《韋陟傳》,第2958—2959頁。

④ 唐代縣尉等級與主要遷轉途徑,可參〔日〕礪波護著,黄正建譯《唐代的縣尉》(劉俊文主編《日本學者研究中國史論著選譯》第四卷,中華書局,1992年,第558—584頁);賴瑞和《唐代基層文官》第三章《縣尉》(中華書局,2008年,第99—156頁)等。

⑤ 〔唐〕錢起《錢考功集》卷六,《四部叢刊初編》本,葉12b—13a。王定璋《錢起詩集校注》認爲其人即《獨异志》等所記卒於開元五年之李蒙(浙江古籍出版社,1992年,第213頁)。吴企明《讀〈錢起詩集校注〉隨記》則認爲别是一人(原刊《蘇州鐵道師院學報》1995年第1期,收入《葑溪詩學叢稿續編》,蘇州大學出版社,2012年,第83頁)。

⑥ 錢詩許以"同心"、感懷"舊游"、傷其"早世",可知二人交誼非淺。由於李蒙卒年較舊説開元五年延後至天寶初,錢起天寶九載及第前曾多次赴京應試(參傅璇琮《錢起考》,《唐代詩人叢考》,中華書局,2003年,第445—468頁),兩人或於昔年舉場結識,可稍補錢氏早年交游行迹。

撰寫本事也由此更爲明晰。《唐文粹》收録樊鑄《檄曲江水伯文》,聲討江神恣興風浪,吞噬生靈,敦促其改行易轍。據篇題下原注"天寶三載溺群公之故也",以及文云"三載二月,春服既成,冠者五六人,才子六七人,皆籖揚文精,開闔武庫,游嬉春晝,沿洄江干"①,正與李蒙墓誌所記卒歿時間相符,可彼此印證。樊鑄天寶中及第,傳世作品除本篇及《明光殿粉壁賦(以上春早朝伏奏青蒲爲韵)》(《文苑英華》卷四八),另有敦煌寫卷 S. 555 録存《及第後讀書院咏物十首上禮部李侍郎》組詩(存八首)及 P. 3480 闕題詩一首②。其人與李蒙等或亦相識。

據樊鑄檄文渲染的事發景象,曲江漫溢,水勢洶涌難遏,冲潰堤岸,傷亡範圍恐遠非李蒙同游數子。文云:"爾何爲陰發暴殄,潛生毒痡,簣禍堦於沙岸,垣死府於花島";"爾始若懸流三十仞,跳沫四十里,固應尊而不親,釁豈相及。爾岸不崪屼,流不唐突,設人所倚之福,陷爾孔易之誘。俾水衒貫墜之功,舫聲之如蜩螗。捫空呼天,迄死不救,倐恣化魚之惡,誰下拜牛之惠。溺我國寶,豈明時弃珠之泉;沈彼彩船,實去夜藏舟之壑";"使揭竿求父之子,投箋請弟之兄,奏箜篌傷妻之夫,厲波濤徇聟之婦,罹其凶害,不忍荼毒"。曲江是長安城東南的一片天然池沼,隋初開引黄渠,導滻水入池。水域地跨數坊,《雍録》引《長安志》稱"唐周七里,占地三十頃"③。玄宗時曾重加疏鑿,"逮天寶載,我皇恢土德以博之,賓澤流以濬之,積潤下之波瀾,用濟川之舟檝"④。曲江周遭廣植花木,營修亭臺殿宇,是當時最爲繁鬧的游覽勝地。適值春日,也是民衆結伴出游的首選之處。此次蕩覆舟船、致李蒙輩溺亡的曲江水患,突如其來、變生於輦轂之下,無疑在時人心目中投下了深刻而久遠的印記。

除李蒙外,各書提及留有具體名姓的同舟者有李捎雲(《廣异記》)、裴士南(《廣异記》《定命録》)、梁褒(《廣异記》)、史翽(《定命録》)四人。考按諸人行迹,裴士南别無所見,且爲兩種記載述及,或與李蒙同時遇難,餘者多得以脱險。

《廣异記》叙述主人公李捎雲因夢感而持奉《金剛經》,最終破戒遭懲的靈應故事,形容其人"性誕率輕肆,好縱酒聚飲"。一般認爲即指以擅作酒令辭章而知名的李稍雲,如敦煌 P. 3093《佛説觀彌勒菩薩上生兜率天經講經文》有"令章争笑李稍雲",元稹《寄吴士矩端公五十韵》詩稱"曲庇桃根盞,横講稍雲式",項楚《令章大師李稍雲》勾勒其人事迹尤詳,且據《廣异記》等定其卒年爲

---

① 〔宋〕姚鉉編《唐文粹》卷三三上,《中華再造善本》影印中國國家圖書館藏宋紹興九年臨安府刻本,葉 5a—6a。

② 王重民《補全唐詩》,陳尚君輯校《全唐詩補編 · 外編第一編》,中華書局,1992 年,第 45—47 頁。

③ 〔宋〕程大昌撰,黄永年點校《雍録》卷六"唐曲江",中華書局,2002 年,第 133 頁。

④ 《唐文粹》卷三三上樊鑄《檄曲江水伯文》,葉 6a。

開元五年上巳日[①]。而據開元二十九年二月盧伯明葬誌,署"隴西史翽撰,魯國李捎雲書"[②],知其至少在開元末仍活躍於世。盧伯明與《廣异記》所言李捎雲婦翁盧若虛爲同曾祖兄弟[③],李氏或職此之故書誌。是否同殁於天寶三載待考。

盧伯明誌撰者史翽,據《定命録》記載,也是當事者之一。史翽爲史務滋後裔(《元和姓纂》卷六),乾元二年(759)十二月以御史大夫出爲山南東道節度,次年四月軍亂被殺(《舊唐書》卷一〇《肅宗紀》),應幸免於此次曲江事難。

梁褒曾以"朝議郎、試大理司直、兼監察御史、知河東節度上都留後"轉授監察御史,改官敕文由常衮撰寫(《文苑英華》卷三九五)。常衮寶應中(762)充翰林學士(韋執誼《翰林院故事》),元年十二月授考功郎中知制誥(《文苑英華》卷五八八常衮《謝除考功郎中知制誥表》),永泰元年(765)遷中書舍人(《舊唐書》卷一一九《常衮傳》),大曆九年十二月(775)改禮部侍郎(《舊唐書》卷一一《代宗紀》)[④]。監察御史爲正八品上,唐制六品以下敕授官員由中書舍人或他官兼知制誥者起草文書。如非重名,梁氏至少寶應、永泰間仍在世。

三 唐人小説所記覆舟故事之虚實

天寶三載二月,曲江岸畔沉浸在游賞歡愉中的民衆遭逢了一場没頂之灾。隨着時序推移,此次覆舟事件的追記也由曾經真實發生的事故嬗變爲播傳衆口、彰顯命定的异聞故事。反觀開篇所引幾種小説家語,可知李蒙因覆舟没溺本身并非憑空虛構,參以樊鑄檄文,較之諸多已無從得知名姓的遇難者,小説看似誇張的叙述背後實則隱伏着波及更廣的慘景。彼此記述間的分歧,可大抵視作傳聞中的訊息變形與小説筆録過程中的再潤飾,交織呈現爲虚實掩映的文本面貌。

前舉唐人撰記李蒙傳聞的四種小説文本,如按成書先後,以張鷟《朝野僉載》爲最早。然而《朝野僉載》明清以來的通行本皆自《太平廣記》重新裒采成編,已非該書原貌。今人已指出通行本條目頗有篡亂之嫌,如記事涉及天寶乃至中唐以後,不應爲張鷟所見[⑤]。"李蒙"一則因繫於開元五年,似與張鷟生平無明顯抵牾,故未被納入質疑範圍。

---

① 項楚《令章大師李稍雲》,原刊《中國文化》1991年第1期,收入《柱馬屋存稿》,中華書局,2019年,第45—48頁。羅宗濤《敦煌本〈佛説觀彌勒菩薩上生兜率天經講經文〉中李稍雲小考》,漢學研究中心編《第二届敦煌學國際研討會論文集》,1991年,第151—154頁。

② 《秦晋豫新出墓誌蒐佚》,第622頁。

③ 二人曾祖均爲盧赤松,参《新唐書》卷七三上《宰相世系表》(中華書局,1975年,第2897—2901頁)、盧若虛父盧璥墓誌(毛陽光主編《洛陽流散唐代墓誌彙編續集》,國家圖書館出版社,2018年,第110頁)等。

④ "九年",《舊唐書》卷一一九《常衮傳》作"元年"。按常衮大曆中仍掌制,撰有《大曆七年大赦天下制》(《文苑英華》卷四三三)、《赦京城囚徒制》(《唐大詔令集》卷八五,據《舊唐書·代宗紀》,應撰於大曆八年五月)等,本傳"元年"以形近而誤。

⑤ 趙守儼《朝野僉載》點校説明,第5頁。

比勘《朝野僉載》通行本卷一"李蒙"條與《太平廣記》卷一六三標引的《獨异志》内容,二者幾乎完全相同,即使此類撰作存在抄撮因襲,文句也不應如此雷同。其次,由《朝野僉載》通行本的纂輯方式而言,卷一的相關條目依次爲"飲酒令""白馬寺""李蒙",均見於《太平廣記》卷一六三,"李蒙"後一則"夏侯處信"見於《太平廣記》卷一六五。《太平廣記》卷一六三大半條目録自《朝野僉載》,"李蒙"條之後及卷一六四整卷内并無其他《朝野僉載》内容,直至卷一六五再引"夏侯處信"條,可證《朝野僉載》通行本的編纂應據《太平廣記》逐卷檢録,輯入李蒙一事或承前諸條出處而誤及。據前文所考,曲江覆舟事件發生於天寶三載,張鷟聞見并筆録之可能甚微①,記作"開元五年春"應屬《獨异志》傳聞异辭。"李蒙"一則作爲《朝野僉載》原有條目,在基本史實、撰者生平、文本辭句、輯本編纂等方面,均存在諸多疑點,《朝野僉載》的重新整理應對舊本的此類明顯誤輯有所區分辨析②。

大和間吕道生《定命録》記車三卜測李蒙官運,固然旨在凸顯命禄前定,但叙述相對平實,所載細節如"進士李蒙宏詞及第""注華陰縣尉授官"等皆近事實。因争相傳看序文而致舟隻翻蕩,又逢曲江風浪席卷,救護不及,可能也較爲切合事發情境。通常認爲《定命録》二卷增續天寶時趙自勤《定命論》十卷而成③。吕書是否吸納《定命論》原有内容,因所標卷帙少於趙書,加之今存《定命論》佚文寥寥無幾,難以比勘驗證,以往多認爲各自成書、不相關聯④。目前列屬於《定命録》名下的各條幾乎均由《太平廣記》録存,且以記述初盛唐事爲主,開元、天寶間逸事尤多,僅個别條目涉貞元之後。如全出大和間吕氏續作,似略顯不侔。以李蒙一事而言,所記身份細節獨合,應有較爲確切的傳聞來源。《定命論》撰者趙自勤仕於玄宗、肅宗時⑤,與李蒙時代相近,類似條目不乏原載於趙書而再由吕書承襲的可能⑥。

成書於晚唐的《獨异志》,因標具事件發生於"開元五年春",在未發現明顯反證的情况下,爲此前相關考據采信援引,致誤處已如前辨。文中其他异辭,如稱李蒙爲貴主家婿、以當年新及第進士旋即遇難等,揆之目前史料,均難以證實。簡言之,三種叙述曲江覆舟原委的小説家言,以《獨异志》分歧出入最多,却因偶書年份,意外地被視作信史采摭。

---

① 張鷟卒年一般認爲在開元中,劉真倫《張鷟事迹繫年考》定爲開元十年左右(《重慶師範大學學報》1987 年第 4 期,第 83—88 頁)。

② 李德輝重輯《朝野僉載》"備考"部分據《太平廣記》指出該條應即《獨异志》内容(陶敏主編《全唐五代筆記》第一册,三秦出版社,2012 年,第 239 頁)。郝潤華、莫瓊《朝野僉載輯校》也對"李蒙"一則出處别見於《太平廣記》引《獨异志》有所提示(山東人民出版社,2018 年,第 15 頁)。

③ 〔宋〕歐陽脩、宋祁撰《新唐書》卷五九《藝文志》,中華書局,1975 年,第 1542 頁。

④ 李劍國《唐五代志怪傳奇叙録(增訂本)》,第 821 頁。

⑤ 趙自勤曾任水部員外郎、秘書監等職,參李劍國《唐五代志怪傳奇叙録(增訂本)》(第 232 頁)。

⑥ 〔日〕内山知也《隋唐小説研究》第三章第四節《趙自勤與〈定命録〉》認爲趙氏《定命論》被吸納入《定命録》在宋初以後,《太平廣記》所據爲吕道生增補本,復旦大學出版社,2010 年,第 171—172、176 頁。

《獨异志》明鈔本序稱:“記世事之獨异也。自開闢以來迄於今世之經籍□□耳目所見聞、神仙鬼怪,并所摭録。”[①]表明文本素材源自摘尋舊籍、筆録聞見,是此類小説慣常的撰作方式。由於李蒙的實際經歷與罹難情形已可藉助誌文等大體復原,與之相較,《獨异志》版覆舟事件增改棄取的諸多細節,遠於事實而切近文理,將波及範圍可能頗廣的一場灾患,重構爲新榜進士無一生還、悉數蒙難的聳聽奇聞,借用傳統政治文化語境,將事件根由歸因於天意謫譴。《獨异志》所云“司天”,玄宗朝稱太史監或太史局,肅宗乾元元年(758)更名爲司天臺,負有觀測、占候、奏報天象職責[②]。天文徵兆已由太史令密奏宸聽,此一訊息如何傳遞示警,則以無從考實的貴主作爲媒介,串接起宫闈内廷與布衣士子間的區隔。《獨异志》編纂的晚唐時期,每歲及第進士的曲江宴慶活動,較玄宗朝有過之而無不及。相較本爲銓選注官的事實,又將更受世人矚目的進士身份與新登吏部宏詞科的時間嫁接,賦以李蒙預集曲江盛會的必然。而天象玄機不可輕易道破,玄宗隱晦的密囑一旦面臨朋輩曲江勝游的招誘,規戒效力自然大爲削減,終致悲劇的應驗。空間設置上,李蒙叔父李符彩宅第原在永寧里,可能是李蒙入京時實際寄居之處。《獨异志》將故事場景中的住所由永寧里南移兩坊至昭國里[③],與地處修行坊南、晋昌坊東的曲江相毗鄰,晋昌坊内的大雁塔又是每歲新榜進士登高題名之所[④],使得隔垣聞知“時大合樂,音曲遠暢”、得以“逾垣奔走”的情節推衍,即屬誇張,也基於相對合理的空間布排[⑤],在在滿足於讀者的心理預期,扣合徵奇述异的需要。

《獨异志》標示的“開元五年春”,尚乏可資比附的“玄象謫見”綫索。而在覆舟事件實際發生的天寶三載二月前後,史載曾連續出現一系列天象异動:正月十五日“庚戌,日暈五重。占曰:‘是謂棄光,天下有兵’”,同日“月有紅氣如垂帶”[⑥]。《乙巳占》云:“日暈五重,是謂陰謀,女主喪,其年饑,天下有兵,其地破亡”;“月若變色,將有灾殃……赤爲争與兵”[⑦]。同年閏二月辛亥(十七日)“有星如月,墜於東南,墜後有聲。京師訛言官遣棖捕人肝以祭天狗。人相恐,畿縣尤甚,發使安之”[⑧]。《開元占經》引述多種星隕占辭,其中《京房易傳》云

---

① 張永欽、侯志明點校《獨异志》,中華書局,1983年,第16頁。

② 〔唐〕杜佑撰,王文錦等點校《通典》卷二六,中華書局,1988年,第739頁。

③ 〔清〕徐松撰、張穆校補,方嚴點校《唐兩京城坊考》卷三即據《獨异志》在昭國坊附“前進士李蒙宅”,中華書局,1985年,第67頁。

④ 曲江方位參史念海主編《西安歷史地圖集》(西安地圖出版社,1996年,第80—81頁)。

⑤ 唐人小説對故事人物活動的地理空間設置,往往以實地爲依托參考,具有較高的合理性。可參〔日〕妹尾達彦著、宋金文譯《唐代後期的長安與傳奇小説——以〈李娃傳〉的分析爲中心》(劉俊文主編《日本中青年學者論中國史·六朝隋唐卷》,上海古籍出版社,1995年,第509—553頁),朱玉麒《隋唐文學人物與長安坊里空間》(《唐研究》第九卷,北京大學出版社,2003年,第85—128頁)、《唐宋都城小説的地理空間變遷》(《唐研究》第十一卷,北京大學出版社,2005年,第525—542頁)等。

⑥ 《新唐書》卷三二《天文志》,第833、836頁。

⑦ 〔唐〕李淳風《乙巳占》卷一,《十萬卷樓叢書》本,葉26a;卷二,葉4a。

⑧ 《舊唐書》卷九《玄宗紀下》,第218頁。又見《新唐書》卷三二《天文志》、《唐會要》卷四三,《新唐書》卷三五《五行志》誤作“二月辛亥”。

"星以春三月墜,歲凶不登,其二月大殃"[1]。此時距離玄宗自矜功業、以"唐虞之際,焕乎可述"而詔頒改年爲載制不過月餘[2]。中唐之後,歷經玄宗朝的盛極而衰,面對昔日繁華象徵的曲江,除了依舊描繪士女如雲的盛景勝游,唐人的曲江書寫時而也記録下浪濤奔涌、猙獰可怖的一面,流露着對巡游無度的憂思。貞元五年(789)歐陽詹在《曲江池記》中寫道"至若嬉游以節,宴賞有經,則纖埃不動,微波以寧,熒熒渟渟,瑞見祥形。其或淫湎以情,泛覽無斁,則飄風暴振,洪濤噴射,崩騰駱驛,妖生禍覿。其栖神育靈,與(《唐文粹》卷七一作興)善懲惡,有如此者"[3],同樣將自然水文變化視作天道示警、附會於政事治亂。《獨异志》將玄宗朝此次曲江覆舟事件釋作"玄象謫見"的徵驗,或許既源自某種傳聞的變形,也雜糅着時人所熟悉的解釋慣例。

結　語

《朝野僉載》《廣异記》《定命録》《獨异志》所記玄宗朝士人李蒙與朋輩泛舟曲江而遇難一事,以往研究多據《獨异志》推定諸人爲開元五年同榜進士。藉由李蒙及其家族成員墓誌,可判定其人即小説所云遇難者,實於天寶元年進士及第、三載吏部宏詞登科,注授華陰縣尉,未及出仕旋即遇難。《唐文粹》卷三三樊鑄《檄曲江水伯文》係爲此次事故而撰。《朝野僉載》通行本所收"李蒙"條,與撰者張鷟生平相違,係後人誤輯《太平廣記》所引《獨异志》内容,應予剔除。對此次覆舟事件的重述,《定命録》《廣异記》大體可與史實参證互明,《獨异志》具體細節出入尤多,不宜盡信。以往徑行憑據小説家言稽考人物經歷,值得審思,應盡可能利用新見史料再加驗證。

鐫刻於石上的文字千載之下不經意間透露了士子李蒙不幸遭際的原委,也成爲一道重新衡量流傳故事虚實的基準。作爲天寶三載覆舟遇難者的李蒙,與時人筆述的故事人物,形成了事迹的叠合、錯互乃至形變。真實的生命印記與故事未必盡合,李蒙的遭際固然令人唏嘘,在被聚光效應凸顯的士人李蒙及其朋輩身後,當日曲江畫舸之上"不知紀極"、却不可能留下名姓的艄工歌女,沉浸在江畔游春歡悦中的普通民衆,無不同是這一場突發事變的蒙難者,若非《檄曲江水伯文》的渲染、諸種小説的再演繹,他們的生命印記將被徹底抹去。從不同記述交織的縫隙中,略窺無名李蒙們的際遇,或許正是文字得以久遠存在的意義。

(作者單位:復旦大學中國語言文學系)

① 〔唐〕瞿曇悉達《開元占經》卷七六《雜星占》,《景印文淵閣四庫全書》第807册,第733頁。

② 《册府元龜》卷八六,第1017頁。

③ 〔唐〕歐陽詹《歐陽行周文集》卷五,影印宋蜀刻本,世界書局,2013年,第324—325頁。

古典文獻研究（第二十五輯下）
Journal of the Institute for Chinese Classics Studies
Nanjing University
Volume 25, No.2 2022

北京大學圖書館藏宋犖《杜工部詩鈔》考論

張學芬

宋犖《杜工部詩鈔》爲北京大學圖書館所藏康熙間鈔本，係稀世孤本，但目前學界尚未對其展開專門研究。張忠綱等《杜集叙録》、孫微《清代杜詩學文獻考》均對《杜工部詩鈔》进行著録[①]，然二書側重於該書基本情况之介紹。曾紹皇《杜詩未刊評點的整理與研究》《稀見清代杜詩手批稿鈔本提要試稿十種》二文主要對該書版本情况予以考察[②]。關於《杜工部詩鈔》成書背景、選詩底本、所輯評家、選評觀念、評點内容等重要問題，以上研究者皆未作深入探討。有鑒於此，本文擬在現有研究成果基礎上，對該書評語進行詳細整理，就此系列具體問題進行全面剖析，藉此探討宋犖評選杜詩透露出的詩學思想，以及揭橥《杜工部詩鈔》在清初杜詩評點史上的價值。

一 《杜工部詩鈔》的成書時間及背景

宋犖（1634—1713），字牧仲，號漫堂，又號西陂、綿津山人，河南商丘人，清初著名詩人、書畫家、收藏家、鑒賞家，亦爲重要的杜詩評點家，評點著作《杜工部詩鈔》乃是彌足珍貴的孤本。《杜工部詩鈔》共六册，無序跋，選録詩歌 781 首，分體編次，一至三册古詩 292 首，四至六册近體詩 489 首。全書朱筆圈評，形式有圈有點，其中評點古詩 162 首，近體詩 255 首，評語多係眉批，間有夾批，偶有尾批。書中鈐印有"犖""牧仲""清玩草堂""章氏珍藏書畫""燕京大學圖書館珍藏"，其中"清玩草堂""章氏珍藏書畫"爲清人章綬銜（1804—1875）的書畫收藏圖章。據此可知，《杜工部詩鈔》遞傳於章綬銜，後歸燕京大學。

關於《杜工部詩鈔》成書時間，宋犖於該書中并未交代，然該書所録邵長蘅批語最多，以及宋犖與邵長蘅交往甚密，這些信息則是判斷該本成書時間的重

---

① 張忠綱等《杜集叙録》，齊魯書社，2008 年，第 310—311 頁；孫微《清代杜詩學文獻考》（增訂本），上海古籍出版社，2019 年，第 61—62 頁。

② 曾紹皇《杜詩未刊評點的整理與研究》，復旦大學博士學位論文，2012 年，第 419—420 頁；曾紹皇《稀見清代杜詩手批稿鈔本提要試稿十種》，《中國文學研究》2018 年第 4 期，第 69—70 頁。

要參照。邵長蘅(1634—1704),字子湘,自號青門山人,武進(今江蘇常州)人。其著有《邵長蘅評杜詩鈔》,然據清楊倫曰:"近得王西樵、阮亭兄弟,李子德、邵子湘、蔣弱六、何義門、俞犀月、張惕庵諸公評本,未經刊布者,悉行載入,庶足爲學者度盡金針。"[①]可見邵長蘅的杜詩評本未刊,其在楊倫《杜詩鏡銓》刊刻前尚存,後逐漸散佚。宋犖與邵長蘅關係密切,二人相識於康熙三年(1664),時宋犖爲黄州通判,之後他們乍見忽别,此種狀態持續近三十年,直至康熙三十一年(1692),宋犖任江寧巡撫,邵長蘅客游於此,二人再次交往,這時宋犖見識了邵長蘅爲文才華,同年秋延邵長蘅於幕府,從此二人讀書論文,賦詩唱和,交往逐漸深入。在與邵長蘅交往中,宋犖極有可能得其评本。另外,宋犖還手批《杜詩闡》,目前殘存八卷,是書現藏廣東省立中山圖書館。書中朱筆批點,僅收録邵長蘅批語,間有宋犖批語則加"漫堂批"三字以别之。此書批語與《杜工部詩鈔》批語内容全同,然數量不及《杜工部詩鈔》多。由此可見,《杜工部詩鈔》是在此書基礎上對批語增補而成,故其成書時間應晚於手批《杜詩闡》。《杜詩闡》刊刻於康熙二十五年(1686),宋犖批點《杜詩闡》必晚於是年,故《杜工部詩鈔》當成書於康熙二十五年後。再結合二人交往情況,其極有可能成書於康熙三十一年邵長蘅入宋犖幕府後,最晚至康熙五十二年(1713)宋犖卒時。

《杜工部詩鈔》之所以問世,首先與清初唐宋詩之争的文學思潮及權力話語密切相關。《杜工部詩鈔》問世前的清初詩壇,對明代詩學進行反思,反思焦點主要集中在明代前、後七子宣導的文學復古思潮,其中批評最激烈的是模擬唐詩作風。與之同時,宋詩逐漸受到關注和尊重。隨着唐宋詩之争兩種力量實際消長的變化,"宋詩熱"興起。宋犖早年亦受明代復古思潮影響,以學唐爲門徑,後屢次赴京,深受宋詩影響而轉變詩學觀念,開始學宋詩,後來又在《漫堂説詩》中反思近二十年"宋詩熱"風氣,認爲"顧邇來學宋者,遺其骨理而捋扯其皮毛,棄其精深而描摹其陋劣。是今人之謂宋,又宋之臭腐而已"[②],可謂指出"宋詩熱"之弊。然而張晶認爲宋犖宋詩弊端之説并非全然立足於詩學話語,而是受到當時權力話語的影響[③]。因具有最高話語權的清康熙帝推尊唐詩,於唐代諸多詩人中又最爲推崇杜甫,"宋犖作爲達官顯貴,不論其本來的詩學立場如何,都要順從最高權力的詩學話語"[④]。可見,宋犖編撰《杜工部詩鈔》《漫堂説詩》兩部與杜甫相關的詩學理論著作,旨在借此肯定唐詩的正宗地位,進而表明自己尊杜的態度。《杜工部詩鈔》就是在清初這樣的詩學背景下應運而生的。

此外,《杜工部詩鈔》問世還離不開杜詩批點的影響。杜詩批點始於南宋劉辰翁,其是最早將杜詩作爲藝術品進行鑒賞的,許多評論言簡意賅,頗有獨到之處。其先選取杜詩,繼而在句下或詩末點評,評論内容重在藝術分析。劉

---

① 〔清〕楊倫《杜詩鏡銓・凡例》,上海古籍出版社,1980年,第14—15頁。
② 〔清〕宋犖《漫堂説詩》,丁福保主編《清詩話》,上海古籍出版社,1963年,第417頁。
③④ 張晶、趙書至《清初詩學語境與宋犖的詩學觀》,《河北學刊》2019年第1期,第113頁。

辰翁選批詩歌的做法對元明清杜詩選評本影響很大,如元人范梈及明人鄭善夫、王慎中、楊慎、郭正域、徐渭、孫鑛,還有清初徐樹丕、傅山、金聖歎、方文、申涵光、朱彝尊、李因篤、王士禛等人,皆選批過杜詩。他們的批點形式有題下評、眉批、夾批、旁批、尾批,并以單人批點爲主。由於批點杜詩者愈來愈多,以及批點形式漸趨完備,於是出現了彙輯歷代或同時代名家批點的杜詩集評本。在《杜工部詩鈔》問世之前,明代謝傑《杜律詹言》、顔廷榘《杜律意箋》、胡震亨《杜詩通》便是典型的集評本,其以批點形式選輯歷代諸家杜詩注評,既指明批家姓氏又采納多種批點樣式。作爲集評本《杜工部詩鈔》,自然受到個人評點本、集評本的共同影響,主要表現是吸納歷代諸家批語及成熟的批點形態。

二　《杜工部詩鈔》的選詩底本及輯録批家考

(一) 選詩底本考

經考察發現,《杜工部詩鈔》選詩之底本爲清錢謙益康熙六年(1667)季氏静思堂刻本《杜工部詩集》(以下簡稱《錢注杜詩》)。理由有三:一是兩書杜詩編次完全吻合。《錢注杜詩》按古詩、近體詩編次,《杜工部詩鈔》與之相同。二是兩書詩序基本一致。《杜工部詩鈔》參照《錢注杜詩》詩序選詩,可謂《錢注杜詩》之節選本。然而《杜工部詩鈔》與《錢注杜詩》詩序亦稍有差异,如《錢注杜詩》之《復愁十二首》在《解悶十二首》後,而《杜工部詩鈔》抄《復愁十二首》其三,則將其置於《解悶十二首》和《諸將五首》前。三是兩書詩題無异。《錢注杜詩》目録詩題雖有簡稱,但正文題目皆全稱,《杜工部詩鈔》與其正文題目完全無别。以上這些證據足以證明宋犖就是以康熙六年錢謙益《錢注杜詩》爲選詩底本的。

(二) 所録批家考

宋犖所選宋元明清批家凡 14 人,所引諸家,皆標出姓名。14 家中,以輯録邵長蘅批語最多。除此之外,未標識的批語經與道光十四年(1834)盧坤"五家評本"《杜工部集》所録宋犖批語比對,發現均爲宋犖個人之評,共計 186 題。以下對《杜工部詩鈔》彙録批家逐一進行討論。

1. 收録宋代八家批語

南宋劉辰翁杜詩評點,由宋末元初高楚芳編輯爲《集千家注杜工部詩集》二十卷。《杜工部詩鈔》輯録劉辰翁批語 35 題,數量較多,皆以"劉須溪""劉云"冠之。經比對後發現,這些批語均出自《集千家注杜工部詩集》。宋犖選録蘇軾批語 3 題,以及范温《潛溪詩眼》、朱熹《朱文公語録》批語各 1 題,這 3 家批點亦來源於《集千家注杜工部詩集》。值得注意的是,蘇軾有一則批語"《北征》詩識君臣之大體,忠義之氣與秋色争高,可貴也",乃是"僞蘇注",此語實出自釋惠洪《冷齋夜話》。除以上 4 家外,《杜工部詩鈔》還輯録"舊評"11 題、"舊注"3 題,亦源自《集千家注杜工部詩集》。

宋犖過録王深父批點"三吏""三别"6 題,多稱"王深父云""王云"。王回(1023—1065),子深父,亦作深甫,宋福州侯官(今福建福州)人,著有《王深甫集》,已佚。據張忠綱《詩聖杜甫研究》介紹,“宋方深道輯《諸家老杜詩評》卷一引《王深甫集》,尚存評論杜詩‘三吏’‘三别’及《留花門》《塞蘆子》《佳人》《兵車行》《悲陳陶》《悲青坂》《哀王孫》等佚文十三條”[①],而引王深父評論的杜詩注本主要是《九家集注杜詩》《分門集注杜工部詩》《黄氏補千家集注杜工部詩史》,從文字一致性上看,宋犖輯録王深父批語來自郭知達《九家集注杜詩》。《杜工部詩鈔》尚輯録趙次公《秋風二首》其二批語 1 條,亦來自郭知達《九家集注杜詩》。另外,該書還引録孫季昭《履齋示兒編》、葉夢得《石林詩話》2 家批語各 1 則。

由以上考察可知,宋犖《杜工部詩鈔》彙輯宋人批點,基本依傍《集千家注杜工部詩集》《九家集注杜詩》二書。

2. 收録元明清六家批語

除宋代 8 家外,《杜工部詩鈔》還輯録了元明清 6 家批語,其中元代方回、范梈 2 家,明代楊慎 1 家,清代邵長蘅、錢謙益、侯朝宗 3 家。

方回(1227—1307)批語,冠以“方虚谷云”。方回有論詩專著《瀛奎律髓》四十九卷,宋犖引其批語 2 則。

范梈(1272—1330)批語,稱爲“范德機云”。范梈著有《杜工部詩范德機批選》六卷,宋犖選録其批語 1 則。

楊慎(1488—1559)批語,以“楊升庵云”“升庵云”稱之。楊慎有批杜專著《杜詩選》六卷,宋犖引其批語 5 則。

“錢虞山云”“虞山云”,即錢謙益(1582—1664)箋注。錢謙益《錢注杜詩》在清初廣爲流傳,《杜工部詩鈔》輯録其箋注 7 條,是而取之,非而駁之,其中宋犖本人批語中有 2 條是直接針對錢謙益摭實穿鑿而發的,有 3 條是對錢箋之肯定,另援引邵長蘅批駁、肯定錢箋的批語各 1 條。從這些評語看出,宋犖對錢箋之弊病及長處有清醒客觀的認識。這不只對於清初學杜者辨别錢箋之穿鑿鉤穴有着一定的參考意義,更有助於我們透過《杜工部詩鈔》窺見宋犖對錢注的接受情況。

“侯朝宗云”,乃侯方域(1618—1655)批語。宋犖與侯朝宗同爲“雪苑六子”,且對侯朝宗的古文成就十分激賞,其於《侯朝宗本傳》曰“朝宗始倡韓、歐之學,於舉世不爲之日,遂以古文雄一時”[②],肯定了侯朝宗矯正明代古文弊病之貢獻。《杜工部詩鈔》僅引侯朝宗評《九日藍田崔氏莊》“此二句一氣轉旋,正見大方,不以帽冠小節爲嫌”一則,宋犖贊爲“真篤論”,評價極高。侯朝宗此評并未收録其著作,然宋犖將其記録下來,保存了侯朝宗散佚之論。

宋犖引録邵長蘅批語 231 題,比其自評 186 題還多,均以“子湘云”冠之,由此可見邵長蘅批語在宋犖心中的重要程度。從上文所交代的宋、邵二人關係來看,宋犖欽佩邵長蘅,二人談文論詩,在文學理念上有頗多契合處,説明在

① 張忠綱《詩聖杜甫研究》上册,上海古籍出版社,2015 年,第 642 頁。

② 〔清〕侯方域著,王樹林校箋《侯方域全集校箋》下册附録二,人民文學出版社,2013 年,第 1188 頁。

一定程度上他們的思想是相通的。《杜工部詩鈔》中選輯邵長蘅批語数量居於首位,正是宋荦認爲邵長蘅觀點代表了其本人看法。

以上是《杜工部詩鈔》選詩底本及所輯批家的基本情况。宋犖遵循"去古未遠"原則,以錢謙益《錢注杜詩》爲選詩底本,沿用宋元明眉批、夾批、尾評等批點形式,廣泛輯録《集千家注杜工部詩集》《九家集注杜詩》及元明清諸家著作之精華,并標明諸家姓名,從而彙集於《杜工部詩鈔》一本呈現出來。該本的批點形態及評家選取標準,不僅承繼了明代杜詩個人評點本及集評本,同時對清代杜詩集評的發展有着深遠影響。

三 《杜工部詩鈔》的選批理念及内容

宋犖所輯 14 家批语,加上其本人批語,《杜工部詩鈔》共收録 15 家批語。綜覽宋犖個人批語,顯著特點是以論杜詩藝術特質、審美内涵、風格等爲主,基本形式是摘句批評與整體批評相結合,語言短小精煉,往往三言兩語便能入骨見髓。而所輯録的諸家批語,有的宋犖在選録時作了删削加工,有的則未經改動。此種擇取批語的做法,透露出宋犖具體的批點理念。如《新安吏》眉端引王深父批語曰:

古者遣將,有推轂分閫之命,今棄師於敵也,虐至於無告,其君臣豈不可刺哉?然子儀猶寬度得衆,故卒章美焉。

檢郭知達《九家集注杜詩》云:

乾元二年,郭子儀等九節度之師,圍安慶緒於鄴。時不立元帥,以中官魚朝恩爲觀軍容宣慰使,師遂潰於城下。諸節度各還本鎮,子儀保河陽,詔留守東都。此詩蓋哀出兵之役夫。古者有遣將推轂分閫之命,今棄師於敵也,虐至於無告,如詩之所憾,其君臣豈不可刺哉?然子儀猶寬度得衆,故卒美焉。①

二者相較,《杜工部詩鈔》删去《九家集注杜詩》關於《新安吏》詩史背景的具體内容,僅摘取論及杜詩主旨部分。可見,宋犖對杜詩注解内容的删減是有一定傾向性的,即煩録在其看來較爲繁冗的歷史背景考證,而摘録簡煉的詩歌主旨、結構、意義等方面的闡釋。這説明在他的觀念中有意識地將杜詩注解與批點進行了界定,其中注解中的闡釋部分被視爲批點範疇。

又如《登樓》"錦江春色來天地,玉壘浮雲變古今"句眉上,引葉夢得《石林詩話》曰:

七言難於氣象雄渾,句中有力,而紆徐不失言外之意。自老杜"錦江""玉壘"之後,常恨無復繼者。

① 〔宋〕郭知達《九家集注杜詩》卷三,《景印文淵閣四庫全書》第 1068 册,台灣商務印書館,1986 年,第 61—62 頁。

葉夢得此批語則爲：

> 七言難於氣象雄渾，句中有力，而紆餘不失言外之意。自老杜“錦江春色來天地，玉壘浮雲變古今”，與“五更鼓角聲悲壯，三峽星河影動摇”等句之後，常恨無復繼者。[①]

將二者進行對比，宋犖删除葉夢得所舉其他具體例證，僅保留他認爲最爲典型的一例，并將其簡略表示。從宋犖的這種處理方式看，其旨在避免評語瑣細，力主求簡、求精。這樣的例子還有《螢火》詩，眉批曰：

> 説者謂《螢火》爲譏李國輔，正不當如此拘泥。大丈夫耿耿，不爲螢爝微光，於此自無相關。世之僅明忽晦，又豈止一國輔？則見此詩而自愧矣，學者觀大指可也。

方回此批語見《瀛奎律髓彙評》，原文作：

> 説者謂此詩“腐草”“太陽”之句以譏李國輔。凡評詩，政不當如此刻切拘泥。言之者無罪，聞之者足以戒。大丈夫耿耿者，不當爲螢爝微光，於此自無相關。世之僅明忽晦不常者，又豈一輔國？則見此詩而自愧矣，學者觀大指可也。[②]

宋犖對該詩稍作改動和删節，僅取論及該詩主要者，則删去與該詩關聯不大的“言之者無罪，聞之者足以戒”句。整體看，批語較爲簡煉，論詩主旨更爲突出。

宋犖未做調整與改動的批語，主要有劉辰翁、范德機、楊慎、邵長蘅四家。這四家批語共同處皆以杜詩鑒賞爲本，短小精悍。值得注意的是，錢謙益箋注《冬日洛城北謁玄元皇帝廟》《前出塞九首》《昔游》三詩，宋犖亦直接援引，其中《冬日洛城北謁玄元皇帝廟》引箋注自“‘配極’四句”至“一篇諷喻之意，總見於此”，《前出塞九首》引箋注自“《前出塞》，爲征秦隴之兵赴交河而作”至“假征戍者之辭以譏切之也”，兩處均較長，但全盤收録。這兩段箋注，錢謙益本意是指出杜甫作二詩主旨在於諷諫，并對詩句之諷諫處進行了詳細闡述。宋犖對此未做删改，意在使學詩者瞭解二詩諷諫主旨是如何詳明地表現出來的。由此可見，宋犖選批觀念并非一味求簡、求精。

另須指出的是，宋犖不是簡單集諸家之説，而是輯録後有簡略評騭，以闡發己見，啓人耳目。如《登兖州城樓》“從來多古意，臨眺獨躊躇”句眉上，引方回語“後聯感慨，秦魯俱亡，以‘古意’二字結”，宋犖緊接其後評曰“尤妙”。《乾元中寓居同谷縣作歌七首》眉上總評，引孫季昭《履齋示兒編》語“歐公傷五季之亂，作史序論盡以‘嗚呼’冠其首。子美傷唐室之亂，於歌行以‘嗚呼’結其末”，宋犖其後評曰“《同谷》《冬狩》《折檻》《白馬》等篇是也”。

---

① 〔宋〕葉夢得《石林詩話》，吴文治主編《宋詩話全編》第 3 册，江蘇古籍出版社，1998 年，第 2708 頁。

② 〔元〕方回選評，李慶甲集評校點《瀛奎律髓彙評》卷二十七，上海古籍出版社，1986 年，第 1154—1155 頁。

由上看出,宋犖對諸家批語的選録是有考量的,絶非隨意爲之,無論是刪節修改、全部徵引,或是引後再評,還是徵引批語的繁簡,均受其具體的評點觀念所左右。

在選評理念基礎上,宋犖本人批語與所録諸家批語,主要有五方面内容需探討。

(一) 强調杜詩本原

宋犖認爲杜詩之本原是"温柔敦厚",故其批點時尤爲關注杜詩與《詩經》一脉相承的關係。如《畫鷹》"何當擊凡鳥,毛血灑平蕪"句,其評曰:"余於此下一轉語,當在切與不切之間。"《畫鷹》乃題畫詩,杜甫通過描摹畫鷹體態,抒發自負不凡的壯志豪情。"切與不切之間",正言杜詩表達含蓄。又如《寄裴施州》"金鐘大鏞在東序,冰壺玉衡懸清秋"句,其評曰:"是謂《大雅》。"這二句是杜甫對裴施州的頌美之詞,有《詩經》之《大雅》贊頌之因素。就杜詩此特質,宋犖還援引邵長蘅2條批語:

子湘云:發乎情止乎義,故是《三百篇》之遺。(《新婚别》眉批)

子湘云:《洞房》至《驪山》八首,皆追憶開元、天寶時事,語含諷刺而醖藉不露,深得《小雅》詩人之遺。(《洞房》眉批)

批語"發乎情止乎義",指明《新婚别》既抒發情志,又符合儒家禮儀道德。"語含諷刺而醖藉不露",强調八詩表達委婉含蓄。綜上可見,宋犖以爲杜詩"温柔敦厚"蕴涵兩方面内容,一方面是詩人性情及詩歌内容温厚中正,具有詩教意義;另一方面是詩歌表達含蓄委婉,具有審美意義。

(二) 考鏡杜詩淵源

杜詩具有"轉益多師""集大成"特點,宋犖批點及所録批語對此多有論及:

子湘云:《招魂》《大招》之遺。(《夢李白二首》"魂來楓葉青,魂返關塞黑。君今在羅網,何以有羽翼?落月滿屋梁,猶疑照顔色。水深波浪闊,無使蛟龍得"句眉批)

深情老筆,原本樂府,小儒安足爲?(《自京赴奉先縣咏懷五百字)眉批》

子湘云:近《選》體。(《渼陂西南臺》"兼葭離披去,天水相與永"句眉批)

子湘云:亦陶句。(《喜晴》"青熒陵陂麥,窈窕桃李花。春夏各有實,我饑豈無涯"句眉批)

微帶初唐聲律。(《洗兵馬》"已喜皇威清海岱,常思仙仗過崆峒。三年笛裏關山月,萬國兵前草木風"句眉批)

起有無限抑鬱,亦似太白。(《錦樹行》"今日苦短昨日休"句眉批)

宋犖將杜詩師承淵源最早追溯於戰國,歷經漢、魏、晋、初唐、盛唐,涉及屈原、漢樂府、《文選》、陶淵明、沈佺期、宋之問、杜審言、李白等,這使讀者清晰地看出杜詩取精用宏、源遠流長的師承脉絡。

(三)評論杜詩影響

杜甫爲集大成詩人,衣被後世文人深廣。宋犖在批點及徵引批語中對此十分關注:

子湘云:真率别是一格,開中晚多少法門。元白、張王都領此派。(《狂歌行贈四兄》眉批)

亦開宋人法門。(《行官張望補稻畦水歸》"芊芊炯翠羽,剡剡生銀漢。鷗鳥鏡裏來,關山雲邊看。秋菰成黑米,精鑿傳白粲。玉粒足晨炊,紅鮮任霞散"句眉批)

宋人多摹此種。(《暮秋枉裴道州手札率爾遣興寄近呈蘇渙侍御》眉批)

末句遂開宋派。(《九日藍田崔氏莊》眉批)

這些批語點明杜詩爲中晚唐人及宋人開啓了無數法門,指出他們學習杜詩衆體、表現手法、風格等均能自成一派。

(四)揭示杜詩技法及風格

《杜工部詩鈔》一個重要目的是指導後學詩歌創作,故揭示杜詩技法是宋犖評析及輯録批語的重點内容之一。宋犖認爲杜詩非常注重起結:

起結不凡。(《上水遣懷》"我衰太平時,身病戎馬後"句眉批)

起二句籠罩全詩,誰復可及。(《登岳陽樓》"昔聞洞庭水,今聞岳陽樓"眉批)

結語學之便襲。(《旅夜書懷》"飄飄何所似,天地一沙鷗"句眉批)

舊評:人有此嘆,十字盡之。又起語如此,故别。(《早發射洪縣南途中作》"寒日出霧遲,清江轉山急"句眉批)

他對杜詩長篇布置"得體""整密"特徵亦很留意:

此詩前賢録爲壓卷,其布置最得體。(《奉贈韋左丞丈二十二韵》眉批)

長篇結構整密。(《贈王二十四侍御契四十韵》眉批)

宋犖對杜詩句法之闡釋往往極其簡單,但將杜詩之用意展現無遺。在此僅舉一例,如評《閬山歌》三四句"松浮欲盡不盡雲,江動將崩未崩石"曰:"奇句。"此句有何奇處?首先在於此句"七字一貫格"句式,這一句型在杜詩中極不常見。更爲重要的是,此句一意直下,似韵味不足,但其與"上四下三格"的首二句"閬州城東靈山白,閬州城北玉臺碧"及五六句"那知根無鬼神會,已覺氣與嵩華敵"相錯落融合,疏密相間,方臻妙境。由此可見,杜甫獨具匠心的佳句旨在見意,而宋犖以心會心,評語精准指出詩人這一意圖。

杜詩藝術風格多樣,整體表現爲沉鬱頓挫、真率自然,然在具體詩歌中又有不同側重。關於這一點,《杜工部詩鈔》輯録不少批語論及:

子湘云:全首沉鬱有奇氣。(《送樊二十三侍御赴漢中判官》眉批)

子湘云:疏放有老氣。(《暮春》眉批)
子湘云:蒼老。(《歸雁》眉批)
子湘云:渾老。(《野望》眉批)
子湘云:真率,亦以樸勝。(《述懷一首》眉批)

(五)指出咏物詩難作

杜甫咏物之作,數量可觀。其中《苦竹》《蒹葭》《房兵曹胡馬》《病馬》《鸂鶒》《孤雁》《促織》《螢火》《歸燕》《猿》《白小》《麂》《鸚鵡》《鷄》《歸雁》15 首咏物詩,明人鍾惺總結道:"於諸物有贊羡者,有悲憫者,有痛惜者,有懷思者,有慰藉者,有嗔怪者,有嘲笑者,有賞玩者,有勸誡者,有指點者,有計議者,有用我語詰問者,有代彼語對答者。"[①]可見,杜甫咏物詩命意多元,成就非凡。宋犖更是引邵長蘅語評其爲"上乘""自是大家數",如引邵長蘅語評《螢火》曰"流麗稱情,此爲咏物上乘",評《燕子來舟中作》曰"流利宛轉,咏物上乘,與《螢火》作并美",評《促織》以下六首曰"皆咏物體也,自是大家數,不至墮落,然已非工部至處,可見咏物之難"。就其中"非工部至處"一語,宋犖亦曰:

> 咏物有兩種:一種刻畫,如畫家李小將軍,則李義山、鄭谷、曹唐諸人是也;一種寫意,工者頗多。要以少陵爲正宗,必如子湘言"非少陵至處",豈《房兵曹馬》《蕃劍》《螢火》諸什猶有所不足乎?(《螢火》眉批)

這段批語告誡學詩者,作爲杜甫這樣偉大的詩人,咏物詩成就極高,然尚有不足,其他人就更可想見,可見咏物詩確實難作。

四 《杜工部詩鈔》的價值

以上分析,我們可見《杜工部詩鈔》批點杜詩的大致情況,由此可進一步推究出《杜工部詩鈔》的價值。

首先,從選詩風格來看,《杜工部詩鈔》擇取古、近兩類詩體,呈現出豐富的藝術面貌。明代以來,時人多尚杜律,故杜律選本尤爲流行。宋犖《杜工部詩鈔》古詩及近體詩均選,呈現出兼容并包的選評態度,這在一定程度上打破了明代選詩單一局限,顯示出清初杜詩選本多元的審美趣味。《杜工部詩鈔》雖收録近體詩數目多於古詩,然從選詩占比看,杜詩共計 1458 首,其中古詩現存 404 首,選 292 首,占比 72.3%,近體詩現存 1054 首,選 489 首,占比 38.3%。可見,從總體而言,宋犖選評杜詩以古詩爲主。其主張在《漫堂説詩》中體現最爲突出,其稱贊杜甫古詩曰:"余意歷代五古,各有擅場,不第唐之王、孟、韋、柳,即宋之蘇軾、黄庭堅、梅堯臣、陸游,要是斐然,而必以少陵爲歸墟。昔人詩評'杜工部如周工製作,後世莫能擬議'。蓋篤論也。"[②]又贊曰:"七言古詩,上

① 〔明〕鍾惺、譚元春《唐詩歸》卷二十一,《續修四庫全書》第 1590 册,上海古籍出版社,2002 年,第 95 頁。

② 〔清〕宋犖《漫堂説詩》,第 417 頁。

下千百年定當推少陵爲第一。蓋天地元氣之奥，至少陵而盡發之，允爲集大成之聖。”[①]這兩段論述説明宋犖對杜甫斐然成章且元氣之奥的古詩藝術極爲推賞，此一選評觀念在《杜工部詩鈔》中更是可見一斑。其評《自京赴奉先縣咏懷五百字》援引邵長蘅語曰：“《咏懷》《北征》皆杜集大篇，子美自許‘沉鬱頓挫’‘碧海鯨魚’，後人贊其鋪陳排比，渾涵汪茫，正是此種。”由此看出，宋犖選評古、近兩體杜詩，并非一視同仁，而是對古詩藝術面貌更爲推崇。

其次，《杜工部詩鈔》批語與《漫堂説詩》形成互補，有助於真正了解宋犖的詩學宗旨。如關於杜詩本原“温柔敦厚”，《漫堂説詩》曰：“詩者，性情之所發。《三百篇》《離騷》尚已。”[②]在此宋犖并未具體説明“性情”内涵，然張潮《題辭》對此解釋曰：“抑又思之：温柔敦厚，《詩》教也。……則是中丞之説詩，不惟可作文字觀，并可作政事觀矣。”[③]這恰與《杜工部詩鈔》强調的“温柔敦厚”具有詩教、審美雙重意義相契合。又如考鏡淵源方面，《杜工部詩鈔》指明杜詩轉益多師、集大成的師承淵源，《漫堂説詩》則曰“上則溯源於曹、陸、陶、謝、阮、鮑六七名家，又探索於李、杜大家，以植其根柢；下則泛濫於宋、元、明諸家，所謂取材富而用意新者，不妨瀏覽以廣其波瀾，發其才氣”[④]，二者詩學觀點相吻合。再如《杜工部詩鈔》中“開宋人法門”“宋人多摹此種”“遂開宋派”并未確指，而《漫堂説詩》作了詳細論述：

> 唐以後詩派，歷宋、元、明至今，略可指數。宋初，晏殊、錢惟演、楊億號“西昆體”；仁宗時，歐陽修、梅堯臣、蘇舜欽謂之歐、梅，亦稱蘇、梅，諸君多學杜、韓。王安石稍後，亦學杜、韓。神宗時，蘇軾、黄庭堅謂之蘇、黄；又黄與晁補之、張耒、陳師道、秦觀、李廌稱蘇門六君子。庭堅别開江西詩派，爲江西初祖。南渡後，陸游學杜、蘇，號爲大宗；又有范成大、尤袤、陳與義、劉克莊諸人，大概杜、蘇之支分派别也。[⑤]

於此足見，《杜工部詩鈔》《漫堂説詩》二書反映出的詩學觀一脉相承，且相互融通，它們共同構成了宋犖以杜詩爲宗而較爲完備的詩學體系。從《杜工部詩鈔》批語看，宋犖直接意圖在於向子弟及後學授以作詩門徑，而宋犖《漫堂説詩》亦稱：“戊寅長夏，兒致筠心艷父兄倡和之樂，欲請學詩，因書此説付之，并記余學詩崖略於末。”[⑥]可見宋犖編撰二書的旨意是一致的。除此之外，結合上文交代的《杜工部詩鈔》《漫堂説詩》二書産生的時代背景，可知宋犖將杜詩批點作爲一種文學批評與審美鑒賞之法來踐行其詩學，更重要的是旨在矯正清初唐宋詩之争而造成的詩學思想混亂局面，從而補救宋詩流弊，同時亦是有意迎合康熙帝詩學觀的體現。

---

① 〔清〕宋犖《漫堂説詩》，第 418 頁。

②④ 〔清〕宋犖《漫堂説詩》，第 416 頁。

③ 〔清〕宋犖《漫堂説詩》，第 415 頁。

⑤ 〔清〕宋犖《漫堂説詩》，第 419—420 頁。

⑥ 〔清〕宋犖《漫堂説詩》，第 421 頁。

再次,《杜工部詩鈔》的編撰有利於清代杜詩集評本的發展。清初杜詩評本以一家之評爲主,集評本并不盛行,選録 15 家評語的《杜工部詩鈔》豐富了清初杜詩集評本内容。同時其對後世杜詩集評本進一步發展産生了一定影響,具體表現在注與評的區分、評家遴選、批點内容、批點範圍等方面。《杜工部詩鈔》有意識地對注與評進行區分,之後楊倫《杜詩鏡銓》受其影響,在評點體式上亦對注與評進行區分,注解均在句下,批點皆在眉端。在評家遴選及批點内容方面,影響更明顯。如劉濬《杜詩集評》之《自序》曰:

> 國初名輩若王氏士禄、士正(按:即王士禛)、朱氏彝尊、李氏因篤、吴氏農祥、查氏慎行,以能詩名一世,諸先生皆有杜詩評本,當時不授梓,流傳者少。嘉興許晦堂先生淹博好學,酷愛藏書,乃鈎求而盡得之。余於許氏爲葭莩親,因得借歸録而藏之。益以陸氏嘉淑、錢氏燦、宋氏犖、潘氏耒、申氏涵光、俞氏瑒、何氏焯、許氏昂霄諸家評語,晦堂所評亦附載焉,薈萃一編。①

據劉濬所言,《杜詩集評》亦收録評家 15 家,15 家批本純粹以杜詩鑒賞爲主,杜詩注本中的注解闡釋部分已不再選録爲批點内容。就批點範圍,楊倫《杜詩鏡銓》輯録的邵長蘅評語、盧坤"五家評本"《杜工部集》收録的邵長蘅及宋犖評語,它們針對具體詩句或整首詩進行的圈點與評論,皆與《杜工部詩鈔》雷同。

此外,《杜工部詩鈔》保存了大量邵長蘅評語,對於厘清宋犖、邵長蘅二人批語有着重要的參考價值。邵長蘅杜詩評本現已散佚,而宋犖是邵長蘅同時代且關係最爲親密的人,故其所輯録的邵長蘅評語可信度最高。《杜工部詩鈔》不僅保存了邵長蘅評語原始狀態,還是保存邵長蘅評語的最早文獻,對輯佚邵長蘅評語及還原其評本原貌有着重要的價值,并對我們進一步研究邵長蘅詩學觀大有裨益。更重要的是,該本有助於厘清後人過録的宋、邵二人批語。今人輯録、研究宋犖的批杜思想,一般不以最早文獻《杜工部詩鈔》爲據,而多依據乾隆五十六(1791)年的楊倫《杜詩鏡銓》、嘉慶九年(1804)的劉濬《杜詩集評》及道光十四年的盧坤"五色評本"《杜工部集》,將《杜工部詩鈔》與三本細緻比勘後發現,其尚有混淆宋、邵二人批語的訛誤。鑒於《杜工部詩鈔》傳本較罕,這些訛誤若得不到厘清,難免以訛傳訛,造成清初詩學研究上的混亂。

其一,楊倫《杜詩鏡銓》5 題 5 則宋犖批語誤屬邵長蘅,如:

> 邵云:即"喜極霑巾"意。(《收京三首》其二"霑灑望青霄"句下批)
>
> 邵云:已逗宋派。(《曲江二首》其二眉批)
>
> 邵云:語味深渾。(《遣憂》"受諫無今日,臨危憶古人"句夾批)
>
> 邵云:寫老人景態極真,此等詩質而有味。(《九月一日過孟十二倉曹十四主簿兄弟》"力稀經樹歇,老困撥書眠"句眉批)

① 〔清〕劉濬《杜詩集評·序》,黄永武主編《杜詩叢刊》第四輯第 29 册,台灣大通書局,1974 年,第 21—22 頁。

邵云：幽秀。（《祠南夕望》眉批）

其二，劉濬《杜詩集評》4 題 6 則宋犖批語實屬邵長蘅。劉本所録宋評，均在卷七：

宋云：賦馬警語，不涉及牝牡驪黄。（《房兵曹胡馬》詩末批）

宋云：領聯銖兩恰當。（《春日憶李白》"清新庾開府，俊逸鮑參軍"句下評）

宋云：領聯壯闊，合如此接法。（《送翰林張司馬南海勒碑》"詔從三殿去，碑到百蠻開"句下評）宋云：結得體。（"不知滄海使，天遣幾時回"句下評）

宋云：後四句一氣，結意從六句生出。（《陪鄭廣文游何將軍山林十首》其四詩末批）

宋云：是末章章法。（《陪鄭廣文游何將軍山林十首》其十詩末批）

其三，盧坤"五家評本"《杜工部集》94 題宋犖批語誤屬邵長蘅。盧本共收録邵評 575 題，其中 94 題批語實屬宋犖，在此，批點内容贅不羅列，僅標明詩題，具體批語見拙作《邵長蘅杜詩評點研究》①，兹録詩題如下：

《哀王孫》《洗兵馬》《垂老别》、《前出塞九首》其一、《後出塞五首》其五、《韋諷録事宅觀曹將軍畫馬圖歌》《丹青引》《草堂》《三韵三篇》《寄裴施州》《贈司空王公思禮》《故司徒李公光弼》《贈左僕射鄭國公嚴公武》《贈太子太師汝陽郡王璡》《贈秘書監江夏李公邕》《故秘書少監武功蘇公源明》《觀公孫大娘弟子舞劍器行并序》《魏將軍歌》《上水遣懷》《投贈哥舒開府二十韵》《奉贈太常張卿二十韵》《夜宴左氏莊》《送蔡希魯都尉還隴右因寄高三十五書記》《送裴二虬尉永嘉》、《重過何氏五首》其四、《一百五日夜對月》《喜達行在所三首》其二、《奉送郭中丞兼太僕卿充隴右節度使三十韵》《送楊六判官使西蕃》《獨酌成詩》《喜聞官軍已臨賊境二十韵》、《收京三首》其三、《臘日》《紫宸殿退朝口號》《曲江二首》《春宿左省》《送翰林張司馬南海勒碑》《曲江陪鄭八丈南史飲》《送賈閣老出汝州》《奉贈王中允》《題鄭縣亭子》《得舍弟消息二首》、《秦州雜詩二十首》其一、其七、其二十、《山寺》《搗衣》《爲農》《堂成》《野老》《過南鄰朱山人水亭》《春夜喜雨》《贈别何邕》《奉和嚴中丞西城晚眺十韵》、《戲爲六絶句》其二、《奉濟驛重送嚴公四韵》、《春日梓州登樓二首》其二、《泛江送魏十八倉曹還京因寄岑中允參范郎中季明》《泛江送客》《悲秋》《城上》、《傷春五首》其一、其四、《王閬州筵奉酬十一舅惜别之作》《放船》《泛江》《將赴成都草堂途中有作先寄嚴鄭公五首》《别房太尉墓》《自閬州領妻子却赴蜀山行三首》《登樓》《雲安九日鄭十八携酒陪諸公宴》《閣夜》《西閣夜》《瀼西寒望》《刈稻了咏懷》《白帝》《瞿唐兩崖》、《咏懷古迹五首》其三、其四、《諸將五首》《夔府書懷四十韵》《江

① 張學芬《邵長蘅杜詩評點研究》，河北大學碩士學位論文，2012 年，第 17—81 頁。

漢》《中宵》《秋峽》《日暮》、《朝二首》其一、《又示兩兒》《懷灞上游》《得舍弟觀書,自中都已達江陵。今兹暮春月末,行李合到夔州。悲喜相兼,團圓可待,賦詩即事,情見乎詞》《陪柏中丞觀宴將士二首》《九月一日過孟十二倉曹十四主簿兄弟》《奉送十七舅下邵桂》《麂》《舟出江陵南浦奉寄鄭少尹》《登岳陽樓》《小寒食舟中作》《送司馬入京》《狂歌行贈四兄》

總之,宋犖《杜工部詩鈔》是一部輯録宋元明清諸家批點的杜詩集評本,其對杜詩的傳播做出了很大貢獻,在清代杜詩批點史上有着一定的地位。它的存世,亦爲考察宋犖詩學思想的發展提供了一個重要文本。總體來看,此本以錢謙益《錢注杜詩》爲選詩底本,編次清晰,批點簡明通達,諸家批語的擇取均由宋犖具體的批點觀念所決定,批語内容涉及杜詩諸多問題,然意在向學詩者指明作詩門徑,其中藴含着融通的詩學思想,既補救了清初詩壇的宋詩流弊,又迎合了康熙帝的詩學觀。《杜工部詩鈔》作爲重要的杜詩選評本,呈現出宋犖多元的審美趣味及傾向古詩藝術面貌的選取標準。該本確立的注評範疇、批點形態及評家等,均對後世集評本産生了深遠影響。宋犖輯録邵長蘅批語最多,表明邵長蘅評杜觀點代表了其本人的看法。《杜工部詩鈔》保存了邵長蘅評語的原始狀態,厘清了宋、邵二人批語混淆的訛誤,有助於我們認識邵長蘅評點杜詩的全貌,同時可避免二人詩學思想研究的混亂。惜其如今只存此孤本,流布極罕,故筆者試作初步剖析如上,期望能引起學界的重視。

(作者單位:聊城大學文學院)

古典文獻研究（第二十五輯下）
Journal of the Institute for Chinese Classics Studies
Nanjing University
Volume 25, No.2 2022

《宋史·文苑傳》對陳師道"高士"形象的建構*

景方方

陳師道作爲北宋著名詩人，有關其詩文才華、生平德行的記載在宋代就比較豐富，如《東都事略》有其傳記；時人魏衍、謝克家爲其詩文集撰寫序跋；也有以逸聞軼事爲主的筆記雜談，如陸游的《老學庵筆記》等。因文體功能及撰寫目的不同，這些文獻在刻畫陳師道的形象時，體現了作者對陳師道這一人物的自我理解，行文中對陳師道形象塑造的側重點各有不同。或是記載陳師道生平中的師承交游，展現其詩文才華；或是同情其懷才不遇的際遇，刻畫其孤直耿介的性格。而在《宋史·文苑傳》中，史官要凸顯的是陳師道"安貧樂道，高介有節"的道德高行，將在宋代史料中出現的關於陳師道生平節點的三大事件，即"白衣受阻"、"不赴彭澤令"和"婉拒蘇軾"加以强化，通過細膩的文筆對前代史料進行巧妙地嫁接、增補，重塑了陳師道的形象。在《宋史·文苑傳》中，史官有意淡化陳師道的詩文才華，重點突出其"安貧樂道，高介有節"的高士形象，這一特質爲明清史家所接受。

一　陳師道仕宦生涯中的"白衣"身份

陳師道一生沉淪下僚，仕途失意，是否因其"白衣"身份而屢次受挫？此事在宋朝當代文獻中雖然時有記載，二者的因果關係却没有被刻意突顯。

魏衍的《彭城陳先生集記》（以下簡稱《集記》）是最早的一篇關於陳師道的生平記録。魏衍與陳師道是同鄉，又有師生之誼。陳師道臨終前將所有文稿委托兒子轉交魏衍，并請魏衍"爲編次而狀其行"①。據魏文所記，陳師道於建中靖國元年（1101）去世，時年四十九歲，此文作於陳師道歿後不久，魏衍"既狀

* 本文爲國家社科基金項目"古代傳記文體的發展與文史觀念之演變"（20BZW078）、廣東省"十三五"社科規劃項目"中國古代傳狀文體及文獻研究"（GD19CZW10）階段性成果。

① 〔宋〕魏衍《彭城陳先生集記》，收入任淵注，冒廣生補箋，冒懷辛整理《後山詩注補箋》卷首，中華書局，1995年，第16頁。

其行矣,親録藏於家者"[①]。多年後,魏衍打算刊刻出版此書,撰寫題跋時將早年寫就的這篇行狀融入其中,落款爲政和五年(1115)。一般而言,撰寫年代越早,作者與傳主關係越近,則碑誌傳記的真實性就越高。故而相對其他史料,魏衍的《集記》對陳師道生平的叙述應該是可靠的。但因作者身份立場的不同,在對傳主的叙述中必然會不同程度地帶有作者的主觀情感,在一些細節選擇上會傳達出作者的某種情感。在陳師道仕途不振這一問題上,魏衍的叙述就值得關注。

作爲與陳師道意氣相投的得意門生,魏衍在《集記》中突出恩師仕宦生涯的坎坷,以及身後得到朝廷的賞賜,足以爲先師發不平之鳴。據魏衍所記,"元豐四年(1081),神宗皇帝命曾(鞏)典史事。且謂修史最難,申敕切至。曾(鞏)薦爲其屬,朝廷以白衣難之。方復請,而以憂去,遂寢。太學又薦其文行,乞爲學録。不就"[②]。陳師道仕途首次受挫的直接原因是非"科甲"出身,作爲一個白衣秀士,無資格入仕,但是此後曾鞏再次進薦没有成功的原因是"以憂去",况且前文已點明陳師道"慕古作者,不爲進取計也"[③]。换言之,在魏衍看來,陳師道仕途坎坷的原因不是非科舉出身,而是其自主抉擇的結果。

宋代詞人謝克家撰寫的《後山居士文集叙》(以下簡稱《集叙》)對陳師道的科場失意也有記載,其文曰:"紹聖(1094—1098)初,以進非科第而罷,退居彭城者累年,復教授棣州。"[④]從行文語氣體會,"白衣"身份同樣不是陳師道仕途的根本障礙,作者對此没有過多地進行渲染强調。《集叙》意在突出陳師道的"苦節厲志"[⑤],雖然沉淪下僚,貧無以養,但是"當權者或召見之(陳師道),顧非其好,不往"[⑥]。其後家益貧,而陳師道却安之若素,以詩文自足,可見其砥礪名節之决心。作者撰文的初心是"世徒喜誦其詩文,乃若奥學至行,或莫之聞也。余於是概見之,以信夫孔子之言,尚俾來者知所先後云爾"[⑦]。重在彰表陳師道道德與文章并盛的真儒士之風。

成書於南宋的《東都事略・文藝傳》没有記載魏衍《集記》中所録的元豐四年"朝廷以白衣難之"一事,只叙寫了紹聖初陳師道"進非科第,罷歸"[⑧]事件,但同樣是一筆帶過,語氣與謝克家《集叙》相似,較爲平淡。同爲南宋人的徐度在筆記《却掃編》中認同魏衍《集記》中的記載,突出了陳師道無功名在身而受到排擠的尷尬處境。不同的記載存在如此分歧,源於此事的真實性在南宋就已引起争論。

早在北宋末年,孫覿爲《後山居士文集》題序時就此事提出异議:一、曾鞏

① 〔宋〕魏衍《彭城陳先生集記》,第 16 頁。

② 〔宋〕魏衍《彭城陳先生集記》,第 3—4 頁。

③ 〔宋〕魏衍《彭城陳先生集記》,第 2 頁。

④ 〔宋〕謝克家《後山居士文集叙》,收入任淵注,冒廣生補箋,冒懷辛整理《後山詩注補箋》附録,中華書局,1995 年,第 594 頁。

⑤⑥⑦ 〔宋〕謝克家《後山居士文集叙》,第 594 頁。

⑧ 〔宋〕王偁《東都事略》,劉曉東等點校,齊魯書社,2000 年,第 1012 頁。

於熙寧二年(1069)任《英宗實録》檢討官,但不逾月而罷官,此後便外放出京,歷時十三年,再次還朝爲中書舍人時已是元豐四年,而且不就即丁母憂,旋即去世。任期不足一月,不可能徵辟二人爲下屬。二、按謝克家《集叙》中的叙述,元祐(1086—1094)中蘇軾推薦陳師道入仕,此時曾鞏已經去世多年。從時間上推算,此事相抵牾處甚多[1]。還有王明清的《揮麈録》也涉及此事,但同樣側重於討論曾鞏是否主管《英宗實録》的修撰工作,此二則材料都没有刻意强調陳師道的"白衣"身份。

陸游對此事做過詳細的辨析,據《老學庵筆記》載:

> 南豐元豐(1078—1085)中還朝,被命獨修《五朝史實》,許辟其屬,遂請秀州崇德縣令邢恕爲之。用選人已非故事,特從其請,而南豐又援經義局辟布衣徐禧例,乞無已檢討,廟堂尤難之。會南豐上《太祖紀叙論》,不合上意,修《五朝史》之意浸緩。[2]

時賢認爲"曾鞏典史事,辟無己爲屬官,其事之有無,南宋人聚訟紛紜。以今存宋代史籍考之,當以陸游之説爲確。……曾鞏元豐四、五年(1081—1082)間典修《五朝史》,在館八月有餘。且辟邢恕爲吏屬。無己《顏長道詩序》(本集卷十六)……知元豐四五年間無己嘗游京師,又應曾鞏之請,爲其父作《神道碑》,過從甚密也。《陳先生集記》謂鞏兩欲薦無己,蓋必有所據也"[3]。對於曾鞏請辟陳師道没有獲聖准這件事的原因,是陳師道的布衣身份,還是因爲"南豐上《太祖紀叙論》,不合上意,修《五朝史》之意浸緩"?陸游并没有給出確定的答案,而且此中提到陳師道的身份是"布衣",没有刻意强調"白衣"。在上述提到的三則材料中,對於陳師道的"白衣"身份是比較模糊的,至少没有刻意突出。

在宋人筆下,陳師道的"白衣"身份雖然會對其仕途造成波折,但遠不會掀起大的波瀾,更不是致命的障礙。若仔細體會,謝克家的《集叙》與魏衍的《集記》對陳師道"白衣"身份的書寫存在細微的感情差异。魏衍的叙述是曾鞏欲徵辟陳師道,"朝廷以白衣難之","難之"有朝廷故意責難磋磨之意。紹聖初年,陳師道"又以餘黨罷。授江州彭澤令,未行。丁母憂"[4],此後再未踏入仕途,直至元符三年(1100),除授秘書省正字,未及赴任而歿。魏衍作爲陳師道的學生追述先師生平,主觀上對老師懷才不遇、貧困終生的際遇既惋惜又心存不甘。行文中更多投射出一種天意弄人的遺憾。因此,魏衍多層次地展現陳師道在仕途上的障礙:或因"白衣"受挫;或是黨争的犧牲品。

而謝克家的叙述是"紹聖初,以進非科第而罷,退居彭城者累年"。相比而言,更爲客觀平實。謝氏《集叙》撰於紹興二年(1133),謝克家活動時間略晚於

① 詳細考證内容見錢建狀的《宋史文苑傳箋證》,鳳凰出版社,2012年,第553頁。
② 〔宋〕陸游《老學庵筆記》卷七,中華書局,1979年,第88頁。
③ 錢建狀《宋史文苑傳箋證》,第554—555頁。
④ 〔宋〕魏衍《彭城陳先生集記》,第9頁。

陳師道,他是趙明誠的姨兄。據《嘉定赤城志》載,謝克家生於北宋中後期,其子謝伋"官至太常少卿知處州,紹興初侍父寓黄岩"[①]。據李清照《金石録後序》載,靖康南渡時她曾一度逃難至黄岩,正是謝克家寓居之地。也就是説謝家曾接濟南下避難的李清照,兩家關係甚密,而陳師道與趙挺之爲姻親,謝克家對陳師道的瞭解應該不同於道聽塗説之流。謝克家《集叙》重在突出陳師道的道德品行,開頭既已點題"儒者以學成德,以德輔言"[②],所以,《集叙》中淡化陳師道仕途坎坷,重在叙述其"貧無以養,寄其孥婦氏。當權者或召見之,顧非其好,不往"[③],突出守道自持的氣節,且增加了賦詩"向來一瓣香,敬爲曾南豐"的情節,以示其"苦節厲志"的道德節操。至於"白衣"身份對陳師道仕途的阻礙作用不是《集叙》書寫的重點。

有宋一代,對陳師道"白衣"身份的書寫雖然間續不斷,但都没有成爲陳師道生平叙事的重點。直到元代史官注意到宋代文獻中"白衣"身份這一細節,并且有意書寫,反復渲染,令其成爲陳師道一生行藏的關節點。陳師道的其他生平事迹,政績文采都是圍繞這一點展開的。

首先,《宋史·文苑傳·陳師道傳》强調陳師道前半生因"白衣"身份而仕宦波折,沉淪下僚,但持心自重,安貧樂道的高介人格不改。

《宋史·文苑傳》吸收魏衍《集記》和《東都事略》中的史事,但是略作改動,曰:"(曾)鞏典《五朝史事》,得自擇其屬,朝廷以白衣難之。""又論其進非科第,罷歸。"[④]史官肯定了"以白衣難之"的説法,也在感情上接受了魏衍字裏行間爲先師的不平之鳴。同時,史官明確了曾鞏修撰《五朝史事》這一史實,可以看出《宋史》修撰者對史料曾做了一番考證,在陳師道的傳記中選取了相關材料進行叙述。出身非甲第而屢受排擠,與後面安貧樂道,不以進仕爲意的人生選擇形成對比,才能更加突顯陳師道的境界格局之高,因此,"以白衣難之"這一細節對重塑陳師道形象至關重要。

對於陳師道的生平叙述,《宋史·文苑傳》時而選録《東都事略》的史料,時而采納《彭城陳先生集記》的記載,根本原因是爲了圍繞"非科舉出身,屢被排擠"這一核心,這樣陳師道的形象前後才能保持一致。《宋史·文苑傳》緊緊圍繞"白衣"這一核心問題,擺脱了"黨争"等其他因素的干擾,集中於陳師道不是科甲正途入仕,被人責難這一個焦點上,增强了衝突性。

其次,《宋史·文苑傳》兼采了施元之所作的《陳履常小傳》中的内容,爲陳師道白衣秀士的處境增設了一個前提:"熙寧中,王氏之學盛行,履常心非其説,遂絶意進取。"[⑤]陳師道因爲不滿王氏經學而主動退出場屋,并非因爲個人才力不足而被動接受命運的安排,這樣他就不再是一個簡單的困於場屋、抑鬱

---

① 〔宋〕陳耆卿《嘉定赤城志》,徐三見點校,中國文史出版社,2004年,第492頁。

②③ 〔宋〕謝克家《後山居士文集叙》,第594頁。

④ 〔元〕脱脱等《宋史·文苑六》(第37册),中華書局,1959年,第13115頁。

⑤ 小傳爲施元之爲蘇軾詩《復次韵謝趙景貺陳履常見和兼簡歐陽叔弼兄弟》的注釋内容,見〔宋〕蘇軾撰,施元之注《施注蘇詩》卷三十,浙江大學出版社,2019年,第1508—1509頁。

不得志的落第文人,而是爲堅守内心原則,不與時俗同流的清介之士。特别是與魏衍《集記》的感情對比,同是因"白衣"身份而受到責難,但是《宋史·文苑傳》塑造的陳師道形象更加立體厚重,哀婉低回中藴含隱隱的昂揚之態。明知會面臨怎樣的困難挫折但依然堅持,不願妥協,無形中陳師道的精神境界得以升華,與他後半生"高介有節,安貧樂道"的主題更加貼合。

二　陳師道"婉拒蘇軾"的高介品格

"婉拒蘇軾"是《宋史·文苑傳·陳師道傳》中刻意書寫的又一重要事件,意在突出其高節耿介的性格,但是這件事在兩宋的文獻中并不是很顯眼的史料。

謝克家《集敘》中簡單提及此事:"在潁賦《六一堂》詩,有'向來一瓣香,敬爲曾南豐'之句,而太守則蘇公也。"[①]展現陳師道自持有度,即使面對同樣敬重的蘇軾,也不曲意逢迎,終不忘曾鞏的教誨之恩。但是《集敘》所載過於簡略,不知具體情境。

此事比較完整地記録在南宋任淵爲陳師道詩作《觀兖國文忠公家六一堂圖書》的注釋中,注曰:"曾鞏子固,建昌南豐人,于歐公猶宗門中嫡子,而後山又師南豐,乃其孫也。後山以東坡薦得官。作此詩時,東坡政爲郡守,終無少貶阿附之意,可謂特立之士矣。然後知東坡之大,必能受之也。"[②]認爲陳師道經蘇軾舉薦得官,作此詩時蘇軾爲郡守,陳師道不因蘇軾的援引之恩而忘却曾鞏的教誨之義,同時也稱贊蘇軾的容人雅量。

《西塘集耆舊續聞》記載類似,强調"《過六一堂》詩略云:'向來一瓣香,敬爲曾南豐。世雖嫡孫行,名在惡子中'……蓋不以東坡比歐陽公也"[③]。還有朱翌的《猗覺寮雜記》所載與上述材料類似。除了任淵的注是較爲完整的叙述,其他材料多是粗陳梗概,表述的重點是陳師道與歐陽修、蘇軾、曾鞏的師承關係以及陳師道對蘇軾和曾鞏的態度。此間固然有對陳師道尊師的肯定之意,但他的高節耿介的性格并未在此事上得到强化,相反,容易被師承關係、蘇軾的雅量等其他枝節所淡化。而且,南宋還夾雜有對陳師道品行的批評之聲,周必大的《二老堂雜志》中載:"陳無已作《平甫文集後序》以字稱歐陽文忠公,至曾子固則曰南豐先生。又曰:'先生之後陳師道。'嗚呼! 無已學於南豐,尊之宜矣,然尊其父而輕其祖,何也? 唐立夫曰:四海歐陽永叔也,無已何尊焉,至於得道之師,則不可以無别。"[④]這明顯是對陳師道尊師態度的批評。

有宋一代,關於陳師道"婉拒蘇軾"的史料記載并不突出,對陳師道品行的評價也存有分歧。但是《宋史·文苑傳·陳師道傳》將這件事做了一些細微的

① 〔宋〕謝克家《後山居士文集叙》,第594頁。

② 〔宋〕陳師道《後山詩注補箋》,第99頁。

③ 錢建狀《宋史文苑傳箋證》,第564—565頁。

④ 〔宋〕周必大《二老堂雜志》卷四,《周必大全集·文忠集》卷一八二,王貴蓉、〔日〕白井順點校四川大學出版社,2017年,第1711頁。

改動,從而强化了陳師道的品性高貴:

> (陳師道)官潁時,蘇軾知州事,待之絶席,欲參諸門弟子間,而師道賦詩有'向來一瓣香,敬爲曾南豐'之語,其自守如是。①

作者在此增設了一個場景:"待之絶席","絶席"的意思是宴會中與之獨坐一處,不與他人同席,以示對其重視的程度與他人不同。也就是説蘇軾知潁州時在某次宴會上,對陳師道給予了超乎尋常的賞識,進而"欲參諸門弟子間",希望陳師道轉入自己門下。按照作者的叙述,陳師道是在這種情形下賦《六一堂詩》,以"向來一瓣香,敬爲曾南豐"表達了對先師的追思,委婉地回絶了蘇軾之請。結合史實材料看,這一情節与历史真實有出入,但又是成功的人物塑造。增設的情節并非天馬行空,而是在一定的事實基礎上做出的合理推測,傳記前面記載蘇軾曾引薦陳師道入仕,而且歷史上陳師道又是"蘇門六君子"之一,詩宗黄庭堅,與蘇軾也多有詩文唱和,實際上是亦師亦友的關係,蘇軾提出"參諸門弟子間"的邀請完全合情合理。這個細節的運用有效地體現了"叙述的真實",這種"真實并不是叙述與事實之間的關係,而是叙述各成分之間的關係。要再現傳主的個性,傳記作家就必須選擇一類事實以確保叙述的'連續性'。他會毫不遲疑地捨棄與傳主個性不符的材料"②。元代史官剪除了宋代史料中諸如陳師道與曾鞏師承關係的解釋,增設了"絶席"場景,這些雖然不完全符合"事實的真實",但可以突顯陳師道高節耿介的品格。趙白生的《傳記文學理論》認爲傳記文學爲塑造人物而選取的事實必須經過處理,"有些事實要增加亮色;有些事實要塗暗",以取得"前後一貫的個性"③。"婉拒蘇軾"與前文"白衣受阻"的情節形成呼應,陳師道形象的精神内核在傳記文本中也達到了前後高度一致。而且,這一情節較之宋代的材料更爲簡潔,但是所表現的内容却生動很多,更有畫面感,衝突性更强。在"絶席"的氛圍中陳師道依然堅持本心,回絶了蘇軾的好意,更加突出了其清正自守,不曲意逢迎的品質。剪去了不必要的枝蔓介紹,將情節集中整合爲陳師道"婉拒蘇軾",把讀者的目光迅速集於這一焦點上,更深層地回應了"高介有節,安貧樂道"這一主題。

元代史官這種追求人物性格前後一貫的書寫方式也使得傳記後半部分記載的幾則故事在叙述邏輯上更爲順暢,傳記後半部分補充了傅堯俞饋銀、拒見章惇、謝絶趙挺之的棉衣等情節,都是爲了彰顯陳師道"高介有節、安貧樂道"的品行。關於這幾則故事,《東都事略》和魏衍的《彭城陳先生集記》都没有記載,《宋史·文苑傳》的作者網羅了《續資治通鑒長編》、《西塘集耆舊續聞》、《猗覺寮雜記》和陳師道本集中的文獻④,著意叙述。修撰者特意網羅舊聞應該是參考了南宋理學大師朱熹的意見,《朱子語類》中記載了朱熹對《東都事略》的不滿,認爲其没有將精華記録在案,舉的例子即是陳師道,據載:"他最好是不

---

① 〔元〕脱脱等《宋史·文苑六》,第13116頁。

②③ 趙白生《傳記文學理論》,北京大學出版社,2003年,第51頁。

④ 錢建狀《宋史文苑傳箋證》,第564—565頁。

見章子厚,不著趙挺之綿襖,傅欽之聞其貧甚,懷銀子見他,欲以賙之,坐間聽他議論,遂不敢出銀子。如此等事,他都不載。"①理學大家朱熹自然更重視陳師道的嘉言懿行,但就此傳記而言,補充故事的深層原因應該與"高介有節,安貧樂道"這一個性相關。

《宋史·文苑傳》對陳師道品性如此重視應該源於謝克家的《集叙》,謝克家撰寫的初衷即是慨嘆"世徒喜誦其(陳師道)詩文,乃若奥學至行,或莫之聞也"②。在正文之前援引孔子言論:"有德者必有言,有言者不必有德。"强調"儒者以學成德,以德輔言。末之茂者本必深,委之廣者源必遠,盍即古之名世之士而觀之哉"③。在謝克家看來,道德品性與文采辭章是皮與紋的關係,理想狀態應該是"以德輔言"的良性互動,而陳師道的品性作風正是這種理想狀態的完美代表,故而不遺餘力地鋪陳其道德品性的高潔。元代史官不僅明瞭謝克家的用意,而且還接受這種認識,進而不斷强化。《宋史·文苑傳》中不僅直接轉述謝克家的原文"世徒喜誦其詩文,至若奥學至行,或莫之聞也"④,而且有意網羅前代舊聞中可以突顯陳師道品性德行的逸聞故事,突出了"道"在其生平事迹中的重要性。

三　陳師道"不赴彭澤令"的高士風範

元代史官不僅在事件叙述中注重刻畫陳師道的精神品格,在官職記載方面也頗具匠心,"彭澤令"這一官職在陳師道仕宦生涯中并無特殊意義,他是否赴任於傳記内容也無影響,但是《宋史·文苑傳》爲更好地體現陳師道"高介有節,安貧樂道"的精神而有意選取了"不赴彭澤令"這一事件。

《宋史·文苑傳》載:

> 又論其(陳師道)進非科第,罷歸。調彭澤令,不赴。⑤

"罷""調""不赴"三個詞將陳師道罷官歸家,辭不赴任的過程非常連貫地叙述出來,言辭簡略,一氣呵成。

《東都事略》未提彭澤令一事,據《宋史文苑傳箋證》中考證,在彭澤令之前,陳師道實際真正任職過的官職是監海陵酒,只是任期不長,旋即改官彭澤令⑥,同樣是兩個無足輕重的官職,《宋史·文苑傳》保留了并未履職的彭澤令,略去了任職過的監海陵酒。除了間隔過短,不願贅述的原因,更深層的用意可能是"彭澤令"可以唤起讀者的閲讀記憶,聯想到歷史上同樣被任命此地,又辭官不做的陶淵明。陶潛尚且做了八十一天縣令,陳師道索性"不赴",其灑脱之意似在淵明之上。其實據《彭城陳先生集記》所載,陳師道未赴任彭澤的原因是"丁母憂"。而且陳師道在《與曾樞密啓》中寫道:"向緣餘黨,例罷故官。

① 錢建狀《宋史文苑傳箋證》,第563頁。
②③ 〔宋〕謝克家《後山居士文集叙》,第594頁。
④⑤ 〔元〕脱脱等《宋史·文苑六》,第13115頁。
⑥ 詳見錢建狀《宋史文苑傳箋證》,第559頁。

一廢七年,日有投荒之懼;十生九死,卒完填壑之軀。”[①]另外一篇《與魯直書》中也有類似的表達:“紹元夏末,以例罷官,遂赴部,得監海陵酒。明年之春,復遭家禍,居貧口衆,轉舍往來,而卒歸鄉里,迨今三歲矣。而法當居外射闕,亦既申部而請矣。不辦一到京師,又不敢數數申部,今亦再歲矣,不蒙注擬。罷官六年,内無一錢之入,艱難困苦,無所不有,溝壑之憂,近在朝夕,甚可笑也。”[②]兩封書信清楚地展現了陳師道罷官後進退失據、貧無所養、痛苦難訴的生活境况。可見他對於罷官後的生活頗有些惶惶之感,并非如《文苑傳》中那般灑脱。

但是,《宋史·文苑傳》剪裁材料的方式形成了不同尋常的敘事效果。作者略去監海陵酒這個官職,去掉了不必要的干擾,語意上更加一氣呵成,可以更好地促使讀者將陳師道的遭遇與陶淵明這一高潔形象聯繫起來。爲父母守制,原是一件大事,皇帝尚且不可以隨意奪情,而《宋史》却將此細節改爲“不赴”,深層含義恐怕就是爲了彰顯陳師道與陶淵明相似的恣意灑脱,爲陳師道孤寒之士的身份再增添一層高士的瀟灑之氣。陳師道與陶淵明雙重叠加,激發出讀者更多層次的閲讀聯想,由現實中的陳師道遥想歷史上的陶淵明,再反觀現實中的陳師道,雖然因功名未就而仕途坎坷,但是灑脱的胸懷不遜於五柳先生,不是陶潛却又勝似陶潛。這樣循環往復,形成叠加的閲讀效果。正因爲陳師道這種胸襟,才會有他傳記後半段的主題——“高介有節,安貧樂道”。

這種書寫方式并非《宋史》首創,《舊唐書·文苑傳》中對李白的塑造即有類似之處,《舊唐書》中對李白籍貫的記載明顯是錯誤的,後代多不取,但漢學家倪豪士提出不同見解,他認爲傳記作者并不是力求將李白的全部生平納入傳記文本中,而是將筆觸集中於“謫仙”這一點上,所以傳記在鋪排材料,選擇事迹以及運用典故都是圍繞此中心展開的。爲了凸顯這一中心,史官有時會以犧牲史實的真實性爲代價,例如對李白籍貫的描述,傳記作者有意選擇“山東”(唐代沿襲了“殽山以東”這個概念),其實李白的身世與蜀地和西域的關係更加密切。但是作者依然選擇“山東”這個籍貫,一則是因爲史書中記載很多與李白類似的名士都是山東籍,如:諸葛亮、袁宏、阮籍,這樣描寫的“效果是要用文本中的典故把李白與六朝的名士聯繫起來”[③];二則“山東”更深層次的文化内涵是與仙家修道緊密相連,這樣可以使讀者在閲讀中更加强化李白“謫仙”的形象。《宋史·文苑傳·陳師道傳》中對“彭澤令”這一官職的特意記録與《舊唐書》對李白籍貫的選擇有异曲同工之妙。

《宋史》還吸取了南宋施元之箋注的《施注蘇詩》中《陳履常小傳》的内容,即“熙寧中,王氏之學盛行,履常心非其説,遂絶意進取”。施元之筆下的陳師道因爲不滿王安石學説對科舉考試内容的把控,故而絶意進取。魏衍《集記》

---

① 曾棗莊、劉琳編《全宋文》卷二六六六(第123册),上海辭書出版社,安徽教育出版社,2006年,第313頁。

② 曾棗莊、劉琳編《全宋文》卷二六六五(第123册),第297頁。

③ 〔美〕倪豪士《傳記與小説——唐代文學比較論集》,中華書局,2007年,第257頁。

載:"(陳師道)幼好學,行其所知,慕古作者,不爲進取計也。"[1]細讀之,二者是有區别的。"慕古作者"只是清高,而反對王氏之學則具有現實意義,以拒絶參加科考表達對王氏之學的不滿,甚至某種程度可以看作是對王氏之政的一種"非暴力不合作"式的軟性反抗,一種静默的堅守。此後仕途所經受的挫折是他主動選擇的結果,或者説是他堅持己見,不隨流俗的一種人格體現。這又是對陶淵明的一種深層回應。陶淵明在歷史上早已成爲一種符號,自身凝煉着灑脱恬淡的特質,以及不與時俗爲伍的氣節,寧可荷鋤戴月,躬耕田畝也不肯屈尊俯就,沉浮於混濁的官場。同樣,陳師道這種率然不赴任的行爲也是對時俗、官場不滿和抵抗的體現,不同於一般全身避禍的隱士。而且抗争中藴含隨遇而安,與道俱化的淡然,更立體地詮釋了"安貧樂道"的主題。

此外,《宋史》中對陳師道形象的塑造不僅依靠糅合前人之作以及合理的細節增加,而且也會删减一些史實細節,以求進一步强化陳師道"安貧樂道,高介有節"的特質。在魏衍的《集記》中記載陳師道去世後,朝廷特賜絹二百疋,以慰亡靈,但是《宋史》去掉了這一細節,只保留友人鄒浩仗義收殮的情節。這樣的删改可以讓陳師道"苦節厲志"的形象更加純粹。同樣,《宋史》也删除了魏衍《集記》中章惇舉薦陳師道的細節,即:"樞密章公惇高其義,冀來見,特薦於朝。"[2]如果接受入《奸臣傳》的章惇舉薦,則與後文對章惇的嚴肅拒絶形成一定的矛盾,影響陳師道個性的"前後一貫性"。魏衍作爲陳師道的學生,記載章惇舉薦的情節應該是真實的,但爲了强化陳師道的德行品性之高潔,元代史官選擇忽略這一細節。

至此,陳師道在《宋史》中的形象得到了很好的强化和固定,既有儒士的孤寒耿介,又兼具高士的獨立高蹈,可以説完美地詮釋了儒家所謂"達則兼濟天下,窮則獨善其身"的修爲境界。

四　明清史家對《宋史》中陳師道形象的接受

宋代關於陳師道的種種記載不僅紛繁多樣,而且側重各有不同,但經過元修《宋史》的重新剪裁組合,陳師道的形象在官方正史中得到了固定,其道德品性之高節耿介的特質被强化突出,對明代所修的各類宋史産生了重要影響。

首先,明修具有正史性質的宋代史書完整地接受了《宋史》中的陳師道形象。比較有代表性的是商輅等人於成化十二年(1476)奉敕修撰而成的《續資治通鑒綱目》。該書中對陳師道描述如下:"(丁卯二年)夏四月,詔文彦博十日一議事都堂,以處士陳師道爲徐州教授。(细目:師道高介有節,安貧樂道,博學善文,家貧或經日不炊,晏如也。熙寧中,王氏經學盛行,師道心非其説,遂

---

① 〔宋〕魏衍《彭城陳先生集記》,第 2 頁。

② 〔宋〕魏衍《彭城陳先生集記》,第 4 頁。

絶意進取。至是,以蘇軾薦授是職。)"[1]稱陳師道爲"處士",這個稱謂原指德才兼備而隱居不仕之人。由此可見,明代史官對陳師道的評價也是偏重於儒士的德行和高士的風範,而此種認知應該源於《宋史・文苑傳》中對陳師道形象的建構。

細目基本摘抄《宋史》原文,内容上不做改動,稍加精簡而已,略有談及陳師道的詩文成就,重點突出"高介有節,安貧樂道"這一特性,并且佐以心非王氏經學,絶意進取和家貧不炊的事件以證之。説明對於陳師道這一品性,明代史官是接受且欣賞的,加之此書修撰於"土木堡之變"後,朝廷亟需資史鑒戒,選取陳師道這些事迹的深意不言而喻。此文後被王宗沐收入《宋元資治通鑒》中,可見,陳師道的品德操守爲明代官方接受和推崇。

嘉靖三十四年(1555)成書的《宋史新編》,所載陳師道的傳記更爲詳盡。撰修者柯維騏基本上原文轉録元修《宋史》,稍作文字修改。同樣,傳記中對陳師道的文學成就一筆帶過,濃墨重彩地記述他的"奥學至行"。

明代以降,史書中對陳師道的認識和接受與宋代有差别,對其詩文成就談及甚少,更加重視他的嘉言懿行和清直耿介的性格,這自然源自陳師道自身的人格魅力。但不可否認,元修《宋史》對陳師道形象的塑造起到重要的作用。明代史學者對元修《宋史》有諸多批評,但是集中在《宋史》義例不明和内容繁蕪。然而,這兩項弊端并不能否决《宋史》自身的價值,商輅等奉旨撰修的《續資治通鑒綱目》卷首凡例中明確表明對元修《宋史》的態度:"事迹悉據正史(謂宋、遼、金、元史和皇明實録),正史或有闕略异同,參取宋《長編》、元《經世大典》等書增入訂正,或事有可疑,正史不載,而傳聞彰著者,略述於目之末,以圈隔之,或出某人曰以爲别疑以傳疑也。"[2]元修《宋史》在明代史學者的心中還是相當可信的,而且至明代,宋朝的國史、《實録》等已經散佚殆盡,又因爲元修《宋史》中轉抄了很多宋朝当代的原始資料,因而《宋史》是明代史學者可見的最接近宋朝國史的資料。所以《宋史》所具備的史料價值具有相當大的優勢,明代史家對《宋史》也相當重視,多將其看做史料,進而根據當朝的立場重新剪裁熔鑄[3]。

此外,從對陳師道形象的接受和繼承來看,明清史家不僅將元修《宋史》看做比較可信的史料,實則也接受了《宋史》中的具體内容,并且對宋代士人的再認識也深受其影響。

其次,明代私撰傳記類文獻及筆記雜談也接受了《宋史》中的陳師道形象。私人之作書寫相對靈活,程敏政的《宋遺民録》中載有南宋麗水人吴思齊的傳記。記述吴思齊正直的人格,不顧個人安危,抗言彈劾權臣留夢炎、賈似道,宋亡後拒絶出仕,家貧無餘儲,患寒疾而失聰,依然堅守本心。作者對吴思齊的

---

① 〔明〕商輅等撰,〔明〕周禮發明,張時泰廣義,〔清〕聖祖批《御批續資治通鑒綱目》,《景印文淵閣四庫全書》(史部 451 册),台灣商務印書館,1986 年,第 282 頁下。

② 〔明〕商輅等,《御批續資治通鑒綱目・凡例》,第 6 頁上。

③ 詳見吴漫《明代宋史學研究》第三章,人民出版社,2012 年。

爲人大加贊賞,借方鳳之口稱贊"思齊之爲人如徐積、陳師道,君子不以爲過"①。《宋遺民録》旨在彰表南宋不肯降元的堅貞之士,對傳主品性修爲自然是以高標準衡量,傳記題爲宋濂作,文中涉及的兩位宋代名士,徐積與陳師道都是以節義著稱。以此人比附陳師道,側面説明明初對陳師道德行品質的評價相當高,并且在士人心中已經成爲一種共識,無需過多叙述其事迹,讀者已經瞭然。

萬曆(1573—1620)年間,黄汝亨輯補的《廉吏傳》中收録了陳師道,據《四庫全書總目》載:"是書以宋費樞所作《廉吏傳》,自春秋迄五季止,百十有四人,尚爲闕略。因搜采諸史,五季以前增入三十三人。又考宋、元二史,續載六十四人。各以時代爲序。"②陳師道是黄汝亨根據個人標準增補入傳的,傳中所載事迹同樣無關文學成就而着眼於德行,文字俱轉抄自《宋史》本傳,但是黄汝亨已不再視陳師道爲才高位卑的文士,將其納入"廉吏"範疇,對於同樣的史實,明代史學者得出了不同的定位,不得不説元修《宋史》中對陳師道品性道德的刻意突出功不可没。

李贄的《藏書》中也爲陳師道立傳,通篇不涉詩文成就,都是陳師道持心自守的事迹。具體内容與《宋史》全部吻合,只是事件次序和詳略不同。更值得注意的是,柯維騏的《宋史新編》以"孔門四科"的次序,依然將陳師道歸入文苑,但是李贄將陳師道升入"儒臣傳",此傳下設多個門類,有德業、行業、詞學、史學、數學、經學、五經和藝學,這裏的儒臣範圍較之傳統有所擴大,但是排列順序上依然可見主次,陳師道列於"行業"類,而非詞學等其他門類,且與之并列的同代傳主有范祖禹、司馬光、吕公著等,前代有魏徵、宋璟等名臣,陳師道得此殊榮與其耿介清直的性格和言行分不開,李贄對陳師道此種品性的認識與接收則是得益於元修《宋史》中的强化。

至此,"陳師道"更像是一個符號,代表"安貧樂道,高介有節"的氣節。某種程度上,陳師道的形象經過《宋史》的重新建構,已經成爲高節耿介的代用詞,這個歷史人物已經超越文士、詩人等形象,凝結成一種高士氣節,只要一提到陳師道,無需過多叙述他的孤直耿介的事迹,讀者對其高士形象已瞭然於心。在明代重修的各類宋史中,如何鏜的《高奇往事》、黄淳耀的《陶庵全集》雖然將其安排在"清介"門或"高節"門,但是關於陳師道的事迹叙述得并不是非常完整,對其孤直耿介的描述只是寥寥數語,點到即止。"陳師道"既是一個個體,同時又代表了無數持心自守的孤寒之士,其自身具有"主題化"的意義。

有明一代,無論是官修還是私撰的文獻,對陳師道的評價和事迹的記載不出元修《宋史》的範圍。明代學者歷來厭惡《宋史》繁蕪,不遺餘力地化繁爲簡,但是對陳師道的撰述不約而同地保留《宋史》中關於他安貧樂道、清高耿介的事迹,淡化他的詩文成就,説明這是他們披沙揀金後,認爲最能體現陳師道成

① 〔明〕程敏政輯《宋遺民録》卷九,文海出版社,1981年,第232頁。

② 〔清〕永瑢等《四庫全書總目》卷六二,中華書局,1965年,第560頁中。

就的特質,也最符合他們對陳師道這一歷史人物的心理預期。至此,陳師道的形象已不再限於江西詩派的"一祖三宗",其高節耿介的道德操守同樣閃亮,甚至更加重要。這種認識由明入清,清代畢沅撰修的《續資治通鑒》繼承了明代人對陳師道的認知,直接評價陳師道"性孤介"①。《續資治通鑒·宋紀八十·元祐二年條》中極言陳師道心非王氏之學,絶意進取等,所載的事迹不出元修《宋史》的範圍,這樣的評價甚至延綿至當下。在這個轉换的過程中,元修《宋史》對其形象的重新建構起到至關重要的作用。

(作者單位:中山大學中文系)

① 〔清〕畢沅《續資治通鑒·宋紀八十七·建中靖國元年條》,台灣中華書局,2016年,第十二頁b。

古典文獻研究（第二十五輯下）
Journal of the Institute for Chinese Classics Studies
Nanjing University
Volume 25, No.2 2022

西安碑林博物館藏杜詩刻石七種*

劉重喜

據《西安碑林史》，西安碑林始建於北宋元祐二年(1087)，元祐五年(1090)《京兆府府學新移石經記》碑載，"(《開成石經》)分爲東西次比而陳列焉，明皇《注孝經》及《建學碑》則立之于中央，顏、褚、歐陽、徐、柳之書，下迨偏旁字源之類，則分布於庭之左右"①，已具碑林雛形。崇寧二年(1103)，虞策遷建府學、文廟於"府城之東南隅"，由此形成了孔廟、府學和碑林的基本格局，延綿至今。此後金、元、明、清歷代均有收藏，尤其在金石學鼎盛時期的清代，碑林有了更大發展，藏石數量大幅度增加。1944 年，在西安碑林的基礎上，創建陝西省歷史博物館，從而使西安碑林成爲現代意義上的博物館，1961 年被國務院公布爲第一批重點文物保護單位。

筆者近年多次參觀西安碑林博物館，注意到它收藏有許多杜甫詩歌刻石。與古籍相比，古代詩歌刻石更具地域性，往往與詩人的寓居及創作地有關。以杜甫而言，所居住過的天水、成都、夔州等地歷史上都出現過他的大量詩歌刻石。西安也不例外，從唐天寶五載(746)到乾元元年(758)，困守長安十餘年的杜甫創作了近 200 首詩歌。西安的杜詩刻石比較集中地保存在碑林博物館中。據筆者統計，碑林共收藏有金人任詢草書《古柏行》，明代宋克草書《前出塞九首》、董其昌行書《飲中八仙歌》，清代康熙帝玄燁草書《秋興八首》其五、劉墉楷書《復愁十二首》、《貽古堂帖》萬永錫楷書杜甫五、七言律 28 首(五律 6 首，七律 22 首)，李崇枝行書《秋興八首》，總計 7 種刻石，本文將從目驗、形制、釋文、校勘、書者、刻工、書風等方面進行叙録。瞭解這些刻石，對認識杜詩在關中地區的接受、傳播和普及具有重要的參考價值。

---

* 本文爲國家社會科學基金項目"杜詩學與清代詩學的建構"(18BZW004)階段性成果。

① 路遠《西安碑林史》，西安出版社，1998 年，第 511 頁。

一 任詢草書《古柏行》

任詢草書《古柏行》詩碑,位於西安碑林博物館第六展室。據《西安碑林博物館藏碑刻總目提要》,藏石編號爲1006,高120厘米,寬63厘米。碑陽、碑陰兩面刻字,每面各6行,行14字至18字不等①。

釋文如下(/爲分行標識;//爲分石標識,包括陰、陽二面):

古柏行/

孔明廟前有古柏,柯如青銅根如石。霜皮溜雨/四十圍,黛色參天二千尺。君臣已與時際會,樹木/猶爲人愛惜。雲來氣接巫峽長,月出/寒通雪山白。憶昨路繞錦亭東,先主武侯同/閟宫。崔嵬枝幹郊原古,窈窕丹青户牖空。//落落盤踞雖得地,冥冥孤高多烈風。扶持自是/神明力,正直元因造化功。大厦如傾要梁棟,/萬牛回首丘山重。不露文章世已驚,未辭揃/伐誰能送。苦心豈免容螻蟻,香葉曾經宿/鸞鳳。志士幽人莫怨嗟,古來才大難爲用。/

右庚辰歲九月三日書杜老詩。龍岩。/

左下角刻兩行楷書小字:

古幽開碑南圭立石,/滦水碑房南圭立石。//

此詩碑爲金人所書,文本校勘的價值等同於宋元舊本。與《宋本杜工部集》卷四《古柏行》②比勘,有四處不同:1. "古"作"老",《杜甫全集校注》卷十二引趙(次公)云:"舊本'有古柏',而一本作'有老柏',師民瞻本取之,是,蓋後有'枝幹郊原古'相犯也。但世傳舊本之熟云'有古柏'耳。題亦宜可謂之'老柏行',而次公不改者,不敢驚俗故也。"則是舊本亦有作"古"字者。2. "揃"作"剪",乃异體字,未見於其他宋元諸本。3. "曾",宋元本皆作"終"。4. "才"作"材"字,宋《分門集注杜工部詩》亦作"才"字③。

此碑拓片流傳甚多,如《清防閣贈碑帖目録》:"金《古柏行》,龍岩行書,查其人姓任,名詢,字君謨,易州人,正隆時進士,一頁,又一册。"④國家圖書館和美國哈佛大學哈佛燕京圖書館、日本京都藤井有鄰館均收藏拓片。

任詢(1133—1204),字君謨,號南麓,又號龍岩,易州軍市(河北易縣)人,爲金代書法家。金人元好問(1190—1257)《中州集》卷二《任南麓詢》録其生平:"詢字君謨,易州軍市人……爲人慷慨多大節,書法爲當時第一,畫亦入妙品。評者謂畫高於書,書高於詩,詩高於文。……正隆二年(1157)進士,曆省

① 陳忠凱等編著《西安碑林博物館藏碑刻總目提要》,綫裝書局,2006年,第16頁。

② 《宋本杜工部集》,張元濟輯《續古逸叢書》本,江蘇古籍出版社,2001年,第156頁。

③ 參見蕭滌非主編《杜甫全集校注》卷十二《古柏行》校勘記,人民文學出版社,2013年,第3581頁。

④ 《清防閣贈碑帖目録》,見駱兆平、謝典勛編著《天一閣碑帖目録彙編》,上海辭書出版社,2012年,第237頁。

掾,大名總幕,益都都司判官,北京鹽使,課殿降泰州節廳,時無借力者,故連蹇不進。六十四致仕,優游鄉里。家所藏法書名畫數百軸,日夕展玩,不知老之將至。年七十卒。平生詩數千首,君謨歿後,皆散失。"[①]《金史・文藝》之《任詢傳》,多本之《中州集》而詳不及焉[②]。

詩碑的落款"庚辰",爲金代海陵王正隆五年(1160),屬於任詢早年作品。《金史》稱任詢"書爲當時第一",風格雄健超邁,豪放跌宕。早年書法用筆、結構,全學顔真卿行書《劉中使帖》,"書法雄秀,結構縱逸,蓋宗于顔魯公"(吴其貞《書畫記》),得魯公行筆氣勢之奇偉,不過,正如王惲所云"其擘窠大書,往往體莊而神滯"(《秋澗先生大全文集》),晚年轉學懷素,書風有所變化。

詩碑的刊刻者南圭,亦金代人,曾於大定十六年(1176)四月五日刻《凝真大師成道記》。《古柏行》的上石時間,據秦明考證亦在金世宗大定年間(1161—1189)。秦明又綜合考察了"古豳"和"漆水"的歷史地理内涵,結合歷代陝西富平地區出産"墨玉"及其石刻工藝,斷定"《古柏行》石刻出自富平地區"[③],當屬於關中名刻。

後世以《古柏行》爲内容的書法,還有清代伊秉綬(1754—1815)的《行書卷》[④]。

二　宋克草書《前出塞九首》

碑林第三展室藏有懷素《草書千字文》刻石,共二石,横長方形,均高 71 厘米,寬 135 厘米。每石兩面刻字,每面又分上、下兩欄。第二石陰面除《千字文》22 行外,還刻有余子俊跋文、宋克《草書杜甫前出塞九首》和宋克手札一封[⑤]。

宋克草書《前出塞九首》釋文:

前出塞九首/

戚戚去故里,悠悠赴交河。公家有/程期,亡命嬰禍羅。君已富/土境,開邊一何多。棄絶父母/恩,吞聲行負戈。/

出門日已遠,不受徒旅欺。骨肉/恩豈斷,男兒死無時。走馬/脱轡頭,手中挑青絲。捷下/萬仞岡,俯身試搴旗。/

磨刀嗚咽水,水赤刃傷手。欲/輕腸斷聲,心緒亂已久。丈/夫誓許國,憤惋復何有。功名/圖騏驎,戰骨當速朽。/

送徒既有長,遠戍亦有身。/生死向前去,不勞(重一勞字)吏怒嗔。/路逢相識人,附書與六親。/哀哉兩决絶,不復同苦辛。/

---

① 〔金〕元好問編《中州集》,中華書局,1959 年,第 87 頁。

② 其生平資料參見《金史》卷一百二十五《文藝》(〔元〕脱脱等撰,中華書局,1975 年,第 2719 頁)、馬明達《金代書法家任詢》(《社會科學戰綫》1980 年第 2 期)。

③ 秦明《金任詢〈古柏行〉考略》,《碑林集刊》2009 年第 15 輯。

④ 江陰博物館藏紙本,見唐漢章編《陶白捐贈文物選集》,文物出版社,2005 年,第 86—87 頁。

⑤ 《西安碑林博物館藏碑刻總目提要》著録藏石編號 669,第 11 頁。

迢迢萬餘裏,領我赴三軍。軍/中异苦樂,主將寧盡聞。/隔河見胡騎,倏忽數百群。/我始爲奴僕,幾時樹功勛。/

挽弓當挽强,用箭當用長。射人/先射馬,擒賊先擒王。殺人亦/有限,立國自有疆。苟能制侵/陵,豈在多殺傷。/

驅馬天山雪,軍行入高山。徑危/抱寒石,指落曾冰間。已去漢/月遠,何時築城還。浮雲暮/南征,可望不可攀。/

單于寇我壘,百里風塵昏。雄/劍四五動,彼軍爲我奔。虜/其名王歸,系頸授轅門。潜身/備行列,一勝何足論。/

從軍十年餘,能無分寸功。衆人貴/苟得,欲語羞雷同。中原有鬥/争,况在狄與戎。丈夫四方志,安/可辭固窮。宋克丙戌書。/

丙戌,爲元至正六年(1346)。宋克章草書《前後出塞詩》,明王世貞《弇州山人題跋》卷十四《宋克前後出塞詩》:"宋克書此詩及後一帖(按指《七姬帖》),皆合作者,其精巧更勝古章法,乃所以爲終不及耳。"[①]《式古堂書畫匯考》卷四和《佩文齋書畫譜》卷九三皆著録此帖。明代僧人善啓據舊藏本將《前出塞九首》刊刻上石。明人王佐《新增格古要論》卷三:"宋克章草九詩,吴僧善啓舊藏此本,摹刻於寺,其字絶佳。在松江府。"[②]清代孫星衍、莫晋纂修《嘉慶松江府志》卷七十三《藝文志·金石》著録宋克書帖多中,其中就有"《前出塞詩》,元宋克書,僧善啓跋。"[③]顧清《松江志》:"宋克游松江,陳文東嘗從受筆法,吴僧善啓謂宋筆正鋒,陳多偏鋒,以是不及云。"提及僧善啓跋文的内容。

善啓爲明代高僧。《釋氏稽古略續集》記載:曉庵禪師,諱善啓,字東白,别號曉庵,長洲人,楊姓。研窮大藏,百氏諸子無不精究。永樂六年(1408)出世郡之延慶寺,明年應召纂修《永樂大典》,并校《大藏經》,一時名士皆爲方外交,正統八年(1443)圓寂[④]。此本當是明成化六年(1470)余子俊巡撫延綏時據善啓松江摹本重刻置於碑林。

宋克(1327—1387),字仲温,一字克温,自號南宫生,長洲(今江蘇省蘇州市)人。洪武初曾任鳳翔府同知,於任上去世。他的書法在明代頗享盛名,《明史·文苑傳》謂其"以善書名天下"[⑤]。青年時期的宋克學書取法高古,由趙孟頫上溯魏晋,對皇象章草《急就章》下過苦功,故其用筆之法,能將章草融入行草書中,突破了元末明初趙體書風的籠罩而爲書壇别開生面。

---

① 〔明〕王世貞《弇州山人題跋》,浙江人民美術出版社,2012年,第390—391頁。

② 〔明〕王佐《新增格古要論》卷三,《中國藝術文獻叢刊》本,浙江人民美術出版社,2011年。〔清〕楊賓《大瓢偶筆》:"宋克書杜甫《前出塞九首》,行書,在江蘇松江府。"爲行書,恐誤,見盧輔聖主編《中國書畫全書》第八册,上海書畫出版社,1993年,第768頁。

③ 《嘉慶松江府志》第二册,《中國地方誌集成·上海府縣誌輯》本,上海書店出版社,2010年,第686頁。

④ 〔元〕釋覺岸、〔明〕釋幻輪撰《釋氏稽古略·釋氏稽古録略續集》,江蘇廣陵古籍刻印社,1993年據光緒十二年(1886)刊本影印本。

⑤ 〔清〕張廷玉等撰《明史》卷二八五,中華書局,1974年,第7330頁。

宋克喜書杜詩，除章草《前後出塞詩》外，還有草書《壯游》[①]和《楠樹爲風雨所拔嘆》卷[②]等作品。

主持刊刻并題跋者余子俊(1428—1489)，字士英，四川青神縣(今四川省樂山市)人，景泰二年(1451)進士，天順四年(1460)出任西安知府，在任六年，政績居關中七府之冠。成化六年(1470)巡撫延綏時抵禦韃靼入侵，頗有戰績，後任户部尚書、兵部尚書等職，逝後贈太保，謚號"肅敏"，爲一代名臣，《明史》有傳。《西安碑林博物館藏碑刻總目提要》著録的成化十九年(1483)《過杜工部祠題咏》刻石，爲余子俊楷書并跋[③]，則余氏是崇杜并善書者[④]。

三　董其昌行書《飲中八仙歌》

收録於董其昌個人書法叢帖《式好堂法帖》，卷三有行書杜甫《飲中八仙歌》，帖石今藏碑林，筆者未見，據《西安碑林全集》所載拓本圖片，釋文如下：

> 知章騎馬似乘船，/眼花落井(水底)眠。汝陽三/斗始朝天，道逢麴/車口流涎，恨不移封/向酒泉。左相日興/費萬錢，飲如長/鯨吸百川，銜杯樂//聖稱世賢。宗之瀟/灑美少年，舉觴白/眼望青天，皎如玉/樹臨風前。蘇晋/長齋綉佛前，醉/中往往愛逃禪。李/白一斗詩百篇，/長安市上酒家//眠。天子呼來不上/船，自稱臣是酒/中仙。張旭三杯草/聖傳，脱帽露頂/王公前，揮毫落/紙如雲烟。焦遂五/斗方卓然，高談/雄辯驚四筵。//昔蘇長公不能飲，飲少輒/醉，既卧，醒後作詩文，落/筆如風。余亦不善飲，視/八仙有餘愧，亦可追踪我/坡公也，因書杜少陵《飲中/八仙歌》及之。/董其昌("昌""玄宰"印)//[⑤]

《式好堂藏帖》又名《董香光十六種》，清乾隆年間(1736—1795)張士范輯，黄潤章刻，高層雲、沈荃、王文治跋。全帖共刻36石，均高32厘米，寬34厘米。文凡四卷，第一卷刻六石，爲楷書《樂志論》《洛神賦十三行》及高、沈、王等人跋文，第二卷刻八石，爲尺牘九種；第三卷刻十二石，爲行書《飲中八仙歌》和《典論·論文》。第四卷刻九石，爲草書絶、律詩[⑥]。

董其昌《畫禪室隨筆》有《書飲中八仙歌後》，表明他書寫過此詩。明人朱之赤《朱卧庵藏書畫目》著録有"董宗伯仿李北海書飲中八仙歌卷"[⑦]，又清人繆曰藻《寓意録》卷四"董其昌《行書杜工部飲中八仙歌》"："董其昌跋：'杜工部飲中八仙歌，以蘇長公筆意爲之，余雅不習蘇體，每爲之輒似。其昌。'"[⑧]容庚

① 圖見台北"故宫博物院"《中華文物五千年集刊·法書編》，台北"故宫博物院"，1980年。
② 〔清〕安岐《墨緣匯觀》卷二《宋克書杜工部楠木爲秋風所拔嘆卷》，清《粤雅堂叢書》本。
③ 《西安碑林博物館藏碑刻總目提要》，第20頁。
④ 張朝陽《西安碑林藏明余子俊刻石三通》，《碑林輯刊》1998年第5輯，第203頁。
⑤ 高峡主編《西安碑林全集》第五十卷，廣東經濟出版社、海天出版社，1999年，第4790頁。
⑥ 《西安碑林博物館藏碑刻總目提要》，第42頁。
⑦ 《中國書畫全書》第4册，第810頁。
⑧ 《中國書畫全書》第8册，第935頁。

《叢帖目》卷九《聽颿樓法帖》第六册《明人書扇及題跋》著録董其昌書《酒中八仙歌》①。可見,董其昌曾多次書寫過《飲中八仙歌》,有仿李邕、蘇軾筆意書之者,有書於扇面者。

此帖石的摹刻和收藏情況,容庚《叢帖目》卷十五引武樹善云:"董香光書十六種,按此帖爲蒲城張氏得董香光十六種,珍愛逾恒,乃購端石三十六方,一尺二寸强,倩古歙黄潤章鎸之以爲《式好堂藏帖》。真書則《樂志論》《洛神十三行》,草書則《飲中八仙歌》《典論・論文》暨雜詩書札等十二册,共十六種。石既細緻,刻尤精工,故字益秀逸,爲近時所罕有。後歸長安張氏,遺一石,惜哉!"再引張伯英云:"此刻董書無多,未有贋筆,小楷摹勒尤善,視明刻各本不啻過之。清代書家之尊崇香光,與此可見矣。"二人對此帖十分推崇。張伯英又云:"張士范,字仲模,號芷亭,陝西蒲城人,乾隆二十一年(1756)舉人,官蕪湖巡道,平書閑居,或取古人法書臨摹自喜,所臨有《十七帖》、《絶交書》三種。"②此石先爲蒲城張士范所精心摹刻,後歸長安張鳳翽,1955 年入藏西安碑林,允爲關中名刻,《咸寧長安兩縣續志》亦有著録③。

此帖亦仿蘇軾筆意爲之,董跋尾所謂"追踪我坡公"是也,可見董氏書法淵源。

四　玄燁草書《秋興八首》其五

康熙《御書法帖》中包括玄燁草書《秋興八首》其五("蓬萊宫闕對南山"),刻石嵌於碑林第一室東面外墻之北側。據《西安碑林博物館藏碑刻總目提要》著録,藏石編號爲 658:"《御書法帖》,横長方形,共 69 石,高、寬不等。玄燁書,何瑕摹。行、草書,行數位數不等。"④

釋文如下:

蓬萊宫/闕對南/山,承露/金莖霄//漢間。西/望瑶池降/王母,東來/紫氣滿/函關。雲/移雉尾/開宫扇,/日繞龍/鱗識聖/顔。一卧滄//江驚歲晚,/幾回青/瑣照朝/班。/康熙甲戌夏/夜臨。

玄燁草書《秋興八首》其五是臨摹董其昌的草書作品。按英和等輯《石渠寶笈三編》御書房藏《列朝名人書畫》,其中有《明董其昌書杜律真迹一册》,包括杜甫七言律詩《曲江對酒》和《秋興八首》其五、其四⑤。《中國書法全集》第

① 容庚《叢帖目》第二册,《容庚學術著作全集》本,中華書局,2012 年,第 802 頁。

② 《叢帖目》第三册,第 1273—1274 頁。

③ 路遠《碑林藏董其昌書迹刻石三種》,《碑林語石——西安碑林藏石研究》,三秦出版社,2010 年,第 420—424 頁。

④ 《西安碑林博物館藏碑刻總目提要》,第 36 頁。《西安碑林全集》第四十七卷收録《御書法帖》,王月華對此石有簡要的介紹,第 4498 頁。

⑤ 《石渠寶笈》卷四十三著録《明董其昌書杜詩一册》:"素箋本,計十幅,行楷書,録杜甫《秋興八首》之五。款署董其昌,書下有'宗伯學士''董氏玄宰'二印,册高七寸,廣三寸二分。御筆題籤,籤上有'幾暇怡情''乾隆宸翰'二璽。"當即此本。

54 卷《董其昌卷》收録了董其昌《草書杜律詩册》即此册:“書寫年代未詳,紙本,草書,共十二開,二十四頁,每頁 26.3×14.7 厘米,凡四十九行,行字數不等,現藏台北‘故宫博物院’。”①

據玄燁落款,此帖“康熙甲戌夏夜臨”,即康熙三十三年(1694)夏夜臨寫,用筆、行氣、章法,亦步亦趨,全仿董書,可見於董書用功之深。

《御書法帖》落款:“陝西按察使臣何瑕恭摹。”據《陝西通志》卷二十三《職官》,何瑕,鑲白旗滿洲人,康熙四十七年至四十九年(1708—1710)出任陝西按察使,此石當摹刻於此間。另據《西安碑林博物館藏碑刻總目提要》,除此碑石外,何瑕還主持摹刻有玄燁撰并書《御制耕織圖序并詩》(康熙三十五年[1696])和玄燁臨董其昌書《御制高松賦》(清康熙四十一年[1702])碑刻二通。

五　劉墉楷書《復愁十二首》

此帖爲《劉墉書帖》刻石之一種,現鑲嵌於碑林第一室東面外墻南側。藏石編號 681,共六石,横長方形,均高 30 厘米,其中五石寬 104 厘米,一石寬 96 厘米。每石行字數不等。楊振麟跋,劉海文刻字。叢帖包括劉墉書迹六種,楷書《復愁十二首》爲其一,摹刻於第五、六二石,共 27 行,行 14—15 字不等②。

釋文如下:

復愁十二首(“岩齋”印)/
人烟生處僻,虎迹過新蹄。野鶻翻/窺草,村船逆上溪。/
釣艇收緡盡,昏鴉接翅歸(當作稀)。月生初學/扇,雲細不成衣。/
萬國尚防寇,故園今若何? 昔歸相識/少,早已戰場多。/
身覺省郎在,家須農事歸。年深荒/草徑,老恐失柴扉。/
金絲鏤箭鏃,皂尾製旗竿。一自風塵/起,猶嗟行路難。/
胡虜何曾盛,干戈不肯休? 閭閻聽小/子,談笑覓封侯。/
貞觀銅牙弩,開元錦獸張。花門小/前好,此物棄沙場。/
今日翔麟馬,先宜駕鼓車。無勞問河/北,諸將覺榮華。/
任轉江淮粟,休添苑囿兵。由來貔虎/士,不滿鳳凰城。/
江上亦秋色,火雲終不移。巫山猶錦樹,/南國且黄鸝。/
每恨陶彭澤,無錢對菊花。如今九/日至,自覺酒須賒。/
病減詩仍拙,吟多意有餘。莫看江總/老,猶被賞時魚。/
嘉慶丙辰五月/廿一日劉墉(“石庵心畫”印)

楊振麟題識中叙述了帖石的原委:

---

① 劉正成主編《中國書法全集》第 54 卷《董其昌卷》,榮寶齋出版社,1992 年,第 282 頁。《詩册》收録董其昌草書杜甫七言律詩三首,依次爲:《曲江對酒》和《秋興八首》其五、其四,與《石渠寶笈三編》正同。

② 《西安碑林博物館藏碑刻總目提要》,第 46 頁。《西安碑林全集》第五十三卷收録。路遠《劉墉〈心畫初機帖〉》,《碑林語石——西安碑林藏石研究》,第 443—444 頁。

劉文清公仕乾隆、嘉慶間,正色立朝,敭歷中外,兩朝倚重,克紹文正公相業家聲,世仰清德,幾于走卒知名矣!麟由辛酉科拔貢生,應廷試,蒙公賞拔,得執弟子禮謁見,備聞訓言,且口授以筆法。愧姿資弱劣,不能領會,迄以無成。因念公政事之餘,游心翰墨,終歲不倦,故能出入鍾王,冠絶一時。嘉慶十年,奉聖旨刻《清愛堂法帖》,海内士夫家置一函,以資模楷。獨惜長安碑林中無公書。道光己亥夏,公侄孫燕廷觀察小住青門,出家藏卷册,得縱觀之。因檢數幅,囑汪州倅念祖選工摹勒,并市石察書,於九月中竣工,敬置碑林,從此流傳浸廣,實藝林佳事也。受業楊振麟敬識。

楊氏爲劉墉門生,於清道光十九年(1839)將劉燕庭所藏六帖摹刻上石,置於碑林,以廣流傳。劉墉(1719—1804),字崇如,號石庵、青原、香岩、日觀峰道人,山東諸城人。乾隆十六年(1751)進士,官至吏部尚書、體仁閣大學士,入直軍機處,嘉慶九年去世,謚號文清,《清史稿》有傳。

包世臣《藝舟雙楫》卷五《論書・論書十二絶句》自注:"諸城劉文清相國,少習香光,壯遷坡老,七十以後,潛心北朝碑版,雖精力已衰,未能深造,然意興學識,超然塵外。"[①]今人胡小石《中國書學史》謂"石庵之學董(其昌),能博采諸家,故變化無方,碗力極强,能内擫而涵氣内斂。……以鍾元常之《薦季直表》入之,精細如游絲,而神乃能靈空……其書足代表乾隆時盛世太平光采。"[②]《復愁十二首》帖篇末署"嘉慶丙辰五月廿一日",是其書於嘉慶元年(1796)他77歲時的晚年佳品。

劉墉以杜詩爲内容的法書甚多,如行書《縛鷄行》(台北"故宫博物院"藏《行書杜詩卷》)、行書《贈李白》(台北"故宫博物院"藏),叢帖《劉文清公手迹》卷四收録之《奉和嚴中丞西城晚眺》《酬韋韶州見寄》《宿白沙驛》,《曙海樓帖》卷四收録之《朝二首》《送王十六判官》《送田四將軍》《謁真諦寺禪師》《過客相尋》《晚晴》《爲農》《放船》等。

该帖末署"富平劉海文瑑石",《西安碑林藏石所見歷代刻工名録》還記録有道光二十九年(1849)劉海文所刻《吾德涵書新經》,亦是關中富平籍刻工。

六 萬永錫楷書杜詩五、七律28首

清人萬永錫楷書杜詩,見於《貽古堂帖》,現嵌於碑林第六展室外南側和西側墻壁上。《西安碑林博物館藏碑刻總目提要》:藏石編號688,共二十七石,横長方形,均高31厘米,寬77厘米,每石行字數不等。孝岩、爾亭二人書,張祥河、周爾墉、吴式芬、嚴良訓、瑛桂等七人跋,仇和刻[③]。

《貽古堂帖》四卷,爲萬保於清道光二十九年(1849)摹刻其伯父萬德新(字孝岩)和其父萬永錫(字爾亭)之書,第一卷爲萬德新手迹,第二、三、四卷爲萬

① 〔清〕包世臣撰,李星點校《包世臣全集》,黄山書社,1994年,第387頁。

② 胡小石著,游壽整理《中國書學史》,中國文史出版社,2014年,第279頁。

③ 《西安碑林博物館藏碑刻總目提要》,第47頁。

永錫手迹，所書者多爲唐宋人詩文。刻石後即置於碑林，欲廣流傳。《貽古堂帖》第三、四卷爲唐詩五七律的選本，爲萬永錫所書，五律書寫了 21 位詩人 41 首作品，其中杜甫 6 首（《野望》《旅夜書懷》《對雨書懷走邀許十一簿公》《初月》、《陪諸貴公子丈八溝携妓納凉晚際遇雨》其一、《天河》），孟浩然 5 首，王維、李白各 4 首，杜審言 3 首，陳子昂、岑參、劉長卿各 2 首，其他白居易、李商隱等人皆爲 1 首。七律書寫了 17 位詩人 48 首作品，其中杜甫 22 首（《城西陂泛舟》《曲江二首》、《咏懷古迹》［"群山萬壑赴荆門"］、《客至》《九日藍田崔氏莊》《曲江值（對）雨》《遣悶戲呈路十九曹長》《嚴中丞枉駕見過》、《宿府》［又見《貽古堂帖》第二《宿府》］、《小寒食舟中作》《秋興八首》《［九日］登高》《見螢火》《燕子來舟中作》），錢起 4 首，李白、劉長卿各 3 首，王維、高適、李頎各 2 首，其他沈佺期、岑參、李益等人均爲 1 首。唐詩選的内容多以四時、臨登、送别、游覽爲主。

周爾墉在題跋中略述萬永錫書學淵源："今一樓觀察將壽其尊甫爾亭先生手迹于貞珉，清勁遒秀，一一導源清臣，而參酌于襄陽、吴興二家，與張尚書《瀛海帖》，异流同源，可以并垂海宇矣。"則其書法出自張照（1691—1745），上溯趙孟頫、米芾、顔真卿等人筆意，小楷清麗流動。

題跋諸人，如張祥河（1785—1862），嘉慶進士，道光間曾任陝西巡撫；吴式芬（1796—1856），道光進士，官至内閣學士，皆爲萬保同僚，保字一樓，官榆林兵備道，咸豐年間任陝西潼商道。

仇和是道光、咸豐年間關中地區有名的刻工。據路遠《西安碑林藏石所見歷代刻工名録》：仇和道光十六年（1836）鎸刻《文昌帝君騭文》和《集聖教字詩》，落款"富平仇和鎸字"；道光年間鎸刻《古今訓》，落款"富平仇和摹刻"；咸豐三年（1853）鎸刻《示學詩并跋》《黄庭堅詩帖》，落款均爲"頻陽仇和敬鎸"；頻陽爲富平之舊稱，仇和當係一人[①]。

七　李崇枝行書《秋興八首》

《秋興八首》刻石位於碑林的第六展室，共三石，横長方形，均高 33 厘米，寬 79 厘米，每石 24 行，行 6 至 8 字不等，清人李枝崇行書[②]。

釋文如下：

秋興/

玉露凋傷楓樹林，/巫山巫峽氣蕭森。/江間波浪兼天涌，/塞上風雲接地陰。/叢菊兩開他日泪，/孤舟一系故園心。寒/衣處處催刀尺，白帝/城高急暮砧。/

夔府孤城落日斜，/每依南斗望京/華。聽猿實下三聲/泪，奉使虚隨八月/查。畫省香爐違伏/枕，山樓粉堞隱悲/笳。請看石上藤蘿/月，已映

① 《碑林語石——西安碑林藏石研究》，第 497—498 頁。

② 《西安碑林博物館藏碑刻總目提要》，第 48 頁。《西安碑林全集》第五十四卷，第 5150 頁。

洲前蘆荻/花。/

千家山郭静朝暉,/日日江樓坐翠微。/信宿漁人還泛泛,清/秋燕子故飛飛。匡/衡抗疏功名薄,劉/向傳經心事違。同//學少年都(當作多)不賤,五/陵衣馬自輕肥。/

聞道長安似弈棋,/百年世事不勝悲。/王侯第宅皆新主,/文武衣冠异昔時。直/北關山金鼓振,征西/車馬羽書遲。魚龍/寂寞秋江冷,故國平/居有所思。/

蓬萊宫闕對南山,承/露金莖霄漢間。西/望瑶池降王母,東/來紫氣滿函關。雲/移雉尾開宫扇,日/繞龍鱗識聖顔。/一卧滄江驚歲晚,/幾回青瑣照朝班。/

昆明池水漢時功,/武帝旌旗在眼中。/織女機絲虚夜月,/石鯨鱗甲動秋風。/波漂菰米沈雲黑,露/冷蓮房墜粉紅。關//塞極天唯鳥道,江/湖滿地一漁翁。/

瞿唐峽口曲江頭,萬/里風烟接素秋。花/萼夾城通御氣,芙/蓉小苑入邊愁。朱/簾綉柱圍黄鵠,錦/纜牙檣起白鷗。回首可憐歌舞地,秦/中自古帝王州。/

昆吾御宿自逶迤,/紫閣峰陰入渼陂。/香稻啄餘鸚鵡粒,/碧梧栖老鳳凰/枝。佳人拾翠春相/問,仙侣同舟晚更/移。彩筆昔游干氣/象,白頭吟望苦低/垂。/

嘉慶十六年夏六月/廿八日墊江/竹亭李枝崇書。/

(“臣字枝崇”“竹亭”方印)

咸豐乙卯冬男光賢勒石。

李枝崇,號竹亭,四川墊江(今重慶市墊江縣)人,《秋興八首》(七、八兩首次序顛倒)書於清嘉慶十六年(1811)六月二十八日,其子光賢於咸豐五年(1855)冬摹勒上石。惜父子二人名皆不彰,俟考。

(作者單位:南京大學文學院)

古典文獻研究(第二十五輯下)
Journal of the Institute for Chinese Classics Studies
Nanjing University
Volume 25, No.2 2022

李益家世事迹石刻再證

黄清發

2008年李益夫婦墓誌的出土,引起了學者們的極大興趣①,此後其家族墓誌續有出土,如李益子李當及其妻盧鉥墓誌、孫李貽休墓誌、父李存玄堂誌②,對瞭解李益家世事迹均極具價值。因此,本文擬在現有研究基礎上,對李益家世事迹再做一些探討。

一 郡望與籍貫

李益籍貫,自唐以來大致有"隴西姑臧""隴西成紀""隴西狄道""家於鄭州"四説,李益墓誌云:"公諱益,字君虞,隴西狄道人,凉武昭王十二代孫。"③王勝明據此進一步確證"隴西狄道"説爲是,而其餘三種皆有問題④。"隴西成

---

① 李益妻盧媚墓誌録文見《文獻》2009年第4期,拓片見趙君平、趙文成編《秦晋豫新出墓誌蒐佚》第3册,國家圖書館出版社,2012年,第858頁。李益墓誌拓片見《書法叢刊》2009年第5期,又見《秦晋豫新出墓誌蒐佚》第4册,第931頁。相關討論有:朱關田《〈李益墓誌〉淺釋》,《書法叢刊》2009年第5期;王勝明、李天道《李益佚文及其文獻價值》,《文獻》2009年第4期;王勝明《新發現的崔郾佚文〈李益墓誌銘〉及其文獻價值》,《文學遺産》2009年第5期;何新所《新出李益夫婦墓誌相關問題研究》,《河南社會科學》2010年第1期;王勝明《由新發現的〈李益墓誌銘〉質疑"〈從軍詩序〉爲李益自作"》,《文獻》2013年第2期。上述諸文在利用石刻考訂李益家世、生平、婚姻、作品等方面多有突破,但似亦尚存進一步考索之餘地。另外,王勝明、吴文静《爲"負心漢"李益"平反"》(《中州學刊》2014年第3期)據新出墓誌認爲李益絶非小説中所謂的"負心漢",有必要爲其"平反"。何安平《〈霍小玉傳〉〈李益墓誌〉及史傳中的李益形象比較研究》(《新疆大學學報》2018年第2期)則認爲李益在傳奇、墓誌及史傳中的不同形象,主要是由於文體和作者立場與意圖差异兩大原因所造成。

② 李當及妻盧鉥墓誌拓片分見趙文成、趙君平編《秦晋豫新出墓誌蒐佚續編》第5册,國家圖書館出版社,2015年,第1312、1303頁。二誌又見毛陽光主編《洛陽流散唐代墓誌彙編續集》下册,國家圖書館出版社,2018年,第798、790頁。李貽休墓誌見《秦晋豫新出墓誌蒐佚》第4册,第1041頁。李存玄堂誌見《洛陽流散唐代墓誌彙編續集》中册,第502頁。

③ 《秦晋豫新出墓誌蒐佚》所載拓片不甚清晰,此據《書法叢刊》2009年第5期所載拓本録文。後引李益墓誌均出此,不一一標注。

④ 王勝明《新發現的崔郾佚文〈李益墓誌銘〉及其文獻價值》,《文學遺産》2009年第5期。

紀"説,此前譚優學已辨其非①。"隴西姑臧"説出自唐人柳宗元。"家於鄭州"説出自今人卞孝萱。仔細辨析這四種説法,前三説所云均爲郡望,僅"家於鄭州"説所云爲籍貫,因此在討論李益籍貫時,除涉及對唐人望與貫的理解之外②,尚牽涉到墓誌書寫中郡望追溯的問題。

近年李益父李存玄堂誌的出土,爲此提供了新資料。《唐故朝議郎大理司直隴西李府君(存)玄堂誌》云:"府君諱存,世爲隴西狄道人。"③誌由李益撰,書郡望爲隴西狄道,可見其認同。同樣的書寫亦見於李益子李當墓誌,《唐故金紫光禄大夫刑部尚書上柱國隴西縣開國子食邑五百户贈尚書左僕射姑臧李公(當)墓誌銘并序》云:"公諱當,字子仁,世爲隴西狄道人。十三代祖諱暠,西晋末以雄才英略割據河右,國號西凉,謚武昭王,晋史有傳。昭王再世失國,曾孫諱承,仕元魏爲龍驤將軍,滎陽郡太守。因徙家,貫鄭州原武縣。六代祖諱玄道,武德中爲秦府學士,與杜如晦等同號十八學士,位至給事中。開元中詔隸屬籍,今爲宗正寺姑臧公房。高祖亶,皇朝給事中,贈兵部尚書。曾祖成績,皇尚書虞部郎中。王父存,皇大理司直,累贈太子太師。……烈考益……位至禮部尚書致仕,贈太子少師,謚文公。"④李益墓誌載其爲"隴西狄道人",李存及李當二誌更記其家族"世爲隴西狄道人",這種郡望書寫中的刻意强調,只能説是一種身份再塑造的過程⑤。據佘正松、王勝明的研究,李益先祖家於隴西狄道遠早於隴西姑臧⑥,但在叙述家族源流時却徑溯至隴西狄道,足見其墓誌製作中郡望書寫的尚古傾向。李益出自姑臧大房,柳宗元記爲隴西姑臧人,實稱其郡望,并無不當,而李當墓誌誌題亦稱"姑臧李公"⑦。李益家族姑臧、狄道并稱,尚見於《唐故鄉貢進士姑臧李公(貽休)墓誌銘并序》,誌云:"公諱貽休,字垂裕,其先隴西狄道人也。"⑧墓主李貽休爲李當子,誌由其弟李彦休撰,誌題稱姑臧,誌文稱狄道,可見於此二説均表認同。至於"家於鄭州"説,係卞孝萱據李益爲李揆族子推斷而得,并未定論。據前引李當墓誌,其十世祖李承"仕元魏爲龍驤將軍,滎陽郡太守。因徙家,貫鄭州原武縣",可見自李承起,其家族已貫於鄭州原武縣,則"家於鄭州"説似可再討論。《唐故常州刺史銀青光

① 傅璇琮主編《唐才子傳校箋》卷四"李益"條箋證,中華書局,1989年,第2册,第91頁。

② 岑仲勉《唐史餘瀋》卷四《唐史中之望與貫》,中華書局,2004年,第229—233頁。

③ 《洛陽流散唐代墓誌彙編續集》中册,第502頁。

④ 《秦晋豫新出墓誌蒐佚續編》第5册,第1312頁。

⑤ 陸揚《論唐五代社會與政治中的詞臣與詞臣家族——以新出石刻資料爲例》,收入《清流文化與唐帝國》,北京大學出版社,2016年,第304頁。

⑥ 佘正松、王勝明《李益生平及詩歌研究辨正》,《文學遺産》2004年第3期。

⑦ 李當墓誌蓋記爲"唐故刑部尚書姑臧李公墓銘",毛陽光認爲"亦可以爲李益家族郡望爲姑臧李氏提供明證",見其《洛陽流散唐代墓誌彙編續集·前言》,第12頁。郝潤華認爲李益爲凉州姑臧人,新發現墓誌載其爲隴西狄道人,可能與其遠祖西凉王李暠有關。見其《李益詩集·引言》,中華書局,2014年,第1頁。胡可先認爲李當墓誌可證"隴西姑臧""隴西成紀""隴西狄道""家於鄭州"四説之間是可以相通并不矛盾的,見其《新出土唐代文學家李當墓誌考索》,《陝西師範大學學報》2018年第1期。

⑧ 《秦晋豫新出墓誌蒐佚》第4册,第1041頁。

禄大夫姑臧縣開國男李府君(玄道)墓誌銘并序》云:"君諱玄道,字元易,隴西狄道人也。……以貞觀十九年八月十四日,薨於鄭州之私第,春秋六十九。夫人諱,太原晋陽人也。……春秋七十二,薨於鄭州私第。以大周長壽三年歲次甲午四月甲寅朔廿日癸酉,合葬于偃師縣之龍池原,禮也。"[①]李玄道爲李益五代祖,據誌知其家族唐初尚家鄭州,然其卒後并未回葬鄭州,而是葬於洛陽。《舊唐書》卷七二《褚亮傳附李玄道傳》:"李玄道者,本隴西人也,世居鄭州,爲山東冠族。"《新唐書·李玄道傳》同,可見其家族久居鄭州,已被視爲山東冠族。李益曾祖李亶墓誌亦已出土,《周故給事中太子中允李府君(亶)墓誌銘并序》云:"府君諱亶,字景信,隴西成紀人。……以大足元年歲次辛丑六月壬寅朔廿四日乙丑終於洛州恭安里之私第,春秋六十。……越長安二年歲次壬寅正月己亥朔十四日壬午,葬於洛州偃師縣常州府君之舊塋,禮也。"[②]可見最晚至李亶時,其家族已遷居洛陽。李玄道墓誌所載"隴西狄道人",李亶墓誌所云"隴西成紀人",均説明李益家族身份再塑造的工作於唐初即已開始,并一直持續,而唐人對"隴西狄道""隴西成紀"亦常混用,唐皇族、宗室墓誌多見此例[③]。綜上而言,"隴西狄道"説可視爲李益家族的自我認同,更多體現了其家族身份再塑造的努力,其間"隴西成紀"説亦偶有混用。"隴西姑臧"説則代表了當時人的認識,不宜輕易否定。此三説所述均爲郡望,係明其氏所從出也。就實際籍貫而言,李益家族自其九代祖李承起已貫於鄭州,至唐初尚占籍於此,最晚於武周時已遷至洛陽。

李益占籍洛陽既明,然其幼年居何地?亦可一辨。李存墓誌載其"天寶初,授滎陽郡原武縣尉。……天寶末,授左威衛胄曹參軍事、丞相府租庸水陸運判官,董江淮逋賦。寇陷伊洛,還侍太夫人歸義縣君板輿。以封章覆命,轉大理評事。思明繼逆,更姓奉親。賊平,辟太尉淮陽王府從事。懇辭歸養,遂即署滎陽令。郡守政暴,又以疾辭。代宗詔舉滯淹,吏部侍郎李公季卿造門徵薦,授大理司直。義不違親,終養而已。"[④]知李存天寶初尉鄭州原武,天寶末於江淮董理逋賦。尤可注意的是"寇陷伊洛,還侍太夫人歸義縣君板輿"之句,爲李存家於洛陽之明證。其後又任滎陽令,代宗時授大理司直,"義不違親,終養而已",實際并未赴任。可見李存除天寶末曾短暫任職江淮外,其餘時間基本都在家鄉附近爲官。李益生於天寶五載(746),從李存墓誌的記載來看,李益幼年時代應在洛陽一帶度過,也可能隨其父在江淮短暫生活過。

---

① 胡戟、榮新江主編《大唐西市博物館藏墓誌》,北京大學出版社,2012年,上册,第278頁。又見《秦晋豫新出墓誌蒐佚》第2册,第311頁。

② 《秦晋豫新出墓誌蒐佚》第2册,第352頁。

③ 對李唐皇室郡望書寫中隴西成紀、隴西狄道并存的叙事,可參林一翀《新出〈李寶艷墓誌〉所見李唐皇室郡望、家世與婚姻集團考論》,《唐研究》第23卷,北京大學出版社,2017年,第179—192頁。

④ 《洛陽流散唐代墓誌彙編續集》中册,第502頁。

二 世 系

李益世系，見於《新唐書》卷七二上《宰相世系二上》，墓誌可補其闕誤。李益墓誌述其先世云："給事贈兵部尚書諱亶，即公之曾王父也。皇朝虞部郎中諱成績，即公之大父也。烈考諱存，皇大理司直，贈太子少師。"據此可訂《新唐書・宰相世系表》載李益祖成裕、父虬之誤，上引李當墓誌亦可爲證。又，李存玄堂誌云："二子曰益，曰節。"知李益尚有弟李節，可補此前所未知。誌撰於貞元十八年十二月，署"嗣子通直郎檢校尚書考功郎中兼侍御史幽州營田副使賜紫金魚袋益述、次子承務郎涿州范陽縣丞節書"，可知其時李節官銜。

李益子嗣，其墓誌載"長子元翊，前弘文館明經。嗣子棠，早學詩禮。次子當，文紹弓裘，譽高鄉里"，《新唐書・宰相世系表》載李益有四子：當、敞、崇、奕[①]。據李益墓誌，其前妻盧媚爲"常州江陰縣主簿集之息女……有子二人"，"今夫人隴西縣君范陽盧氏，太子校書舒之女也。……生一女，始笄"，知李益前妻盧媚所生二子爲棠、當[②]。然貞元二十年盧媚墓誌載"有子五人"，誌爲李益撰，所述不應有誤，則包括長子元翊在内的另三子應是李益婚前所生，依唐人誌墓慣例，無需逐一交代。據李益墓誌，知《新唐書・宰相世系表》未載李棠名，李益五子應爲：棠、當、敞、崇、奕，而表所載敞、崇、奕應即李益婚前所生子。嗣子李棠，未見他處記載，疑早卒。敞當即元翊，敞或爲其後所改名。《唐故范陽盧君（重）墓誌銘并序》，署"外兄朝請郎守太子司議郎分司東都李敞撰"[③]，誌撰於大中十四年，可知李敞其時官銜。李崇，《新唐書》卷五八《藝文志》載李崇《法鑒》八卷，未知是否同人。李奕，《全唐文》卷五三六於其名下收《登科記序》，小傳云："奕，隴西姑臧人，姑臧穆侯承十世孫，秘書少監益之子。"[④]所據爲《新唐書・宰相世系表》，然《登科記序》實爲趙傪作，而李奕所撰《唐登科記》二卷、《文場盛事》一卷[⑤]，均與科舉有關。

李益次子李當，今存詩兩首。近年其夫婦墓誌均已出土，胡可先曾撰文考索[⑥]，然未及其子嗣。李當及妻盧鉥墓誌均載有子三人：李藻、李貽休、李拯。《新唐書》卷七二上《宰相世系二上》僅載二子：藻，尚書右丞；拯，字昌時。據誌可補李貽休。長子李藻，盧鉥墓誌載其進士及第，授秘書省校書郎，歷拾遺、補

① 〔宋〕歐陽修等《新唐書》卷七二上《宰相世系表二上》，中華書局，1975年，第8册，第2453頁。

② 此點亦可參朱關田《〈李益墓誌〉淺釋》一文。據李當墓誌，李益因李當之貴而"累贈太傅"，其妻范陽盧氏"追封魏國太夫人"。李當"生三歲而丁魏國夫人憂"，當乾符四年（877）卒，年七十九，上推其生年爲貞元十五年（799），則其母應卒於貞元十七年。然據李益撰盧媚墓誌，盧媚卒於貞元十九年，不應有誤，故此處"三歲"或爲"五歲"之誤記。誌又云當"俄又丁繼太夫人艱"，可確證李當爲李益前妻盧媚所生。

③ 楊作龍、趙水森等編著《洛陽新出土墓誌釋録》，北京圖書館出版社，2004年，第314頁。

④ 〔清〕董誥等編《全唐文》卷五三六，中華書局，1983年，第6册，第5445頁。

⑤ 李德輝《全唐文作者小傳正補》，遼海出版社，2011年，上册，第638頁。

⑥ 胡可先《新出土唐代文學家李當墓誌考索》，《陝西師範大學學報》2018年第1期。

闕,“今從漢南相府辟命,除檢校禮部員外,充觀察判官”①。《資治通鑒》卷二五二“乾符元年”條:“(正月)以太子少傅于琮同平章事,充山南東道節度使。”②知李藻乾符初爲于琮所辟,以檢校禮部員外郎充山南東道觀察判官。李當、李藻父子皆與于琮善,《舊唐書》卷一九上《懿宗本紀》載李當爲于琮親黨而貶道州刺史事,《通鑒》卷二五二“咸通十三年”條:“(五月)癸未,貶工部尚書嚴祁、給事中李貺、給事中張鐸、左金吾大將軍李敬仲、起居舍人蕭遘、李瀆、鄭彦特、李藻,皆處之湖、嶺之南,坐與琮厚善故也。”盧鉌墓誌未載李藻被貶事,知有所諱飾。于琮乾符元年出任山南東道節度使,辟舊人爲幕府僚佐,也屬情理中事。現知李貽休、李當及盧鉌墓誌均爲李藻所書,可稍見其書迹。據《通鑒》,咸通十三年與李當父子一起被貶的尚有鄭彦特,盧鉌墓誌云“長女適滎陽鄭彦持。彦持非罪,自左拾遺貶義州掾,其妻不幸終於謫所。彦持北歸,尋轉左補闕,又歿於江陵旅次”③,李當墓誌亦載鄭彦持被貶義州事。據《新唐書·地理志》,義州屬嶺南道,知《通鑒》所云鄭彦特爲鄭彦持之誤。次子李貽休,據其墓誌載,貽休字垂裕,卒於咸通四年(863),年僅二十四,未娶無子。幼子李拯,《全唐詩》卷六〇〇于李拯名下存詩一首,陶敏考其爲李益孫、李當子④,即盧鉌墓誌所云之幼子拯。其傳見《舊唐書》卷一九〇下《文苑傳下》,《新唐書》卷二〇五《列女傳·李拯妻盧氏傳》亦附見之。《舊唐書·文苑傳》及《新唐書·宰相世系表》均載李拯字昌時,《全唐詩》作者小傳沿之。然前引咸通四年李貽休墓誌署“弟彦休撰”,彦休應即李拯原名,乾符三年盧鉌墓誌已記爲拯。盧鉌誌云李拯“一舉得進士高第”,《舊唐書·文苑傳》載其咸通十二年登第,徐松《登科記考》即據此列入。李拯進士及第後,“今檢校左揆、太子少師李公之鎮甸服,請爲判官,授試秘省校書。俄以本官直弘文館,轉京兆藍田尉,直館如故。拜左拾遺内供奉,加集賢殿直學士。”⑤所述李拯早年官歷甚詳,可補其傳。所撰《李貽休墓誌》爲李拯目前僅見之佚文,彌足珍貴。

綜合以上所考及《新唐書·宰相世系表》,李益一支世系可示意如下:

承							
韶							
瑾							
行之							
玄道							
正基							

①③ 《秦晋豫新出墓誌蒐佚續編》第5册,第1303頁。

② 《舊唐書》卷一九下《僖宗本紀》載於琮此時“充山南東道節度觀察等使”,故李藻可辟爲觀察判官。

④ 陶敏《全唐詩作者小傳補正》,遼海出版社,2010年,下册,第1033頁。

⑤ 《盧鉌墓誌》,見《秦晋豫新出墓誌蒐佚續編》第5册,第1303頁。

續表

亶							
成績							
存							
益							節
棠	當			敞	崇	奕	
	藻	貽休	拯				

三 婚 姻

據已出土李益家族墓誌,我們可以清楚地排列出李益這一支的婚姻狀況①。

李益五代祖李玄道,妻"太原晋陽人也。祖松年,北齊吏部尚書,并州刺史。父規,始平令"②,知玄道妻爲太原王氏,係北齊吏部尚書王松年之後。高祖李正基,婚姻未詳。曾祖李亶,《唐故平原郡太君盧氏合附之銘》:"太君姓盧氏,號太君,范陽人。匡城丞府君醫王之子,朝請大夫給事中姑臧子李府君亶之妻。"③可見李亶妻爲范陽盧氏,盧醫王之女。《新唐書》卷七三上《宰相世系三上》載盧醫王屬"四房盧氏"第四房,盧度世六世孫。這應是李益這一支婚范陽盧氏之始。自此終唐一代,李益一支與范陽盧氏累世爲婚。祖李成績,據李存玄堂誌載:"夫人范陽盧氏,曾祖敬一,皇朝贈左散騎常侍。祖從願,吏部尚書、固安文公。文公第二子户部員外郎諱諭,夫人户部之長女。文公又府君外王父也,是爲重姻。"④知李成績婚盧從願女。父李存,據誌知其婚盧諭女。李益墓誌載"皇朝户部員外郎范陽盧諭,即公外王父也",亦可證李存婚盧諭女。盧從願、盧諭屬"四房盧氏"第三房。李益祖母和母親名爲婆媳,實爲姑侄。李益,其墓誌云:"前夫人范陽盧氏祔焉。常州江陰縣主簿集之息女。……今夫人隴西縣君范陽盧氏,太子校書舒之女也。"先後均婚范陽盧氏。前夫人盧媚,常州江陰主簿盧集女。盧集,似僅見此。今夫人盧氏,太子校書盧舒女。貞元十四年《唐故使持節渠州諸軍事渠州刺史充本州團練守捉使崔府君(异)夫人滎陽鄭氏墓誌銘并序》:"有女五人,長適范陽盧舒,次適盧嵩,次適廣平劉從一,次適南陽張獻甫,次適天水趙需。凡厥命婿,斯爲得人。劉從一,户部尚書,和台鼎。張獻甫,左僕射,掌旄鉞。趙需以文學至兵部郎。"⑤載盧舒爲崔异女婿。值得注意的是,張獻甫亦爲崔异女婿。《唐故范陽盧君(重)墓誌銘并

① 爲免枝蔓,此處對李益一支女性成員的婚姻暫不涉及。

② 《李玄道墓誌》,見《大唐西市博物館藏墓誌》上册,第 278 頁。

③ 趙文成、趙君平編選《新出唐墓誌百種》,西泠印社,2010 年,第 160 頁。

④ 《洛陽流散唐代墓誌彙編續集》中册,第 502 頁。

⑤ 齊運通編《洛陽新獲七朝墓誌》,中華書局,2012 年,第 304 頁。

序》云："高叔祖從願，皇朝吏部尚書、東都留守、西川采訪使。高祖巨源，皇朝朝散大夫、泉州司馬。曾祖珩，岳州昌江令。大父舒，太子校書。顯考，皇朝鳳州刺史。"[1]盧珩、盧舒均未見於《新唐書・宰相世系表》，據此誌知盧舒亦出"四房盧氏"第三房，官終太子校書。順便提及，盧綸爲李益内兄，有其《贈内兄盧綸》可證。自李益夫妻墓誌出土，有學者據此認爲係因李益婚盧媔之故，然細揆之，恐不儘然。據李益撰盧媔墓誌，盧媔貞元十九年(803)卒，年僅三十七，則其生於大曆二年(767)，既笄後十四年方與李益結婚，時間大概爲貞元九年至十年間(793—794)，而李益《贈内兄盧綸》作於貞元八年[2]，此時李益尚未婚盧媔。故李益稱盧綸爲内兄，實由其母、祖母及曾祖母均爲范陽盧氏之故，無論從哪一代來説，均可稱盧綸爲内兄。子李當，妻盧鉥。盧鉥墓誌云："夫人諱鉥，字子穎，其先涿郡人也。皇台州樂安令諱福之曾孫，皇太原晋陽令諱服之孫，皇鴻臚少卿諱詞之子。"[3]李當墓誌云："夫人范陽盧氏，皇鴻臚少卿諱詞之長女。"[4]李當子李貽休墓誌，亦載其母爲范陽郡君盧氏，外祖鴻臚少卿盧詞。又，後唐年間崔協妻盧氏墓誌載盧氏曾祖盧服，太原府晋陽縣令，贈司空。祖盧詞，登州刺史，贈太保。父盧沆，左庶子[5]，亦可爲證。《新唐書・宰相世系表》載有盧詞、盧沆，然載盧詞父爲夔州刺史盧復[6]，與墓誌所云晋陽令盧服异。晋陽令盧服亦見《宰相世系表》，然其下未有子盧詞，未知孰是，當有錯簡。據此可知李當妻盧鉥亦出於"四房盧氏"，唯未詳何房。李益另外四子李棠、李敞、李崇、李奕均未詳其婚姻。李益孫李藻、李貽休、李彦休，李藻婚姻不詳，李貽休早卒未婚，李彦休即李拯，據《新唐書・列女傳》："李拯妻盧者，美姿，能屬文。拯字昌時，咸通末擢進士，遷累考功郎中。黄巢亂，避地平陽，僖宗召爲翰林學士。帝出寶鷄，陷於嗣襄王煴。煴敗，拯死，盧伏尸哭。王行瑜兵逼之，不從，脅以刃，斷一臂死。"[7]知李拯妻亦爲盧氏。

根據以上梳理可以發現，李益一支最晚從其曾祖李亶起，即與范陽盧氏累世爲婚，至唐末不替。李益郡望隴西，并非嚴格意義上的山東五姓，然終唐一代與山東五姓之一的范陽盧氏結成了緊密的婚姻圈。兩《唐書・李玄道傳》載其本隴西人，然世居鄭州，爲山東冠族；李益墓誌也説其"望高隴右，族冠山東"，均言其家族已被視爲山東冠族。從上面對其婚姻圈的分析來看，洵非虚語。

① 《洛陽新出土墓誌釋録》，第 314 頁。
② 黄清發《新出石刻與盧綸研究》，《文學遺産》2016 年第 1 期。
③ 《秦晋豫新出墓誌蒐佚續編》第 5 册，第 1303 頁。
④ 《秦晋豫新出墓誌蒐佚續編》第 5 册，第 1312 頁。
⑤ 《崔氏范陽盧夫人墓誌之銘并序》，見《洛陽新獲七朝墓誌》，第 380 頁。相關研究可參仇鹿鳴《新見五代崔協夫婦墓誌小考》，《唐史論叢》第 14 輯，陝西師範大學出版社，2012 年，第 233—246 頁。
⑥ 《新唐書》卷七三上《宰相世系三上》，第 2917 頁。
⑦ 《新唐書》卷二〇五，第 5830 頁。

四 附説《霍小玉傳》所涉李益事之真僞

李益的婚姻與婚外情因蔣防小説《霍小玉傳》歷來備受關注,其夫婦墓誌提供了第一手記載,但學者或據以爲其表白,或據以確認,看法差别仍很大[①],因此小説所涉李益事之真僞,似仍有考辨之必要。先將小説中所涉李益行迹按時間先後列表如下[②]:

大曆中,隴西李生名益,年二十,以進士擢第。
其明年,拔萃,俟試於天官。夏六月,至長安,舍於新昌里。
經數月,李方閑居舍之南亭。
如此二歲,日夜相從。
其後年春,生以書判拔萃登科,授鄭縣主簿。至四月,將之官,便拜慶於東洛。
到任旬日,求假往東都覲親。……便托假故,遠投親知,涉歷江淮,自秋及夏。
夫婿昨向東都,更無消息。悒怏成疾,今欲二年。
時生所定盧氏女在長安,生既畢於聘財,還歸鄭縣。其年臘月,又請假入城就親。
時已三月,人多春游。
後月余,就禮于盧氏。……夏五月,與盧氏偕行,歸於鄭縣。

"大曆中,隴西李生名益,年二十,以進士擢第。"墓誌記李益"大曆四年,年始弱冠,進士登第",李益生於天寶五載(746),大曆四年(769)年二十四,誌文"年始弱冠"實爲約指,唐人多有此種表達。小説"年二十"亦泛指其弱冠之年,不必拘泥。

"其明年,拔萃,俟試於天官。夏六月,至長安,舍於新昌里。……其後年春,生以書判拔萃登科,授鄭縣主簿。""其明年"指李益進士及第之明年,故應爲大曆五年。"其後年春"指大曆六年春。此句指李益大曆五年俟試於吏部,準備應拔萃科試,大曆六年春書判拔萃登科,授鄭縣主簿。按,小説此處實將李益應吏部科目選之一的拔萃試與制舉糅爲一事。李益墓誌載其大曆四年進士登第後,"其年,聯中超絶科"。據筆者考證,李益"聯中超絶科"僅指其大曆四年秋通過了州府的拔萃科考試,取解後於當年十月赴長安參加大曆五年春吏部拔萃科試,但不幸落第,其《送同落第者東歸》詩即述其大曆五年春拔萃科落第并擬東歸洛陽事[③]。李益落第後是否即歸洛陽,尚無確證。《册府元龜》卷六八《帝王部·求賢第二》:"(大曆)五年六月,詔曰:'内外文武官及前資官

① 陳尚君《最近十五年來出土石刻所見唐詩文獻舉例》,收入《唐詩求是》,上海古籍出版社,2018年,第183頁。

② 〔唐〕蔣防《霍小玉傳》,見李時人編校《全唐五代小説》,中華書局,2014年,第2册,第896—903頁。

③ 黄清發《李益生平石刻再證》,待刊。

六品已下，并草澤中有碩德專門、茂才异等、知謀經武、諷諫主文者，仰所在州府觀察牧宰精求表薦。如所由搜揚未盡、遺逸林間者，即宜詣闕自舉。親當策試，量能擢用。”據此，李益大曆五年春拔萃科落第後，很可能於當年六月即已離開長安，到洛陽去獲得制舉資格，而此次舉薦當出於洛陽留守張延賞。李益大曆四年東都應進士試，知貢舉者即爲張延賞。换言之，李益爲取得表薦，大曆五年六月後應已在洛陽，并不在長安，因此小説所云“夏六月，至長安，舍於新昌里”，恐不可信。“其後年春，生以書判拔萃登科，授鄭縣主簿”，前此學者均已指其誤。因此，李益大曆四年東都進士及第後，大概於該年十月赴長安参加冬集，以應大曆五年春吏部拔萃科試。大曆五年春落第後，當於六月離開長安歸洛陽取薦，并於該年冬再赴長安應次年春制舉，大曆六年四月制舉及第。《册府元龜》卷六四三《貢舉部・考試一》：“(大曆)六年四月戊午，御宣政殿，親試諷諫主文、茂才异等、智謀經武、博學專門等四科舉人。”李益墓誌載其大曆六年制舉及第事可與此相證。小説載李益自進士及第後在長安與霍小玉“如此二歲，日夜相從”，核以李益行迹，恐不可信。

小説載李益大曆六年四月之官，“到任旬日，求假往東都覲親。未至家日，太夫人已與商量表妹盧氏，言約已定。……生家素貧，事須求貸，便托假故，遠投親知，涉歷江淮，自秋及夏。”李益爲聘財事遠涉江淮，“自秋及夏”，即自大曆六年秋至次年夏。“其年臘月，又請假入城就親”，即指大曆七年臘月至長安。“時已三月，人多春游”，指大曆八年三月。“後月余，就禮于盧氏。……夏五月，與盧氏偕行，歸於鄭縣。”是説李益大曆八年四五月間，婚盧氏。同年五月，與盧氏同歸鄭縣。李益於鄭縣主簿任上兩次超假事，卞孝萱曾據唐代制度考其不可信①。此尚可補證。李益《入華山訪隱者經仙人石壇》詩爲其罷鄭縣主簿後作，詩云“三考西嶽下，官曹少休沐。久負青山諾，今還獲所欲”②，可見其任官之繁劇，因此在任上能否請如此長假，確實值得懷疑。

然小説所載李益大曆八年婚盧氏事是否可信？大和三年李益墓誌載其兩次婚姻情况，前夫人范陽盧氏，常州江陰縣主簿盧集女。今夫人范陽盧氏，太子校書盧舒女。前夫人范陽盧氏即盧媚，其誌由李益親撰，知盧媚與李益結婚大概在貞元九年至十年間，其時盧媚二十八歲左右，李益已年近半百，應不可能至此時方婚。小説云李益“至於三娶，率皆如初焉”，李益三娶雖僅見此，然唐人對“娶”之書寫極爲慎重，似透露出李益婚姻的一絲真相。李存玄堂誌云：“夫人范陽盧氏……貞元三年二月廿八日于渭南光宅里舍重罹創鉅。”③盧氏卒於貞元三年(787)，年六十六，則其生於開元十年(722)。小説載大曆六年(771)至大曆八年(773)間事，其時李益母尚在，墓誌可證。據前所考，李益一支最晚從其曾祖李亶起，即與范陽盧氏累世爲婚，而李益墓誌亦載其兩任妻室

---

① 卞孝萱《穆宗朝黨争與〈霍小玉傳〉》，收入《卞孝萱文集》第四卷，鳳凰出版社，2010年，第254頁。

② 《李益詩集》卷一，第13頁。

③ 《洛陽流散唐代墓誌彙編續集》中册，第502頁。

均爲范陽盧氏,故小説云"太夫人已與商量表妹盧氏",是極有可能的。但需注意的是,小説所載盧氏并非盧媚[①]。李益婚盧媚時其母已卒,不可能有"太夫人已與商量表妹盧氏"事,且盧媚生於大曆二年,大曆八年時尚爲孩童。另據李存玄堂誌,李益其時已家渭南,也不可能有"往東都覲親"之事。因此,小説所載李益大曆八年婚盧氏事,恐不必無。然此次婚姻恐以不幸而終[②],故在李益墓誌和文集中均杳無踪迹。而據前考,李益五子除李棠、李當外,包括長子元翊在内的另三子是李益婚盧媚前所生,且應是其非婚子,如此與小説亦合。

(作者單位:上海交通大學人文學院)

① 王勝明、吴文静認爲小説中所云李益所娶之盧氏當爲盧媚(見其《爲"負心漢"李益"平反"》,《中州學刊》2014 年第 3 期),恐難成立。

② 何新所認爲李益婚盧媚前或許有一次不幸的婚姻(見其《新出李益夫婦墓誌相關問題研究》,《河南社會科學》2010 年第 1 期),筆者頗爲認同。

古典文獻研究(第二十五輯下)
Journal of the Institute for Chinese Classics Studies
Nanjing University
Volume 25, No.2 2022

雲南石刻刻工及其相關問題考論*

趙成傑

自曾毅公《石刻考工録》成書以來①,學界逐漸注意到石刻刻工這一群體。然而作爲傳統手工業的從業者之一,石刻刻工大多社會地位低微,較少載録史籍,刻工的家族信息惟賴墓志予以反映。曾氏之後,石刻研究領域發表了一批增補刻工的論文和著作,尤以程章燦先生所著《石刻刻工研究》②最爲完備。該書輯補各類石刻墓志中的刻工史料,但仍有遺漏,尤其是西南地區的石刻文獻遺漏尚多。據《雲南石刻文獻目録集存(初輯)》統計③,雲南石刻刻工凡 495 人。本文在梳理石刻刻工總目基礎上,對刻工題署方式、家族傳承及與手工業之關係進行考察,并結合相關史料總結其學術價值,以推動雲南民族史、地方史的相關研究。

一 雲南石刻刻工總目及其題署方式

有關刻工信息的最早記載見於《元史》,雲南地區的石刻刻工遵循與中原地區一致的組織機構,設石局,置大使、提舉、提頭等官職。《元史·百官一》:"石局,秩從七品,大使一員,管勾一員,董攻石之工,至元十二年(1274)始置。"④《元史·百官六》:"采石局,秩從七品。大使、副使各一員。掌夫匠營造内府殿宇、寺觀橋閘石材之役。至元四年(1267),置石局總管。十一年(1274),撥采石之夫二千餘户,常任工役,置大都等處采石提舉司。二十六年(1289)罷,立采石局。"⑤明代刻工管理機構與元代相比有所區别,據《明史·職官志》,工部設文思院和營繕所兩機構負責石刻鐫刻,"二十五年(1392),置

* 本文爲全國高校古委會古籍整理研究項目"王昶《金石萃編》點校整理"(2058)階段性成果。

① 曾毅公《石刻考工録》,書目文獻出版社,1981 年。

② 程章燦《石刻刻工研究》,上海古籍出版社,2008 年。

③ 趙成傑《雲南石刻文獻目録集存(初輯)》,西南交通大學出版社,2021 年,第 530 頁。

④ 〔明〕宋濂等《元史》卷八五,中華書局,1976 年,第 2145 頁。

⑤ 〔明〕宋濂等《元史》卷九〇,第 2279 頁。

營繕所。改將作司爲營繕所,秩正七品,設所正、所副、所丞各二人,以諸匠之精藝者爲之。"[①]雲南石刻刻工史籍無載,刻工姓名大都刻於碑刻末尾。通過雲南石刻史料的搜集與整理,初步統計出雲南石刻 9070 種,其中有刻工信息的碑刻 629 種,剔除重複後,篩選刻工 495 人,其中元及元以前刻工 19 人,明代刻工 158 人、清代刻工 192 人,民國刻工 105 人,不詳時代者 21 人。

(一) 雲南石刻刻工總目

元及元以前刻工有[②]:杜萇子[③]、杜隆義[④]、楊賢、張奴(2)、楊□、李成救、楊和勝、楊連日、楊興成、李公日、張成、李海、劉德清、楊興日、楊興智、拜也却、楊通、楊明(2)、楊智(3)等 19 人;

明代刻工有:□生、楊領、黄君泰、楊頭、楊□、楊公(2)、楊情、黎老益、楊奴(3)、高鶴惠、苗重實(2)[⑤]、楊禾(2)、楊脚、趙堅(2)、楊海(4)、段堅、張定(2)、楊升、楊□、謝仲得(2)、李志川、楊懋、李實、麥□、趙秋、吴雄、蘇嵩、蘇長、楊通(2)、蕭清、秦賢、李惠、李杉、楊善、李秋、李保、楊富、楊定(3)、楊保(2)、蘇保、趙永、方琛謹、李定、趙嵩、楊接(2)、蕭清(2)、楊隆(3)、字福、楊茂、蘇芳、王直、曹貴、楊久、楊義(3)、郭韶、道清、楊宗(2)、楊□□、楊求、楊秋、楊禄(8)、趙子良、楊□、楊信(2)、楊璣、裴瑛、梁俊、楊逢、楊紹芳、符意(2)、楊機、李天保、楊惠、趙成、楊鏡(4)、楊元(成化年間)、楊元(嘉靖年間)、趙城、何嵩、楊信、楊大海、趙子聯、汪泉(2)、蕭鑒(4)、梁俊、蔡景文、胡遠、梁俊、蕭□、曹伸、楊倖(2)、楊瑄(3)、楊春(3)、余康京、金倫、楊遇春(2)、李信立、楊銘、李淳、楊順、楊貴義、楊源、武文覺、楊環、楊照川、楊甫、楊洪遠、肖瑛、戴文秀、文綉、曹俊、楊安、朱應登、楊森、李德、舜庵道人、蔡子雲、符佩、張守成、俞權、崔郎中、沈芹、楊德麟、吴崧、楊添祖、黄羅星、張治方、楊合、俞胤元、龍應時、沈鯉、鄧崇、僧明□、錢兆閔[⑥]、劉懋武(2)、張□、李登、真空、楊希龍(2)、段彩先、楊繼泰、非熊、舒鳳翼、楊遇乾、張國臣、毛應時、把思忠、劉澤遠、李立、李得用、施良□、楊和、桂汝玉、楊福禄、陶珽、許守玉、熊華麒、段咸名等 158 人;

清代刻工有:陳廣玄、李際明、馮蘇、楊世才、性現、楊似雄、李□、毛尚忠、李景逢、吴可榮、張登、徐鳳、李文粲、羅可麟、廣超、李景逢、楊□隆、張天政、李雲龍、李先魁、楊華、楊邠俊、楊林璧、楊世甲、李由道、任中宜、李□□、張自明、毛德先、李阿元、趙得新、浦壁、張演督、明正衍、趙世德、鄧文至、陸聖道、趙康

---

① 〔清〕張廷玉等《明史》卷七二,中華書局,2000 年,第 1176 頁。

② 括號内爲刻碑數,刻工的排序方式以碑刻刊刻時間先後爲序。

③ 《爨龍顔碑》(458)題"匠碑,府主簿益州杜萇子",杜萇子爲益州巴郡人,生平事迹不詳。

④ 《淵公塔之碑銘》(1220)題"金襴杜隆義雕書",有學者據此認爲"金襴杜隆義"乃金襴與杜隆義兩人,實則一人。"金襴"又稱"金縷",意爲"金綫",借指和尚、僧人等。"金襴杜隆義"用"金襴"表達刻工之僧人身份,杜隆義史無詳載。

⑤ 苗重實曾刻《王氏墓碑志》(1410),題"石匠金□□□□□□高惠鶴、苗重實刊石";《寸氏墓碑志》(1411),題"寓雲南鶴慶御□金陵苗重實刻碑",知苗氏本爲金陵人,寓居大理鶴慶。

⑥ 錢兆閔爲明代武定地區文學家,曾刻《張立揚登獅山詩碑》(1597),亦有詩作傳世,見《武定獅子山歷代詩文選》,雲南人民出版社,2006 年,第 225 頁。

爵、李恭、嚴藻督、和苴揮、李欽、石雲軒、張天成、董士俊(3)、梁仁、官有德、董玉楚、李潤、陳誥、張鳳翔、楊國選、靳光祖、羅大朝、鐘之來、劉携、畢秀樂、代升元、時文科、蔣曰杞(2)、施秀川、楊子超、宗賢、楊十、傅士和、胡天順、胡紹廷、虞世瓔①、阮大名、張學禮、德崇、楊卜美、立達、鄒□海、富振、楊宗鵬(2)、張子成、馮麗先、羅發富、楊發魁、董賢、楊見如、時應選、吴秀、王永泰(2)、楊□□、李雲登、蘇朝富、趙步雲、楊淵、陳鎮國、續繼、李□□、胡□□、杜占春、張文德、張文貴、劉技北、□正通、那存道、畢耀彩、畢沃、趙鯤、尹文、張國、楊芳、李潤、楊浩、楊發科、譚如珍、黄殿純、蘇茂、蘇朝正、蘇朝印、伍得壽、張榮、張文彩、正照、嶽有應、鶴照(2)、李文學、張登雲、楊世鳳、李富春、李天才(3)、李文楊、達允、劉鳳儀、張志高、潘元新、張鑒、業先、李品一、楊有發、楊淇、李慶陵、李萬、戴思發、傅友、劉福基、那與朝、李萬培、尹訓、李本名、李珍②(4)、董文選、戈尚志、楊鍾璧③、錢均、王現、李士魁、文士美、何太和、李起金、成教、吴雲、張自誠、張發甲、張壽元、張有福、李金、張得才、李承基、楊濡石④、張有、卜雲(2)、喻成龍、潘士林、楊思康、李文科、□元、曹鬱昌、楊鳳儀、王鏞、何阿五、楊發義、楊朝卿(2)、岑毓寶(2)、司必求、司必來、那秀、唐朝禎(2)、張正、李永成、何錫沛、李聯芳、李福興、尹亮亭、李雲昌、趙繼福、錢兆福、董金潤等 192 人;

民國以來的刻工有:段丕元、段文濱、黄順清、師本寬、劉□、楊發王、盛希⑤(2)、盛教(3)、李承澤、楊新城、紹清、孟秋月、孫仲淵、李教、李俄、楊開明、張汝炯、畢鐘、段正輔、李天□、楊體仁、楊家明、普雲壽、沐鳳、張子長、施世連、楊錫、李常德、沈世達、雙有德、白文典、張有仁、郭中山、郭金璽、陳碩甫、洪發開、張知名、錢興邦、錢鐘良、劉廣順、龔家存、段在秋、洪發康、楊振虎、高崇雲、潘朝甫、畢成、戴鴻貴、楊理枝、孫禎祥、張正品、湯濟葵、蕭金海、解家飛、楊大純、王長連、蘇英、施仁、楊平、鄭信、高源、蕭清、郭祺、王鳳、楊永浸、楊廷仝、周德成、王利賓、吴洙、周維賢、李清正、楊接枝、李續成、楊際春、孟仰賢、施采元、施於信、楊長春、潘雲階、洪盛、畢增榮、張葵、段國用、楊敏才、李瑞雲、張士相

---

① 虞世瓔(1598—1683),字虞山,號寄園,昆明人。張秀芬等點校《新纂雲南通志》九,雲南人民出版社,2007 年,第 351 頁。

② 李珍先後刻有四方碑刻:《恒公河碑記(一)》(1846)、《重鎸瑞光寺原舊功德田地條糧碑記》(1861)、《捐置鄉約新公田碑》(1872)及《三元宫重修碑》(1879),均爲公文碑,題"石師李珍鎸"及"鎸石昆明李珍"等,知其爲昆明人。

③ 楊鍾璧,貢生,羅次縣儒學教諭,參與《羅次縣志》(1887)的編纂,曾刻《誥授朝議大夫陝西興安府知府秀峰趙公墓志銘》(1849)。"楊鍾璧,河西人。辛酉(1861)科拔貢。光緒十一年到任。公品端學粹,訓迪有方。羅邑向規入學一名,例送資敬一十金,奉憲批,定准在案。白公到任,多寡不計,且竟有爲寒士賠墊一切考費之事。光緒十三年,主講碧城書院,不取修資,循循善誘,講經削文,如嚴師之教子弟焉,得以成就人材甚多,生童莫不感戴。"見楊成彪主編《楚雄彝族自治州舊方志全書》(禄豐卷),雲南人民出版社,2005 年,第 273 頁。

④ 楊濡石曾刻《龍泉觀長春正派第十二世都紀趙法師諱和沛墓碑》(1877),題"光緒三年歲次丁丑仲秋七月二十四日〔江〕川楊濡石公鎸造",知楊氏爲江川人。

⑤ 盛希、盛教兄弟爲武定刻工,曾刻《矣木古李氏祖塋墓碑銘》(1918),此碑爲彝族李氏祖墳彝文碑。刻碑者爲根享鋪盛希。根享輔:彝語地名,爲今武定縣萬德鄉根享鋪村。

(2)、江振、楊洲、余宗培、張洧、楊齋、彭大成、朱溶、李尚才、楊成選、方天貴、張宏輝、高伍屯、却慜、楊暹、施炳惠、楊遠中、楊挺秀、鄭錫昌等105人;

另有年代不詳的刻工有:馬埋、楊漢清、趙士麟、楊慶、楊興日、方玉潤、孫謙、劉義、陳一龍、羅長華、張君(2)、戴爲成、俞康京、劉樹堂[①]、袁益、周於禮、王本、李文耕、楊華□、陳應春、張惠等21人。

(二)雲南石刻刻工題署

刻工鎸刻姓名有多種署名方式,第一類爲自署"石匠布燮""提領""提頭""提舉"等官職名,如至正二十三年(1363)《故楊公孝先墓志銘》,題"石匠提領、白崇巡檢楊明";至正二十五年(1365)《故神功梵德大阿左梨釋道宗墓碑》,題"石匠布燮楊智";至正二十六年(1366)《追爲亡人楊明宗神道碑》題"石匠提領楊公刊";洪武九年(1376)《弘農氏故千户護碑》,題"蒼山石匠提舉楊通",洪武十五年(1382)《元故先生楊俊墓志銘》,題"石匠提頭楊□刊"等[②]。

第二類爲普通匠人的題署,或題"石匠",如天啓五年(1625)《雲泉寺菩提場圓覺功德碑記》,題"石匠張國臣";崇禎二年(1629)《建設安龍寺常住碑記》題"石匠蔣君亮";或題"匠人",如光緒二十一年(1895)《謹將重建義館序》題"匠人張正";或題"石工",如雍正十一年(1733)《文昌宫碑記》題"石工趙世德";或題"匠人",如光緒二十一年(1895)《謹將重建義館序》題"匠人張正";或題"工匠",如民國八年(1919)《曹氏家訓碑》題"工匠李承澤";或題"刻石",如明宣德二年(1427)《故楊處士墓銘》,題"楊昇、楊□刻石";或標以"鎸匠",如元至元三年(1337)《重修安寧州文廟記》,題"鎸匠李海";或標以"石工",如元至大三年(1310)《雄辯法師塔銘》,題"石工張成刊";或標以"琢石",如天開十六年(1220)《大理國淵公塔之碑銘并序》,題"王長運琢石";或題"鎸",如民國三十七年(1948)《寬宏墓志銘》"蕭金海鎸";或題"刊刻",如道光二十四年(1844)《任家營、許家營、大梅子村、小梅子村四村鄉約碑記》,題"尹訓刊刻";同治十年(1871)《抬溝修路護山栽木碑記》,題"吴雲刊刻";或題"鎸石",如清康熙十一年(1672)《皇明欽賜紫衣大戒沙門法開禪師實行序》,題"鐵筆楊奏、楊世才鎸石";或題"刊",如同治四年(1865)《印天禪師行實碑記》,題"李起金刊"等。

明清刻工還會使用"鐵筆"的題署,如明崇禎十三年(1640)《鷄足山悉檀寺開山本無大師實行記》,題"葉榆鐵筆楊際春鎸";清康熙二十八年(1689)刻《重修羅荃寺清復常住碑記》,題"鐵筆楊超俊鎸";嘉慶十六年(1811)《寂光無公大和尚行實塔銘》題"鐵筆張國刊"等。

當然除上述清晰明辨的刻工姓名外,仍有大量刻工名字存在争議。有時僅爲一字,如光緒二十三年(1897)《可保村四甲義學公産碑記》,題"刻字師夫(傅)河西李"[③]等;有時因碑刻漫漶存兩三字,或全爲□,如武定所出《亦都莫

① 袁嘉穀《滇繹》卷四"劉樹堂"條:"劉景韓中丞,工於書法。雖岣嶁亦嘗摹之,可謂嗜古。"見袁嘉穀《滇繹》,雲南人民出版社,2017年,第138頁。

② 楊世鈺、趙寅松主編《大理叢書·金石篇》,雲南民族出版社,2010年,第1878頁。

③ 周恩福主編《宜良碑刻》(增補本)上,雲南大學出版社,2016年,第222頁。

李氏祖塋彝文碑》(時代不詳),題“打碑石匠□□”[①];或只留姓,如景泰四年(1453)《故善士楊宗墓志》,題“石匠楊□”;天順二年(1458)《故儒生楊武壙志銘》,題“石匠楊□”;成化九年(1473)《李氏壽碑》,題“石匠楊□”;正統十四年(1449)《張公智墓銘》,題“刊字石匠楊□□”;弘治三年(1490)《尹公諱文墓志銘》,題“石匠楊□”[②];嘉慶二年(1797)《重修建造萬壽宫碑記》,題“石匠楊□□”等[③]。

雲南刻工數目龐大,其題署方式亦多種多樣。然而,刻工的家世、生平史籍無考,唯據墓志方可獲知一二。雲南石刻的研究與撰者、書丹者、刻工密不可分。撰者多爲學者、官員,書丹者一般由官員、學者或僧人擔任。一般來説,撰者和書丹者較易考證,但刻工有所不同,刻工屬於傳統手工業者,社會地位不高,史料記載較少。

二　雲南石刻刻工的家族傳承

雲南石刻的撰者多是文學家或當地官員,如楊士雲(1477—1544),字從龍,號弘山,太和人,官翰林院庶吉士,是與李元陽齊名的白族文學家。大理今存楊士雲撰七方石碑,如《明故董母趙氏墓志銘》(1522)、《明故四川按察司僉事張公墓碑銘》(1529)等。又如楊南金(1457—1539),字本重,號兩依,别號用章,鄧川人。“以《詩經》中成化丙午鄉試,弘治丙辰正榜。丁父憂,己未舉進士,授江西泰和知縣。”[④]弘治十二年(1499)進士,任江西泰和縣令,後升監察御史[⑤]。《楊南金坊記》(1549)詳細記録楊南金的家世生平,可補地方文獻之不足。除楊士雲、楊南金等文學家外,撰者大部分爲當地官員,如傅爲詝,字嘉言,號岩溪,建水人。雍正癸丑(1733)進士,官至督察院左副都御使。崔乃鏞,進士,東川知府。楊瓊,字叔玉,號迥樓,鄧川人,光緒辛卯(1891)舉人,官晋寧州學正等。

刻工不同於石刻撰者,刻工大多是家族傳承,社會地位不高,較少記載於地方志或史書中。見於記載的往往擔任過官職,如蔣曰杞,原任騰越州知州,於乾隆三十四年(1769)刻《祭山川風雨神文刻石》及《祭陣亡將士文刻石》等碑。《雲南騰越州志·職官》:“蔣曰杞,吴縣監生。由北直通判丁艱起複,挑赴滇題任。時邊事起,曰杞署保山事,騰越以呈貢縣唐思署焉。三十四年(1769)大舉伐緬,經略、兩將軍及領兵大臣、外省提鎮,川、貴、福建水陸官兵,京兵火器、健銃兩營及鄂倫春、吉林、索倫、額魯特等兵雲集騰越。曰杞悉力供給,不避嫌怨,從制軍明德,轉餉無乏,咸服其才。嗣以失察毁思瑞出關案,部議降。

① 張方玉編著《武定探秘》,雲南民族出版社,2008年,第145頁。

② 以上皆見楊世鈺、趙寅松主編《大理叢書·金石篇》。

③ 周恩福主編《宜良碑刻》(增補本)下,第64頁。

④ 楊世鈺、趙寅松主編《大理叢書·金石篇》,第684頁。

⑤ 雲南省洱源縣志編纂委員會編《洱源縣志》,雲南人民出版社,1996年,第669頁。李纘緒《白族文學史略》,雲南人民出版社,2014年,第198頁。

旋爲告休去。"[1]蔣曰杞,江蘇吴縣人,監生。乾隆十九年(1755)任雲南騰越州知州。《騰越州志·城署》載乾隆三十四年(1769),蔣曰杞同参與征緬的傅恒於集鷹山興龍寺進行詩文酬唱活動[2]。

石刻刻工與書丹者有密切關係,書丹者技藝水平直接影響刻工的摹刻。一方碑刻有時撰者、書丹者、刻工皆署,如《小龍洞水永遠碑記》(1675)題"庠士劉際泰撰、後學李含乙書丹、石匠楊似雄";有時只有撰者,如《南安州山天書院田租記》(1712)題"時康熙五十一年重九前一日南安州知州福清張倫至記";《彭公映山表兄軍門大人墓志銘》(1904)題"劍川州廩膳生員陽愚表弟夢麟甫王者瑞頓首拜撰";有時有撰者及書丹者,如《高公諱節墓志銘》(1449)題"前四川重慶府大足縣儒學訓導龔彦廣撰、京門儒士龔嶲書";《酬勛祠碑記》(1899)題"邑廩生楊桂清撰、增生邱占蓮書";有時撰者和書丹者爲一人,如《重建龍泉書院記》(1899)題"象州石鴻韶撰并書";《響水溝碑記》(1782)題"雲南府宜良縣儒學庠生張預度撰并書";有時只記書丹者及石匠,這類碑刻主要是橋記等公文,没有明確的撰者,如《義安橋水分碑記(之一)》(1798)題"庠生李永馨書丹……石匠沈建中、沈建林、王順、楊富";《永濟塘碑記》(1830)題"邑人邱占文書丹、鎸石人李富春";有些碑刻除撰者、書丹者外,還有篆額者,《楚雄府新遷儒學記》(1527)由"唐胄撰、黄祺書丹、范時儆篆額";《户科給事中弘山先生墓表》(1529)由李元陽撰文并書丹,楊南金篆額,此墓表涉明代三位文學家,可見其重要。

書丹者多爲當地學者、官員及僧人,有一定的社會威望,如《楚雄府定遠縣新建儒學記》(1550),其撰者與書者皆是明代文學家楊慎(1488—1559),雲南現存楊慎所撰碑刻55篇,時間自1523年至1562年;雲南碑刻還著録有明代後期李元陽所撰的碑記(含游記)約120篇,碑文書丹者如蘇湖等人;《故布政司承差楊公綀墓志銘》(1483)題"鄧川州儒學訓導楊敬書";《萬壽山無窮大和尚行實并塔銘》書者爲雲南布政使右布政使孔延禧,曾任雲南府知府;《楊善士正宇墓志銘》(1462)題"弘圭密僧李永書丹";《故安人車氏墓銘》(1461)"蒼山習密阿拶梨僧首李懋書";《栖雲庵碑記銘》(1459)題"本府密僧□□楊進丹書"等。《鄧川州土官知州阿氏五世墓表》(1508)"庠生郡人楊九齡書",楊九齡,鄧川人,正德甲戌(1514)進士,官户部觀政。

雲南刻工多爲家族傳承,最爲顯著的當屬大理楊氏刻工,其中楊奴、楊禄父子最爲突出。楊奴(?—1450),太和人。奴生禄、宗。楊禄"詩書博覽,儒吏兼通,守令聞其賢,選爲刀筆掾正"。禄生二男:曰禎,曰祥。楊奴於明永樂七年(1409)刻《建峰亭記》、明正統二年(1437)刻《楊公壽藏志銘》[3]。楊禄於明景泰元年(1450)刻《重理聖元西山碑記》、明天順六年(1462)刻《楊善士正宇墓

① 〔清〕屠述濂修,文明元、馬勇點校《雲南騰越州志》卷之七,雲南美術出版社,2006年,第123頁。

② 〔清〕屠述濂修,文明元、馬勇點校《雲南騰越州志》卷之四,第82頁。

③ 楊世鈺、趙寅松主編《大理叢書·金石篇》,第241、243、324頁。

志銘》[1]。

再如安寧石刻《連然十景》的匠人畢耀彩、畢沃[2];大德十一年(1307)《加封孔子聖詔碑》石匠列有六位:李成救、楊救、楊和勝、楊連日、楊興成、李公日;嘉慶二十四年(1819)《重修龍泉觀功德碑記》的石匠爲蘇茂、蘇朝正、蘇朝印;另外,蘇氏家族中的蘇朝富也刻有《重修龍泉觀玉皇殿小引》(1799),題"石匠蘇朝富鎸字"[3]。嘉慶十一年(1806)《柴家營永濟塘按田捐銀碑記》載石匠張文德、張文貴兄弟。張文德同時參與宜良縣永濟塘的捐建,《柴家營永濟塘按田捐銀碑記》(1806)以及《永濟塘碑記》(1830)均有記載,《柴家營永濟塘按田捐銀碑記》:"張文德下田十三工,捐銀十兩零四錢。"[4]以上均是家族傳承的代表,限於文獻記載,刻工的主要事迹難以考證[5]。

石刻刻工還有大量重名現象,所刻碑文如無明確刊刻時間就易出現歧義。如元至正年間(1341—1368)大理刻工楊明,曾任石匠提領、白崖巡檢,先後刻有《故楊公孝先墓志銘》(1363)、《故智周術妙圓鑒大師墓銘》(1367)等碑;然而,至元年間(1264—1294)還有一位大理刻工楊明,曾任西岩巡檢,刻有《永嘉真覺大師證道歌》(時間不詳),與至正年間的刻工楊明并非一人。又如至元六年(1340)《萬春山真覺禪寺記》題"慶元宫大洞宣道先生門下劉德清刊字",元代劉德清史籍無載,唯《新纂雲南通志》録其生平:"劉德清,安福人,避難來滇,寓寧州。好學有品,教子延祚舉天啓辛酉鄉試第一,官至郎中。"[6]劉德清本爲江西安福人,因避難來滇,寓居寧州(今曲靖),其子劉延祚,於明天啓二年(1621)舉鄉試。但經過考證,此劉德清與元代刻工并非一人,元代刻工劉德清爲宣道先生門人[7]。再如雲南刻工中有名"楊公"者,"公"不知是具體名字,還是尊稱,如洪武二年(1369)《追爲亡人楊明宗神道》,題"石匠提領楊公刊"、洪武二十二年(1389)《仁德墓志》,題"石匠作頭楊公等",從官職上看,二者應爲一人。

雲南刻工家族與中原地區的顯著區别還在於,出現大量少數民族刻工。較有名的除大理白族楊氏刻工,還有盛希、盛教等彝族刻工,由於史料的欠缺,諸多刻工事迹仍有待考證。

三 雲南石刻刻工與手工業的發展

石刻刻工是傳統手工業的重要組成,石匠的職能、石刻的選材、摹刻的方

① 楊世鈺、趙寅松主編《大理叢書·金石篇》,第374、419、436頁。

② 李榮高編注《雲南林業文化碑刻》,德宏民族出版社,2005年,第233頁。

③ 蕭霽虹主編《雲南道教碑刻輯録》,中國社會科學出版社,2013年,第466、431頁。

④ 周恩福主編《宜良碑刻》(增補本)上,第83頁。

⑤ 參見趙成傑《雲南大理楊氏刻工的家族譜系與刻石傳統》,《貴州民族研究》2018年第10期,第178—182頁。

⑥ 李斌等點校《新纂雲南通志》十,第467頁。

⑦ 諸葛凈《遼金元時期北京城市研究》,東南大學出版社,2016年,第5頁。

法及工價的多寡對雲南古代手工業的研究至關重要[①]。劍川地區涌現出一批有代表性的石刻匠人,一直綿延至今。如南詔時期,雕刻彌勒佛像和阿彌陀佛像的張傍龍;大理國時期,雕刻"大𡔈𡔈獨羅大王及後妃男婦從者群像"的元玖;明代雕刻家趙正敏,清代篆刻家段居等[②]。

有關石匠的職能,張國慶指出:"是在役工開山劈石、將石料運至作坊或工地後,由他們或鑿碑立幢,或雕制石棺及佛像等。譬如,遼朝佛教盛行,好多佛教信徒爲表達對已故父母(或祖父母)的孝心,爲亡者祈冥福,爲生者求安康,便購買石材,延請石匠,在已故父母(或祖父母)的墳旁雕石立幢,鐫字刻經。"[③]從分工上來説,役工開山劈石後,由石匠根據不同需求選擇不同石料;石刻的選材,包含石料和石作兩項:"石料,主要包括臺階、柱下石、墻基、石塘等石料的選材及用量問題,如前階沿宜闊,石尺最小,須用營造尺量得尺六方可。若照柱中駁出些,尺四亦不妨……柱下石宜厚,而四槳柱尤宜厚而大,前後階沿面石上立廊柱者,亦不可不留意;石作'凡駁基,先將方向看准,用綫經定,却估小工開壓,則石作易於見工。''街道每間門面一丈,工銀約一錢。然街有闊狹,大約以見方爲准,闊則加,狹則減。'"[④]

按照石刻的材質可以細分砂石、青石、大理石等,在碑刻中常見對材質的著録,砂石類如《大盤龍庵大覺禪師寶雲塔銘》(1372)其材質著録爲砂石;《馬哈只墓碑》(1405)其材質著録爲紅砂石;《故李氏墓碑志》(1430)其材質著録爲黄砂石等。青石類,如《金齒軍民指揮使司廟學記》(1459)刻工符意,青石材質;《靈鷲寺碑記》(1491)刻工楊甫,青石材質;《江右義山樹諸碑》(1559)青石材質。大理石類相對較多,如《壽官楊孟昌之妻李氏之墓》(1568)、《永濟橋碑記》(1573)、《大明李文肅公墓志銘》(1580)等。一般來説,元之前采用砂石刻碑,但砂石容易風化,今所見元碑字迹大都磨泐,難以辨識;明以後,刻碑逐漸采用青石,具有耐磨耐風化的特點,但與大理石相比不够美觀。大理石在剖成石片後,可結合其花色和紋路制成不同的石刻藝術品。唐宋時期,大理石開采量少,制作不够精良,故而大理石多用來雕刻佛像;明清以來,隨着大理石開采規模的擴大,形成一批專營大理石的手工作坊:

> 大理石制作處,一片叮當,鑿石之聲不絶於耳。計營是業者,凡三十餘家,門户相對,櫛比而居。石由山上采來,就地作物,做成雛形,次加雕鑿,再磨光,以是步工作最爲艱繁,而需時亦多,乃至磨光,再塗上黄蠟,於是光潔澤潤,文采畢現矣。是爲成品,即運至大理城出售。[⑤]

---

① 陳征平著《雲南工業史》,雲南大學出版社,2007年。

② 王明達著《石刻劍川》,雲南民族出版社,2008年,第130頁。

③ 張國慶《遼朝工匠及其管理初探——以石刻文字爲中心》,《史學集刊》2019年第4期,第55—60頁。

④ 彭澤益編《中國近代手工業史資料》第一卷,中華書局,1962年,第50—51頁。

⑤ 楊鎮圭著《白族文化史》,雲南民族出版社,2014年,第182頁。

《白族文化史》引述《新纂雲南通志》所載大理三文筆村礎石街手工作坊的記録是清代大理地區大理石製作的反映。石匠於山上采石,先做成目標雛形,如造像類、墓碑類等,之後雕琢加工,繼而經過磨光就可上市出售;其中雕琢、磨光是最爲繁瑣的步驟,也是石匠技藝的體現。

關於石匠的工錢,史籍記載較少,僅見有關刻字工人的待遇,《清會典事例·書籍碑刻》"御書處匠役"條:"原定刻字人十三名,學手刻字人十四名……墨刻匠四十名……飯食每份羊肉二兩,向飯房領取。老米九合,醬一兩,清醬五錢,豆腐四兩,豆芽菜二兩。"飯食可折算銀兩,正常給飯食五至六份,遠路的每日給飯銀一錢三分。御書處刻字工按工計件,如"刻八字爲一工""鈎墨鼎硃各四十八字爲一工""每工給銀二錢四分"等[①]。以上是中央的工價,到地方待遇會有所降低,雲南刻工的待遇不易考察,但通過碑刻可以推測。如《重建吕閣廟記》(1841),"石匠工錢發銀陸拾肆仟三佰三拾壹文"[②],這塊碑反映出道光時期石匠的工價。然而,清乾嘉時期刻碑工價還不清楚,與雲南相鄰的貴州有一塊碑可推測一二。貴州錦屏縣《施渡碑》記載乾隆五年(1740)的刻碑工價,"刻碑工價飯食等用計四兩六錢",後題"寶慶府石匠李陳竪"[③]。《施渡碑》共三方,費"四兩六錢"。當然,也有石匠爲積功德免費刻碑的情況,如現存紅河州元陽縣《關聖宫碑》(1833),題"匠人河西縣劉鳳義贈碑鎸字"[④]。民國以來,刻碑的價格較易查到,如《矣木古李氏祖塋墓碑銘(二)》(1918)"工銀三元銀元"[⑤];《矣木古李氏祖塋墓碑銘(三)》(1918)"工銀五元銀元"[⑥];《矣赤叨彝文墓碑》(1923)"打墓碑工價付去十六千二百"[⑦];《重建鐵虹橋入出碑》(1937)"又石柱子拾三根,去洋壹佰零捌元陸角;石碑五塊、碑座一套,共去洋捌拾壹元;刻碑工價,去洋三拾伍元"等。

石刻刻工的雕刻活動是手工業發展的縮影,上至城池石雕、公廨建築,下及學校、寺廟,皆需石匠及刻工之勞動。一方石碑從開采到鎸刻歷經諸多步驟,特別是通體高達兩三米的石刻更需高超技藝[⑧]。雲南石刻刻工群體的挖掘,一方面,使雲南手工業史的研究資料更加豐富,如石材的開采、石刻的雕琢及與撰者、書者、打碑人等石刻參與者的互動;另一方面,石刻刻工還爲古代社會史的研究提供文獻支撑,不同地域、不同時代刻工的工價及碑陰捐資情況都

① 《清會典事例》卷一一九九,中華書局,1991 年,第 933 頁。

② 蕭霽虹主編《雲南道教碑刻輯録》,第 517 頁。

③ 貴州省地方志編纂委員會編著《貴州省志·文物志》,貴州人民出版社,2003 年,第 333 頁。

④ 蕭霽虹主編《雲南道教碑刻輯録》,第 500 頁。有關碑刻的解讀參見唐立《18、19 世紀雲南民間天然資源管理措施初探》,載楊偉兵《明清以來雲貴高原的環境與社會》,東方出版中心,2010 年,第 311 頁。

⑤ 楊林軍編著《麗江歷代碑刻輯録與研究》,雲南民族出版社,2011 年,第 165 頁。

⑥ 朱琚元編《彝文石刻譯選》,雲南民族出版社,1988 年,第 194 頁。

⑦ 張方玉編著《武定探秘》,雲南民族出版社,2008 年,第 142 頁。

⑧ 趙成傑《雲南石刻的時空分布及其學術價值》,《貴州民族研究》2019 年第 7 期,第 132—136 頁。

是當地經濟史研究的重要補充。

四 雲南石刻刻工研究的學術價值

石刻刻工研究具有文物、歷史、文學及書法史等多方面的學術價值。石刻是綜合性的産物,其價值也遵循綜合性原則。一方石刻首先具有文物價值,如雲南地區有據可考的、元以前碑刻有 98 方,具有代表性的如《孟孝琚碑》(157)、《李元禮碑》(182)、《雲南太守碑》(290)等都具有文物價值。

雲南石刻刻工家族不少是由中原地區遷徙而來,石刻史料對雲南移民遷徙的考察具有補充作用。或從南京遷徙,如《南京督察院右僉都御史建水蕭公神道碑》載"世居秣陵,洪武初,徙雲南臨安衛所";《孟升雷公墓表》載"應天之上元人,祖諱轟遠,從戎雲南蒙化衛,遂家焉";或從嘉興遷徙,如《嚴恭肅公傳》載"其先五代祖名阿勝,字子敬者,自浙之嘉興徙居滇";或從大興遷徙,如《刑科給事中劉公墓志銘》載"洪武初,北家大興縣;永樂中,四世祖均寶從戎於滇,因籍臨安衛";或從鳳陽遷徙,如《明故徵仕郎原任工科右給事中聚洲王公墓志銘》載"先世居鳳陽,傳爲鐘樓王氏。由鳳陽徙滇,則始祖珊也"等。入明後,刻工楊氏開始改姓,如《楊公壽藏志銘》(1437):"其姓楊諱成者,厥先昔元朝皇帝之時,帥師金牌相公,喝剌彰大臣之子孫也。祖貫大都,獾狁番人,賜曰□□□□□,挂將軍印,奉命克服葉榆有功,彰没,封伊子兀魯孔宗,鎮虤弘丰作邑……迨我大明混一萬方,改姓爲楊,作良民,樂於祖業,不爲仕用。"[①]楊氏之先祖爲"獾狁番人",隨忽必烈征戰而居大理。入明後,改姓爲楊,後世爲白族,此爲楊氏刻工的姓氏來源。

石刻刻工的研究對考證石刻的年代有一定的歷史考證價值,如《寄園帖》,帖之時代無考。《新纂雲南通志·金石考》載"昆明虞世瓔刻。戴絅孫《昆明縣志》云:'舊聞其石榻猶在京師,言邇日訪之不可得矣"[②]。虞世瓔(1598—1683),字虞山,號寄園,昆明人。由薦辟授光禄寺署丞,歷官通政司右參議。工書法,供奉内廷,深蒙恩眷。康熙二十一年(1682)致仕歸,年八十六卒[③]。知其爲清初康熙時人,可將《寄園帖》繫爲清初。

石刻刻工的研究還對文學家的生平具有補充作用。如大理碑刻中的白族文學淵源,白族文學是流傳於民間的口頭文學,包括神話、傳説、故事、寓言等文學體裁。從南詔時期開始,白族文學就逐漸形成頗具民族特色的文學樣式,涌現出詩歌、戲曲、小説等不同體裁的文學作品,并誕生如楊黼、楊士雲、李元陽等有重要影響的文學家。楊氏爲大理白族第一大姓,楊森、楊士雲、楊景修、楊南金、楊金鎧等人在白族文學史上有大量作品傳世,由於史料記述的簡略,石刻文獻或可補正。如大理喜洲刻工楊森,所撰《重理聖元西山碑記》(1450)

① 楊世鈺、趙寅松主編《大理叢書·金石篇》,第 324 頁。

② 劉景毛等點校《新纂雲南通志》五,第 474 頁。

③ 張秀芬等點校《新纂雲南通志》九,第 351 頁。

記載的楊智、楊黼世系是目前考訂楊黼生平最早的資料,"楊氏系九隆族之裔,世居五峰之下陽溪……連生祐,祐生甫,俱有德潛。甫生智,元未授元帥。智生保,辟爲書史。乳養妹之子黼,以承宗祀"①。這方碑刻的發現對了解楊黼世系及其家族族源意義非同一般。

石刻刻工往往具備較好的書法功底,因筆法與刀法的高下直接影響到拓片的流傳,"同樣一位書家的字迹,在兩個不同的刻工手裏,有可能表現出顯著的不同"②。二爨碑是雲南碑刻的代表,其學術意義不僅是年代早、撰碑人重要,其背後的書法史意義也是不可忽視的。阮元稱《爨龍顔碑》"文體書法皆漢晋正傳,求之北地亦不可多得,乃雲南第一石。"桂馥評其"正法兼用隸法,饒有樸拙之趣"。康有爲評此碑"下筆如昆刀刻玉,但見渾美"③。當然,雲南碑刻的書法價值不止以上所述,如《孟孝琚碑》爲梳理漢代南方隸書源流演變提供了範本;二爨碑則是魏晋時期隸書向楷書過渡研究的直接文獻;較少被人注意的雲溪通海石鼓文,是研究大理國時期書法的重要史料。

綜上,雲南石刻刻工在雲南民族史、地方史的研究中占有相當重要的地位,由於刻工社會地位較低,史籍闕載。通過歷代地方志及相關碑刻文獻的搜集,整理出 495 位雲南刻工,爲雲南石刻的研究提供重要參照,本文紹介以待學者進一步探索。

(作者單位:同濟大學中文系)

---

① 楊世鈺、趙寅松主編《大理叢書・金石篇》,第 373 頁。

② 程章燦《石刻刻工研究》,第 37 頁。

③ 陳紅彦主編《金石碑拓善本掌故》,上海遠東出版社,2017 年,第 145 頁。

古典文獻研究（第二十五輯下）
Journal of the Institute for Chinese Classics Studies
Nanjing University
Volume 25, No.2 2022

《清靈真人裴君傳》解題*

〔法〕賀碧來 撰　張 粲　吕鵬志 譯

一　概　述

裴君是向楊羲降顯的仙真之一(参見本書 C. 1《真誥》解題)。其傳記占據了《雲笈七籤》卷一百五的所有篇幅,題名登雲子撰。

二　著録和徵引

陶弘景《真誥》2. 18b① 有注云,關於裴君,有一部《清靈傳》,其内有"謝過"之法。

《三洞珠囊》三引《裴君傳》。其中,兩處引文與《雲笈七籤》本相合(《三洞珠囊》5. 2b② 及 8. 19b③ 與《雲笈七籤》105. 1b - 2a④ 及 1a⑤ 相合)。《三洞珠

* 譯自 Isabelle Robinet, *La révélation du Shangqing dans l'histoire du taoïsme*, Tome Second, Paris: École Française d'Extrême-Orient, 1984, pp. 375—384。本文爲國家社會科學基金青年項目"道教典籍在法國的譯介與傳播研究"(16CZJ019)階段性成果。譯文經張晨坤、楊金麗查檢原書訂正訛誤,謹致謝忱。

① [譯者補注]《真誥》卷二:"裴真人本末,即是《清靈傳》也。有謝過及七經之士,故令示之。"

② [譯者補注]《三洞珠囊》卷五:"《裴君内傳》云:佛圖道人支子元,裴君授以長生内術。"

③ [譯者補注]《三洞珠囊》卷八:"《裴君内傳》云:清靈真人裴君,字玄仁,少爲人清明,顔儀整素,善於言笑,目中有精光,垂臂下膝,聲氣高徹,呼如鐘鳴也。"

④ [譯者補注]賀氏作 105. 1b,今據明《道藏》本改。《雲笈七籤》卷一百五:"佛圖中道人支子元者,亦頗知道,宿舊人傳之,云已年一百七十歲。見君而嘆曰:吾從少至老,見人多矣! 而未嘗見如子者。乃延君入曲室之中,幽静之房,大設豐饌。飲食既畢,將君更移隱處,呼之共坐,乃謂曰:吾善相人,莫如爾者。子目中珠子,正似北斗瑶光星,自背已下,象如河魁。既有貴爵,又當神仙,天下志願,子寶享焉。然津梁未啓,七氣未淳,不見妙事,亦無緣而成也。因以所修秘術密以告君。道人曰:此長生内術,世莫得知。"

⑤ [譯者補注]《雲笈七籤》卷一百五:"清靈真人裴君,字玄仁,右扶風夏陽人也,以漢孝文帝二年,君始生焉。爲人清明,顔儀整素,善於言笑,目有精光,垂臂下膝,聲氣高徹,呼如鐘鳴。"

囊》5.2b－3a[①] 中有一段較長的引文不見於《雲笈七籤》,但見於《太平御覽》669.5a－5b[②],後者徵引了《裴君内傳》。由此可知,這段引文當節録自《裴君傳》。

然而,《三洞珠囊》5.4a－b[③] 徵引《太一金真記》的文字則與《雲笈七籤》105.15b4－16a2[④] 相合。

《上清道類事相》4.8b[⑤] 引《裴君内傳》,引文又見於《雲笈七籤》105.5b7－6a1[⑥]。二者主旨一致,而行文頗异。

《上清道類事相》2.1b－2a[⑦] 亦引《太一金真記》,引文與《雲笈七籤》105.12b10－13a7[⑧] 所載相合。

《太平御覽》的某些引文與《雲笈七籤》本相合,其餘則不然。其中有兩處引文較長,乃是《登真隱訣》對於《裴君傳》的注釋,内容與《雲笈七籤》本相合[⑨]。這説明該傳至少有部分内容見於《登真隱訣》。

---

① [譯者補注]賀氏作5.2b,今據明《道藏》本改。《三洞珠囊》卷五:"《裴君内傳》云:佛圖道人支子元,裴君授以長生内術。又云:尋藥之與存思,雖致道同津,而闕源异緒。服藥所以保形,形康則神安;存思所以安神,神通則形保。二理乃成,相資而有。"

② [譯者補注]賀氏作669.5a,今據《四部叢刊》本改。《太平御覽》卷六百六十九:"《裴君内傳》曰:佛圖道人支子元,裴君授以長生内術。又云:尋藥之與存思,雖致道同津,而闕源异緒。服藥所以保形,形康則神安,存思所以安神,神通則形保,二理乃成,相資而有。"

③ [譯者補注]賀氏作5.4b,今據明《道藏》本改。《三洞珠囊》卷五:"《太一金真記》云:昔有裴君,止於崆峒山,修行精思。一年之中,仿佛形象。二年之中,五帝乘日,形見在君左右。三年之中,終日語笑戲樂。五年之中,五帝日君遂與裴君驂乘飛龍之車,東到日窟之天,東蒙長丘,扶桑之宫,八極之城,登明真之臺,坐希林之殿。授揮神之章、九有之符。食青精日飴,飲空碧玄神。於是與五帝日君日日而游。此所謂奔日之道也。"

④ [譯者補注]《雲笈七籤》卷一百五:"裴君止於空山之上,修行精思。一年之中,仿佛形象。二年之中,五帝俱乘日,形見在左右。三年之中,終日而言語笑樂。五年之中,五帝日君遂與裴君驂乘飛龍之車,東到日窟之天,東蒙長丘,大桑之宫,八極之城,登明真之臺,坐希琳之殿。授裴君以揮神之章、九有之符。食青精日飴,飲雲碧玄腴。於是與五帝日君日日而游。此所謂奔日之道也。"

⑤ [譯者補注]《上清道類事相》卷四:"《裴君内傳》云:上皇大帝君乃登廣寒上清靈宅,議學道之勤懈。"

⑥ [譯者補注]《雲笈七籤》卷一百五:"至秋分之日日中時,上皇大帝乃登玉清靈闕太微之觀,會太上三老君、北極諸真公、八海大神、五嶽尊靈、仙官萬萬,共集議定天下萬兆之罪福,學道之勤懈,一一條列,副之司命。"

⑦ [譯者補注]賀氏作2.1b,今據明《道藏》本改。《上清道類事相》卷二:"《太一金真記》引《素靈玄洞經》曰:上皇太帝君玉尊陛下,乃上登清靈宅,太虛之闕,丹城紫臺,長綿玉樓,太微之觀,上開九天之門,請諸九天之真、太上三老君、北極諸真及八海大神,下命五嶽名山諸得仙者、靈尊萬萬,并會於寥陽之殿,共集議天下萬民之罪福,記諸吉凶、學道勤懈也。"

⑧ [譯者補注]賀氏作105.12b10－13a5,今據明《道藏》本改。《雲笈七籤》卷一百五:"每至其日日中之時,上皇太帝君玉尊陛下,乃登廣寒上清靈宅,太空之闕,丹城紫臺,長錦玉樓,群真集於太微之觀,上闕九天之真皇,中要太上三老君、北極諸真及八海大神,下命五嶽名山諸得道者、尊靈萬萬,并會於陽寥之殿,共集議定天下萬民之罪福,記學道求仙者之勤[懈],疏議(識)犯過日月、修行善惡、刑罰之科、生死之狀。"

⑨ 《太平御覽》660.3b－4b引《登真隱訣》與《雲笈七籤》105.5a6－6a6及12a8－b5相合;《太平御覽》663.1b爲《雲笈七籤》105.10a－b之概略。但《太平御覽》664.7b－8a不見於《雲笈七籤》;《太平御覽》668.3b引《裴君内傳》,引文見於《真誥》9.11a6及6a10－b1;《太平御覽》669.5b與《三洞珠囊》5.2b相合;《太平御覽》671.3a－b引《上元寶經》與《雲笈七籤》105.26a2－b1相合。[譯者補注]"《上元寶經》",賀氏原作"TTYK",今據《四部叢刊》本改。

《太平御覽》679.7b[①]引《太一記》,引文見於《雲笈七籤》105.15b7－9[②]。

《紫陽真人内傳》(HY 303)18b－19a[③]云:裴君曾親作自傳未竟,傳前有"樂序"(這可能是位於某些上清經文前的贊頌之一,由仙真降授時所唱)。

《上清仙府瓊林經》(HY 1392)23b[④]引《裴君序訣》,引文見於《雲笈七籤》105.1a[⑤],然文字頗异。

《上清洞真解過訣》(HY 423)1a－5b[⑥]引"清靈真人裴君"語,整段引文與《雲笈七籤》105.5a－6a[⑦]及12a－15a[⑧]互見重出。

---

① 《太平御覽》卷六百七十九:"《太一記》曰:裴君精思五年,五帝日君登八極城明真靈臺,授揮神、九有之術。"

② [譯者補注]賀氏作105.15b9,今據明《道藏》本改。《雲笈七籤》卷一百五:"五年之中,五帝日君遂與裴君驂乘飛龍之車,東到日窟之天,東蒙長丘,大桑之宫,八極之城,登明真之臺,坐希琳之殿。授裴君以揮神之章、九有之符。"

③ [譯者補注]《紫陽真人内傳》:"(華僑)奉道數年,忽夢見二人年可五十,容儀衣服非常。後遂二人見,或一月三十日時時往來僑家靖室中,唯僑得見。一人姓周,一人姓裴。裴雅重才理,非僑所申,周似不如。此二人先後教授僑經書,書皆與《五千文》相參,多説道家誡行養性事,亦有讖緯。所受二人經書,皆隱秘不宣。周自作傳,裴作未成。裴所作《樂序》及《周傳》如别。"

④ [譯者補注]《上清仙府瓊林經》:"《裴君序訣》曰:裴君字玄仁,少爲人顔儀整素,目有精光,垂臂下膝,聲氣高徹,呼如鐘鳴。"

⑤ [譯者補注]《雲笈七籤》卷一百五:"清靈真人裴君,字玄仁,右扶風夏陽人也,以漢孝文帝二年,君始生焉。爲人清明,顔儀整素,善於言笑,目有精光,垂臂下膝,聲氣高徹,呼如鐘鳴。"

⑥ [譯者補注]原文較長,兹不具引。

⑦ [譯者補注]《雲笈七籤》卷一百五:"第五,太極真人常以春之日日中時,會諸仙人於太極宫,刻玉簡記仙名。常以其夕夜半時,正北向仰視北極,再拜頓首,陳乞己罪多少之數,求解釋之意。畢,復再拜乃止。至春分之日日中時,昆侖瑶臺,太素真人會諸仙官,校定真經。至立夏之日日中時,上清五帝會諸仙人於紫微宫,見四真人,論求道者之功過。至夏至之日日中時,天上三官會於司命河侯,校定萬民罪福,增年减算。至立秋之日日中時,五嶽諸真人詣中央黄老君於黄房雲庭山,會仙官於日中,定天下神圖靈藥。至秋分之日日中時,上皇大帝乃登玉清靈闕太微之觀,會太上三老君、北極諸真公、八海大神、五嶽尊靈、仙官萬萬,共集議定天下萬兆之罪福、學道之勤懈,一一條列,副之司命。至立冬之日日中時,陽臺真人會諸仙官玉女,定新得道始入仙録之人。至冬至之日日中時,天真衆仙諸方諸東華大宫,見東海青童君,刻定衆仙籍金書内字。常以八節日夜半日中,謝七世祖父母及身中罪過,罪過自除也。久行之,神仙不死。夫秋分日者,太上神真觀試萬仙,自非真正者,不可輕用其日謝罪也。真人仙官以八節日日中時,共會集三日乃解,欲修道者,當先齋戒,勿失之也。"

⑧ [譯者補注]《雲笈七籤》卷一百五:"支子元受蔣先生第五首之訣,以八節之日,存思陳己立身已來罪過多少之數,輸誠自狀已上,希天皇諸真開寫之佑,剋身歸善,以求長生神仙者也。蓋秋分之節者,氣處清靈太和之正日也。衆真諸仙,是其日皆聽訟焉。又地上刺奸吏部境域諸仙官,并糾奏所在道士之功過,及萬民有罪應死生者也。《仙忌真記》曰:子欲昇天慎秋分,罪無大小皆上聞。以罪求仙仙甚難,是故學道爲心寒。此是朱火丹陵仲陽先生之要言矣。秋分氣調日和,中順天地者也。夫火炎之氣,摧於凋落之勢;玄水包津,胎於金生之府。乃太陽光轉少陽,藏養天地,於是所以定剛柔之際,合二象之序,焕成流明,乃别陰陽三元,寔八節之標日,求道之要梯矣。每至其日日中之時,上皇太帝君玉尊陛下,乃登廣寒上清靈宅,太空之闕,丹城紫臺,長錦玉樓,群真集於太微之觀,上關九天之真皇,中要太上三老君、北極諸真及八海大神,下命五嶽名山諸得道者、尊靈萬萬,并會於陽寥之殿,共集議定天下萬民之罪福,記學道求仙者之勤[懈],疏議(識)犯過日月、修行善惡、刑罰之科、生死之狀,各隨其所屬部境,根源條例,副之司命,書之皇録。罪福纖芥,刻於丹城之籍,伏匿之犯惡、陰德之細切者,無不一二縷而知之者也。其夕夜半,當出中庭,北向脱巾,再拜長跪,上啓太上北極天帝太帝君,因密自陳己立身已來犯罪多少之狀,乞得赦貰。從今自後改往修來之言,言之必使信,誓於丹心,盟於天地,不敢復犯惡之行也。其中言在意陳之也。畢,云願太上皇帝削其罪名,移書三官,使神仙之(接下頁)

敦煌寫本 S. 4314＋6193＋P. 2751《上清紫文行事訣》[①]的注釋(《靈書紫文》注,見大淵忍爾《敦煌道經・圖録編》頁 387,I. 191)稱引《裴傳》,但引文不見於《裴君傳》。

《洞玄靈寶自然九天生神玉章經解》(HY 397)3. 14b－15a[②] 的注文引《裴君行事訣》,部分引文與《雲笈七籤》105. 13a2[③] 相合,其餘引文則不見於《雲笈七籤》本,此因《雲笈七籤》本間雜訛誤所致[④]。此段引文後有注文,注文與《真誥》9. 15a1－2[⑤] 吻合(此注可能即是陶弘景《登真隱訣》中的注文)。

三 《裴君傳》真僞考

《雲笈七籤》卷一百五中,《裴君傳》的作者署名登雲子,但此人不可考。《舊唐書》著録此傳,稱其爲鄧子雲撰(异文:鄭子雲)[⑥]。此傳僅有部分内容與原本《裴君傳》的引文相符,而原本《裴君傳》在 4 世紀時至少已有部分篇幅問世。今本《裴君傳》并非裴君口授,但應當吸收了裴君口授本的某些内容。

該傳與不少上清派文集和上清經中的文句互相吻合(見下文第五節“互見和援引”表格)。傳中可見“鬱儀結璘”法之大略以及《三九素語》的祝咒梗概。該傳的部分内容以《太一真人記》爲題見引於某些道教文集,又見於《上清太一金闕玉璽金真紀》(HY 394)。

(接上頁)録某厠玉札,長生久視,通真達靈。畢,又叩齒四下,再拜而還静室,深自刻責,并存念三元中神,令上啓太上。如此者三,名上仙籍,罪咎除滅也。三元,泥丸、絳宫、丹田三神也。存令三元三神,上啓天尊求恩赦,助己自陳,令必上聞也。三啓秋分,生籍乃定,死名乃除。此一法出《經命青圖》,是長生秘法矣。俗人雖存道,未離人間,甚多罪咎,犯之者非一,恐未便可施用秋分首過之法也。入山林中,遠去人事,蕭然獨處,不犯萬物者,乃可爲之。既有反善之詞,誓有改行之言,言已聞於高上之聽,慎不可復使犯惡遠生之事也。重犯罪十過,天地弗救,身死爲驗,非可復改補者矣。以此求道,無所復索也。養生者有如水火之交爾,得其益則白日昇天,犯戒律則身没三泉也。又此日獨重於七節,趙伯玄所謂生死門户者也。《三九素語》曰:秋判之日,尊卑盡會,生死之日也。古人以秋分之日爲秋判之日也。所以爾者,秋分之日,乃會九天八地衆真人神、上皇至尊,三日三夕,共定萬民之命,所聚議者咸多,而神尊并集故也。諸八節日,會天地諸真官,先後及節,凡三日三夕,而各還所司。此是支公之口訣,又别此一事,不離七節之條例也。《候夜神童金根經》曰:八節之日,求仙極會,天命衆真,皆當集對。未節一日,萬靈詣闕,節日日中,尊卑入謁。節後一日,罪福分别,三日三夕,天事乃畢。子其慎罪,務爲功德,名可上真,列編太極。吾不試言,知者深密,急宜謝過,秘而慎泄。此亦支公所告,出以傳示裴君。”

① [譯者補注]賀氏原作“PS 2751”,今據王卡主編《敦煌道教文獻合集》(第一册,社會科學文獻出版社,2020 年)第 82 頁改。

② [譯者補注]《洞玄靈寶自然九天生神玉章經解》:“獨九開二字,乃以《裴君行事訣》執之,云群真集於太微之觀,上開九天之門,注云朝太素,祝云天關九開之門。”

③ [譯者補注]《雲笈七籤》卷一百五:“群真集於太微之觀,上關九天之真皇。”

④ 可比較《上清道類事相》2. 1b 中的相同引文,以及《上清太一金闕玉璽金真紀》(HY 394)3b－4a 中的引文。

⑤ [譯者補注]《真誥》卷九:“大洞三景弟子某,謹以吉日之夜,天關九開之間,上聞太上玉皇真君,乞得長生世上,壽無億年。”

⑥ 參見陳國符《道藏源流考》,上册,第 11 頁。陳國符抄録了正史中對於此傳的所有著録情況,但誤稱“《真誥》未徵引之”。由此可見,裴君傳的出現早於陳國符所説的時代。

此外,該傳包含一些修煉方法,它們或者成爲該傳的組成部分,如"謝過"法;或者被《登真隱訣》所載録,如服胡麻法和服茯苓法[①]。

另一方面,該傳曾受篡改;某些段落或次序紊亂(見下文第四節),或間雜訛誤[②];又時有注文誤入正文[③]。

總之,該傳并非裴君口授,但引録了原本《裴君傳》的大量内容,另外又遭到篡改。但無論如何,該傳所含的某些經文和修煉方法確實屬於上清派,且其中一部分僅見於上清派。

四 《裴君傳》内容分析

在《裴君傳》中,本傳的内容與裴君所受及所傳的修煉方法時相交替。本節將依循《裴君傳》的脉絡介紹其内容,并用標題顯示傳中主題的變换;若標題本身取諸傳文,我們亦將在標題下方注明。

(一) 少時裴君

裴君,字玄仁,陜西夏陽人,生於漢孝文帝(西元前 180—157 在位)時(一説生於漢明帝時,明帝於西元 57—75 年在位,見《歷世真仙體道通鑒》HY 296. 15. 1a[④]),家奉佛教(可見裴君生於漢明帝時的説法更加可信)。他天生异相,命定成仙(聲氣高徹,目有精光,垂臂下膝)。

裴君在拜謁佛寺時遇道人支子元,遂從此人入道(支子元引裴君入曲室之中,大設豐饌)。此人善於相人,稱裴君日中珠子似北斗瑶光星、背部呈河魁星宿之象("自背已下象如河魁")。這位支子元乃是《列仙傳》中赤將子輿(見康德謨譯注之《列仙傳》,第 48 頁)之弟子,他將其師所授的五首神訣傳予裴君。

(二) 赤將子輿五首隱訣(2b - 6a9[⑤])

此標題取自《裴君傳》頁 6b"赤將子輿五首隱訣内道要事"[⑥]

《裴君傳》在傳文中間插述五法,五法未講完即被中斷,後又在頁 12a5 中繼續講述除罪法。(見下文"(六)續述除罪法")

1. 召星神之法

修道之士思存五星在其身周圍或在其身上:水星在頭上,木星在左,金星在右,火星在兩膝之上,土星在心上("存想五星,使北方辰星在頭上,東方歲星

---

① 參見《太平御覽》660. 3b - 4a 引《登真隱訣》,與《雲笈七籤》105. 5a6 - 6a6 以及 12a8 - b5 相合。

② 例如,此傳 13a2("群真集於太微之觀,上闕九天之真皇")一句即脱漏五字;可比較《上清太一金闕玉璽金真紀》(HY 394)的同一段記載("群真集於太微之觀,上開九天之門,請九天之真皇")。

③ 尤其是位於此傳 17b10("臨目者,令目當閉而不閉之間也")之前的整段文字均當爲增竄之文。又,此傳頁 26a8("卉醴華腴,蜜也。火精,伏苓也。水寶,胡麻也")一句中的解釋又見於《登真隱訣》的注文(《太平御覽》671. 3b),但用詞有异("火精,伏苓也。性熱而合火,伏苓則其精矣。水寶,胡麻也。性冷色黑而含津澤,故謂之水寶")。由此可推測,該傳原本并無此解釋。

④ [譯者補注]《歷世真仙體道通鑒》卷十五:"清寧真人裴君,字玄仁,右扶風夏陽人也。以漢明帝二年,君始生焉。"

⑤ [譯者補注]賀氏作 2b - 6a10,今據明《道藏》本改。

⑥ [譯者補注]賀氏作"赤將子輿五首隱訣内真要事",今據明《道藏》本改。

在左,西方太白星在右,南方熒惑星在膝中間,中央鎮星在心中")。此法常當久而行之,切勿中斷,後將有五老人亦即五星精神降顯,修道者可問之以飛仙之道。

2. 房中術

支子元僅傳授了房中術的梗概:男子當"守腎固精",使精氣溯上泥丸,號曰"還元";女子當"守心養神",使其神自兩乳以下沉降至腎,復溯上泥丸,號曰"化真"。

3. 除三尸法

此法乃用《五行紫文》以除三尸,又稱"煉形之道除尸蟲之法"。修道者心存三股彩氣——目中出青氣,心中出赤氣,臍中出黄氣;隨後三氣合爲一氣,如火光之狀,以貫全身。

4. 陰德致神仙之道[①]

修此法之人當在固定之日沐浴焚香;又養白犬,名曰"白靈",養白鷄,名曰"白精"[②],後放鷄犬於山中。此法能使學道之人得獲仙草。

另有一法,乃根據一定的條規書寫奏章(如大小尺寸、顔色、形狀),以求長生除罪。修道之人用金環一對纏繫奏章,焚章後藏金環於密石之下。此法名曰"縱容珠子"。

5. 除罪之法

此法又見於《上清洞真解過訣》(HY 423)1a - 2a[③],《登真隱訣》對此有注釋(《太平御覽》660.3b - 4a[④])。

此法能除已身及祖先之罪,使學道之人得於"八節日"著名生録——八節日乃是群仙集議新入仙録之人的日期。此法亦詳述了"八節日"的具體日期、每次集議的地點以及主持集議的神仙名號,學道之人應祝禱此仙,乞請除罪。此法所列的所有神仙的名號皆符合上清經的記載。

又有一法,乃於聖山之中書啓奏章;不能登山者亦可寄心啓願,因爲這種

---

① [譯者補注]賀氏作"陰德至神仙之道",今據明《道藏》本改。

② 據《太上玉佩金珰太極金書上經》(HY 56)(見本書 A.26《太上玉佩金珰太極金書上經》解題),"精"與"魄"、"靈"與"魂"有關聯。

③ [譯者補注]原文較長,兹不具引。

④ [譯者補注]《太平御覽》卷六百六十:"《登真隱訣》……又曰:太極真人常以立春日日中會諸仙人於太極宫,刻玉簡記仙名。至春分之日日中,昆侖瑶臺,太素真人會諸仙人刊定真經也。昆侖瑶臺是西母之宫,所謂西瑶上臺,天真秘文盡在其中矣。太素真人治白水沙洲之上,定其真經也。至立夏日日中,上清五帝會諸仙於紫微宫,見四真人論求道之功罪。至夏至日日中,天上三官會於司命河候,校定萬民罪福,增减年算。至立秋日日中,五嶽諸真人詣中央黄房,定天下祀圖靈藥。至立冬日日中,陽臺真人會集列仙,定新得道人始入名仙録。至冬至日日中,諸仙詣方諸宫,東海青童君刻其仙録金書内字。凡學道之人常以夕半日中謝罪,罪名自除,剋身歸善,以求長生神仙。秋分之節,氣處清虚,太和正日也。衆真諸仙,是日聽訟,又刺奸吏及部内諸仙官并糾奏在處道士之功過及含生有罪應死生者。故《仙忌真記》曰:子欲昇天慎秋分,罪無大小皆上聞。此朱火丹陵宫仲陽先生之要言也。又云:此辭出《列紀》,是青童君述古真人之言,以傳龔氏,言罪福纖介刻於丹城之籍也,伏匿之善惡、陰德之細功,無不縷陳也。"

內修之法與親詣名山啓奏無异。

(三) 續述裴君傳(6b10－10a5)

裴君得受以上修道方法之後,乃服食茯苓(拉丁學名 *pachyma cocos*;裴君所受服茯苓法見傳末)。此後數年,歷任官職。直至某日,他於存思中見赤松子來降,遂棄官委家,逃游名山,得遇數位神君,見授寶經和神芝。

五方星神首先來降。裴君所到之處皆屬上清神秘之境,其所遇神仙亦屬上清派。其所受經書的名稱中多含相關方位之名,多與上清經中所提到的經書同類,也多被認爲是學道者在存思神真降顯時獲授的經書。

裴君的宇宙游行止於太微天宮和上清九宮,也即更高的天界。

(四) 描述西玄(山)[①](10a6－b6[②])

對西玄(山)的描述在《道迹經》中至少已可見大略(《無上秘要》4. 10b[③] 徵引此經)。

西玄(山)乃地上的一處仙宮,由三山組成,三山各有一宮,乃神仙住所。其地下亦有神仙住地,類洞天,通昆侖府("下有洞庭,潛行地中,通玄洲昆侖府也")。其地有絳碧之樹和仙草芝英,鳳凰嬉游,有光如日。此段描寫占據一頁篇幅,描寫的風格完全屬於上清經對於洞天和仙宮的描寫。

(五) 道人支子元受蔣先生入室精思存五靈之神光服氣之法(10b－12a5)

此標題完全取自《裴君傳》頁 10b6。

此法乃陰咒之法,又見於《洞真太上三九素語玉精真訣》(見本書 A. 13《洞真太上三九素語玉精真訣》解題)及《洞真太上素靈洞元大有妙經》(見本書 B. 2《洞真太上素靈洞元大有妙經》解題)。

(六) 續述除罪法(12a5－15a5)

這一部分明顯續述支子元所授的第五法。此法始於頁 12a5,以"支子元受蔣先生第五首之訣"爲題。《登真隱訣》(《太平御覽》660. 4a－b)對此法作了注釋(起於前段 5a－6b),《上清洞真解過訣》(HY 423)2b1－5b[④] 則轉録了此法(亦起於前段 5a－6b)。可見這一部分乃是對於前一部分的敷衍闡釋。

此部分續述的除罪法只供秋分之日修行(前一部分末尾 6a6－7 明言"夫秋分日者,太上神真觀試萬仙,自非真正者,不可輕用其日")。裴君傳中説,此日極爲重要,因爲此時"氣調日和",乃"氣處清靈太和之正日"("清靈"即裴君名號)。學道者當於此日出至中庭,向北極天帝太帝君陳己罪過,後復還静室,存念三元神(三元即三丹田)。此法出自《經命青圖》,但此經不可考。傳中還

---

① [譯者補注]賀氏作"西山",今據明《道藏》本改。

② [譯者補注]賀氏作 10a6－9,今據明《道藏》本改。

③ [譯者補注]《無上秘要》卷四:"西去者是葛衍山之別名。葛衍有山相連,西爲玄西山,東爲鬱絶根山,中央爲葛山。三山纏固,方三千里,高二千七百里,去昆侖七萬里,其間有高暉山,上有洞光如日,照葛衍、西玄、鬱絶根三山。右出《道迹經》。"

④ [譯者補注]原文較長,兹不具引。

引《三九素語》曰"秋判之日,尊卑盡會,生死之日也"[1],以彰秋分日之重要。

整個除罪法强調"八節日"的重要性,此因群仙乃於八節日共會集議新入仙録之人,觀審學道者之言行功過。故學道者當在八節日的前日、當日及後日祝禱悔罪,三日乃止。諸如此類修行方法皆習見於上清經。

(七) 鬱儀結璘法(15a5－22b)

裴君傳以較長篇幅詳述了太素真人傳授裴君的服日月之法——即鬱儀結璘法。此法詳見本書 A. 5《九真中經》解題[2],可以參閲。

此法名稱有二:

一是"太素真人教裴君二事"(頁 15a5);

二是"太素真人受太帝君訣"(頁 19b)。

如裴君傳所述,修煉此法要在存思日君及月夫人來至左右、并携學道之人共乘雲車(即日君所乘的陽燧絳雲之車,名出"陽燧日鏡")。

裴君於空山之中修行此法五年,白日存思日君,夜間則存思月夫人。此法又與傳習《大洞真經》相關。

十一年後,太素真人來降,告知裴君他已得道成真,并授之以"清靈真人"之號。

(八) 裴君所受仙法目録(23a－24b1)

此目彙集了傳中所記的裴君所受訣法、神符、真書。除上文所述的五法及鬱儀結璘法之外,其他仙法是諸符和衆經,它們或不見於《道藏》,或標題被僞經借用(如 HY 1329《洞真太上蒼元上籙》、HY 1327《洞真太上太素玉籙》、HY 394《上清太一金闕玉璽金真紀》。詳見本書 E. "上清僞經目")。

(九) 服茯苓法、服胡麻法

此二法乃以蜂蜜調製茯苓和胡麻,《登真隱訣》(《太平御覽》671. 3b[3])對此有所采録并加以注釋。茯苓(pachyma cocos)、胡麻(sesamus indicus)的隱名分別是"火精""水寶";但裴君傳稱此二法與世法無甚大异。茯苓治少,胡麻治老[4]。

---

① 但《洞真太上三九素語玉精真訣》(HY 1316)中未見此句。

② 關於裴君傳所載"鬱儀結璘法"與《上清太上帝君九真中經》(HY 1365)及《上清太上九真中經降生神丹訣》(HY 1366)所載"鬱儀結璘法"之關係,見本人所撰"《〈九真中經〉導論》"一文。

③ [譯者補注]《太平御覽》卷六百七十一:"蔣先生曰:'此二方是大有之要法,長生神仙之秘寶也。大有者,謂委羽山洞天大有宫中之書法,彼人當有服之者。《寶玄經》云:伏苓治少,胡麻治老,合以齋戒,服以朝早。卉醴華腴,(密也,百卉之花以成腴醴。五公謂爲卉醴華英。)火精水寶,(火精,伏苓也。性熱而合火,伏苓則其精矣。水寶,胡麻也。性冷色黑而含津澤,故謂之水寶。)和以爲一,還精歸寶。此之謂也。裴君以年少時所用,故服伏苓也。清虚真人年十二便受此方,於時未必虧損,所以云服伏苓,夜視有光也。二方同耳,皆長年之奇方也。若合二物倍用,密共煎擣爲丸乃佳。按青精方,伏苓禁食酸,此專用伏苓,不必禁酸味。'"

④ 此句稱引《寶玄經》。《枕中記》(HY 836)15b 亦有類似記載("凡茯苓治少,胡麻養老")。由是觀之,這些養生法當爲時人之共識。

五　互見和援引

下表左列爲《裴君傳》的編頁,右列爲其他文獻中與《裴君傳》互見的文字内容。表中不含《上清太上帝君九真中經》(HY 1365)及《上清太上九真中經絳生神丹訣》(HY 1366)。關於此二經中與《裴君傳》互見的文字内容,詳見本書 A. 5《九真中經》解題。

1a－2b1	《歷世真仙體道通鑒》(HY 296)15. 1a－2a10
3b7－4a3	《太上除三尸九蟲保生經》(HY 870)24b 引蔣先生語
	《雲笈七籤》83. 12b－13a"五行紫文除尸蟲法"
5a6－6a6	《太平御覽》660. 3b－4a11① 引《登真隱訣》(略引)
5a6－6a9	《上清洞真解過訣》(HY 423)1a－2a
10a－b	《無上秘要》4. 10b 略引《道迹經》
10b－11a	見 A. 5《九真中經》解題、B. 2《洞真太上素靈洞元大有妙經》解題
12a5－15a5②	《上清洞真解過訣》(HY 423)2b1－5b(文字有异)
12a8－b5	《太平御覽》660. 4a11－b1③ 引《登真隱訣》(文字有异)
12b10－13a6④	《上清道類事相》2. 1b－2a4⑤ 引《太一金真記》
12b10－14a2	《上清太一金闕玉璽金真紀》(HY 394)3b－4a
13a8－10	《太平御覽》660. 4b2－3 引《登真隱訣》
14a6－b1⑥	《上清太一金闕玉璽金真紀》(HY 394)1b7－2a3(文字稍异)
14b1－8	《上清太一金闕玉璽金真紀》(HY 394)2a3－10 引《靈寳管中經》
15a－b,15b	《太上玉晨鬱儀結璘奔日月圖》(HY 435)8a8－b2
	《三洞道士居山修煉科》(HY 1262)20a－b 稱引裴君
15b	《太上玉晨鬱儀結璘奔日月圖》(HY 435)9a5－9
16a－17a	《太上玉晨鬱儀結璘奔日月圖》(HY 435)14b
	《三洞道士居山修煉科》(HY 1262)21a－b 稱引裴君
15a－17a	《三洞道士居山修煉科》(HY 1262)20a2－22b5 稱引裴君
15b4－16a2	《三洞珠囊》5. 4a7－b4⑦ 引《太一金真記》

① [譯者補注]賀氏作 660. 3b－4a10,今據《四部叢刊》本改。
② [譯者補注]賀氏作 12a5－15a8,今據明《道藏》本改。
③ [譯者補注]賀氏作 660. 4a10－b1,今據《四部叢刊》本改。
④ [譯者補注]賀氏作 12b10－13a5,今據明《道藏》本改。
⑤ [譯者補注]賀氏作 2. 1b,今據明《道藏》本改。
⑥ [譯者補注]賀氏作 14a6－10,今據明《道藏》本改。
⑦ [譯者補注]賀氏作 5. 4b,今據明《道藏》本改。

15b4－17b9	《上清太一金闕玉璽金真紀》(HY 394)5a1－6b4(文字稍异)
17a7－b3①	《三洞道士居山修煉科》(HY 1262)22a2－8②
16a, 17a, 20b, 21b, 20a, 19b, 18b, 18a 21a－b	《太上玉晨鬱儀結璘奔日月圖》(HY435)1a－3b
18b4－6	《雲笈七籤》23.9a
19b	《雲笈七籤》23.8a－b
21a6－b3③	《雲笈七籤》23.9a
21b3－6	《上清太極真人神仙經》(HY 1393)10b1－6④
21b7－22a8⑤	《上清太極真人神仙經》(HY 1393)9b10－10b1
22b1－10⑥	《上清太極真人神仙經》(HY 1393)9a9－b9

六 《裴君傳》尊崇的先師和經典

《裴君傳》在某些地方提到了推崇的人物或著作,其中一部分見於上清經,其餘則不然;某些引文與現存經文相符,某些不符,亦有引文見於其他道經,但經名有异。下表所列即是《裴君傳》稱述這些人物或著作的文字。

裴君曾從支子元學道,支子元乃是赤將子輿(即蔣先生)的弟子。此外,《裴君傳》於頁 14b 述及"八節"(本傳蓋誤作"七節")時又提及趙伯玄。據《真誥》14.16b⑦ 記載,此人行"尸解"之法;《紫陽真人内傳》亦數次提到此人;《上清金真玉光八景飛經》(HY 1367,見本書 A.2《上清金真玉光八景飛經》解題)頁 24b 稱其曾師事萬始先生。

《裴君傳》提到的經文有:

頁 12b 引《仙忌真記》	引文與《太微靈書紫文仙忌真記上經》(HY 179.4a)相合(見本書 A.10《靈書紫文》解題)
頁 14a 引《經命青圖》	

① [譯者補注]賀氏作 17a,今據明《道藏》本改。

② [譯者補注]賀氏作 22b5,今據明《道藏》本改。

③ [譯者補注]賀氏作 21a7－b2,今據明《道藏》本改。

④ [譯者補注]賀氏作 10b1－5,今據明《道藏》本改。

⑤ [譯者補注]賀氏作 21b6－22a8,今據明《道藏》本改。

⑥ [譯者補注]賀氏作 21b1－10,今據明《道藏》本改。

⑦ [譯者補注]《真誥》卷十四:"漱龍胎而死訣,飲瓊精而叩棺者,先師王西城,及趙伯玄、劉子先是也。"

頁 14b 引《三九素語》	引文與《洞真太上三九素語玉精真訣》不符,但與《上清太一金闕玉璽金真紀》(HY 394)相合,然此經中作《九素玉傳經》[①]
頁 14b 引《金根經》	引文與《洞真上清青要紫書金根衆經》不符
頁 16a 及 17a 引《太上隱書中篇》	引文又見於《上清太上帝君九真中經》(HY 1365),引文與傳中引文互見重出(見本書 A. 5《九真中經》解題)
頁 18a 引《八素經》	引文又見於《上清紫精君皇初紫靈道君洞房上經》(HY 405. 3b)(見本書 A. 5《九真中經》解題附録)
頁 18b 引《内視中方》[②]	同一引文又見於《太上玉晨鬱儀結璘奔日月圖》(HY 435)3a－b(此經與 HY 1365《上清太上帝君九真中經》部分相合,見本書 A. 5《九真中經》解題)
頁 19a 引《黄老秘言》	同一引文又見於《上清太上帝君九真中經》(HY 1365)2. 3b
頁 20a[③] 引《太上隱書》	同一引文見於《上清太上帝君九真中經》(HY 1365)(見本書 A. 5《九真中經》解題)
頁 21a6－b2[④] 引《素奏丹符》	同一引文見於《太上玉晨鬱儀結璘奔日月圖》(HY 435)3b
頁 26a 引《寶玄經》	此經不可考

七　結　論

《雲笈七籤》卷一百五所載《清靈真人裴君傳》至少包含了陶弘景《真誥》稱引之《清靈傳》所收的部分内容。傳中所述的某些修煉方法收録於《登真隱訣》,傳中内容與不少上清經吻合。然而,此傳曾遭篡改增衍,已非足本。今本《裴君傳》題名登雲子撰,《舊唐書》著録,故此傳的年代至遲在唐代。

此傳大致屬於上清經系,但亦有不一致之處。傳中描述的修煉方法所用術語與上清經文部分相符,但描述更加簡短扼要。原因有二:或因諸真傳記在上清經系中僅占據次要地位,故而只記載修煉方法之梗概;或因這些修煉方法在彼時尚不完備,而《裴君傳》恰是首次載録這些方法。另外,亦有可能由於此傳乃從原本《裴君傳》重寫而成,故而其中的修煉方法僅爲概略。

傳中所引的經文中有一部分屬於上清經,其餘則不然;亦有某些經名参照的是題名不同的經典。

《裴君傳》的某些風格特徵與《真誥》卷五中裴君的降誥相似:他所傳授的修煉方法很可能早於上清派,又或多或少被上清派吸收。

---

① [譯者補注]賀氏作"《三素玉傳》",今據明《道藏》本改。

② [譯者補注]賀氏作"《内視中房》",今據明《道藏》本改。

③ [譯者補注]賀氏作 19b,今據明《道藏》本改。

④ [譯者補注]賀氏作 21a7－b2,今據明《道藏》本改。

這可從《裴君傳》中的某些記載得到證實:裴君出自奉佛之家;從其師支子元的姓氏可見,後者來自异域的月氏。

此外,還應注意《紫陽真人内傳》與《清靈真人裴君傳》之間的聯繫,請參閱本書 C. 9《紫陽真人内傳》解題。

附録:《上清太一金闕玉璽金真紀》

HY 394,Dz. 185,共 7 頁。

此經見引於《三洞珠囊》5. 4a－b①、《上清道類事相》2. 1b－2a② 以及《太平御覽》679. 7b③,所有引文皆與本經相符(三處引文分别與本經頁 5a④、3b⑤、5a 相合)。《洞玄靈寶自然九天生神玉章經解》(HY 397)3. 14b－15a⑥ 則以《裴君行事訣》爲題徵引此經。

此經的大部分文句與裴君傳互見重出(見上文第五節表格),文辭多優於裴君傳。經文另述多種神符。有一段經文(頁 4b⑦)乃《洞達命青中經》的引文,但引文不見於其他文獻。

此經徵引了某些道經,但不見於裴君傳。經文以"某某經曰"的字樣引用了裴君傳中的某些片段,但所稱引的經書多不可考。這些經書是:

頁 2a3⑧:《靈寶管中經》。此經不見於裴君傳;它可能是一部晚出的道經,其中轉載了裴君傳的某一片段。

---

① [譯者補注]賀氏作 5. 4b,今據明《道藏》本改。

② [譯者補注]賀氏作 2. 1b,今據明《道藏》本改。《上清道類事相》卷二:"《太一金真記》引《素靈玄洞經》曰:上皇太帝君玉尊陛下,乃上登清靈宅,太虚之闕,丹城紫臺,長綿玉樓,太微之觀,上開九天之門,請諸九天之真、太上三老君、北極諸真及八海大神,下命五嶽名山諸得仙者、靈尊萬萬,并會於寥陽之殿,共集議天下萬民之罪福,記諸吉凶、學道勤懈也。"

③ [譯者補注]《太平御覽》卷六百七十九:"《太一記》曰:裴君精思五年,五帝曰:'君登八極城明真靈臺,授揮神、九有之術。'"

④ [譯者補注]《上清太一金闕玉璽金真紀》:"昔有裴君,止於空山之上,修行精思。一年之中,仿佛形像。二年之中,五帝乘日,形見在君左右。三年之中,終日而言笑樂。五年之中,五帝日君遂與裴君驂乘飛龍之車,東到日窟之天,東蒙長丘,扶桑之宫,八極之城,登明真之臺,坐希林之殿。授揮神之章、九有之符。食青精日飴,飲雲碧玄腴。於是與五帝日君日日而游。此所謂奔日之道也。"

⑤ [譯者補注]《上清太一金闕玉璽金真紀》:"《素靈玄洞經》曰:上皇大帝君玉尊陛下,乃上登清靈宅,太虚之闕,丹城紫臺,長綿玉樓,君集於太微之觀。上開九天之門,請九天之真皇;中要太上三老君、北極諸真及八海大神;下命五嶽名山諸得仙者、靈尊萬萬,并會於寥陽之殿,共集議天下萬民之罪福,記諸吉凶、學道勤懈,疏識犯過日月、修行善惡、刑罰之科、生死之狀,各隨其屬部境,根源條例,副之司命,書於黄篇。罪福纖芥刻於丹誠之籍,伏匿之犯惡、陰德之細功者,無不一二縷别而知之者。"

⑥ [譯者補注]《洞玄靈寶自然九天生神玉章經解》:"獨九開二字,乃以《裴君行事訣》執之,云群真集於太微之觀,上開九天之門,注云朝太素,祝云天闕九開之門。"

⑦ [譯者補注]《上清太一金闕玉璽金真紀》:"又《洞達命青中經》曰:夫好道精思,常務在宿夜,存念天地,并愛育萬物。當令行不敢傷神,言不敢傷物,天地者亦盡我身也。師靖亦我身中,是故聖人包内知外。夫欲思改更,未必中庭并入靖也。觀之所由,察之所行,此之謂也。北辰亦我身形,但當獨處所住屋室静思,按法燒香,所念乃吉。心中衆欲濁氣不除,徒宿靖廬,亦無所益。"

⑧ [譯者補注]《上清太一金闕玉璽金真紀》:"《靈寶管中經》曰:尤重於八節,趙伯玄所謂生死門户者也。"

頁 2a[1]:《九素玉傳》。裴君傳中稱引《三九素語》,但引文與《三九素語》本經不符。

頁 3b:《素靈玄洞經》。亦不見於裴君傳。此經的題名雖包含《洞真太上素靈洞元大有妙經》(HY 1303)之"素靈"二字,但此段引文所用的術語和所涉的主題均不符合《素靈經》。《上清道類事相》2.1b 引《太一金真記》,明確指出《太一金真記》曾引《素靈玄洞經》[2]。

頁 4b:《洞達命青中經》。此經不可考。

結論:7 世紀時,即《三洞珠囊》的成書時期,《上清太一金闕玉璽金真紀》已經存在。此經稱引了一部靈寶經(《靈寶管中經》),據此可推知它當晚於原本裴君傳。此經彙集了援引裴君傳的若干經文,但其中頁 3b 中的"急急如律令"則從未見於任何上清經。

(作者單位:法國艾克斯-普羅旺斯大學;
譯者單位:西南交通大學外國語學院、人文學院)

① [譯者補注]《上清太一金闕玉璽金真紀》:"故《九素玉傳經》曰:秋判之日,尊卑盡會生死之日也。"

② [譯者補注]賀氏作"《素靈經》",今據《道藏》本《上清道類事相》改。

古典文獻研究(第二十五輯下)
Journal of the Institute for Chinese Classics Studies
Nanjing University
Volume 25, No.2 2022

金明七真的經典與教法創造*

曹 凌

毋庸諱言,金明七真之所以爲學界所熟知,并非因其本人有甚麽豐功偉業,而是因爲《三洞奉道科戒》①。圍繞這一重要文獻,學界進行了一系列研究,逐漸揭示出關於金明七真及其創教活動的一些資料,引發了一些討論。這些討論初步勾勒出一個在南朝晚期動蕩時代中致力於創建一種新道教傳統的啓示者的側影。

這樣旋起旋滅的宗教運動,即使曾一度有相當影響,往往也無法留下太多資料,不容易引起研究者的關注。然而它們仍然是這個風起雲涌時代的一部分。從它們的視角來觀察這個大時代,或許有助於更全面地理解這個時代,以及時代中道教的境遇。幸運的是,與金明七真有關的一些材料被保存到了今天,而前賢學者又對其中一部分進行了較爲深入的討論,提出和解決了一些重要的問題。筆者最近又在藏内外文獻中發現了一些可能與金明七真有關的文獻資料,則可以補充前人研究中的部分缺憾。這爲研究這一邊緣性的宗教運動提供了不可多得的機會。本文便是希望首先介紹這些資料方面的收穫,進而基於這些資料對金明七真的教法創製活動進行一個初步的探討,希望由此能深化對南北朝晚期道教發展的認識。

一 先行研究

前人關於金明七真的研究大都圍繞《三洞奉道科戒》展開,只有部分深入

* 本文爲上海市哲學社會科學規劃一般課題“敦煌論義文獻整理與研究”(2020BZX009)階段性成果。

① 題金明七真所撰之《三洞奉道科戒》有《道藏》本和敦煌本兩種不同系統并各有不同的題名。本文將之統稱爲《三洞奉道科戒》。需要説明的是,就筆者粗淺的觀察,《三洞奉道科戒》與其他金明系文獻在教團制度、“齋戒軌儀”等方面的設計都有相當大的不同。這一現象印證了《三洞奉道科戒》與其他金明系經典有着不同的撰作背景。其中《三洞奉道科戒》很可能是遲至唐初才撰出,且撰作時并未將金明七真所創造的教法作爲主要依據。因此本文將主要關注《三洞奉道科戒》以外的資料,并期待將來能有機會再就其與《三洞奉道科戒》的關係作進一步討論。

涉及金明七真本人及其創教活動。其中較具代表性的成果包括吉岡義豊、柳存仁和孔麗維的研究①。

吉岡義豊圍繞《三洞奉道科戒》作過一系列研究②,其中與本文關係最密切的是題爲《三洞奉道科誡儀範の成立について》的長文。文中深化了之前提出的《三洞奉道科戒》梁末形成説,并爲此就金明七真的情况進行了深入的討論,可説是一力開啓了金明七真研究的新局面。文中吉岡義豊首先揭示了三種和金明七真有關的重要研究資料——《上清三尊譜籙》(以下簡稱爲《三尊譜籙》)、《無上三元鎮宅靈籙》(以下簡稱爲《鎮宅靈籙》)和《上清金真玉皇上元九天真靈三百六十五部元籙》(以下簡稱爲《九天元籙》)。隨後,他根據《九天元籙》中太清五年的年號,提出本經是在梁元帝蕭繹統治下的地域中,於梁武帝去世之後的551年撰作。由此可推測同經提到的第一次降真是在543年,《鎮宅靈籙》中提到的降授時間壬申年則比定爲稍後的552年。雖然證據稍顯單薄,但這一觀點却具有很强合理性,因此廣爲後來的研究所接受。而如下文所會提到,新發現資料同樣也符合這一時代的特徵,故而筆者也接受這一觀點。需要説明的是,鑒於在四川發掘的南朝佛教造像中亦出現過太清五年的年號,現階段無法據此確定金明七真是在蕭繹統治地區活動,只能大致推斷其活動區域可能遠離南朝的統治中心③。

柳存仁接受了吉岡義豊對金明七真的一些基本判斷。包括他是一個實際存在的人物,曾在梁末時代降神傳經等。但吉岡義豊將金明七真與蕭繹聯繫起來,極度强化了金明創教活動的政治意涵。對此柳存仁作了針對性的批評,筆者認爲有相當見地。但他爲此提出金明七真的創教活動"不過爲細民求福營生之一種低級宗教活動",筆者却并不贊同。下文會就此再做討論。此外,他提出金明七真多是依用正一派的道法。其分析過程雖受當時道教研究總體程度之制約,但仍有一定參考價值。至於再進一步提出金明七真之教法與祆教、摩尼教有關,則很是牽强,亦未爲學界廣泛接受④。

值得一提的是,柳存仁的研究注意到兩個重要的細節。首先,《九天元籙》中金明七真的結銜與藏内之《上清洞天三五金剛玄籙儀》(以下簡稱《金剛玄籙儀》)部分内容相近,尤其授籙者所稱法位幾乎完全相同。柳氏認爲後者乃正

① 本稿完成後廣瀨直記惠賜其新刊《道教史における金明七真の位置づけ》(《東方宗教》第138號,2022年,第1—26頁)一文,可惜本文業已定稿不便再追加討論,特此説明,還請有興趣的讀者參閲。

② 其主要看法可見吉岡義豊《道教經典史論》,大正大學道教刊行會,1966年;《三洞奉道科誡儀範の成立について》,收入《道教と佛教》(3),國書刊行會,1979年,第75—159頁。

③ 吉岡義豊還提出《三洞奉道科戒》撰於梁代,和梁元帝登極有關。這受到了大淵忍爾、秋月觀暎等學者的質疑。本文認爲這些質疑都有相當合理性。但這些研究中其他對金明七真的討論頗簡略且不少武斷之處。究其原因,還在於當時學界尚未充分考慮《三洞奉道科戒》與其他金明系經典撰於完全不同時代背景的可能性。因相關争議與本文關係不大,此處不作詳細説明。

④ 柳存仁《三洞奉道科誡儀範卷第五——P2337中金明七真一詞之推測》,初刊於《漢學研究》1986年第4卷第2期,此據《中國敦煌學百年文庫・宗教卷》,甘肅文化出版社,1999年,第142—162頁。

一派之經典,《九天元籙》是抄改了相關内容。如下文所述,筆者認爲今《道藏》所存之《金剛玄籙儀》是經過天師道化改寫的金明七真系經典,很可能撰於《九天元籙》之後。但這部重要資料的引入當歸功於柳存仁。其次,他注意到《三尊譜籙》中對三尊的介紹實際是源自《上清元始變化寶真上經九靈太妙龜山玄籙》中之《上清始生變化元籙》部分,但將其中對玉真九天丈人的介紹安在了金明七真的頭上。按《龜山玄籙》中相關内容當是出自上清《七十四方經》①,其撰作時代之下限亦較金明七真早出百餘年②。從其他經典可看出金明七真對上清經并不陌生,故柳氏這一判斷當可信從。

孔麗維(Livia Kohn)長期對《三洞奉道科戒》高度關注。其研究成果中可作代表者是 1997 年發表的長文③以及隨後她爲自己翻譯的《三洞奉道科戒》英文版作的序言④。

孔氏的研究并不以考證見長,但對資料形成過程的分析頗有見地,其最終完成的成果堪稱前此關於金明七真一系列研究的階段性總結,其中描繪了金明七真及其教團的一個模糊的輪廓,可簡述如下。

在梁代晚期⑤,名爲金明七真的人物自稱獲得了神授的經典,而作爲一個啓示者開始活動。其間他撰出了《九天元籙》和《鎮宅靈籙》這兩部早期的作品,并建立了一個相當規模的教團。在他死後,其弟子(虚無真人)開始神化金明的形象,并爲此撰作了《三尊譜籙》。金明七真及其弟子所宣揚的教法以正一派的籙爲中心,但使用的神格却主要取自上清經,因此是具有强烈融合性質的道教流派。這種融合性的性格(以某種形式)仍然體現在其神化後的形象上,因此成爲唐代初期《三洞奉道科戒》實際作者所選擇的托名對象。

以上的觀點大致可以代表學界當下對金明七真及其創教活動的基本認識,其中顯然有不少闕環,也有不少問題需要重新檢視,下文便將嘗試在此基礎上展開新的探討⑥。

---

① 參《上清衆經諸真聖秘》卷一所引《太清上經變化七十四方經》文,《道藏》第 6 册,第 760 頁。

② 李静的研究提出包括《七十四方經》在内的上清"三十一卷獨立寶訣"與王靈期有關,此處本經成立下限即以此爲基準。相關討論參見李静《古上清經若干問題的考辨》,復旦大學博士學位論文,2009 年,第 12—29 頁。

③ Livia Kohn, "The Date and Compilation of the Fengdao kejie: The First Handbook of Monastic Daoism", East Asian Hsitory, vol. 13/14, 1997, pp. 91 - 118.

④ Livia Kohn, *The Daoist Monastic Manual: A Translation of the FengdaoKejie*, Oxford: Oxford University Press, 2004, pp. 23 - 68.

⑤ 孔麗維雖接受了金明七真是梁末人的觀點,但同時提出其活動地區未必是在梁元帝治下的地區,而可能是其他偏遠的,未嘗知道改元消息的地區。廣瀨直記《道教史における金明七真の位置づけ》亦持類似的觀點。這與本文的立場基本一致。

⑥ 此外尚有吕鵬志《天師道授籙科儀——敦煌寫本 S203 考論》(《"中央研究院"歷史語言研究所集刊》第七十七本第一分,2006 年,第 79—164 頁)一文特别值得注意。文中對兩種金明七真系經典中的授籙儀式進行了非常細緻的研究。

二 資料的梳理

自吉岡義豊開拓性的研究以來,學界在金明七真問題上已有相當的積累,但資料面却未有很多的突破。且先行研究主要依據的資料類型比較單一,亦有礙於更全面瞭解金明七真的創教活動。近來筆者在敦煌道經和藏内經典中找到一些可能和金明七真有關的經典,或許能有助於突破現有研究的瓶頸。然而這些經典中都未出現金明七真的名字,因此本節將逐一就其與金明七真的關係略作論證。此外,前述《九天元籙》等三經也一并在此略作介紹,以便行文。

(一) 既往研究中已經使用的基本資料

1.《九天元籙》①

本經全名《上清金真玉皇上元九天真靈三百六十五部元籙》,經文自叙爲高上天寶玉皇於太清五年授予金明七真,以開度世人。從性質和内容來看,此經當即《鎮宅靈籙》中所提到的"治籙"和"付度治籙儀典",因此當是金明七真所設計法籙體系中比較核心的一部籙。

根據文末金明之後序可知本經主要有兩方面的意義。首先是説明金明七真受有此籙,得"領高上天寶玉皇三十六治,都監十方飛天神王,總司三元太極"的仙職,從而印證金明七真的教主地位。其次是"立成儀典,并付度科格,共爲此一卷"。也即以這次神聖的授籙活動爲根據傳出籙文并製定授籙的科式軌範。在籙文官將列表下的啓文采用了金明七真的口吻爲他人授籙,則説明了經文預想的授籙者是金明七真本人。故此經很可能撰於金明七真創教的早期,其時治籙的授予權仍由他一手掌握。

本經主體是籙和相關的儀式説明。其中籙有二種,分别是作爲治籙的《九天元籙》和授予童子的《一將軍籙》。儀式程序則附於籙文之後,包括"度治籙吏兵儀"、"度録刺狀章"、"上元九天真靈出官儀"等項目。經文最後是金明的後序,説明寫作目的,强調此籙可輔三十六真皇正治,創造太平之世,囑咐後人不得將此卷中内容析出,别爲卷軸。

藏本經文之後還附上了佚名整理者在其他文獻中發現的兩個各六十一字的銜名,注云"右二件不出此卷,讀之未究,權置此耳。大章用後,小章用前也"。大淵忍爾指出此二銜實爲太清號②。而其中一則還出現在《金剛玄籙儀》卷末,被稱爲"新降太清"。由此可知其確爲本派特有的太清銜③。

---

① 《道藏》第 34 册,第 137—145 頁。按,本文所引明《道藏》文,均以文物出版社、上海書店、天津古籍出版社 1988 年聯合出版之影印本爲據,下文不再一一注明。

② 大淵忍爾《道教とその經典》,創文社,第 562 頁。

③ 關於太清銜的問題,又請參看吕鵬志《天師道授籙科儀——敦煌寫本 S203 考論》第 122 頁下之長注。

2.《鎮宅靈籙》[1]

本經全名《無上三元鎮宅靈籙》，經文云是壬申年下元日道君於昆侖山授予金明七真。如前所述，此壬申年被比定爲552年，較《九天元籙》的傳出僅略晚一些。

本經經文可粗分爲四個部分：

首先是前序，説明金明七真受傳《鎮宅靈籙》的因緣。

其次爲籙文，有《無上三元鎮宅靈籙》之首題。

第三部分是以"《無上三天玉司正法律》曰"及"七真曰"開頭的一些科條，説明了封籙時及弟子受籙之後需要注意的事項。

第四部分爲金明七真之後序。

3.《三尊譜籙》[2]

本經全名《上清三尊譜録》，是教徒修行時存思三尊所用，也可以作爲一般的經典供奉誦念。經文分爲兩部分，第一部分介紹了所謂金明三尊的基本情況，第二部分是《序金明玄應品》，述説本經撰寫之由緒。

所謂金明三尊是指上玄真明道君(元始上皇丈人)、無上玄老(高上九天太上真王)和金明七真。但如柳存仁所指出，此經對三尊的介紹實本於上清經《七十四方經》，并因之與現存藏内之《龜山玄籙》對應段落最初三尊相合。

吉岡義豐認爲本經是金明七真在世時由其弟子虚無真人撰出。孔麗維則提出本經中將金明七真列爲三尊之一，描述其身形迥异常人，當是金明過世之後逐漸神化階段弟子的作品。按，金明系經典中普遍强調(與"寂"相對的)"應"的觀念，并由此衍生出聖者具有雙重身體的教説，類似於佛教的法、應二身説。本經中的金明七真即是如此，既有在天界的神聖的身體("真形景")，又有顯化於世作爲"法化天人之師"的物質性身體。《三尊譜籙》中誇張的介紹實際都是在描述其真形而非應身。故憑此無法判斷本經撰作時金明是否已經離世[3]。又，經中作爲弟子的虚無真人是否實有其人反而是頗爲可疑。根據《玄應品》，本經是虚無真人銜金明之命所作，撰成之後即由虚無真人上簡於金明系經典中最高級的神靈元一天尊，并被元一天尊藏於天界。而此虚無真人的全名爲無上玉清虚無真人，和兩個傳統的神格虚皇道君、九天丈人同爲金明弟子。相關的記述可説是絲毫不關於人間。故筆者認爲虚無真人反而可能是一個爲抬高金明七真的神格創造出的仙真，被假托爲經文的作者。經文的實際作者很可能仍是金明七真本人。

本經後部的《序金明玄應品》由正文和注文組成。其正文相當於《三尊譜

---

① 《道藏》第11册，第676—683頁。

② 《道藏》第3册，第262—265頁。

③ 此類論證亦曾出現在大淵忍爾的研究之中，被用來證明金明七真并非現實人物。柳存仁《三洞奉道科誡儀範卷第五——P2337中金明七真一詞之推測》一文中既已提出"神格之七真，仍應與法師格之七真弟子厘之爲二，在理解上始可不悖而并存"，并以《三尊譜籙》與《三洞奉道科誡》經文佐證，有相當的先見之明，惟未説明其理論的背景與具體的形式。

籙》的後序,借虚無真人之口説明本經撰作的背景和過程,解釋金明之"應"於世間的意義,强調經文之寶貴。注文則是對經文中所提到的神名、處所等作解説,包含了不少有價值的信息。

(二)本文認爲屬於金明系的新資料

以上述諸種資料爲基礎,筆者還從敦煌遺書和《道藏》中找到了幾種具有類似特點的文獻,謹在此略作介紹并就其於金明七真的關係略加論證。

1.《道德玄經》(敦煌本)[①]

本經現僅存敦煌本殘本一種(P. 2002),首尾斷缺,存有252行經文,背後爲佛畫粉本。王卡先生著録云本經"分作前後兩部分。第152行品題'上妙玄經十三章真解,有二千八百廿四字'。此前爲上品,殘存十一章,模仿《道德經》而作。第153行品題'無上金玄上妙道德玄經中自然靈智大覺品',此後爲中品,模仿《靈寶經》而作。尾題'無上金玄上妙道德玄經中品'。此後應有下品,已缺"[②]。可作補充的是,本經上品雖模仿《道德經》,但整體的結構似模仿了靈寶經的體式,尤其與古靈寶經中的《法輪經》非常相似。前部爲經文之正文,後部敷衍經德,并由道德三尊和天寶玉皇誦出經頌。

本經中最具標誌性的内容是《靈覺大智品》中出現的天寶玉皇這一神格。此神格是本品中與天尊對話的重要神祇,但就筆者所見,早期道經之中它僅出現在《三尊譜籙》、《九天元籙》和《金剛玄籙儀》内,而這三部經都與金明七真有莫大關係。又,《三尊譜籙》中出現了一組名爲"大光元始三尊"的神靈,分别是元高、虚皇與元始[③]。而這組概念也來自於《道德玄經》,并在本經中品被神格化爲三位聽經的神靈[④]。除此之外,本經前部使用的詞彙與思想性内容也和其他金明系經典有相當的類似性。如本經强調了道德有寂與應兩種本質/狀態,并將其與道法的出世相聯繫。類似的思想可見於《三尊譜籙·序金明玄應品》。又如此經認爲道德有上妙、妙有、妙無、空無四分,并由此生化出世界萬物。類似的表述又可見於《鎮宅靈籙》金明的注文中[⑤]。

總之,筆者認爲本經中出現了金明系經典中獨特的神靈與神靈組合天寶玉皇和大光元始三尊,思想傾向與比較具有特色的詞彙也同其他金明系經典有很强的相似性,應可推斷是金明七真系的經典。

2.《金剛玄籙儀》[⑥]

本經全名《上清洞天三五金剛玄籙儀》,如前所述是最早由柳存仁引入到

① 圖版見上海古籍出版社、法國國家圖書館編《法國國家圖書館藏敦煌西域文獻》(1),上海古籍出版社,1995年,第14—21頁。

② 王卡《敦煌道教文獻研究:綜述·目録·索引》,中國社會科學出版社,2004年,第140頁。

③ 《道藏》第3册,第263頁。

④ 《道德玄經》上品云"元高明於道、虚皇應於道、元始運於道"。同經中品開頭説"天尊告元高虚皇元始天寶玉皇",則當是順次羅列了四個神格,分别是元高、虚皇、元始和天寶玉皇。

⑤ 《道藏》第11册,第682頁。

⑥ 《道藏》第34册,第151—161頁。

相關研究中的資料,但被他認爲是天師道經典。筆者對此并不贊同①。

本經主要内容即是三五金剛玄籙及相關授度科格。具體來説包括了籙文和配套的三五契、洞天三五三將軍符(及儀)、上元洞天金剛三五策杖等儀及付度法等。因此本經與《九天元籙》在結構和性質上都較類似。

本經中的授籙者號稱"領高上天寶玉皇三十六治都監十方飛天神王總司九天三元八極上下周迴四象下統萬靈",其全銜則是"係清玄無極真上元始天尊長明金真玉署治左清真元氣九萬九千九百九十九重流明玉天真人右積陽真精元氣八萬八千八百八十八重金光寶耀真人中玄生靈清妙無鞅真氣百千萬重玉玄金元真人都領上景清虚生神妙氣九億九萬九千九百九十九重氣三十六洞天至真空玄丈人"②。如前所述,天寶玉皇是金明系經典中特有的神格,并未出現在其他文獻之中。而上引授籙者的職銜又與《九天元籙》中金明的職銜非常接近。此銜雖仿效了天師道的體系,但是所領的治職却屬於名爲天寶玉皇三十六治的獨特系統。金明七真所受當是其中最上治,名爲"長明金真玉署(童)治",更絶非天師道的治名。因此這個頭銜當非天師道所用,毋寧説相反,只有與天師道相异的教團才會采用。由此可見,《金剛玄籙儀》中不具名的授籙者實即金明七真本人。此籙本當與《九天元籙》相同,是金明七真爲他人授籙所用的立成儀。

關於此籙還有兩點值得注意。

首先,此籙中出現了一種"策板杖"。其策號稱"策天天開,策地地通,策山神束,策水降龍,策火火滅,策神神迎,策鬼鬼倒,策妖妖亡……佩策之後,任適五常,形神鎮守,萬劫無傷"③,其原型無疑是靈寶的元始神策④。由此可見此籙雖以天師道的籙爲模板創製,但也有取自靈寶法的内容。這一點很好體現了金明教法的融合性。

其次,本經後段("度三五章儀"以下)似乎受到了較强的天師道影響,其中明顯者即將授籙者銜位改爲"清玄無極正一玄氣係天師某治炁"⑤。這提示了本經撰成後可能經過了一定程度的天師道化的改寫。

3.《誡業本行經》⑥

本經全名《太上洞玄靈寶誡業本行上品妙經》。敦煌本《靈寶經目》已出經中有《本業上品》一部,篇目題爲《太上洞玄靈寶真文度人本行妙經》⑦,《無上黄籙大齋立成儀・齋壇安鎮經目》將其比定爲本經(題作《洞玄靈寶金真法輪

① 吕鵬志《天師道授籙科儀——敦煌寫本 S203 考論》亦從科儀的角度提出《金剛玄籙儀》爲出自金明七真派的經典,筆者認爲是頗爲準確的觀察。

② 《道藏》第 34 册,第 151 頁。

③ 《道藏》第 34 册,第 159 頁。

④ 《無上秘要》引古靈寶經《隱注經》(《上清太極隱注玉經寶訣》)文即稱其爲"神杖策板",與本經的説法非常類似。見周作明點校《無上秘要》卷三九,中華書局,2016 年,第 578 頁。

⑤ 《道藏》第 34 册,第 160 頁。

⑥ 《道藏》第 6 册,第 161—170 頁。

⑦ 《中華道藏》第 5 册,第 509 頁。

誡業本行上品妙經》)[①]。我認爲此説無法信從。

按,本經之體式、風格確與古靈寶經相近,但兩者之間又有一些重要的差别。如本經主神元一天尊及與其對話的無上高上洞明大法王等神格都没有出現在任何一部現存的古靈寶經中,也没有被陸修静、宋文明等人及《無上秘要》等書引用或討論。下級的神格如金光童子之類亦多如是。又本經中齋、戒、修道階位等核心内容并未見於後世靈寶系文獻之中,也未見其他靈寶經或後代的道士引述。故《靈寶經目》中之《本業上品》當是别有所指。或是由於這部經典早已亡佚,《鎮壇經目》便用這部名稱、風格較近的經典來充數[②]。

本經是一部以齋、誡爲中心的經典。其誡分爲十二組("無上金真法輪誡業本行十二無量上品因緣"),其中核心部分是"金真上品十正神通誡業"、"金真本行十品"和"金真觀行十品",大致可視作三重十戒構成的一組戒律。除此之外,誡業部分還有關於修行階位以及善惡果報等方面的教説。本經所宣述的齋則是與此"誡業"相配的儀式活動,經文中稱之爲"法輪上品齋業"和"法輪開度上品"。

本經的説經主尊爲元一天尊。在早期道經中,這一尊格僅出現在《三尊譜録》中。《三尊譜録》的正文説虚無真人撰成《三尊譜録》之後即將其上簡元一天尊御前,注文更將其塑造爲冶煉大有真文之尊神,金明七真之師,顯然是將其作爲元始天尊的另一幅面孔。"元一"這一概念在《道德玄經》中也多次出現。其中上品第十三章云"上一中一下一,同以元一爲上妙,止道中一尊也。"以其爲三一之根本。這當非偶然。因此金明系經典中的元一天尊當即是《道德玄經》中元一概念的具體化與神格化,其形象塑造則借鑒了古靈寶經中的元始天尊,是金明教法中位於核心地位的神尊[③]。

又,《鎮宅靈籙》開頭部分天尊曾囑告金明七真曰:"子運應受記,當來爲十方至真大聖正法中師,轉是金真正法輪也。"[④]經文中則提到弟子繳納命米之後師當以其三分之一"爲十方諸天帝皇、所在帝主國王修建金真轉法輪大齋"[⑤]。而以轉法輪命名的齋法,今日所見僅本經而已。由此亦可推斷《鎮宅靈籙》中所謂金真轉法輪大齋即是本經中之齋法,故本經當是在《鎮宅靈籙》之前既已撰出的金明系早期經典。

---

① 蔣叔輿《無上黄籙大齋立成儀》卷三三,《道藏》第9册,第379頁。

② 王宗昱在研究《道教義樞·位業義》時已注意到本經中的教説與古靈寶經《上品大戒》有相當出入,且經文中不少内容有上清的影響,因此似乎對本經是否古靈寶經也存有較大的疑問。見王宗昱《〈道教義樞〉研究》,上海文化出版社,2001年,第273—276頁。

③ 金明七真對於元始天尊的態度似乎比較曖昧。在《九天元籙》與《金剛玄籙儀》中他所使用的全銜中出現的最高級神格是元始天尊,但《三尊譜籙》中元始天尊却是與金明同級别的神真上玄真明道君的别名中的一部分(全名爲"無極上玄真元始天尊"),後文還提到是元一天尊冶煉"大有真文"并授予金明及"大光元始三尊",而元始天尊即在其中(另外兩位爲元高和虚皇)。可見至少在教法成熟的時期,金明七真已在元始天尊之上安置了新的最高神格——元一天尊,并將部分古靈寶經中的神話挪用於元一天尊的形象上。而此時元始天尊已經成爲和金明七真同等級的神格。

④ 《道藏》第11册,第676頁。

⑤ 《道藏》第11册,第679頁。

(三) 存疑的文獻

1.《上清無上金元玉清金真飛元步虛玉章》[①]

本經由十四首歌章組成,當是齋會中步虛時所唱。

本經中并未出現可辨識宗派屬性的神格,但其用詞非常接近金明七真系的經典。如經名中的金元(玄)、金真等均是。又,其中第六首首句云"金真十觀妙"。其中"金真"一詞是此系經典的常用詞,"十觀"則可見於《鎮宅靈籙》,是經中金明七真用以存思見神的方法。故筆者頗疑此經與金明七真有關,可能是法輪齋步虛所用歌章。

三 金明七真的教法創製

之前學者所注意到的金明系文獻主要是實用文獻,形態上比較單一,由此造成一些誤解。如孔麗維雖認同金明七真是南朝晚期一個有力的宗教家,但同時認爲其教法只是限於特定籙的使用。柳存仁更是將其等同於游走民間的宗教專家。但結合前述諸種文獻可以發現,金明七真的教法創製涉及了教團治理、戒律、科儀等諸多方面,雖談不上完善,却已有一定的規模,并且有較强的獨特性。本節即希望從教理主張、教團規劃和儀式創作這三個方面對金明七真的教法創造作一初步的清理,并嘗試分析其特點。

(一) 金明七真的教理主張

《道德玄經》可能是金明七真系經典中重要的基本經典。因此它不僅以大量的篇幅來論述道教最核心的範疇——道德,更刻意采用了類似《道德經》的形式來寫作。可惜本經的論述遠稱不上嚴謹細緻,現階段又缺乏解釋性文獻可供參考,故在此只能結合其他材料作簡單的歸納,以期初步說明金明七真的教理主張。

本經雖殘,但根據經文中所載字數統計信息可知正文前部僅殘去約三百字,故內容保留相對齊全。現存上品部分的殘文主要是闡發金明七真對道德的理解。其中繼承了傳統道學生成論的理論方向,將道德作爲生天立地之本和萬物的根源。但部分段落中亦有道性論的傾向。如經文說"天地不久,萬物不久,其體空無,所以寄寓於道",似乎已經隱含萬物之體(性)即是道性的觀念。然而經文并未就此作太多的引申。

就生成論的方面,本經未沿襲傳統的"道生一,一生二,二生三"的論述框架,而是强調道德具有寂、應的雙重本質,并由此展開論說。經文中說"道無名,德無形,非陰非陽,非炁非緒,真空眇眇,無㝵無隔,應運無窮,妙化無終,妙無融融,正道將自功",便很好地說明了這種旨趣。其中無名無形者即是虛寂之道。由此延伸,經文中"寂"也被描述爲道德的處所/狀態,如云"虛無自然,道寂其中"等。其他經典更是以妙寂、寂妙等名稱來命名最高神靈所據之土,或將金明七真的弟子稱爲入寂弟子。但道德并非一向虛寂,而是同時具有應

① 《道藏》第34册,第31—32頁。

化的能力①,故云“應運無窮,妙化無終”。根據經文,道德之應成就了有無,繼而方有“四象成焉,光象定焉,玉景應焉”,漸次衍化出無窮多樣的世界。可見這種應化正是萬物生成的根據所在。但在應運的過程中道并不離於虛寂,仍然是無名無形廓然一片。就此而言萬物又是自生自化,故云“道應無名,天地將自化;道運無形,萬物將自成”②。

道德之於萬物亦非僅是創造,而是還有維繫的功能。故云“大道應則冲冲,天地之運,寂妙融融,自然之化,天地憑之爲一大也,致得清凝妙也。天地若非憑之,則混爲一。”在這裏,道又被解釋爲萬物運化的根據,也即維繫天地的不變之理。正如麥谷邦夫和王宗昱的研究所曾説明,道作爲理的意義是頗爲古老的思想,但南北朝隋唐時期因佛教的衝擊而又被激活了起來③。《道德玄經》的這一思想可能正是這一衝擊-回應過程中的產物。

從以上簡略的歸納應可看出,本經的道德論看似混亂錯綜,但背後似又有一些頗爲深刻的理論内容作爲支撑。然而經文中對這些理論性内容的表述并不完整、嚴密,這很可能緣於它們并非金明七真所創發,而是由他在當時流行的道教義學成果中汲取、糅合而成。以前文提及過的寂-應理論爲例。它是本經用以解釋道德之本質的重要理論工具,也是其他金明系經典用以解釋金明七真及相關經典出世的重要理論依據。從思想根源上説,它無疑源於傳統的感應思想。但在魏晉時期,玄學和佛教便已對以“氣類相感”爲基幹的傳統感應思想進行了深入的改造,形成了一套新的寂-感理論并廣泛加以運用④。在此背景之下,晉宋之間便已有一些道教學者嘗試將其引入道教義學領域,并逐漸改造爲一種與三一義等論題密切相關的寂-應理論。根據《道教義樞・道德義》,陸修静便已使用寂和應這對範疇來分析道。然而就現存的隻言片語來看,其説似仍是以空寂虛無爲本,带有較强的本無論傾向,故唱“虛寂爲道體……寂無不應”之説⑤。到梁代,以宋文明和臧矜爲代表的新一代道教義學家又對寂-應理論進行了新的闡釋。其中臧矜的思想尤可注意。他以超越性的“妙一”作爲道體,將寂與應、空與有作爲妙一的展開,由此提出妙一“絶乎言

① 根據經文,道德也有“運”的功能,兩者在經文中也被合稱爲“明運妙應”或“應運”。多數情況下,經文中應和運的意涵似乎并無太大不同。

② 這種天地自化萬物自成的理論可能與郭象的獨化論哲學有密切關聯。但金明七真顯然并不完全支持獨化論,而是將其與傳統的生成論哲學作了“嫁接”。但如下文所述,這種理論嫁接很可能也并非金明七真的獨創。

③ 麥谷邦夫《〈道教義樞〉と南北朝隋初唐期の道教教理學》,收入麥谷邦夫主編《三教交涉論叢》,京都大學人文科學研究所,2005年,第99—186頁;王宗昱《〈道教義樞〉研究》,第52—53頁。

④ 相關討論可參考谷繼明《釋“〈易〉以感爲體”——兼論六朝易學詮釋中的玄佛融合》,《哲學動態》2020年第4期,第31—39頁;拙文《佛玄相即——雙重視野下的慧遠思想研究》(待刊)。

⑤ 孟安排《道教義樞》卷一《道德義》,《道藏》第24册,第805頁。此外,《道教義樞・序》的首句似也是本於陸修静之説,續説元始天尊乃是“應氣成像”,此所謂“自寂而動,從真起應”(《道藏》第24册,第803頁)。益可見其説是以寂、無爲本,與臧矜一體二義且寂且應之説顯然有别。

相,非質非空,且應且寂"①。同時,臧矜又將此一理論貫穿到三一義及聖人論的領域。《道德真經玄德纂疏》卷一歸納臧矜(宗道)之説,即有"用三一爲聖人應身……總此三法爲一聖。體此三者,不可致詰,故混而爲一也。"②結合其對道體的理解可知即是用寂、應來對應聖人之法身與應身,并將其再與三一相配。與之相似,《道德玄經》中亦以"妙""元""一"或"元一"作爲超越有無對待之道體的代名詞,將寂和應作爲道體的展開,如云"萬道依於妙,天地歸於妙,萬物憑於妙。萬道無妙不明,妙爲萬法中王。"及"上一中一下一,同以元一爲上妙,正道中一尊也。非元不應,非一不運,元爲道綱,一爲德紀,則衆妙中王。萬道皆不存,一道不亡"等皆是。進而,《三尊譜籙》等經也用寂—應來對應聖人之"真形景"與應化之身。這種思想與詞彙上的共通性顯非偶然,可以推測,金明七真寂-應理論的直接源頭當是臧矜等當代道教義學精英所提出的新見。而在金明系經典中這樣的例子還有不少,可見金明七真有意汲取了當代道教義學的新成果,用以構建自身的教理學説。

然而本經中的教説并不完整,甚至還有相當的混亂。這一方面可能緣於金明七真的義學水平有限,難以完成對不同學説的有机整合;另一方面則還與金明七真創立這些教説的目的有關。作爲一個創教者,金明七真當是希望藉這些新的義學成果创造一個新的神學體系。因此他似乎會刻意在宣述教理的文字中嵌入一些宗教性伏筆,并在其他段落或其他經典中作神學化的展開。例如前述寂-應理論在本經上品中主要是用來闡釋道體,但在中品便已被運用於説明神靈及經典降世因緣。在《三尊譜籙》中則進一步敷衍出金明七真真形不動化身應世的神話。值得一提的還有本經中對道德三尊神格的塑造。在經文第三章,作者提出道德有妙無、妙有、空無、上妙四分③。這本是涉及道德本質的重要命題,但下文却并未著意對此進行解釋,而是首先將其神化爲四位尊神:道德元皇、道德丈人、道德元君和道德元尊。其中除道德元尊以外的三尊構成了本經下品中稱爲"道德三尊"的神灵組合,被天尊稱爲"從太寂妙無妙有中而來應我明運"的高尚大神,被咐囑受持此經作爲鎮經之主。處於道德三尊之外的道德元尊對應了"上妙"。如前所述,本經上品中"上妙"和"元一"都多次被用來指稱超越的道,考慮到本經中道德三尊神格的設計,頗疑此處上妙與妙有、妙無、空無并非同一層次的概念,而指是在三者之上超越性的道體;所謂道德元尊,因此也很可能就是其他經典中經常出現的元一天尊。如果這一分析不誤,則《道德玄經》中對於這一組重要概念的説明顯然不够,極易引生誤

---

① 《道教義樞》卷五《三一義》,《道藏》第 24 册,第 825—826 頁。又請參看《道教義樞》卷一《道德義》所引玄靖法師(臧矜)關於道體的論述。見《道藏》第 24 册,第 804 頁。此外,宋文明也有類似的觀點,可參看强昱《從魏晋玄學到初唐重玄學》,上海文化出版社,2002 年,第 137—139 頁。

② 强思齊《道德真經玄德纂疏》卷一,《道藏》第 13 册,第 358 頁。

③ 《道教義樞・法身義》中提出妙心體寂可稱妙無,同體乘迹爲用則爲妙有,究其根本,只是妙一。這一思想與本經相去不遠。《鎮宅靈籙》亦稱"道妙有妙無,無中自然直功用,致此大有焉",也與之相通。

解。作者如此粗率地進行處理,恐怕正是由於作者構造這段文字的主要的目的本就不在於闡明這些抽象的概念,而是在於由這些概念推演出元一天尊及道德三尊這四位神靈,作爲其新神靈體系的基石。此外本經中有十洞之義,其中嵌入了三洞的名稱,似乎也是爲了暗示本經教法能够包容并超越當時正流行的三洞經典而特意創設出來的名相①。

《道德玄經》主要闡述了金明七真的道德論思想,但在其他方面,他似乎也曾有所思考。

解脱論方面,金明七真以回歸道的寂妙狀態爲目標,認爲通過修行可"登於大寂至道妙鏡(境)"②。具體的修行階次則見於《誡業本行經》。根據經文,修行者會先經歷地仙、游仙、仙人乃至太上真人、無上上清真人等仙、真階位。經中這由仙而真的十個階位被稱爲十轉。更進一步便是入十聖位。根據《道教義樞·位業義》,仙、真、聖三階説爲《太真科》及陸修静所提倡,本經當是在此基礎上再作整合與細化,提出了兩級共二十階的階次。其中十聖之位當是金明七真的創造,包括别覺聖、得覺聖乃至最終的洞明大覺至真大聖③。其具體内涵經文未作詳述,但值得注意的是金明七真似乎對神通問題有着特别的關注④,故不避繁瑣地强調各個階位會獲得不同的神通。十聖位因此也稱爲"十通大聖"⑤。

世界觀方面金明七真似乎并未著意創新,而是在古靈寶經所描繪的宇宙圖景之上略作改造。如《三尊譜籙》中提到赤明等劫基本都符合古靈寶經的用法。經中還提到金明七真曾在赤明劫受過《赤書真文》,這顯然是抄用了古靈寶經中天文出世的神話,只是在金明系經典中真文乃是由元一天尊在靈都洞中冶煉而成,并由他授予元始(天尊)和金明七真。不過金明七真也創造了一些獨特的國土、天界,包括類似法身净土的"寂妙之土",以及衆生可以往生的"大囿天堂"等。這些方所的出現提示了作者對净土思想似乎有所關注,值得注意。

綜上所述,筆者認爲金明七真在當時普遍流行的三洞經典(尤其古靈寶

① "洞"與"通"通,十洞的概念可能也與《誡業本行經》中的十通大聖有關。《道德玄經》十洞段下云"其爲衆洞上妙,衆妙之妙真,曰洞明",而洞明也是十通大聖第十位的關鍵詞,可作爲佐證。故而將三洞嵌入十洞之中,或也有提示本派果位殊勝性的意圖。

② 類似的思想也流行於東晋南朝的佛教之中,如《宗鏡録》引慧遠《法性論》佚文中便以"體空入寂"作爲解脱境界的代名詞。見《宗鏡録》卷九九,《大正藏》第48册,第949頁。相關討論請參看拙文《佛玄相即——玄學視野下的慧遠思想研究》(待刊)。

③ 《鎮宅靈籙·金明七真序》中説"故能朗覺至於大覺,乃登正覺,入乎妙覺,的然大妙矣"。其中大覺是《誡業本行經》第五位,正覺則僅是第三位,兩者之間有出入,不詳是何原因導致。

④ 臧矜認爲智是道體,神通爲道用。故知其也頗爲重視神通。這或許也對金明七真産生了影響。

⑤ 王宗昱先生似乎認爲本經中的十轉位是獨立的修行階位,包含了由凡而聖的全部内容。筆者認爲經中十轉和十聖的内容雖不相鄰,但介紹十聖之後經文説:"十聖果緣,乃從無量恒沙劫來,施功布德……致得轉位,入十聖之功,妙通上品。"其中"轉位"即指十轉位,由此判斷是在十轉之後入十聖位,兩者結合起來才是由凡入聖的完整修行階位體系。

經)神學基礎上,着意吸收了南北朝以來道教義學的新成果,根據自身創教的需要構建出了一個内容相當豐富且具有很强獨特性的教理學説的系統。而這些教理學説的創製又爲其構建自身獨特的神靈與教法體系奠定了基礎。就此可以説,金明七真創造的這一套核心教理是以南北朝中晚期道教界内流行的思想因素爲基礎"量身定做"創製出的一種具有强烈時代特徵的道教思想體系。其最大的特點之一便在於將那些抽象和玄遠的義學新成果"落地轉化"爲新的宗教性内容。其中體現出的精英化的義學思辨與實踐性的宗教運動之間的深入互動在道教史中并不多見,但或許可以爲進一步理解南北朝時期道教義學發展提供一些新的視角。

(二) 金明七真的教團規劃與儀式創作

與前述教理學説的創建情況相反,金明七真在教團體制和科儀法事等實務性方面的創造似乎要保守得多,主要是借鑒各道派成熟的經驗,在其基礎上作融合和改造。

教團體制方面,金明七真仿效天師道的治所體系規劃了稱爲"天寶玉皇三十六治"的系統,并自稱受了最高的治職,得領"高上玉皇三十六真皇正治都監十方元綱玉司法王"之職輔三十六真皇之治,教化天下作一代之教主。因此之故,金明七真所設計的法籙體系與教團治理方式也是主要參考天師道教團領户治民的制度而建立。

根據諸經,道派中年幼的信徒(童子)須受一將軍籙,成年後則可進受《鎮宅靈籙》。雖然《鎮宅靈籙》主要的功能是保家宅平安及渡過劫灾,但實際上它又構成了整個法籙制度中重要的一環。封《鎮宅靈籙》時弟子須向師交納信物,從而與師構成神學上的身份依附關係,正式成爲一名"(大道清真)正法弟子"。此一關係確定後,弟子須遵守一定的規範,每日進行或繁或簡的宗教生活①。每年(三元日?)還須向師交納"係命籍之米"及絹錢等物②。按照規定,師得命米、錢物之後要將其三等分,全部用於修齋、遷賞將軍兵士以及施捨貧窮,不得留作私用。其中修齋一事主要即是指三元日的齋會。由此可見受《鎮宅靈籙》便意味着正式成爲道民并需要履行道民的義務。更進一步,道民可進受金明教法中特有的治籙——《九天元籙》,獲得本法的治職及天官位號③。

① 根據經文,弟子平日的修行可以分爲兩種情況。一種情況弟子居處有法師行道,則弟子可建自然齋,"一日一夕六時請福"。"兆居所若無法師行道者",則"可心存金明,持中而已"。就此來看,對一般道民最基礎的要求只是"持中",也即過中不食。有條件的道民則可在家供養法師,令其每日與道民一起行自然齋,六時行道請福。這無疑需要相當的財力與精力,故并非硬性的要求。由此也可以知道,封《鎮宅靈籙》的同時或之前道民可能便需要受《三尊譜籙》,以便在封籙之後"心存金明"。

② 《鎮宅靈籙》提到如果法師和弟子距離太遠,可準弟子以命米在八節、本命之日修齋,不用遠途輸送。這兩種齋法也是靈寶定期齋中固有的名目。

③ 《九天元籙》中受籙所上刺文提到受籙者"先蒙師真啓拔,賜署天官治職,進叨上道三洞妙法",似乎是將天師道的治籙作爲受籙的先决條件之一。然而實際操作中情況如何無從得知。

由於六朝隋唐時期道教界普遍將治籙認作是儀式中出官的必須條件[1],可以推測至此受籙者才獲得獨立操行金明系特有法事的能力,從而成爲一位可以獨當一面的法師。同時,這種宗教身份可能也給予他收徒授籙的權力。

《金剛玄籙儀》的具體性質不太容易判斷。此類文獻中的啓文往往會透露關於受籙者身份的信息,而與《九天元籙》進行比較,可以發現兩經對應内容存在微妙的不同。《九天元籙》中受籙者宣示自身已經受過治職(當是指天師道的治職)并進受過三洞寶經,循次再請受《九天元籙》。《金剛玄籙儀》中對應段落表述非常接近,但却只提到了受籙者曾受治職[2]。這或許可以理解爲此處雖采用了類似表述,但所提到的治職却已是金明七真教團内的治職,换言之就是指受籙者已受過《九天元籙》。但如上所述,現存的《金剛玄籙儀》文本已經過天師道化的改寫。因此也可能是改寫者刻意删去了與三洞經典相關的内容,以使之與天師道的法籙體系更相切合。若然,則此處啓文的原本形態應當與《九天元籙》相同,無法就此判斷二籙授受的先後關係。鑒於存在如上兩種不同可能,現階段筆者尚無法確定《九天元籙》與《金剛玄籙儀》在金明七真所設計的法籙體系中的先後關係。然而《金剛玄籙儀》内容更爲豐富,且還會隨籙授給符策板杖契等法物。其受到三洞經典的影響似乎也更深一些。再考慮到《鎮宅靈籙》等其他經典都未提及《金剛玄籙儀》,或許可以推測《金剛玄籙儀》是在《九天元籙》之後撰出,作爲治籙的進階或補充。至於它是否意味着受籙者身份的變化則還有待進一步的研究。

綜合看來,金明七真所設計的法籙體系近似於天師道法籙體系的簡化版本。這一點尤其可從位於整個體系關鍵位置上的《九天元籙》得到印證。在形式上,它效法了天師道仙靈籙中的百五十將軍籙,故也是分爲接近等分的兩部("上元九天真靈百八十三部玄録"和"上元九天上靈百八十二部玄録")[3]。但《九天元籙》從兩個方面對其進行了簡化,首先,道民無需在此前受與天師道七十五將軍籙對應的法籙,而是在受《九天元籙》時直接受九天真靈與九天上靈兩部籙中所載將吏,合成完整的《九天元籙》。其次,《九天元籙》在對應百五十將軍籙的同時又兼具治籙的性質。因此《九天元籙》可説是綜合了天師道七十五將軍籙、百五十將軍籙及治籙三種法籙而成,是對天師道一系列法籙進行化約之後的産物[4]。

科儀方面金明七真主要是結合了天師道和靈寶的儀式傳統,而又有所

---

① 廣瀨直記《發爐與治籙——正一發爐與靈寶發爐的比較》,《人文中國學報》第25期,2017年,第259—284頁。

② 廣瀨直記《道教史における金明七真の位置づけ》亦注意到這個細節,請參看。

③ 關於天師道仙靈籙的情况,請參看John Lagerwey,"Zhengyi Registers"(正一籙),《香港中文大學中國文化研究所學報特刊》,2005年,第35—88頁;吕鵬志《天師道授籙科儀——敦煌寫本S203考論》。

④ 需要注意的是,這一法籙體系并未出現在《三洞奉道科戒》之中。部分籙雖然可能有關聯(詳下),但也都不在整個法籙體系之中占據相當的地位。就此可以看到《三洞奉道科戒》與本文所討論的諸經在教團制度的規劃方面有着相當的不同。

發展。

由於其整個的法籙體系源自天師道，故相關的授籙科儀多也是根據天師道的授籙科儀改造而來。對此吕鵬志先生已經做過詳細的整理，并將其與 S. 203 號所見天師道授籙儀式作了比較，指出了金明七真襲用天師道授籙科儀的情況。但靈寶經和靈寶科儀的影響也不可忽視。尤其是《金剛玄籙儀》中出現了策杖這一帶有鮮明古靈寶經特色的附屬物品，顯示出更强烈的靈寶影響痕迹。相應的，授《金剛玄籙》的儀式也更多參考了靈寶的授度法。

與之相對明顯受到古靈寶經科儀强烈影響的是齋法。根據諸經，齋戒是師和道民修行與作功德的主要手段，其中又以齋法是最爲常用的儀式活動。弟子封《鎮宅靈籙》之後若有條件，每日要行自然齋六時禮拜，每至三元日還要請師作齋爲籙中真官遷賞。以上自然齋和三元齋都是靈寶六齋的組成部分，其科儀布置當也是基本依據古靈寶經中的齋法，但想來當會有所損益。如自然齋在陸修静整理靈寶六齋時似尚未被作爲日常的功課，僅是可用於較長期的精進修行。此處將其轉用作每日的修行功課，從功能上説更類似於天師道的朝請法。可以想象，齋儀也要有所簡化以適應道民的日常生活[①]。至於三元齋，它在靈寶教法中是與三元品戒密切相關的齋法，部分承擔著類似於佛教僧團中出家布薩儀的作用。但金明七真的教法中却未將其與戒律進行聯結，且至少從經文的叙述來看，似乎并不特别强調懺悔罪業的功能[②]。

更能代表金明七真教法特色的齋法當是轉法輪大齋。根據《誡業本行經》，此種齋法的作用非常廣泛，既可以作爲修行的功課，也可用於解祖考之罪、救國土不寧，及應師友命過、厄難之事。但實際上，其最主要的運用場合可能是爲自身、弟子及同道修建功德，祈福禳灾以及超度亡靈。爲他人修設此齋很可能也是教團中法師重要的修行内容與謀生方式之一。具體到儀式程序的方面，經文中明確提到本齋法與靈寶三元齋（“三元拔罪品”）和三元塗炭齋相類，可見是以前述兩種齋法爲基礎構建起的一種三日三夜的大型齋儀。其正齋行道部分主要内容爲“行香誦經”、“發露大謝”和“轉飛天法輪明科”，大體與靈寶齋法中燒香祈願、轉誦經文及方懺等儀式環節對應。因此經文也没有費筆墨交代其具體的程序，僅簡單提示可參考靈寶齋儀備辦。但值得注意的是經文中并未提到要敷露真文，對應環節僅是要求用“三寶鎮壇”。雖然部分經典提到金明七真亦曾受五方真文，但現存經典中并未再出現和真文信仰有關的内容，也未出現類似五篇真文的“天書”。可見金明七真似乎是刻意將古靈寶經神學中天文崇拜的因素置於其教法體系中邊緣的地位，且將這一點貫徹

① 《三洞奉道科戒》中是以“常朝儀”作爲道士“旦夕常行”的功課，與《鎮宅靈籙》所述不同。這表現了兩者在教徒日常修行模式方面的構想也有相當差距。關於自然齋的演變及其與《三洞奉道科戒·常朝儀》的關係，參見拙文《靈寶朝儀考論》（待刊）。

② 關於靈寶六齋及其經典依據，請參看吕鵬志《靈寶六齋考》，《文史》2011 年第 3 期，第 85—125 頁。關於靈寶齋總體的情況，則請參看吕鵬志《唐前道教儀式史綱》，中華書局，2008 年，第 122—174 頁。

到了齋法科儀之中,由此與古靈寶經的教法劃出了一道分界綫。另一方面,轉法輪齋的燈科亦是基於《金籙簡文經》,但又有所增衍。如金籙齋内壇僅燃九燈,此法則是方各九燈。顯然是希望以靈寶齋法爲基礎構建一種更高規格的齋法。這與金明七真在其他經典中體現出的希望超越三洞的態度是相符的。此外,金明七真也沿用了一部分比較傳統的天師道儀式,如救急之時可用上章儀式。兩相比較,其上章法與天師道的上章基本相類,僅是出官法回換官將而已。

金明教法中值得特别關注的還有戒律。南梁時期道教戒律已經發展到比較成熟的程度,主要的道派都已有成組的戒律來規範教徒的行止,并且多也已有專門的戒經或科文來説明其戒律體系。在此背景之下,金明七真也早早就設置了一套比較複雜的戒律體系。現存資料中包括了其中兩個組成部分。第一部分是與籙相隨的禁制,主要見於《鎮宅靈籙》後部所載科條之中。這些戒律性質科條的數量頗爲不少,但組織較爲混亂,嚴格來看至少包括了對受籙之後所需要奉行宗教義務的規定,以及一些對受籙者日常行爲的規範。其中不少還會説明(神學上)犯戒所須受的懲罰。如"十方天人地兆封靈籙之後,弟子家門不得招引非人、故氣、師姑、女郎,歌舞宅内,非真之事,准罪幽都三刑律論。""十方天人弟子封靈籙之後,不得作諸劫盜抄略,與凶人更相招引,出入門户。若爲天官司札弟子家宗,即入九都煞律三刑罪論"等戒條皆是。這些戒規雖是圍繞特定的籙組織,但由於受《鎮宅靈籙》是成爲道民的重要門檻,故也相當於是對所有本派道民的規制。第二部分則是《誡業本行經》中的"金真誡業"。它并不作爲任何一種經典或籙的附屬品,而是作爲一種獨立的基礎性的修行内容,被稱作是"萬行之首,執正十方無量通微之本"。同時它又是轉凡成聖的重要内容,故經文還借元一天尊之口説"吾開金真上品法輪誡業本行之由,十方天人,若能如是者,即與十聖齊功,得入長存法界,得道自然者也,終身光明,億劫同慶,福流萬代,常與法輪不絶矣。"其具體内容不僅包括了逐條羅列規範道衆行止的"十正神通誡業""金真本行十品"和"金真觀行十品"三重十戒,還有説明本派所主張修行階位的"十轉之場""法輪十聖之場",對揚善惡的"法輪十善諸場""法輪開度十惡諸場"以及説明果報的"十苦諸場""八難諸場"和"三惡道諸場"等,實際上構成了圍繞行爲倫理的一系列教説與相應的行爲規範,在經中被統稱爲"無上金真法輪誡業本行十二無量上品因緣輪轉妙通至真諸場"。這種戒律的組織形式很類似古靈寶經中的一些誡經,而豐富程度和系統化程度又有胜之,似乎是以靈寶經爲樣板構建。此外,在經典中還可以看到一些零星的與戒律有關的記述。如《鎮宅靈籙》中提到道民家若無法師行道,可代以"心存金明,持中而已"。可見金明七真很可能接受了過中不食的戒律。可惜現在尚無法知道此類戒律是以怎樣形式編撰。

綜上所述,金明七真對於教團管理、法籙制度、齋戒科儀等方面都有一定的規劃,由此所構成的體系大致已可滿足一個具有相當規模新興教團的需要。與前述教理方面創製的情況相同,金明七真亦非從無到有創造新的制度與儀式,而是借用了不少當時流行的元素,糅合改造而成。總體來看,在教團制度、法籙系統和授籙科儀的方面主要是以天師道作爲鏡鑒,齋戒修行的方面則是以靈寶經爲模板。從當時的時間點上看,這種做法無疑具有相當的合理性。天師道在教團制度建設與教團管理的方面具有悠久的歷史與傳承,可以提供一套比較穩妥的方案供新興的教團參考。相對而言,以三洞經典爲核心的新教團體制構建當時却仍未完全成型,自身仍面對種種問題。另一方面,自古靈寶經出世以來,靈寶的齋戒早已流行四方,帶來了修行論方面重大的發展。傳統的以方術求仙的理念則已逐漸淡化和邊緣化。有學者將這種變化作爲這一時期道教整體從"道術道教"向"經教道教"轉化的一個面相,有相當的道理①。選擇代表道教發展新方向的經教化修行體系作爲新教團修行論建設的參考,意味着金明七真教團規劃的基本方向仍然是經教化的方向。這在當時看來也是明智的選擇。

同時也須注意到,金明七真并非截取不同道派中合理的做法簡單加以拼接,而是會在此基礎上作更細緻的調整。這主要表現在兩個方面。首先,無論以何種道派爲借鑒的模板,金明七真都會嘗試在細節方面糅合入其他道派合理的因素。如齋戒科儀雖以靈寶爲模板,但出官和發爐的部分却仍然沿用天師道的作法②;又如法籙制度雖以天師道的做法爲原型,但授籙的儀式却會采納靈寶經科儀中的一些成分。其次是在融合各家之長的基礎上,還會根據自身的教理體系以及創教的需要作調整和修正。例如在金明七真的教理體系中并不强調真文的信仰,因此在齋戒儀式之中也都删去了和真文相關的内容。又如其所設想的教團作爲一個新興的宗教力量,顯然并不適於設置非常繁複的法籙體系,無謂地增加教民的負擔。因此其法籙制度雖以天師道的制度爲原型,但作了相當程度的化約。

四 小 結

综上可知,金明七真絶非僅憑一二托稱得自神降的經籙游走民間的尋常游方術士,而是懷着創立一種新道教傳統的願望從事着創教活動的宗教家。他無疑希望其所創建的教團能够成爲超越既往諸道派的新勢力。他從核心的教理學説開始,重構了一整套相對完整的教法體系。毋庸諱言,這套新教法體系中大部分的内容仍是借用自諸傳統道派。然而金明七真并非將這些元素簡單的拼接在一起,而是作了一些重要的整合和創新的工作。這些創造性的工作主要表現在:首先,吸收東晉南朝以來道教義學的新成果創建了一套具有相當原創性的神學體系,并以這套神學體系來指導其他方面的教法創製工作;其

① 劉屹《敬天與崇道——中古經教道教形成的思想史背景》,中華書局,2005年。

② 這一調整又和金明七真法籙制度的創建有緊密的關聯,顯然他是有意識地通過法籙制度上的變化避免了靈寶科儀中發爐和出官部分的一些尷尬。這種細緻而相當系統化的改造可以充分展示金明七真在教法創建過程中細緻入微的一面。

次,在教法的創作上并不呆板地專主一家之説,而是兼容各家之長,嘗試將之匯於一爐;最後,根據自身的神學體系與創教需要對各家教法作修訂與改進。正是通過這樣的形式,金明七真得以創建出一套具有相當原創性和可操作性的教法體系,作爲自己設想中新教團的基礎。

金明七真的教法創製方式與古靈寶經的作者有相當的類似性。兩者都是從最基礎的教理層面開始,構建全新的神學框架與相應的高等級神靈,再進而發展出一系列與之相適應的教法體系。然而兩者的命運却有很大的不同。靈寶經教很大程度上改變了道教的歷史走向,而金明七真的創教活動却似乎影響有限。至遲到唐代中晚期,便已經泯於衆人。就筆者所見,這兩種不同的命運固然與創教者的能力與機運等因素有關,但更重要的原因恐怕還在於其創教的時地環境的不同。靈寶道教創建於各種思想元素突然發生充分接觸但尚未完全交融的時地環境之下,一時間天師道的因素、南方固有的方士傳統和佛教的因素等雜多的文化傳統在各種場景中互相激蕩,爲古靈寶經這樣極具創新性與融合性的新經典群與新教派的誕生創造了條件。而到南北朝晚期,前述的這些思想元素已經獲得了充分的交融并逐漸在這種交融過程中明確了各自的位置和發展軌道。其時互相激蕩的力量雖仍存在,却已不再具有充足的動能。前一階段出現的融合性教派和思想潮流也已脱去青澀的外衣建立起了自己的壁壘。僅就道教而言,通過長期以來圍繞三洞經典展開的努力,關於如何處理南北方道教傳統及佛道之間關係的問題,已經摸索出了一套比較行之有效的方案。在没有更新挑戰的情况下,進一步發展的重點便逐步轉移到整理和整合之前成果的方面。在此情境之中,重走一遍靈寶經教創建者的道路已很難重複他們的"成功故事"。這恐怕便是金明七真最終沉默於歷史之中的根本原因。由此也可以瞭解到,南北朝晚期到唐代何以未能再出現如東晋到南朝初這樣的創教熱潮,更多的宗教家何以更傾向將自己所撰的經典托付於某種既存的道派或經典系統之中。

但金明七真可能仍在歷史上留下了一些遺産。至少《三洞奉道科戒》托名於金明七真便説明了他的教法直到唐初仍有一定的影響。只是根據現有的資料很難確定這種影響究竟何在。在此,筆者希望藉由現存的金明七真系經典提出一些猜測。

如前所述,在《金剛玄籙儀》中可以看到天師道化改造的痕迹。這或許意味着金明七真的教法在傳行過程中曾經與天師道教團産生交集,甚至部分融入到天師道的體系之中。南北朝晚期天師道開始大規模重組其自身的教法體系,并編撰了《正一法文經》這樣的大型叢書。其間不僅是整理了舊文,也吸收了不少新的因素。金明七真的教法本就有不少源自天師道的内容,這爲其與天師道的融合構建了重要的基礎。根據《要修科儀戒律鈔》的引述,二孟法師的時期受治滿籙所受十籙八券分别是"八券者,定志券、昇玄券,賣子券、乞兒券……血液券、神仙券、大度券、通靈券。十籙者：除滿籙三五籙[①]元命籙外，更有斬邪籙、破殗百鬼召籙、都章畢印籙、九州社令籙、太玄四部籙、河圖籙、青甲籙、東野大禁籙、十將軍籙。"[②]以此比較《三洞奉道科戒》中對正一法位的説明，可以發現有相當大程度的改動，其中新加入的"三元宅籙"名稱上便與《鎮宅靈籙》非常類似，"三五契""三元將軍籙"則亦與《金剛玄籙儀》中部分内容相當，或亦有關。這可能便是這種融合爲天師道教團帶來的新内容。因此總體來看，金明七真的教團可能是以天師道化的形式走向自身的終結，并由此在南北朝晚期以降的天師道體系中留下了一些遺産。除此之外，在南北朝到唐初道教整合的過程中，一些原先積累比較薄弱的法位或許也根據需要吸收了部分源自金明七真的教法内容。如據《傳授三洞經戒法籙略説》，當時傳紫虚籙所用之法題爲葛玄及金明所説。其中金明當即指金明七真。由此看來紫虚籙的創製可能也與金明七真有關[③]。考慮到紫虚籙後世成爲靈寶法位中一種重要的法籙，將來似乎也有必要進一步加以考察。此外據《洞神三皇傳授儀》，三皇法位也需要授一種名爲《金剛玄籙》的法籙[④]。然其後所列將吏與現存《金剛玄籙儀》并不吻合，兩者是否有關也有待考察。

金明七真也并非完全是一個獨行者。在現存的道教經典，尤其敦煌道經中可以看到不少可能撰於南北朝晚期的思想頗爲獨特的經典，如《元陽經》和《本相經》等。它們或是自詡爲某一經教傳統的一部分，或是同金明七真系的經典一樣溢出於傳統道派的範圍，但無論如何，它們都是這個時代道教發展乃至中國宗教發展史上重要的組成部分。可惜的是這些經典往往非常孤立，使得我們無法充分瞭解其背後的故事。對於金明七真教法的研究則或許可以幫助我們更清晰勾勒這些活躍於南北朝晚期道教宗教家的群像，深化對這個時代中這些并不那麽著名的宗教家們的認識與理解，從而找到另一個觀察這一時代的角度。本文僅是向着這個方向做出的一個初步嘗試，期望將來的研究能够揭示更多的新知。

（作者單位：上海師範大學哲學與法政學院）

① 此"籙"字疑衍。

② 朱法滿《要修科儀戒律鈔》卷一六，《道藏》第 6 册，第 999 頁。

③ 張萬福《傳授三洞經戒法籙略説》卷上，《道藏》第 32 册，第 186 頁。

④ 《太上洞神三皇傳授儀》，《道藏》第 32 册，第 647 頁。

古典文獻研究(第二十五輯下)
Journal of the Institute for Chinese Classics Studies
Nanjing University
Volume 25, No.2 2022

S. 2081《太上靈寶老子化胡妙經》考論

郜同麟

S. 2081號寫卷,首殘尾全①,尾題“太上靈寶老子化胡妙經”,共存經文138行。敦煌藏經洞中共出土首尾題中含“化胡經”字樣的寫卷6件,除本件外,其餘5件寫卷應均屬十卷本的《老子化胡經》。本經説經者爲天尊,與十卷本《老子化胡經》老子説經不同,因此大淵忍爾、項楚等學者都認爲本件寫卷是與十卷本《老子化胡經》不同的另一種“化胡經”②。這是非常正確的。實際上,《太上靈寶老子化胡妙經》(以下簡稱“靈寶化胡經”)與十卷本《老子化胡經》還有許多不同,如對佛教的態度,對外來文化的容受等。

學界對十卷本《老子化胡經》關注較多,對《靈寶化胡經》則少有措意,對該經的創作時代、思想來源等問題都缺乏研究。大淵忍爾曾指出,《靈寶化胡經》“把《化胡經》和太平真君、彌勒結合在了一起”。這一論斷非常重要,但彼氏未做進一步的深入論述。事實上,通過探討《靈寶化胡經》與佛教、道教的關係,即可擬測該經的思想淵源和成書時間。

一 《靈寶化胡經》與南北朝道經

《靈寶化胡經》雖名“化胡經”,但與化胡相關的僅卷中數百字而已③。這僅有的一部分化胡内容可能也是前有所承的。《靈寶化胡經》云:

> 天尊言:“汝莫咲我等二老公,今大飢渴,汝一国爲吾作食,乃可飽耳。”胡人一国即爲作食,種種無數。二尊共食不飽,胡人大小,皆大驚怔。天尊言:“汝等一国飼我不飽,我今復爲汝設食。”天尊以金槌打地,五方飲

① 從文意推測,該卷前面殘缺的内容可能不會太多,大約僅缺相當於“序分”的部分。該卷爲標準的每紙28行的抄寫格式,首紙現存21行。如果前面的推測不錯的話,去除首題和一般會在首題前保留的兩個空行,該卷可能僅缺4行經文。

② 參大淵忍爾《敦煌道經·目録編》,齊魯書社,2016年,第875頁;項楚《〈老子化胡經·玄歌〉考校》,載《柱馬屋存稿》,商務印書館,2003年,第273頁。

③ 這是僅就目前所見内容而言。從經名和現存内容推測,聽法的“群衆”應爲胡衆。

> 食,種種無數,一時來下。胡国大小食此,百方不遺。一胡人心由(猶)凶强,乃以天尊囚縛。宣勑一国,聚柴積如丘山,以二尊著於柴上,持火從下燒之。烟火熾盛,七日七夜。柴消火滅,胡人往看,但見天尊顔色豐悦,光耀照天,誦經振動四方。胡人惶怖馳告。胡王聞之,皆大惶怔,便自出,將領千軍万乘,以金銀輦轝剛取二老公,著於殿上。舉国大小,千重万匝,叩頭礼拜,乞存生命。

相近的情節也出現在宋謝守灝所編的《混元聖紀》卷四,但彼文較此經詳細得多:

> 王啓老君曰:"我等已見儀法,欲設中食,願率徒衆皆來。"老君曰:"吾衆頗多,恐王不能供給。"王訝曰:"我大國,無所不有,何以不能供給耶?請剋期而會。"老君謂尹喜真人:"胡性堅强,心猶未服,可因此會,方便化之。"乃勑海内群仙皆來赴會。來者相續於路,月餘不絶。王倉庫將竭,齋未及半,乃生悔心。王召群臣謀曰:"道士徒衆何乃果多耶?予設中食,本祈益國,今乃傾我倉庫,恐是鄰敵奸謀,故遣來害我國。不然,必是鬼魅,若不早圖,恐彌損國。汝等急宜焚殺,以全予國。"於是群胡積薪外郊,烟焰亘天,乃將兵圍繞老君及隨侍仙衆,驅逼入火。老君與諸仙怡然赴火,隨烟出没,身更精明。又令左右沉之深淵。老君入水,凌波越流,身放光明。王益發怒,又燒大鑊,令煎煮之。老君忻然入沸湯中,談笑自若。胡王始驚,知不可殺,然業已行此,耻不能殺,乃急遣使以告鄰國曰:"有一妖魅,或老或少,變化不常,處吾國山谷中,我投之水火,皆不能殺,恐更興妖害及諸國,請速興兵相共誅戮。"旬月之間,胡兵并集,共圍老君,吹具扣革,彎弓按劍,四面合圍。于時,老君宴處圍中,怡然不爲恤,亦無怒意。俄而風雷四合,天地震動,胡兵矢石皆自反中,戈矛摧落,金革無聲。胡兵驚懼,一時奔潰。胡王戰慄,謂群胡曰:"其老翁等安知非大聖人,今欲事之,何如?"群胡曰:"大王既已燒、沉、煮、射皆不能傷,豈非聖人耶?但恐其積怒,將滅王國,願王早爲之謀。"王曰:"誠然,吾今正爾自詣其前,求哀請命,庶蒙赦宥。"於是面縛至老君前,五體投地,叩頭千百,求乞哀宥。(D17,p821)①

將兩者比較,可以看出,《靈寶化胡經》故事的主角是"二老公",據前文知是佛與道,而《混元聖紀》的主角僅是老君一人;《混元聖紀》的故事比《靈寶化胡經》内容豐富得多,除了相互設食及燒老君外,還有沉淵、入湯、加兵等情節;另外《混元聖紀》中還有豐富的人物對話。《混元聖記》顯然應抄自某種化胡類經典。從《混元聖紀》卷五與敦煌十卷本《老子化胡經》的比較來看,《混元聖紀》對所用經典以節略爲主,添加情節的可能性不太大。那麽《混元聖記》的文

① 爲省繁冗,本文所引道經,一般引自《道藏》,文物出版社、上海書店、天津古籍出版社 1988 年版,以"D*,p*"標示册數和頁碼;所引佛經,一般引自《大正新修大藏經》,以"T*,p*"的形式標明册數和頁碼。

本來源應是另一種化胡經,而非此《靈寶化胡經》。《三洞珠囊》卷九《老子化西胡品》所引化胡經也有類似的内容,并且文字與以上二文又有不同。又 P. 2004《老子化胡經》卷十:"我昔化胡時,涉天靡不遥。牽天覆六合,艱難身盡嬰。胡人不識法,放火燒我身。身亦不缺損,乃復沉深淵。龍王折水脉,復流不復行。"其中雖未言設食事,但情節上與《混元聖紀》卷四很相近,所説的可能也是相近的故事。因此,很可能老君與胡王互相設食及胡王火燒老君的故事早已流傳,并被多種化胡經采用,《靈寶化胡經》也吸納了這一傳統故事。

除既有的化胡類經典外,《靈寶化胡經》還受到了《洞淵神呪經》的深刻影響。《靈寶化胡經》云:"以是天遣百部使者,行九十種病,頭痛、寒熱……死罪繫獄,自煞滅盡。"這與《洞淵神呪經》的常見句式非常接近,如 P. 3233《太上洞淵神呪經》卷一:"當此之世,疫氣衆多,天下行九万種病,病煞惡人。"《靈寶化胡經》又云:"若有魔王眷屬、諸神廟祀、天祇地祇、衆耶魍魎,世間前後死喪斗加、咠尸惡注,疾病人民,又諸道士宣威救急,行道教化,降伏諸魔惡鬼,皆由天尊威振神耳。"這也與《洞淵神呪經》伏魔殺鬼的論述相近。

除了句式的模仿外,《靈寶化胡經》提到的真君下世的觀念很可能也是導源於《洞淵神呪經》。自東晉至隋末,關於"真君李弘"的信仰非常普遍[①],《老君音誦誡經》就已提到了"老君當治,李弘應出"(D18,p211),但對此闡述更明細的則是《洞淵神呪經》。P. 3233《太上洞淵神呪經》卷一:"真君不遠,甲申灾起,大乱天下,天下蕩除,更立天地,真君乃出……真君者,木子弓口,王治天地大樂,一種九收,人更益壽,壽三千歲。乃後更易,天地平整,日月光明,明於常時……真君出世,無爲而治,無有刀兵、刑獄之苦。聖王治化,人民豐樂,不貪財錢。無有鷄肫犬鼠牛馬六畜,鳳皇爲家鷄,騏驎師子爲家畜。"P. 2793+P. 2749《太上洞淵神呪經》卷九:"真君垂出,惡人不信,天遣煞鬼來欲誅之。蕩除天地,更造日月,布置星辰,改弦易調。神人法治,仙人爲佐,万劫不死,無有兵刀,地皆七寶,衣食自然,無有六畜,男女悉聖,無有惡人也。"《靈寶化胡經》云:"汝等從今以去,廣宣吾教。大劫將終,示化人民,懃作功德,起立寺塔精舍,遼理福業,廣救衆生,及一切蝖飛蠕動、有形之類,過度惡世,得見太平,與真君相值。"而後描述了真君降下後的勝景。這與《洞淵神呪經》"更立天地,真君乃出"的觀念非常相近。

《靈寶化胡經》中的末世論并不僅僅是受了《洞淵神呪經》的影響,可能還對東晉以來的其他道經有所繼承。《靈寶化胡經》云:"大劫欲末,天尊遣八部監察,以甲申年正月十五日詣太山主簿,共竿世間名籍。"《洞淵神呪經》也有關於"甲申"的記述,如前文引到的"真君不遠,甲申灾起,大乱天下"。但《洞淵神呪經》中充斥着各種干支紀年,對甲申似乎并没有特别突出。早期靈寶經中却有不少以甲申爲末世的傳説。P. 4659《太上洞玄靈寶自然至真九天生神章》:

① 可參湯用彤《往日雜稿・康復札記》,生活・讀書・新知三聯書店,2011 年,第 237 頁;唐長孺《史籍與道經中所見的李弘》,載《魏晉南北朝史論拾遺》,中華書局,2011 年,第 210 頁。

“甲申洪灾至，控翮王母家。永享無終紀，豈知年劫多。”《太上洞玄靈寶諸天内音自然玉字》：“得遇吾此道，其祚自强，以保甲申，普度天人。”（D2，p562）《元始五老赤書玉篇真文天書經》卷上也有“甲申大水洪灾”的説法（D1，p782）。這一觀念可能來源很早，《真誥》卷十七載楊羲云：“得小掾細白布、青紙、香珠之屬，然此逼左道虚妄之説，是故不復稍説耳。自當以此物期之甲申也。”陶弘景不解“甲申”之義，注云：“爾來已經太元九年、元嘉二十一年兩甲申矣，不知此所期謂在何時，謂丁亥數周之甲申乎。”[①]其實楊羲所謂“期之甲申”應該也是指末日之義。《靈寶化胡經》以甲申爲“大劫欲末”，正是繼承了東晋以來的這一觀念。

除末世論外，《靈寶化胡經》的地獄系統也顯示了其多元的來源。其中云：“死入地獄，陸犁十八地獄、玄沙北獄、太山廿四獄，及在中都大獄，日月所不加，三掠之考，万痛交行，求生不得，求死不得，考楚万端。”其中的“陸犁十八地獄”并不見於其他道經，顯然是就佛教“泥犁十八地獄”改造而來。“玄沙北獄”爲《太真玉帝四極明科經》卷一所載“酆都山二十四獄”之一（D3，p416），在《太上靈寶元陽妙經》卷三中也曾單獨出現（D5，p935）。“泰山二十四獄”在早期道經中較爲常見，如《元始五老赤書玉篇真文天書經》卷下：“元始靈寶西南大聖衆……常以月二十四日，上會靈寶太玄都玉京朱宫，共集考校三官九府、五嶽北酆、泰山二十四獄罪刑簿目，鬼神天人責役輕重之事。”（D1，p795）敦煌出土的科儀文書中也有“泰山二十四獄”的説法，如 P. 2457《閲紫録儀三年一説》：“紫宫玉臺度世下黄司空公三人出，爲我考覈九地太山廿四獄諸司，解散三曾五祖、七世父母，下及我身、妻子諸所犯違。”“中都大獄”在現有文獻中主要見於《赤松子章曆》，如《赤松子章曆》卷四《遷達先亡言功章》：“願臣今奏章告下天地水三官、泰山二十四獄、中黄天九平獄、中都大獄、水官土府……”（D11，p210）這幾種地獄在其他道經中還没有同時出現的例子，很可能是《靈寶化胡經》綜合了各種來源的地獄觀念雜湊而成。值得注意的是，早期道經中常見的“北酆”“三官”等在這里却没有出現。因此，《靈寶化胡經》的地獄系統來源複雜，且不成系統。

大淵忍爾稱：“文中‘一日一夜燒香禮拜，步虚誦咏’的句子讓人看像《靈寶經》中的步虚章。”《靈寶化胡經》在儀式方面確實受到了靈寶經的影響，除了大淵忍爾所説的步虚儀式外，又如該經云：“若善男子、善女人等，愛樂是經，尊奉恭敬，勤行功德，减割身口，月月常能建立齋戒，供養師尊，燒香礼拜，勤身苦行，六時行道，不問男子女人、道俗，若能至心聽受此經者，不遭枉横，所在安隱。”一日六時的觀念顯然是繼承了佛經中所反應的印度時間觀念，但月月齋戒，“六時行道”，“燒香禮拜”等，應該是靈寶經以及靈寶齋儀確定下來的。P. 2352《洞玄靈寶長夜之府九幽玉匱明真科》：“明達大法師於中央被頭散結，依訣徒炭，六時請謝，中庭行事。”P. 2606《太上洞玄靈寶無量度人上品妙經》：

---

① 陶弘景《真誥》卷一七《握真輔》，趙益點校，中華書局，2011 年，第 313 頁。

"凡有此灾,同炁皆當齊心脩齋,六時行香,十遍轉經。"均是其例。P. 3282+S. 6841+BD15636+P. 2455《自然齋儀》引《金録簡文》更給出了六時行道時的存思方法。

《靈寶化胡經》又云:"奉持經戒,常念三寶。"這里的"三寶"是指道、經、師三寶。但早期靈寶經中的"三寶"多指"三寶神經",早期的道教儀式,如敦煌本《自然齋儀》亦僅禮三師,未見禮敬三寶。南北朝中後期的道經,如《太上洞玄靈寶業報因緣經》《太上妙法本相經》等,其中的"三寶"都已是指道、經、師三寶。大約同期或稍晚的道教儀式中也已有稽首三寶的内容,如 P. 2337《三洞奉道科誡經》即有"至心稽首太上無極大道,至心稽首三十六部尊經,至心稽首玄中大法師",又稱"至心稽首正真三寶"。P. 2436 不知名道教齋儀中"唱願禮"每句亦稱"至心稽首常住三寶"。BD1218+P. 3755+BD4047+BD3818《太上洞玄靈寶天尊名》與道教儀式關係密切,其中也屢稱"禮三寶""歸命三寶"。《靈寶化胡經》所謂"奉持經戒,常念三寶"也是與這一類道教儀式密切相關的。

《靈寶化胡經》又云:"勤脩功德,建立福田,轉經行道,一日一夜,燒香礼拜,步虚咏誦,懸繒幡蓋,監察直事月月來下檢察,脩福表上,善者上昇天堂,衣食自然,快樂無極。"這與靈寶齋的儀式也大致相近。《自然齋儀》載靈寶齋法威儀次序,發爐、出官後即"三上願",即三捻香并上願,而後"十方禮""十方懺",此即"燒香禮拜"。在禮懺之後"存思命魔",然後"步虚及禮經懺謝",此即"步虚咏誦"。《靈寶化胡經》的這一段表述顯然是據此類道教齋法所作。

總之,《靈寶化胡經》襲用了化胡類經典的基本故事框架,繼承了南北朝道教的末世思想和地獄系統,尤其受到了《洞淵神呪經》的影響,該經關於齋法儀式的描述則與靈寶齋儀大致相近。

二 《靈寶化胡經》與佛教

與十卷本《老子化胡經》明顯對佛教的貶抑不同,《靈寶化胡經》對佛教的態度非常友好,其中没有對佛教的妖魔化表述,而是將佛、道兩者平等并立。如前所述,《靈寶化胡經》的主角是"二老公",即佛祖與道君,并且認爲二者是一,"□(汝)等能屬道者,無上最真;樂佛者亦是我身"。之所以是"二尊",乃是因"我今分身二乘"。《靈寶化胡經》對佛、道二教的教徒也没有表現出等級差别,稱"若信佛者,當以教之,而爲説法;若信道者,當以教之,而爲説法",兩者看起來是平等的,并且還將"信佛者"列於前位。經中唯一的對佛教歧視性語言是"汝等胡人雖尒,心由(猶)凶惡,爲汝等除落鬚髪,偏肩露膊,不令妻娶,断其種族,使立塔寺,徒衆朝暮礼拜,奉事天尊丈六金剛形像,常如今日"。P. 3404《老子化胡經》卷八、《混元聖記》卷四、《猶龍傳》卷四及《三洞珠囊》卷九引《文始先生無上真人關令内傳》均有相近的内容,這應是共同繼承自前代的某種"化胡經",并不能説明《靈寶化胡經》對佛教有惡意。

除了名義上的并立外,《靈寶化胡經》還直接引入了佛教的世界觀與天界

觀,該經云:

> 上有卅三天,周迴十方,無窮無極,恒河沙數。造立天地以來,有大須弥山,有大鐵圍山、大海,是名三千大千国土,人民滿中。天下亦有百億日月,一日月傍照四天下,輪轉周而復始。地下有大水,風在其上;地下有樹,枝葉四布八万九千里,無邊無畔,不可窮盡,亦不可思議,莫能知者。

"三十三天"是佛教的天界觀,在佛經中非常常見,如《長阿含經》卷二〇:"須彌山王頂上有三十三天城,縱廣八萬由旬,其城七重。"(T1,p131)在道教中雖也有"三十三天"的説法,但這一説法出現較晚,且較少見①。《靈寶化胡經》的這一觀念很可能是對佛經的直接移植。

至於須彌山、大海和鐵圍山組成世界的觀念,更是地地道道的佛教世界觀。《佛説立世阿毗曇論》卷二《數量品》:"是世界地形相團圓,如銅燭盤,如陶家輪,是世界地亦復如是。猶如燭盤邊緣隆起,其鐵圍山亦復如是。譬如燭盤中央聳起,其世界中有須彌山王,亦復如是。"(T32,p181)但佛教爲每千世界組成"小千世界",每千"小千世界"組成中千世界,每千"中千世界"組成"三千大千世界"。《靈寶化胡經》稱"有大須弥山,有大鐵圍山、大海,是名三千大千国土",不知是節略還是對佛經的誤讀。

《靈寶化胡經》還有直接繼承自佛經的誤譯,如該經稱"天下亦有百億日月",這也是從佛經中得來的觀念。如曇無讖譯《大般涅槃經》卷四:"我已久住是大涅槃,種種示現神通變化,於此三千大千世界百億日月,百億閻浮提種種示現。"(T12,p388)如前所論,每"三千大千世界"有十億"世界",但佛教翻譯者以"億"直接對譯了"俱胝",如慧苑《新譯大方廣佛花華經音義》卷中:"一百洛叉爲一俱胝,洛叉,此云萬也;俱胝,此云億也。"(T54,p447)其實據《華嚴經》卷十"百千爲一洛叉,一百洛叉爲一俱胝"(T10,p704),洛叉爲十萬,俱胝爲千萬。因此佛經中屢稱"百億世界""百億日月"乃是譯經者的誤譯,《靈寶化胡經》此處稱"百億日月",正是繼承了這一錯誤。

"地下有大水,風在其上",這同樣是佛經中的世界觀,《那先比丘經》卷下:"天下地皆在水上,水在風上,風在空上。"(T32,p699)《靈寶化胡經》稱風在水上,且未言"空",消解了佛教的四元素説,恐怕是對佛經的誤讀。

除天界觀和世界觀外,《靈寶化胡經》還引入了佛教的净土觀。該經云:"有此得道男女,由其前身脩福,奉持經戒,常念三寶,今悉登天堂宫殿樓閣,悉用七寶流泉涌池,池中蓮華皆如車輪,諸音伎樂在於前。"這應該就是對《阿彌陀經》的改造,彼經云:"極樂國土有七寶池,八功德水充滿其中,池底純以金沙布地……池中蓮花,大如車輪,青色青光,黄色黄光,赤色赤光,白色白光,微妙香潔……彼佛國土,常作天樂。"(T12,p346—347)二經的用詞都基本一致。P. 3404《老子化胡經》卷八云:"吾所以言在西方二百六十万里有極樂國者,欲

① 關於這一問題,可參路旻《晋唐道教天界觀研究》,蘭州大學博士論文,2018年,第46—47頁。

使諸國胡王伏道繫心於彼故耳,彼實無也。"完全否定了極樂世界的存在。《靈寶化胡經》直接引入净土觀念,與之形成鮮明的對比。

早期靈寶經中也大量借用佛教的術語和觀念,認爲佛道一家,如P.2356《太上太極太虚上真人演太上靈寶洞玄真一自然經訣》云:"仙之言佛,佛是胡語耳。"但大約在南北朝末期至唐初,佛道關係惡化,二教教徒多互相攻擊,道教徒爲應對佛教徒的攻擊,多竄改道經中的佛教術語,并在新造的經典中對這類攻擊作適當回應。

《靈寶化胡經》雖對佛教極爲友好,大量借用佛教術語、觀念,但它并非佛道交融時期的産物,其中也有對佛教徒攻擊的回應。該經云:"世間愚癡人輩謂言天尊無像。天尊生出以來,經歷數劫,恒河沙等,不可窮盡,變形世間,或大或小,或老或少。"這便是對佛教"天尊無像"的回應。法琳《辯正論》卷八:"《陶隱居内傳》云:在茅山中立佛、道二堂,隔日朝禮。佛堂有像,道堂無像。所以然者,道本無形,但是元氣……若言有者,古來書籍曾所不載。今作道形,依何取則? 如其有者,昔所未傳。"(T52,p547)這是目前看到的關於此事的最早論述。道教造像的傳統可能確實起源較晚[①],早期道教中未見提及,在《業報因緣經》中方大量出現。因此,雖然最早指責道教造像之人未必便是法琳,但恐怕也不會太早。既然《靈寶化胡經》有對此事的回應,那麽恐怕很可能是七世紀以後的作品。

既然《靈寶化胡經》的産生時代在七世紀之後,該經爲何又會如此平等地對待佛教呢? 從該經的彌勒信仰中可以找到這一問題的答案。

三　《靈寶化胡經》的創作時代及背景

關於《靈寶化胡經》與佛教的關係,最引人注目的還不是作者對佛教的平等對待、對佛教經典的精熟,而是該經中鮮明的彌勒信仰。大淵忍爾已提到,該經中云"然後真君來下,及弥勒衆聖治化",將真君與彌勒并列。實際上,《靈寶化胡經》所描述的劫後世界,與《彌勒下生經》中所説的彌勒降生的世界非常相近。今將竺法護譯《佛説彌勒下生經》與《靈寶化胡經》對比如下:

《靈寶化胡經》:末劫之後,山河石壁,無有高下。

《彌勒下生經》:爾時,閻浮地東西南北千萬由旬,諸山河石壁皆自消滅,四大海水各減一萬。時閻浮地極爲平整,如鏡清明。(T14,p421)

《靈寶化胡經》:人民長大,無痛苦惱。

《彌勒下生經》:爾時,時氣和適四時順節,人身之中無有百八之患:貪欲、瞋恚、愚癡、不大慇懃。人心均平,皆同一意,相見歡悦,善言相向,言

① 目前可見的最早和道教相關的造像似乎是耀縣出土的北魏始光元年(424)造像碑,爲佛道混合造像。但早期的道教造像非常少,現在發現的多是五世紀末以後的作品。詳參張勛燎《中國道教考古》,綫裝書局,2006年,第610頁。

辭一類,無有差别。(T14,p421)

《靈寶化胡經》:五穀豐熟,一種三收,米長五寸,食之香美。

《彌勒下生經》:爾時,閻浮地内自然生粳米,亦無皮裹,極爲香美,食無患苦。(T14,p421)

吉藏《彌勒經游意》:可彌勒佛出世時,田一種七獲,米長七寸,白如珂玉,甘甜如蜜。(T38,p269)

《靈寶化胡經》:金銀寶藏,悉皆露形。

《彌勒下生經》:所謂金、銀、珍寶、車渠、馬瑙、真珠、虎珀,各散在地,無人省録。(T14,p421)

《靈寶化胡經》對未來世界的描述不但與《彌勒下生經》語義一致,并且順序也相同。因此二經顯然是有密切聯繫的。道教李弘信仰本身就與彌勒信仰很相近[①],《靈寶化胡經》將道教的真君與佛教的彌勒接合起來似乎是很自然的。

但除了《彌勒下生經》外,還有一種有關彌勒信仰的佛教僞經與《靈寶化胡經》有密切聯繫,即《普賢菩薩説證明經》。傳世文獻中已無《普賢菩薩説證明經》,但敦煌文獻中有此經三十餘件[②]。《靈寶化胡經》中不少與《彌勒下生經》或其他佛經相違的地方,却與《普賢菩薩説證明經》相合。如《靈寶化胡經》云:"尒時吾經百劫,身滅更生,受命八万七千歲,人民俱尒。"但佛經中多用"八萬四千"這一數字,多有未來世人歲八萬四千的表述,《彌勒下生經》亦云:"爾時,人壽極長,無有諸患,皆壽八萬四千歲。"(T14,p421)獨《普賢菩薩説證明經》第二部分《佛説證香火本因經》稱:"彌勒治化時,人受八万七千歲。"

《證香火本因經》頗似讖記,而"八萬七千歲"這一數字很可能也與讖記有關。《續高僧傳》卷十"釋法總"條:"仁壽歲初,敕送舍利于隋州之智門寺。掘基三尺,獲神龜一枚,色黄且緑,狀如彩綉。頭有八字云:'上大王八萬七千年。'腹下有'王興'二字。"(T50,p505)在佛教經録中,《普賢菩薩説證明經》始見於隋法經《衆經目録》,據該書所附上表,法經於開皇十四年(594)編成此録獻上,早於仁壽。但《證香火本因經》與《普賢菩薩説證明經》第一部分并非一個整體[③],很可能在仁壽以後撰成。

《靈寶化胡經》與《證香火本因經》相近之處并不僅僅在於"八萬七千"這一數字。二經的結構、詞句都有相近之處,如《靈寶化胡經》卷首言五方帝,《證香

① 唐長孺《史籍與道經中所見的李弘》:"老君降世却和佛經中的彌勒降生非常相像。"(《魏晋南北朝史論拾遺》,第217頁)

② 在這三十餘件中,以P. 2186和浙敦26號最爲完整,以下所引皆據P. 2186。

③ 可參曹凌《中國佛教疑僞經綜録》,上海古籍出版社,2011年,第146頁;武紹衛《敦煌本〈普賢菩薩説此證明經〉經本研究》,《敦煌學》第三十輯,第57—75頁;楊剛《〈普賢菩薩説證明經〉研究》,《中國俗文化研究》第十八輯,第88—101頁。

火本因經》則述六方菩薩;此後《靈寶化胡經》稱"胡夷越老(獠),一切衆生,心意不同,不識真僞,不信罪福,各行惡逆",《證香火本因經》亦云"有一大國,名爲振旦,不識正法,不識如來,不解正法,不識好人";而後《靈寶化胡經》云若善男善女"愛樂是經"便得種種好處,《證香火本因經》則稱"假使有緣比丘僧、比丘尼、優婆塞、優婆夷、善男子、善女人,若受持,若讀誦,若書寫"也能得種種果報。也就是説,兩經的開頭部分結構幾乎一致[①]。後面關於末世、救贖的論述,兩經也頗有相似之處。

除此之外,兩經還有非常特別的共同點,即關於"二聖并治"的安排。如前所述,《靈寶化胡經》中認爲佛、道并峙,説法的是佛、道二尊,未來出世的也是真君、彌勒二位。《證香火本因經》云:"却後數日,天出明王,地出聖主,二聖并治,并在神州。"也有"明王"和"聖主"并治神州的觀念。

這種思想的最初來源大約應爲《法華經·見寶塔品》中多寶佛與釋迦牟尼佛共同説法的場景,佛教壁畫、造像中也有不少二如來共同説法的圖像,如敦煌 285 窟、461 窟、西千佛洞第 8 窟等。但《靈寶化胡經》和《證香火本因經》的直接來源恐怕不是《法華經》,而是與當日政治有很大關係。《舊唐書·高宗紀》云,上元元年(674),"皇帝稱天皇,皇后稱天后";上元二年(675),"時帝風疹不能聽朝,政事皆決於天后。自誅上官儀後,上每視朝,天后垂簾於御座後,政事大小皆預聞之,内外稱爲'二聖'。"[②]這正是所謂"二聖并治"[③]。如前所述,《佛説證香火本因經》中有大量的讖記,結合歷史來看,其中的"二聖"應該就是暗指唐高宗與武則天[④]。

將《佛説證香火本因經》與武則天聯繫起來的證據并非僅有"二聖"一條。爲武則天篡位所僞造的《大雲經疏》中大量引用了《證明因緣讖》,該讖即是據《證香火本因經》撰作的[⑤]。如果《證香火本因經》本就是在高宗時成書的話,其中有大量有利於武則天的讖記就不奇怪了[⑥]。

如前所述,《普賢菩薩説證明經》中有不少關於彌勒降生的内容,這在《證香火本因經》一部分中尤其突出,《大雲經疏》即取此以證武則天即彌勒。S. 2658《大雲經疏》:"即以女身當王國土者,所謂聖母神皇是也。何以驗之?謹按《證明因緣經讖》曰:尊者白弥勒,世尊出世時,療除諸穢惡……謹按,弥勒

① 這也從側面證明了本文開頭關於《靈寶化胡經》前殘泐不多的論斷。

② 《舊唐書》卷五《高宗紀》,中華書局,1975 年,第 99—100 頁。

③ 另外值得注意的一個問題是,在四川地區發現了一批佛老成對造像,均爲唐玄宗時期的作品(詳參穆瑞明著,胡鋭譯《道佛關係的圖像學研究:唐玄宗時期的四川摩崖造像》,《宗教學研究》2019 年第 4 期,第 103—113 頁),這很可能是受到《靈寶化胡經》或類似經典的影響,由此也可以推知《靈寶化胡經》産生的時代。

④ 前引楊剛文已指出這一問題,可參。

⑤ 可參矢吹慶輝《三階教研究》,岩波書店,1927 年,第 720—734 頁;林世田《敦煌所出〈普賢菩薩説證明經〉及〈大雲經疏〉考略》,《文津學志》第 1 輯,北京圖書館出版社,2003 年,第 166 頁;楊剛《〈普賢菩薩説證明經〉研究》,《中國俗文化研究》第十八輯,第 88—101 頁。

⑥ 有學者認爲《證香火本因經》的讖記是在彙編入《普賢菩薩説證明經》時羼入的,也有一定可能。

者,即神皇應也。"其中所引《證明因緣經讖》即見於《證香火本因經》。北朝時彌勒信仰非常興盛,但在北朝末以後,在統治者的打擊下趨於衰落,高宗至武周時,由於武則天的緣故才有短暫的復興[①]。《靈寶化胡經》如此重視彌勒,應該也與武則天有關。

尤其值得注意的是,《證香火本因經》中還有關於老子化胡的內容,其中云:"左脇生釋迦,老子作相師。白疊承釋迦,老子重瞻相。"這將佛傳故事中的相師替換爲老子,顯然是受了老子化胡故事的影響,但并未如十卷本《老子化胡經》將佛道對立,而是調和了二者的矛盾。這與《靈寶化胡經》中對佛道關係的處理如出一轍。這很可能也是與武則天的提倡有關。《全唐文》卷九六載武則天《僧道并重敕》:"老君化胡,典誥攸著,豈容僧輩妄請削除……明知化胡是真,作佛非謬,道能方便設教,佛本因道而生,老釋既自元同,道佛亦合齊重。自今後,僧入觀不禮拜天尊,道士入寺不瞻仰佛像,各勒還俗,乃科違敕之罪。"[②]《靈寶化胡經》和《證香火本因經》這種佛道并重的處理正由於統治者的這一態度。

因此,《靈寶化胡經》大約稍後於《證香火本因經》,應爲高宗末至武周時的產物。有意思的是,大約在七世紀末至八世紀初,有多種"化胡經"涌現出來。王懸河《三洞珠囊》大約應編於武周時期[③],其中稱"《化胡經》乃有二卷,不同,今會其异同,録此文出也"(D25,p359)。可見王懸河所見的《化胡經》已有兩種,其中似乎并不包括本文所論的《靈寶化胡經》。S. 1857、P. 2007《老子化胡經》卷一及 S. 6963v《老子化胡經》卷二則應撰於八世紀初[④]。

這種"化胡經"大量涌現的現象,可能是對屢次出現的抑道政策的反動。《佛祖統紀》卷四十載總章元年(668)焚棄《老子化胡經》[⑤],《佛祖歷代通載》卷十二亦載此事(T49,p582)。神龍元年(705),中宗又下詔禁《化胡經》[⑥]。每一次禁毁,勢必造成世間《化胡經》傳本稀少。待政策寬鬆之後,便有好事者在"化胡"這一主題下融合舊有傳説及時代新風造作出新的《化胡經》。此《靈寶化胡經》及十卷本《老子化胡經》卷一、卷二的出現,正體現了這一道教勢力消長的歷史進程。

結 論

通過以上論述,可以得出以下結論:

---

① 關於此問題,可參唐長孺《北朝的彌勒信仰及其衰落》,載《魏晋南北朝史論拾遺》,第 198—207 頁。

② 《全唐文》卷九六,中華書局,1983 年,第 990—991 頁。

③ 關於《三洞珠囊》的編撰時間,可參程樂松《中古道教類書與道教思想》,宗教文化出版社,2017 年,第 124—125 頁。

④ 關於此問題,可參拙稿《敦煌本〈老子化胡經〉新考》,《世界宗教文化》待刊。

⑤ 志磐《佛祖統紀校注》,釋道法校注,上海古籍出版社,2012 年,第 924 頁。

⑥ 《舊唐書》卷七《中宗紀》,第 140 頁。

一、《靈寶化胡經》繼承了南北朝道經的老子化胡故事、末世論和地獄系統,在真君出世和末世觀念上受《洞淵神呪經》影響較大,在儀式方面受靈寶經影響較大。

二、《靈寶化胡經》對佛教非常友好,經中大量吸收了佛教的天界觀、世界觀和彌勒下生思想,并回應了佛教徒對道教的攻擊。

三、《靈寶化胡經》中"二聖"的表述、佛道并重的態度與《普賢菩薩説證明經》第二部分《證香火本因經》相近。《證香火本因經》應爲高宗末的作品,《靈寶化胡經》大約也成書於高宗末至武周時。七世紀末至八世紀上半葉涌現出多種《化胡經》,可能與中央政府對道教及《化胡經》態度的反覆有關。

(作者單位:中國社會科學院文學研究所)

古典文獻研究（第二十五輯下）
Journal of the Institute for Chinese Classics Studies
Nanjing University
Volume 25, No.2 2022

神仙方士與轉世菩薩的雙重變奏*

——葛玄傳記演變與六朝道教轉型

趙允嘉　張晨坤

引　言

自漢末以來，道教及其宗教組織已存續千餘年。爲更好的適應社會發展趨勢，道教不斷調整其教理教義和神學體系，發明或改造出了種種獨具特色的宗教實踐活動，持續回應并影響着中國文化的變遷。六朝時期正是新道派涌現、道教教義和神學體系革新的第一個高峰期。隨着上清、靈寶等新道派的産生，道教的宗教實踐重心也從個人求仙技術轉向了滿足信徒信仰需求的宗教儀式活動，也即從舊有的神仙方術轉向了以齋儀爲主要代表的新興儀式實踐。

但任何轉變都不是立刻完成的。新興儀式實踐改造替代舊有神仙方術的過程，在不同的發展階段和社會階層中均出現了曲折漸進、螺旋上昇的情況。在此期間，各道派的道士們面對信徒的反饋、异道派的競争和外來佛教的挑戰，不斷造構和整理道經，試圖將不同傳統、不同道派的經典與實踐納入同一系統，以期被社會更好的接受。這一轉型過程不僅反映在新出道經的説教中，也在神仙傳説的變化及社會各階層對新傳説的接受中有所體現。在研究中，後兩者不僅能作爲道經材料的補充説明，它們所提供的草蛇灰綫也更爲生動具體。

而仙傳正是記載了神仙、修仙者事迹和傳説的重要文獻。仙傳這一宗教文體始於漢代之《列仙傳》，又於魏晋南北朝時期大量出現。早期仙傳中較爲人所熟知的有《神仙傳》《漢武帝内傳》《洞仙傳》等年代和性質不一的作品，其中記載的故事多曾以口傳方式流行於民間，又或者記録於“仙經、服食方及百

* 本文的選題與寫作得到了吕鵬志先生的悉心指導，吴楊先生與趙川先生亦惠賜修改意見，謹致謝忱。本文初稿曾於香港大學香港人文社會研究所主辦的“道教儀式與中國社會”國際學術研討會(2021年10月15日—11月30日，ZOOM會議室)口头發表，又蒙評議人趙益先生及參會嘉賓柏夷(Stephen R. Bokenkamp)先生、王宗昱先生惠賜修改意見，亦并申謝。

家之書”,最後經文士之手編録改寫成書[①]。仙傳的出現,順應了魏晋南北朝的社會風氣和文學、史學潮流[②],其中的内容也反映了道教史的發展演變,如《神仙傳》就是爲了宣揚編撰者葛洪“神仙可得,不死可學”的觀點,體現了當時流行的地仙與隱逸思想相結合的新仙説[③]。

施舟人(Kristofer Schipper)先生認爲,仙傳表達了信徒群體的觀點,如果可以將不同版本的仙傳收集起來,并按時間排序,便可以整理出此種信仰的歷史框架[④]。康儒博(Robert Ford Campany)先生認爲不同來源的仙人故事,以及這些故事的創作和流傳對於修道者非常重要,社會對於他們的接受和看法就主要取决於此[⑤]。本文即以葛玄爲例,通過其多種不同傳記和社會對這些傳記的接受,探索六朝道教實踐轉型的複雜過程。

葛玄及其傳記

葛玄,字孝先,三國時吴人,晋代高道葛洪之從祖,世稱仙公或仙翁。其生平不載於正史,但在《晋書·葛洪傳》中曾被提及:“從祖玄,吴時學道得神仙,號曰‘葛仙公’,以其煉丹秘術授弟子鄭隱。洪就隱學,悉得其法焉。”[⑥]葛洪自撰的《抱朴子内篇》有内容一致但更爲詳細的記載:

> 昔左元放於天柱山中精思,而神人授之金丹仙經,會漢末亂,不遑合作,而避地來渡江東,志欲投名山以修斯道。余從祖仙公,又從元放受之。凡受《太清丹經》三卷及《九鼎丹經》一卷、《金液丹經》一卷。余師鄭君者,則余從祖仙公之弟子也,又於從祖受之,而家貧無用買藥。余親事之,灑

① 如葛洪《神仙傳序》稱“余今復抄集古之仙者,見於仙經、服食方及百家之書,先師所説,耆老所論,以爲十卷,以傳知真識遠之士”。另參李豐楙《六朝隋唐仙道類小説研究》,學生書局,1986 年,第 3 頁。

② 參見李劍國《唐前志怪小説史》,南開大學出版社,1984 年,第 220—243 頁;并參李豐楙《六朝隋唐仙道類小説研究》,第 2—5 頁;逯耀東《魏晋别傳的時代性格》,收入“中央研究院”歷史研究所編《“中央研究院”國際漢學會議論文集·歷史考古組》,1981 年,中册,第 635—643 頁;仇鹿鳴《略談魏晋的雜傳》,《史學史研究》2006 年第 1 期,第 38—43 頁。

③ 參李豐楙《六朝隋唐仙道類小説研究》,第 4—5 頁;另參趙益《六朝南方神仙道教與文學》,江蘇人民出版社,2019 年,第 175 頁;孫昌武《道教文學十講》,中華書局,2014 年,第 46—47 頁;〔日〕小南一郎著,孫昌武譯《中國的神話傳説與古小説》,中華書局,1993 年,第 166—231 頁。

④ Kristofer Schipper, “Taoist Ritual and Local Cults of the Tang Dynasty”, in *Tantric and Taoist Studies: In Honor of R. A. Stein*, edited by Michel Strickmann, Mélanges Chinois et Bouddhiques, vol. 22 ,Bruxelles: Institut Belge Des Hautes Etudes Chinoises, 1985. p. 813.

⑤ Robert Ford Campany, *Making Transcendents: Ascetics and Social Memory in Early Medieval China*, Honolulu: University of Hawaii Press, 2009. p. 264. 有一點必須説明,康氏强調,他在此書中提出的觀點均是基於其對公元前 220 年至公元 343 年間中國早期修道者的研究,他認爲自 364 年上清經派出現後,仙傳的性質反映了全新的宗教環境。但我們認爲本文引用的這一觀點仍可適用於後出的仙傳。

⑥ 《晋書》卷七十二列傳第四十二《葛洪傳》。見〔唐〕房玄齡等《晋書》,中華書局,1974 年,第 1911 頁。

掃積久，乃於馬迹山中立壇盟受之，并諸口訣訣之不書者。[①]

顯然《晋書》只是簡要轉述葛洪的説法，默認了從左慈至葛洪的金丹術傳承譜系。

除《抱朴子内篇》外，葛洪編撰的《神仙傳》中也有一部葛玄的傳記。《神仙傳》一書生動記載了東晋以前的方士故事和神仙傳説，對後世小説和神仙傳記的創作有極大影響。可惜此書原本已佚，今存數十種版本大致可歸爲《説郛》本、《廣漢魏叢書》本（以下省稱"漢魏本"）與《四庫全書》本（以下省稱"四庫本"）三個系統[②]，均爲明清時所輯。其中《説郛》本内容極爲簡略，除葛洪自序外，基本只記録了八十四位傳主的姓名和籍貫，僅有一卷，遠不如另兩本爲今之學者所常用。《説郛》本《神仙傳》"葛玄"條僅有兩句："葛玄，洪族祖，字孝先。吴大帝欲加以榮位，不聽。"[③]而漢魏本與四庫本中"葛玄"條的内容則較爲豐富，但兩本差异極大，具體情形見下二表[④]：

漢魏本（H）

H1 葛玄，字孝先。	H2 從左慈受《九丹金液仙經》，未及合作；常服餌术。	H3 能治病、劾鬼、辟穀、坐火、卧泉。
H4.1 備覽五經，好談論。	H4.2 以符操船、驚走洗衣女。	H5 懲道精，令醫治武康主人。
H6 毁廟。	H7 以死魚送書於河伯。	H8 分形迎送客人，吐火取暖。
H9 仰卧飛行。	H10 漱飯成蜂。	H11 指床使行；使動物跳舞；冬生瓜棗，夏致冰雪；呼錢出井；使杯自爲客致酒，不飲盡則杯不去；畫流水成逆流。
H12 以法術變幻朱衣神人喝問自稱百歲的中國道士，揭露其謊言。	H13.1 吴大帝請玄相見，欲加榮位，玄不聽，求去不得。以客待之，常共游宴。	H13.2 與吴大帝見百姓祈雨，葛玄行符致雨，投符生魚，魚皆真魚，可食。
H14 從吴大帝行舟，遇風沉船，葛玄入水與伍子胥飲酒。	H15 以草刺樹出酒，變土石草木爲鹿脯。	H16 假死拒絶他人延請。

① 《抱朴子内篇》卷四《金丹》。見王明《抱朴子内篇校釋》，中華書局，1986年，第71頁。

② 向群《〈神仙傳〉版本考》，《文史》2014年第4期，第213—233頁。

③ 《説郛》卷四十三《神仙傳·葛玄》。見〔明〕陶宗儀纂《説郛》，北京市中國書店，1986年，第七册，第238頁。

④ 胡守爲先生和康儒博先生均對《神仙傳》做了校勘和重新輯佚整理的工作，但胡書以四庫本爲底本，康輯本"葛玄"條則以《太平廣記》爲底本，仍屬前述漢魏本系統。此表格中内容即是概括或引用了二者的著作，爲了更好地對比兩本异同，我們重新劃分了段落。原文見胡守爲《神仙傳校釋》，中華書局，2010年，第269—270頁；以及 Robert Ford Campany, *To Live as Long as Heaven and Earth*: *A Translation and Study of Ge Hong's Traditions of Divine Transcendents*, Berkeley, Los Angeles and London: University of California Press, 2009. pp. 152—157。此處引自中文節譯本，詳見〔美〕康儒博撰，吕鵬志、張晨坤譯《新輯〈神仙傳·葛玄〉考釋》，《古典文獻研究》第二十三輯上卷，第171—175頁。

續表

H17 去地三四尺而行。	H18 中國廟神使賈人傳書於葛玄,廟神稱葛玄爲"葛仙公"。	H19 尸解

四庫本(K)

K1 葛玄字孝先,丹陽人也。	K2 生而秀穎,性識英明,經傳子史,無不該覽。	K3 年十餘,失怙而羡長生,訪异人於名山。
K4 服餌芝术。從仙人左慈受《九丹金液仙經》。	K5 勤奉齋科,感老君與太極真人降於天台山,授玄靈寶等經三十六卷。	K6 太上又與三真人,命侍經仙郎王思真再次向葛玄傳授經、齋、戒法。
K7 悉遵太上之命,修煉勤苦不怠,尤長於治病、收劾鬼魅,能分形變化。	K8 吴大帝要與相見,欲加榮位,玄不枉,求去不得,待以客禮。	K9 尸解

從表格可見,H1 與 K1、H2 與 K4、H3 與 K7、H4. 1 與 K2、H13. 1 與 K8 以及 H19 與 K9 的段落内容大致可以一一對應,其餘的部分則完全不同。《説郛》本的内容對應 H1 與 K1、H13. 1 與 K8 兩段。

此外,正史中雖不曾爲葛玄作傳,但却著録了葛玄的傳記。《隋書・經籍志》史部雜傳類有《太極左仙公葛君内傳》一卷,《舊唐書・經籍志》史部雜傳類亦著録此書,并稱"吕先生注",《新唐書・藝文志》子部神仙家有"吕先生《太極左仙公葛君内傳》一卷",《宋史・藝文志》子部神仙家著録了"吴先主孫氏《太極左仙公神仙本起内傳》一卷"。這兩部名字不同的内傳應係一書,即劉宋高道陸修静所編《靈寶經目》中著録的《太極左仙公神仙本起内傳》,爲"古靈寶經"中"仙公新經"的一種。可惜此傳早已亡佚,今不得復見其貌。除《太極左仙公神仙本起内傳》外,《靈寶經目》中還著録了數種與葛玄生平或修道經歷有關的古靈寶經,分别是:《太上説太上玄都玉京山步虚經》《太上洞玄靈寶智慧罪根上品》《太上洞玄靈寶智慧上品大戒》《太上洞玄靈寶真一勸誡法輪妙經》《太上太極太虚上真人演太上靈寶威儀洞玄真一自然經訣》《太極左仙公請問經》《仙公請問經》《仙公請問本行因緣衆聖難》《太極左仙公起居經》①。其中《太極左仙公起居經》也已亡佚,此經與《太極左仙公神仙本起内傳》并載於《道藏缺經目録》中,或許元代尚存。法琳在《破邪論》中曾引用的《仙公起居注》應

---

① 見張繼禹主編《中華道藏》,華夏出版社,2004 年,第 5 册,第 509—511 頁。另有數部《靈寶經目》中著録的古靈寶經也與葛玄有關,但并未記録葛玄的生平和修道經歷,如《太上洞玄靈寶大道無極自然真一五稱符上經》《太極真人敷靈寶齋戒威儀諸經要訣》中有冠以"仙公曰"開頭的注釋,又如《太上洞玄靈寶五符序》中"靈寶黄精方"條記録了一段葛玄所傳服食前去三蟲的注意事項。神塚淑子先生曾列舉了所有與葛玄有關的古靈寶經,詳見神塚淑子《六朝靈寶經に見える葛仙公》,載麥谷邦夫主編《三教交涉論叢》(京都道氣社,京都大學人文科學研究所,2005 年),第 1—46 頁。譯文見神塚淑子著,欽偉剛譯《六朝靈寶經中的葛仙公(上)》,《宗教學研究》2007 年第 3 期,第 1—9 頁;及神塚淑子著,欽偉剛譯《六朝靈寶經中的葛仙公(下)》,《宗教學研究》2007 年第 4 期,第 2—11 頁。

即是此經,其引文稱:

> Y1 於時生在葛尚書家,尚書年逾八十,始有此一子。時有沙門,自稱天竺僧,於市大買香,市人怪,問。僧曰:"我昨夜夢見善思菩薩下生葛尚書家。吾將此香浴之。"到生時,僧至燒香,右遶七匝,沐浴而止。[①]

《太平御覽》卷第六百七十五《道部十七》也有三條引文:

> Y2《太極左仙公起居注》曰,太上三天賜仙公芙蓉晨冠。……《太極左仙公起居注》曰,太上三天賜仙公錦綉帔。……《太極左仙公起居注》曰,太上三天賜仙公絆羅裙。

另據歷代諸書徵引可知,在東晉及南北朝時期還存在《葛仙公别傳》《葛仙公列傳》《葛仙翁列傳》《葛仙公傳》《葛仙翁傳》《葛玄傳》等數種葛玄傳記等,内容基本與漢魏本《神仙傳》"葛玄"條的情節重合[②],僅有四條引文内容不見於其中。第一條爲《太平御覽》卷三百九十四《人事部三五》"行"條引《葛仙公别傳》:

> Y3 孫堅欲害仙公,馳馬往,遂見仙公徐行,逐之不及。

第二條則見引於《太平御覽》卷三十八"地部三·叙山"、《藝文類聚》卷七《山部上》"昆侖山" 條、《白氏六帖事類集》卷二《昆侖山第九》"仙人居"條、《天中記》卷八"昆侖山"條、《緯略》卷十二"昆侖丘贊"條等,諸書或稱引自《葛仙公傳》,或稱引自《葛仙翁傳》,文字僅略有小异:

> Y4 昆侖山,一曰玄圃臺,一曰積石瑶房,一曰閬風臺,一曰華蓋,一曰天柱,皆仙人所居。

第三條、第四條均在《太平御覽》卷六百七十七《道部十九》"輿輦"條:

> Y5《葛玄傳》曰,鶴鳴山石室中設自然座,有金華蓋。又曰,五帝真人并乘八景玉輿。

除以上四條外,還有一條更爲晚近的引文内容也不見於漢魏本,反而近於四庫本K8段。清代學者仇兆鰲《杜詩詳注》卷二十四引《葛仙公傳》稱:

> Y6 有七品齋法,一曰八節齋,謝玄祖及己身之罪,滅黑簿之法也。

實際上,此句出於宋末元初道士趙道一編撰的《歷世真仙體道通鑒》卷之二十三《葛仙公》。此傳單獨成卷,采集糅合了三國至宋代與葛玄相關的諸多傳説

---

① 《大正新修大藏經》,財團法人佛陀教育基金會出版部,1990年,第52册,第478頁。後文引用省稱《大正藏》。

② 康儒博先生復原的《神仙傳·葛玄》正是根據這些引文重輯而成。熊明先生也曾根據諸書徵引輯録了《葛仙公别傳》,我們也參考了他的優秀成果,但他認爲這些不同傳記均爲同一部傳記,且正是《太極左仙公神仙本起内傳》,此説顯然難以成立。詳見熊明輯校《漢魏六朝雜傳集》,中華書局,2017年,第378—388頁。

故事,内容和篇幅遠較諸本《神仙傳》"葛玄"條更爲複雜。除此傳外,《道藏》中還收録了一部《太極葛仙公傳》,作者爲宋代道士譚嗣先,明正統二年(1437)又經朱綽改編。《太極葛仙公傳》的内容大體包含在《歷世真仙體道通鑒》的情節裏,但每段後的小字注釋中有一些引自《列傳》《别傳》的内容,現羅列於下①:

T1《列傳》云,葛天氏之後,封於葛,遂以國爲氏,歷代諸侯也。

T2《别傳》云,高祖廬,漢驃騎大將軍,封下邳侯,讓國與弟艾,托遂南游江左,逍遥丘壑,適丹陽句容,見其山水秀麗,風俗淳厚,因居焉。

T3《别傳》云,仙公父素奉道法,即遣人詣本里玄静觀求香水浴兒。時有自然道士支道紀,莫知其所由來,欣然謂曰:"吾昨夢通玄真人自大羅天下降,明日當往賀尚書生奇男。"越一日,果來賀,求兒看。父令抱兒出,道紀起敬,尚書驚問。道紀曰:"此兒有紫氣覆之,狀如寶蓋,神光焕耀,當爲神仙,非常兒比。"尚書曰:"仙聖寥邈,得壽考以爲宗嗣足矣。"道紀因作禮十方仙聖,爲贊曰:"身雖輪聖化,魂神無暫滅。宿福積重緣,昔願非今日。大羅真人降,仙聖含真出。天龍潄香花,濯我煉胎質。微言將誰信,靈期玄佑畢。道心超不二,混成表元一。獨悟本無想,放則大乘逸。"頌畢長揖而出,倏然不見。

T4《列傳》云,仙公年十八九,東入括蒼省其叔彌。彌字孝公,時授業於其居,曰:"予常念子幽窈,與人事踈闊,仰眄青雲,俯臨滄海,險阻艱難,備嘗之矣。今天下求士,子才術奇傳,盍出仕乎?"答曰:"玄稟性愚鈍,不適世用,負愧先緒。謝千禄之客,辭負鼎之士,當絶志岩穴,栖心烟霞,流浪山水,期與涓子爲友,赤松結交。惟叔父遠弘道藝,講論五經,俾洙泗之風翕然復振,策名王室,亮天熙載,垂裕後昆耳。"彌曰:"子絶穎離倫,超凡入聖,吾不及也。"

T5《别傳》云,今天台桐栢觀有法輪寺,三真降經之所存焉。

T6《别傳》云,仙公凡經行七十二處修鍊,皆有仙壇煉丹靈迹。

T7《别傳》云,吴主曰:"朕以暗昧,未達玄旨秘典齋直修真捷徑,道經之品何者爲先?符圖秘要何者爲妙?"仙公避席曰,"學道求仙,先修戒行,方見漸階,道行既立,乃可服食靈藥,導引元氣,嚥納和津,呼吸陰陽,如此可爲地仙。救度灾厄却禍來祥者須齋直,此經出《太上靈寶洞玄大道無極自然真一五稱文》中。其文義超弘深,難可概舉。唯九轉還丹金液五醴,皆得乘雲駕鶴,白日昇天。如《大洞真經》,誦之便可昇舉。三皇内文、五嶽十地、神洲七變、七寶靈圖内篇,皆上仙之所寶,至尊至重,可度陽九百六之灾。真人超邁三界者由此道也。"吴主書之金簡,封以玉函,終身欽

① 在《太極葛仙公傳》前還附有朱綽所作序言,其中曾提及《太極左仙公神仙本起内傳》失傳之事,稱"昔吕先生嘗撰《仙公傳》一卷,《道藏》之毁有間矣,訪求未之獲也。"傳後則附有《仙公煉丹井銘》和陶弘景撰寫的《吴太極左仙公葛公之碑》。此外,有三段引文雖亦稱引自《别傳》,但明顯晚出,故未列入,詳見《道藏》,文物出版社、上海書店、天津古籍出版社,1988年,第6册,第845—854頁。

奉焉。

T8《别傳》云，嘉禾二年正月朔日，辭太子而去。

T9《别傳》云，於時，李參，蜀郡人，及王玄冲訪道鶴鳴、雲臺、嵩山、少室間，聞吴有仙人葛公，往師焉。問曰："道始於無，無先無後，無古無今，不審孰爲先後?"仙公曰："本無先後左右高下貴賤形象之殊，是以字之曰道也。"仙公又曰："子宿命當度世。"遂於天台山立壇授《五嶽真形圖》，告之曰："此太上傳命之信，西王母之所尊，執山神魔王皆得役使，三界奉迎也。"又以《太上金丹大經》《靈寶自然五稱寶曜文》《三皇内文》《大有妙經》《金真玉光》《靈書紫文》《大洞三十九章》《太霄隱書》《明鏡圖録》《金書玉字》凡十卷，及太極龍騰芝草告盟仙官，各令佩帶，令入室弟子鄭思遠具宣口訣云。①

通過對以上數種葛玄傳記的初步統計和梳理，可以輕易地發現葛玄的形象不僅在不同傳記中有較大的差异，甚至在同名傳記中也不完全一致，這應是由於以下兩個原因：首先，魏晋别傳并非一種獨立文體，歷代諸書徵引的别傳、列傳亦未必是傳記本名。同時，史書、類書的編撰者或注釋者在徵引别傳時既不稱全名，又常常不録傳者，甚至别傳之名只是引用者臨時冠之，以示區别於正史中該人物的傳記。這就造成同一部傳記存在大量不同的名稱②，那麽也很可能存在同一人物的不同傳記被冠以相同或相近的名稱的情况。其次，傳記的創作是層累的，一篇傳記在流傳過程中可能會經歷多次改編，出現許多個不同版本。此外，傳記的流傳過程中也難免佚失，重新輯録者也必然會對現存材料進行改編和增補。再者，同一人物可能本就有數種不同傳記，後出傳記的創作者在創作過程中必然會受到已有的傳記、傳説的影響，無論對這些舊傳記所述内容是接受還是反對，無論其所撰新傳中是抄入了舊傳的内容，還是删改了舊傳的内容，新傳都蕴含着創作者對舊傳的回應和態度。而就葛玄這位在道教中極爲重要的背景人物而言，其傳記的流傳和轉變，正體現了東晋南朝民衆的態度，反映了社會對新道派、新經典的接受情况。

對葛玄傳記的考證和斷代

如前述，魏晋南北朝時期就存在的數種葛玄傳記中，雖可推斷《葛仙公别傳》《葛仙公列傳》《葛仙翁列傳》《葛仙公傳》《葛仙翁傳》《葛玄傳》等傳大致成書於這一時期，但作者和具體的創作年代并不明確。而《神仙傳》與《太極左仙公神仙本起内傳》等傳記的年代則相對容易推斷。

《太極左仙公神仙本起内傳》係古靈寶經中的仙公新經，古靈寶經指南朝劉宋高道陸修静所撰《靈寶經目》中著録的靈寶派道經。雖然學界對於古靈寶

① 《道藏》第 6 册，第 845—853 頁。引用時將部分异體字和錯别字改爲正字。

② 裴媛媛《魏晋别傳體例考論》，《編輯之友》2012 年第 11 期，第 107—108 頁。

經的創作者和具體創作年代還有争論[①],但其大致出世於400—470年却并無疑問。《神仙傳》因有兩個主要版本,且均爲明清時所輯,問題稍顯複雜,但《神仙傳》原本的大體創作時間也不難確定。葛洪在《抱朴子外篇》卷五十《自叙》中稱:

洪年二十餘,乃計作細碎小文,妨棄功日,未若立一家之言,乃草創子書。會遇兵亂,流離播越,有所亡失。連在道路,不復投筆十餘年。至建武中,乃定。

凡著《内篇》二十卷,《外篇》五十卷,碑、頌、詩、賦百卷,軍書、檄移、章表、箋記三十卷,又撰俗所不列者爲《神仙傳》十卷,又撰高尚不仕者爲《隱逸傳》十卷,又抄五經、七史、百家之言、兵事、方伎、短雜、奇要三百一十卷。别有目録。[②]

而其在《抱朴子内篇》中説:

余所著《外篇》及雜文二百餘卷。[③]

又在《神仙傳序》中稱:

洪著《内篇》論神仙之事凡二十卷。[④]

綜上可知,《抱朴子外篇》創作於東晋建武年間(317—318),在《抱朴子内篇》之前;而《神仙傳》創作於《抱朴子内篇》之後,《抱朴子外篇・自叙》之前。另據學者考證,葛玄至遲卒於東晋建元二年(344)[⑤],那麽葛洪原著《神仙傳》當創作於318—344年之間。但《神仙傳》是葛洪"抄集古之仙者,見於仙經、服食方及百家之書,先師所説,耆老所論"而成,其主要情節應均是在葛洪之前就廣泛流傳的神話傳説。

而單就"葛玄"條來看,漢魏本顯然比四庫本更接近與葛洪原作,這一點可以通過細讀四庫本K5、K6兩個與漢魏本明顯不同的段落來證明。現將兩段内容轉録於下:

K5 玄勤奉齋科,感老君與太極真人降於天台山,授玄靈寶等經三十六卷。

K6 久之,太上又與三真人項負圓光,乘八景玉輿,寶蓋、幡幢、旌節,焕耀空中,從官千萬。命待經仙郎王思真,披九光玉韞,出洞元、大洞等經三十六卷,及上清齋二法:一絶群獨宴,静炁遺形,冥心之齋也;二清壇肅

① 具體的學術史梳理可參考劉屹《六朝道教古靈寶經的歷史學研究》,上海古籍出版社,2018年,第25—211頁。

② 楊明照《抱朴子外篇校箋》,中華書局,1991年,下册,第697—698頁。

③ 王明《抱朴子内篇校釋》,中華書局,1985年,第283頁。

④ 〔晋〕葛洪撰,胡守爲校釋《神仙傳校釋》,《神仙傳序》第1頁。

⑤ 葛洪生卒年史籍未載,但錢穆、陳國符、楊明照等前輩學者早已論及,其應卒於東晋康帝建元元年(343)或建元二年(344)。另參丁宏武《葛洪年表》,《宗教學研究》2011年第1期,第10—16頁。

侶,依太真之儀,先拔九祖,次及家門,後謝己身也。靈寶齋六法:一金籙,調和陰陽,寶鎮國祚;二玉籙,保佑后妃、公侯、貴族;三黄籙,卿相牧伯,拔度九祖罪原;四明真,超度祖先,解諸冤對;五三元,自謝犯戒之罪;六八節,謝七祖及己身,請福謝罪也。及洞神、太一、塗炭等齋并戒法等件。[①]

按"靈寶經三十六卷"與"洞元、大洞等經三十六卷"兩處卷數應均指《靈寶經目》中著録的三十六卷古靈寶經。"洞元"即"洞玄"[②],亦是靈寶經的稱呼。但"大洞"顯然指代了上清經,創作者或是忘記修改卷數,或是爲了突出靈寶經的地位而故意保留了三十六卷的卷數。陶弘景於"真誥叙録"稱:

《南嶽夫人傳》載青籙文云:"歲在甲子,朔日辛亥,先農饗旦,甲寅羽水,起安啓年,經乃始傳。得道之子,當修玉文。"

謹推按晋曆,哀帝興寧二年太歲甲子,正月一日辛亥朔,四日甲寅羽水。起者,興也;安者,寧也,故迂隱其稱耳。如此則興寧二年正月,南真已降授楊君諸經也。今檢真授中有年月最先者,唯三年乙丑歲六月二十一日定録所問。從此月日相此,稍有降事。[③]

於同卷"真經始末"中稱:

伏尋上清真經出世之源,始於晋哀帝興寧二年太歲甲子。[④]

則上清經出世於興寧二年(364)。而前文已提及,古靈寶經出現并最早流傳於公元400年後,二者均遠晚於葛洪卒年,可證此傳絶非葛洪原作。同理,Y1、Y2、T3、T7、T9等五段古靈寶經佚文或提及古靈寶經的引文也應晚於400年。

再者,K6段分門别類地詳細記録了葛玄所受諸齋法的名稱和功用,這些齋法雖然在東晋中期就已經隨上清經和古靈寶經廣泛流傳,但歷史上首次對道教齋儀進行分類及命名的是陸修静[⑤]。陸修静於劉宋文帝元嘉三十年癸巳(453)所撰《洞玄靈寶五感文》(以下簡稱《五感文》)列有"衆齋法",其文稱:

道以齋戒爲立德之根本,尋真之門户。學道求神仙之人,祈福希慶祚之家,萬不由之。既子識有明暗,則入悟有利鈍。資力有優劣,則所任有多少。是以聖人階其精粗,分析轍轍,大體九等,齋各有法,凡十二法。[⑥]

陸修静將當時的道教齋儀分爲"九等齋十二法",包括:

---

① 〔晋〕葛洪撰,胡守爲校釋《神仙傳校釋》,第269頁。

② 此處涉及避諱的問題,但我們傾向於認爲這是傳抄過程中留下的痕迹。

③ 〔梁〕陶弘景撰,趙益點校《真誥》,中華書局,2011年,第333—334頁。引用時略去小字注釋。

④ 〔梁〕陶弘景撰,趙益點校《真誥》,第339頁。雖然陶弘景認爲上清諸真開始降授楊羲的時間要更早,但學者多對此不太認可,參見 Stephen Bokenkamp, *A Fourth-Century Daoist Family: The Zhen'gao, or Declarations of the Perfected, Volume* 1, Oakland: University of California Press, 2021. pp. 108—114。

⑤ 参吕鵬志《靈寶六齋考》,《文史》2011年第3期,第88—100頁。

⑥ 《道藏》第32册,第619—620頁。

一曰洞真上清之齋,有二法。

其一法,絶群離偶,無爲爲業。寂胃,虚申,眠神,静炁。遺形忘體,無與道合。

其二法,孤影夷豁。

二曰洞玄靈寶之齋,有九法。

其一法,金籙齋,調和陰陽,救度國正。

其二法,黄籙齋,爲同法,拔九祖罪根。

其三法,明真齋,學士自拔億曾萬祖九幽之魂。

其四法,三元齋,學士一年三過,自謝涉學犯戒之罪。

其五法,八節齋,學士一年八過,謝七玄及己身宿世今生之罪。

其六法,自然齋,普濟之法,内以修身,外以救物。消灾祈福,適意所宜。

其七法,洞神三皇之齋,以精簡爲上。單己爲偶,絶塵期靈,沐浴玄雲之水,燒皇上之香,燃玄液之燭,服上元香丸。

其八法,太一之齋,以恭肅爲首。

其九法,指教之齋,以清素爲貴。

又曰:三元塗炭之齋,以苦節爲功,上解億曾道祖無數劫來宗親門族及己身家門無鞅數罪,拯拔憂苦,濟人危厄,其功至重,不可稱量。①

其中"洞真上清之齋"二法均是所謂"内齋",正對應了 K6 段所記録兩種上清齋中的第一種,即"絶群獨宴,静炁遺形,冥心之齋也"。而被描述爲"清壇肅侶,依太真之儀,先拔九祖,次及家門,後謝己身也"的另一種上清齋顯然是一種"外齋",其亦可見於中古道經,唐代道書《齋戒籙》"六種齋"條引隋代道書《道門大論》云:

上清齋有三法,一者絶群獨宴,静氣遺形;二者清壇肅侶,依太真儀格;三者心齋,謂疏瀹其心,澡雪精神。②

"依太真儀格"中的"太真"可能是指《太真科》或太真齋。《太真科》早已亡佚,雖然六朝隋唐道經中有許多引用自《太真科》或類似名稱道經的内容③,但難以逐條確定這些引文的年代和準確出處。太真齋約出現在南北朝後期,應該是一種模仿靈寶齋而成的新型上清齋。編纂於北周建德六年(577)的《無上秘要》卷五五至五七分别記載了"太真下元齋品"、"太真中元齋品"和"太真上元齋品"三種不同的太真齋,其中太真下元齋和太真中元齋基本包含了"先拔九

① 《道藏》第 32 册,第 620 頁。引用時略去小字注。

② 《道藏》第 6 册,第 1003 頁。引用時修改了别字。此段内容亦見引於《雲笈七籤》卷之三十七《齋戒部》和《要修科儀戒律鈔》卷之八《齋名鈔》,此二書均作:"上清齋有二法,一者絶群獨宴,静氣遺形,清壇肅侶,依太真儀格;二者心齋,謂疏瀹其心,澡雪精神。"

③ 大淵忍爾《〈太真科〉とその周边》,收入氏著《道教とその經典——道教史の研究其の二》,東京創文社,1997 年,第 409 頁。

祖,次及家門,後謝己身”的功用。《五感文》中的“洞玄靈寶之齋”及“三元塗炭之齋”包含了此傳除“玉籙齋”外的五種靈寶齋及“洞神、太一、塗炭等齋”。而“玉籙齋”可能晚至梁末至隋末間才出現①。

除葛玄所受經目齋法外,參與降經的神真亦值得注意。K5 段稱“老君與太極真人降於天台山”,K6 段稱“太上又與三真人”。古靈寶經中涉及太極真人授經於葛玄的記載可見於題爲《靈寶經決威儀上》的敦煌寫本 P. 2452 中②:

> 太極真人稱徐來勒,以己卯年正月一日日中時,於會稽上虞山傳太極左仙公葛玄,字孝先。玄於天台山傳鄭思遠、沙門竺法蘭、釋道微、吴先主孫權。③

又見於古靈寶經《太上洞玄靈寶真一勸誡法輪妙經》(以下省稱《法輪經》):

> 太極左仙公於天台山静齋拔罪,燒香懺謝,思真念道……齋未一年,遂致感通上聖垂降……一時之頃,天真并下。第一自稱太上玄一第一真人郁羅翹,第二自稱太上玄一第二真人光妙音,第三自稱太上玄一第三真人真定光。三真并集,皆項有圓光,映照十方,悉各坐金狀錦席,左右侍官,皆把華旛,燔百和名香,擎立空青之案,八色之巾。請《真一勸戒法輪妙經》,飛文錦帳、七寶纓絡,玄覆經上,靈真煒爍於絶空之中。於是仙公稽首作禮,天尊妙重,未敢自陳,唯心歡神暢,伏聽戒言。
>
> 太上玄一真人郁羅翹告太極左仙公曰:“子積劫念行,損身救物,開度有生,惠逮草木,托身林阜,守情忍色,恭禮師宗,存弗厭極,苦志篤厲,乃有至德,致紫蘭臺、金闕上清宫有瓊文紫字,功德巍巍,行合上仙。太上命太極真人徐來勒,保汝爲三洞大法師。今復命我來爲子作第一度師,子可復坐,我當告子開度法輪勸戒要訣,使子知有宿命,先身罪福,致今之報,於是説之。子將無欲聞之乎?能奉之者,便當静聽。”④

而另一部古靈寶經《洞玄靈寶玉京山步虛經》則稱:

> 太上太極五真人於會稽山虞山授葛仙公洞玄靈寶經,各吟一頌。⑤

據此經後文,“太上太極五真人”分别爲太上太極真人、太上玄一第一真人、太上玄一第二真人、太上玄一第三真人和正一真人無上三天法師張天師。

K5、K6 段中降經的内容及 T5 段引文明顯與敦煌寫本 P. 2452 及《法輪經》有關,“太極真人”即太極真人徐來勒,“三真人”即太上玄一第一真人郁羅

① 参見吕鵬志《靈寶六齋考》,第 120—122 頁。

② 據大淵忍爾先生考證,此殘卷應是古靈寶經《太上太極太虚上真人演太上靈寶威儀洞玄真一自然經訣》的一部分,参見大渊忍爾著,雋雪燕、趙蓉譯《敦煌道經目録編》,齊魯書社,2016 年,第 179—184 頁。

③ 《法國國家圖書館藏敦煌西域文獻 14》,上海古籍出版社,2001 年,第 105 頁。

④ 《道藏》第 6 册,第 170—171 頁。

⑤ 《道藏》第 34 册,第 627 頁。

翹,太上玄一第二真人光妙音,太上玄一第三真人真定光。但這三部古靈寶經中均未出現"老君"或"太上"親自參與降經的情節,類似記載反而首見於幾部宋代老子傳記中。北宋道士賈善翔所撰《猶龍傳》稱:

混元與太極真人降於天台山,授仙人葛孝先靈寶等經三十六卷。久之,混元又與三真人項負圓光,乘八景玉輿,寶蓋幢節,焕耀空中,從官千萬。命侍經仙郎王思真,披九光玉韞,出洞元、大洞等經三十六卷,以授於孝先。及上清齋,有二法:一絶群獨宴,静氣遺形,冥心之齋也;二清壇肅侶,依太真之儀,先拔九祖,次及家門,後謝己身也。靈寶齋者有六法:一者金籙,調和陰陽,保鎮國祚;二者玉籙,保祐后妃、公侯、貴族;三者黄籙,卿相牧伯,拔度九祖罪原;四者盟真,超度祖先,解諸冤對;五者三元,自謝犯戒之罪;六者八節,謝七祖及己身之過。又自然齋者,普爲億姓,爰及己身,請福謝罪也。洞神齋者以精簡爲上,太一齋者以恭肅爲首,旨教齋者以清素爲貴,塗炭齋者以苦節爲功。①

南宋道士謝守灝采合諸書,編撰了四種老子傳記,其中《混元聖紀》卷七與《猶龍傳》、K5、K6 段的記載也極爲相似:

靈帝光和二年己未正月朔旦,老君敕太極真人三洞法師徐來勒等同降於天台山,老君乘八景玉輿,從官千萬,正一真人侍焉。老君自號太上玄一真人真定光,爲洞經高玄法師,命侍仙玉郎王思真披九光玉韞,出洞玄、大洞、靈寶經凡三十六部,以授仙人葛玄。及上清齋法二等,其一絶群獨宴,静氣遺形,冥心之齋,入聖昇虚之法也;其二清壇肅侶,依按真儀,先拔九祖,次及家門,後謝己身也。并三籙七品齋法,三籙者,金籙齋調和陰陽,保鎮國祚;玉籙齋保佑后妃、公侯、貴族;黄籙齋拔度九玄七祖,永辭長夜之苦。七品者,曰明真齋,超度幽爽,解諸冤對也;曰自然齋,普爲衆生請福謝罪,學仙修行之法也;曰三元齋,自謝犯戒之罪,解考於三官也;曰八節齋,謝玄祖及己身之罪,滅黑簿之法也;曰洞神齋,以精簡爲上,求仙保國之法也;曰指教齋,以清素爲貴,救疾禳灾之法也;曰塗炭齋,以苦節爲功,悔過請福之法也。②

謝氏編撰的《太上混元老子史略》中有:

靈帝建寧元年戊申,後凡三改元,光和二年己未,老君降於天台山,授仙人葛玄上清、靈寶、大洞等經、三籙九品齋法、《勸戒法》、《神入定》等經。③

《太上老君年譜要略》曰:

---

① 《道藏》第 18 册,第 26 頁。
② 《道藏》第 17 册,第 848—849 頁。
③ 《道藏》第 17 册,第 894 頁。

靈帝光和二年己未，老君降於天台山，授仙人葛玄《上清》、《靈寶》、《大洞》等經及三籙七品齋法。[①]

此段并有小字注稱："見《天台山記》及《太極仙公傳》。"而《混元聖紀》卷一"靈帝"條亦稱：

光和二年己未，老君降於天白山，授仙人葛玄《上清》、《靈寶》、《大洞》等經及三籙七品齋法、《勸戒法輪》、《轉神入定》等經。[②]

此段同樣附有小字注："見《天台山記》及《太極仙公傳》。"查《天台山記》，未有"老君降於天台山"或"老君降於天白山"的記載，僅據《法輪經》稱"太極三真人下降，授葛仙公修道於天台山。"[③]

《天台山記》今存於《大藏經》，唐代天台山道士徐靈府作於唐敬宗寶曆初年(825)。《直齋書録解題》稱徐靈府爲元和中(806—820)人[④]，《歷世真仙體道通鑒》中有傳，其傳稱：

唐會昌初，武宗詔浙東廉訪使以起之，辭不獲，出見廉使，獻言志詩曰："野性歌三樂，皇恩出九重，求傳紫宸命，免下白雲峰。多愧書傳鶴，探慚紙畫龍。將何佐明主，甘老在岩松。"廉訪奏以衰槁，免命。由此絶粒，久之，凝寂而化，享年八十二。[⑤]

徐靈府是久居天台山的道士，其對葛玄受經的認知仍同於古靈寶經的記載。據此推測，至少在唐憲宗元和年間(806—820)到唐武宗會昌年間(841—846)初期，尚無"老君"或"太上"親自降授葛玄的神話或經文流傳。則四庫本《神仙傳》"葛玄"條不僅不是葛洪原作，其内容甚至可能逐步形成於晚唐五代或北宋。

僅以"葛玄"條論，漢魏本的創作時間的確應遠早於四庫本，却也未必是葛玄原著。康儒博已指出，相比於《抱朴子内篇》中對葛玄"從祖仙公"的稱呼，漢魏本《神仙傳》中全未提及葛洪與葛玄的親屬關係，而這一親屬關係甚至被《晋書·葛洪傳》保留下來[⑥]。但我們仍可相信，H1 至 H19 段及與之相近的《别傳》《列傳》引文，還有 T1、T2、T3、T6、T8 段即便不是葛洪原著，也很可能是源自與葛洪原著時代接近或更早的傳説。實質上，它們均是記録了三國至東晋初期江南地區廣爲流傳的葛玄傳説。

此外，Y3 段引文很可能是將左慈的傳説移植到葛玄名下的，漢魏本與四庫本《神仙傳》"左慈"條内容大體一致，均有如下情節：

---

① 《道藏》第 17 册，第 886 頁。

② 《道藏》第 17 册，第 791 頁。

③ 《大正藏》第 51 册，第 2096 頁。

④ 〔宋〕陳振孫著，徐小蠻、顧美華點校《直齋書録解題》，上海古籍出版社，2015 年，第 263 頁。

⑤ 《道藏》第 5 册，第 328 頁。

⑥ 參吕鵬志、張晨坤譯《新輯〈神仙傳·葛玄〉考釋》，第 175 頁。另外，《説郛》本也提到了葛玄是"洪族祖"。

慈見吴先主孫權(漢魏本作"吴主孫討逆"),權素知慈有道,頗禮重之,權侍臣謝送知曹公、劉表皆忌慈惑衆,復譖於權,欲使殺之。後出游,請慈俱行,令慈行於馬前,欲自後刺殺之。慈著木履,持青竹杖,徐徐緩步,行常在馬前百步,著鞭策馬操兵器逐之,終不能及。送知其有道,乃止。①

而 Y4 段則可能與上清經派有關,《上清外國放品青童内文》卷下稱:

中國四周百二十億萬里,下極大風澤五百二十億萬里,昆侖處其中央,弱水周匝繞山,山高平地三萬六千里,上三角,面方長萬里,形似偃盆,中狹上廣。其一角正北,干辰星之精,名閬風臺;一角正西,名曰玄圃臺;其一角正東,名曰昆侖宫。②

通過對以上六朝時期葛玄傳記中不同文段的考察,可以發現其形象大致有兩種,首先是被尊稱爲"葛仙公"的、擅長種種神奇方術的方士。這是保存條目最多、歷代徵引也最多的一種形象,其出現的時間也較早。其次則是古靈寶經中身爲善思菩薩轉世,接受仙真降經,并將靈寶經傳入人間的太極左仙公。這一形象的出現相對較晚,但隨靈寶經、靈寶齋的流傳也有較多的記載。另外,據黎志添先生考證,葛玄在江南地區流傳的仙公崇拜中是有别於方士的煉丹家形象③。但我們認爲,此形象可被囊括進神仙方士的形象中④。

葛玄傳記所見六朝道教實踐轉型

雖然葛玄煉丹家的形象也可歸入其神仙方士的形象中,但仍要注意到,葛洪在《抱朴字内篇》中對於"左慈—葛玄—鄭隱—葛洪"這一金丹術傳承譜系的建構有着特殊意義。雖然《内篇》中也承認服食、導引和房中等方術存在一定作用,但反復指出"金丹大法"才是唯一的長生之法,并且將"金丹大法"與其他道士掌握的煉丹術區隔開來,略舉二例:

今雜猥道士之輩,不得金丹大法,必不得長生可知也。雖治病有起死之效,絶穀則積年不飢,役使鬼神,坐在立亡,瞻視千里,知人盛衰,發沈祟於幽翳,知禍福於未萌,猶無益於年命也。⑤

昔左元放於天柱山中精思,而神人授之金丹仙經。會漢末亂,不遑合作,而避地來渡江東,志欲投名山以修斯道。余從祖仙公,又從元放受之。

① 〔晋〕葛洪撰,胡守爲校釋《神仙傳校釋》,第 277 頁。

② 《道藏》第 34 册,第 28 頁。

③ 黎志添《從葛玄神仙形象看中古世紀道教與地方神仙傳説》,《中國文化研究所學報》新第 10 期(總第四十一期),2001 年,第 495—499 頁。

④ 參見劉屹《如何修得上仙? ——以古靈寶經中的太極左仙公葛玄爲例》,收入余欣主編《中古時代的禮儀、宗教和制度》,上海古籍出版社,2012 年,第 378 頁。亦參劉屹《六朝道教古靈寶經的歷史學研究》,第 378 頁。

⑤ 《抱朴子内篇》卷十四《勤求》。見王明《抱朴子内篇校釋》,第 259 頁。

> 凡受太清丹經三卷及九鼎丹經一卷金液丹經一卷。余師鄭君者，則余從祖仙公之弟子也。又於從祖受之，而家貧無用買葯。余親事之，灑掃積久，乃於馬迹山中立壇盟受之，并諸口訣訣之不書者。江東先無此書，書出於左元放。元放以授余從祖，從祖以授鄭君，鄭君以授余，故他道士了無知者也。[①]

考慮到葛洪的聲名和影響力，他的努力必然起到了一定作用，這或許也是江南地方崇拜中葛玄煉丹傳説占據主流的原因之一。但這種努力又没有完全成功，不然更晚成書的《神仙傳》中一定會更加着力描寫葛玄煉丹的内容，而非通篇描繪其術法之神奇。這其中固然有《神仙傳》"今復抄集古之仙者"的編撰方式的影響，但更可能是因爲煉制金丹的要求過於複雜，且花費不菲，使得"金丹大法"在社會大衆中的吸引力和影響力有限。但這種情况在精英階層中或許有不同。資助并參與到上清降經活動中的丹陽許氏是活躍於會稽王司馬昱周圍的士人家族之一，上清經最初也正是在這一群體中流傳。從《真誥》中可以發現，上清誥喽中不僅包括修煉方法、天界冥界、神仙鬼官的描述，也有楊許爲司馬昱等人向真人求問生前死後諸事的記録。那麽，上清諸經顯然也在很大程度上符合士族階層的需求，而上清經所載修煉方法中，除了最具特色的存思術外，還包括《太微靈書紫文瑯玕華丹神真上經》《太極真人九轉還丹經要訣》等數中丹經。《太微靈書紫文瑯玕華丹神真上經》和《太極真人九轉還丹經要訣》都與《九鼎神丹經》關係密切[②]。甚至在《真誥》中，葛洪"金丹大法"的傳承譜系被修改整合進了上清派的仙真體系：

> 左慈今在小括山，常行來數在此下，尋更受職也。慈顔色甚少，正得鑪火九華之益。（左慈字元放，李仲甫弟子，即葛玄之師也。……建安末，渡江尋山，仍得入洞。又乞丹砂，合九華丹。九華丹是太清中經法。）[③]

不過，上清經派雖然將金丹納入了其修煉體系，但僅是服務於存思術的從屬性技術，而葛玄更只是一個擅長方術的地仙，被排除在天仙上真的階層之外：

> 問葛玄。玄善於變幻，而拙於用身，今正得不死而已，非仙人也。初在長山，近入蓋竹，亦能乘虎使鬼，無所不至，但幾於未得受職耳。亦恒與謝稚堅、黄子陽、郭聲子相隨。（葛玄字孝先，是抱朴從祖，即鄭思遠之師也。少入山得仙，時人咸莫測所在。傳言東海中仙人，寄信呼爲仙公，故

---

① 《抱朴子内篇》卷四《金丹》。見王明《抱朴子内篇校釋》，第 71 頁。

② 參見 Stephen Bokenkamp, *Early Daoist Scriptures*, Berkeley, Los Angeles and London: University of California Press, 2021. pp. 289。另參 Fabhzio Pregadio, *Great Clarity: Daoism and Alchemy in Early Medieval China*, Stanford: Stanford University Press, 2005. pp. 6—7 & pp. 142—147；中譯本參考[意]玄英著，韓吉紹譯《太清：中國中古早期的道教和煉丹術》，齊魯書社，2016 年，第 8—10、177—184 頁。

③ 〔梁〕陶弘景撰，趙益點校《真誥》，第 212 頁。

抱朴亦同然之,長史所以有問。今答如此,便是地仙耳。《靈寶》所云"太極左仙公",於斯妄乎?)①

但對於"造構靈寶"的葛巢甫等靈寶派道士而言,聲名遠播、以方術交游於貴族間的神仙方士葛玄②可能更便於利用。鐮田茂雄先生在考察華嚴初祖杜順時提出,新宗教的成立有兩大要因,一是需要一個擁有神异力量的特别的宗教人士,二是爲了説明該宗教人士的宗教體驗的内容,出現了教理的組織者③。與此論相類似,古靈寶經正是圍繞着葛玄受經這一宗教神話展開的,"元始舊經"是藏於天界的真經,"仙公新經"則是葛玄"所受教戒訣要,及説行業"。那麽,靈寶派道士之所以會選擇將葛玄,而非葛洪塑造爲"靈寶教主",正是因爲葛玄的神仙方士形象在民間和上層均影響深遠。葛玄的神异特質正是靈寶派得以成爲一個成功的實踐型宗教的基礎之一。

劉屹先生曾梳理了古靈寶經中葛玄得道的四個因素,分别是"累世修行,宿願成仙""居世静齋,善功度人""仙真降迎,傳授經戒""師保完備,位登仙階"④。如果説葛玄及"金丹大法"被上清經派改造表明了六朝道教實踐的第一次轉型,即方術的分層與再創;那麽古靈寶經中這種完全不同於方術和煉丹的得道方式標誌着六朝道教實踐的又一次轉型——淡化方術影響,而更加强調齋戒和度人的作用。這顯然是靈寶道士爲融攝上清和佛教作出的嘗試,而這一嘗試無疑是極爲成功的。靈寶派主要宗教實踐——靈寶齋的儀式模式影響了後世幾乎全部道教儀式。在當時,靈寶齋也成爲最流行的宗教實踐活動,甚至上清真人大茅君回訪上清聖地茅山的時刻,本該出現在茅山之上的"好道者"也被靈寶信徒所取代:

三月十八日、十二月二日,東卿司命君是其日,上要總真王君、太虚真人、東海青童,合會於句曲之山,游看洞室。好道者欲求神仙,宜預齋戒,待此日登山請乞。篤志心誠者,三君自即見之,抽引令前,授以要道,以入洞門,辟兵水之灾,見太平聖君。(按中君書云,"常以二日登山,延迎請祝",即請十二月二日,不見道三月十八日者,屢有正月中耳。今臘月二日多寒雪,遠近略無來者,唯三月十八日輒公私雲集,車有數百乘,人將四五千,道俗男女,狀如都市之衆,看人唯共登山,作靈寶唱讚,事訖便散。豈復有深誠密契,願睹神真者乎?)⑤

這種成功不僅引起了部分上清經派競争者的批判,也更激起了對葛玄的

① 〔梁〕陶弘景撰,趙益點校《真誥》,第 212 頁。

② 康儒博先生已注意到葛玄頻繁的交游情狀,他認爲吴國的貴族在某種程度上可視爲葛玄的觀衆,而葛玄正是應邀表演神迹的演員。

③ 鐮田茂雄《中國華嚴思想史の研究》,東京大學出版會,1965 年,第 50—53 頁。

④ 劉屹《如何修得上仙?》,第 381—389 頁。亦參劉屹《六朝道教古靈寶經的歷史學研究》,第 380—386 頁。

⑤ 〔梁〕陶弘景撰,趙益點校《真誥》,第 202 頁。

地位貶低。陶弘景在不同著述中多次强調葛玄僅是地仙,而非"太極仙公",甚至在其爲葛玄所撰碑文中也未改口:"俗中經傳所談,云已被太極銓授,居左仙公之位,如《真誥》并葛氏舊譜,則事有未符。"①但如同葛洪已無法對上清經派重塑金丹譜系置喙一樣,陶弘景也對後世篡改他對葛玄的評定毫無辦法。今本《真靈位業圖》中,不僅在"地仙散位"中列有葛玄之名,"第三左位"中也有"太極左仙公葛玄"。更有趣的是,這兩處的注釋稱葛玄"吴時下演靈寶,下爲地仙""位在太極宫"②。雖然既不符合上清經派對其僅是地仙的定位,也與靈寶經中記載不同,却巧妙地將這兩種身份合理地勾連在一起。這也在側面證明了南北朝中後期至隋唐,三洞四輔體系的建立和廣泛接受。這種試圖勾連不同道派和傳統的嘗試在諸多古靈寶經中已有所體現,如《太上玉經太極隱注寶經訣》中記載了傳授及閱讀道德、上清、靈寶、三皇等經的儀式和咒語。其中對於《道德經》的相關描述甚至被收入《河上公章句》之序,而這篇序言又被僞托於葛玄名下。

(作者單位:西南交通大學人文學院)

① 見陳垣《道家金石略》,文物出版社,1988年,第22頁。

② 〔梁〕陶弘景撰,〔唐〕閭丘方遠校定,王家葵校理《真靈位業圖校理》,中華書局,2013年,第96、243頁。

古典文獻研究(第二十五輯下)
Journal of the Institute for Chinese Classics Studies
Nanjing University
Volume 25, No.2 2022

“爲我通達”
——先唐道教祝辭中的個人情志書寫

袁海寶

不同宗教的産生和發展總是與人類的種種感情相互糾纏,如恐懼、憤怒、敬仰、贊美、喜愛等,人類這些積極和消極的情緒都可以在宗教中找到。道教也不例外,它的諸多宗教行爲都是爲了幫助人們解決現實問題,釋厄解困,道教祝辭更是人們所渴望解决問題的直觀表述,其中藴含了人們各種樸素的情感和志向。因“祝”“咒”“呪”三字可通,故祝辭又可稱爲咒語。關於道教祝辭情感的表達,已有學者關注,蘇薈敏以爲大多數咒語是人們情感和願望的表達,對於願望和情感的表達是咒語首要的文化心理功能①。林拓指出,每則咒語中總是藴含着某種宗教情感,情感的激烈程度不同,表現方式也不同②。成娟陽和蔣振華認爲,道教咒語繼承了原始巫術和神靈祭祀中命令性、强制性特徵,形成了“順我者昌,逆我者亡”的情感模式,其本質内涵是“三界内外,唯我獨尊”③。

從現存先唐道教祝辭的實際情况來看,先唐道教祝辭所藴含的情感并不單一,這種命令和强制性的表現只是其中的一種而已,不同的祝辭有不同的祝説對象,這些祝説對象的身份和等級又有顯著差别,祝説者斷然不會用同樣的情感去對待他們。面對不同祝説對象,祝説者會有不同姿態,或高或卑,其態度和情感迥然不同,試舉幾例:

> 上降尊靈,遠臨鄙濁。祈禮既畢,不敢稽留,呼吸上昇,稽首奉辭還神

① 蘇薈敏《咒語的文化心理功能分析》,《西北民族大學學報(哲學社會科學版)》2018年第4期,第51頁。

② 林拓《道教咒語的文學價值》,《道教論壇》2000年第4期,第33頁。

③ 成娟陽,蔣振華《道教咒語的情感内容及其對詩歌的影響》,《湖南師範大學社會科學學報》2018年第5期,第94頁。

反位。①

萬劫開闔，玉帝之尊，龍衣鳳璽，罔敢不臣，極真無名，上聖自然，下接小兆，三景浮軿，與帝同輦，玉宸之天，拔臣生死，開濟九玄，帝恩臣心，無有後先，飛形玉清，指揮天元。②

某甲有罪，上聞百神，乞度七九，水火之患，守命太一，拘濟帝君，汗流一體，怖在三魂，恩惟太上，永令除患。③

黄裳子，黄裳子，黄庭真人在于己。爲我致藥酒、松脯、粳糧、黍臛，諸可食飲者，令立至。④

上列四條祝辭中祝説者的姿態完全不同，前三條祝辭中祝説者在神靈面前將自己的地位一再降低，對神靈稱尊、稱聖，於己則稱鄙、稱小，祝説者始終葆有戰戰兢兢、誠惶誠恐的態度，這顯然不是命令性、强制性的話語。最後一條與前三條相异，其中并未有乞求黄裳子之意，甚至連一個“請”字都没有使用，反倒是命令和催促的意味格外濃厚，“爲我致”“令立至”充分體現了祝説者异常强勢的態度。所以説，單以祝辭傳達出强制性態度，以“順我者昌，逆我者亡”爲情感模式，是有待商榷的。除此以外，并不是所有的祝辭都有祝説對象，也不會都伴有情緒表達，描述相關儀式效果，以及記録修行方式的祝辭就没有特别的情緒表達，僅僅限於叙述而已，比如：

北方玄滋，服食玄滋，飲以玉飴。⑤

水流歸末，木落歸本，金剛火强，土王四季。⑥

乾元亨利貞，神水入腹，五藏清明。⑦

第一則所講爲服氣之法，第二則是借五行言房中導引之事，最後一則是道士飲水之前所用咒語，是對理想中飲水效果的描述，所列祝辭没有較爲突出的情感表達。

故而説，并不是每一條祝辭都藴含某種情感。實際上，最能體現祝説者情志的内容存在於和神靈溝通類的祝辭中，一方面這類祝辭有明確的祝説對象，另一方面，祝説者在此類祝辭中有明確的慾望表達，所以討論祝辭藴含的情志問題必須將重心放置在具有和神靈溝通意味的祝辭上。

二

死亡一直爲人類所恐懼，對於生命終將逝去的焦慮長久盤旋於世間，如齊

① 《太上三皇寶齋神仙上録經》，上海書店出版社編《道藏》，上海書店出版社、文物出版社、天津古籍出版社，1988 年，第 18 册，第 561 頁。

② 《上清華晨三奔玉訣》，《道藏》，第 6 册，第 562 頁。

③ 《洞真太一帝君太丹隱書洞真玄經》，《道藏》，第 33 册，第 540 頁。

④ 《太上老君中經》卷上，《道藏》，第 27 册，第 144 頁。

⑤ 《太上洞玄靈寶投簡符文要訣》，《道藏》，第 6 册，第 387 頁。

⑥ 《上清黄書過度儀》，《道藏》，第 32 册，第 741 頁。

⑦ 《洞玄靈寶道學科儀》，《道藏》，第 24 册，第 773 頁。

景公曾表達自己對於死亡的憂慮:"古而無死,其樂若何?"[1]人們一直在用盡各種方法試圖擺脱死亡,從早期流行的各種長生方技,再到以後的宗教修行,無不是希望打破生命的限制。李約瑟指出:"道家思想從一開始就迷戀這樣一個觀念,即認爲達到長生不死是可能的。"[2]道教從創立之初就確立了追求長生不死的主旨。《太平經》卷三十五:"天地之性,萬二千物,人命最重。"[3]《抱朴子内篇·勤求》:"是以道家之所至秘而重者,莫過乎長生之方也。"[4]爲了實現這一目標,道士們不斷進行種類繁多的身體和心靈修煉,這些修煉又和道教的種種儀式關係密切。先唐道教祝辭中不乏祈求長生的語句,試舉幾例:

温漾温漾精光明,吞炁食影入我形,扶助我身召神靈,真炁還治絶邪精,令我長生壽萬齡,急急如律令。[5]

玉華散景,九炁合烟,香雲密羅,徑衝九天,侍香玉女,上聞帝前,令我長生,世爲真仙,所向所願,莫不如言。[6]

長須長須,令我入金堂玉户,使我長生老壽,百歲千歲,常與汝俱。[7]

皇天上帝,太上道君,曾孫小兆王甲好道,願得長生。[8]

不難看出,所引祝辭中祝説對象皆是道教神靈,祝説者處於低姿態,始終以祈求爲主。上列祝辭中求長生之語頗多,"令我長生壽萬齡""令我長生""使我長生老壽""願得長生""令兆長生",這些語句都直接表現出祝説者對於長生的渴望,并無任何委婉表述,或是暗示色彩。由此可見,先唐道教祝辭中藴含了人們對於長生久視的期盼與嚮往,他們企圖打破人生壽命的制約。死亡是人類都會面臨的問題,其帶來的憂慮和恐懼會出現在每一個人身上,道教對於世間百姓由於生命短促而産生的憂患提供了解决的方案,特别是在醫療條件低下,人們壽命短暫的年代,它更爲容易得到無助且迷茫的百姓青睞。

除去祈求長生的祝辭,先唐道教祝辭中還有衆多驅除灾禍的内容,其主要圍繞驅除三灾。所謂三灾,有小三灾和大三灾,小三灾指刀兵、疾疫、饑饉,大三灾爲水灾、火灾、風灾。試引幾則:

太帝耀明,和攝魂庭,三魂七魄,鎮守故形,神安體全,得以長生,百疾消散,五藏康寧,使我飛仙,策駕雲軿,赤子扶胥,得氣之精,覆我紫蓋,導從群靈。[9]

天爲我屋,地爲我床,五嶽山川,爲我橋梁,玄斗元精,爲我衣裳,藏身

[1] 〔漢〕劉向整理,吴則虞集釋《晏子春秋集釋》,中華書局,1962年,第441頁。

[2] 〔英〕李約瑟撰,何兆武等譯《中國科學技術史》,科學出版社,1990年,第2卷,第154頁。

[3] 王明編《太平經合校》,中華書局,1979年,第34頁。

[4] 〔晋〕葛洪撰,王明校釋《抱朴子内篇校釋》,中華書局,1996年,第252頁。

[5] 《洞真太上道君元丹上經》,《道藏》,第33册,第619頁。

[6] 《上清太上黄素四十四方經》,《道藏》,第34册,第77頁。

[7] 《洞玄靈寶道學科儀》,《道藏》,第24册,第777頁。

[8] 《太上老君中經》,《道藏》,第27册,第142頁。

[9] 《洞真太微黄書天帝君石景金陽素經》,《道藏》,第2册,第165頁。

七元之内，流火之鄉，度我者太一務猷，過我者白元無英，灾不能干，兵不能傷，當令我身，上詣金闕九老之京。[1]

三常變威，光制八庭，爲我致仙，却灾攘兵。[2]

無上大赤天大赤天大赤天三將軍官將吏兵各三十六萬人，爲某收除瘟灾、毒疫、兵灾、水火、疾害之氣，即得殄滅。爲某振威動兵，鎮防各三十六萬重，守固某宅，四面八方營衛禁備。一如無上上上元始太上玉皇大道君律令。[3]

上列四條祝辭均提及消灾避禍之事，疾病、兵灾、水火皆有顯示。人生本來短促，又面臨種種灾禍，使得他們變得更爲怯懦無助，而宗教可以給他們提供一個庇護的港灣，讓他們找到心靈的歸宿。道教的祝辭告訴信徒，這一切都是可以避免的，這一切都是可以解決的。他們相信種種宗教行爲可以幫助他們遠離令人不安的恐懼。與前文中祝説者祈求長生的態度不同，此間不光有低姿態的祈求，還有高姿態的命令，最後一條祝辭中祝説者儼然就是一個發號施令的指揮官。由此可見，道教祝辭中也包含了人們對於平安、穩定生活的嚮往。值得注意的是，道教祝辭雖提到疾病，如"百疾""萬疾"等，很少見到具體疾病的名稱，但瘧疾除外，先唐道教祝辭中與瘧疾相關者亦不算少，試摘録幾則：

登高山望寒水，使虎狼捕瘧鬼。朝食三千，暮食八百。一鬼不去，移名河伯。食之未足，催速求索。急急如新出老君律令。

天帝使者捕瘧鬼得，便輒殺，勿問罪，急急如律令。

臣身中左右官使者，無令錯互，各主方神，而瘧鬼奸其母，子四子無故入園中，火自燒死，反爲瘧鬼。吾是太上之使，知汝名字源由，何不疾走？今行水火追殺汝。急急如律令。[4]

文中提及瘧疾總是和鬼字相連，是爲"瘧鬼"，古人常以疾病爲鬼神所致，瘧疾也不例外，《太上洞淵神咒經》卷七載："天下流亂，水旱不調，瘧鬼但來捕人"[5]，《道法會元》卷一二〇載："虐(瘧)鬼不敢爲虐(瘧)。"[6]瘧鬼作祟導致了瘧疾，治療瘧疾便是要驅除作祟的瘧鬼。上所引祝辭正是這種思維，通過用虎狼、天帝使者、太上之使威懾瘧鬼，達到治療目的。道教也有用藥物治療瘧疾的記載，葛洪的《肘後備急方》中便有用青蒿治療瘧的方法。由此觀之，瘧疾在先唐時期極爲常見，應對瘧疾的方法既有藥物治療，也有宗教祛除。

先唐道教祝辭也透露出了教徒對於權勢的憧憬，希望能够擁有宫殿，能够使喚神靈，擁有華貴的車駕，可以得到去朝見地位尊崇仙真的資格，試録幾則：

---

① 《洞真太上紫度炎光神元變經》，《道藏》，第33册，第558頁。
② 《上清五常變通萬化鬱冥經》，《道藏》，第5册，第874頁。
③ 《無上三元鎮宅靈籙》，《道藏》，第11册，第681頁。
④ 《太上洞玄靈寶素靈真符》，《道藏》，第6册，第361頁。
⑤ 《太上洞淵神呪經》，《道藏》，第6册，第26頁。
⑥ 《道法會元》，《道藏》，第29册，第574頁。

三素流飆,黄雲五纏,道合萬變,玄虚舉真,神安靈嶽,道降我身,黄白早分,記名紫篇,封山召河,制御群仙,興雲降雨,黄霄飛輪,乘空步玄,上昇高晨。[1]

高上玉皇八景元君,九尊太微帝君,太素七星元君,九變混合,上帝二尊,爲我上開天闕,移度玉名,斷塞鬼户,北帝六宫,死根斷絶,上升七元,賜我八景,七精九皇,飛輿緑軿,同登帝晨,總朝皇妃,攝御萬靈。[2]

月魂精神,曖蕭臺摽,使我得到,日窟之天,東蒙長丘,得受揮神之章,帶九有之符,食青精之飴,飲雲碧之腴,宴八極之城,登明真之臺,坐希林之殿,咏玉晨之辭。[3]

朱烏凌天,神威内張,山源四鎮,鬼井逃亡,神池吐氣,邪根伏藏,魂臺四明,瓊房零琅,玉真巍峨,坐鎮明堂,手揮紫霞,頭建晨光,執咏洞經,三十九章,中有辟邪龍虎,截嶽斬岡,猛獸奔牛,銜刀吞鎗,揭山攫天,神雀毒龍,六頭吐火,啖鬼之王,電猪雷父,制星流横,梟磕駁灼,逆風横行,天禽羅陣,皆在我傍,吐火萬丈,以除不祥,群精啓道,封落山鄉,千神百靈,并首叩顖,澤尉捧爐,爲我燒香,所在所經,萬神奉迎。[4]

上引幾則祝辭提及"封山召河,制御群仙""攝御萬靈""千神百靈,并首叩顖""所在所經,萬神奉迎",這明確表達出了祝説者渴望萬神歸服、供己調遣的意味,有此能力者定非等閑之輩。其次,祝辭又説道:"同登帝晨,總朝皇妃",神仙世界并不是人人平等,同樣等級森嚴,尊卑有别,職能各异,任繼愈先生言:"超現實的仙真鬼神世界,也像現實的封建社會一樣,有明確的等級秩序。"[5]不同等級的神仙權利和地位相异,修道者必須知曉尊卑貴賤之别,陶弘景《真靈位業圖》記載了這一要求,其文曰:"祈祝跪請,宜委位序之尊卑;對真接异,必究所遇之輕重。"[6]現實世界中的普通百姓鮮有機會朝見上層統治者,道教以現實爲基礎構建的神仙世界同樣如此,能進入天帝居所,朝見上仙者,其地位不會太低。最後,祝辭言希望仙真可以賜予祝説者"飛輿緑軿",能够讓他們"飲雲碧之腴,宴八極之域,登明真之臺,坐希林之殿",所到之處"萬神奉迎",如此雍容奢華之場景,不應和尋常百姓生活相關,其同世間王者威儀大類,顯然這些車駕、亭臺樓閣的構想源于人間帝王貴族之家,是凡間統治者富貴生活的投影。結合以上三點可見,祝説者通過祝辭傳達出了自己對於權利和地位的無限渴望,期待在神仙世界中實現自己期許,成爲一個級别不低的神仙。世間百姓渴望在現實中有享不盡的榮華富貴,隨意使喚他人的權利,但這樣的機遇只會眷顧極少的人群,道教構建的宗教世界可以幫助有志於此的普羅大衆

---

① 《太上九赤班符五帝内真經》,《道藏》,第33册,第525頁。
② 《上清天關三圖經》,《道藏》,第33册,第812頁。
③ 《太上玉晨鬱儀結璘奔日月圖》,《道藏》,第6册,第701頁。
④ 《上清三真旨要玉訣》,《道藏》,第6册,第627—628頁。
⑤ 任繼愈《中國道教史》,中華書局,1989年,第189頁。
⑥ 〔梁〕陶弘景撰,王家葵校理《真靈位業圖校理》,中華書局,2017年,第3頁。

實現願望,道教徒通過修煉,就可以宗教世界中可以擁有現實中難以企及的奢華生活和權勢,神仙世界的生活無不是他們内心慾望的投射。

綜上所述,先唐道教祝辭蘊含了道教徒們對於生命的憂患,傳達出他們對於健康、富足、權勢生活的嚮往,可以說祝辭中的情志涵蓋了人類多數生活需求。宇汝松先生講神仙信仰反映了道教"企圖超越當時歷史條件下難以抗拒的自然和社會异己力量,彌補現實社會的缺憾,延長世俗美好生活的一種遐想"[①]。對於生活在現實世界中的人們而言,人生有諸多缺憾,它們大都源於生命的短暫與坎坷,宗教構建的理想世界便少不了永生與幸福,正如宗教研究中社會功能學派的主張,宗教是人類獲得最高幸福的工具,也是人生問題求得最終解決的手段[②]。祝辭所反映的祝説者的情志,可以説是人們期望尋求一個彼岸世界來彌補現實的不足。先唐時期的道教徒中雖不乏精英階層,但底層百姓才是道教徒信仰的主體,他們并未接受過良好的教育,也不曾擁有深厚的文化素養,道教最爲吸引他們的定然是其可以彌補人生缺憾的功用,而不是玄之又玄的道教哲理。值得一提的是,道教構建出來滿足信徒情感需求的神仙世界并不完全等同于現實世界,葛洪在《抱朴子内篇·暢玄》中言及世間諸多歡樂,指出其不利於人體,"夫五聲八音,清商流徵,損聰者也。鮮華艷采,彧麗炳爛,傷明者也。宴安逸豫,清醪芳醴,亂性者也。冶容媚姿,鉛華素質,伐命者也。"[③]世間歡樂短暫,并不長久,縱然你在世間擁有無可比肩的榮華,但終是虚妄和累贅,所謂"高位厚貨,乃所以爲重累耳"[④]。只有修仙學道才是永恒的,"其唯玄道,可與爲永。"[⑤]所以説修仙得來的神仙世界是永恒的,其中的樂趣亦是如此。

二

從現存的先唐道教祝辭來看,道教祝辭多是以自我爲中心,第一人稱的表達屢見不鮮,時常可見"衛我""賜我""教我""伴我""使我""我是""爲吾""吾是"等同第一人称相關的詞彙,試舉幾例:

四明功曹,通真使者,傳言玉童,侍靖玉女,爲我通達,道室正神,上元生炁入我身中。[⑥]

開明童子,備衛我軒。收魔束妖,上對帝君。奉承正道,赤書玉文。九天符命,攝龍驛傳。普天安鎮,我得飛仙。[⑦]

吾召百神,百神既集即當游,帶日挾月行九州,十六神將爲吾使,天

① 宇汝松《六朝道教上清派研究》,山東文藝出版社,2009年,第160頁。
② 吕大吉《宗教學通論》,中國社會科學出版社,1989年,第54頁。
③ 〔晋〕葛洪撰,王明校釋《抱朴子内篇校釋》,中華書局,1996年,第1頁。
④ 〔晋〕葛洪撰,王明校釋《抱朴子内篇校釋》,第251頁。
⑤ 〔晋〕葛洪撰,王明校釋《抱朴子内篇校釋》,第1頁。
⑥ 〔北周〕宇文邕編,周作明點校《無上秘要》,中華書局,2018年,第575頁。
⑦ 〔北周〕宇文邕編,周作明點校《無上秘要》,第802頁。

官、地官、水官同其休。①

奉請北極大帝真武將軍,速令下降,助吾神力,急付壇場,馨香珍味。吾奉帝敕,行法于世。急急如律令。②

吾是太上弟子,下統六天,六天之官,是吾所部,不但所部,乃太上之所主。吾知六天之官名,是故長生,敢有犯者,太上斬汝形。③

從所引祝辭可以發現,"我"是整個叙述内容的中心,神靈爲"我"服務,聽"我"號令,"我"成仙得道,"我"是上天使者,不能違抗於"我"。可以説祝辭中的"我"是非常强勢的,事物必須按照自己期待的方向發展,常可以見到"皆如我言";遇到違逆自身的狀况,便會讓對方傷殘,乃至死去,"當我即殘","視我者盲,聽我者聾,敢有謀圖我者,反受其殃"④。祝辭重在表達祝説者的心願和情感,當然這些心願可以是關於自己,如希望通過各種途徑自己可以延年益壽、飛昇成仙;也可關乎他人,如希望齋主受福,七祖得度,世間太平等。但是,無論祝辭内容同誰相關,祝辭由祝説者發出,其是整個儀式的主體,祝辭中的"我"等於祝説之人。很多時候祝辭都是需要和存想配合使用,念誦産生的功效多限於思維活動,對於此類思維活動最有感觸的莫過於祝説者自身。"我"的多次出現,或者説第一人稱的使用,實際上也是在不斷暗示祝説者,將其完全放置在宗教世界之中,讓他始終感覺自己是虚幻世界的一部分,如此的叙述方式讓神仙世界變得真實可感,從而不斷催生出宗教經驗,提升宗教情感。從道教的科儀文獻來看,不僅祝辭如此,其他諸多儀式都十分注重自我在科儀實踐中的作用,"科儀的施演都是在自我這一獨特的場域中開展的,任何一個儀式行爲都是自我主動實施的行爲。"⑤"我"是整個儀式的中樞,既是儀式行爲的表達者,也是儀式功效的體驗者,可以説"我"就是信仰實踐的載體。

作爲祝説之辭,以第一人稱爲中心的表達方式,并非先唐道教所獨有,早期巫覡祝辭已有此類現象。清華大學所藏戰國竹簡《祝辭》載:"号(皋),旨(詣)武层(夷)……兹我纆(贏)。"⑥《韓非子・内儲説下》載録了衛人夫妻曾使用的一則祝辭,其文曰:"使我無故,得百束布"⑦同書《顯學》亦有一則巫師祝辭:"使若千秋萬歲。"⑧希望未知的神秘力量幫助自己解决問題,或者表現自己對於神靈的情感,這樣的應用模式决定了祝辭的内容多和第一人稱相關,祝説者始終處於各種資訊的中心,是整個事件的主導。

祝辭的這種模式對於文學表達産生了一些影響,在詩歌中表現尤爲突出,

① 《正一敕壇儀》,《道藏》,第18册,第295頁。

② 《鬼谷子天髓靈文》,《道藏》,第18册,第682頁。

③ 〔南朝・梁〕陶弘景撰,王家葵輯校《登真隱訣輯校》,中華書局,2011年,第42頁。

④ 《上清黄書過度儀》,《道藏》,第32册,第741頁。

⑤ 程樂松《身體、不死與神秘主義:道教信仰的觀念史視角》,北京大學出版社,2017年,第220頁。

⑥ 李學勤主編《清華大學藏戰國竹簡(三)》,中西書局,2012年,第164頁。

⑦ 〔周〕韓非撰,〔清〕王先慎集釋,鍾哲點校《韓非子集釋》,中華書局,2003年,第246頁。

⑧ 〔周〕韓非撰,〔清〕王先慎集釋,鍾哲點校《韓非子集釋》,第462頁。

比如嵇康的《游仙詩》中有“王喬棄我去。乘雲駕六龍。飄遥戲玄圃。黄老路相逢。授我自然道。”①《代秋胡歌詩》:“授我神藥,自生羽翼。”②阮籍之《咏懷八十二首》:“非子爲我御,逍遥游荒裔。”③郭璞的《游仙詩》:“靈妃顧我笑,粲然啓玉齒。”④李白的《游泰山六首·其四》:“吟誦有所得,衆神衛我形。”⑤所引詩句都是和仙道相關,皆是希望從神仙那裏取得一些好處,無論是形式,還是内容,都和先唐道教祝辭相差無幾。此類詩歌的作者大多和道教有一定關係,嵇康曾與道士孫登、王洪交游,并拜孫登爲師,《晋書·嵇康傳》載:

(嵇康)至汲郡山中見孫登,康遂從之游。登沉默自守,無所言説。康臨去,登曰:“君性烈而才雋,其能免乎!”康又遇王烈,共入山,烈嘗得石髓如飴,即自服半,餘半與康,皆凝而爲石。⑥

《世説新語·栖逸》引王隱《晋書》曰:“孫登即籍所見者也,嵇康執弟子禮而師焉。”⑦阮籍也是非常喜歡道教,亦曾與孫登相談,其作《大人先生傳》和部分《咏懷詩》都表現出對於道教神仙的無限嚮往。雖無文獻記載郭璞曾加入道教,但其與道教人物多有交往,如許邁,《晋書·許邁傳》載郭璞曾勸其學習“升遐之道”,⑧葛洪更是將郭璞收入了其所編寫的《神仙傳》,足見其與道教關係密切。李白是個虔誠的道教徒不需多言,其曾于紫極宫受道籙,李陽冰《草堂集序》記載:“遂就從祖陳留采訪大使彦允,請北海高天師授道籙于齊州紫極宫。”⑨這些與道教關係密切的文士,從各種途徑獲取了衆多和道教相關的宗教知識,融化進血液的宗教知識成爲他們心靈深處的記憶。一旦有創作需要,他們記憶中的各種表像材料就被調動起來,與道教相關的知識也就悄無聲息地進入了文學作品。總而言之,道教祝辭以自我爲中心的表達方式,對於文人創作,特别是和道教關係密切的文人,有着深刻影響,他們有意無意地借鑒了祝辭以第一人稱爲中心的表達模式。

三

雖然并不是所有先唐道教祝辭都帶有祝説者情志的表達,但不可否認,在與神靈溝通類的祝辭中,祝説者的情志表達俯仰皆是。先唐道教祝辭中的情

① 逯欽立輯校《先秦漢魏晋南北朝詩》,中華書局,1983年,上册,第488頁。

② 逯欽立輯校《先秦漢魏晋南北朝詩》,上册,第480頁。

③ 逯欽立輯校《先秦漢魏晋南北朝詩》,上册,第507頁。

④ 逯欽立輯校《先秦漢魏晋南北朝詩》,中册,第865頁。

⑤ 〔唐〕李白撰,詹鍈主編《李白全集校注彙釋集評》,百花文藝出版社,1996年,第5册,第2801頁。

⑥ 〔唐〕房玄齡等撰《晋書》,中華書局,1974年,第5册,第1370頁。

⑦ 〔南朝宋〕劉義慶撰,〔南朝梁〕劉孝標注,朱鑄禹彙校集注《世説新語彙校集注》,上海古籍出版社,2002年,第556頁。

⑧ 〔唐〕房玄齡等撰《晋書》,第7册,第2106頁。

⑨ 周紹良主編《全唐文新編》,吉林文史出版社,第2部,第4册,第5095頁。

志書寫都是圍繞人類基本的生活需求展開,期望無灾無禍,能够擁有權勢富貴,壽命綿長,永享歡樂,而且他們希望自己期許的一切能够快速來臨。可見,先唐時期道教徒們最關心的内容還是人類的生活需求,絶大多數人并不會癡迷於道教理論的參悟。成爲神仙,進入仙界,他們内心的諸多期盼就會實現,道教的宗教構想可以幫助他們超脱時間和空間的限制,獲得無限自由,彌補現實生活的缺憾,獲得比現實中更好的生活體驗。葛洪云:"求长生者,正惜今日之所欲耳,本不汲汲於昇虚,以飞腾爲胜於地上也。"[①]可以説,祝辭中的個人情志是先唐信徒求道動機最好的解釋。

(作者單位:南京師範大學文學院)

① 〔晋〕葛洪撰,王明校釋《抱朴子内篇校釋》,第53頁。

古典文獻研究（第二十五輯下）
Journal of the Institute for Chinese Classics Studies
Nanjing University
Volume 25, No.2 2022

仿宋抄本《初學記》文獻價值考述*

王京州　吴方劍

《初學記》是現存隋唐四大類書之一，公認有重要的文獻價值。歷來研究者往往以明安國刻本爲“巨擘”①，存世“明刻本至多，皆祖錫山安國本”②，可推知該書的宋元刻本在明代已屬罕秘。日本宫内廳書陵部藏南宋紹興余四十三郎宅刊本的影印回歸，爲《初學記》的版本厘清和校勘整理提供了百年一遇的契機，然而并峙爲《初學記》兩大系統的“安國刻本”和“鄭氏刻本”③，并未因此而得以“認祖歸宗”，關於這兩種版本的底本來源，仍是兩團迷案④。中國國家圖書館藏明抄本是《初學記》僅存的早期抄本，因《中國古籍善本書目》《中國古籍總目》等大型目録失於著録，其價值尚未引起學界注意。本文詳細考察這一抄本的行格、牌記及内容，將其認定爲仿宋抄本，并試論該抄本在《初學記》流傳史上的地位和文獻價值。

一 《初學記》版本源流的四大疑點

學界對於《初學記》的版刻源流，已取得較爲豐碩的成果，然而仍留下值得進一步稽考的空間。綜合知見資料和前人考察，我們發現尚存有四大疑點。

疑點一在於“大字本”。日本宫内廳書陵部庋藏的南宋紹興余四十三郎宅

---

* 本文爲國家社科基金重大項目“中國古代類書叙録、整理與研究(項目號 19ZDA245)”階段性成果。

① 〔日〕島田翰著，杜澤遜、王曉娟點校《古文舊書考》，上海古籍出版社，2014 年，第 188 頁。

② 葉德輝著、楊洪升點校《郎園讀書志》，上海古籍出版社，2010 年，第 256 頁。關於宋刻本《初學記》在明清以至近世的流傳情況，參見王京州《宋本〈初學記〉流布考》，《清華大學學報》2019 年第 1 期，第 120—126 頁。

③ 台灣學者閻琴南在充分借鑒楊守敬、葉德輝、傅增湘等人研究成果的基礎上，將《初學記》現存版本分爲兩個系統，即“安國刻本”和“鄭氏刻本”。限於時代和條件，閻氏對部分藏於中國大陸的版本未曾寓目，其中就包括這部本文重點要考述的明抄本。閻琴南《〈初學記〉研究》，私立中國文化大學中國文學研究所博士論文，1981 年，第 38—39 頁。

④ 關於安國刻本的底本來源，島田翰曾指出源自其家藏的翠岩精舍本，然而翠岩精舍本不知所踪，無法進一步證實。〔日〕島田翰著，杜澤遜、王曉娟點校《古文舊書考》，第 189 頁。

刊本《初學記》(以下簡稱南宋余氏刊本),序後有牌記云:

> 東陽崇川余四十三郎宅。今將監本寫作大字,校正雕開,并無訛謬,收書賢士,幸詳鑒焉。紹興丁卯季冬日謹題。①

牌記除提供刊刻者和刊刻時間等信息外,無疑還具有廣告宣傳的色彩。其中明確宣稱"寫作大字",然而諦視正文字體和行格,却分明名不副實:森立之猶目之爲"字密行疏"②,島田翰則徑稱之爲"密行密字"③,傅增湘也直截了當稱之爲"密行細字",并描述行格"半葉十二行,每行二十二至二十五字不等,注雙行三十字"④,以證評價不虛。刊刻者除在牌記號稱"寫作大字"外,正文每卷標作"初學記卷第×",并不標作"大字初學記卷第×"。那麽,牌記中的"寫作大字"只是虛張聲勢⑤,還是確實有"大字本"的存在?如果有,又在何處呢?

疑點二在於"劉本序"。從南宋余氏刊本,到明嘉靖安國刻本,再到鄭氏宗文堂本,幾乎所有的《初學記》知見傳本,均載録了福唐劉本撰於"紹興四年歲次甲寅正月上元日"的序,且無一例外將其冠於全書之首。序出自南宋人手筆,成爲很多後世版本被目爲傳自宋本的依據。然而通觀這則序言,自始至終只是講述《初學記》"因文以貫道"的文化價值,并無一語道及該書的刊刻情況⑥。而現存最早的《初學記》刊本,亦即刊於南宋紹興丁卯(1147)的余氏刊本,上距紹興四年(1134),已經過去了十三年。由此令人生疑,究竟是劉本所撰序言在擱置長達十餘年之後纔有刊刻事宜,還是在劉本撰序的當年或次年,即有《初學記》刊刻之舉呢?

疑點三在於"麻沙"。楊守敬《日本訪書志》著録明宗文堂刊本,并載其末壺雲子跋稱:

> 《初學記》三十卷,宋後刻於麻沙,今歲書林鄭逸叟再購以板其書。上天下地,明陽幽陰,貴人賤物,無不核也;經典史册,方言小説,長賦短詩,無不取也。門分類綴,大且勤矣。以鈔本而贗字殘簡爲多,獻觀於余,予謭隘弗敢讎也。敢求正於識奇字、記雜書如揚子雲、鄭康成君子云。時嘉

---

① 《日本宫内廳書陵部藏宋元版漢籍選刊·初學記》,上海古籍出版社,2013年,第6頁。

② 〔日〕澀江全善、森立之等撰,杜澤遜、班龍門點校《經籍訪古志》,上海古籍出版社,2014年,第165頁。

③ 〔日〕島田翰著,杜澤遜、王曉娟點校《古文舊書考》,第188頁。

④ 傅增湘《新雕〈初學記〉三十卷》,《藏園群書經眼録》,中華書局,1983年,第803頁。

⑤ 從行款版式來説,大字本是與小字本相對的概念,所謂字大行疏或密行細字,主要是就觀感而言,并没有行數多少和字號大小的具體規定,同時還應與開板和版框的大小有關。在"監本"已佚從而無法取證的情况下,余四十三郎本於牌記宣稱"今將監本寫作大字",而放眼正文,却是紛至遝來的"密行密字",終究顯得名實不副。丁延峰教授在著録此本時,已注意到這一矛盾,指出"自版框高廣及行格來看,實乃細行密字,牌記云'寫作大字'者誇大之詞"。載氏著《存世宋刻本書録》,國家圖書館博士後出站報告,中華書局即刊。

⑥ 閻琴南已注意到劉本序未道及刻書事的特异情況,稱:"劉本此序各傳本雖并有,然序内則無一語及刻書之事,致後人難爲考察,惜云乎哉。"閻琴南《〈初學記〉研究》,第51頁。

靖丙申冬，壺雲子後跋。①

這則跋語，後經書商剜改，僅剩"《初學記》三十卷，宋後刻於麻沙"十二字，孫星衍在《平津館鑒藏書籍記》中特别指出："下尚有字，書賈已剜去。"②錢辰也發現："剜補之痕，絲毫無差。"③問題是，整整剜去一百〇五字的書商，爲何獨留下這十二字？"宋後刻於麻沙"又透示出怎樣的信息？

疑點四在於"抄本"。在《初學記》的版本流傳史上，唐代是以寫本流傳，至於清代又有康熙間抄本和四庫館臣抄本④，而從五代後蜀毋昭裔刊刻此書以來，自宋迄明無疑是版刻的時代，知見傳本均爲刻本，迄未見有抄本流傳。然而細讀安國刻本卷首的秦金序和宗文堂本卷末的壺雲子跋，兩篇原始文獻都提到了"抄本"。前者稱：

> 《初學記》一編，唐集賢學士徐公堅等奉敕撰也。歲久板廢，抄本狼藉，字多舛訛，觀者病之。⑤

後者已見前揭：

> 以抄本而贋字殘簡爲多，獻觀於余，予謭陋弗敢讎也。

兩篇序跋的作者都號稱見到了《初學記》的抄本，宗文堂本很可能還是以抄本爲底本⑥。那麽，這一《初學記》的早期抄本，是否還流傳於世？如果存世，又在何處呢？

四團疑雲背後真相的揭示，尚有待於新版本的發現。

二　抄本爲宗文堂本之底本

中國國家圖書館藏明抄本的發現，有助於上述疑雲的一一澄清。該抄本雖係殘卷，却彌足珍貴，目前所知爲《初學記》僅存於世的早期抄本。該抄本用藍格白棉紙精鈔，墨色濃潤，字體有刻本棱峭之風。每半頁十行，行二十字，小字雙行同，行格疏朗。每頁都打了行格，甚至還摹寫了魚尾，可初步判定爲仿宋抄本⑦。尤爲引人矚目的是，該抄本很可能即是明宗文堂本的底本，不僅有助於上述疑雲的澄清，而且還可以一舉解決嚴可均、孫星衍、傅增湘等衆多學

---

① 楊守敬撰，張雷校點《日本訪書志》，遼寧教育出版社，2003年，第176頁。

② 〔清〕孫星衍《平津館鑒藏書籍記》，江寧陳宗彝校刊本，第16頁。

③ 台北"國家圖書館"藏明建刊本《初學記》卷首錢辰題記。

④ 康熙間抄本《初學記》藏台北"國家圖書館"，據閻琴南推測"蓋爲從寧壽堂刻本抄録"而來。閻琴南《〈初學記〉研究》，第72頁。

⑤ 中國國家圖書館藏明嘉靖安國刻本《初學記》卷首秦金序。

⑥ 劉芸注意到壺雲子跋"以抄本而贋字殘簡爲多"的描述，并推測"鄭氏本所本當爲抄本，而非刻本"，但未作申論。劉芸《略論日本宫内廳書陵部所藏宋本〈初學記〉》，載王勇主編《東亞座標中的書籍之路研究》，中國書籍出版社，2013年，第102頁。

⑦ 中國國家圖書館南區善本特藏《初學記》抄本二册，著録爲"明抄本"，"10行20字，小字雙行同，白口，四周單邊"，索書號爲17415。扉頁有"蘊緒""履翁""永裕號"三印，不詳爲何人藏印。存卷一、二、二十三、二十四，共二册四卷。

者爲之困擾的"校宋本"疑案。

在日藏南宋余氏刊本回傳中國之前,乾嘉時期的中國學界,還流傳着另外一種"宋刊大字本",因爲得到了著名學者嚴可均的鑒定和抄校,在清中後期盛傳一時。嚴可均《書〈初學記〉校宋本後》稱:

> 乾隆末,有書賈以黑口小字本求售者,蓋元板也。嫌稍漫漶,索值過多,還之。既而悔之,不能復得。嘉慶初,王蘭泉少寇得宋板大字本。丙寅春,孫淵翁借得以示余。①

嚴可均徑稱此本爲"宋板大字本",并將之與通行的徐守銘刊本相校,校勘的結果是"得互异字累萬",同時還發現後六卷"凡二十二葉,宋與徐絶异",并盛贊此本的校勘價值。嚴氏將此本稱爲"大字本",不外乎兩種可能,一是此本原即題爲"大字初學記",二是此本看起來字大行疏。令人遺憾的是,嚴氏并未具體描述此本的行格。

所幸孫星衍在經眼此本時留下了珍貴記録,他描述此本爲"廿行,行廿字"②,後來傅增湘斷言此本既非宋本,也非元本,而是明宗文堂本,就用到了孫星衍留下的行格證據:

> 嚴氏跋稱依青浦王述庵所藏宋刊大字本校於孫氏冶城山館,而不言宋本之行款若何。然考《平津館記》,言元本《新刊初學記》十行二十字,疑孫氏所見即嚴氏所校也。余又疑嚴氏所校不獨非宋本,亦非元本,當即明嘉靖時所刻之宗文堂本也。③

傅增湘在臨清徐坊遺書中發現的宗文堂本,"正爲十行二十字",且目録後題爲"重刊大字初學記"、卷首題"新刊初學記",也與嚴可均的描述若合符節。"十行二十字"當然并不够疏朗大氣,甚至還比不上"九行十八字"的安國刻本,但聯繫日藏宋本亦即余氏刊本的"十二行二十五字",曾一度被誤認爲"宋本"的宗文堂本,刊刻者在序和目録稱之爲"大字初學記"應非欺人之談。

嚴可均、孫星衍等固然可能爲書商所欺,誤以剜去牌記跋尾的明宗文堂本爲宋本,傅增湘的論斷也自有道理。然而在傅增湘的基礎上,還需進一步追問的是:嚴可均誤宗文堂本爲宋本,有没有可能還有更爲深刻的内容上的原因,宗文堂本何以與安國刻本系統之間存在如許多的异文?它與宋本之間的關係究竟是怎樣的呢?

持國圖藏抄本與宗文堂本相對照,無論題款、行格、牌記等版式特征的比較,還是具體内容的校勘,都呈現出驚人的相似性,可推知該抄本實即宗文堂本之底本。

---

① 〔清〕嚴可均著,孫寶點校《嚴可均集》,浙江古籍出版社,2013年,第275頁。

② 孫星衍《平津館鑒藏書籍記》卷一著録此本,對行款的描述是"每頁廿行,行廿字",傅增湘稱爲"十行二十字"指半頁而言。〔清〕孫星衍《平津館鑒藏書籍記》,第16頁。

③ 傅增湘《新雕〈初學記〉三十卷》,《藏園群書經眼録》,第804頁。

先看題款和行格。明抄本劉本序題“大字初學記序”,目録題“大字足本初學記目録”,正文卷首題“初學記卷第一”;宗文堂本劉本序題“重刊大字初學記序”,目録題“重刊大字初學記目録”,正文卷首題“新刊初學記卷第一”。二者在序和目録均標明“大字”,唯前者目録所題“足本”二字不爲後者所承,而後者較前者多出“重刊”“新刊”等字樣則顯示了兩者的遞承關係。明抄本每半頁十行,行二十字,與宗文堂本在行格上也完全相合。

次看牌記。據楊守敬《日本訪書志》及《留真譜》,未經書商剜改的宗文堂原本,尚有木記和壺雲子跋。其中木記寫作:

> 近將監本是正訛謬,重寫雕鏤,校讎精細,并無荒錯,買書君子,幸希詳鑒。嘉靖丁酉歲冬書林宗文堂刊行。①

而國圖藏明抄本牌記則寫作:

> 東陽麻沙劉朝宗宅。近將監本是正訛謬,重寫雕鏤,校讎精細,并無荒錯,買書君子,幸希詳鑒。

除對刻印者名姓及坊號的説明,明抄本置前,宗文堂本置後,且内容不同外,從“近將監本”到“幸希詳鑒”共二十八字,二本牌記完全相同,進一步顯示出二者之間的親緣關係。

再看内容。今以南宋余氏刊本爲底本,校以安國刻本、明抄本及宗文堂本,將四本之間在劉本序及卷一天部“天第一”部分的异文,依次列表如下:

	南宋余氏刊本	安國刻本	明抄本	宗文堂本
1	(劉本序)開卷而上下千數百年之事,皆在其目前,可用以駢四儷六,協律諧吕,爲今人之文,以載古人之道,真學者之初基也。	爲今人之文,以載古人之道	爲今人道	爲今人之道
2	愚願學者摭此以成文,因文以貫道,祈至於文王、孔子之用心處而後止。	祈	新	新
3	(卷一)九天之際曰九垠(魚勤反,垠,堮也)。	勤	動	動
4	天謂之乾,地謂之坤,天圓而色玄,地方而色黄。	圓	圖	圖
5	虞洪《穹天論》曰:天形如笠,冒地之表。	天論	論天	論天
6	又:八柱何當東南虧?	八	入	入
7	曹毗《霖雨詩》曰:洪霖彌旬日,翳翳四區昏。紫電光飛牖,迅雷絡天奔。	終	終	終
8	張協詩曰:金風扇素節,丹霞啓陰期。騰雲似涌烟,密雨如散絲。	雨	雲	雨

① 楊守敬撰,張雷校點《日本訪書志》,第176頁;楊守敬《留真譜》,北京圖書館出版社,2003年,第630頁。

續表

	南宋余氏刊本	安國刻本	明抄本	宗文堂本
9	王逸注曰:謂雨已出日而風,草木有光也。	草木	木草	木草
10	《淮南子》曰:羿請不死之藥於西王母,羿妻恒娥竊之奔月。	姮娥	嫦娥	姮娥
11	《易通卦驗》曰:立春青陽,雲出房如積水。	青	首	首
12	郭璞《釋天地圖贊》:祭地肆瘞,郊天致烟。	烟	禋	禍

以上共12例,除8、10、12三例外,1、2、3、4、5、6、7、9、11九例,均顯示宗文堂本與明抄本同,而與余氏刊本、安刻本迥异。其中7、9兩例异文均可通,而另外七例則明抄本、宗文堂本顯誤。另外三例的情况較爲複雜,8、10兩例,明抄本致誤,而宗文堂本同余氏刊本不誤,其不至於沿誤之原因,蓋據上下文提示自行改正,而并非以他本爲底本。如宗文堂本不沿抄本作"密雲",因該則事對即爲"繒雲　絲雨",故改"雲"爲"雨";"姮娥""嫦娥"雖均通,然此則事對爲"姮娥月　少女風",因此作"姮娥"是。可見宗文堂本不誤之原因并非另據他本,而是僅據上下文即能做出校改。第12例的情况稍顯複雜,四本各不相同,余氏刊本、安刻本蓋誤,明抄本不誤,而宗文堂本儘管沿襲明抄本却另外致誤①。

明抄本儘管多有明顯舛誤,但從最後一例來看,確也偶有勝出於南宋余氏刊本與安國刻本之處。同樣體現出明抄本异文價值的還有因篇幅較大而未列入上表的傅玄《兩儀詩》异文,余氏刊本作:"兩儀始分元氣清,列宿垂象六位成。日月西流景東征,悠悠萬物殊品名,聖人憂代念群生。"安國刻本同,而明抄本、宗文堂本則寫作:"兩儀始分,元氣上清。列宿垂象,六位時成。日月西邁,流景東征。攸攸萬物,殊品齊名。聖人憂世,實念群生。"雖然七言和四言各有優長,但結合傅玄所處時代及七言詩的發展歷程來看,原詩爲四言詩的可能性顯然要大得多②。余氏刊本、安國刻本所引七言詩,疑爲唐人所改,同時還將"世"諱改爲"代"。而宗文堂本承襲明抄本,傅玄《兩儀詩》作四言,呈現出更爲原始的文本樣態。

通過文獻内容的證實,并輔以版式特徵的判斷,可證宗文堂本的底本正是

---

① 禋釋義一爲"祭",二爲"用同'禍'",與禍相通,此取第一義。

② 宋本《藝文類聚》卷一引此詩亦爲四言,唯題作者爲"傅言",應據《初學記》改。傅玄現存以五言詩爲主,同時也有四言、七言及雜言。觀其《擬四愁詩》序稱:"張平子作《四愁詩》,體小而俗,七言類也。聊擬而作之。"既顯示作者對新體裁的嘗試與好奇,同時認爲其"體小而俗",説明傅玄對七言詩并不重視,應不至於將其用之於"兩儀"題材的詩歌創作。《藝文類聚》卷三一載其《答程曉詩》"奕奕兩儀,昭昭太陽",題材相似,正用四言。吴曾《能改齋漫録》卷五引及傅玄《兩儀詩》,指出《初學記》與《藝文類聚》所引體式有别,則其所見《初學記》已誤。〔唐〕歐陽詢撰,汪紹楹校《藝文類聚》,上海古籍出版社,1982年,第3頁,第548頁;〔南朝陳〕徐陵編,〔清〕吴昭宜注,〔清〕程琰删補,穆克宏點校《玉臺新咏箋注》,中華書局,1985年,第404頁;〔宋〕吴曾《能改齋漫録》,上海古籍出版社,1979年,第116頁。

國圖藏明抄本。壺雲子跋稱“以抄本而贋字殘簡爲多”,鄭逸叟宣稱“謹依古本”①,均與此抄本緊相關聯。鄭逸叟視此抄本爲“古本”,可能既有鑒於此抄本與當時盛行的安國刻本存在很多异文,同時也一定注意到了抄本的版式特徵,以及牌記“東陽麻沙劉朝宗宅”所透示出的南宋書坊主人的身影。循此而生的疑問是,此抄本又據何本而來呢?

三　從麻沙刊本到仿宋抄本

國圖藏明抄本除具備與宗文堂本相似的題款、行格和牌記外,在版式特徵上尚有兩處極爲罕見而重要的信息,且與宗文堂本不同,可作爲該抄本源自宋本的佐證。一是該抄本在序、目録和正文之間,緊相連排,不另葉起,顯示出早期卷子本的特徵;二是冠於書首的劉本序首行題“大字初學記序”,次行題“右修職郎建陽縣丞劉”,撰序人劉本的職官單獨占一行,且被置於序首,與書序標題同縮進三格,顯得有些奇怪。

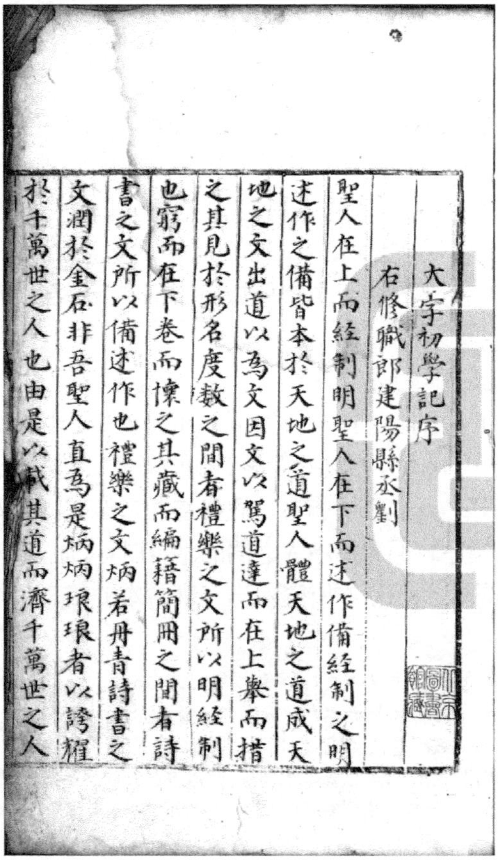
大字初學記序
右修職郎建陽縣丞劉
聖人在上而經制明聖人在下而述作備經制之明
述作之備皆本於天地之道聖人體天地之道成天
地之文出道以為文因文以駕道達而在上舉而措
之其見於形名度數之間者禮樂之文所以明經制
也窮而在下卷而懷之其藏而編籍簡冊之間者詩
書之文所以備述作也禮樂之文炳若丹青詩書之
文潤於金石非吾聖人直為是炳炳琅琅者以誇耀
於千萬世之人也由是以載其道而濟千萬世之人

① 傅增湘稱宗文堂本“序後有‘謹依古本滎陽鄭氏重刊印行’一行,當爲出於宋本之一證”。按台北“國家圖書館”藏明建刊本《初學記》正有此行。傅增湘《新雕〈初學記〉三十卷》,《藏園群書經眼録》,第804頁。

雖無一語道及該書的刊刻事宜,然而劉本序是爲一個新刻本而作,此點殆無疑義。如嚴可均即稱:"審知此書,自唐開元而北宋,展轉胥鈔,到紹興四年始鐫板。"①嚴氏雖然没有注意到五代後蜀毌昭裔及北宋刊刻此書的情況,但他認爲紹興四年亦即劉本撰序之年,《初學記》曾有新刻本問世,無疑是有啓發性的。

秦樺林在利用傳世本考察黑水城本《初學記》的刊刻時間和地點時,注意到南宋余氏刊本和安國刻本的《初學記序》在落款上的分别,前者稱"時紹興四年歲次甲寅正月上元日福唐劉本序",而後者尚載有撰序人劉本的職官,"時紹興四年歲次甲寅正月上元日右修職郎建陽縣丞劉本序",進而認爲"右修職郎建陽縣丞"八字的删略,是刊刻者有意爲之,以"掩蓋底本的真實來源"。余四十三郎宅所在的"東陽崇川",并非福建建陽崇化的别稱,而是浙江婺州的東陽。余氏刊本《初學記》將建本書頁直接上板覆刻,是南宋婺州"翻開攘奪"建本暢銷書風氣下的産物②。然而僅從撰序人的職官所在地"建陽縣丞"就判定其爲建本畢竟顯得證據不足,尤其是安國刻本的時代明顯要晚於南宋余氏刊本,"右修職郎建陽縣丞"八字究竟是古本即有,還是安國刻本所加,亦未可知。然而對余氏刊本之前尚有建本《初學記》的判斷却是大膽而準確的。

"東陽崇川"與"東陽麻沙"雖然都是東陽,但此東陽非彼東陽,張秀民已指出前者是浙江婺州的東陽③,而後者則是福建建陽的别稱④。時隔十三年,并不算久,好在暌隔兩地,可以大膽挪用,公然覆刻,甚至標榜翻雕自"監本"。東陽崇川余四十三郎宅在翻雕東陽麻沙劉朝宗宅刊本時,可能爲了節省成本,將原有的大字改爲小字,却在牌記中宣稱據監本而來,又名實不副地宣稱"寫作大字",頗有混淆視聽之嫌。

如前所述,國圖藏明抄本在開篇首行題"大字初學記序"之後,次行題"右修職郎建陽縣丞劉",九字獨占一行,很可能也是據"麻沙劉朝宗宅刊本"的樣貌仿抄而來。而余氏刊本并不見此題署,則可能在據麻沙刊本翻雕時,對"右修職郎建陽縣丞劉"一行進行了删略。假如這九字像安國刻本那樣,是署於落款的位置,即介於撰序時間和撰序人之間的話,在拆開原書書頁直接上板覆刻時,是不易於處理的。而明抄本所透示出宋麻沙本的信息,此八字并不署於序

① 〔清〕嚴可均《書〈初學記〉校宋本後》,《嚴可均集》,第275頁。

② 作者還注意到國家圖書館藏《新纂門目五臣音注揚子法言》序後刻牌記:"謹將監本寫作大字刊行,校證無誤,專用上等好紙印造,的與他本不同,收書賢士,幸詳鑒焉。崇川余氏家藏。"指出此牌記與南宋余氏刊本《初學記》如出一轍,以監本相標榜,實乃書賈故技。秦樺林《黑水城出土宋刻〈初學記〉殘頁版本考——兼論宋元時期江南到塞外的"書籍之路"》,《浙江大學學報》2016年第2期,第32—34頁。

③ 張秀民認爲"東陽崇川余四十三郎宅"爲婺州書坊。見氏著《南宋刻書地域考》,《張秀民印刷史論文集》,印刷工業出版社,1988年,第90頁。

④ 方彦壽博采文獻,證明東陽爲建陽之别稱,如《劉氏故居慶源堂記》"東陽爲建州上邑,而麻沙實據東陽之上流"等,確然其説,然又力主"東陽崇川"爲建陽崇化,則未得其是,上揭秦樺林文已駁之。參見方彦壽《東陽崇川與建陽崇化》,《古籍整理研究學刊》1988年第4期,第62—63頁。

尾,而是書在序首,且單獨爲一行,由此不難想像余氏刊本在翻雕時删略此句更爲簡易方便,而且這一格式畢竟有些不倫不類,余氏刊本删略此行也顯得順理成章,或許并無太多刻意隱瞞底本來源的因素。

明抄本《初學記》在版式上還有一個重要特點,即“不另葉起”的現象:劉本序後緊接牌記,牌記占三行,没有邊框;牌記之後又緊接目録,不另起葉。接下來對撰人的題寫:“光禄大夫行右散騎常侍集賢院學士副知院事東海郡開國公徐堅等奉敕撰”三十一字分作三行,竟然跨越前後兩葉。目録寫畢,離頁末僅餘一行,仍不另起葉,又開始題寫“初學記卷第一”。這種對唐卷子本古式的沿襲,一般認爲是“從寫本到雕版印刷品、從卷子本演變至册裝本過渡時期所産生的現象,而這個過渡時期應該在北宋”①,上海圖書館藏北宋刻本《長短經》、宋刻本《孔叢子》、國家圖書館藏影宋抄本《鮑氏集》、宋刻遞修本《韋蘇州集》等均有類似特徵②。

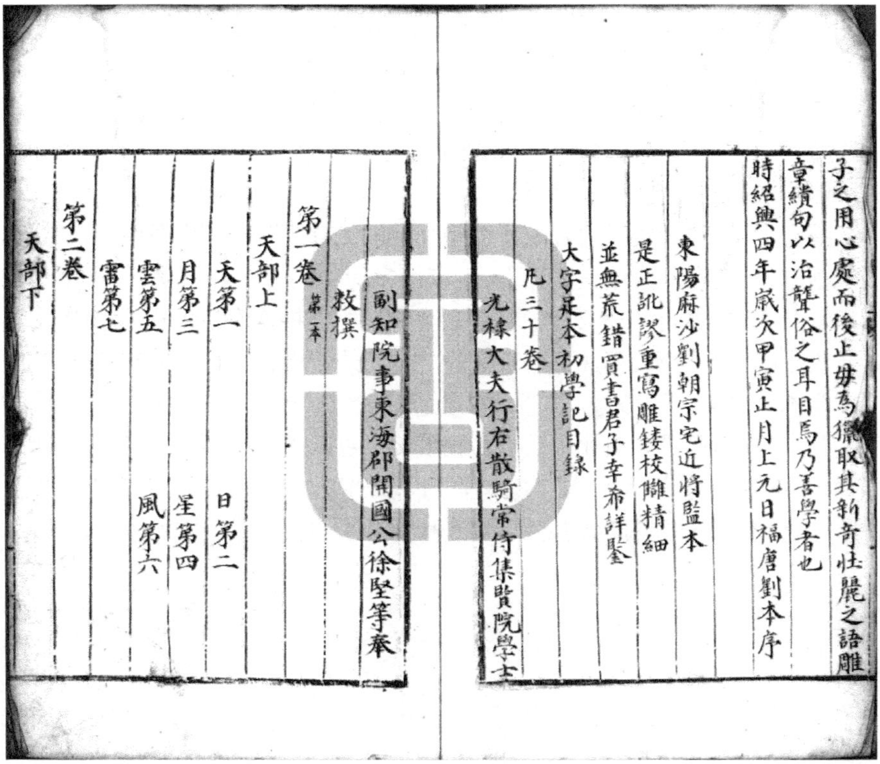
子之用心處而後止毋爲獵取其新奇壯麗之語雕
章繢句以洽聾俗之耳目焉乃善學者也
時紹興四年歲次甲寅上元日福唐劉本序
東陽麻沙劉朝宗宅近將監本
是正訛謬重寫雕鏤校讎精細
並無荒錯買書君子幸希詳鑒
大字足本初學記目録
凡三十卷
光禄大夫行右散騎常侍集賢院學士
副知院事東海郡開國公徐堅等奉
敕撰
第一卷 第一本
天部上
天第一　日第二
月第三　星第四
雲第五　風第六
雷第七
第二卷
天部下

明抄本的這一版式特徵,可能即據宋麻沙本而來。又據抄本牌記“近將監本是正訛謬”,則這一版式特徵很可能還可以追溯至監本。此監本既可能是北宋監本,也可能是南宋監本,但考慮到紹興四年爲南宋開國不久,國子監的刻

① 陳先行《打開金匱石室之門——古籍善本》,上海文藝出版社,2003年,第47頁。

② 陳先行《打開金匱石室之門——古籍善本》,第47、102頁;劉明《清初毛氏汲古閣影宋抄本〈鮑氏集〉考論》,《圖書館雜志》2017年第5期,第142—143頁;《從宋代版刻中拓展版本研究的途徑與方法——讀〈上海圖書館藏宋本圖録〉札記》,《圖書情報知識》2011年第6期,第74頁。

書事宜可能尚未措手,故推知應爲傳至南宋的北宋監本。《續資治通鑒長編》卷一〇三載:"(天聖三年二月)癸酉,詔國子監,見刊印《初學記》《六帖》《韵對》等書,皆鈔集小説,無益學者,罷之。"①此北宋監本刊印即罷,但應未毁版,故南宋麻沙本尚可據之重刻。

以上所述明抄本的版式諸特徵,推知此本從宋本傳抄而來,而且往往得其仿佛,可判定爲仿宋抄本②。仿宋抄本牌記明確寫作"東陽麻沙劉朝宗宅",不僅證實了早期建本的存在,而且很可能即是在劉本撰序的紹興四年刊刻的,同時還指明了刊刻地點在東陽麻沙,其刊刻人是劉朝宗。劉朝宗,刊書事迹無考③。然王鳴盛《尚書後案》卷三稱:

> 予據紹興四年東陽麻沙劉朝宗宅刻,有右修職郎建陽縣丞福堂劉本序,雖宋版下品,究勝俗刻,當無誤。④

在此,王鳴盛稱其所見《初學記》爲"紹興四年東陽麻沙劉朝宗宅刻",且言之鑿鑿。按其所據,究竟是紹興四年麻沙劉朝宗宅原刻本,還是明仿宋抄本,已無從判斷。王鳴盛較嚴可均、孫星衍等學者時代稍早,前後相隔不過數十年,倘王鳴盛藏有或親見宋麻沙本,以嚴、孫等人之博學多識,不至於毫無知聞,推測其所據爲仿宋抄本的可能性爲大。同時王鳴盛的標識和判斷,又進而證明了國圖藏仿宋抄本所載牌記的可靠性。

綜合上述,從版式和内容兩方面相互推求,國家圖書館藏明抄本可判定爲仿宋抄本,它既有獨具價值的异文,也有很多明顯的錯誤和闕文,一如嚴可均對宗文堂本"勝處固多,誤亦無算"的評價⑤。仿宋抄本《初學記》是對宗文堂本壺雲子跋所稱抄本、鄭逸叟所宣稱的"古本"的印證,又可進一步證實爲鄭氏宗文堂本的底本,而仿宋抄本的底本則是在刊刻年代上早於余氏刊本的南宋麻沙刊本,進而還可能與北宋監本遥相承接。可以説,國圖藏仿宋抄本的發現和判定,不僅有助於"大字本""劉本序""麻沙""抄本"等疑雲的澄清,而且提供了宋本《初學記》豐富樣態的實例,彌縫和補全了《初學記》版本傳承的鏈條。

(作者單位:暨南大學文學院)

---

① 〔宋〕李燾《續資治通鑒長編》,中華書局,2004年,第4册,第2378頁。

② 根據字體、行格及摹寫魚尾等特徵,疑似該抄本爲影宋抄本。然而其所據底本已無存,無法進一步判斷,爲謹慎起見,姑稱之爲仿宋抄本。

③ 方彦壽主要據建陽《劉氏族譜》,并結合常見資料,撰成《建陽劉氏刻書考》一文,考證翔實,却憾而未載劉朝宗其人。方彦壽《建陽劉氏刻書考》(上、下),《文獻》1988年第2、3期,分别見第196—228頁、第217—229頁。

④ 〔清〕王鳴盛《尚書後案》,《續修四庫全書》第45册,上海古籍出版社,2002年,第61頁。

⑤ 〔清〕嚴可均《書〈初學記〉校宋本後》,《嚴可均集》,第275頁。

古典文獻研究（第二十五輯下）
Journal of the Institute for Chinese Classics Studies
Nanjing University
Volume 25, No.2 2022

日本本内封圖像章嬗變探微

——江户日本文化與宗教剪影

羅　琴

本文討論的古籍“内封圖像章”是書籍發兑章的一種特殊形製，區别於普通文字章。作爲裝飾内封的一種手段，它使商品屬性的書籍更具异質性、辨識度①。這類圖像章一般位於内封上部，鈐蓋，朱紅色，周邊爲圓形邊框，内部是圖像，如魁星點斗、文昌帝君、蟾宫折桂等圖案②，是書商鈐蓋的特殊發兑章。

對鈐蓋在書上的文字章而外的圖像章，目前研究較少。林振岳有《肖像藏書印源流考》一文③，探討了肖像藏書印的起源與流變，認爲起源於清初，關鍵人物是朱彝尊。不過林文討論的是刻有藏書者肖像的藏書章，而本文討論的是書商鈐蓋在書籍内封的發兑章，且圖像爲藝術虛擬形象，非實指某具體人。潘超有《魁星鳌頭：東亞漢籍出版與科舉文化》一文，尚未發表，觀其題目，專門討論内封圖像章中的魁星形象，與本文研究對象相似，但具體側重點在出版與科舉文化上，與本文當各有側重④。内封圖像章不僅見於中國本上，在日本本上更是常見。筆者在中國本上僅見 13 例，在日本本上高達 201 例。東亞漢字

---

① 林振岳老師私下告知，這類圖章應該最先出現在書坊刻書發達的福建地區，具有防僞功能。

② “魁星點斗獨占鰲頭”，爲魁星一手點斗、一脚踩鰲頭形象。“蟾宫折桂”，爲書生手持桂花枝形象。

③ 林振岳《肖像藏書印源流考》，見《篆物銘形：圖形印與非漢字系統印章國際學術研討會論文集》，西泠印社出版社，2016 年 11 月，第 493—508 頁。

④ 本文 2020 年 10 月完成寫作，并第一時間交予三位同道審閲修改，同年 11 月在湖南大學嶽麓書院《版本學研究》研究生課程上講授，2021 年 5 月在湖南大學嶽麓書院承辦的“古籍研究青年同仁聯誼群第十二次沙龍”上作同名報告。2021 年 5 月得知山東大學潘超老師有《魁星鳌頭：東亞漢籍出版與科舉文化》一文，曾在 2021 年 4 月北京大學舉辦的“中華文明傳播史”系列工作坊之“東亞汉籍傳播研究”國际學术讨论会上宣讀。潘文 6 月在山東大學舉辦的“東亞漢籍編目學術研討會——中韓工作坊”再次宣讀。從題目上看，本文與潘文研究對象有相似之處，但側重點應該有較大差别。爲避免麻煩，筆者尚未了解潘文具體内容，以此保證各自的獨立寫作與修改。2021 年 9 月記。又潘超《魁星鰲頭：東亞漢籍出版中的魁星印文化》已發表於 2022 年第 4 期（2022 年 7 月）《文獻》。本文曾於 2020 年 12 月、2021 年 4 月、2021 年 9 月分别向《文史》《文獻》《古典文獻研究》投稿。2022 年 8 月補記。

文化圈内,不管是從内容上還是形式上,朝鮮本、日本本、越南本、琉球本都與中國本有千絲萬縷聯繫,但又各具特點[①],日本本與中國本内封圖像章的區别與聯繫即是鮮活例證。日本古籍上有許多這類圖章,因此日本學界對此有所措意,但目前僅見一些魁星圖章的零星介紹,未見關於書籍内封圖像章的系統研究。基於此,本文試圖以中國本、日本本比較爲基礎,系統探討中日書籍内封圖像章的异同、詳細分類、演變,分析此類圖章在日本盛行的原因。古籍内封圖像章雖小,但它的嬗變無疑是中日韓歐文化交流、江户日本文化宗教政治變遷的鮮活例證。

展開討論之前,有三點需要説明。一是鈐蓋圖章的主體是書籍製造者,藏書家所鈐圖像章則非本文討論範疇;主要方式是鈐蓋,但也有少部分用雕版印刷方式;鈐蓋的位置爲内封,但偶有因無内封而鈐蓋在書前幾葉;圖像章核心是圖像,而非純文字章。書籍製作者鈐蓋的這類圖像章,有的會在章上刻下自己的堂號,不同本子上蓋的同一出版商的章可能爲同一圖章,尤其是同出版商同書同版本鈐蓋相同圖像章概率高。一般的藏書家蓋圖像章比較少,有時是藏書家個人小像,有時會刻上某某藏字樣。藏書家的圖像章一般會配合藏書家其他文字章出現,比較好辨認。二是嚴格意義上講,圖像章的鈐蓋時間是書籍刷印時間,而非書籍雕版刊刻時間,每一部書具體的印刷時間難以考察,只能退而求其次用刊刻時間,但需知這只是圖像章鈐蓋的時間上限。三是本次調查,日本刻本(以下簡稱日本本)以早稻田十萬册(不是部)古籍爲主體,中國刻本(以下簡稱中國本)以筆者歷年所見海内外藏本爲主體,雖然基數尚可,但如果有更多樣本、更豐富的資料,也不排除動摇或補充局部觀點的可能,以後尤當加强調查朝鮮本和越南本。

一　獨樹一幟:僅見於中國本的圖像章

目前所見 13 例中國本内封圖像章,以 1606 年爲最早確切時間[②],但此本内封缺損,現存爲後世描摹,描摹時也將圓形圖像章以朱筆補上,但僅描紅色外框,未描圖像章内部圖像。另有 1630 年折枝花卉圖章[③]。其他 3 例明末圖像章,均無具體書籍刊印時間,包括文人畫風格山水讀書圖章[④]、麒麟圖章[⑤]、魁星點斗獨占鰲頭圖章[⑥]。清代 1670 年 1 例、1691 年 1 例、1695 年 1 例、康熙間 2 例(1662—1722)、1705 年 1 例、1786 年 1 例、1817 年 1 例。日本本圖章目前所見最早爲 1669 年魁星點斗獨占鰲頭章[⑦]。隨着明末商業出版興盛,中

---

① 關於東亞漢籍的研究,可參見陳正宏《東亞漢籍版本學初探》,中西書局,2014 年。
② 《韵會小補》,明萬曆三十四年(1606)方子謙刻本,美國國會圖書館藏。
③ 《合刻少微通鑒大全》,明崇禎三年(1630)清白堂刻本,哈佛大學圖書館藏。
④ 《國史經籍志》,明末徐象樗曼山館刻本,中國國家圖書館藏。
⑤ 《有圖山海經》,明末廣陵蔣應鎬繪圖晋陵李文孝刻本,美國國會圖書館藏。
⑥ 《玉堂對類》,明末存誠堂黄爾昭刻本,美國國會圖書館藏。
⑦ 《勸懲故事》,中尾市郎兵衛寬文九年(1669)刻本,美國國會圖書館藏。

國刻本首先在内封鈐圖像章,17 世紀末傳播至日本。但 18 世紀以後,相比於浩瀚的中國古籍,圖像章在中國本中只是零星存在,但 18 至 19 世紀却在日本本中呈現爆發狀態,數量遠遠碾壓中國本。

中國本有書生蟾宫折桂圖章 4 例(1670 年 1 例、康熙間 2 例、1786 年 1 例)(圖一)、文人畫風格山水讀書圖章 1 例(明末)(圖二),均未在日本本中發現。蟾宫折桂圖在日本本的缺席,原因可能是“書生”是普通人,不像“魁星”那樣有神力;“桂”“貴”諧音及其對應的意義對日本人來説有語言障礙;抑或是樣本數量限制,尚未發現而已,皆未可知。山水讀書圖雖精美而富有雅趣,但或因雕刻繁複,抑或數量稀少,甚至不如魁星之類有庇佑神力,亦不見於日本本。

圖一:蟾宫折桂(中國)①

圖二:山水讀書圖(中國)②

二 爲裘爲箕:日本本圖像章對中國本的繼承

所見 13 例中國本圖像章中,魁星點斗獨占鰲頭 3 例(明末,1695,1817)、傳統動植物圖章 4 例(明末,1630,1691,1705),共計四類 7 例圖案被日本本傳承。目前見日本本動物圖章七枚 8 例,包括蝴蝶圖章一枚;雙鳳圖章一枚(1811);蝙蝠圖章一枚(1854);龍正面圖章一枚(1863);盤龍圖章一枚 2 例(1881,副本);獅子戲球兩枚(1884,不詳)。這些動物圖章幾乎集中出現在 19 世紀,但源頭來自中國。見於中國本者,比如麒麟圖像 2 例(明末③,1691④),雙龍圖像 1 例(1705)⑤。動物圖章有裝飾和象徵吉祥的作用,如獅子對於日本人來説有除魔消災、防止火災的作用;蝙蝠諧音“福”;麒麟、龍鳳等瑞獸珍禽自不必多言。

---

① 圖一《新鐫綉像今古奇觀》,清浙省會成堂乾隆五十一年(1786)刻本,早稻田大學圖書館藏。

② 圖二《國史經籍志》,明末徐象橒曼山館刻本,中國國家圖書館藏。

③ 《有圖山海經》,明末刻本,美國國會圖書館藏。

④ 《律例箋釋》,清康熙三十年(1691)吴門顧鼎刻本,早稻田大學圖書館藏。

⑤ 《禹貢錐指》,清康熙四十四年(1705)胡渭家刻本。此本内封所鈐圖像章外部爲相對雙龍,中間鐫篆字“御題耆年篤學”,此六字爲康熙對胡渭的評價。

中國本圖像章中,"魁星點斗獨占鰲頭" 3 例(明末,1695,1817)(圖三)。明末本上魁下鰲,鰲頭朝左,右脚踩鰲頭,左脚踢斗,手拿毛筆,圖上方有三顆星,這是中國典型的魁星形象。1695、1817 兩圖章與原型有較大差别:雖然都上魁下鰲,但刻印粗糙拙劣,且鰲頭朝右,左脚踩鰲,右脚踢斗,圖像上部的星星 1695 看不清,1817 有七顆。目前所見日本本 158 例魁星元素圖像章中有 41 例與中國明末本形象比較符合(如圖四),同爲"魁星點斗獨占鰲頭"鈐印章,周邊有圓框,圖像疏朗,單脚踩鰲,上下構圖,鰲頭朝左,三顆星。此類日本本圖章最早時間爲 1696 年,18 世紀 17 例,19 世紀 13 例,其餘未知確切刊刻時間。

圖三:魁星點斗獨占鰲頭(中國)①

圖四:魁星點斗獨占鰲頭(日本)②

三　郢書燕説:中國本圖像章在日本的變體——以魁星爲例

魁星圖像章雖源於中國,却興盛於日本,且在彼邦衍生出近十個變種。

- 魁 158
  - ①魁星點斗獨占鰲頭 118
    - 鈐 97
      - 有框 93
        - 圖像疏朗 89
          - 單脚踩鰲 86
            - 上下結構 64
              - 鰲頭朝左 41
              - 鰲頭朝右 23
            - 左右結構 22:左鰲右魁
          - 雙脚踩鰲 3:上下結構
        - 圖像密集 4
      - 無框 4:上下結構 4
    - 刻 21
      - 魁星鰲大 9
      - 魁星鰲小 12
  - ②只鈐魁 9
  - ③只鈐鰲 3
  - ④只鈐"魁"字 3
  - ⑤鈐上老人下鰲 25

圖五:所見日本本魁星圖像章數量統計圖

所見日本本内封魁星元素圖像章 158 例(占全部日本本 201 例的 79%),

① 圖三《玉堂對類》,明末存誠堂黄爾昭刻本,美國國會圖書館藏。

② 圖四《唐詩選國字解》,江户書肆嵩山房小林新兵衛寬政三年(1791)刻本,早稻田大學圖書館藏。

可分爲五類:魁星點斗獨占鰲頭(鈐蓋 97 例、雕版印 21 例,合計 118 例)、只有魁(鈐蓋 9 例)、只有鰲(鈐蓋 3 例)、"魁"文字(鈐蓋 3 例)、上老人下鰲(鈐蓋 25 例)。魁鰲皆存的 118 例中 97 例用鈐印方式,21 例用雕版印刷方式與内封一體印刷。97 例鈐蓋圖章中 93 例有外框,4 例無外框。有外框的 93 例中,89 例圖形疏朗,4 例圖形密集。圖形疏朗的 89 例中,3 例雙脚踩鰲,爲上下結構;86 例單脚踩鰲。單脚踩鰲的 86 例中,22 例爲左右結構,左鰲右魁;41 例上下結構,鰲頭朝左;23 例上下結構,鰲頭朝右。

(一) 魁鰲皆存及其删减替换

圖六:只有魁(日本)①

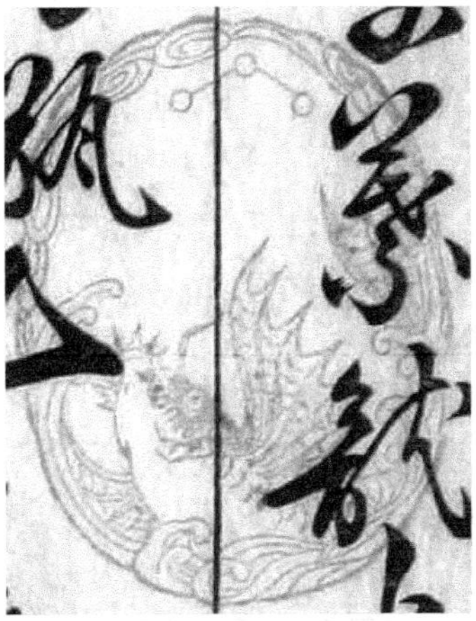

圖七:只有鰲(日本)②

圖八:内封刻大魁星(日本)③

圖九:内封刻小魁星(日本)④

① 圖六《鹽松紀行》,日本須原屋茂兵衛文化六年(1809)刻本,早稻田大學圖書館藏。

② 圖七《生花枝折抄》,日本東雲堂安永二年(1773)刻本,早稻田大學圖書館藏。

③ 圖八《李撰文選》,日本京都井筒屋莊兵衛寶曆十二年(1762)刻本,早稻田大學圖書館藏。

④ 圖九《勸懲故事》,日本高士裏藏版中尾市即兵衛寬文九年(1669)刻本,美國國會圖書館藏。

"魁星點斗獨占鰲頭"圖像章最重要的元素是一脚踩鰲頭、一脚向後踢的魁星,以及被踩在脚下的鰲。但 158 例圖像中,魁鰲皆備的 118 例(1669—1874),只有魁 9 例(1726 1860)(圖六),只有鰲 3 例(1773—1927)(圖七),"魁"文字章 3 例(1876,無時間),另有 25 例雖然具備人鰲兩元素(1779—1856),但魁星鬼的形象被替换成了老翁(詳後)。只有魁或鰲的,是"魁星點斗獨占鰲頭"的减略版。僅刻"魁"字的圖章則是圖像的文字化。

(二) 鈐印與刷印

筆者所見中國本内封圓形圖像,均系印章鈐蓋。但在 201 例日本圖像中,有 21 例是與内封一同雕版再刷印,且均爲"魁星點斗獨占鰲頭"形象。刷印的 21 例分兩種:一種是半葉内封刻大魁星點斗獨占鰲頭,有 9 例(1690—1814)(圖八),爲所有案例中魁星體型最大最精美的,因爲通常鈐蓋的魁星章只有平常圖章大小,占内封的一小塊,此種則占整個半葉;另一種是内封上部刻小魁星點斗獨占鰲頭,有 12 例(1669—1847)(圖九),大小與普通圖像章一般,但周邊没有圓形外框。1669 年是筆者目前所知日本魁星圖像見於内封的最早時間,却是雕版印刷的形式。可見魁星鈐印圖像章傳入日本的時間應該更早,後來才是雕版刷印,這樣省去了每本單獨鈐蓋的麻煩,但喪失了白紙黑字紅章的審美意趣。

(三) 圖章外框的有與無

"魁星點斗獨占鰲頭"鈐蓋的 97 例圖章中,93 例有圓形外框,唯獨 4 例無框(1692—1733)(圖十),這 4 例構圖都是上下結構,即魁星在上,鰲在下。圖像章是圖章的一種,而圖章因爲其物理形態,一般都有邊框,但傳至日本後,一部分擺脱了外框的束縛。

圖十:魁星之無外框(日本)①

圖十一:魁星之綫條繁密(日本)②

① 圖十《炮炙全書》,日本心遠堂元禄五年(1692)刻本,早稻田大學圖書館藏。

② 圖十一《和蘭内外要方》,日本文政三年(1820)刻本,早稻田大學圖書館藏。

（四）綫條疏朗與綫條繁密

93例有框的魁星點斗獨占鰲頭章中4例綫條非常繁複密集（1749—1862）（圖十一），甚至難以看清具體圖章細節，因此單獨列出，其他89例則繼承中國本特點，綫條相對疏朗。

（五）獨占鰲頭與雙脚踩鰲

89例疏朗圖章中，86例單脚踩鰲，3例（1799，另2例江户中後期）是上魁下鰲結構的雙脚踩鰲（圖十二），雙脚踩不合"獨占鰲頭"原意。

（六）上魁下鰲與左鰲右魁

86例單脚踩鰲又分上下構圖和左右構圖兩種。上下構圖指魁在上、鰲在下，計64例。中國本原章也是單脚踩鰲、魁上鰲下。單脚踩鰲除上下構圖，還有左右構圖22例（1686—1796）（圖十三），此類皆左魁右鰲，無左鰲右魁，實乃上下構圖鰲頭朝左之變形：將鰲頭朝左的鰲沿周邊圓圈順時針推三分之二個身位，因魁星未旋轉，導致魁星脚踩的位置從鰲頭變爲鰲背或靠近鰲尾，嚴重背離"占鰲頭"原意，且構圖失去平衡感，不合重力原理。

圖十二：魁星之雙脚踩鰲（日本）①

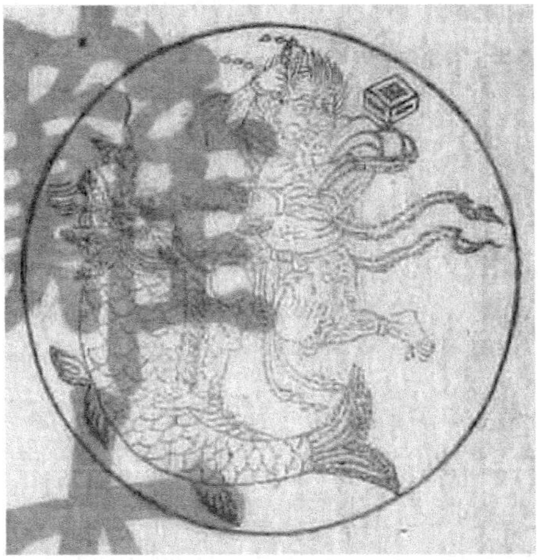

圖十三：魁星之左鰲右魁（日本）②

（七）左與右

單脚踩鰲且上下構圖的64例又能分兩種，其中鰲頭朝左41例（1696—1874）；鰲頭朝右23例（1750—1880）（圖十四）。相比於上下構圖還是左右構圖，鰲頭朝左和朝右本來不是特别重要，但構圖時後踢的脚一般靠外側，而站立的脚一般靠内側，就會造成若鰲頭朝右，則魁星左脚站立、右脚後踢，而一般魁星應該右脚站立、左脚踢斗。所以鰲頭朝左的41例圖章最符合原型，鰲頭朝右的23例則不符合。正因爲原型是鰲頭朝左，所以此前左右構圖那種變形，只有左鰲右魁，没有左魁右鰲。目前所見最早上下構圖鰲頭朝右的例子是

---

① 圖十二《幽蘭集》，日本暮雨巷寛政十一年（1799）刻本，早稻田大學圖書館藏。

② 圖十三《難太平記》，日本雒陽書肆柳枝軒貞享三年（1686）刻本，早稻田大學圖書館藏。

1750 年,出現相對較晚,甚至比左右構圖的 1686 年晚得多。

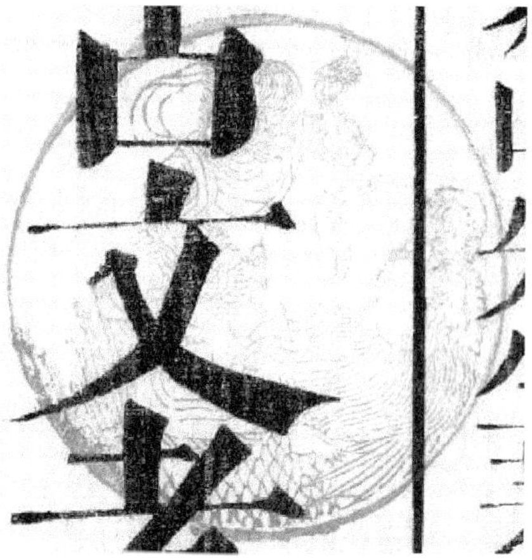

圖十四:魁星之上魁上鰲鰲頭向右(日本)①

圖十五:魁星之上老人下鰲(日本)②

(八) 魁星與壽老人

前已論及,有 25 例圖章(1779—1856)魁星變成老翁(圖十五),形成上老人下鰲的構圖,這也是“魁星點斗獨占鰲頭”的變形。鬼面魁星變成盤髮髻的慈祥老人;龍頭龜身麒麟尾的鰲,從此前特別突出龍頭到突出龜身。當然,因人物成了老人,也不再是踩鰲踢斗形象,而是雙脚站在鰲背上。鈐蓋在內封上的魁星圖像章明末在中國首先出現,17 世紀末在日本書籍上出現,而老人鰲的圖章則晚至 18 世紀末才在日本書籍上出現,應當是一個較晚的變種。額頭突出、盤髮髻的慈祥老人形象很像中國的壽星。將面目猙獰的魁星替換成老人,應當與日本民間福禄壽、壽老人信仰有關。這也是魁星圖像章傳入日本以後,經過百餘年的時間本土化的一種表現。

(九) 鰲與魚

鰲的原始形象應該是龍頭龜背麒麟尾。中國本明末 1 例,隱約見龍頭,身體和尾巴淹没在雲中,全部形象不可見,入清的兩例也做簡化處理。但魁星點斗、獨占鰲頭形象在諸如瓷器、繪畫、版畫等中均有體現。日本本 118 例魁星點斗獨占鰲頭圖章中,因刻印品質,有 22 例看不清;有 15 例爲龍頭形象(1690—1847)(圖十六),但身尾在雲中,與中國本的處理類似;其餘圖章基本是龍頭,只有 1 例爲魚頭(1775)(圖十七)。118 例以外的只有鰲圖章 2 例也是魚頭(1773,1927)。身體部分,118 例中絶大部分看起來是魚身,而非龜身,只有少數 4—5 例略似龜身,此乃日本與中國鰲形象最大的差异。尤其是左右構圖的圖章中,鰲身體比頭尾所占版面多得多。日本是海洋國家,漁業資源豐富,龜身變魚身,是本土化的直接體現。奇怪的是,118 例以外的 25 例上老人下鰲圖章中,鰲是非常明確的龍頭龜身麒麟尾。尾部形象,V 字形的是魚尾,

---

① 圖十四《古文孝經參疏》,日本東京嵩山房寬政元年(1789)刻本,早稻田大學圖書館藏。

② 圖十五《徘諧寂刊》,日本江户書賈須原屋伊八文化九年(1812)刻本,早稻田大學圖書館藏。

一根一根的是麒麟尾。118 例圖章中清晰可見麒麟尾 56 例,魚尾 31 例。這些圖章中,或雕刻精美,或粗製濫造,品質參差不齊。比之中國本對身體尾巴隱藏於雲中的模糊處理,日本本將其具象化,但軀身多變爲魚身,麒麟尾部分變成魚尾。乍看之下,大多數日本本圖章與其說是鰲,不如說更像是他們本土的海魚。

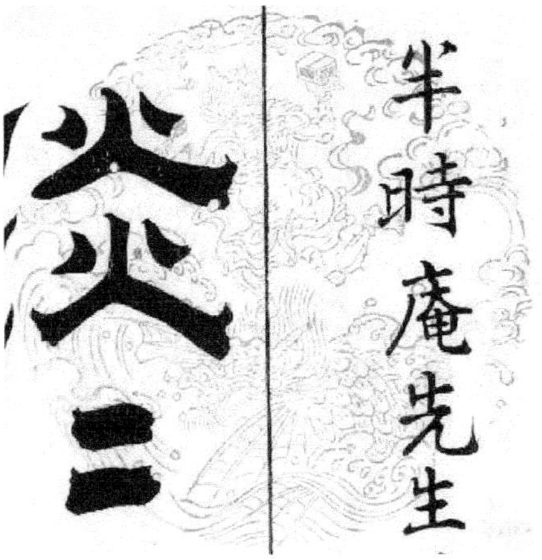

圖十六:魁星之龍頭、身尾在雲中(日本)[1]

圖十七:魁星之魚頭魚身魚尾(日本)[2]

(十) 變幻的星辰

和魁星有關的 158 例圖章中,一般在圖像上部有幾顆星星,其數量統計如下:

表一:魁星圖像章星星數量統計表

星星數量	不詳	無	三	五	六	七	八	十	十三	總
圖章數量	5	24	98	1	1	25	2	1	1	158
圖章占比	3%	15%	62%	0.6%	0.6%	16%	1.2%	0.6%	0.6%	100%

《春秋運斗樞》:"斗,第一天樞,第二旋,第三璣,第四權,第五衡,第六開陽,第七摇光。第一至第四爲魁,第五至第七爲標,合而爲斗。"[3]北斗前四星天樞、天璇、天璣、天權,古人因其形狀,稱爲斗魁,即魁星。也有以魁星爲北斗第一顆星天樞。統計表中有 98 例爲三顆星,似乎難以解釋,但魁星本爲北斗前四星斗身部分,圖像章中已經有魁星形象,只是非以四顆星的形式,而是以青面獠牙的鬼形象存在,則北斗七星除去魁星代表的四顆星,自然只剩下斗柄

---

① 圖十六《淡淡文集》,日本文貨堂寛保二年(1742)刻本,早稻田大學圖書館藏。

② 圖十七《日本名家詩選》,日本江户書肆山金堂安永四年(1775)刻本,早稻田大學圖書館藏。

③ 〔漢〕司馬遷《史記》卷二十七《天官書》司馬貞《索隱》引,中華書局,1959 年,第 1291—1292 頁。

的三顆星[①]。中國明末刻本魁星圖章也是三顆星,可知三顆星是本來樣態。但隨着翻刻的走樣,星辰數量呈現零顆、五顆、六顆、七顆、八顆、十顆、十三顆不等。六顆可能是因爲魁星也有北斗第一顆星的説法,則除去魁星,北斗剩六星。北斗七星全刻的有 25 例,出現應非偶然,可能一因魁星是北斗七星的一部分,二是與“點斗”之“斗”相呼應。

四　別開生面:僅見於日本本圖像章

(一) 客從何處來:日本本文昌帝君圖像章

日本古籍内封除了鈐蓋魁星因素圖像章,還有其他類型,比如文昌帝君圖像章。目前見文昌帝君圖像章 13 例(1789—1873),其中 1 例無圓形外框,構圖包括文昌帝君,坐騎白特,零個(1 例)、一個(5 例)或兩個童子(7 例),童子名天聾、地啞。文昌帝君祖庭四川梓潼七曲山大廟有白特殿,其對聯云:“梓潼帝君乘白特下臨凡界,三清老子騎青牛西出函關。”關於二童子,《堅瓠集》云:“文昌帝君從者曰天聾地啞,蓋帝君不欲人之聰明盡用,故假聾啞以寓意。”[②]又文昌帝君爲科舉神,天聾地啞有保密之需。圖像章上方爲星辰,其中 1 例模糊不清,4 例無星,8 例七顆星。

表二:所見日本本文昌帝君圖像章統計表

出版年份	1789	1801	1801	1813	1813	1824	1831	1833
帽子樣式	斗笠	斗笠	斗笠	斗笠	斗笠	斗笠	斗笠	斗笠
星星數量	七顆文昌宫形	七顆文昌宫形	七顆文昌宫形	七顆文昌宫形	七顆文昌宫形	七顆文昌宫形	七顆文昌宫形	七顆文昌宫形

出版年份	1831	1831	1837	1873	彩印較晚
帽子樣式	翅羽烏紗	翅羽烏紗	翅羽烏紗	方形帽子	簪髮戴冠
星星數量	無	無	無	模糊	無
其他	手持如意	手持如意	手持如意	無	圖無外框

從上表可知,文昌帝君形象分爲四類:戴斗笠狀冠冕 8 例(1789—1833)(圖十八),戴翅羽烏紗手拿如意 3 例(1831,1831,1837)(圖十九),簪髮并戴髮冠 1 例(彩印很晚)(圖二十),戴方巾 1 例(1873)(圖二一)。

① 此解釋爲胡劼辰老師提出,筆者深以爲然。後在《魁本對相四言雜字》中見“斗”圖解作“”,更印證前説。《魁本對相四言雜字》卷一葉一上,明洪武四年(1371)金陵王氏勤有書堂刻本。

② 〔清〕褚人獲撰《堅瓠集》八集卷四,清康熙刻本。

圖十八:文昌帝君之斗笠(日本)①

圖十九:文昌帝君之翅羽烏紗(日本)②

圖二十:文昌帝君之簪髮并戴髮冠(日本)③

圖二一:文昌帝君之方巾(日本)④

以翅羽烏沙爲代表的後三種形象爲中國形象。但戴斗笠狀帽子的形象不似中國衣冠,更像朝鮮裝扮,且這類圖章上方的星辰雖是文昌宫形狀,數量却是七顆。《史記·天官書》:"斗魁戴匡六星曰文昌宫:一曰上將,二曰次將,三曰貴相,四曰司命,五曰司中,六曰司禄。在斗魁中,貴人之牢。"⑤知文昌星爲魁星上方的六顆星,而非圖像中的七顆。七顆星的文昌宫圖像,當與朝鮮七星信仰有關。而七星信仰在朝鮮又與中科舉有一定的關係,或因魁星爲七星之四,且第三顆貴相、第六顆司禄均與命運仕途相關。孫亦平研究發現:"相傳在祈禱七星的日子裏,若士人至此(朝鮮仁王山七星堂)拜神,則必中科甲。這種

① 圖十八《蘭齋畫譜》,日本東都書林須原屋茂兵衛享和元年(1801)刻本,早稻田大學圖書館藏。
② 圖十九《眼科錦囊》,日本江都書林芳潤堂天保二年(1831)刻本,早稻田大學圖書館藏。
③ 圖二十《柳川畫譜山水部》,日本和泉屋市兵衛江户晚期刻本,早稻田大學圖書館藏。
④ 圖二一《成形圖説》,日本薩摩府學明治六年(1873)刻本,早稻田大學圖書館藏。
⑤ 〔漢〕司馬遷撰《史記》卷二十七《天官書》,中華書局,1959年,第1293頁。

習俗促使北斗七星信仰在朝鮮半島流行起來。”[①]圖像章中星辰用文昌宫形狀,却是北斗七星的數量,體現了文昌信仰與北斗信仰在朝鮮的合流。這類形象出現在日本圖像章中,加之文昌帝君的朝鮮衣冠,説明這 8 例圖像章的原型應該是來自朝鮮,而非直接來源於中國,應是經歷了中國傳入朝鮮,在朝鮮形變以後再傳入日本的過程。翅羽烏紗等無星辰的那幾類圖像章,原型應直接來自中國。雖然目前所見的 13 例中國圖像章中尚未發現文昌帝君圖章,但應該只是普查樣本不够所致。

(二) 和魂崛起:日本神道人物圖像章

圖二二:神道教之烏天狗(日本)[②]

圖二三:神道教之少彦名命(日本)[③]

圖二四:神道教之巴御前(日本)[④]

圖二五:神道教之日本武尊(日本)[⑤]

除以上與中國文化聯繫緊密的圖像章外,隨着日本自我意識日益覺醒,圖像章中出現了一些日本特有的形象,比如日本神道教形象,目前見 5 例:烏天狗(1832),形象爲手持簫,鳥嘴,鳥類翅膀,漂浮於雲上;烏天狗(1835)(圖二

① 孫亦平《論道教星斗信仰在朝鮮半島的傳播方式》,《宗教學研究》,2013 年第 4 期,第 26 頁。

② 圖二二《延年養性訣》,日本櫻甯室藏天保六年(1835)刻本,早稻田大學圖書館藏。

③ 圖二三《革溪醫砭》,日本舞適無寞庵嘉永七年(1854)刻本,早稻田大學圖書館藏。

④ 圖二四《救疾摘方》,日本芄蘭舍嘉永六年(1853)刻本,早稻田大學圖書館藏。

⑤ 圖二五《一夕醫話》,日本慶應二年(1866)刻本,早稻田大學圖書館藏。

二);醫神少彦名命(1854)(圖二三),形象爲踩在雲上的仙人模樣[①];女將巴御前(1853)(圖二四),形象爲射箭長髮人,長雙翅,踩在雲上;日本武尊(1866)(圖二五),形象爲踩在雲上的射箭人,頭頂有兩小髮髻。以上5例四種形象無圓形外框,構圖精美,綫條流暢。4例鈐蓋在内封上,大小比此前的圓形圖像章稍大;1832年的烏天狗套印在書内葉空白葉上,占半葉紙。5例均印在醫書上,包括《病家須知》《延年養性訣》《救疾摘方》《革溪醫砭》《一夕醫話》。

所見5例圖章,人物均在雲上,可見并非凡人,而是具備神格。烏天狗又稱鴉天狗,是日本神道教中級别不太高的妖怪,有瞬間穿越時空的技能,日本稱小孩丢失爲"神隱",認爲是烏天狗所爲,烏天狗形象經歷了從怨靈到修行者的轉變,事迹見《今昔物語》等。少彦名命爲"開拓三神"之一,被視爲集智慧、商業、開拓於一身的神明,也被奉爲醫神、酒神、温泉之神,多有神社祭祀,事迹見《日本書紀》《古事記》《伊豫國風土記》。巴御前乃鐮倉時代木曾義仲之妾,箭術超群,屢立戰功,事迹見《平家物語》《源平盛衰記》。日本武尊是日本神話中天皇的直系祖先,本名小碓尊,曾弑兄,後戰功累累,如殺出雲健,討熊襲,平蝦夷,後英年早逝,事迹見《古事記》《風土記》。

日本崇尚"萬物有靈",神道教爲其本土宗教。神道教稱日本爲神國,《古事記》《日本書紀》載,日本天皇爲天神後代,日語中稱皇室人爲"雲上人"。17世紀末起,日本興起以研究《萬葉集》《古事記》等日本古代典籍爲中心的復古國學,"復古國學""國學派"進一步提出"復古神道",提倡"大和精神"的國學,"國權主義""尊皇思想"情緒高漲,國學和神道緊密結合,爲後來明治維新"國家神道"先聲。

值得一提的是,5例(1832—1866)圖像章鈐蓋書籍均爲醫書,一是與江户後期蘭學(西方科學技術)傳入并發展有關,二是與江户後期日本教育注重醫學等實用科技有關,201部鈐蓋圖像章的日本書籍中37部爲醫學書(僅次於文學類的74部,位居第二)亦是其證。蘭學各個門類中醫學尤受推崇,緒方洪庵(1810—1863)就曾開辦蘭學私塾,向三千門生講授醫學和其他西學。

(三)洋才西來:日本本西方天使圖像章

19世紀中後期,除了中日傳統形象,鈐蓋在内封的圖像章還出現了西方面孔,目前見3枚5例:吹海螺的小天使(1849,副本)(圖二六),形象爲有翅膀裸體的吹海螺小孩;吹海螺的小天使(1855),形象爲有翅膀裸體的吹海螺小孩;小天使(1870,副本)(圖二七),形象爲有翅膀的裸體小孩;小天使(1873),形象爲有翅膀的裸體小孩。以上除1例爲橢圓形外框外,其他均有圓形外框,繼承了原始圖像章的圓形外框樣貌。1849年兩部爲《濟生三方》及其副本,1873一部爲《健全學》,以上爲醫學類書籍。1855一部爲《和蘭字彙》,1870兩部爲《西洋道中膝栗毛》及其副本,以上爲蘭學書籍。

---

① 以下日本形象由玉置奈保子女士辨認,北川直子女士也提供了莫大幫助,在此一并致謝。

圖二六:吹海螺的小天使(日本)①

圖二七:小天使(日本)②

16世紀中期,葡萄牙人、荷蘭人等在日傳播西方文化和天主教,如沙勿略1548年到鹿兒島傳教。16世紀末豐臣秀吉發布"驅逐傳教士令"。17世紀前半葉五次頒布"鎖國令",長崎成爲唯一合法對外口岸,日本人在此與荷蘭人經商交流,形成"蘭學",即西洋學。1612年禁天主教;1632年"寬永禁書",禁基督教相關書籍;1685年"貞享嚴令",加强禁書。1720年德川吉宗撤銷禁書令,允許天主教以外的西洋書輸入,洋書馳禁,尤倡醫學。1790年"寬政异學之禁",遏制除朱子學以外的學説,但很快失敗。1839年"蠻社之獄",官方只允許蘭學的醫學、天文、數理化等自然科學傳播,到50年代末,西方社會科學始在民間合法傳播。1853年藩校相繼改革,洋學塾興起,并有海軍教學。1854年佐久間象山提出"東洋道德,西洋藝術",簡稱"東德西藝",與"和魂洋才"類似,"藝術"指西方科技。1855年幕府設洋學所。1858年日美簽訂友好通商條約,國内矛盾一觸即發,爆發"安政大獄"。1860年又有"櫻田門事件",要求"尊王攘夷",後走向倒幕維新。1839年"蠻社之獄"後,雖然西方社會科學不被允許傳播,但民間依舊禁而不絶,1849年兩部《濟生三方》鈐蓋西方天使圖章就是西方宗教文學藝術在日本用圖像代替文字傳播的例證。1853年藩校改革,後設立洋學所。1858年日美通商章程簽訂,尤其是1868年明治維新以後,不管是西方的自然科學還是社會科學都在日本社會迅速傳播,并爲日本社會帶來幾千年未有之變革。1855、1870、1873三枚4例西方天使圖章便是在這種背景下鈐蓋。

五 圖像章盛行於日本的原因及其意義

書籍内封圖像章發源于中國,興盛於日本。其興盛原因,除了裝飾、廣告、防僞作用外,恐怕還與江户中後期日本特殊的社會環境有關。

① 圖二六《濟生三方》,日本天真樓嘉永二年(1849)刻本,早稻田大學圖書館藏。

② 圖二七《西洋道中膝栗毛》,日本東京書肆萬笈閣明治三年(1870)刻本,早稻田大學圖書館藏。

日本圖像章以魁星元素圖章爲大宗(158/201),其次是文昌帝君圖章(13/201),二者都是科舉之神。魁星點斗意爲科舉奪魁,但江户日本并無科舉制度,社會極重出身,想要實現階層流動非常困難,如此一來,與科舉相關的魁星在日本似乎并没有流行的社會基礎。雖然如此,江户時代(1603—1868)日本教育體系却比較完備,從貴族到平民都能受到不同程度的教育。其時學校有以下幾種。一是幕府直轄學校,爲幕臣(上級武士)和御家人(下級武士)子弟設立,爲幕府培養官吏和實務人才,先後設立二十一所,代表爲昌平阪學問所。二是藩校,各藩爲武士子弟等設立經營的學校,1661—1871 間設立兩百多所。後期藩校打破世襲,武士子弟而外,平民子弟也可入學。三是寺子屋,是專門爲平民子弟設立的民辦初等教育機構,江户末期有一萬五千多所,教師包括平民、武士、僧侶、醫生、神官等。四是鄉校,是在鄉村設立的公辦初等教育機關,招收平民子弟,不接受武士子弟。鄉校數量不多,比如天保間有寺子屋 1987 所,鄉校僅 13 所。五是私塾,是一些學者在私宅設立的高等專門教育機構。私塾學生年紀大,不分出身,教授學問程度比較高①。德川吉宗執政以後,推行"享保改革"(享保 1716—1735),注重教育,尤其是發展寺子屋,推動了日本的教育進程。基於以上各個層級的多樣化教育機構,1848—1860 間江户地區平民子弟就學率已經達到 86%,一般商人子女幾乎 100%上學接受教育②。江户時期,男子有 40%以上,女子有 10%左右,接受過家庭以外的教育③。

既有學校,就不可避免有各種考試。比如奈良時代的貴族教育,大學寮的學生每十日休息一天,休息前有小考。每年七月舉行大考,如果連續三年考試爲下等,會被勒令退學。而魁星生日是七月初七,每年七月中國的學生有魁星會、魁星宴,不知日本是否也受此影響。因爲考試日期與魁星生日接近,促進了魁星崇拜在日本的流行。到江户時代,各個類型的教育機構也有各種考試。19 世紀前半期廣瀨淡窗創立的私塾咸宜園奉行"三奪之法":年齡之奪、學歷之奪、地位之奪,僅憑在校的學習成績决定升留級。有"月旦評",每月考試;"試業"考作詩、作文、寫書法;"消權"是師生口頭考問。另外還會記録各種平時成績。雖然日本教育最後的指向并不像中國是科舉,但希望能取得不錯的考試成績總和魁星寓意相通。就像今天的中國雖然没了科舉,但魁星、文昌帝君的香火依舊旺盛。

另外,就是要考慮圖像章這種特殊的形式,圖像章是蓋在書上的,而鈐蓋的又是些什麽書呢?日本 201 例圖章中,識字書日用書 15 例,經書 16 例,史部書 22 例,詩文爲主的文學書 74 例(包括中國文學與日本文學),農學 1 例,

---

① 以上關於日本江户時代教育,參見王桂《日本教育史》,吉林教育出版社,1987 年,第 85—91 頁;朱玲莉《日本近世寺子屋教育研究》,南開大學 2009 年博士學位論文。

② 朱玲莉《日本近世寺子屋教育研究》,第 36 頁。(原見:海後勝雄《近代日本教育史》第一卷,誠文堂新光社,1951 年,第 318 頁。)

③ 朱玲莉《日本近世寺子屋教育研究》,第 36 頁。(原見:R・P・ドーア、松居弘道譯《江户時代的教育》,岩波書店,1970 年,第 235 頁。)

插花茶道繪畫等 15 例,醫學(包括傳統醫學與西醫)37 例,其他蘭學 19 例,這些類别都是各類學校的教學範疇,許多應該是江户時代的教材。如德川吉宗享保七年(1722)下令京都的柳枝軒書店出版《六諭衍義大意》作爲寺子屋的教材,在 201 例鈐蓋圖像章的書籍中,有 1686《難太平記》一部、1686《新編鎌倉志》一部、1715《賈浪仙長江集》一部、1721《今昔物語》兩部、無年份《韵府古篆匯選》三部,均是柳枝軒刻本。幕府直轄學校教授經書、歷史、詩文。藩校重經書、歷史、詩文,希望以儒學之道培養武士,但幕府末期也重實用,學習算數、醫學、天文等。寺子屋注重讀、寫、算,往來物是教材之一。鄉校注重讀、寫、算、道德教育。私塾則各有特點,重視國學、洋學、醫學等。圖像章的鈐蓋數量也是在"享保改革"推動教育發展以後明顯增加的。201 例日本圖像章中 170 例鈐蓋書有明確出版時間,其每四十年分布數量如下:

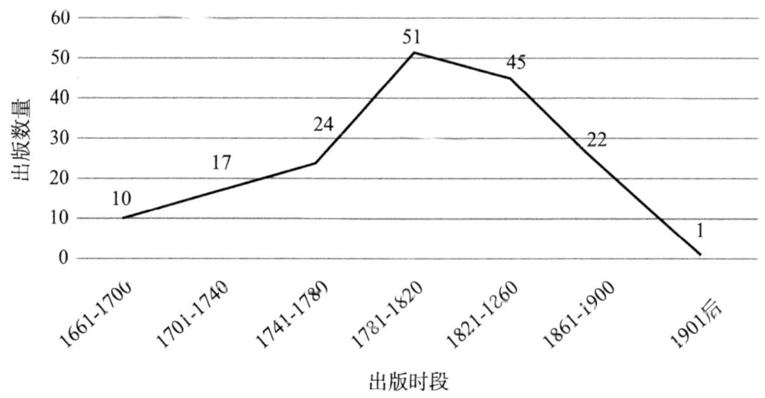

表三:所見日本鈐蓋圖像章書籍出版時間統計表

享保以後,鈐蓋圖像章書籍數量明顯攀升,1781—1860 達到高點,到明治維新教育改革以後數量斷崖下降,這與江户時代日本上述五類學校尤其是寺子屋的發展趨勢相一致,可見圖像章與江户時代學校教育的關係。綜上,因爲鈐蓋圖像章的書籍與各個學校教材或者教學内容密切相關,其受衆大多數是學校學生,而學生有學習和考核壓力,因此有奪魁寓意的魁星圖章會以壓倒性的優勢出現在江户時代的日本書籍中。

另,江户時代日本學生會拜孔子和天滿天神。天滿天神即主張"和魂漢材"的菅原道真,是日本的學問之神、書法之神,每月二十五參拜。魁星以圖像章的形式大量鈐蓋於與學校教育有關的書籍之中,而天滿天神則以神道教神靈形式在神社、神宫被人參拜,二者并不衝突。

文昌帝君圖像章存在於日本本中,除去日本教育、識字率、學業考核壓力等原因外,還有以下原因:

文昌帝君信仰在日本原本有一定的社會基礎。文昌帝君信仰在宋元以後的中國特别盛行。"至遲在明朝末年,《陰騭文》已流傳日本。……十九世紀,日本出現不少文昌經籍的翻刻本和日譯文。"[①]在琉球,還有文昌帝君祠。這些都是文昌帝君信仰在日本傳播的基礎。

文昌星原本除掌管文運、賞功進士以外,還有主管生死的功能。《春秋元命苞》論述文昌六星功能云:"上將建威武,次將正左右,貴相理文緒,司禄賞功進士,司命主老幼,司灾主灾咎也。"[②]《梓潼帝君救劫寶章》記載文昌星職能云:"上主三十三天仙籍,中主人間壽夭禍福、死生貴賤,下主十八重地獄輪回。"[③]知其掌管人間壽命。魏晋道教興起以來,南斗注生,北斗注死,泰山主年壽。至宋灶神司命,文昌星司命職能才被弱化。隋唐兩宋科舉興起到興盛,文昌星"司禄"和"貴相"的職能被重視,文昌星一躍成爲科舉之神。元仁宗將梓潼神加封爲"輔元開化文昌司禄宏仁帝君",文昌星和梓潼神合一。明代天下學宫立文昌祠。從多重職能到特别突出掌管文運職能,是"文昌信仰的社會操作淹没神學操作性"[④]。但在中國幾乎遺失的司命職能,在日本却能被再度發現。掌管生死的中國泰山府君信仰傳至日本,後在日本與地藏信仰融合,成爲陰陽道信仰。另外,日本有七福神信仰,其中就有福禄壽、壽老人,是掌管福壽和財運之神,源於道教的南極仙翁。因爲有這些信仰基礎,文昌星的司命職能在日本有了生存土壤。之前魁星部分,魁星被替换爲壽老人的二十多例圖章,也是這種趨勢的具體體現。

文昌帝君是書坊業、刻字業、鎸碑業的行業神,得到書坊主的青睞理所當然。《帝君惜字律》有"功例"24 條,"罪例"29 條[⑤],比如功例"抄寫敬重字紙書,訓合門人,令其珍惜者,三百功,子孫發達"[⑥];罪例"己身不敬字紙、經書,又不訓教子弟,遞相輕侮者,一百罪,惡瘡遍體,再生癡聾喑啞"[⑦]。敬惜字紙對於出版物的傳播和保護有特殊意義,文昌帝君因此也爲書坊主所重視。

文昌帝君勸人向善,提倡忠孝,與江户年間日本的文化思潮相合。勸善如《文昌帝君陰騭文》,勸忠孝如《文帝勸孝録》《孝經》《忠經》《勸孝文》。文昌帝君還有避邪保平安作用,如某《文帝全書》首册鈐朱印"此書敬請家庭供奉,不但驅邪解厄,而且諸事吉祥,消灾降福,靈應异常","汪繩武敬啓"[⑧]。基於以上因素,文昌帝君圖像章鈐蓋在於日本本内封上,便不突兀了。

另,不像佛教在日本廣泛傳播,日本并没有道教,只是在其文化中保存了諸多道教元素。孫亦平認爲:"在史籍文獻中很難找到有組織的教團道教進入古代日本的記録,但也找不到可確證的道教道觀。但另一方面,日本歷史和社會

① 王興平《文昌文化在日本的傳播和影響》,《中國道教》2000 年第 2 期,第 53—54 頁。

② 〔漢〕司馬遷撰《史記》卷二十七《天官書》司馬貞《索隱》引,中華書局,1959 年,第 1293 頁。

③ 《梓潼帝君救劫寶章》卷一,明末刻《百家名書》本,日本京都大學藏本,第二葉 A。

④ 卿希泰、姜生《文昌帝君信仰的起源及其神仙思想的道德决定論》,《中華文昌文化——國際文昌學術研究論文集》,巴蜀書社,2004 年,第 1 頁。

⑤ 《增訂敬信録》卷一,清道光十一年(1831)刻本,第七十七至八十二葉。

⑥ 《增訂敬信録》卷一,清道光十一年(1831)刻本,第七十八葉。

⑦ 《增訂敬信録》卷一,清道光十一年(1831)刻本,第八十葉。

⑧ 《文帝全書》首册,清乾隆四十年(1775)關槐刻本,早稻田大學圖書館藏。

文化中却留存有許多道教因素,成爲道教在日本存在的鮮活證據。”[①]而我們所見的魁星、文昌帝君圖像章,便是日本文化中存在道教元素的“鮮活證據”。

總之,明末至清,中國書坊主在所刻書籍内封鈐蓋圖像章作爲發兑章,這類圖章17世紀末傳至日本。日本對此有繼承,也有發展。中國本的魁星點斗、動植物圖章在日本本中有反映;蟾宫折桂、山水讀書圖圖章暫未見於日本本。魁星點斗圖像章雖首見於中國本,但在日本衍化出近十個變種。日本本中另有不見於中國本的圖像章,如文昌帝君、日本神道教人物、西方天使。文昌帝君不見於中國本,或許與樣本數有限以及此種圖像部分來自韓國有關。用西洋的天使形象、日本神道教的神與妖制作圖像章,與江户後期日本復古神道、蘭學發展有關,這極大地豐富了圖像章的種類,是日本人不拘於陳規、革舊維新精神的體現,直觀生動反映日本彼時思想文化之動向與時尚。以魁星與文昌帝君爲代表的圖像章盛行日本的原因包括:江户中後期日本教育體系相對完備、教材需求大、識字率高、學生考核多樣、多元思想活躍等。日本本圖像章嬗變史,不僅是書籍史的一部分,也能直觀反映江户日本與中韓歐文化交流情況、反映日本社會、宗教、文化、教育變遷的某些側面。

中日214
- 日本201
  - 魁158
    - ①魁星點斗獨佔鰲頭118
    - ②只魁9
    - ③只鰲3
    - ④只“魁”字3
    - ⑤上老人下鰲25
  - 其他
    - ①文昌帝君13
    - ②日本神道圖像5
    - ③西方人物圖像6
    - ④動物8
    - ⑤圖案加篆文章7
    - ⑥圖形不明4
- 中國13
  - ①書生蟾宫折桂4
  - ②魁星點斗獨佔鰲頭3
  - ③山水讀書圖1
  - ④麒麟2
  - ⑤圖案篆文章1
  - ⑥折枝花卉1
  - ⑦僅圓圈無圖1

圖二八:中日兩國古籍内封圖像章分類數量統計圖

感謝胡劼辰、石祥、許超傑、竇瑞敏等老師提出修改意見,鍾彦飛、林振岳、北川直子、玉置奈保子、南江濤等老師提供資料。

(作者單位:湖南大學嶽麓書院)

① 孫亦平《“日本的道教”抑或“道教在日本”——百年來有關道教在日本研究的回顧與反思》,《世界宗教研究》2016年第6期,第77頁。

古典文獻研究（第二十五輯下）
Journal of the Institute for Chinese Classics Studies
Nanjing University
Volume 25, No.2 2022

兩《唐書》列傳點校獻疑*

楊永政

中華書局點校本兩《唐書》問世數十年來，沾溉學林甚多。然而限於當時的條件，二書在點校方面仍有一些瑕疵，學界對此多有勘誤訂謬，曾有學人將其彙編爲《點校本兩唐書校勘彙釋》①。筆者將《新唐書》之《酷吏》《藩鎮》《奸臣》《叛臣》諸類傳與《舊唐書》相應傳記對讀，同時參證傳世文獻和石刻文獻，亦抉發出其點校訛誤與失校之處若干。今不揣譾陋，擇其要者凡十七條（文中以着重號爲標示）整理成文，以求教於方家。

1.《舊唐書》卷八二《李義府傳》：

> 如意元年，則天以義府與許敬宗、御史大夫崔義玄、中書舍人王德儉、大理正侯善業、大理丞袁公瑜等六人，在永徽中有翊贊之功，追贈義府揚州大都督，義玄益州大都督，德儉魏州刺史，公瑜江州刺史。（第2770頁）②

按："江州"當作"相州"。《新唐書·李義府傳》載："如意中，贈義府揚州大都督，崔義玄益州大都督，王德儉、袁公瑜魏、相二州刺史，各賜實封。"③又題"河北道安撫大使狄仁傑"撰《大周故相州刺史袁府君（公瑜）墓誌銘并序》云："如意初，有制追贈君相州刺史。"④公瑜之子承嘉、延祚墓誌今亦存，分别載"父公瑜，唐中書舍人、刑部侍郎、安西副都護，皇朝贈相州刺史"⑤，"考諱公瑜，以中書舍人、安西都護贈相州刺史"⑥。知如意年間袁公瑜受贈爲相州刺

* 本文受"2022年江蘇省研究生科研創新計劃"（KYCX22_0041）資助。

① 詹宗祐《點校本兩唐書校勘彙釋》，中華書局，2012年。

② 〔後晋〕劉昫等《舊唐書》，中華書局，1975年。

③ 〔宋〕歐陽修、宋祁《新唐書》卷二二三上《李義府傳》，中華書局，1975年，第6342頁。

④ 《大周故相州刺史袁府君（公瑜）墓誌銘并序》，河南省文物研究所、河南省洛陽地區文管處編《千唐誌齋藏誌》，文物出版社，1984年，第481頁。

⑤ 《大周故朝散郎行鄧州司法參軍事袁府君（承嘉）墓誌銘并序》，《千唐誌齋藏誌》，第482頁。

⑥ 《袁延祚墓誌》，趙文成、趙君平編選《新出唐墓誌百種》，西泠印社出版社，2010年，第126頁。

史而非江州刺史無疑。《舊傳》作"江州",疑音近而誤,當據改。

2.《舊唐書》卷一二一《僕固懷恩傳》:

> 臣叶和回紇,戡定兇徒,天下削平,蕃夷歸國,使其永爲鄰好。義著急難,萬姓安寧,干戈止息,二聖山陵事畢,陛下忠孝兩全。是臣不忠於國,其罪六也。(第3485頁)

按:"忠孝兩全"疑爲"勤孝兩全"之誤。此段爲僕固懷恩上疏自辯之語,其歸結自己的功績爲"六罪",以博得代宗之同情。《新唐書·僕固懷恩傳》亦載此疏云:"協和回紇,戡定中原,二陵復土,使陛下勤孝兩全,是臣不忠於國,罪六也。"唯"忠孝兩全"作"勤孝兩全"。兩傳所謂"天下削平,蕃夷歸國""戡定中原"云云,即平定安史之亂,此爲代宗治國理政之"勤";"二聖山陵事畢""二陵復土"云云,即寶應二年三月玄宗、肅宗之葬於山陵(見《舊唐書·代宗本紀》),此爲代宗對祖宗之"孝"。且忠爲臣德,勤爲君品,《尚書》屢言帝王之勤,如《大禹謨》"克勤于邦,克儉于家",《梓材》"先王既勤用明德,懷爲夾",《洛誥》"惟公德,明光于上下,勤施于四方"①等,《宋書·樂志二》亦載荀勖《食舉樂東西箱歌》"慎徽五典,帝載是懃"②云云。因此"勤孝兩全"正與文義及代宗之帝王身份相合。

蓋"忠孝兩全"爲習語而"勤孝兩全"則少見,後人傳寫中因習見之語,又涉下句"是臣不忠於國",遂妄改"勤孝"爲"忠孝",而未細思此言代宗。代宗之"忠",於義何安。

3.《舊唐書》卷一二一《僕固懷恩傳》:

> 上問其故,(顔真卿)對曰:"懷恩阻兵,是其反側明矣。頃陛下避狄于陝郊,臣方責以《春秋》之義,云寡君蒙塵於郊,敢不恭問官守。當是時也,懷恩來朝,以助討賊,則其辭順。"(第3488頁)

按:"恭問"當作"奔問"。顔真卿所謂"《春秋》之義",見《春秋左傳正義·僖公二十四年》:"臧文仲對曰:'天子蒙塵于外,敢不奔問官守。'"杜預注云:"官守,王之群臣。"③"奔問官守"爲史籍習語,意指天子不在京師,大臣奔赴天子所在之處,問候天子及其隨從官僚。兩《唐書》中常有"奔問""奔問行在"等語例,如《舊唐書·昭宗本紀》載"(乾寧二年七月)丙寅,李克用遣牙將閻諤奉表奔問,奏屯軍河中",《王景崇傳》載"景崇與定州節度使王處存馳檄藩鄰,以兵附處存入關討賊,奔問行在,貢輸相繼",《新唐書·戴休顔傳》載"朱泚反,率兵三千,晝夜馳,奔問行在,德宗嘉之,賜實户二百"等。檢《新唐書·僕固懷恩傳》,此句正作"臣見懷恩,責以《春秋》義,不奔問官守",是爲確證,當據改。

---

① 《尚書正義》卷四、一四、一五,影印清嘉慶南昌府學刊《十三經注疏》本,中華書局,2009年,第285、443、458頁。

② 〔梁〕沈約《宋書》卷二〇《樂志二》,中華書局,1974年,第585頁。《晉書·樂志上》同。

③ 《春秋左傳正義》卷一五,影印清嘉慶南昌府學刊《十三經注疏》本,第3947頁。

4.《舊唐書》卷一四一《田承嗣傳》:

> 十一年,汴將李靈曜據城叛,詔近鎮加兵。靈曜求援於魏。承嗣令田悦率衆五千赴之,爲馬燧、李忠臣逆擊敗之,悦僅而獲免,兵士死者十七八,復詔誅之。(第 3840 頁)

按:"五千"疑誤。《舊唐書・代宗本紀》云:"(大曆十一年十月)乙丑,承嗣遣侄悦率兵三萬援靈耀。"又《新唐書・田承嗣傳》云:"靈耀求救於魏,承嗣使悦將兵三萬赴之。"均作"三萬"。而《舊唐書・馬燧傳》《册府元龜》卷三五九載:"承嗣又遣悦將兵二萬救靈曜。"[①]又均作"二萬"。觀《新唐書・田承嗣傳》下文稱"燧、忠臣逆擊,破之,悦脱身遁,斬獲數萬",《舊唐書・馬燧傳》下文稱"燧引四千人爲奇兵擊破之",若作"五千",則與"逆擊""斬獲數萬""四千人爲奇兵"等語不協。疑此"千"字當從諸書作"萬",而"五"或爲"三"或"二"之形誤。

5.《舊唐書》卷一四二《李寶臣傳》:

> 使忠志領驍騎八千人入太原,劫太原尹楊光翽。忠志挾光翽出太原,萬兵追之不敢近。(第 3865 頁)

按:"八千"疑誤。《新唐書・李寶臣傳》云:"使將驍騎十八人,劫太原尹楊光翽,挾以出,追兵萬餘不敢逼。"此作"十八人"。又《新唐書・安禄山傳》載:"賊遣高邈、臧均以射生騎二十馳入太原,劫取尹楊光翽殺之。"《安禄山事迹》卷中載:"賊將高邈僞進射生手二十人,光翽輕騎出迎,遂爲所執。"[②]皆作"二十人"。人數雖有小异,但可證此次劫取楊氏,只是一支兇悍的小隊伍,此作"八千人"必有訛誤。"八千"與"二十"無緣致誤,鑒於新舊二傳有史源關係,疑此"八千"爲"十八"之誤倒而又訛"十"爲"千"。十八人入城劫帥而"萬兵追之不敢近",正體現此驍騎之勇武,若作"八千"則意味索然。

6.《舊唐書》卷一四二《王元逵傳》:

> 大中十一年二月卒,册贈太師,謚曰忠。(第 3889 頁)

按:"十一年二月"誤。《新唐書・王元逵傳》載:"(元逵)大中八年死,年四十三,贈太師,謚曰忠。"《王元逵墓誌》詳載其事迹:"維大中八年,歲次甲戌,十二月乙卯,禍興方國,咎見大梁,實分陜上台太原王公薨於位,嗚呼哀哉!……以大中八年十二月四日,棄邦國萬人而薨背,時年卌有三。……其明歲二月乙卯,册贈太師。……大中九年八月十四日庚寅,定封於鎮府壽陽崗。"[③]墓誌載王元逵去世、受贈、下葬的時間,可知其確爲大中八年卒。又《新唐書・宣宗本

① 〔宋〕王欽若等《宋本册府元龜》,中華書局,1989 年,第 827 頁。按:明刻本《册府元龜》卷三五九作"承嗣又遣鋭將兵二萬救靈曜"(中華書局影印明刻本,1960 年,第 4256 頁),"鋭"當從宋本作"悦"。後文所引《册府元龜》,若無特別説明,皆據宋本,宋本闕卷則用明本,不再出注。

② 〔唐〕姚汝能撰,曾貽芬點校《安禄山事迹》卷中,中華書局,2006 年,第 96 頁。

③ 《王元逵墓誌》,孟繁峰、劉超英主編《隋唐五代墓誌匯編(河北卷)》,天津古籍出版社,1991 年,第 113 頁。

紀》載:“(大中)九年正月甲申,成德軍節度使王元逵卒,其子紹鼎自稱留後。”《資治通鑒》卷二四九宣宗大中九年載:“五月,丙寅,以王紹鼎爲成德節度使。”[①]王元逵大中八年十二月卒,朝廷於九年正月獲知王紹鼎自稱留後,故於二月册贈王元逵太師,五月正式任命王紹鼎爲成德節度使,知王元逵卒於大中八年十二月無疑。

《舊傳》何以誤作“十一年二月”? 檢《舊唐書・宣宗本紀》云:“(大中十一年二月)以成德軍節度、鎮冀深趙觀察處置等使、起復雲麾將軍、守左金吾衛大將軍同正、檢校兵部尚書、鎮州大都督府長史王紹鼎爲銀青光禄大夫、檢校尚書右僕射,餘官如故。”《册府元龜》卷四三六亦云:“大中十一年二月,元逵卒,授紹鼎起復檢校工部尚書,充成德軍節度使。”[②]《舊紀》《册府》所載“大中十一年二月”,皆當爲王紹鼎服闕起復授官的時間。《册府》的叙述,采用的是“連叙法”,即史官爲追求簡明,以同一時間連叙因果二事,而其中一事與所載時間無關。[③] 上文所引《新唐書・宣宗本紀》“(大中)九年正月甲申”下連載王元逵卒與王紹鼎自稱留後二事,亦如是。據此觀之,當是史官不慎,倉促之間誤讀史文,將王紹鼎守喪起復的時間“十一年二月”誤書作王元逵的離世年月。

7.《舊唐書》卷一八一《何弘敬傳》:

> 子弘敬襲其位。朝廷時遣河中帥李執方、滄州帥劉約各遣使勸令歸闕,别俟朝旨。(第 4688 頁)

按:“河中”當作“河陽”。《新唐書・何弘敬傳》云:“武宗詔河陽李執方、滄州劉約諭朝京師。”是事在武宗時,李執方帥河陽而非河中。《舊唐書・文宗本紀下》載“(開成二年六月)戊申,以左金吾衛將軍李執方爲河陽三城懷州節度使”,《資治通鑒》卷二四五同。《册府元龜》卷六三六載“開成四年六月,河陽節度使李執方奏”云云,是開成二年後李執方即在河陽節度任上。又李商隱於開成三年前後作《爲韓同年瞻上河陽李大夫啓》,又於開成五年作《上河陽李大夫狀》兩篇,錢振倫箋:“是編所録,河陽李大夫、李尚書、易定李尚書、許昌李尚書、忠武李尚書,皆李執方也。”[④]其説是。又據郁賢皓《唐刺史考全編》,會昌間河中節度使依次有鄭肅、孫簡、李固言、陳夷行、崔元式等,李執方無間可入[⑤],因知《舊傳》“河中”當爲“河陽”之誤。

8.《舊唐書》卷一八一《韓允忠傳》:

> 韓允忠,魏州人也,舊名君雄,懿宗改賜今名。(第 4688 頁)

---

① 〔宋〕司馬光編著,〔元〕胡三省音注《資治通鑒》卷二四九《唐紀六十五》,中華書局,1956 年,第 8056 頁。

② 〔宋〕王欽若等《册府元龜》,中華書局影印明刻本,1960 年,第 5180 頁。按:《宋本册府元龜》闕卷四三六。

③ 詳見武秀成《〈舊唐書〉辨證》,上海古籍出版社,2003 年,第 343—345 頁。

④ 〔唐〕李商隱著,劉學鍇、余恕誠校注《李商隱文編年校注》,中華書局,2002 年,第 163、447—458 頁。

⑤ 郁賢皓《唐刺史考全編》,安徽大學出版社,2000 年,第 680、1135—1137 頁。

按:“懿宗”當作“僖宗”。《新唐書·韓君雄傳》:“僖宗即位,進同中書門下平章事,賜名允中。”《資治通鑒》卷二五二咸通十四年載:“(九月)加成德節度使。王景崇中書令,魏博節度使韓君雄、盧龍節度使張公素、天平節度使高駢并同平章事。君雄仍賜名允中。(《考异》曰:《舊傳》作“允忠”。《實録》《新傳》皆作“允中”,今從之。)”據兩《唐書·懿宗本紀》《通鑒》卷二五二,咸通十四年七月懿宗崩,僖宗即位,知賜名給韓君雄者爲僖宗而非懿宗。

9.《舊唐書》卷一八六《酷吏上·來俊臣傳》:

> 萬歲通天元年,召爲合宫尉,擢拜洛陽令、司農少卿。則天賜其奴婢十人,當受於司農。(第 4840 頁)

按:“司農少卿”當作“司僕少卿”。《舊唐書·則天皇后本紀》載:“(萬歲通天二年)六月,内史李昭德、司僕少卿來俊臣以罪伏誅。”《新唐書·則天皇后本紀》略同,《册府元龜》卷九四二亦載:“唐來俊臣,則天朝歷洛陽令、司僕少卿。”皆作“司僕少卿”。又《舊唐書·李昭德傳》稱“時太僕少卿來俊臣與昭德素不協”,《舊唐書·職官志一》載光宅元年九月改太僕爲司僕。檢《新唐書·來俊臣傳》云:“俄召爲合宫尉,擢洛陽令,進司僕少卿,賜司農奴婢十人。”《新傳》承《舊傳》而來,其作“司僕少卿”,可知《舊傳》原本不誤,蓋後世傳寫致誤。兩《唐書·來俊臣傳》言奴婢“當受於司農”、“賜司農奴婢”,正謂來俊臣不屬司農而以司農奴婢賜之。

10.《新唐書》卷二〇九《酷吏·吉温傳》:

> 於是禄山領河東節度,表温自副,并知節度營田、管内采訪,總留事,拜雁門太守,知安邊鑄錢事。(第 5916 頁)

按:“安邊”當加專名號,此爲地名。《舊唐書·地理志二》河東道載:“蔚州,隋雁門郡之靈丘縣。武德四年,平劉武周。六年,置蔚州,……貞觀五年,移於今治。天寶元年,改爲安邊郡。”知安邊爲河東道之一郡,與雁門郡相鄰。《舊唐書·吉温傳》載:“又加兼雁門太守,仍知安邊郡鑄錢事”,有一“郡”字,語義顯明。

11.《新唐書》卷二〇九《酷吏·崔器傳》:

> 器有吏幹,然性陷刻樂禍。(第 5917 頁)

按:“陷刻”,北監本、汲古閣本作“陰刻”。《舊唐書·崔器傳》云:“器性陰刻樂禍,殘忍寡恩。”亦作“陰刻”。“陰刻”爲“陰險刻薄”義,宋人多用之,如司馬光《涑水記聞》卷一稱:“普爲人陰刻,當時以睚眦中傷人甚多。”[①]邵伯温《邵氏聞見前録》卷一云:“世謂韓王爲人陰刻,當其用事時,以睚眦中傷人甚多。”[②]黄震《黄氏日鈔》卷四七亦稱:“甯成以陰刻之資而效之。”[③]而“陷刻”無

---

① 〔宋〕司馬光撰,鄧廣銘、張希清點校《涑水記聞》卷一,中華書局,1989 年,第 12 頁。

② 〔宋〕邵伯温撰,李劍雄、劉德權點校《邵氏聞見録》卷一,中華書局,1983 年,第 3 頁。

③ 〔宋〕黄震《黄氏日鈔》卷四七,《全宋筆記》第十編,大象出版社,2018 年,第 427 頁。

他書用例,疑形近而誤。

12.《新唐書》卷二〇九《酷吏·敬羽傳》:

> (敬羽)遷累御史中丞、宗正卿。鄭國公李遵坐賄下詔獄。(第5919頁)

按:"宗正卿"當屬下讀。《唐六典》卷一六載:"宗正卿之職,掌皇九族、六親之屬籍,以别昭穆之序,紀親疏之列,并領崇玄署。"①《通典》卷二五云:"開元二十五年制,宗正等寺官屬皆以皇族爲之。"②知宗正卿掌皇族屬籍,開元後由宗室充任。敬羽爲肅宗時人,非皇族,史籍亦未載其曾任宗正卿之職。而李遵爲唐太祖七世孫,至德年間任宗正卿,史有明文,如李遵墓誌載:"上(按:即肅宗)乃即皇帝位,拜公尚書工部侍郎,領宗正卿。"③《舊唐書·肅宗本紀》:"(至德二年十二月)宗正卿李遵鄭國公,兼進封邑。"《舊唐書·李巨傳》:"宗正卿李遵構之,發其所犯贓賄,貶爲遂州刺史。"又《舊唐書·敬羽傳》載:"上元中,擢爲御史中丞。太子少傅、宗正卿、鄭國公李遵,爲宗子通事舍人李若冰告其贓私,詔羽按之。"知《新傳》"宗正卿"爲李遵之官職無疑。

13.《新唐書》卷二一〇《藩鎮魏博·羅紹威傳》:

> 既領留後,昭宗即詔嗣父節度,加累檢校太尉,號"忠勤宣力致聖功臣"。(第5941頁)

按:"致聖"作爲功臣賜號,於義不當,亦未見他例。唐代屢以"致理"之號賜功臣,如昭宗曾賜徐彦若、崔胤"扶危匡國致理功臣"號(見《舊唐書·昭宗本紀》、徐彦若及崔胤本傳。《唐大詔令集》卷五四《崔胤武安軍節度平章事制》則作"持危匡聖致理功臣"④),《册府元龜》卷六六五載後唐張居翰被賜號"謁誠保運致理功臣",等等。《舊唐書·羅紹威傳》作"致理",當從之。

14.《新唐書》卷二一一《藩鎮鎮冀·李寶臣傳》:

> 於是天子遣中人馬希倩勞寶臣,寶臣歸使者百縑,使者恚,抵諸道,寶臣顧左右愧甚。(第5947頁)

按:"馬希倩"當作"馬承倩"。《舊唐書·王武俊傳》載:"大曆十年……寶臣將有節生擒子期以獻,代宗嘉其功,使中貴人馬承倩齎詔宣勞。承倩將歸,止傳舍,寶臣親遺百縑。承倩詬詈,擲出道中,寶臣顧左右有愧色。"《新唐書·羅紹威傳贊》載:"田承嗣幾禽矣,李寶臣怒承倩而釋魏。"《資治通鑒》卷二二五代宗大曆十年亦載:"上嘉李寶臣之功,遣中使馬承倩齎詔勞之。"皆作"馬承倩"。此外,唐于邵撰《爲西川崔僕射謝却赴劍南表》《爲崔僕射謝許弟寬宣慰

---

① 〔唐〕李林甫等撰,陳仲夫點校《唐六典》卷一六,中華書局,1992年,第465頁。

② 〔唐〕杜佑撰,王文錦等點校《通典》卷二五,中華書局,1988年,第704頁。

③ 〔唐〕獨孤及《唐故特進太子少保鄭國李公墓誌銘》,《毗陵集》卷一一,《四部叢刊》景清趙氏亦有生齋本。

④ 〔宋〕宋敏求《唐大詔令集》卷五四《崔胤武安軍節度平章事制》,中華書局,2008年,第286頁。

表》《爲劍南西川崔僕射再請入朝表》、唐令狐楚撰《代李僕射謝男賜緋魚袋表》等表文，皆有"中使馬承倩"云云[①]。《舊唐書·于邵傳》載西川節度使崔寧請于邵任支度副使，可知于邵所謂"崔僕射"即崔寧，《舊唐書·代宗本紀》載"（大曆十一年）劍南節度使崔寧奏大破吐蕃二十萬"，知諸表中"中使馬承倩"確爲大曆時人，與新、舊傳所載遣中人勞李寶臣者年代一致，其爲同一人無疑，是"馬希倩"爲"馬承倩"之誤甚明。又《舊唐書·渾瑊傳》載馬承倩事迹："（建中四年十一月十五日，德宗）仍謂瑊曰：'朕便與卿别，更不用對來，縱有急切，令馬承倩在卿處，但令附奏。'"唐釋圓照《貞元新定釋教目録》載"貞元十五年十月二十三日，乃頒制曰：《大佛名經》一部十六卷，左右監門衛將軍、知内侍省事馬承倩奏前件經未入藏目録，敕旨宜令所司附入目録"[②]云云，知馬承倩後來又爲德宗近臣，并擢爲内侍省長官。

至於北宋葛勝仲（1072—1144）《丹陽集》卷六《藩鎮》、卷七《論魏博》載"一失於僕固懷恩，再失於馬希倩"，"大曆之失，由馬希倩之爲也"云云，皆當承《新傳》而誤[③]。

15.《新唐書》卷二一一《藩鎮鎮冀·王武俊傳》：

> （興元元年）詔國子祭酒董晋與中人宣慰，拜檢校工部尚書、恒冀深趙節度使。（第 5954 頁）

按："工部"疑當作"兵部"。《舊唐書·王武俊傳》載："（興元元年）詔國子祭酒兼御史大夫董晋、中使王進傑，自行在至恒州宣命，授武俊檢校兵部尚書、成德軍節度使。"《册府元龜》卷一六五亦云："（興元元年）詔國子祭酒兼御史大夫董晋、中使王進傑，自行在往鎮州宣命，授武俊簡較兵部尚書、成德軍節度使。"（卷一七六同）皆稱王武俊檢校兵部尚書，而非工部尚書（是時成德軍領恒、冀、深、趙四州）。《册府》所録本自國史（包括實録），與《舊傳》同源，皆作"兵部"，可知國史本作"兵部"，疑《新傳》爲史官一時誤書。

16.《新唐書》卷二二三上《奸臣上·許敬宗傳》：

> 帝曰："《書》稱'浮於濟、漯'，今濟與漯斷不相屬，何故而然？"對曰："夏禹道沇水東流爲濟，入於河。今自漯至温而入河，水自此洑地過河而南，出爲滎，又洑而至曹、濮，散出於地，合而東，汶水自南入之，所謂'泆爲滎，東出於陶丘北，又東會於汶'是也。"（第 6337 頁）

按：此處唐高宗所問是《尚書·禹貢》載濟、漯相屬，而爲何今日"濟與漯斷不相屬"；許敬宗所答是濟水"自漯至温而入河"，以及濟水的潛出、分合和流

---

① 〔宋〕李昉等編《文苑英華》卷五八四、五九一、六〇九，中華書局，1966 年，第 3020、3064、3065、3156 頁。

② 〔唐〕釋圓照等《貞元新定釋教目録》卷九，《大正新修大藏經》第 55 册，新文豐出版公司，1983 年，第 837 頁。

③ 〔宋〕葛勝仲《丹陽集》（永樂大典本）卷六、七，《景印文淵閣四庫全書》第 1127 册，台灣商務印書館，1986 年，第 466、475 頁。

向。這段對話答非所問,尤其是二人關於其時濟、漯二水是否相屬的表述完全相反。清人閻若璩亦意識到這一矛盾,其《潛邱札記》卷二云:

> 按"浮于濟漯,達于河",孔穎達《疏》云:"從漯入濟,自濟入河。"上句真亂道。唐高宗問許敬宗曰:"《書》稱'浮於濟、漯',今濟與漯斷不相屬。"敬宗對曰:"沇、濟自温入河,伏地南,出爲滎澤,又伏而出曹、濮之間,汶水從入之。"故《書》又言"浮汶達濟",不言合漯者。漯自東武陽至千乘入海也。《新唐書》亦不通地理,"沇、濟自温入河"作"今自漯至温而入河"。夫高宗灼知濟與漯斷,則此至温入河乃濟水非漯水明矣。敬宗雖奸,敢面欺以必不然之水道乎? 且其學素號博矣。明屬宋景文亂竄,不及其原對之文。然敬宗之所可議者有二:一是不正解《禹貢》經文以告君,一是言伏地南出爲滎澤,不深明乎濟水之故?[1]

閻氏指出濟、漯絶不相屬,許敬宗不敢"面欺以必不然之水道",因此敬宗所答原話當謂"沇、濟自温入河",而《新唐書》作"今自漯至温而入河",乃宋祁竄亂。另外,閻氏也察覺到了君臣間答非所問,以及敬宗所答詳於濟水而略於漯水,故謂敬宗"不正解《禹貢》經文以告君""深明乎濟水"。其後,王鳴盛《尚書後案》《蛾術編》也提出了類似的觀點。[2]

今考《册府元龜》卷七八〇載此事云:"帝曰:'《書》稱"浮於濟、漯",今之濟水與濟源斷絶不相屬,何故然也?'對曰:'《禹貢》:"道沇水,東流爲濟,入於河",即今自濟源至温而入河是也。其水自此潛流地下,過河而南,浸出爲滎澤。'"《唐會要》卷二七亦載:"上曰:'濟水與濟源斷絶不可屬,何故使然?'對曰:'《禹貢》:"導兖水,東流爲濟,入於河",自此潛流地下,過河而南,侵出爲滎澤。'"[3]《册府元龜》唐代部分一般來自唐國史或唐實録,與《新唐書》屬同源文獻,王溥《唐會要》則主要依據唐蘇冕《會要》與崔鉉《續會要》成書,其文作"濟水與濟源斷絶不相屬""今自濟源至温而入河",則指"源"而非"漯"尤明。

依《册府》及《唐會要》記載,君臣二人所言均與漯水無關。高宗借《禹貢》"浮於濟、漯"引出"濟水"與"濟源"不相屬的問題。敬宗所答,意謂濟水源於沇水(即兖水)而東流,在黄河北岸之温地潛入地下并穿過黄河,又在黄河南岸之滎地出於地上,繼而又潛入地下而出於曹、濮之間。濟水屢次潛行於地下,其地面河道時斷時續,確實會令人産生濟水與其源頭沇水斷不相屬的疑惑,而敬宗所言正能解答這一問題。再以地理考之,今河南省西北部有濟源市,其東南有温縣,瀕臨黄河北岸。滎陽市在温縣東南,與温縣隔黄河相望。雖古今地有沿革,然古濟水之走向及流域當大抵如此,與敬宗所言正相印證。

檢點校本底本之百衲本《新唐書·許敬宗傳》,其文字與點校本同。然據

① 〔清〕閻若璩《潛邱札記》卷二,清乾隆十年閻氏眷西堂刊本。

② 〔清〕王鳴盛《尚書後案》卷三,中華書局,2010年,第201頁;王鳴盛《蛾術編》卷四七,中華書局,2010年,第946頁。

③ 牛繼清校證《唐會要校證》卷二七,三秦出版社,2012年,第446頁。

張元濟《百衲本新唐書校勘記》,百衲本所據南宋紹興湖州十四行本作"今濟與源斷不相屬""今自源至温而入河"(覈南宋紹興湖州十四行原本文字同),張氏據明北監本、明汲古閣本、清武英殿本及前文"浮於濟、漯"而將兩"源"字描改作"漯"[①]。又檢南宋建安魏仲立宅刊本、元天曆二年本此兩處文字亦皆作"源",是宋、元本尚不誤。檢明南監本[②],二"源"字皆誤作"漯",蓋南京國子監爲此本補版時惑於上文"浮於濟漯"而妄改,其後諸本皆襲而未察。

要之,據《新唐書》宋元諸本與《册府元龜》《唐會要》所載,以及上下文義和地理事實,《新傳》君臣對語中的兩"漯"字係"源"字之誤無疑,當據改。

17.《新唐書》卷二二四上《叛臣上・僕固懷恩傳》:

> 廣德初,進拜太保,與一子三品、一子四品官,增封户五百。瑒與一子五品官,封户百。仍賜鐵券,以名藏太廟,畫象凌烟閣。又以瑒檢校兵部尚書、朔方行營節度使。(第6369頁)

按:"檢校兵部尚書"疑爲"御史大夫"之誤。《舊唐書・僕固懷恩傳》載:"至七月,改元廣德。……尋以瑒爲御史大夫、朔方行營節度。"同書《代宗本紀》載廣德元年秋七月:"丁巳,僕固瑒兼御史大夫,充朔方行營節度。"《資治通鑒》卷二二三唐代宗廣德元年載:"懷恩將朔方兵數萬屯汾州,使其子御史大夫瑒將萬人屯榆次。"皆以僕固瑒爲"御史大夫"而非"檢校兵部尚書",蓋史官不慎,誤植他人官職於此。

(作者單位:南京大學文學院)

① 張元濟《百衲本二十四史校勘記　新唐書校勘記》,商務印書館,2004年,第677頁。

② 通稱的"南監本"《新唐書》是明南京國子監以元大德本殘存舊版爲基礎,歷經至少二十次補版、遞修而成。筆者未見台灣"國家"圖書館藏元大德本原版(書號:01545),唯見台灣"國家"圖書館(書號:01542)及日本内閣文庫(書號:史004—0002)藏兩種元大德刊明南京國子監遞修本。二本此葉同版,其四周雙邊,當非大德本原版(大德本左右雙邊);字體與嘉靖以後刻本絶不相類,當屬明前中期補版。關於《新唐書》元大德本及南監本的遞修情況,參見〔日〕尾崎康著,喬秀岩、王鏗編譯《正史宋元版之研究》,中華書局,2018年,第165—192、645—658頁。

古典文獻研究（第二十五輯下）
Journal of the Institute for Chinese Classics Studies
Nanjing University
Volume 25, No.2 2022

《建炎以來繫年要録》校補

陳豫韜

李心傳《建炎以來繫年要録》二百卷，是通記南宋高宗一朝的編年體史書。作爲研究宋、金史必讀必備的基本史書，此書兼有取材廣泛、考證精審的特點，具有很高的史料價值。故四庫館臣稱其“文雖繁而不病其冗，論雖岐而不病其雜。在宋人諸野史中，最足以資考證”①。

近世以來，此書的整理工作成果豐碩。特别是點校本的推出，更是嘉惠學林的益事。二〇一三年，中華書局首先出版了胡坤先生的點校本（以下簡稱“中華本”），收録在《中國史學基本典籍叢刊》中。二〇一八年，上海古籍出版社又在《南宋及南宋都城臨安研究系列叢書》中另外推出了辛更儒先生的一個點校本（以下簡稱“上古本”）。由於今本《繫年要録》是由四庫館臣從《永樂大典》中輯出的，故兩種點校本都選擇文淵閣《四庫全書》本作爲工作底本。同時，中華本参校了文津閣《四庫全書》本及光緒八年廣雅書局刊本兩種版本，上古本則参校了中華書局重印《國學基本叢書》本以及宋刻《皇朝中興繫年要録節要》。從整理的具體情況來看，兩種點校本可以説是各存優劣。上古本雖然後出，其《點校前言》也自述參考了中華書局點校本。但通過實際考察，却發現上古本并没有完全吸收中華本的校勘成果。一些中華本正確的意見，上古本仍以錯誤的狀態呈現。讀者在利用此書時，仍需將兩種版本結合參看。

總的來説，兩種點校本都通過對校、他校等方法訂正出了許多訛誤。特别是在回改四庫館臣對於此書的篡改問題上，兩種點校本都充分注意并力求恢復、接近其原貌。較之以前的四庫、廣雅、國學基本叢書諸本，兩種點校本的質量都堪稱更勝。可以説，能够通過版本對校所發現的問題，在兩種點校本中已得到了一個基本的解决。但是，由於此書卷帙繁浩，加之其本身係《永樂大典》輯本的這一特點，使得有一些形成在《永樂大典》編成前或由《大典》造成的問題，則難以憑藉版本對校發現。筆者在閲讀這兩種點校本的過程中，發現仍存

---

① 〔清〕永瑢等撰《四庫全書總目》，中華書局，1965年，第426頁。

在相當數量的訛誤。今通過對兩種點校本所據底本、參校本的重新覆覈，并廣泛利用本校、他校諸法，勘得《繫年要録》各類訛誤數十例。謹依卷次先後，董理成文，以饗讀者，并請專家批評指正。

1.《建炎以來繫年要録》卷六（建炎元年六月七日）"乙丑"條："召責授鳳州團練使張所，直祕閣、通判河陽府傅亮赴行在。"（中華本第 1 册第 174 頁[①]；上古本第 1 册 158 頁[②]。）

按："鳳州團練使"當作"鳳州團練副使"，脱"副"字。宋代官制，貶責官員一般授予散官。《宋會要輯稿》職官五六之四三："節度副使、行軍司馬、防禦团練副使、别駕、長史、司馬、司士、文學、助教爲散官。"[③]而"團練使"爲正任官，非所以處謫降官者。考李綱《建炎時政記》載此事正作："六月七日，三省同奉聖旨：'謫授鳳州團練副使、江州安置張所，通直郎、直祕閣、通判河陽府事傅亮，召赴行在議事。'"[④]《繫年要録》卷五（建炎元年五月二十七日）"丙辰"條："監察御史張所爲尚書兵部員外郎……尋責所鳳州團練副使，江州安置。"又卷六（建炎元年六月二十九日）"丁亥"條："責授鳳州團練副使張所借通直郎、直龍圖閣。"皆可證。當據補。

2.《建炎以來繫年要録》卷八（建炎元年八月十八日）"乙亥"條："是夕，上召禮部侍郎、兼直學士朱勝非草制……翌日，遂罷綱爲觀文殿大學士、提舉杭州洞霄宫。"（中華本第 1 册第 231 頁；上古本第 1 册第 209 頁。）

按："直學士"當作"直學士院"，脱"院"字。宋代官制，"直學士"一般指諸閣之直學士。但正式書寫時前需系以殿閣名，如"龍圖閣直學士""寶文閣直學士"。翰林院又有"直學士院"一職，但翰林院不設直學士，亦不可省稱"直學士院"爲"直學士"。且李心傳著書體例嚴謹，于正文叙事時基本不用省稱，《繫年要録》除此例外，再無將"兼直學士院"書爲"兼直學士"者。考朱勝非此時確係任"直學士院"，《繫年要録》卷八（建炎元年八月十三日）"庚午"條："蓋權直學士院王綯、朱勝非失之。"又卷一〇（建炎元年十一月四日）"庚寅"條："尚書禮部侍郎、兼直學士院朱勝非爲翰林學士。"當據補。

3.《建炎以來繫年要録》卷一六（建炎二年七月二十五日）"丁未"條："亳州言：'本州已增修城壁，創置樓櫓，可以禦寇。今防秋在近，乞以本州界所管新舊弓手合爲一軍，土軍合爲一軍，清河、裝發合爲一軍。"（中華本

① 〔宋〕李心傳撰，胡坤點校《建炎以來繫年要録》，中華書局，2013 年（本文所引中華書局點校本均是此版）。

② 〔宋〕李心傳撰，辛更儒點校《建炎以來繫年要録》，上海古籍出版社，2018 年（本文所引上海古籍出版社點校本均是此版）。

③ 劉琳、刁忠民等點校《宋會要輯稿》（第 8 册），上海古籍出版社，2014 年，第 4550 頁。

④ 〔宋〕李綱撰，鄭明寶整理《建炎時政記》，《全宋筆記》（第三編第五册），大象出版社，2008 年，第 110 頁。

第1册第399頁;上古本第1册第353頁。)

按:"清河"當作"河清"。宋代厢軍有河清兵。《宋史》卷一八九《兵志三》厢軍下載有"裝發""河清"①二軍。考《宋會要輯稿》兵二九之一〇載此事正作:"二年七月二十五日,亳州言:'本州已增修城壁,創置樓櫓……今防秋在近,理宜嚴作隄備。欲乞權宜將本州界應管新[舊]弓手合爲一軍,土軍合爲一軍,河清、裝發合爲一軍……内河清、裝發不離本地分。"②當據乙。

4.《建炎以來繫年要録》卷二二(建炎三年四月六日)"癸丑"條:"端明殿學士、簽書樞密院事鄭瑴進簽書樞密院事。"(中華本第2册第547頁;上古本第2册第486頁。)

按:"簽書樞密院事鄭瑴"當作"同簽書樞密院事鄭瑴",脱"同"字。此鄭瑴前後官職皆爲"簽書樞密院事",則似不當言"進"。考《宋史》卷二一三《宰輔表四》載此事謂:"(建炎三年四月)癸丑……鄭瑴自同簽書樞密院事除簽書樞密院事。"③又《繫年要録》卷二一(建炎三年三月二十八日)"丙午"條亦載:"翰林學士李邴、御史中丞鄭瑴并爲端明殿學士、同簽書樞密院事。"當據補。

5.《建炎以來繫年要録》卷二五(建炎三年七月八日)"甲申"條:"(顔)岐落資政殿學士,依舊提舉南京洪慶宫。"(中華本第2册第589頁;上古本第2册第523頁。)

按:"洪慶宫"當作"鴻慶宫",音近而誤。宋代南京應天府有"鴻慶宫",無"洪慶宫",宋代典籍中亦無混寫的情況。《宋史》卷一〇四《禮志七》:"(大中祥符七年正月)至應天府朝拜聖祖殿,詔號曰鴻慶宫,仍奉安太祖、太宗像。"④曾鞏《隆平集》卷二"行幸"條載:"大中祥符七年正月,駕幸亳州太清宫……已酉,行朝謁禮。改真源縣曰衛真,升應天府爲南京。以新修聖祖殿爲鴻慶宫。"⑤又《皇宋中興兩朝聖政》卷五⑥,《宋史全文》卷一七上《宋高宗三》⑦載此事皆作"鴻慶宫"。當據改。

6.《建炎以來繫年要録》卷四〇(建炎四年十二月三日)"辛未"條:"是日,金左副元帥宗維命諸路州縣,同以是日大索南人……壽州初得客户六十八人,而誤報六百八人。宗維不容訴,於是州官驅窮民孤旅四百五十人以充數。"(中華本第2册第880頁;上古本第2册第765頁。)

按:"四百五十人"當作"五百四十人"。既初得六十八人而誤報六百八人,

① 〔元〕脱脱等撰《宋史》(第14册),第4662頁。
② 劉琳、刁忠民等點校《宋會要輯稿》(第15册),上海古籍出版社,2014年,第9241頁。
③ 〔元〕脱脱等撰《宋史》(第16册),第5548頁。
④ 〔元〕脱脱等撰《宋史》(第8册),第2538頁。
⑤ 〔宋〕曾鞏撰,王瑞來校證《隆平集校證》,中華書局,2012年,第66頁。
⑥ 〔宋〕佚名撰《皇宋中興兩朝聖政》卷五,《宛委别藏》本。
⑦ 〔宋〕佚名撰,汪聖鐸點校《宋史全文》(第4册),中華書局,2016年,第1149頁。

則計之還需五百四十人方可充其數。考李心傳另有《舊聞證誤》一書,其卷三載此事正作"五百四十人"①。當據改。

7.《建炎以來繫年要録》卷四五(紹興元年六月二十六日)"辛卯"條:"詔局、所官吏請御厨折倉錢,自八十千至二十千凡十一等,并減半。"(中華本第3冊第962頁;上古本第2冊第841頁。)

按:"御厨折倉錢"當作"御厨折食錢","二十千"當作"三十千",俱形近而誤。文獻中無"御厨折倉錢"一項記載。考《宋會要輯稿》職官五七之六六載此事更詳,曰:"(紹興元年)六月二十六日,臣僚言:'契勘請給各有定格。今局、所官吏,每月除請添給數項外,更請御厨折食錢。昨以東京物價低賤,逐時減落,每月旋估支折。今來時物踴貴,尚循舊例,其所折錢往往增過數倍,暗侵財計。'詔裁定則例,永爲定法:第一等折錢八十四貫六百二十文,減作四十貫文……第十一等折錢三十貫九百文,減作一十五貫文。"②所謂"御厨折食錢",乃是宋代在京官員的餐食補貼,宋代典籍中常見。周煇《清波雜志》卷九亦載:"舊制:御厨折食錢凡十一等。第一等,舊折八十餘千,紹興初減半;餘遞減有差。至第十一等,舊折三十千,亦損其半。"③當據改。

8.《建炎以來繫年要録》卷五一(紹興二年正月十七日)"己酉"條:"尚書左司郎中姚舜明直龍圖閣,充江淮發運副使。"(中華本第3冊第1050頁;上古本第3冊第924頁。)

按:"郎中"當作"郎官"。程俱《北山小集》卷二七載有《左司員外郎姚舜明直龍圖閣江淮荆浙等路發運副使制》④,與此不同。考《繫年要録》卷四八(紹興元年十月二日)"乙丑"條載:"降授朝奉大夫、權江東安撫大使司參議官姚舜明,考功員外郎仇悆爲左、右司員外郎。"又卷五二(紹興二年三月十五日)"丙午"條:"直龍圖閣、江淮發運副使姚舜明爲左司郎中。"則正月時舜明當任"員外郎",三月間方任"郎中"。然"員外郎"似不應誤爲"郎中",此當作"郎官",即尚書省左右司郎中、員外郎之總稱。"官"字若殘,則易認爲"中"也。《繫年要録》左右司"郎官"用例甚多,兹不贅述。當改正。

9.《建炎以來繫年要録》卷五一(紹興二年二月二十二日)"甲申"條:"户部尚書李彌大兼權侍讀,大理寺丞李處度、監都奏院蘇簡并送吏部。"(中華本第3冊第1062頁;上古本第3冊第936頁。)

按:"監都奏院"當作"監都進奏院",脱"進"字(中華本將"監都奏院"屬上,誤)。《繫年要録》卷四三(紹興元年三月九日)"丙午"條有:"朝奉郎蘇簡監都進奏院"。考宋代門下省下有"都進奏院",其長官即"監都進奏院"。史無將

① 〔宋〕李心傳撰《舊聞證誤》,中華書局,1981年,第48頁。
② 劉琳、刁忠民等點校《宋會要輯稿》(第8冊),第4594頁。
③ 〔宋〕周煇撰,劉永翔校注《清波雜志校注》,中華書局,1994年,第417頁。
④ 〔宋〕程俱撰《北山小集》卷二七,《四部叢刊續編》本。

“監都進奏院”寫爲“監都奏院”之文例,此應爲脱文,當據補。

10.《建炎以來繫年要録》卷五一(紹興二年二月二十六日)“戊子”條:“右奉議郎、監諸軍計司秦湛添差通判常州。”(中華本第3册第1065頁;上古本第3册第938頁。)

按:“監諸軍計司”當作“監諸軍審計司”,脱“審”字。諸軍審計司,即原“諸軍專勾司”。《宋會要輯稿》職官二七之六一:“高宗建炎元年五月十一日,詔:‘諸司專司、諸軍專司,“專”字下犯御名同音者,改作諸軍、諸司審計司。’”①考他書别無寫作“監諸軍計司”之文例。《繫年要録》卷五八(紹興二年九月一日)“戊午”條亦作:“右承奉郎、監諸軍審計司張汝舟屬吏。”當據補。

11.《建炎以來繫年要録》卷五五(紹興二年六月十九日)“戊申”條:“左宣教郎江端友守尚書禮部員外郎,御史臺檢法房晏敦復守祠部員外郎。”(中華本第3册第1133頁;上古本第3册第1002頁。)

按:“御史臺檢法房”當作“御史臺檢法官”,形近而誤。依《繫年要録》之體例,人名上皆系官職、勛爵等,此處晏敦復名上置一官所名,殊不合體例。且御史臺下有檢法官,無檢法房。考《繫年要録》卷五三(紹興二年閏四月十七日)“丁未”條載:“御史臺检法官晏敦复言……”《宋史》卷三八一《晏敦復傳》亦載:“晏敦復字景初,丞相殊之曾孫……第進士,爲御史臺檢法官。”②當據改。

12.《建炎以來繫年要録》卷五八(紹興二年九月七日)“甲子”條:“直徽猷閣郭偉爲淮西招撫使。初,江東大帥李光聞僞齊王彦先於壽春鳩兵聚糧,奏言……光又言:‘本司參議官宗穎,乃宗澤之子。以其父故,爲諸將所愛。又其人亦慨然有忠憤之氣,望假以制置,或招撫使、副之名。’詔光别選文臣一員充招撫使。”(中華本第3册第1167頁;上古本第3册第1033頁。)

按:“淮西招撫使”當作“淮西巡撫使”,下“充招撫使”同。《宋會要輯稿》兵二九之二七載此事作:“李光言:‘廬、濠二州及六安軍最與僞地接境,乞兵五六千人并文臣一員廬州屯駐,假以制置或招撫使、副之名。’詔李光選文臣一員充淮西巡撫使。”③《宋史》卷二七《高宗本紀四》亦載此事:“以直徽猷閣郭偉爲淮西巡撫使”④。俱與此不同。《繫年要録》卷六一(紹興二年十二月五日)“辛卯”條亦作:“淮西巡撫使郭偉”。考李光《莊簡集》卷一一《乞差文臣屯兵廬州狀》下注:“奉聖旨,令李某别選文臣一員充淮西巡撫使。”⑤又同卷《乞差胡舜陟往淮西狀》云:“臣近准樞密院札子。奉聖旨,令臣别選文臣一員充淮西巡撫

① 劉琳、刁忠民等點校《宋會要輯稿》(第6册),第3742頁。
② 〔元〕脱脱等撰《宋史》(第34册),第11737頁。
③ 劉琳、刁忠民等點校《宋會要輯稿》(第15册),第9250頁。
④ 〔元〕脱脱等撰《宋史》(第2册),第500頁。
⑤ 〔宋〕李光撰《莊簡集》,《景印文淵閣四庫全書》(第1128册),第550頁。

使。"則是李光初乞朝廷置"招撫使、副",南宋朝廷似謂"招撫"之名不妥,故改爲"巡撫使"。當據改。

13.《建炎以來繫年要録》卷五八(紹興二年九月十四日)"辛未"條:"頤浩因奏左朝奉大夫、新知廣州向子諲輕肆妄作,請罷去。"(中華本第3册第1169頁;上古本第3册第1035頁。)

按:"左朝奉大夫"當作"右朝奉大夫"。時進士出身人寄禄官前帶"左",無出身人帶"右"。見《宋十朝綱要》卷二一:"(紹興元年十二月)乙酉,詔今後文臣有出身人帶'左'字,無出身人帶'右'字,赃罪人更不帶'左''右'字。"①而《宋史》卷三七七《向子諲傳》載其:"欽聖憲肅皇后再從侄也。元符三年,以后復辟恩,補假承奉郎。"②則向子諲非進士出身人。《繫年要録》除此例外載此人皆帶"右",如卷九二(紹興五年八月三日)"甲辰"條:"右朝請大夫、直龍圖閣向子諲。"又卷一二三(紹興八年十一月二十一日)"癸卯"條:"徽猷閣直學士、右朝議大夫、知平江府向子諲轉一官致仕。"又胡寅《斐然集》卷九《應詔薦監司郡守奏狀》亦載其:"右朝請大夫、直龍圖閣向子諲……帥廣未幾,政聲翕然至公。"③當據改。

14.《建炎以來繫年要録》卷五九(紹興二年十月十五日)"壬寅"條:"左中大夫洪炎爲祕書少監。建炎初除是官,久不至,及是又申命之。"(中華本第3册第1187頁;上古本第3册第1052頁。)

按:"建炎初"當作"炎初",衍"建"字。《繫年要録》卷五三(紹興二年閏四月二十四日)"甲寅"條載:"中大夫洪炎爲祕書少監……炎、芻弟。宣和中嘗爲是職,坐元祐曲學罷去,至是復用之。"既云"至是復用之",則所謂"建炎初除是官"必誤。此恐是原衍一"監"字,後人不明,以爲"監"爲"建"之誤字,故誤改之。當據删。

15.《建炎以來繫年要録》卷六三(紹興三年二月十四日)"庚子"條:"詔三省都録事自今不許赴御史臺……而朝請大夫、中書門下省都録事魏弼等言……"。(中華本第3册第1241頁;上古本第3册第1102頁。)

按:"中書門下省都録事"當作"中書門下省録事",衍"都"字。宋制,中書、門下省有録事,尚書省有都事,合而稱之則爲"三省都録事"。考《宋史》卷一六一《職官志一》載:"建炎三年指揮,中書門下省併爲一。中書省録事、主事、令史、書令史、守當官共四十三人;門下省録事、主事、令史、書令史、守當官共四十六人,依祖額以八十九人爲額。"④則此處當稱爲"中書門下省録事"。《繫年要録》卷六八(紹興三年九月二十八日)"己卯"條正作:"中書門下省録事魏彦

① 〔宋〕李埴撰《皇宋十朝綱要》卷二一,《六經刊叢書》本。
② 〔元〕脱脱等撰《宋史》(第33册),第11639頁。
③ 〔宋〕胡寅撰,容肇祖點校《斐然集》,中華書局,1993年,第199頁。
④ 〔元〕脱脱等撰《宋史》(第12册),第3787頁。

弼還所寄資,爲右中奉大夫,提轄行在権貨務兼都茶場。"此"都"字蓋涉上文"三省都録事"而衍,當删去。

又"魏弼"當作"魏彦弼"。四庫本脱"彦"字,點校本遂依之。然廣雅木、《國學基本叢書》本等皆作"魏彦弼"。除上文所引《繫年要録》卷六八"己卯"條外,卷一〇二(紹興六年六月十九日)"乙卯"條亦載:"権貨務提轄官魏彦弼"。又《宋會要輯稿》職官五五之一八載:"三省點檢、都録事授官,即無不赴臺謝之法。所有今年二月十四日魏彦弼、楊從古、俞宗适等……"[①]可見應作"魏彦弼",當據補。

16.《建炎以來繫年要録》卷六七(紹興三年七月六日)"己未"條:"置博學宏詞科……上等,改京官、除館職;中等,減三年磨勘;下等,減二年,并與堂除奏補。出身人以賜進士及第、出身、同出身爲三等之差。"(中華本第3册第1305頁;上古本第3册第1158頁。)

按:"出身人"當作"無出身人",脱"無"字。出身人復賜進士及第、出身、同出身,殊不可解。考《宋會要輯稿》選舉一二之一一載此事作:"以三等取人,試入上等有出身人轉一官,選人與改[京]官,無出身人賜進士及第,并免召試除館職;中等有出身人減三年磨勘,與堂除差遣,無出身人賜進士出身,擇其尤召試館職;下等有出身人減二年磨勘,與堂除差遣一次,無出身人賜同進士出身。"[②]《宋史》卷一五六《選舉志二》[③]、李心傳《建炎以來朝野雜記》甲集卷一三之取士"博學宏詞科"條[④]所載略同。當據補。

17.《建炎以來繫年要録》卷六七(紹興三年七月二十八日)"辛巳"條:"皇伯洪州觀察使、權行在中正司、安定郡王令畤爲寧遠軍承宣使。"(中華本第3册第1313頁;上古本第3册第1165頁。)

按:"中正司"當作"宗正司"。宋無名"中正司"之官所。《繫年要録》卷五八(紹興二年九月三十日)"丁亥"條載:"皇伯右監門衛大將軍、榮州防禦使、權知行在大宗正司事令畤爲洪州觀察使、安定郡王。"可見應作"宗正司"。當據改。

18.《建炎以來繫年要録》卷七〇(紹興三年十一月十四日)"乙丑"條:"(劉)大中奏:'臣果欲進身,則當承順大臣意旨……及韓顔冑、李正民之徒,亦不當按劾……'顔冑、琦孫也。"(中華本第3册第1366頁;上古本第3册第1214頁。)

按:"琦孫"當作"琦曾孫",脱"曾"字。韓琦,《宋史》卷三一二有傳。其子韓忠彦撰《忠獻韓魏王家傳》卷一〇載:"男子六:曰忠彦、次端彦……孫男曰

① 劉琳、刁忠民等點校《宋會要輯稿》(第8册),第4506頁。
② 劉琳、刁忠民等點校《宋會要輯稿》(第9册),第5500頁。
③ 〔元〕脱脱等撰《宋史》(第11册),第3651頁。
④ 〔宋〕李心傳撰,徐規點校《建炎以來朝野雜記》,中華書局,2000年,第260頁。

治、曰戩……曾孫曰肖胄……曰顔胄。”①當據補。

19.《建炎以來繫年要録》卷七一（紹興三年十二月二十二日）“壬寅”條：“簽書樞密院事韓肖胄言：‘昨蒙誤恩，擢參右府。’”（中華本第3册第1377頁；上古本第3册第1225頁。）

按：“簽書樞密院事”當作“同簽書樞密院事”，脱“同”字。韓肖胄舊官吏部侍郎，紹興三年以同簽書樞密院事出使金國。《宋史》卷三七九《韓肖胄傳》：“（紹興）三年，拜端明殿學士、同簽書樞密院事，充通問使。”②《繫年要録》卷七〇（紹興三年十一月十三日）“甲子”條亦載：“端明殿學士、同簽書樞密院事韓肖胄，工部尚書胡松年使還。”又卷七二（紹興四年正月二十九日）“己卯”條：“端明殿學士、同簽書樞密院事韓肖胄以舊職知温州。”可知此處脱文無疑，當據補。

20.《建炎以來繫年要録》卷七九（紹興四年八月十九日）“丙申”條：“江東淮西安撫使劉光世言……”（中華本第4册第1497頁；上古本第4册第1333頁。）

按：“安撫使”當作“宣撫使”。宋制，安撫使爲一路帥臣，以本路首府守臣充掌。《宋會要》職官四一之七九“安撫使”條云：“舊制，凡諸路安撫使之名并以逐州知州充，掌撫綏良民而察其奸宄，以肅清一道。兩浙東路以紹興府……淮南西路以廬州。”③而《繫年要録》卷七六（紹興四年五月一日）“庚戌”條載：“集英殿修撰仇悆知廬州。”卷八一（紹興四年十月三十日）“乙巳”條載：“淮西安撫使仇悆。”可見，此時淮西安撫使當是仇悆。而宣撫使一般指防區主帥，《繫年要録》卷六八（紹興三年九月二十四日）“乙亥”條載：“江東宣撫使劉光世爲江東、淮西宣撫使，置司池州。”卷八一（紹興四年十月一日）“丙子”條亦載：“令淮西宣撫使劉光世移軍建康。”又《宋史》卷三六九《劉光世傳》亦云：“（紹興）三年……命爲江東、淮西宣撫使，置司池州。”④當據改。

21.《建炎以來繫年要録》卷七九（紹興四年八月二十八日）“乙巳”條：“錢忱復爲檢校少保……其母秦國大長公主乞還舊官。”（中華本第4册第1501頁；上古本第4册第1336頁。）

按：“秦國”當作“秦、魯國”，脱魯字。錢忱母爲秦、魯國大長公主，爲宋仁宗第十女，適錢景臻者，見《宋史》卷二四八《公主傳》⑤。《宋史》卷四六五《錢忱傳》亦載：“錢忱字伯誠，吴越王俶五世孫。父景臻，尚仁宗第十女秦、魯國大

① 〔宋〕韓忠彦撰《忠獻韓魏王家傳》卷一〇，《四庫全書存目叢書》影印北圖藏明張士隆刻本。
② 〔元〕脱脱等撰《宋史》（第33册），第11691頁。
③ 劉琳、刁忠民等點校《宋會要輯稿》（第7册），第4039頁。
④ 〔元〕脱脱等撰《宋史》（第33册），第11483頁。
⑤ 〔元〕脱脱等撰《宋史》（第25册），第8777頁。

長公主,生忱。"[1]《繫年要録》卷六(建炎元年六月六日)"甲子"條亦載:"復帝姬爲公主,於是賢德懿行大長帝姬封秦、魯國。"當據補。

22.《建炎以來繫年要録》卷八七(紹興五年三月三十日)"癸卯"條載吕頤浩奏疏云:"臣嘗考泰州鹽息歲産千四五百緡,倍於二浙,尤宜選任能吏。"(中華本第4册第1675頁;上古本第4册第1493頁。)

按:"千四五百緡"當作"千四五百萬緡",脱"萬"字。東南産鹽,豈有一歲鹽息僅千四五緡之理?似太少。考《三朝北盟會編》卷一七六,則頤浩原疏作:"通、泰州産鹽地分,尤宜選任能吏收鹽息,以助軍興。臣於宣和元年任太府少卿,嘗考榷貨入納。大率淮南路入納歲約一千四五百萬貫,浙東西歲入七八百萬貫。下户部勘會,便見昔年所收實數。蓋通、泰、楚州産鹽浩瀚,倍於浙東西。"[2]"貫"與"緡"同,皆指千錢,當據補。

又"泰州"當作"通、泰州",脱"通"字。此疏雖經心傳剪裁,然頤浩原文爲:"通、泰州産鹽地分……淮南路入納歲約一千四五百萬貫。"蓋頤浩之意,淮南路主要産鹽地爲通、泰等州,依其原文以"通、泰"代指淮南東路則可。若單稱"泰州",則恐去其原意遠甚,當據補。

23.《建炎以來繫年要録》卷九一(紹興五年七月八日)"己卯"條:"知樞密院事、提領措置材用孟庾充觀文殿學士。"(中華本第4册第1753頁;上古本第4册第1562頁。)

按:"材用"當作"財用"。李心傳《建炎以來朝野雜記》甲集卷一七之"三司户部沿革"條曰:"建炎初,以軍興國用不給,始命張誠伯以同知樞密院事提領措置户部財用,黄道州潛厚以京祠副之。其後,孟富文庾、沈忠敏與求皆以執政繼領利權。"[3]《繫年要録》本書卷八六(紹興五年閏二月二十五日)"己巳"條、卷八九(紹興五年五月十六日)"己丑"條載孟庾皆作"提領措置財用"。當據改。

24.《建炎以來繫年要録》卷九五(紹興五年十一月二十四日)"癸巳"條:"故右文殿修撰、知汾州張克戩定謚'忠確'。克戩,耆孫。"(中華本第4册第1823頁;上古本第4册第1626頁。)

按:"耆孫"當作"耆曾孫",脱"曾"字。《宋史》卷四四六《張克戩傳》曰:"張克戩字德祥,侍中耆曾孫也。"[4]《東都事略》卷一一一《忠義傳》九四:"張克戩字德祥,耆之曾孫也。"[5]《宋名臣言行録續集》卷六[6]所載亦同,當據補。

---

① 〔元〕脱脱等撰《宋史》(第39册),第13588頁。
② 〔宋〕徐夢莘撰《三朝北盟會編》,第1276頁。
③ 〔宋〕李心傳撰,徐規點校《建炎以來朝野雜記》,第380頁。
④ 〔元〕脱脱等撰《宋史》(第38册),第13167頁。
⑤ 〔宋〕王偁撰《東都事略》,《景印文淵閣四庫全書》(第382册),第722頁。
⑥ 〔宋〕李幼武撰《宋名臣言行録續集》,《景印文淵閣四庫全書》(第449册),第342頁。

25.《建炎以來繫年要録》卷一〇〇(紹興六年四月八日)"乙巳"條:"詔:'湖北京西宣撫使岳飛丁母憂,已擇日降制起復……'"(中華本第4册第1895頁;上古本第4册第1691頁。)

按:"宣撫使"當作"宣撫副使",脱"副"字。考《繫年要録》卷九九(紹興六年三月二日)"己巳"條載:"湖北京西南路招討使岳飛爲湖北京西宣撫副使。"又卷一〇九(紹興七年二月二十五日)"丁巳"條載:"湖北京西宣撫副使岳飛爲太尉,賞商、虢之功也。翌日,陞宣撫使。"則此時岳飛所任當爲"宣撫副使"。考岳珂《金佗續編》卷七有《特起復日下主管軍馬不得辭免省札》,即此詔也。亦作"宣撫副使岳飛"①。當據改。

26.《建炎以來繫年要録》卷一〇〇(紹興六年四月十三日)"庚戌"條:"起復左朝奉大夫、川陝宣撫司幹辦公事邵博爲都督府幹辦公事。"(中華本第4册第1898頁;上古本第4册第1693頁。)

按:"左朝奉大夫"當作"右朝奉大夫"。《繫年要録》卷一二二(紹興八年十月三日)"丙辰"條載:"右朝奉大夫、主管襲慶府仙源縣太極觀邵博賜同進士出身。"則六年時邵博尚是無出身人,理應帶"右"。當據改。

又中華本《繫年要録》此句將"邵博"改作"邵溥"。校勘記稱:"邵溥乃邵博之兄,據《文獻通考》卷二三八《經籍考》云:'《邵氏集》二十卷,晁氏曰:"邵溥,字澤民,進士第。靖康初,爲户部侍郎。上踐祚,以例貶官。紹興中,復待制,宣撫川陝。"'據此可知此處非邵博,實乃邵溥,故改。"②此説實爲誤解。邵溥紹興五年任川、陝宣撫副使,見本書卷八七(紹興五年三月九日)"壬午"條。而邵博所居官爲宣撫司幹辦公事,乃幕僚官。豈有以川陝宣撫司幕僚官而稱"宣撫川陝"之理?其説誤。

27.《建炎以來繫年要録》卷一〇一(紹興六年五月十五日)"壬午"條:"賜川陝宣撫副使吴玠四川户部錢十萬緡,爲隨軍激賞之費。"(中華本第5册第1913頁;上古本第4册第1707頁。)

按:"户部錢"當作"户帖錢"。"四川户部錢"不知何義。考《繫年要録》卷八六(紹興五年閏二月五日)"己酉"條:"川、陝宣撫使奏:'四川上供銀帛,乞依舊留充贍軍,俟邊事寧息如舊。'上曰:'祖宗儲積内帑,本以備邊陲緩急之用。今方隅多故,軍旅未息,宜從所請。'"又卷九五(紹興五年十一月十七日)"丙戌"條:"四川收錢物總三千六十餘萬緡,支四千六十餘萬緡,以宣撫司䞇剩錢補其闕,而玠一軍所費爲二千三百七十萬緡。"則四川自贍尚不足,似不應轉輸至臨安户部。又考《宋史》卷二八《高宗本紀五》載此事作:"(紹興六年五月)壬午……賜吴玠四川户帖錢十萬緡犒軍。"③與此不同。所謂"户帖錢",是紹興

① 〔宋〕岳珂撰,王曾瑜校注《鄂國金佗粹編續編校注》,中華書局,1989年,第1238頁。

② 〔宋〕李心傳撰,胡坤點校《建炎以來繫年要録》(第4册),第1906頁。

③ 〔元〕脱脱等撰《宋史》(第2册),第525頁。

五年新設置的一種個人財産税,面向南宋全境徵收。據《繫年要録》卷九五(紹興五年十一月一日)“庚午”條記載:“詔諸路州縣出賣户帖,令民間自行開具所管地宅田畝間架之數而輸其直,仍立式行下。”則此處應以“户帖錢”爲是。當據改。

28.《建炎以來繫年要録》卷一〇七(紹興六年十二月二十四日)“丁巳”條:“少保、武寧保静寧國軍節度使、淮南西路兼太平州宣撫使劉光世爲護國鎮安保静軍節度使。”(中華本第5册第2018頁;上古本第5册第1805頁。)

按:“武寧”當爲“寧武”。劉光世紹興六年五月自寧武、寧國兩鎮節度加保静、寧武、寧國三鎮節度。見《宋史》卷二八《高宗本紀五》:“(紹興六年五月)庚寅,以劉光世爲保静、寧武、寧國軍節度使。”[①]又卷三六九《劉光世傳》亦載:“加寧武、寧國軍節度使……加保静軍節度使,遂領三鎮。”[②]又《繫年要録》一〇一(紹興六年五月二十三日)“庚寅”條:“少保、寧武寧國節度使、淮南西路兼太平州宣撫使劉光世爲保静寧武寧國軍節度使,賞劉龍城之捷也。”當據乙。

29.《建炎以來繫年要録》卷一〇九(紹興七年三月二十二日)“甲申”條:“少保、護國鎮安保静軍節度使、淮南西路兼太平州宣撫使劉光世爲少保,仍三鎮舊節,充萬壽觀使。奉朝請,封榮國公。”(中華本第5册第2055頁;上古本第5册第1841頁。)

按:“爲少保”當作“爲少師”。考《宋史》卷三六九《劉光世傳》載此事作:“拜少師,充萬壽觀使,奉朝請,封榮國公。”[③]《宋會要輯稿》職官一之四載此事作:“(紹興七年三月)二十二日,少保、護國鎮安保靖[静]軍節度使、充淮西路兼太平州宣撫使劉光世除少師,充萬壽觀使,進封榮國公。”[④]俱與此不同。又《繫年要録》本條後載劉光世,亦皆作“少師”,如卷一一〇(紹興七年四月三日)“甲午”條:“少師、萬壽觀使劉光世特許任便居住。”當據改。

30.《建炎以來繫年要録》卷一一四(紹興七年九月十五日)“甲戌”條:“御史中丞周祕復論:‘浚自再用之後,日欲僥倖功名。每以侈言誕計,欺惑聖聽。陳設利害,幾於刼持。論其專則,豈特王恢之比?今既敗事至此,而猶以祕殿隆名,退安真館。如此,則浚之誤陛下信任者,其何所憚?伏望削奪官職,重賜竄責,以爲大臣專權誤國之戒。’”(中華本第5册第2133頁;上古本第5册第1912頁。)

按:“浚之误陛下信任者”當作“後之误陛下信任者”。揣摩文意,此處周祕所欲者乃重竄張浚以爲“大臣專權誤國之戒”,而使後來者得以知憚。考《三朝

---

① 〔元〕脱脱等撰《宋史》(第2册),第525頁。

② 〔元〕脱脱等撰《宋史》(第33册),第11483頁。

③ 〔元〕脱脱等撰《宋史》(第33册),第11484頁。

④ 劉琳、刁忠民等點校《宋會要輯稿》(第5册),第2937頁。

北盟會編》卷一七九載周祕此疏作:“則後之誤陛下信任者,復何所憚哉!”①多一“復”字,則文意頓明。若言:“浚之誤陛下信任者,復何所憚哉!”則似張浚仍秉政,而張浚時已罷職,故“復”字無從談起。當據改。

31.《建炎以來繫年要録》卷一二一(紹興八年八月三十日)“癸未”條:“兵部兼權吏部尚書張燾言……”(中華本第5册第2267頁;上古本第5册第2038頁。)

按:“兵部”當作“兵部侍郎”,脱“侍郎”二字。考周必大《平園續稿》卷二一《張忠定公燾神道碑》載:“(紹興)八年四月,召拜兵部侍郎……六月兼權吏部尚書。”②則張燾乃以兵部侍郎兼權吏部尚書,非以兵部尚書兼權吏部尚書。《繫年要録》卷一二二(紹興八年十月二十一日)“甲戌”條、卷一二三(紹興八年十一月十九日)“辛丑”條、卷一二三(紹興八年十一月二十日)“壬寅”條等皆作:“兵部侍郎兼權吏部尚書張燾。”當據補。

32.《建炎以來繫年要録》卷一二四(紹興八年十二月二十五日)“丁丑”條:“起居郎劉一止試中書舍人。司農寺丞莫將賜同進士出身,除起居郎。”(中華本第5册第2342頁;上古本第5册第2103頁。)

按:“司農寺丞”當作“太府寺丞”。《中興紀事本末》卷四六載此事爲:“起居郎劉一止爲中書舍人,兼侍講。太府寺丞莫將賜出身,爲起居郎。”③又《宋史》卷三七八《劉一止傳》載:“擢中書舍人兼侍講。莫將賜出身除起居郎,一止奏:‘將以上書助和議,驟自太府丞綴從班……’”④《繫年要録》卷一二四(紹興八年十二月十二日)“甲子”條亦作:“太府寺丞莫將所上封事,通曉世務……”考莫將紹興九年正月方自起居郎試司農卿,見《繫年要録》卷一二五(紹興九年正月二日)“癸未”條,本條或由此而致誤。可出校辨明。

33.《建炎以來繫年要録》卷一三四(紹興十年二月六日)“辛亥”條:“濟州防禦使、主管侍衛軍馬司公事劉錡爲東京副留守。”(中華本第6册第2501頁;上古本第6册第2244頁。)

按:“軍馬司”当爲“馬軍司”。宋代三衙爲殿前司、侍衛親軍馬軍司、侍衛親軍步軍司。《繫年要録》卷一二六(紹興九年二月十一日)“壬戌”條亦載:“(劉)錡統所部自鎮江還朝,遂代解潛權主管侍衛馬軍司公事。”此誤甚明,當乙正。

34.《建炎以來繫年要録》卷一三四(紹興十年三月四日)“己卯”條:“檢校少傅、寧國軍節度使、知永興軍張中孚入見。”(中華本第6册第

① 〔宋〕徐夢莘撰《三朝北盟會編》,第1296頁。
② 〔宋〕周必大撰,王蓉貴、〔日〕白井順點校《周必大全集》,四川大學出版社,2017年,第569頁。
③ 〔宋〕佚名撰《皇朝中興紀事本末》,國圖藏清鈔本。
④ 〔元〕脱脱等撰《宋史》(第33册),第11674頁。

2507 頁;上古本第 6 册第 2251 頁。)

按:"檢校少傅"當作"檢校少保"。據《繫年要録》卷一二七(紹興九年四月五日)"甲寅"條:"張中孚爲檢校少保、寧國軍節度使、知永興軍、節制陝西諸路軍馬。"又卷一三五(紹興十年四月十七日)"辛酉"條:"檢校少保、寧國軍節度使張中孚加檢校少傅。"則中孚此時尚爲"檢校少保"。考《三朝北盟會編》卷二〇〇,張中孚升檢校少傅亦在紹興十年四月十七日①,則此時應尚爲"檢校少保"。當據改。

35.《建炎以來繫年要録》卷一三五(紹興十年四月十八日)"壬戌"條:"是日,東京副留守劉錡入辭。上命錡以所部騎司之軍往戍,又益以殿前司兵三千人,諸軍家屬皆留順昌就糧,惟精兵分戍陳、汴。後五日,錡乃行。"(中華本第 6 册第 2516 頁;上古本第 6 册第 2259 頁。)

按:此條當繫在紹興十年三月十八日"甲午"條。《繫年要録》卷一三五(紹興十年五月十四日)"丁亥"條自注云:"(劉)錡以三月二十日[三]日戊戌離臨安。"《三朝北盟會編》卷二〇一引《順昌戰勝録》亦云:"紹興十年春,天子以騎師太尉劉公副守東都……三月十八日,陛辭出城,益以殿前司二千人,撥隸戍役,束裝裹糧。越五日而後起行。"②可見劉錡自臨安出發在紹興十年三月二十三日戊戌,則其入辭當在三月十八日甲午。此條繫日確有誤,可出校辨明。

36.《建炎以來繫年要録》卷一三五(紹興十年四月二十一日)"乙丑"條:"太常少卿、兼實録院檢討官劉昉,祕書少監、兼崇政殿説書陳淵并罷。"(中華本第 6 册第 2517 頁;上古本第 6 册第 2260 頁。)

按:"祕書少監"當作"宗正少卿"。考《中興紀事本末》卷五二載此事謂:"初,言者論太常少卿劉昉、宗正少卿陳淵,皆罷。"③《中興小紀》卷二八④所載亦同。考《南宋館閣録》,亦無陳淵任祕書少監之記載。又《繫年要録》卷一三四(紹興十年二月八日)"癸丑"條載:"右正言陳淵試祕書少監,兼崇政殿説書。"卷一三四(紹興十年二月二十七日)"壬申"條又載:"宗正少卿方庭實爲直徽猷閣、福建路提點刑獄公事。陳淵之除祕書少監也,以家諱引避,遂改宗正少卿。"心傳自注云:"是月丙辰"。則是陳淵二月先除祕書少監,因避家諱未實際履職,同月即改宗正少卿。故四月時官職當爲"宗正少卿"。此或爲心傳前後失照應,可出校辨明。

37.《建炎以來繫年要録》卷一三九(紹興十一年三月八日)"丁未"條:"金人陷濠州……前一日,敵薄城下,以雲車、衝梯之屬攻城。"(中華本第 6 册第 2622 頁;上古本第 6 册第 2356 頁。)

---

① 〔宋〕徐夢莘撰《三朝北盟會編》,第 1439 頁。

② 〔宋〕徐夢莘撰《三朝北盟會編》,第 1447 頁。

③ 〔宋〕佚名撰《皇朝中興紀事本末》卷五二,國圖藏清鈔本。

④ 〔宋〕熊克撰《中興小紀》卷二八,《廣雅叢書》本。

按:“雲車、衝梯”似當作“衝車、雲梯”。宋代典籍中不見此兩種器械之名。考《三朝北盟會編》卷二〇五載此事作:“金人犯濠州。乙巳,對城立炮,且治衝車、雲梯……丙午,金人以衝車、雲梯之屬俱傅城壘,數面力攻,如雷霆震雪。”①似稍宜。然僅爲孤證,可出校兩存之。

38.《建炎以來繫年要録》卷一四〇(紹興十一年五月十四日)“辛亥”條:“協中大夫、武勝軍承宣使劉寶。”(中華本第6册第2639頁;上古本第6册第2372頁。)

按:“協中大夫”當作“協忠大夫”。宋無“協中大夫”階官名。又“協忠大夫”乃武階五十二階之第六階,見《宋史》卷一六九《職官九》②。當據改。

39.《建炎以來繫年要録》卷一四四(紹興十二年正月二十四日)“戊午”條:“資政殿學士、提舉臨安府洞霄宫富直柔落職。坐前守泉州,誤殺流罪囚也。法寺:‘富直柔係第四從官減外,罰銅十斤。’”(中華本第6册第2710頁;上古本第6册第2436頁。)

按:此句當斷句爲“富直柔系第四從,官減外,罰銅十斤。”考《慶元條法事類》卷七三載:“諸官司失入死罪一名,爲首者,當職官勒停,吏人千里編管。第二從,當職官冲替。事理重,吏人五百里編管。第三從,當職官冲替。事理稍重,吏人鄰州編管。第四從,當職官差替。吏人勒停。”③則此處“從”乃“從犯”之意,而非“從官”之意,似以點斷爲宜。

40.《建炎以來繫年要録》卷一四五(紹興十二年六月二十七日)“戊子”條:“右武大夫、華州觀察使致仕王繼先爲鳳寧軍承宣使,以吴貴妃進封推恩也。”(中華本第6册第2741頁;上古本第6册第2464頁。)

按:“鳳寧軍”當爲“奉寧軍”。宋無“鳳寧軍”,考《宋史》卷四七〇《王繼先傳》載此事乃云:“吴貴妃進封,推恩遷奉寧軍承宣使。”④奉寧軍,即鄭州軍額。當據改。

41.《建炎以來繫年要録》卷一四六(紹興十二年九月二十五日)“甲寅”條:“奉國軍承宣使、永興軍路經略安撫使、知金州、兼樞密院都統制郭浩改金房開達州經略安撫使。”(中華本第6册第2769頁;上古本第6册第2489頁。)

按:“奉國軍承宣使”當作“奉國軍節度使”。時郭浩已建節,見《宋史》卷三六七《郭浩傳》:“(紹興)十年,拜奉國軍節度使。”⑤又見《三朝北盟會編》卷二

---

① 〔宋〕徐夢莘撰《三朝北盟會編》,第1477頁。

② 〔元〕脱脱等撰《宋史》(第12册),第4055頁。

③ 〔宋〕謝深甫等撰《慶元條法事類》,《續修四庫全書》(第861册),上海古籍出版社,2002年,第570頁。

④ 〔元〕脱脱等撰《宋史》(第39册),第13687頁。

⑤ 〔元〕脱脱等撰《宋史》(第33册),第11442頁。

〇二:"(紹興十年)閏六月……彰武軍承宣使、永興軍路經略安撫使郭浩加奉國軍節度使。"[①]又《繫年要録》卷一三六(紹興十年閏六月十四日)"丙戌"條:"吴璘……楊政……郭浩并爲節度使。璘鎮西軍,政武當軍,浩奉國軍。"至卷一五四(紹興十五年十一月十四日)"丙辰"條:"檢校少保、奉國軍節度使、侍衛步軍都虞候、金房開達州安撫使、知金州、兼樞密院都統制郭浩薨。"期間書其帶"奉國軍節度使"銜凡七次,而帶"承宣使"者唯此。考是句下有"何彦良假奉國軍承宣使"一句,應即由此而致誤。當據改。

42.《建炎以來繫年要録》卷一四七(紹興十二年十二月一日)"己未"條:"上謂宰執曰:'秦熺論唐文皇之文華,漢文帝之文實。'程克俊曰:'聖人之文與衆人异,陛下聖學高妙,施行治具,得斯文之傳矣。'秦檜曰:'堯稱文思,舜稱文明,禹稱文命,而周文王世世相傳,止於此。'"(中華本第6册第2785頁;上古本第6册第2504頁。)

按:"止於此"當作"非止於此",脱"非"字。考《中興紀事本末》卷六〇載此事作:"秦檜曰:'堯稱文思,舜稱文明,禹稱文命,而周則文王世世相傳,非止於此。'"[②]此既言"世世相傳",則作"非止於此"於義爲長。當據補。

43.《建炎以來繫年要録》卷一四九(紹興十三年八月二日)"丙戌"條:"遣權吏部侍郎江邈奉迎景靈宫萬壽觀神宗神御於温州,自海道至行在。"(中華本第6册第2821頁;上古本第6册第2542頁。)

按:"神宗神御"當作"祖宗神御"。景靈宫爲宋祖宗帝后御容所在,非獨屬神宗。建炎四年時,景靈宫祖宗神御因避亂至温州。見《繫年要録》卷三一(建炎四年二月十六日)"己丑"條:"奉安景靈宫祖宗神御於温州開元寺。"注云:"紹興十三年八月丙戌,神御還臨安。"又考《宋史》卷三〇《高宗本紀七》載此事作:"(紹興十三年)八月丙戌,遣吏部侍郎江邈奉迎累朝神御於温州。"[③]又《繫年要録》卷一五〇(紹興十三年十月十二日)"乙未"條載此事後續謂:"奉安祖宗帝后及徽宗皇帝、顯肅皇后神御於景靈宫。太師秦檜爲禮儀使。先是,遣官自海道奉迎至行在……"知所迎奉非獨神宗矣。當據改。

44.《建炎以來繫年要録》卷一五一(紹興十四年二月二日)"癸未"條:"左承議郎、潼川府路轉運判官楊椿改本路提點刑獄公事。時諸路漕臣多獻羨餘,獨椿無所獻。帝曰:'今瘡痍未瘳,愧不能裕民力,其肯掊克以資進身耶?'"(中華本第6册第2847頁;上古本第6册第2569頁。)

按:"帝曰"當作"常曰"。考《繫年要録》行文體例,凡宋高宗之語皆作"上曰",無作"帝曰"者,二百卷内獨此例不合,且其言亦不似宋高宗語。考陳良祐

---

① 〔宋〕徐夢莘撰《三朝北盟會編》,第1457頁。
② 〔宋〕佚名撰《皇朝中興紀事本末》卷六〇,國圖藏清鈔本。
③ 〔元〕脱脱等撰《宋史》(第2册),第559頁。

《楊文安公椿墓誌銘》載此事曰:"諸路多獻羨餘以取寵,公嘆曰:'今瘡痍未瘳……'"[①]又熊克《中興小紀》卷三一(紹興十四年十二月二十五日)"辛丑"條載此事作"嘗曰"[②]。《宋史全文》卷二一中(紹興十四年二月二日)"癸未"條作"常曰"[③]。知此非宋高宗語,乃楊椿所言。"常"與"嘗"通。然"帝"與"常"形似易誤,原文宜作此。當據改。

45.《建炎以來繫年要録》卷一五五(紹興十六年五月四日)"壬申"條:"命諸路漕臣兼提舉事。如本司官俱無出身,即從上一員兼領。"(中華本第6册第2933頁;上古本第6册第2655頁。)

按:"提舉事"當作"提舉學事",脱"學"字。提舉學事官總一路之學政,故用有出身人。原句不知提舉何事,表意不明。考《宋會要輯稿》崇儒二之三七載此事:"(紹興十六年)五月四日,詔:'諸路提舉學事,委轉運司有出身官一員兼領。如本司官俱無出身,即委從上一員。'"[④]又《宋史全文》卷二一下載此事,亦作:"命諸路漕臣兼提舉學事。"[⑤]當據補。

46.《建炎以來繫年要録》卷一五六(紹興十七年九月十八日)"己卯"條:"安南請入貢,詔經界司受而答之。"(中華本第6册第2968頁;上古本第6册第2689頁。)

按:"經界司"當作"經畧司"。時廣西未見有經界丈量土地事,亦未見有"經界司",且答外國入貢亦不屬經界司職事。考《宋會要輯稿》蕃夷四之四四載有此事,作:"(紹興)十七年九月十八日,廣南西路經略安撫司言:'承安南静海軍牒,欲差正、副使等部押章表、方物詣行在所稱賀。'詔令本路經略司依紹興十四年已降指揮,仍優與回答。"[⑥]可見當作"經略司"。《繫年要録》原文或作"畧",故與"界"形近致誤。當據改。

47.《建炎以來繫年要録》卷一五七(紹興十八年五月七日)"甲子"條:"命有司繪配饗功臣像於景靈宫廷之壁。皇武殿:韓忠獻王趙普、周惠武王曹彬……"(中華本第7册第2985頁;上古本第6册第2707頁。)

按:"周惠武王"當作"周武惠王"。李宗諤有《曹武惠王彬行狀》,文中云:"謚曰武惠。"[⑦]《宋史》卷二五八《曹彬傳》亦載:"謚武惠。"[⑧]又《玉海》卷五七"紹興景靈宫圖配饗功臣"條亦作:"十八年五月甲子,命有司圖配饗功臣像於

① 曾棗莊、劉琳主編《全宋文》(第241册),上海辭書出版社,2006年,第425頁。
② 〔宋〕熊克撰《中興小紀》卷三一,《廣雅叢書》本。
③ 〔宋〕佚名撰,汪聖鐸點校《宋史全文》(第6册),第1683頁。
④ 劉琳、刁忠民等點校《宋會要輯稿》(第5册),第2783頁。
⑤ 〔宋〕佚名撰,汪聖鐸點校《宋史全文》(第6册),第1712頁。
⑥ 劉琳、刁忠民等點校《宋會要輯稿》(第16册),第9797頁。
⑦ 曾棗莊、劉琳主編《全宋文》(第10册),第67頁。
⑧ 〔元〕脱脱等撰《宋史》(第26册),第8982頁。

景靈宫廷之壁……周武惠王曹彬。”[①]當據乙。

48.《建炎以來繫年要録》卷一五八(紹興十八年八月二十九日)“甲寅”條:“國子司業陳誠之權尚書吏部侍郎,大理卿韓仲通權刑部侍郎。”(中華本第7册第2996頁;上古本第6册第2717頁。)

按:“吏部侍郎”當作“禮部侍郎”,音近而誤。陳、韓二制皆見於周麟之《海陵集》卷一六,前後相鄰,當屬同時之作。其中《陳誠之除權禮部侍郎制》云:“頃者爲郎祠曹,掌教學省,皆春官事也,而俱以稱職聞。兹居貳卿,其誰曰不可?”[②]既言“春官”而稱職,則所任顯當爲“禮部”。《繫年要録》此後載陳誠之亦皆作“禮部侍郎”,如卷一五八(紹興十八年閏八月十三日)“戊辰”條:“權禮部侍郎陳誠之請太學生入學五年不與薦……”當據改。

49.《建炎以來繫年要録》卷一六〇(紹興十九年十一月二十八日)“丙午”條:“上謂秦檜曰:‘經界人户多訴不均,當與受理。若不受重税,將無以輸納。’”(中華本第7册第3034頁;上古本第7册第2754頁。)

按:“不受重税”當作“下受重税”。此句邏輯不通。考《宋會要輯稿》食貨六之四九載此事爲:“十一月二十八日,上宣諭輔臣曰:‘經界人户多訴不均,當與受理。若下田受重税,將無以輸納。’”[③]《中興紀事本末》卷七四載此事爲:“上諭宰執曰:‘經界人户多訴不均,當與受理。若下田受上税,將無以輸。”[④]又《宋史》卷一七三《食貨志上一》亦載:“上謂秦檜曰:‘若下田受重税,將無以輸。’”[⑤]李心傳取材史料雖多經其手删改,故將“下田”改爲“下”,似仍可。若依此作“不”字,則全失邏輯。上古本點此句爲:“經界人户多訴不均,當與受理。若不受重,税將無以輸納。”亦不通。當據諸書改正。

50.《建炎以來繫年要録》卷一六〇(紹興十九年十二月二十九日)“丁丑”條:“(胡)寅嘗游嶽麓寺,大書壁間云:‘是何南海之鰐魚,來作長沙之鵩鳥。’於是帥臣劉昱方欲捃摭張浚諸人之罪,而昱潮陽人也,亦大怒。”(中華本第7册第3037頁;上古本第7册第2756頁。)

按:“鵩鳥”當作“鵩鳥”。寅詩上句典出韓愈《祭鰐魚文》,下句典出賈誼《鵩鳥賦》。考文淵閣四庫本《繫年要録》原文本作“鵩鳥”。而中華、上古二點校本皆以四庫本爲底本,却皆依參校之廣雅本、國學基本叢書本誤作“鵩鳥”,不知何故。當據四庫本改正。

51.《建炎以來繫年要録》卷一六一(紹興二十年三月二十三日)“庚子”條:“常同既卒,三畏遣通判府事蘇師德越境往祭……師德,同女婿。”

---

① 〔宋〕王應麟撰《玉海》,影印清光緒九年浙江書局刊本,上海書店,1987年,1087頁。

② 〔宋〕周麟之撰《海陵集》,《景印文淵閣四庫全書》(第1142册),第125頁。

③ 劉琳、刁忠民等點校《宋會要輯稿》(第10册),第6112頁。

④ 〔宋〕佚名撰《皇朝中興紀事本末》卷七四,國圖藏清鈔本。

⑤ 〔元〕脱脱等撰《宋史》(第13册),第4173頁。

(中華本第7册第3045頁;上古本第7册第2765頁。)

按:“女婿”當作“友婿”,形近而誤。《繫年要録》卷一九〇(紹興三十一年六月五日)“丙午”條載:“(蘇)師德以常同友婿故久廢。”又韓元吉《南澗甲乙稿》卷二〇《故中散大夫致仕蘇公墓誌銘》載此事曰:“會公友婿常中丞子正没於鄰邑。”[①]又汪應辰《文定集》卷二〇《御史中丞常公墓誌銘》載此事:“而通判蘇師德,公亞婿也。”[②]可見蘇師德與常同實乃連襟,作“女婿”甚誤。當據改。

52.《建炎以來繫年要録》卷一六二(紹興二十一年三月十六日)“丁亥”條:“户部請自紹興十一年至十七年諸色拖欠錢物,除形勢及公吏鄉司與第等以上上有力之家未納數外,并與放免。”(中華本第7册第3068頁;上古本第7册第2788頁。)

按:此句“第等以上上有力之家”當作“第二等以上有力之家”,脱“二”字,衍“上”字。本條乃户部擬定政策,恐不會有“第等以上上有力之家”如此不知所謂之語。考《宋會要輯稿》食貨六三之一一載此事曰:“(紹興二十一年)三月十六日,户部言:‘浙江、荆湖等路紹興十一年至十七年前項未起拖欠名色錢物等,除形勢及監司、州縣公吏、鄉司并第二等以上有力之家未納數外,其餘皆係積年登帶……今欲并行蠲放。’”[③]《文獻通考》卷二七之《國用考五》[④]所載亦同。宋代農村施行五等户制度,具體的户等依照所擁有的財産劃分。二等户以上,蓋言上等富户也。當據改。

53.《建炎以來繫年要録》卷一六九(紹興二十五年八月十四日)“己丑”條:“詔都督府所至官莊及牛租可日下放免,今後不得起理,元降指揮更不施行。”(中華本第7册第3207頁;上古本第7册第2923頁。)

按:“所至官莊”當作“所置官莊”。《宋會要輯稿》職官三九之一一載此事作:“(紹興)二十五年八月十四日,詔:‘都督府所置官莊并牛租,可日下放免……’”[⑤]又《輯稿》食貨三之四[⑥]、食貨六三之一一九[⑦]載此事皆作“所置官莊”。考都督府置官莊在紹興六年。《宋會要輯稿》食貨二之一五:“(紹興六年正月)二十八日……都督行府言:‘江淮州縣自兵火之後,田多荒廢,朝廷昨降指揮,令縣官兼管營田事務,一、將州縣係官空閑田土并無主逃田,并行拘籍見數,每縣以十莊爲則,每五頃爲一莊……’”[⑧]而都督府至紹興七年已罷,見《繫

① 〔宋〕韓元吉撰《南澗甲乙稿》,《景印文淵閣四庫全書》(第1165册),第324頁。

② 〔宋〕汪應辰撰《文定集》,《景印文淵閣四庫全書》(第1138册),第788頁。

③ 劉琳、刁忠民等點校《宋會要輯稿》(第13册),第7604頁。

④ 〔宋〕馬端臨撰,上海師範大學古籍研究所、華東師範大學古籍研究所點校《文獻通考》(第2册),第796頁。

⑤ 劉琳、刁忠民等點校《宋會要輯稿》(第7册),第3980頁。

⑥ 劉琳、刁忠民等點校《宋會要輯稿》(第10册),第6009頁。

⑦ 劉琳、刁忠民等點校《宋會要輯稿》(第13册),第7674頁。

⑧ 劉琳、刁忠民等點校《宋會要輯稿》(第10册),第5997頁。

年要録》卷一一四(紹興七年九月十四日)"癸酉"條:"罷諸路軍事都督府,合行事并撥隸三省,其錢物令三省樞密院同共樁管。"故此時不得言"都督府所至"甚明。當據改。

54.《建炎以來繫年要録》卷一七三(紹興二十六年七月十九日)"戊午"條:"詔:'近令諸路監司守臣條具便民合行寬恤事件,提點刑獄官親行决獄。緣四川去朝廷遠,尚慮奉行滅裂,致實德不能及民。可令制置使蕭振總領財賦,湯允恭催督。"(中華本第7册第3320頁;上古本第7册第3031頁。)

按:"可令制置使蕭振總領財賦,湯允恭催督。"當點爲"可令制置使蕭振、總領財賦湯允恭催督。"考《繫年要録》卷一六七(紹興二十四年十二月三日)"辛巳"條載:"左朝散郎、都大總管四川茶馬監牧公事湯允恭復司農卿,與尚書度支員外郎、總領四川財賦軍馬錢糧鄭靄兩易。"可見"總領財賦"即"總領四川財賦軍馬錢糧",乃湯允恭之職事。中華、上古兩種點校本皆誤點,當改正。

55.《建炎以來繫年要録》卷一七四(紹興二十六年八月十四日)"癸未"條:"宰執進呈淮南漕司具到米價,最賤處每斗一百二三十文。上曰:'昨聞淮南米賤,朕恐傷農,故欲乘時收糴以惠民。今米價如是,則米須急候價減,每石亦不下一千。至時若户部無錢,朕當自支一百萬緡令收糴也。'"(中華本第7册第3329頁;上古本第7册第3040頁。)

按:"米須急候價減"當作"未須急,候價減。"形近而誤。此原句邏輯不通,考《宋會要輯稿》食貨六二之三二載此句作:"今具到米價如是,則未須忙,候將來價減……"[①]《宋會要輯稿》食貨四〇之二九[②]及《宋史全文》卷二二下[③]載此事此"米"字并作"未"。考是句文意,蓋宋高宗以淮南米價雖低,但仍有下跌空間,故欲待其稍降至每石一千時再行收糴。當據改。

56.《建炎以來繫年要録》卷一八〇(紹興二十八年十月六日)"壬辰"條:"永州土豪張巨泗者,多聚溪峒人及亡命……衡州軍事判官李椿奉檄鞫其獄……椿,永州人也。"(中華本第7册第3461頁;上古本第7册第3173頁。)

按:"椿,永州人也。"當作"椿,永年人也。"考朱熹《朱文公文集》卷九四《敷文閣直學士李公墓志銘》載:"公諱椿,字壽翁,洺州永年縣人。"[④]又楊萬里《李侍郎傳》云:"李椿,字壽翁,洺州永年縣人。"[⑤]則李椿乃洺州永年縣人。此當是上涉"永州土豪張巨泗者"一句而致誤。當據改。

---

① 劉琳、刁忠民等點校《宋會要輯稿》(第13册),第7567頁。
② 劉琳、刁忠民等點校《宋會要輯稿》(第12册),第6893頁。
③ 〔宋〕佚名撰,汪聖鐸點校《宋史全文》(第6册),第1815頁。
④ 〔宋〕朱熹撰《晦庵先生朱文公文集》卷九四,《四部叢刊初編》本。
⑤ 曾棗莊、劉琳主編《全宋文》(第240册),第24頁。

57.《建炎以來繫年要録》卷一八六(紹興三十年十月七日)“辛酉[亥]”條:“翰林學士、兼權户部尚書洪遵言:‘川蜀將士,以宣撫司便宜遷補付身,至吏部换給者,吏多沮抑之。’”(中華本第8册第3615頁;上古本第8册第3328頁。)

按:“户部尚書”當作“吏部尚書”,形近而誤。《繫年要録》卷一八五(紹興三十年八月十二日)“丁巳”條:“尚書吏部侍郎、兼樞密都承旨洪遵爲翰林學士、兼權吏部尚書。”又卷一八七(紹興三十年十二月二十二日)“丙寅”條:“翰林學士、兼權吏部尚書洪遵罷爲徽猷閣直學士,提舉江州太平興國宫。”可見前後皆爲“兼權吏部尚書”。周必大《平園續稿》卷二九《同知樞密院事贈太師洪文安公遵神道碑》:“(紹興)三十年正月,兼權禮部侍郎,俄遷吏部……八月,兼權吏部尚書。”①亦不載其兼權户部。且此處所言川蜀人换給付身亦非户部事。當據改。

58.《建炎以來繫年要録》卷一八七(紹興三十年十二月四日)“戊申”條:“黎,南海四郡島上蠻也。島直雷州,由徐聞渡半日至……女工紡織,得中國綺彩,拆取色絲,和木綿,挑織爲軍幕。”(中華本第8册第3633頁;上古本第8册第3346頁。)

按:“軍幕”當作“單幕”,指“黎單”“黎幕”。《繫年要録》此段介紹海南黎族,其文字係出自周必大《桂海虞衡志》,而稍經李心傳剪裁。今本《虞衡志》非全本,考其《志器》章記曰:“黎幕,出海南黎峒。黎人得中國錦彩,拆取色絲,間木棉,挑織而成。每以四幅聯成一幕。黎單,亦黎人所織。青紅間道,木棉布也,桂林人悉買以爲卧具。”②又《文獻通考》卷三三一《四裔考八》輯録《虞衡志》佚文:“女工紡織,得中國彩帛,拆取色絲,和吉貝織花,所謂黎錦、黎單……”③稍晚於范成大的南宋人趙汝適,其所著《諸蕃志》黎族事條亦載:“女工紡織,得中土綺彩,拆取色絲,加木棉,挑織爲單幕。”④當據改。

59.《建炎以來繫年要録》卷一八八(紹興三十一年二月二十一日)“甲子”條:“言者以爲南班至少,請擇内外宗室文武之廉正者更主之。乃命左朝散大夫士礽知西外宗正事,直敷文閣、主管臺州崇道觀子游知南外宗正事。”(中華本第8册第3655頁;上古本第8册第3367頁。)

按:“文武”當作“文臣”。考之《宋會要輯稿》職官二〇之三〇載此事作:“(紹興三十一年)三月六日,臣寮言:‘近詔大宗正司選擇保明宗室二員,代西、南外兩宗司見任人。臣切謂兩外宗司本以訓飭同姓,使知禮義而表率,今聞貪

① 〔宋〕周必大撰,王蓉貴、〔日〕白井順點校《周必大全集》,第635—636頁。

② 〔宋〕范成大撰,胡起望、覃光廣校注《桂海虞衡志輯佚校注》,四川民族出版社,1986年,第72頁。

③ 〔宋〕馬端臨撰,上海師範大學古籍研究所、華東師範大學古籍研究所點校《文獻通考》(第14册),第9122頁。

④ 〔宋〕趙汝適撰,楊博文校釋《諸蕃志校釋》,中華書局,1996年,第220頁。

冒不止，是豈置司之本意？今日南班至少，昨亦盡令居内，以奉朝請。今雖保明二員，若專於南班，則不過見在十餘人。以臣管見，擇内外文臣宗室之廉正者。況文臣宗室之除，自有故事，所宜遵守，不必拘於近例。’詔令三省選差文臣宗室一次。”[①]所謂的“南班”，實際就是專授宗室的武職，亦稱環衛官。莊綽《鷄肋編》卷中載：“本朝宗室，凡南班環衛官，皆以皇伯、叔、侄加於銜上，更不書姓。”[②]沈括《夢溪筆談》卷二《故事二》：“宗子授南班官……近屬自初除小將軍，凡七遷則爲節度使。”[③]故本例實際是言者乞於宗室南班武官之外，另選宗室文臣掌外宗正司，其不當作“文武之廉正者”甚明。考《玉海》卷一三〇“崇寧外宗正司”條亦載：“（紹興）三十一年三月六日己卯，詔三省選用文臣宗室之廉正者。庚寅，命士衎知西外，子游知南外。”[④]《繫年要録》此下亦作：“自是，兩宗官率多用文臣矣。”當據改。

60.《建炎以來繫年要録》卷一九三（紹興三十一年十月二日）“辛丑”條：“（李）顯忠率腹心百餘騎，轉山取路。敵直掩顯忠之背，顯忠覺之，率諸將邀截，獲數人……顯忠軍中有中侍大夫至小使臣官告付身僅二千道。是役也，書填悉盡。”（中華本第8册第3751頁；上古本第8册第3457頁。）

按：“二千”當作“二十”。二千道告身爲數已頗不少，不得言“僅”。《繫年要録》卷一三六（紹興十年閏六月二十七日）“己亥”條：“先是，上賜錡空名告身千五百，命書填將佐之有功者。”可見紹興十年順昌大捷，朝廷賞賜劉錡一軍數萬人不過一千五百道。況且此役李顯忠所率既僅“腹心百餘騎”，不應二千道告身“書填悉盡”。考《三朝北盟會編》卷二三二載此事作“僅二十道”[⑤]，應得其實。當據改。

61.《建炎以來繫年要録》卷二〇〇（紹興三十二年六月四日）“己巳”條：“主管侍衛馬軍司公事李捧罷爲武泰軍承宣使、兩浙東路馬步軍副總管，紹興府駐扎。”（中華本第8册第3941頁；上古本第8册第3629頁。）

按：“馬軍司”當作“步軍司”，似涉下“馬步軍副總管”而誤。史不載李捧任馬軍司，考《繫年要録》卷一八八（紹興三十一年二月十一日）“甲寅”條載：“李捧權主管侍衛步軍司公事。”至卷一九六（紹興三十二年正月十八日）“乙酉”條仍載：“主管侍衛步軍司公事李捧入見”。此時主管馬軍司當是李顯忠。《繫年要録》卷一九九（紹興三十二年五月二十八日）“甲子”條：“主管侍衛馬軍司公事成閔爲太尉，主管殿前司公事……李顯忠爲太尉，主管侍衛馬軍司公事。”《宋史》卷三二《高宗本紀九》亦載：“（紹興三十二年五月）甲子，加成閔太尉，主

① 劉琳、刁忠民等點校《宋會要輯稿》（第6册），第3579頁。
② 〔宋〕莊綽撰，蕭魯陽點校《鷄肋編》，中華書局，1983年，第51頁。
③ 〔宋〕沈括撰，胡道静校注《新校正夢溪筆談》，中華書局，1957年，第32—33頁。
④ 〔宋〕王應麟撰《玉海》，影印清光緒九年浙江書局刊本，第2415頁。
⑤ 〔宋〕徐夢莘撰《三朝北盟會編》，第1670頁。

管殿前司;李顯忠爲太尉,主管馬軍司。”[①]又《繫年要録》本條翌日即書:“吴拱爲安遠軍承宣使、主管侍衛步軍司公事。”應是補李捧之闕無疑。當據改。

綜合本文以上所舉六十一條誤例,足以説明《建炎以來繫年要録》的整理仍頗有遺漏之處。儘管中華、上古兩種點校本已作了很好的工作,但對於《繫年要録》這樣一部二百卷之鴻篇巨帙,人力確乎有窮。事實上,除了本文所列舉六十一例外,是書僅據筆者讀書所見疑涉訛誤之處,而兩種點校本俱無發明者即有四百餘條,又内有迹可循、有據可證之誤至達三百餘條(其他誤例,擬另文討論),已不可謂之不多;又三百餘條誤例之中,其類型包含訛、脱、衍、倒諸誤,其種類亦涉及時間、地名、人名、典制等諸方面史實,更不得謂之無礙。南宋高宗一朝歷史既係宋史研究中之“熱點”,而《繫年要録》一書又爲現存高宗朝史料之最重要者,故是其不唯係學術界之研究材料,在海内外亦擁有廣泛的讀者與影響力,因而結合筆者現有的研究情况來看,此書的整理似仍有進一步精益的空間及必要,宜在現有點校本的基礎上再作修訂。

同時,點校本《繫年要録》的例子也可爲之後自《永樂大典》輯出之文獻的整理工作提供一定借鑒作用,那便是在對待此類文獻時,版本的對校往往具有相當的局限性,務必廣泛地采用本校、他校之法,并審慎地采用理校法,方能呈現出更善之文獻面貌。

(作者單位:南京大學文學院)

① 〔元〕脱脱等撰《宋史》(第2册),第611頁。

古典文獻研究（第二十五輯下）
Journal of the Institute for Chinese Classics Studies
Nanjing University
Volume 25, No.2 2022

《千頃堂書目》子部著録訂誤*

李鶴麗

黄虞稷《千頃堂書目》是考察明代著述最重要的書目文獻，也是古文獻學界持續關注的熱點之一[①]。《千頃堂書目》的纂修與流傳情况較爲複雜，有清一代未曾入梓，而僅以抄本傳世。至民國二年(1913)張鈞衡收入《適園叢書》，始有刻本問世。二十世紀六十年代起，瞿鳳起、潘景鄭二先生以《適園叢書》增訂本(先用初印本，後改用民國九年[1920]增訂本)爲底本[②]，參校清王振聲過録吴騫校本、舊抄本以及其他材料點校全書，前後歷時幾三十年，九十年代由上海古籍出版社出版[③]，遂成今之通行本。該點校本問世，霑溉學人甚廣，但校勘如掃落葉，一個善本的形成，往往需要學人不斷的共同努力，故此後學界對該點校本的訂誤補闕之作亦多有之。筆者此前對《千頃堂書目》經部與史部

* **基金項目**：中國博士後科學基金第67批面上資助項目"《明清私家書目版本與真僞研究》"(2020M671424)；2020年江蘇省資助博士後項目"《明清私家書目版本與真僞研究》"(2020Z012)。

① 按：《千頃堂書目》的研究，除了著録訛誤的考校之外，學界主要討論的是其與黄虞稷《明史藝文志稿》的關係問題。筆者梳理總結各家論述，主要有三種觀點：1.《千頃堂書目》在前，黄氏《志稿》在後，即《千頃堂書目》是黄氏《志稿》的前身，黄氏《志稿》在《千頃堂書目》基礎上修訂而成。此以王重民、張雲、劉净净爲代表，是學界的主流觀點。2. 黄氏《志稿》在前，《千頃堂書目》在後，即《千頃堂書目》從《志稿》出，而黄氏又有所增補，此以清周中孚、薛新力等爲代表。3.《千頃堂書目》是後人根據《志稿》改名、增補而成(或稱爲"僞書")。這是少數人的觀點，清盧文弨發其端，而以日人井上進、李言爲代表(這是最符合實際的觀點，筆者另有專文討論)。雖然《千頃堂書目》的成書情况較爲複雜，但不管是哪種觀點，即使是對第三種觀點而言，《千頃堂書目》仍然具有不可抹殺的特別價值。

② 按：張鈞衡《適園叢書》本，民國二年(1913)初刻，以蕭山王宗炎十萬卷樓抄本與海鹽馬玉堂漢唐齋藏舊抄本互校而成。民國九年(1920)張鈞衡又據新得之吴騫手校本之過録本加以校補，并參校他本及相關文獻，是爲《適園叢書》增訂本。

③ 〔清〕黄虞稷撰，瞿鳳起、潘景鄭整理《千頃堂書目》，上海古籍出版社，1990年初版，2001年新版。本文校訂用2001年新版，簡稱"《千目》"。

著録有所訂正[①]，今復采衆本[②]，以《千頃堂書目》吴騫手校本（簡稱"吴校本"）[③]、適園藏吴騫手校本之過録本（簡稱"過録吴本"）[④]、文淵閣《四庫全書》本（簡稱"四庫本"）[⑤]、陳鱣抄校本（簡稱"陳校本"）[⑥]、八千卷樓藏舊抄本（簡稱"八千卷樓本"）[⑦]、王國維手校本（簡稱"王校本"）[⑧]、《適園叢書》本（簡稱"《適園》本"），以及日本京都大學藏《明史藝文志》殘抄本（簡稱"京大《志稿》"）[⑨]、

① 拙文《〈千頃堂書目〉經部著録訂誤》，程章燦主編《古典文獻研究》第二十四輯上，鳳凰出版社，2021年；《〈千頃堂書目〉史部著録訂誤》，吴懷東主編《古籍研究》第74卷，鳳凰出版社，2022年。

② 《千頃堂書目》的重要版本，惟台灣"中央圖書館"藏盧文弨跋鮑廷博知不足齋抄本，雖經多方努力而仍未得見，殊爲憾事。

③ 吴騫手校本，底本即杭世駿家藏本（實即杭世駿校補本），吴氏校訂并過録盧文弨校本（以朱文游藏《明史藝文志稿》校盧氏手抄《千目》），今藏台灣"故宫博物院"，又收入中國國家圖書館編《原國立北平圖書館甲庫善本叢書》（國家圖書館出版社，2013年）。本文所據即此《善本叢書》影印本。

④ 適園藏吴騫手校本之過録本，今藏中國國家圖書館，善本書號：15068，本文所用爲中國國家數字圖書館影像版。卷首《明史藝文志序》前依次鈐有"擇是居"朱文橢圓印、"莛圃收藏"朱文長方印、"張鈞衡印"朱文白印、"石銘收藏"朱文方印，目録頁首行有"張芹伯"朱文方印，"經部總目"行有"兔床經眼"朱文方印，卷末鈐"吴興張氏適園收藏圖書"朱文方印，并有"乾隆甲午立秋後一日拜經樓校畢"之語，知其曾經吴騫、張鈞衡及其子乃熊先後遞藏。此本即張氏《適園叢書》增訂本所據之吴騫校本。張鈞衡跋《千頃堂書目補遺》（寫樣本）云："今又得吴兔床先生手校本，硃墨累累，視各傳鈔本特詳。以之勘對前刻，增多五百四十餘條。"張氏視此爲吴騫手校本，但與台灣"故宫博物院"藏吴騫手校本相較，此本正文與盧校、吴校皆爲同一人字迹，且有部分盧校改入正文，知此實爲吴校本之過録本，張氏誤判。

⑤ 文淵閣《四庫全書》本，本文所用爲《景印文淵閣四庫全書》本，台灣商務印書館，1986年。

⑥ 陳鱣抄校本，遞經況周頤、張鈞衡及其子乃熊收藏，後入北平圖書館，今藏台灣"故宫博物院"，又收入中國國家圖書館編《原國立北平圖書館甲庫善本叢書》。卷首正文首行書名下鈐有"仲魚過目"朱文方印、"況周頤印"白文方印、"張乃熊"朱文方印。卷末鈐"玉梅詞人"朱文方印，并有況周頤民國七年戊午（1918）跋。因此本正文誤字與過録吴校本同而與吴氏手校本异，知此本之底本爲一個過録吴本，但盧校、吴校一般都改入正文，别有零星校語，則爲況周頤據《適園叢書》初印本所作。此本又多有超出吴校本之文字，往往與王振聲過録吴本同，知其必有淵源關係。此本异文往往與《適園》增訂本之補改一致，又見藏於適園，知張氏庚申修訂曾参校此本。

⑦ 八千卷樓藏舊抄本，藏南京圖書館，書號：110433。卷首空頁有丁丙手跋，此跋後收入《善本藏書室藏書志》。卷首"經部總目"下鈐有"八千卷樓藏書印""錢塘丁氏藏書"朱文方印。文中有零星校記，書於原文之旁。此本正文誤字及校語多與《適園叢書》初印本一致，故推測其與後者之底本，即漢唐齋抄本有一定的淵源關係。

⑧ 王國維手校本，藏中國國家圖書館，善本書號：A03987，本文所用爲中國國家數字圖書館影像版。此本底本即《適園叢書》初印本，卷末有王國維跋語二則，一云："此本卷十三、十四及卷廿三至卅二共十二卷與陳本同源，餘卷則别據一本，故校陳本種數頗少。陳本今抄於盧、吴諸家增補之後，故最備耳。觀堂記。壬戌閏五月廿五日陳仲魚鈔本校畢，國維。"又云："是歲六月十一日以《明史・藝文志》校一過，凡以朱筆標出者，《明志》也。觀翁又記。"是王氏於民國十一年（1922）先後兩校《千目》，初校以陳鱣抄本，再校以《明史・藝文志》。因此本校語多與《適園》增訂本文字一致，故筆者在《〈千頃堂書目〉經部著録訂誤》中誤以此本爲《適園》增訂本之稿本，特此更正。

⑨ 日本京都大學藏《明史藝文志》殘抄本，圖書號"貴96—1"，此爲影像版。原題"《明史藝文志》寫本"，存史部三册，子部三册，集部二册，缺經部及集部的後半部分，有朱筆校改文字及符號，各類中著録有"補遼宋金元"部分，日人井上進、張雲等學者認爲此即黄虞稷《明史藝文志稿》之原貌，故又稱作"《明史藝文志稿》"。筆者按：此本實爲黄氏《志稿》後來史官之修訂本，文中簡稱"京大《志稿》"。

題萬斯同《明史·藝文志》(簡稱"《萬志》")[1]、張廷玉等《明史·藝文志》(簡稱"《明志》")[2]等材料,對勘點校本《千頃堂書目》子部各類,得其异文數百條,可訂補其著録闕誤者若干,今擇其要者三十餘條(各條被校文字以粗體加着重號爲識)[3],董理成文,以求完善此本,并就教於方家。

1. "崔銑《揚子折衷》六卷,又《**中説考釋**》七卷。"(卷一一《儒家類》,第301頁)

按:"《中説考釋》",過録吴本、陳校本、京大《志稿》、《萬志》皆作"中説考",《百川書志》[4]《萬卷堂書目》[5]《國史經籍志》[6]《内閣藏書目録》[7]及清代諸家書目著録此書皆作《中説考》,是。崔銑《洹詞》卷五有《中説考序》[8],知書名原無"釋"字。此書有明河汾書院刻本傳世,上海圖書館、南京圖書館均有藏,書名即作《中説考》,是其確證。檢吴校本(指底本)、四庫本、八千卷樓本、《適園》本皆有"釋"字,而《中説考》自序亦稱其書"凡二十篇,間爲發蘊,糾失曰釋",則"釋"字當非傳寫誤衍,而是黄氏之目原本如此,蓋黄氏閲其自序知此爲"考釋"王通《中説》而作,遂不慎於書名中誤添"釋"字,其後史官修訂黄氏《志稿》又落此字,故吴校本録盧校圈去"釋"字。今當據删。

2. "許贊《聖訓衍》三卷,嘉靖庚寅序。《**性學編**》**一卷**。"(卷一一《儒家類》,第302頁)

按:"許贊"條下"《性學編》一卷",吴校本、四庫本、陳校本、八千卷樓本、《適園》初印本、京大《志稿》、《萬志》皆無此五字,是。《性學編》爲許誥撰,《千目》"許贊"此條下有著録:"許誥《圖書管見》,又《太極管見》,又《太極論》,又《性學編》一卷,又《道統溯流録》一卷,又《原道釋》　卷。"《千目》各本及京大《志稿》、《萬志》同。《澹生堂藏書目》亦有著録:"《性學編》一卷,一册,許誥。"[9]此書今存有明正德間刻本,藏台灣省圖書館,撰人即題"許誥"。清張應時編《書三味樓叢書六十五種》[10],收録《性學編》一卷,撰人亦題"許誥";又收

---

[1] 題〔清〕萬斯同《明史·藝文志》,《續修四庫全書》本,上海古籍出版社,2002年。按:據朱瑞强、衣若蘭、王宣標等學者考證,此即康熙四十一年(1702)熊賜履進呈本。有學者認爲此《志》即黄虞稷《明史藝文志稿》之明代部分,筆者認爲此《志》雖本之於黄氏《志稿》,但其後史官又有所修訂。

[2] 〔清〕張廷玉等《明史·藝文志》,中華書局,1974年。

[3] 凡屬缺載表字、籍貫、科第及仕履等内容者,因涉及《千頃堂書目》之性質及其與《明史藝文志稿》關係之討論,故本文暫不收入,整條著録缺載者,亦不收入。

[4] 〔明〕高儒《百川書志》卷七《儒家》,《明代書目題跋叢刊》本,書目文獻出版社,1994年,第1268頁。

[5] 〔明〕朱睦㮮《萬卷堂書目》卷三《儒家》,《明代書目題跋叢刊》本,第1083頁。

[6] 〔明〕焦竑輯《國史經籍志》卷四《儒家》,明徐象樗刻本。按:《明代書目題跋叢刊》本脱此條。

[7] 〔明〕孫能傳、張萱等《内閣藏書目録》卷二《子部》,《明代書目題跋叢刊》本,第493頁。

[8] 〔明〕崔銑《洹詞》卷五《休集》,《景印文淵閣四庫全書》本。

[9] 〔明〕祁承㸁《澹生堂藏書目》卷二《經部十·理學類·性理》,《明代書目題跋叢刊》,第945頁。

[10] 〔清〕張應時編《書三味樓叢書六十五種》,清嘉慶十年(1805)至道光五年(1825)張氏書三味樓刻本(清張文虎跋),上海圖書館藏。

《圖書管見》一卷、《道統源流論》一卷，并題“許誥”。據此可知，《性學編》爲許誥著作無疑。而許贊亦聞人，其所撰《聖訓衍》今仍有殘本，見《新編天一閣書目・天一閣遺存書目》儒家類著録：“《聖訓演》三卷存二卷，明許贊撰。明嘉靖九年刻本，二册。存卷上，卷中。”[①]而不聞其有《性學編》。檢《明志》無“許誥”一條文字，而“許贊”下有“《性學編》一卷，《道統溯流録》一卷”。王校本亦於許誥“《性學編》一卷”旁注“《明志》作許贊”。《明志》據《萬志》而成，《萬志》又本之於黄氏《志稿》，“《性學編》一卷”顯係“許誥”條脱文而羼入“許贊”名下。張鈞衡不察其故，以爲《明志》屬該書於許贊，乃徑於“許贊”名下補刻此書，遂成此誤衍，今當據删。《千目》卷一五《類書類》“《廣説郛》”條下著録《性學編》，撰人又誤作“許浩”（或誤作“許詰”）[②]，亦當據改。

3. “何塘《柏齋三書》四卷。”（卷一一《儒家類》，第 302 頁）

按：“何塘”，吴校本、八千卷樓本、京大《志稿》、《萬志》皆作“何瑭”，是。《明三元考》卷八《弘治十四年辛酉科解元》載：“河南何瑭，懷慶衛人，字粹夫，治詩，壬戌進士選庶吉士，授編修。……所著有《栢齋三書》及文集數卷行於世。”[③]是爲明證。“何瑭字粹夫，號栢齋”（《西園聞見録》卷一〇[④]），其詩文集《柏齋文集》，《千目・别集類》有著録，亦作“何瑭”。《柏齋集》今有明嘉靖年間刊本存世，藏於日本静嘉堂文庫，撰人正作“何瑭”。檢四庫本、陳校本皆作“何塘”，《適園》本蓋承襲舊文而誤。何瑭著述較多，明清書目多有誤作“何塘”者，《千目》著録凡九種，其中卷一三《兵家類》之《柏齋兵論》，卷一五《類書類》司馬泰《文獻彙編》卷四〇之《均徭私論》、《再續百川學海》甲集之《儒學管見》，撰人皆誤作“何塘”，今并當據正。

4. “林希元《太極圖解》三卷。”（卷一一《儒家類》，第 303 頁）

按：“三卷”，吴校本、四庫本、陳校本、八千卷樓本、京大《志稿》、《萬志》皆無。是書史籍不載其卷數，《適園》本始載爲“三卷”。檢此文上條“方泰《續讀書録》”，四庫本、吴校本、陳校本、八千卷樓本、京大《志稿》、《萬志》皆作“三卷”，清初孫奇逢《中州人物考》卷一《理學》“方教諭泰”條載此書亦作三卷，而《適園》本反不載卷數，當是《適園》本不慎將此條“三卷”二字誤植於“林希元《太極圖解》”下，遂出現此相連兩條與前代諸本相反之著録，今當乙正。

5. “柯維騏《講義》二卷。”（卷一一《儒家類》，第 303 頁）

按：“講義”，吴校本、八千卷樓本、京大《志稿》、《萬志》皆作“講彖”，是。“彖”爲《易傳》之篇名，“講彖”即對彖辭的解釋，而作“講義”則所指不明，不似

① 駱兆平編著《新編天一閣書目・天一閣遺存書目・儒家類》，中華書局，1996 年，第 102 頁。
② 〔清〕黄虞稷撰，瞿鳳起、潘景鄭整理《千頃堂書目》卷一五《類書類》，第 408 頁。
③ 〔明〕張弘道、張凝道《明三元考》卷八《弘治十四年辛酉科解元》，明刻本。
④ 〔明〕張萱《西園聞見録》卷一〇《剛方前》，《明代傳記叢刊》本，明文書局，1991 年，第 117 册第 227 頁。

一書完整之名。檢四庫本、陳校本亦作"講義",吴校本録盧校"象"旁注"義"字,過録吴本乃據之徑改,《適園》本作"講義",蓋襲舊文之誤,今當據正。

6. 李元育《一中》四册,閬中人。元育謂五行各具一中,一行遞三,四行迭輔。而一行之變凡二十有四,五之凡一百二十。各著説以明之。(卷一一《儒家類》,第308頁)

按:"閬中",吴校本、八千卷樓本作"關中",是。《内閣藏書目録》卷二《經部》著録即稱"關中李玄育"(清人避康熙帝諱改作"元育")。又明吕坤《去僞齋文集》卷五《贈文類・一中序》亦稱"關中李子玄育"①,周中孚家藏明刊本所録吕坤序同,皆可證。吴校本録盧校作"閬中",過録吴本徑改作"閬中",京大《志稿》、《萬志》、四庫本、陳校本、《適園》本皆承襲誤文,今當據改。又"一行遞三",四庫本、過録吴本、陳校本、八千卷樓本、《適園》本同,吴校本作"一行遞王",京大《志稿》、《萬志》作"一行遞主"。考明吕坤《去僞齋文集》卷五《贈文類・一中序》載:"關中李子玄育,理學士也,嘗發一中旨要,取五行而窮極之,謂五行之中各具一中,一行迭主,四行迭輔,而一行之變凡二百有四,五之凡百二十焉。"②《内閣藏書目録》亦著録曰:"《一中》,四册,全。萬曆間關中李玄育著。謂五行之中各具一中,一行迭主,四行迭輔,而一行之變凡二十有四,五之凡一百二十,各布爲説,即《太玄》《潛虚》之類也。"③此與《千目》蓋同本於吕氏序。"主"與下句"輔"爲對文,則作"三"、作"王"皆"主"字形誤無疑,當據改。而"迭"者,《易》學中恒用之詞,如宋林至《易裨傳・外篇》曰:"五卦分爻,迭主一日,周而復始,終月而既。"④清周中孚《鄭堂讀書記》釋曰:"今按是書,蓋以《易》之八卦相迭,以五卦迭并爲一,名之曰中,則上下左右各成一重卦,而迭窮八卦得百有二十中。"⑤則此作"遞"者亦當爲字誤。

7. "于孔兼《顧學齋存語》二卷,又《述語》四卷,又《憶語》四卷,又《續憶語》二卷。"(卷一一《儒家類》,第308頁)

按:"顧學齋",吴校本、四庫本、陳校本、八千卷樓本、京大《志稿》、《萬志》皆作"願學齋",是。《澹生堂藏書目》載:"《願學齋存語》二卷二册,俱于孔兼。《願學齋述語》四卷四册,《願學齋億語》四卷四册,《續億語》二卷二册。"⑥"願學齋"凡三見,可證。于孔兼,號景素(《本朝人物分省考》卷二九),明高攀龍《高子遺書》卷九上有爲于景素所作《願學齋札記序》,可證"願學齋"爲于孔兼齋名。其著作今存《于景素先生願學齋億語》四卷《續億語》一卷,明萬曆三十五年(1607)序刊本,藏於日本内閣文庫,書名正作"願學齋"。《適園》本作"顧

①② 〔明〕吕坤《去僞齋文集》卷五《贈文類・一中序》,清康熙三十三年(1694)吕慎多刻本。

③ 〔明〕孫能傳、張萱等《内閣藏書目録》卷二《子部》,《明代書目題跋叢刊》本,第493頁。

④ 〔宋〕林至《易裨傳・外篇》,《通志堂經解》本。

⑤ 〔清〕周中孚撰,黄曙輝、印曉峰標校《鄭堂讀書記・補逸》卷二二《術數類・數學》,上海書店出版社,2009年,第1627頁。

⑥ 〔明〕祁承㸁《澹生堂藏書目》卷二《理學類・論著》,《明代書目題跋叢刊》本,第947頁。

學齋"顯爲字誤,當據正。

8. "耿汝志《廓如編》三卷,字克勵,黄安人,耿定向子,萬曆中舉人。"(卷一一《儒家類》,第310頁)

按:"耿汝志",吴校本、陳校本、八千卷樓本、京大《志稿》、《萬志》、《明志》皆作"耿汝忞",是。《千目》卷二《春秋類》著録有"耿汝忞《春秋愍渡》十五卷",注曰:"字克勵,黄安人,耿定向子。"①《萬志》著録同,此顯爲同一人著作。《春秋愍渡》今尚存,有明天啓四年(1624)松鱗軒刊本,題《(松鱗軒新鍥)春秋愍渡》十五卷(首一卷),藏於龍谷大學大宮文庫,編者正作"耿汝忞";又有明耿定向纂修之《(萬曆)黄安初乘》二卷,國家圖書館有清康熙四年刻本②,每卷題"邑人天台耿定向在倫著,耿應昌公府、耿應興公明校,叔臺耿定力子健輯,耿汝忞克勵補",皆可證。檢四庫本已誤作"耿汝志",《適園》本蓋承襲底本舊文,當據正。

9. "《内則詩》一卷,世宗因桂蕚言,命翰林儒臣方獻夫、李時、董屺、徐縉等撮《詩》《書》之關内教者,撰爲詩以便誦習。"(卷一一《儒家類》,第316頁)

按:"董屺",吴校本、四庫本、陳校本、《適園》初印本、京大《志稿》、《萬志》皆作"董玘"(八千卷樓本此條脱注),是。《本朝分省人物考》卷五〇《浙江紹興府二・董玘》載:"董玘,字文玉,會稽人,弘治時會試第一,畢力問學,綽有聲稱。入翰林院編修,歷官至吏部左侍郎。玘在翰林時,嘗請重修孝廟實録及嘉靖議郊祀大禮。"③《明一統志》卷四五《紹興府》亦載:"董玘,會稽人,弘治乙丑舉禮部第一,登進士及第第二,授翰林編修,歷諭德詹事。嘉靖初,與修《武宗實録》,官至吏部右侍郎,兼翰林。"④因知明世宗嘉靖年間翰林儒臣是"董玘"而非"董屺","玘"與其字"文玉"正合。過録吴本誤抄作"屺",又改"山"旁作"王",《適園》增訂本蓋從過録吴本而誤改,今當據正。

10. "朱家棟《女則》四卷,清江人,歲貢,官鎮江府學教授。"(卷一一《儒家類》,第316頁)

按:"清江",吴校本、四庫本、陳校本、京大《志稿》、《萬志》皆作"靖江",王校本改"清"爲"靖",是。《(乾隆)江南通志》卷一九四《藝文志》載:"《去華子集》,靖江朱家棟。"⑤此《江南通志》沿襲康熙舊志,包括安徽、江蘇兩省,而不含江西,靖江縣屬江蘇常州府,清江縣則屬江西臨江府,可證當作"靖江"。

---

① 〔清〕黄虞稷撰,瞿鳳起、潘景鄭整理《千頃堂書目》卷二《春秋類》,第67頁。

② 〔明〕耿定向纂修,耿汝忞增修《(萬曆)黄安初乘》二卷,清康熙四年(1665)刻本,中國國家數字圖書館,善本書號A05281。

③ 〔明〕過庭訓《本朝分省人物考》卷五〇《浙江紹興府二・董玘》,明天啓刻本。

④ 〔明〕李賢等《明一統志》卷四五《紹興府》,《景印文淵閣四庫全書》本。

⑤ 〔清〕趙弘恩修,黄之雋等纂《(乾隆)江南通志》卷一九四《藝文志》,《景印文淵閣四庫全書》本。

《(乾隆)江南通志》此條下又載:"《夷白齋稿》,靖江朱家楫。"此朱家楫與朱家棟疑爲兄弟,或出同族。《(乾隆)江南通志》卷一三〇《選舉志·舉人六》"萬曆三十七年己酉科"載"朱家楫,靖江人"①,則朱家楫爲靖江人斷無疑義,亦可旁證朱家棟爲靖江人。檢八千卷樓本原作"靖江",朱筆改"靖"字"立"旁爲"氵",《適園》本作"清江"疑承襲底本之誤,當據正。

11. "羅頎《梅山叢書》一百卷,字儀甫,山陰人,敦篤嗜古,于學無所不窺,梅山所隱地也。"(卷一二《雜家類》,第 323 頁)

按:"一百卷",吴校本、四庫本、陳校本、京大《志稿》、《萬志》、《明史》皆作"二百卷",是。明徐象梅《兩浙名賢録》卷二《儒碩·羅儀甫頎祖紘父新附》載:"羅頎,字儀甫,山陰人。……所著有《易裔札記》及諸所訓詁詩話二百餘卷,稱《梅山藂書》。"②又《(萬曆)紹興府志》卷四三《人物志九》載:"頎所著尤浩繁,其《易裔札記》及諸所訓詁詩話二百餘卷,稱《梅山叢書》。"③清初錢謙益《列朝詩集》乙集卷八《羅頎小傳》亦稱"所著浩繁,稱《梅山叢書》,二百餘卷"④,皆可證。檢八千卷樓本亦作"一百卷",疑《適園》本襲底本舊文而誤,當據正。

12. "謝里《東岑子》四卷,字一卿,成化間人。"(卷一二《雜家類》,第 323 頁)

按:"謝里",吴校本、四庫本、陳校本、八千卷樓本、京大《志稿》、《萬志》、《明史》皆作"謝理",是。《東岑子》一書,又重見於《小説類》:"謝理《東岑子》四卷,字一卿,成化十七年序。"⑤亦可證。謝理著作,《千目》多有著録,卷一有《周易解》,卷二《兩生餘議》《春秋解》,卷四《太平人物傳》,皆作"謝理"。又明崔銑《洹詞》卷一一《三仕集·訛傳》載:"景帝易儲時,薛文清以大理丞治餉于滇,署狀無公名,予親見國史然爾。謝理《東岑子》乃譏文清,非也。"⑥據此可知,當作"謝理"無疑。《適園》本作"謝里"蓋傳抄偶誤,當據改。

13. "陸仲《甘泉藁殘録》三十卷,陸容子,字安甫,進士。"(卷一二《雜家類》,第 324 頁)

按:"陸仲",陳校本、京大《志稿》、《萬志》、《明志》皆作"陸伸",王校本據《明志》於"仲"旁注"伸"字,是。陸伸乃陸容子,陸容有《式齋先生文集》傳世,爲明弘治十四年刻本,藏美國普林斯頓大學葛思德圖書館,卷首題"大中大夫浙江等處承宣布政使司右參政陸容文量",書末鐫"男伸編,侄偉繕寫,邑人唐曰恭、曰信等刻字";又有弘治十四年都穆跋稱"故浙江參政太倉陸公有文曰

① 〔清〕趙宏恩修《(乾隆)江南通志》,《景印文淵閣四庫全書》本。

② 〔明〕徐象梅《兩浙名賢録》卷二《儒碩·羅儀甫頎祖紘父新附》,明天啓刻本。

③ 〔明〕蕭良幹修、張元忭等纂《(萬曆)紹興府志》卷四三《人物志九》,明萬曆十五年(1587)刊本。

④ 〔清〕錢謙益《列朝詩集》乙集卷八《羅頎小傳》,清抄本(醒翁老人題記)。

⑤ 〔清〕黄虞稷撰,瞿鳳起、潘景鄭整理《千頃堂書目》卷一二《小説類》,第 334 頁。

⑥ 〔明〕崔銑《洹詞》卷一一《三仕集·訛傳》,《景印文淵閣四庫全書》本。

《式齋稿》、曰《浙藩稿》者，其子貢士伸既刻之于梓”云云，是當作“陸伸”無疑。檢吴校本、四庫本、八千卷樓本、《適園》本皆作“陸仲”，《千目》卷一〇《簿録類》著録《式齋藏書目録》撰人亦作“陸仲”①(京大《志稿》、《萬志》不誤)，疑黄氏原本傳寫已誤，後來史官校改作“陸伸”，今亦當據改。

14. “方昕《集事詩覽》一卷，字景明，莆田人。”(卷一二《雜家類》，第330頁)

按：“《集事詩覽》”，吴校本、四庫本、八千卷樓本、京大《志稿》皆作“《集事詩鑒》”，是。又《宋史藝文志補・雜史類》亦作“《集事詩鑒》”，《百川書志》卷九《德行家》載：“《集事詩鑒》一卷，宋莆陽吏隱方昕景明著，凡三十條，各係詩句，皆人易知可行之事。”②皆可證。此書今存宋刻本，附於宋袁采《袁氏世範》三卷後，藏國家圖書館。其書後附方昕《增廣世範詩事序》，卷首題《集事詩鑒》，子目每條皆以“鑒”字爲句，如“子之於父當鑒顧愷”，“子之於母當鑒陳遺”等③，知書名當作《集事詩鑒》無疑。《適園》本作“《集事詩覽》”，蓋傳寫偶誤，當據改。

15. “瞿佑《存齋類編》，又《香臺集》三卷。佑又有《剪燈餘話》，正統七年癸酉李時勉請禁毀其書，故與李楨《餘話》皆不録。”(卷一二《小説類》，第333頁)

按：“癸酉”，吴校本、京大《志稿》、《萬志》皆作“祭酒”，是。正統七年(1442)乃壬戌年，非癸酉年，亦無癸酉年，而李時勉官祭酒，史籍多載之。如《本朝分省人物考》卷六四《江西吉安府二・李時勉》載：“(正統)六年，遷國子祭酒。”④明黄佐《翰林記》卷八《致仕言事》載：“正統中李時勉自學士爲祭酒。”⑤明雷禮《皇明大政紀》卷一一載：“(正統六年)閏十一月，以侍讀學士李時勉爲國子祭酒。”⑥據此可知，此當作“祭酒”無疑。檢四庫本、八千卷樓本已訛作“癸酉”，《適園》本蓋襲舊文而誤，當據正。

16. “陳丁陛《玉壘意見》一卷。”(卷一二《小説類》，第338頁)

按：“陳丁陛”，吴校本、京大《志稿》、《萬志》皆作“陳于陛”，是。《澹生堂藏書目・雜家》著録曰：“《陳玉壘意見》一卷，陳于陛，《廣秘笈》本。”⑦《四庫全書總目》卷一二五《雜家類存目二》亦有著録：“《意見》一卷(浙江巡撫采進本)，明

---

① 〔清〕黄虞稷撰，瞿鳳起、潘景鄭整理《千頃堂書目》卷一〇《簿録類》，第295頁。
② 〔明〕高儒《百川書志》卷九《德行家》，《明代書目題跋叢刊》本，第1279頁。
③ 〔宋〕袁采、方昕《袁氏世範》三卷《集事詩鑒》一卷，中國國家數字圖書館，善本書號:08685。
④ 〔明〕過庭訓《本朝分省人物考》卷四七《南直隸蘇州府二・陳敬宗》，明天啓刻本。
⑤ 〔明〕黄佐《翰林記》卷八《致仕言事》，《景印文淵閣四庫全書》本。
⑥ 〔明〕雷禮《皇明大政紀》卷一一，明萬曆刻本。
⑦ 〔明〕祁承爜《澹生堂藏書目》卷六《諸子類・雜家》，《明代書目題跋叢刊》本，第989頁。

陳于陛撰。"[①]皆可證。陳于陛,《明史》卷三一〇有傳[②]。明焦竑輯《國朝獻徵録》卷一七《内閣六》載陳懿興《玉壘陳公于陛墓志銘》曰:"公姓陳,諱于陛,字元忠,别號玉壘,世爲四川順慶府南充縣人。"[③]則此書撰人爲"陳于陛"無疑。檢四庫本、過録吴本、八千卷樓本、《適園》本皆作"陳丁陛",蓋相沿承襲而誤,當據正。

17. "李衮《丹浦款言》四卷又《於堧壖注筆》四卷又《樾蔭癖語》六卷,字子由,内鄉人。"(卷一二《小説類》,第 339 頁)

按:"李衮",吴校本、四庫本、八千卷樓本、《適園》初印本、京大《志稿》、《萬志》皆作"李蓘",是。此書今存明刻本,藏於湖南省圖書館,撰人即作"李蓘"。李蓘著作《千目》多有著録,卷二三《别集類》載《李太史集》、卷三一《總集類》載《宋藝圃集》《明藝圃集》兩種,著者皆作"李蓘"(《萬志》同)。其《宋藝圃集》今有傳本,卷首有自序,末署"李蓘序",每卷首行即題"中鄉李蓘子田編選"[④]。《千目·總集類》所載《六李集》,著者"六李"之首亦作"内鄉李蓘"[⑤]。《六李集》亦有傳本,所收《李太史詩集》正題"内鄉李蓘子田甫著"[⑥]。據此字作"李蓘"無疑。過録吴本偶誤作"李衮",張氏不察,反據之誤改初印本,今當據正。又"子由"當作"子田",上引《宋藝圃集》與《李太史詩集》之題署可證。《千目》著録"李蓘《李太史集》"注云"字于田",亦作"田"字("于"字則形訛)。李蓘今有别集傳世,題《李子田詩集》(每卷首行署"順陽李蓘"[⑦]),知其字作"子田"無疑。"蓘"謂以土壅苗根,取字爲"田"義正相宜。吴校本、四庫本、八千卷樓本、《適園》初印本、京大《志稿》、《萬志》此條皆無注文,陳校本校補注文"字子田,内嚮人",王國維校本據陳校本校補之,《適園》增訂本亦據陳校本校補,并誤"子田"作"子由"。

18. "佘翹《偶記》四卷,銅陵人,萬曆庚子舉人。"(卷一二《小説類》,第 340 頁)

按:"佘翹",吴校本、四庫本、京大《志稿》、《萬志》皆作"佘翹",是。清郎遂《(康熙)杏花村志》卷四載:"佘翹字聿雲,銅陵人,吏部驗封司敬中子。……萬曆辛卯中應天鄉試。"[⑧]佘氏《偶記》明萬曆刻本,中山大學圖書館有藏;又有明

---

① 〔清〕永瑢等《四庫全書總目》卷一二五《雜家類存目二·雜學下·意見一卷》,第 1075 頁。

② 〔清〕張廷玉等撰《明史》卷二一七《陳于陛傳》,第 5731—5732 頁。

③ 〔明〕焦竑輯《國朝獻徵録》卷一七,明萬曆四十四年(1616)徐象橒曼山館刻本。

④ 〔明〕李蓘輯《宋藝圃集》二十二卷《續集》三卷,明隆慶間暴孟奇李蓘刻本,中國國家數字圖書館,善本書號:05203。

⑤ 〔清〕黄虞稷撰,瞿鳳起、潘景鄭整理《千頃堂書目》卷三一《總集類》,第 775 頁。

⑥ 〔明〕李蓘等《六李集》,明萬曆刻本,中國國家數字圖書館,善本書號:A01790。

⑦ 〔明〕李蓘《李子田詩集》四卷《悦園稿》一卷,明刻本,中國國家數字圖書館,善本書號:A01703。

⑧ 〔清〕郎遂《(康熙)杏花村志》,《景印文淵閣四庫全書》本。

鈔本(明徐𤊹跋)藏於中國國家圖書館[①],撰人皆署"佘翹",卷首有作者自序,末署"銅雀山人佘翹聿雲書",是爲確證。檢陳校本已誤作"余翹",八千卷樓本原作"佘翹",又朱筆改"佘"作"余",《適園》本作"余翹"蓋從底本舊文,今當據改。卷一五《小説類》重複著録此書,卷一〇《傳記類》著録《池陽三忠傳》亦誤作"余翹"(吴校本、四庫本不誤。八千卷樓本原作"佘翹",朱筆改"佘"作"余"),并當據正[②]。又"庚子",上引《杏花村志》作"辛卯",《(乾隆)江南通志》卷一二九《選舉志・舉人五》"萬曆十九年辛卯科"亦載其名[③],則"庚子"亦有誤。

19. "張鼎恩《瑯琊代醉編》四十卷。"(卷一二《小説類》,第 341 頁)

按:"張鼎恩",吴校本、四庫本、陳校本、京大《志稿》、《萬志》皆作"張鼎思",是。《傳是樓書目》著録曰:"《瑯邪代醉編》二十六卷,明張鼎思,八本。"[④]《八千卷樓書目》卷一三《子部・雜家類》亦有著録:"《瑯琊代醉編》四十卷,明張鼎思撰,明刊本。"[⑤]皆可證。此書今存明萬曆二十五年陳性學刻本,國家圖書館有藏,卷首有張鼎思《題記》,末署"姑胥張鼎思睿文題",又每卷首行題"姑蘇張鼎思睿父父輯,暨陽陳性學所養父校"[⑥]。是撰人作"張鼎思"無疑。檢八千卷樓本亦誤作"張鼎恩",則《適園》本襲底本之誤亦可知,今當據正。

20. "沈長卿《沈氏弋説》十卷,又《沈氏月旦》六卷,字幼宰,杭州人,萬曆舉人。"(卷一二《小説類》,第 343 頁)

按:"月旦",吴校本原文、過録吴本原文、陳校本、《適園》初印本、京大本原文、《萬志》皆作"日旦",是。此書有明崇禎七年刻本,藏於北京大學圖書館,書名正作"沈氏日旦",下題"吴越逸民沈長卿幼宰甫著",卷一云:"明崇禎元年春,飲食之暇,日有所記,旦有所抄。皆據所聞,攄所見,以銷磨晨昏。"[⑦]書首有《日旦自序》云:"夫學乘時者也。古人縮寸陰爲分陰,惜時之念也。予縮月旦爲日旦亦猶是意耳。然汝南用是臧否人物,存一時之清議,而今已失傳矣。……無一日得歡,無一旦得暇,而一日一旦之頃,倏先朝露,則精神風雅盡矣。……而以日旦諸書與天下後世相揚確,尚友者當索我於詩文外乎?武林沈長卿識。""汝南"乃東漢末年名士許劭,《後漢書》卷六八《許劭傳》云:"許劭字子將,汝南平輿人也。……初,劭與靖俱有高名,好共覈論鄉黨人物,每月輒

① 〔明〕佘翹《偶記》二卷,中國國家數字圖書館,善本書號:04512。

② 參見李小林《〈明史・藝文志〉"史部"勘誤二則》,《中國史研究》2006 年第 2 期,第 176 頁。

③ 〔清〕趙宏恩修《(乾隆)江南通志》。

④ 〔清〕徐乾學《傳是樓書目》,清道光八年(1828)味經書屋鈔本。

⑤ 〔清〕丁立中編,曹海花點校《八千卷樓書目》卷一三《雜家類・雜纂之屬》,浙江古籍出版社,2016 年,第 2444 頁。

⑥ 〔明〕張鼎思《瑯琊代醉編》四十卷,明萬曆二十五年(1597)陳性學刻本,中國國家數字圖書館,善本書號:19483。

⑦ 〔明〕沈長卿《沈氏日旦》,崇禎七年(1634)刻本。

更其品題,故汝南俗有'月旦評'焉。"[1]書末又有"序日旦後"云:"沈幼宰名長卿,更名遁,别號灰庵,浙之錢唐人也。"末題"崇禎七年甲戌壯月十日,雲間友弟張昂之頓首"。是書名作"日旦"無疑。京大本上有墨筆校訂痕迹,將"日"改作"月"。吴校本下有注文云:"日疑作月。"此皆因許劭之"月旦評"而誤。過録吴本於"日"旁注"月"字。《適園》增訂本則據過録吴本誤改作"月旦",今當據正。

21. "程宗猷《少陵棍法闡宗》三卷,又《蹶張心法》一卷,二書總名《耕餘賸技》。"(卷一三《兵家類》,第355頁)

按:"少陵",京大《志稿》、《萬志》皆作"少林",是。此書《澹生堂藏書目》有著録:"《耕餘剩技》(《蹶張心法》一册,程宗猷,《少林棍法闡宗》三卷一册)。"[2]是書今存,書名正作"《少林棍法闡宗》",署"新都程冲斗宗猷著"[3]。《耕餘剩技》今亦有明萬曆四十二年(1614)刻本傳世,國家圖書館有藏,收録《少林棍法闡宗》《蹶張心法》《長槍法選》《單刀法選》四書。卷首有明汪以時、陳世埈《少林棍法闡宗集序》,目録、卷首亦題作《少林棍法闡宗》。[4] 是書名當作"少林"無疑。檢吴校本、四庫本、陳校本、八千卷樓本、《適園》本皆作"少陵",是其誤由來已久,今當據正。

22. "《天元玉曆祥异賦》七卷,洪武元年正月,仁宗初行是書,以示侍臣曰:'大道人事未嘗判爲二道,有動于此,即應于彼,此書言簡理當,左右輔臣亦宜知之。'因親製序,頒賜諸公卿。"(卷一三《天文類》,第357頁)

按:"洪武",吴校本、四庫本、陳校本、八千卷樓本、京大《志稿》、《萬志》皆作"洪熙",是。洪武乃明太祖之年號,洪熙乃明仁宗年號,而下文明言"仁宗"。此書乃仁宗賜群臣以敬天道之意,史籍多有記載,如《昭代典則》卷一四《仁宗昭皇帝》載:"賜三公及兵部尚書《天元玉曆祥异賦》。"[5]《明史》卷三二《天文志一》載:"洪熙元年仁宗賜三公及六卿《天元玉曆祥异賦》,亦欲大臣共識修省敬天之意云耳。"[6]此書《八千卷樓書目》有著録:"《天元玉曆祥异賦》七卷,明洪熙皇帝御撰,内府刊本。"[7]又《善本書室藏書志》曰:"《天元玉曆祥异賦》七卷,

---

① 〔南朝宋〕范曄撰,〔唐〕李賢等注《後漢書》卷六八《許劭傳》,中華書局,1965年,第2234—2235頁。

② 〔明〕祁承㸁《澹生堂藏書目》,清宋氏漫堂鈔本。按《明代書目題跋叢刊》影印會稽徐氏刊本脱此條。

③ 〔明〕程宗猷《少林棍法》三卷,明天啓《耕餘剩技》本。

④ 〔明〕程宗猷《耕餘剩技》四種,明萬曆四十二年(1614)刻本,中國國家數字圖書館,善本書號:15863。

⑤ 〔明〕黄光昇《昭代典則》卷一四《仁宗昭皇帝》,明萬曆二十八年(1600)周曰校萬卷樓刻本。

⑥ 題〔清〕萬斯同《明史》卷三二《天文一》,《續修四庫全書》本。

⑦ 〔清〕丁立中編,曹海花點校《八千卷樓書目》卷一一《術數類·占候之屬》,第2332頁。

明刊本,前有洪熙元年正月十五日御製序。”[①]是其確證。《適園》本作“洪武”,蓋涉上條“洪武”年號習見而誤,當據正。

23. 程玠《松岩醫徑》二卷,字文玉,歙人。(卷一四《醫家類》,第 375 頁)

按:“松岩”,吴校本、四庫本、陳校本、八千卷樓本、京大《志稿》、《萬志》皆作“松崖”,是。明徐春甫《古今醫統大全》卷一《歷世聖賢名醫姓氏》載:“程介(當作玠),新安槐塘人,號松崖。……所著有《松崖醫徑》四卷。”此書今存明天啓五年程櫄刻本,卷首有程寰、程櫄《松崖醫徑序》,書中凡例及卷首皆稱《松崖醫徑》[②],是爲確證。《適園》本作“松岩”,蓋刻印之誤,當據正。

24. “方廣《丹溪心法附録》二十四卷,字約之,號古庵,新安人,嘉靖丙申序。”(卷一四《醫家類》,第 376 頁)

按:“附録”,吴校本、四庫本、陳校本、八千卷樓本、京大《志稿》、《萬志》、《明志》皆作“附餘”,是。《晁氏寶文堂書目》[③]、《萬卷堂書目》卷三《醫家》[④]、《國史經籍志》卷四《子類・醫家》[⑤]、《八千卷樓書目》卷一〇《子部・醫家類》[⑥]皆作“《丹溪心法附餘》”。書稱“附餘”,乃因朱震亨《丹溪心法》於各門之末而附别家之言故名。《四庫全書總目》卷一〇五《子部・醫家類存目》載:“《丹溪心法附餘》二十四卷(内府藏本),明方廣撰。廣字約之,號古齋,休寧人。是書成於嘉靖丙申。因程用光所訂朱震亨《丹溪心法》贅列附録,與震亨本法或相矛盾,乃削其附録,獨存一家之言,别以諸家方論與震亨相發明者,分綴各門之末。然均非震亨之原書矣。”[⑦]《鄭堂讀書記》卷四二《醫家類二》載:“古庵以《丹溪心法》詳於法而猶略於方,《袖珍》等書則又詳於方而略於法,皆不便檢閲,因將心法去訛留正,群方删繁就簡,合爲一書,間亦附己意以發明之,名曰附餘。”[⑧]此書今存明嘉靖十五年姚文清、陳講刻本,中國國家圖書館等有藏,書名即題“丹溪心法附餘”,卷首有明賈咏《丹溪心法附餘序》及方廣自序[⑨],是當作“附餘”無疑。《適園》本作“附録”,蓋因習語而偶誤,當據正。

25. “溥滋《醫學集成》十二卷又《醫學權輿》四卷。”(卷一四《醫家

---

① 〔清〕丁丙著,曹海花點校《善本書室藏書志》卷一七《術數類・占候之屬・天元玉曆祥异賦七卷》,第 690 頁。

② 〔明〕程玠《松崖醫徑》,四庫未收書輯刊編纂委員會編《四庫未收書輯刊》,北京出版社,第十輯第八册第 1—105 頁。

③ 〔明〕晁瑮《晁氏寶文堂書目》卷下《醫書》,《明代書目題跋叢刊》本,第 782 頁。

④ 〔明〕朱睦㮮《萬卷堂書目》卷三《醫家》,《明代書目題跋叢刊》本,第 1088 頁。

⑤ 〔明〕焦竑輯《國史經籍志》卷四下《醫家》,《明代書目題跋叢刊》本,第 375 頁。

⑥ 〔清〕丁立中編,曹海花點校《八千卷樓書目》卷一〇《醫家類》,第 2295 頁。

⑦ 〔清〕永瑢等《四庫全書總目》卷一〇五《醫家類存目・丹溪心法附餘》,第 886 頁。

⑧ 〔清〕周中孚著,黄曙輝、印曉峰標校《鄭堂讀書記》卷四二《醫家類二》,第 641 頁。

⑨ 〔明〕方廣《丹溪心法附餘》二十四卷(首一卷),中國國家數字圖書館,善本書號:17726。按:此書今有多種明刻本存世,書名無异。

類》,第 376 頁)

按:"溥滋",吴校本過録盧校、過録吴本、京大《志稿》、《萬志》、《明志》皆作"傅滋",是。明李時珍《本草綱目》卷一上《叙例上・引據古今醫家書目》即有"傅滋《醫學集成》"①。又明徐春甫《古今醫統大全》卷一《歷世聖賢名醫姓氏》載:"傅滋,字時澤,號湲川,浙之義烏人。……著《醫學集成》。"②此書今存明正德十一年初刻本,題曰《新刊医學集成》,藏上海圖書館;又有明鈔本,題曰《新刊醫學集成增補權輿》,藏於中科院圖書館,作者皆作"傅滋",是爲確證。檢吴校本、四庫本、陳校本、八千卷樓本、《適園》本皆作"溥滋",是其誤已久,今當據正。

26. "倪維德《考定東垣試驗方》。"(卷一四《醫家類》,第 379 頁)

按:"試驗",吴校本、四庫本、陳校本、八千卷樓本、《適園》初印本、京大《志稿》、《萬志》皆作"試效",是。書名之"東垣",指金代名醫李杲。杲由金入蒙,故《元史》立傳。《醫史》卷五載元硯堅《東垣老人傳》云:"東垣老人李君,諱杲,字明之。……盖東垣所著有《醫學發明》《脾胃論》《内外傷辨惑論》《蘭室秘藏》《此事難知》《藥象論總》若干卷,而《試效方》乃其門人羅天益所輯者也。"③可知《東垣試效方》由李杲弟子羅天益所輯,其後倪維德爲之校訂,即《千目》著録之書。明張昶《吴中人物志》卷一三載倪維德"後得東垣先生之書讀之,喜曰:'道在是矣!'遂有所得,乃考証《東垣試效方》若干卷,板行于時。"④《明史》卷二九九《方伎・倪維德傳》亦稱其"校訂《東垣試效方》"⑤。羅氏所輯東垣之書今尚存明刻本,上海圖書館有藏,題作"《東垣先生試效方》"(《鄭堂讀書記》卷四二《醫家類二》著録有"《東垣先生試效方》九卷,元刊本"⑥),知書名作"試效"無疑。檢過録吴本已訛作"試驗",《適園》增訂本作"試驗"蓋據過録吴本而誤改。《千目》同類下文著録有"《東垣試驗方》九卷"誤同(吴校本、四庫本、八千卷樓本、《適園》初印本、京大《志稿》、《萬志》皆不誤),今并當據正。

27. "《永樂大典》二萬二千二百一十一卷…………儒士陳濟爲總裁,翰林院侍講鄒輯……爲副總裁。"(卷一五《類書類》,第 395 頁)

按:"鄒輯",吴校本、陳校本、八千卷樓本、京大《志稿》、《萬志》作"鄒緝",是。鄒緝,《明史》有傳:"鄒緝,字仲熙,吉水人。洪武中舉明經,授星子教諭。建文時入爲國子助教。成祖即位,擢翰林侍講。……預修《永樂大典》《太祖實

① 〔明〕李時珍《本草綱目》卷一上《叙例上・引據古今醫家書目》,《景印文淵閣四庫全書》本。

② 〔明〕徐春甫編,崔仲平,王耀廷主校《古今醫統大全》卷一《歷世聖賢名醫姓氏》,人民衛生出版社,1991 年,第 45 頁。

③ 〔明〕李濂輯《醫史》卷五《元史一人》,明刻本。

④ 〔明〕張昶《吴中人物志》卷一三,明隆慶張氏刻本,第 20 頁上。

⑤ 〔清〕張廷玉等《明史》卷二九九《方伎・倪維德傳》,第 7636—7637 頁。

⑥ 〔清〕周中孚撰,黄曙輝、印曉峰標校《鄭堂讀書記》卷四二《醫家類二》,第 637—638 頁。

録》。”①又《皇明通紀・歷朝資治通紀》卷五《(丁亥)永樂五年》載:“十一月,《永樂大典》書成。先是,永樂初元……以學士王景、王達,祭酒胡儼,洗馬楊溥,儒士陳濟爲總裁,侍講鄒緝等二十人副之。”②《(萬曆)吉安府志》卷一九《列傳二・國朝》亦載:“鄒緝,字仲熙,吉水人。……永樂初遷翰林檢討……預修《大典》及《洪武實録》。”③鄒緝,字仲熙,“緝熙”出自《詩經・大雅・文王》(又屢見於《周頌》),鄭玄箋:“緝熙,光明也。”④名、字義正相協。檢四庫本已作“鄒輯”,《適園》本蓋承襲底本舊文而誤,今當據正。

28. “王圻《三才圖説》一百六卷。”(卷一五《類書類》,第 398 頁)

按:“圖説”,《四庫全書總目》⑤《鄭堂讀書記》⑥《持静齋書目》⑦《八千卷樓書目》⑧《五十萬卷樓藏書目録初編》⑨皆作“圖會”,是。明陳繼儒《陳眉公集》卷五《叙・三才圖會序》稱:“學憲洪洲王公與其仲子太學君思義博討群書,纂《三才圖會》,以問序陳子。”⑩此書今有明萬曆刻本,中國國家圖書館等有藏,書前有明周孔教、陳繼儒、顧兼謙、何爾復等諸家《三才圖會序》及王圻《三才圖會引》⑪,因知書名作“圖會”無疑。今《千目》各本及諸家《明志》皆作“圖説”,蓋黄氏原本如此,諸家承襲舊文而誤。

29. “吴楚材《疆域略》二十四卷。”(卷一五《類書類》,第 399 頁)

按:“疆域”,吴校本、四庫本、陳校本、《適園》初印本、京大《志稿》、《萬志》、《明志》皆作“彊識”,是。《澹生堂書目》⑫《四庫全書總目》⑬著録此書皆作“《彊識略》”。《弇州山人四部續稿》卷一八〇《文部・吴國賢》稱:“《彊識略》,奇書也,梓之必傳。”⑭國賢爲吴楚材字。此書今存萬曆十七年刻本,明陳元勛萬曆

---

① 題〔清〕萬斯同《明史》二〇六《鄒緝傳》,《續修四庫全書》本。

② 〔清〕陳建撰,錢茂偉點校《皇明通紀・歷朝資治通紀》卷五《(丁亥)永樂五年》,中華書局,2008 年,第 434—435 頁。

③ 〔明〕余之禎總修,王時槐纂修,汪泰榮點校《(萬曆)吉安府志》卷一九《列傳二・國朝・鄒緝》,中華書局,2018 年,第 271—272 頁。

④ 〔漢〕毛亨傳,〔漢〕鄭玄箋,〔唐〕孔穎達疏《毛詩正義》,阮元校刻《十三經注疏》本,中華書局,2009 年,第 1085 頁。

⑤ 〔清〕永瑢等撰《四庫全書總目》卷一三八《類書類存目二・三才圖會》,第 1169—1170 頁。

⑥ 〔清〕周中孚撰,黄曙輝、印曉峰標校《鄭堂讀書記》卷六二《類書類三》,第 1010—1011 頁。

⑦ 〔清〕丁日昌撰,張燕嬰點校《持静齋書目》卷三《類書類》,中華書局,2012 年,第 297—298 頁。

⑧ 〔清〕丁立中編,曹海花點校《八千卷樓書目》卷三《類書類》,第 2475 頁。

⑨ 莫伯驥撰,曾貽芬整理《五十萬卷樓藏書目録初編》卷一三《類書・三才圖會》,中華書局,2016 年,第 631—632 頁。

⑩ 〔明〕陳繼儒《陳眉公集》卷五《叙・三才圖會序》,明萬曆四十三年(1615)刻本。

⑪ 〔明〕王圻輯,王思義續輯《三才圖會》一〇六卷,明萬曆間刻本,中國國家數字圖書館,善本書號:14841。

⑫ 〔明〕祁承㸁《澹生堂藏書目》卷一一《類家類・纂略》,第 1025 頁。按:《澹生堂書目》作“疆識略”。

⑬ 〔清〕永瑢等《四庫全書總目》卷一三七《類書類存目一・彊識略》,第 1168 頁。

⑭ 〔明〕王世貞《弇州山人四部續稿》卷一八〇《文部・吴國賢》,《景印文淵閣四庫全書》本。

十七年序亦稱"刻國賢吴先生《彊識略》"①。知此當作"彊識"無疑。檢過録吴本已誤作"疆域",八千卷樓本原作"疆識","疆"旁朱筆注作"彊",《適園》增訂本作"疆域",蓋據過録吴本而誤改,今當據正。

30. "錢應充《史學璧珠》十卷。"(卷一五《類書類》,第399頁)

按:"十卷",吴校本、四庫本、陳校本、八千卷樓本、京大《志稿》、《萬志》、《明志》皆作"十八卷",是。《四庫全書總目》卷一三八《類書類存目二》著録有"史學璧珠十八卷(浙江巡撫采進本),明錢應充撰"②。此書今存明萬曆二十六年新安吴勉學刻本,藏台灣"中央圖書館",正作十八卷。《適園》本作"十卷",顯爲脱文,今當據補。

31. "徐應秋《駢字憑霄》二十卷,字雪林,衢州西安人,萬曆丙戌科進士,福建右布政使。"(卷一五《類書類》,第400頁)

按:"二十卷",當作"二十四卷"。《四庫全書總目》卷一三八《類書類存目二》載:"《駢字憑霄》二十四卷(江蘇巡撫采進本),明徐應秋撰。"③《續通志》卷一六一《藝文略》④、《續文獻通考》卷一八七《經籍考》⑤皆著録作"二十四卷"。《鄭堂讀書記》卷六二《類書類》著録"原刊本"亦"二十四卷",云:"前有順治壬辰其從子國珩序稱:'叔了独敦文史,無异彦和。每得奇字駢語,輒櫛比識記,尋復裒然成帙,字曰《憑霄》,而手自作序。領异標奇,不啻鬚眉翕張,而家珍指數也。'今觀其書,凡詮義十卷,釋名十四卷,每卷又各自分目。"⑥此書今仍有明末刻本傳世,當即鄭堂所稱原刊本,藏華東師大圖書館,正作二十四卷。是此書原本爲"二十四卷"無疑,各家著録亦未見有作"二十卷"本者,則黄氏所見當無别本,而《千目》諸本及京大《志稿》、《萬志》皆作"二十卷"(四庫本、八千卷樓本脱此條),蓋黄氏著録時偶脱"四"字。又"丙戌科",吴校本、陳校本、京大《志稿》、《萬志》皆作"丙辰",是。檢《明清歷科進士題名碑録》"萬曆四十四年丙辰科",三甲第七十九名即徐應秋⑦,而"萬曆十四年丙戌科"則無有此人,是當作"丙辰"無疑。《適園》本作"丙戌",顯爲傳寫字誤,當據正⑧。

32.《成□唯識論俗詮》十卷。(卷一六《釋家類》,第427頁)

按:"成□唯識論",吴校本、四庫本、陳校本、八千卷樓本、京大《志稿》、《萬志》皆無墨圍"□",是。《成唯識論》乃唐玄奘翻譯天竺護法等菩薩所作之經

---

① 〔明〕吴楚材輯《彊識略》,明萬曆十七年(1589)陽春園刻本。

② 〔清〕永瑢等《四庫全書總目》卷一三八《類書類存目二·史學璧珠》,第1173—1174頁。

③ 〔清〕永瑢等《四庫全書總目》卷一三八《類書類存目二·駢字憑霄》,第1173頁。

④ 〔清〕嵇璜、曹仁虎纂修《續通志》卷一六一《藝文略》,《景印文淵閣四庫全書》本。

⑤ 〔清〕嵇璜、曹仁虎纂修《續文獻通考》卷一八七《經籍考》,《景印文淵閣四庫全書》本。

⑥ 〔清〕周中孚撰,黄曙輝、印曉峰標校《鄭堂讀書記》卷六二《類書類三》,第1016頁。

⑦ 《明清歷科進士題名碑録》,華文書局,1969年,第1178頁。

⑧ 按:"丙戌"條訂誤,參見秦麗《〈明史·藝文志〉各版本异同舉隅三十則》,《圖書館雜志》2019年第7期,第93頁。又此條"字雪林"之誤,秦文已發,此不贅。

書，後世多有對此闡釋者，明代即有釋通潤《成唯識論集解》[①]、釋廣承撰、釋大基補《成唯識論疏》[②]等，《成唯識論俗詮》亦屬此類，爲明代沙門明昱所撰。《傳是樓書目》有著録："《成唯識論俗詮》十卷，明沙門明昱，十本。"[③]明黄汝亨《寓林集》卷二[④]，虞淳熙《虞德園先生集》卷六[⑤]皆收有"《成唯識論俗詮序》"，此書亦存，收在《續藏經》中，即題作"《成唯識論俗詮》"[⑥]，卷首載明顧起元等九人《成唯識論俗詮序》，是爲確證。《適園》本"成"下作空缺，蓋襲底本之舊，今當據删。

（作者單位：南京大學文學院）

① 〔唐〕釋玄奘譯，〔明〕釋通潤撰《成唯識論集解》十卷，明萬曆間憺怕齋刻本，藏於北京大學圖書館。

② 〔明〕釋廣承撰、釋大基補《成唯識論疏》十卷，明萬曆四十年(1612)刻本，藏湖北省圖書館。

③ 〔清〕徐乾學《傳是樓書目》，清道光八年劉喜海味經書屋鈔本。

④ 〔明〕黄汝亨《寓林集》卷二《序・成唯識論俗詮序》，明天啓四年(1624)刻本。

⑤ 〔明〕虞淳熙《虞德園先生集》卷六《序・成唯識論俗詮序》，明刻本。

⑥ 〔明〕明昱《成唯識論俗詮》，《卍續藏經》本，新文豐出版股份有限公司，1983 年，第 81 册第 18 頁。

古典文獻研究（第二十五輯下）
Journal of the Institute for Chinese Classics Studies
Nanjing University
Volume 25, No.2 2022

商量舊學，培養新知

——陳鴻森先生《清代學術史叢考》讀後

劉貝嘉

清代學術在傳統學術史上地位頗爲重要，它既是傳統學術集大成者，同時又爲近代"新學"的形成與發展提供思想資源。二十世紀以來，對清代學術的梳理、總結不乏其人，近年來因配合重修清史工程，諸多清人文集、著述陸續刊布，相關研究成果蔚爲大觀。台灣"中央研究院"歷史語言研究所陳鴻森先生精研清代學術，素以博聞多識、考訂精審著稱。他的《清代學術史叢考》（台灣學生書局，2019 年 12 月）便是當代以乾嘉考據之法研究清代學術的典範。

陳鴻森先生畢業於台灣大學中文系，因陳槃、王叔岷、李孝定諸先生之薦，入職史語所。數十年來，孜孜研潛，勤於著述，在經學與清代學術領域取得了豐碩的成果，《清代學術史叢考》即其中之代表。是書選録陳先生三十年來討論清代學術的論文十二篇、講稿三篇，對有清一代之學人生平、著述和相關史料進行研究，多能袪疑指瑕，發微揭隱。陳先生遠紹乾嘉諸儒、近承史語所前輩"實事求是"的治學傳統，所收諸文，皆信而有徵，不尚空言。本書之内容、特色，僅就個人淺見，略舉數端。

一　訂正史傳及工具書記述之訛誤

清代存世史料浩繁，疏漏舛訛固所難免。後代學者輾轉抄録，錯謬往往而有。如乾嘉樸學名宿陳鱣精研經史，著述宏富，群籍載其事行，間有參差，《陳鱣事迹辨正》（2006）一文，考證其學行五事，訂正諸家記載之訛。《〈清史列傳・儒林傳〉考證》（2007、2012）、《〈清史稿・儒林傳〉舉正》（2010）二文，則對清代官方史料中"儒林"之屬詳加辨正，凡 28＋29 則。另如《清代學者疑年考——姜亮夫〈歷代人物年里碑傳綜表〉訂訛》（2018）、《〈清代人物生卒年表〉訂補》（2019、2020）對學者經常援引之工具書訂訛補缺，并探求致誤之由。

以江慶柏《清代人物生卒年表》（以下簡稱"江《表》"）爲例，陳先生舉證歷歷，揭其違失：有以生年作卒年而致誤者，如《知夔州府事徐君墓志銘》載徐良生平："君生康熙四十三年十月二十六日，享年七十有一。"江《表》則誤以康熙四十三年爲徐良卒年，并據以逆推徐良之生年。亦有不明史傳書例而致誤者，如江《表》據《畿輔通志・白鎔傳》"（道光）十九年，乞病歸。卒於里，年七十有四"，認爲白鎔卒於道光十九年，實則"十九年，乞病歸"爲一事，"卒於里，年七十有四"爲另一事，史傳惟記可考之年歲，非謂白鎔即卒於是年。此叙述筆法爲史傳慣用之書例，陳先生特舉《清史稿》對王念孫傳之改寫以證其事。《清史列傳・王念孫傳》云："道光五年，重宴鹿鳴，賞給四品銜。十二年卒，年八十有九。"《清史稿》删省其文作"道光五年，重宴鹿鳴。卒年八十有九"。其書例與《白鎔傳》正同，益證陳先生之論斷。有不辨同名之人而致誤者，如沈大成有二，其年代、里貫皆异，江《表》誤合爲一人。亦有江《表》缺其人生年或卒年，爲訂補其缺者。此外，更多的是因史源本身有誤而承訛踵謬者，此陳先生訂補尤爲著力之處。陳先生不僅對具體史料逐條考訂，并且通過總結致誤之由，歸納通例，上升至方法論層面的探索。綜覽所訂正各條，可知陳先生於史料之甄别去取自有其準則：（一）史料之性質。不同類型的史料，其生成動因亦各不相同，相應的會在局部信息上或多或少地歪曲、改竄。如科舉同年録、官員履歷檔，常有短報年歲之現象，故有官年、實年之别，其所載人物生年不可盡信，而族譜、行狀等於人物生卒年歲因無諱飾之必要，且出於其家人之記述，故多可信。再如信札、題跋、印璽内提及之本人年歲，因係作者信筆親爲，故較他人之間接記述，更可憑信。故不同性質之史料，其適用之範圍、可信之程度皆不盡相同。（二）史料之由來。史臣所采諸家記述，有出乎親歷者，有間接傳述者。前者見諸日記、書信、序跋、詩歌（含詩題、詩注）及子嗣所作行狀、族譜等；後者則見諸後人之追記，如墓誌、傳記等。通常就人物生卒年歲而言，親歷者之記載較傳聞更爲可信，陳先生多據前者訂正史傳之訛。但同時陳先生亦指出二者界限有時亦非絶對，一些墓誌、傳記即據行狀而成，如朱琦《葉中憲君傳》本自葉氏《行狀》，《續修江都縣志》内《葉蕙心》亦本之《家傳》，其載人物生卒時日甚詳，故可信度亦高。（三）史料之時代。縱使出於同一人之記述，因日久年深，記憶偶誤，前後牴牾者，往往亦有之。如王鳴韶卒年，錢大昕兩處所記不一：一爲乾隆五十三年，見錢氏《鶴溪子墓志銘》；一爲乾隆五十四年，見錢氏題《鶴溪文編》稿本。陳先生據《鶴溪文編》稿本錢氏手書題識"庚戌（乾隆五十五年）正月錢大昕題，時鶴溪下世已三閱月"，指出錢氏題識係王鳴韶卒後三月所記，相距時間較近，最可憑信，而《墓誌》顯然是多年後錢氏追述誤記，故可據題識訂正晚出之墓銘。同時陳先生亦敏鋭地注意到卒年時間與記録時間二者的細微差别，如孔繼涵歿後，戚學標、翁方綱、張塤均有詩悼之，各詩俱編次於乾隆四十九年。然陳先生據盧文弨《孔葓谷户部哀辭》指出孔氏實歿於四十八年季冬，四十九年係諸人聞訃賦詩悼亡之時間，而非孔氏歿年，糾正了以往考據中極易被混同的兩個概念。

同時，陳先生對史臣轉寫所造成的本文訛謬亦多留意。如《清史列傳・陳鱣傳》稱陳氏"取《説文》九千言，以聲爲經，偏旁爲緯，竭數十年之心力，成《説文正義》一書"。對此梁啓超嘗疑之,以是書"以聲爲經,偏旁爲緯"之特點與《正義》疏證之體頗相牴牾,然因無文本依據,終莫能定論。陳先生考溯史源,指出《列傳》該句乃本自阮元序陳鱣《論語古訓》之文,阮文原作:"陳君精於六書,嘗著《説文解字正義》;又以《説文》九千言,以聲爲經,偏旁爲緯,輯成一書。"則《説文解字正義》是一書,"《説文》九千言,以聲爲經,偏旁爲緯"别是一書(是書經陳先生考定,當爲《説文解字聲系》)。史臣未詳繹阮文,據以轉寫,致誤合《正義》《聲系》爲一書。至此長久以來之訛文謬説,遂涣然冰解。

上述諸篇,皆選較爲重要之學者糾之補之,爲數亦甚可觀,足資文史之研究,且對各類史料性質、價值的思考與判斷,頗給人以方法論上的啓益。可謂以一己勞績,沾溉後學良多。

二 考證學者生平事行

自二十世紀以來,章太炎、梁啓超、劉師培、錢穆等相繼對清代學術梳理、總結,將清代學術史研究推向新的高度。他們所開創的範式亦深刻影響至後來之研究:即以儒學、經學若干大家中心,構建清代學派及學術史脉絡。然而囿於資料、視角、立場等原因,章太炎等對清代學術史觀察多止於粗略的印象,這使得部分卓有成就的學者爲少數大家的光芒所掩蔽。陳鴻森先生致力發掘衆多湮没在今日學術史叙述中的重要學人,表彰其學行,以期還原豐富、立體的清代學術生態。如錢大昕族了錢坫學問淹博,與錢大昕并號"嘐城二錢",惜無詩文集行世,故其事行不彰。《錢坫事迹考證》(2011)一文就錢坫生平、學行凡五事合考之,表彰其宦迹學術,以裨知人論世之資。又如詩經學家馬瑞辰之父馬宗璉,長於治經,尤擅左氏,所著《左傳補注》,劉文淇、安井衡、竹添光鴻等頗采其説。然因中歲早卒,書稿亦多毁於戰火,故聲聞闇淡。《馬宗璉行年考》(2015)一文,據《馬氏宗譜》及時人詩文,考其生平梗概,補史傳之闕漏。武億博通經史,精研金石,爲河南學者中唯一以漢學名家者。身後因遺稿散佚,其事迹湮淪無考。《强項無欲武虚谷——清代中州樸學第一名宿武億學術述要》(2015)一文備述其學行,闡幽表微。此外,陳先生復撰《武億年譜》,俾其人其學不悉泯没。另如杭州生員朱文藻一生蹭蹬科場,爲謀衣食,以代人校書、編書爲生。朱氏勤於撰述,惜無文集傳世,其編訂之書又多冠以他名,故學界向乏關注。《被遮蔽的學者——朱文藻其人其學述要》(2017)勾稽史料,詳考其生平、著述及代工情實,藉由朱文藻這一下層知識人的個案,勾勒清代社會上下掠食又相互依存的學術生態。

上述研究抉擿幽隱,但絶非流於餖飣瑣屑。儘管陳先生謙稱書中之論題皆"閲讀時偶有所見,隨興爲之","并未存有什麽計劃或宏大的目的"[①]。然而透過以上各篇,可以深切感受到細密的文獻考據背後的别有幽懷:即在民國學者擬構的學術史框架之外,如何重新審視與評估清代學術,方能真正

① 陳鴻森《清代學術史叢考·後記》,學生書局,2019年,第695頁。

貼近歷史真實。譬諸登山，陳先生并未沿既有之學術史所劃定的路徑，而是從不同的角度攀登、探索清代學術這座大山，數十載沉浸其中，山間之形貌、林相、景致皆一一身經目睹，其所見所知自是與走馬觀花的游客大不相同。古語素有“入山問樵”之喻，陳先生正是通過自身研究實績，展現給我們重寫清代學術史之可能與取徑。

三　考辨學人之著述

清人著述浩如烟海，近年來公私庋藏稿鈔本陸續刊布，極大便利學界，爲功匪淺。學術之發展、演進固然有賴於史料的擴充，然更取決於對史料之理解、運用。即使相同的史料，研究者基於各自的學養、視角及知識背景，往往會推導出全然不同的結論。本書《錢大昕〈養新餘録〉考辨》(1988)、《阮元與王引之書九通考釋》(2002)、《〈記洞過水〉非段玉裁所作辨》(2002)、《錢大昕、陳鱣詩稿二種辨僞》(2013)、《段玉裁〈説文注〉成書的另一側面——段氏學術的光與影》(2015)諸篇即就學界向無异辭或考核未確之清人著述考釋辨析，論定是非。其中有後世作僞而學界失察者，如國家圖書館藏所謂“錢大昕《南陽集》”詩稿，實據馬曰璐《南齋集》《南齋詞》變造爲之；有著者詭辭虚言，後世學者未審其非者，如段玉裁自稱撰《説文注》之前，已先纂有《説文解字讀》五百四十卷，此實段氏爲免攘竊之譏而杜撰之説；有時人誤斷而學界久沿其謬者，如錢大昕《養新餘録》，其子錢東塾稱係《養新録》付刻後的續撰之作，但考其實，實錢大昕編定《養新録》時所删汰之條；有學者不審而妄加案斷者，如《記洞過水》一文，楊應芹先生據北京大學圖書館所藏有段玉裁手迹之底稿而斷爲段玉裁之作，實則該文係壽陽知縣龔導江所作，後經段玉裁謄清，戴震復加增補；亦有學者詮解未詳而重加釋證者，如賴貴三先生所著《昭代經師手簡箋釋》，於札中所涉故實，率多茫昧，陳先生取阮元與王引之論學書札九通，詳考其事實年月，訂補歷來研究之闕訛。以上諸篇取材詳贍，舉證歷歷，凡文集、序跋、書札、日記、方志内可資考訂者，靡不備采。史料之搜輯，洵可稱“蔑以加矣”。然其能發前人之覆者，更在於對史料之判斷與解讀。如《記洞過水》一文，并見段刻《戴東原集》與段玉裁《經韵樓集》。北大圖書館藏該文底稿，係段玉裁手筆，其上有戴震批語。此前學者據此底稿而判定《記洞過水》一文爲段玉裁作，并推測段玉裁係因感激戴震的賞識厚愛，在重編《戴東原集》時將此文羼入戴《集》。陳先生細繹底稿中戴震批語，指出該批語爲元明以來風行之評點，并非對段氏的褒獎。批語對《記洞過水》之文理、筆法評注提示，乃戴震藉之示段氏以屬文之法，益證此文斷非段氏所作。此一節考證，陳先生通過對有限史料的精研細讀，審文義，揆情理，從而得出迥异前人的結論。

在考證方法上，陳先生則擅用年代學(Chronologia)對紛繁的史料梳理排比，進而考索事件之間的邏輯聯繫及可能性，揭示歷史真相。如關於《説文注》成書經緯，段玉裁自言在《説文注》成書前，已先纂有五百四十卷《説文解字讀》長編。因出乎段氏自述，故以往研究者均信從其説。陳先生據盧文弨、沈初序,指出乾隆五十一年秋,段玉裁尚未有爲《説文》作注之意圖,以之作爲時間上限;復據段玉裁致劉台拱信,指出段氏於乾隆五十七年夏始注《説文》,是爲時間下限。如段氏果有五百四十卷《説文解字讀》長編,則應撰於五十一年至五十七年之間。在確定首尾時間坐標後,陳先生旁徵博稽,指出此期间段氏忙於《尚書撰异》之著述及家事,奔波各地,不可能再有餘裕另纂一五百四十卷之長編巨帙。蓋因段《注》剿襲他人成説,同時之學者頗多傳言,段氏故對外托稱自己先前已撰《説文解字讀》,以免時人譏議。此處陳先生即運用歷史年代學考證之法,將段玉裁之活動置於限定的時段内審視、考量,從而作出合乎情理之推斷。再如錢大昕《養新餘録》,其子孫稱係《養新録》付刻後竹汀續撰之作,即嘉慶八年十二月以後所撰。陳先生據書中内證、年譜、信札等材料,指出《養新録》付梓,下距竹汀之卒僅十閲月,時竹汀已覺年力漸衰,特囑孫星衍爲撰墓銘,且臨終當日,仍注力於《養新録》刊本之校勘,其精力、時間已無可能再另撰一部《養新餘録》,進而對《養新餘録》之撰著年代及性質提出質疑,并通過書中内證證實《養新餘録》實爲錢氏編定《養新録》時删剩的材料,非錢氏晚年新作。上述二文,皆針就著者或其子孫之自述發覆揭隱。一般而言,著者及其子孫因係事件親歷者,其言論常被研究者采信。然而史料往往存在虚、實之分:有一些可以片言折獄,此其“實”者;亦有一些另有隱情或記憶偶誤,此其“虚”者。因此“材料真實并不能保證必然得到正確的結論,問題的關鍵首先是對材料的解讀”[①]。如何發覺并解釋史料中被誤記、隱瞞、改竄、虚造的部分,極考驗研究者的功力。陳先生正是憑藉其敏鋭的學術洞察力和精深的史料解讀能力,在看似無疑處發現問題,去蔽除障,進而還原歷史真相。柳向春先生總結陳先生治學之特色,歸納爲四點,其一曰“揆情實”[②]。陳先生的“揆度情理”絶非捕風捉影、强加聯繫、妄下議論,而是將人物活動一一置於時間軸上,來考察事件之序次、行爲之動因、現實之可能,在此基礎上,根據人情事理作出合理的假設、推斷,并援引大量證據坐實之。這種研究,已不單是文獻本身的比勘、考訂,更觸及古人心靈極其隱微的一面,這也使得陳先生的研究不僅扎實可信,且極具現實關懷。

當然,本書作爲論文之結集,各篇偶有重出之内容。如汪師韓生卒年之考訂,并見《清代學者疑年考——姜亮夫〈歷代人物年里碑傳綜表〉訂訛》與《〈清代人物生卒年表〉訂補》二文;又如錢坫生卒年之考訂,并見《〈清史稿·儒林傳〉舉正》與《錢坫事迹考證》;陳鱣著述之考訂,并見《〈清史列傳·儒林傳〉考證》與《陳鱣事迹辨正》等。上述文字雖詳略有差,但所用之材料及主旨大致相當。考慮到上述論文最初均以單篇的形式先後發表,結集出版時亦需顧及各自主題之完整性,故雖偶有重複,亦可理解。

---

① 陳鴻森《考據的虚與實》,見《清華歷史講堂續編》,生活·讀書·新知三聯書店,2008年,第118—133頁。

② 柳向春《陳鴻森先生的清代學術史研究》,《上海書評》2020年12月30日。

近年來,學風丕變,陳鴻森先生固守乾嘉考據之舊壘,一秉清儒"好學深思"、"實事求是"之治學精神,立足基本文獻,不作空泛之談;同時又兼及理論探索,不泥於飣餖考據。商量舊學,培養新知,相信陳先生《清代學術史叢考》一書應當會爲今後清代學術的研究提供足够多的教益,特别是研究方法論,對來學的啓迪。

(作者單位:北京大學中國語言文學系)